F. 스콧 피츠제럴드
F. Scott Fitzgerald

1896년 9월 24일 미국 미네소타주 세인트폴에서 태어났다. 프린스턴 대학교 재학 시절 1차 세계 대전이 발발하자 입대하여 육군 소위로 임관했다. 제대 후 광고 회사에 취직하지만 미래가 불확실하다는 이유로 파혼당했다. 이후 직장을 그만두고 글쓰기에 몰두한 끝에 자전적 소설인 『낙원의 이쪽』(1920)을 발표하면서 비평가와 독자들로부터 좋은 반응을 얻었다. 이 작품의 성공으로 경제적 여유와 인기를 얻은 피츠제럴드는 약혼을 취소했던 젤더와 결혼한 뒤 호화로운 생활을 하면서 사교계 생활에 빠져들었다. 유럽과 미국을 오가며 작품 활동을 하던 그가 1925년에 발표한 『위대한 개츠비』는 그를 세계적인 작가로 발돋움하게 한 작품이자 20세기 미국 소설을 대표하는 걸작이다. 그 후 자신은 술에 탐닉하고 아내 젤더는 신경 쇠약 증세를 일으켜 입원하면서 피츠제럴드는 불행한 시기를 보내게 된다. 이때의 경험을 바탕으로 그의 대표작 중 하나가 된 『밤은 부드러워』(1934)를 발표하였으나 상업적으로 실패하고 만다. 작품의 연이은 실패와 이에 따른 경제적 어려움, 그리고 젤더의 병으로 피츠제럴드는 절망에 빠졌지만 할리우드에서 시나리오 작가로 활동하는 등 글쓰기를 멈추지 않았다. 1935년까지 네 권의 단편집을 포함하여 무수한 잡지에 실린 그의 단편은 총 160여 편에 이른다. 1940년 『마지막 거물』을 집필하던 중 심장 마비로 생을 마감했다.

"Everybody's youth is a dream,
a form of chemical madness."

"그래, 모두의 젊음은 꿈이야.
일종의 화학적인 광기야."
―F. 스콧 피츠제럴드

F. 스콧 피츠제럴드
#F. Scott Fitzgerald

디 에센셜
The essential

8

김욱동 한은경

민음사

차례

위대한 개츠비	7
컷글라스 그릇	303
벤저민 버튼의 기이한 사건	353
리츠 호텔만 한 다이아몬드	403
다시 찾아온 바빌론	479
작가의 변명	531
피츠제럴드의 신념	535
피츠제럴드 씨와의 인터뷰	541
명사록과 그 이유	549
재즈 시대의 메아리	559
편지들	583
작품 너머	625
피츠제럴드 연보	639

위대한 개츠비

'재즈의 시대' 미국의 1920년대를 배경으로 무너져 가는 아메리칸드림을 예리한 필치로 그려 낸 소설. 1925년 첫 출간한 직후 상업적으로 큰 성공을 거두지 못했으나 오늘날 전 세계적인 베스트셀러가 되었고 예술적인 완성도 면에서 20세기 가장 뛰어난 미국 소설 중 하나로 평가받는다. 물질적 성공에 집착하고 그것을 발판 삼아 연인의 마음을 얻으려는 주인공 개츠비의 태도는 작가인 피츠제럴드의 삶의 궤적과도 닮아 있다. 한낱 이룰 수 없는 꿈을 좇아 돌진하는 개츠비의 낙관과 이상주의는 미국적 상상력과 문화의 일부가 되어 '개츠비적(Gatsbyesque)'이라는 신조어를 탄생시키기도 했다.

위대한 개츠비

1

지금보다 어리고 쉽게 상처받던 시절 아버지는 나에게 충고를 한마디 해 주셨는데, 나는 아직도 그 충고를 마음속 깊이 되새기고 있다.

"누구든 남을 비판하고 싶을 때면 언제나 이 점을 명심하여라." 아버지는 이렇게 말씀하셨다. "이 세상 사람이 다 너처럼 유리한 입장에 놓여 있지는 않다는 것을 말이다."

아버지는 더 이상 말씀하지 않으셨지만 우리 부자(父子)는 언제나 이상할 정도로 말없이도 서로 통하는 데가 있었고, 나는 아버지의 말씀이 그보다 훨씬 많은 뜻을 함축하고 있음을 알았다. 그래서 나는 모든 일에 판단을 유보하는 버릇이 생겼고, 그 때문에 이상한 성격의 소유자들이 자주 나에게 다가오는 바람에 그야말로 지긋지긋한 사람들에게 적잖이 시달려야 했다. 비정상적인

사람들은 정상적인 사람에게 그런 특성이 나타나면
재빨리 알아차리고 달라붙게 마련이다. 내가 잘 알지도
못하는 난폭한 녀석들의 은밀한 슬픔을 알고 있다는
이유로 나는 대학에 다닐 때 억울하게도 정치적이라는
비난을 받았다. 그들은 대부분 내가 원하지도 않는데
찾아와 속마음을 털어놓았다. 그래서 그들이 은밀한
고백을 할 기미가 확실하다 싶으면, 나는 종종 잠을 자는
척하거나 뭔가에 몰두해 있는 척하거나 악의를 품은
듯이 일부러 겅망스럽게 굴었다. 젊은이들의 은밀한 고백,
아니면 적어도 그런 고백을 하면서 사용하는 표현이란
흔히 남의 말을 표절한 경우가 많고, 그것을 억지로
숨기려고 하다 보니 대개 흠이 나 있게 마련이다. 판단을
유보하면 무한한 희망을 갖게 된다. 아버지가 점잔을
빼며 말씀하셨고 지금 내가 점잔 빼며 다시 이야기하듯이
기본적인 예절 감각이란 태어날 때부터 저마다 다르게
분배되는 것이며, 그 사실을 깜박 잊어버릴 때면 뭔가를
놓치고 있는 듯한 느낌이 든다.

    이렇게 내가 관대한 것처럼 자랑했지만 나는 이런
관대함에도 한계가 있다는 사실을 깨닫게 되었다. 인간의
행동이란 단단한 바윗덩어리나 축축한 습지에 근거를 둘
수도 있지만, 나는 일정한 단계가 지난 뒤에는 그 행위가
어디에 근거를 두는지에 별로 신경을 쓰지 않는다. 지난해

가을 동부에서 돌아왔을 때, 나는 이 세계가 제복을 차려입고 있기를, 말하자면 영원히 '도덕적인 차렷' 자세를 취하고 있기를 바랐다. 나는 이제 더 이상 특권을 지닌 자의 시선으로 인간의 내면세계를 오만하게 들여다보고 싶지 않았던 것이다. 오직 이 책에 이름을 제공해 준 개츠비만이 내가 이러한 식으로 반응하지 않은 예외적인 인물이었다 — 내가 드러내 놓고 경멸해 마지않는 것을 모두 대변하는 개츠비 말이다. 그러나 만약 인간의 개성이라는 게 일련의 성공적인 몸짓이라면 그에게는 뭔가 멋진 구석이 있다고 할 수 있었다. 그는 마치 1만 5000킬로미터 밖에서 일어나는 지진을 감지하는 복잡한 지진계와 연결되어 있기라도 한 것처럼 삶의 가능성에 민감하게 반응했다. 그러한 민감성은 '창조적 기질'이라는 이름으로 미화되는 진부한 감수성과는 차원이 달랐다. 그것은 희망에서의 탁월한 재능이요, 다른 어떤 사람한테서도 일찍이 발견한 적이 없고 앞으로도 다시는 발견할 수 없을 것 같은 낭만적인 민감성이었다. 그래, 결국 개츠비는 옳았다. 내가 잠시나마 인간의 속절없는 슬픔과 숨 가쁜 환희에 흥미를 잃어버린 것은 개츠비를 희생물로 삼은 것들, 개츠비의 꿈이 지나간 자리에 떠도는 더러운 먼지들 때문이었다.

우리 집안은 이곳 중서부 도시에서는 삼대에 걸쳐
꽤 이름이 알려진 부유한 집안이다. 캐러웨이 가문은
문중(門中) 비슷한 것을 이루고 있었으며, 버클루 공작[1]의
후예라는 말도 전해 내려온다. 그러나 우리 가문을
실제로 창시한 사람은 할아버지의 형으로, 1851년에
이곳에 정착하여 남북 전쟁 때 다른 사람을 대리로
전쟁터에 내보내고 철물 도매업을 시작했는데, 그 사업을
오늘날까지 아버지가 이어받아 계속하고 있다.

큰할아버지를 뵌 적은 한 번도 없지만 나는 그분을
닮았다고들 한다. 특히 아버지 사무실에 걸려 있는,
어딘지 무뚝뚝하게 생긴 초상화와 비교해 보면 말이다.
나는 1915년, 그러니까 아버지보다 꼭 이십오 년 늦게
뉴헤이븐에 있는 대학[2]을 졸업했고, 그로부터 얼마 안
되어 1차 세계 대전으로 알려진 때늦은 게르만 민족의
대이동에 참가했다. 미국의 반격을 너무나 만끽한 나는
고향에 돌아와서도 마음의 안정을 찾을 수가 없었다.
중서부 지방은 이제 세계의 활기찬 중심지가 아니라

1 영국 왕 찰스 2세의 서자로 왕위 계승권을 주장하며 1685년 제임스 2세의 왕위 등극에 반대하는 반란을 주도했으나 실패했다. '몬머스 공작', '동캐스터 백작' 등의 다른 작위도 가졌다.
2 뉴헤이븐은 미국 코네티컷주 남부에 있는 작은 도시로, "뉴헤이븐에 있는 대학"은 명문 사립대인 예일 대학교를 가리킨다. 1920년대 예일대 학생들은 이렇게 간접적인 방식으로 모교를 가리키곤 했다.

우주의 초라한 변두리 같았다. 그래서 나는 동부로 가서 채권업을 배우기로 결정했다. 내가 아는 사람들이 하나같이 채권업에 종사하고 있었던지라 채권업계가 독신 남자 하나쯤은 더 먹여 살릴 수 있으리라고 생각했던 것이다. 친척 아주머니와 아저씨 들은 마치 나에게 대학 예비 학교라도 골라 주듯 이 일을 의논하더니 마침내 매우 엄숙한 얼굴로 마지못해 "뭐 — 괜 — 찮겠지." 하고 말했다. 아버지가 일 년 동안 재정적으로 뒷바라지를 해 주기로 했다. 여러 가지 일로 미루고 미루다가 1922년 봄 나는 어쩌면 영원히 머물러 살 작정으로 동부로 왔다.

우선 시내에 방을 구해야 했지만 따뜻한 계절인 데다 널찍한 잔디밭과 정든 나무들이 서 있는 시골을 막 떠나온 터라 같은 사무실의 한 젊은 친구가 통근할 수 있는 곳에 집을 얻어 같이 사는 게 어떠냐고 제의했을 때 그게 좋겠다는 생각이 들었다. 그는 비바람에 바랜 월세 80달러짜리 허름한 방갈로를 하나 구했다. 그러나 정작 그 집에 들어갈 때는 그 친구가 워싱턴으로 발령을 받는 바람에 혼자서 이사할 수밖에 없었다. 나는 개 한 마리와(적어도 그놈이 도망가 버릴 때까지 며칠 동안 말이다.) 낡은 도지 자동차 한 대, 핀란드인 가정부와 함께 지냈다. 그녀는 내 잠자리를 봐 주고 아침 식사를 준비하면서 전기난로 위로 몸을 구부리고 혼자서 핀란드 속담을 중얼거리곤 했다.

하루 이틀쯤 쓸쓸하게 보내던 어느 날 아침 나보다 늦게 이사 온 누군가가 나를 붙잡고 길을 물었다.

"웨스트에그에는 어떻게 갑니까?" 그가 막막하다는 듯이 물었다.

나는 그 사람에게 길을 가르쳐 주었다. 그러고 나서 계속 발길을 옮기다 보니 더 이상 외롭지 않았다. 나는 안내자요, 길잡이며 초기 개척자였다. 뜻하지 않게 그 사람이 내가 이 마을의 한 식구가 되었음을 인정해 주었던 것이다.

그래서 햇살과 폭발하듯 돋아나는 나무 잎사귀를 — 영화에서 사물들이 쑥쑥 자라듯이 말이다 — 바라보며 나는 여름과 함께 삶이 다시 시작되고 있다는 확신을 갖게 되었다.

우선 읽어야 할 책이 아주 많았고, 맑고 신선한 공기를 마시며 건강도 챙겨야 했다. 나는 은행 경영, 신용 대출, 채권 투자에 관한 책을 열 권 넘게 샀다. 조폐국에서 갓 찍어 낸 화폐처럼 황금빛과 붉은빛을 번쩍이며 내 서가에 꽂혀 있는 그 책들은 오직 미다스 왕과 J. P. 모건[3]과

---

3 존 피어폰트 모건(John Pierpont Morgan, 1837~1913). 미국의 기업가로 철도 사업과 기업 합병으로 유명하다. 그의 이름을 딴 'J. P. 모건'은 지금도 세계적인 금융 회사다.

마이케나스[4]만이 아는 눈부신 비밀을 보여 주겠다고
약속하는 듯했다. 그리고 나는 그 밖의 책들도 많이
읽을 작정이었다. 대학 시절 나는 문학에 꽤 재능이 있는
편이었다 — 어느 해엔가는 대학 신문 《예일 뉴스》에 아주
진지하고 명쾌한 논설을 쓴 적이 있으니 말이다 — 그리고
이제 나는 그런 것들을 전부 내 삶 속에 다시 끌어들여
모든 전문가들 중에서 가장 보기 드문 존재, 즉 '균형 잡힌
인간'이 되려고 했다. "인생이란 결국 단 하나의 창으로
바라볼 때 훨씬 더 잘 볼 수 있게 마련이다."라는 말은 그저
격언에 불과한 것은 아니다.

　내가 북아메리카에서 가장 별난 지역 중의 하나에
집을 얻은 것은 그야말로 우연이었다. 그 집은 뉴욕시에서
정동 쪽으로 뻗어 나간 떠들썩하고 길쭉한 섬에 있었는데,
그곳에는 자연 현상이 만들어 낸 진기한 지형 중에서도
특히 유별난 지형이 둘 있다. 이 두 지역은 뉴욕시에서
30킬로미터쯤 떨어져 있다. 그런데 거대한 달걀 모양을
한 이 두 지역은 겉모습이 똑같은 데다 이름뿐인 만(灣)을
사이에 둔 채 서반구의 바다 중에서 인간의 손길이 가장
많이 닿은 곳, 즉 롱아일랜드 해협의 큼직한 앞마당

4　가이우스 마이케나스(Gaius Maecenas, 기원전 68~기원전 8). 고대 로마의 정치가로 문화와 예술의 후원자로 유명하다. 호라티우스와 베르길리우스를 후원했다.

쪽으로 튀어나와 있다. 이 두 지역은 완벽한 타원형은
아니지만 — 콜럼버스 이야기에 나오는 달걀처럼 서로
접하고 있는 듯 끝이 납작하니 말이다 — 워낙 생김새가
닮아서 아마 그 위를 나는 갈매기들도 헷갈릴 것이다.
날개가 없는 인간들은 모양과 크기를 제외하고는 그 두
지역이 모든 면에서 서로 다르다는 사실에 더욱 큰 흥미를
느낀다.

    나는 웨스트에그에 살았는데 — 뭐랄까, 이 지역은
이스트에그에 비해 상류 사회다운 면이 덜한 곳이었다.
비록 이렇게 말하면 이상야릇하고 적잖이 불길한 두
지역의 차이점을 아주 피상적으로 표현하는 것에 지나지
않지만 말이다. 내가 살던 집은 롱아일랜드 해협에서
5미터밖에 떨어지지 않은 달걀 모양의 지역 바로 끝 지점에
있었는데, 한 철에 1만 2000달러에서 1만 5000달러를
줘야 빌릴 수 있는 거대한 두 저택 사이에 끼여 있었다.
오른편에는 어느 모로 보나 그야말로 엄청난 저택이
자리하고 있었다. 노르망디 시청을 그대로 본뜬 것으로,
한쪽에는 가느다란 수염 같은 담쟁이덩굴로 뒤덮인,
지은 지 얼마 되지 않은 듯한 탑과 대리석 풀장, 무려
160제곱미터가 넘는 잔디밭과 정원이 딸려 있었다. 바로
개츠비의 저택이었다. 아니, 그때 나는 아직 개츠비를
몰랐으니 그런 이름을 가진 어떤 신사가 살던 저택이라고

해야 옳을 것이다. 내가 살던 집은 눈엣가시처럼 거슬릴 만했지만 워낙 보잘것없는 곳이라 거의 무시되다시피 했다. 그래서 나는 바다와 이웃집 잔디밭 한 모퉁이를 바라보며 살 수 있었고, 백만장자들과 가까이 살고 있다는 위안도 얻을 수 있었다. 이 모든 것을, 한 달에 고작 80달러를 지불하고 말이다.

만이라고 부르기도 민망한 좁은 만의 맞은편에는 해변을 따라 상류 사회인 이스트에그의 하얀 저택들이 궁궐처럼 번쩍였다. 그리고 그해 여름의 역사는 내가 톰 뷰캐넌 부부와 함께 저녁을 먹으려고 그곳에 자동차를 몰고 간 저녁부터 시작된다. 데이지는 나의 먼 친척 여동생뻘이었고, 톰은 대학 시절부터 서로 알고 지내던 사이였다. 전쟁 직후 나는 시카고의 그들 부부 집에 이틀 동안 머문 적이 있었다.

데이지의 남편 톰은 여러 운동에 재능이 있었지만 특히 예일 대학교의 풋볼 선수로서는 일찍이 볼 수 없었던 뛰어난 엔드[5] 중의 하나였다. 어떤 면에서 보면 미국 전역에 알려진 유명 인사로, 스물한 살 때 이미 탁월한 재능을 보였기 때문에 그 뒤로는 모든 것이 내리막길처럼 보일 정도였다. 그의 집안은 굉장히 부유했다. 심지어 대학에

5   미식축구에서 수비 전위 양쪽 끝에 있는 선수.

다닐 때도 돈을 물 쓰듯 하는 바람에 빈축을 사기도 했다. 그리고 톰은 시카고를 떠나 남들이 보면 입이 딱 벌어질 정도로 폼을 잡으며 동부로 왔다. 예컨대 폴로 경기를 즐기려고 레이크포리스트[6]에서 경기용 말을 한 떼나 몰고 왔다. 나와 같은 세대의 사람이 그 정도로 재산이 많다는 것은 좀처럼 이해하기 어려웠다.

그들 부부가 도대체 무엇 때문에 동부로 왔는지 나는 잘 모른다. 그들은 별다른 이유 없이 프랑스에서 일 년을 보냈고, 그러고 나서 사람들이 폴로 경기를 하고 재산을 과시하는 곳이라면 어디든지 떠돌아다니며 즐겼다. 거처를 옮길 때마다 데이지는 전화로 이것이 마지막이라고 했지만 나는 그 말을 별로 믿지 않았다. 데이지의 심중은 잘 알 수 없었지만, 톰은 다시는 맛볼 수 없는 풋볼 경기의 극적인 흥분을 조금은 부러운 듯 좇으며 영원히 방황하리라는 것을 느낄 수 있었다.

그리하여 따스한 바람이 부는 어느 날 저녁 나는 잘 알지도 못하는 두 옛 친구를 만나려고 이스트에그로 차를 몰았다. 그들의 저택은 내가 예상했던 것보다 훨씬 화려했다. 붉은색과 흰색으로 장식한 조지 왕조 식민지

---

6 미국 일리노이주 시카고 교외로 주로 부유층이 살고 있다. 피츠제럴드의 첫사랑인 지니브러 킹이 이곳 출신이다.

시대풍의 쾌적한 집은 만이 내려다보이는 곳에 있었다. 잔디밭이 해변에서 시작해서 현관을 향해 400미터나 달려와, 해시계와 벽돌로 꾸민 산책길과 불타는 듯한 정원을 뛰어넘어 이어졌다. 그리고 마침내 저택에 이르러서는 마치 여세를 몰듯 밝은색의 덩굴이 되어 집 옆을 따라 뻗어 올라갔다. 집 정면은 한 줄로 나란히 이어진 프랑스식 창문으로 나뉘어 있는데, 창문은 황금빛이 반사되어 번쩍이며 따스한 바람이 부는 오후를 향해 활짝 열려 있었다. 승마복을 입은 톰 뷰캐넌이 두 다리를 딱 벌리고 현관에 서 있었다.

　톰은 뉴헤이븐 시절과는 많이 달라져 있었다. 이제 그는 좀 무뚝뚝하게 생긴 입과 거만한 태도에 밀짚 색깔의 머리카락을 한 서른 살의 건장한 남자가 되어 있었다. 얼굴에서 가장 두드러지는 거만한 두 눈이 번쩍거리는 탓에 늘 공격적으로 몸을 앞으로 기울이고 있다는 인상을 풍겼다. 승마복의 여성적인 우아함조차 그의 몸집이 지닌 엄청난 힘을 숨기지 못했다. 그가 신은 번쩍이는 부츠가 맨 위쪽 끈이 팽팽할 정도로 부풀어 올라 있었다. 어깨가 움직일 때는 얇은 상의 아래 우람한 근육이 꿈틀거리는 것이 보였다. 거대한 지렛대의 힘을 가진 육체, 한마디로 무자비한 육체였다.

　무뚝뚝하고 톤이 높고 거친 허스키한 음성 때문에

그렇지 않아도 성마른 듯한 인상이 더욱 두드러졌다. 그의 목소리에는 심지어 자신이 좋아하는 사람들까지도 아버지 같은 고자세로 경멸하는 듯한 구석이 있었다. 그래서 뉴헤이븐에서는 그의 배짱을 끔찍이 싫어하는 사람들도 있었다.

"뭐, 이 문제에 관해 내 의견이 결정적이라곤 생각하지 말게. 내가 자네들보다 힘깨나 쓰고 더 사내답다고 해서 말이야." 그는 이렇게 말하는 듯했다. 우리는 4학년 때 같은 사교 클럽에 속해 있었다. 한 번도 친하게 지낸 적은 없지만 그는 나를 인정해 주었을 뿐만 아니라 그 나름대로 투박스럽고 도전적인 태도로 나한테만큼은 호감을 샀으면 하는 인상을 언제나 풍겼다.

우리는 햇살이 내리쬐는 현관 베란다에서 몇 분 동안 이야기를 나눴다.

"이 집은 살기 좋은 곳이야." 그는 불안한 듯 끊임없이 주위를 두리번거리며 말했다.

톰은 한쪽 팔로 내 몸을 휙 돌리더니 넓적하고 평평한 손을 들어 앞에 펼쳐져 있는 풍경을 가리켰다. 그가 손으로 가리킨 쪽에 이탈리아식 침상(沈床) 정원과 2제곱미터 넓이의 향이 코를 찌를 듯한 장미 정원, 해안에서 떨어져 물결에 따라 흔들리는 코가 들린 모양의 모터보트 한 대가 보였다.

"이 집은 석유 재벌 드메인의 소유였지." 그는 품위를 잃지는 않았지만 갑작스럽게 내 몸을 한 번 더 돌렸다. "이제 그만 안으로 들어가지."

우리는 천장이 높은 복도를 지나 밝은 장밋빛 공간으로 들어갔는데, 그 공간은 양쪽 끝에 달린 프랑스식 창문 덕분에 가까스로 집에 붙어 있었다. 살짝 열려 있는 창문이 약간 집 안쪽으로 자란 듯한 푸릇푸릇한 잔디를 배경으로 하얗게 반짝였다. 산들바람이 방 안으로 불어 들어와 커튼의 한끝은 안으로, 다른 쪽 끝은 창백한 흰 깃발처럼 밖으로 휘날리다가 설탕 입힌 웨딩 케이크 같은 천장을 향해 소용돌이쳤다. 그러고 나서 마치 바람이 바다 위에 그림자를 드리우듯 포도주 빛깔의 양탄자 위에 잔물결을 일으키면서 그 위에 그림자를 드리웠다.

방 안에 있는 물건 중 움직이지 않고 고정되어 있는 것이라고는 엄청나게 큰 긴 의자뿐이었다. 그 위에는 젊은 여자 둘이 마치 붙잡아 매어 놓은 기구(氣球)를 탄 것처럼 둥실 뜬 채 앉아 있었다. 두 사람 모두 흰 드레스를 입고 있었는데 마치 집 근처를 잠깐 날아다니다 들어오기라도 한 것처럼 잔물결을 일으키며 펄럭이고 있었다. 나는 커튼이 휘날리며 내는 찰싹거리는 소리와 벽에 걸린 그림이 달그락거리며 내는 신음 소리를 들으며 잠시 서 있었음에 틀림없다. 그러자 톰 뷰캐넌이 쾅 하고 뒤쪽 창문을 닫는 소리가 들려왔다. 방 안에 갇힌 바람이 방과 커튼과 양탄자 주위로 가라앉자 두 젊은 여자도 바닥 쪽으로 천천히 두둥실 내려앉았다.

두 여자 중 젊은 쪽은 처음 보는 사람이었다. 긴 의자의 맨 끝까지 몸을 쭉 뻗은 채 꼼짝도 하지 않고 누워 있었다. 턱을 조금 추켜올리고 있는 모습이 마치 금방이라도 떨어질 것 같은 물건을 턱에 올려놓고 균형을 잡고 있는 것 같았다. 그녀가 곁눈질로 나를 쳐다보았는지도 모르겠지만 겉으로는 그런 내색을 전혀 하지 않았다. 나는 얼떨결에 그녀에게 이렇게 갑자기 들어와 방해해서 미안하다고 나지막한 목소리로 사과를 할 뻔했다.

다른 쪽은 데이지로 그녀가 의자에서 일어서려고 했다. 그녀는 진지한 표정으로 몸을 조금 굽혔다가 좀 어리벙벙하지만 매력적인 웃음을 살짝 지었고, 그래서 나 역시 웃으며 방 안쪽으로 들어갔다.

"너무 행복해서 온몸이 다 마 — 마비될 지경이에요."

그녀는 마치 뭔가 아주 재치 있는 말을 한 듯 다시 웃고는 잠시 내 손을 잡고 이 세상에 당신만큼 보고 싶었던 사람은 없다는 표정으로 내 얼굴을 빤히 쳐다보았다. 그녀는 늘 이런 식이었다. 그녀는 귓속말로 턱으로 균형을 잡고 있는 저 여자의 성(姓)이 베이커라고 일러 주었다.(나는 데이지가 귓속말을 하는 목적이 상대방이 그녀 쪽으로 몸을 기울이게 하려는 데 있다는 이야기를 들은 적이 있다. 말도 안 되는 험담이지만 설령 그렇다고 해도 그 귓속말의 매력은 조금도 줄어들지 않았다.)

어쨌든 미스 베이커는 입술을 떨며 거의 알아볼 수 없을 정도로 고개를 끄덕이더니 재빨리 머리를 다시 뒤쪽으로 기울였다. 그녀가 떨어뜨리지 않으려고 균형을 잡고 있던 물건이 분명히 조금 흔들렸고 그러자 그녀는 놀라 약간 움찔했다. 또다시 뭔가 죄송하다는 말이 입가에 맴돌았다. 나는 완벽한 자족감으로 꽉 차 있는 사람을 보게 되면 놀라움에 나도 모르게 찬사를 보낸다.

나는 다시 나지막하고 떨리는 목소리로 나에게 이런저런 질문을 던지기 시작한 친척 여동생을 바라보았다. 그녀의 음성은 마치 다시는 연주되지 못할 음정을 배열해 놓은 것처럼 높낮이에 따라 귀를 오르락내리락하게 만드는 목소리였다. 반짝이는 두 눈이며 정열적으로 빛나는 입, 눈부신 광채 때문에 그녀의 얼굴은 슬프면서도 사랑스러워 보였다. 그러나 그녀의 목소리에는 그녀를 사랑해 본 남자라면 좀처럼 잊기 힘든 어떤 흥분이 깃들어 있었다. 즉 노래하고 싶은 충동, "자, 한번 들어 봐요." 하는 속삭임, 방금 즐겁고 신나는 일을 했으며 곧이어 또 즐겁고 신나는 일이 일어나리라는 약속이 실려 있었다.

나는 동부로 오는 길에 시카고에 들러 하룻밤 머물렀는데, 열 명도 넘는 사람이 그녀에게 안부를 전해 달라고 부탁했다는 이야기를 했다.

"그 사람들이 나를 보고 싶어 하던가요?" 그녀가 황홀한 듯 소리쳤다.

"온 시내가 텅 빈 것 같아. 차들이 모두 왼쪽 뒷바퀴를 장례식 화환처럼 검게 칠하고 있고, 노스쇼어[7]를 따라 밤새도록 통곡 소리가 들리던데."

"어머, 굉장하네요! 여보, 우리 돌아가요. 내일이라도 당장!" 그러고 나서 그녀는 엉뚱하게도 이렇게 덧붙였다. "우리 아기를 봐야지요."

"그래, 보고 싶군."

"지금 자고 있어요. 올해 두 살이에요. 아직 한 번도 보지 못했죠?"

"아직 못 봤지."

"그럼 꼭 봐야 해요. 그 애는요……."

불안하게 방 안을 쉴 새 없이 왔다 갔다 하던 톰 뷰캐넌이 발걸음을 멈추고 내 어깨 위에 손을 얹었다.

"닉, 자넨 요즘 무슨 일을 하고 있나?"

---

7   미시간 호수를 끼고 있는 시카고의 거리로 주로 부유층이 사는 곳이다.

"채권 일을 하고 있어."

"어느 회사에서?"

나는 회사 이름을 말해 주었다.

"들어 본 적 없는 회사인데." 그가 단정적으로 말했다.

이런 말투에 나는 화가 치밀었다.

"그럼 앞으로 알게 되겠지." 내가 짤막하게 대답했다. "자네가 계속 동부에 머무른다면 말이야."

"아, 난 계속 동부에 머물 거니까 걱정할 것 없네." 그가 뭔가를 경계하는 듯한 눈으로 데이지를 힐끗 쳐다보더니 나에게로 다시 눈을 돌리며 말했다. "빌어먹을 바보가 아닌 다음에야 여기 말고 다른 데서 살 리가 있나."

바로 이때 미스 베이커가 너무나 갑작스럽게 "그렇고말고요!"라고 하는 바람에 나는 깜짝 놀랐다. 내가 이 방에 들어온 뒤로 그녀가 처음으로 입 밖에 낸 말이었다. 하품을 하면서 빠르고 능숙한 동작으로 의자에서 일어나 방 가운데 서 있는 것으로 보아 그녀 자신도 놀란 것이 틀림없었다.

"몸이 뻣뻣하게 굳었어요. 저 소파에 너무 오랫동안 누워 있었나 봐요." 그녀가 투덜거렸다.

"그렇게 보지 마. 내가 오후 내내 널 뉴욕에 데려가려고 했잖아." 데이지가 대꾸했다.

"안 마실래요." 미스 베이커가 방금 저장고에서

꺼내 온 칵테일 넉 잔을 쳐다보며 말했다. "난 지금 훈련 중이거든요."

바깥주인인 톰은 도저히 믿기지 않는다는 듯 그녀를 쳐다보았다.

"물론 그렇겠지!" 그가 잔 밑바닥에 술이 한 방울밖에 남아 있지 않은 것처럼 잔을 들어 올려 쭉 들이켰다. "당신 같은 여자가 도대체 어떻게 그런 일을 해내는지 정말 모르겠단 말씀이야."

나는 미스 베이커를 쳐다보며 그녀가 '해낸다는' 일이 과연 무엇일까 생각해 보았다. 그녀를 바라보면 기분이 좋아졌다. 몸매가 날씬하고 가슴이 작은 데다, 마치 사관생도처럼 어깨를 뒤로 쫙 펴고 있었기 때문에 꼿꼿한 자세가 더욱 두드러져 보였다. 그녀는 나의 시선에 응답이라도 하듯 정중한 호기심을 보이며 햇빛을 받아 긴장한 잿빛 눈으로 나를 바라보았다. 창백한 얼굴은 매력적이었지만 어딘가 불만 섞인 표정이었다. 그러자 불현듯 전에 어디선가 그녀를 만났거나 아니면 사진이라도 본 것 같다는 생각이 내 뇌리를 스쳐 갔다.

"웨스트에그에 사신다고요. 제가 아는 사람도 그곳에 살아요." 그녀가 경멸하듯 말했다.

"전 아직 아는 사람이 한 명도……."

"개츠비는 아실 텐데요."

"개츠비라고? 어떤 개츠비 말이야?" 데이지가 물었다.

옆집에 사는 사람이라고 미처 대답하기도 전에 저녁 식사가 준비되었다는 소리가 들려왔다. 톰 뷰캐넌은 건장한 팔을 억지로 내 팔 아래에 끼워 넣고 마치 체스판에서 말을 옮기듯 나를 데리고 나갔다.

두 젊은 여자는 팔을 가볍게 엉덩이에 얹은 채 석양을 향해 열려 있는 장밋빛 현관 쪽으로 가볍고 나른한 걸음걸이로 우리 앞에서 걸어갔다. 현관에 놓인 탁자 위의 촛불 네 개가 잦아든 바람 속에서 간들거리고 있었다.

"촛불은 왜 켰담?" 데이지가 얼굴을 찌푸리며 말했다. 그러고는 손가락으로 촛불을 비벼 꺼 버렸다. "이제 이 주만 지나면 일 년 중 낮이 가장 긴 날이 돼요." 그녀는 밝은 얼굴로 우리 모두를 바라보았다. "일 년 중 낮이 제일 긴 날을 줄곧 기다리다가 막상 그날이 오면 깜박 잊고 그냥 지나쳐 버리지 않나요? 나는 언제나 일 년 중 낮이 제일 긴 날을 기다리다 그만 잊어버리고 말아요."

"뭔가 계획을 세워야겠어." 미스 베이커가 잠자리에라도 들려는 사람처럼 하품을 하며 테이블에 앉았다.

"좋아. 그런데 무슨 계획을 세운담?" 데이지는 어쩔 수 없다는 듯 내 쪽을 바라보았다. "다른 사람들은 어떤 계획을 세우나요?"

내가 미처 대답하기도 전에 그녀는 겁먹은 표정으로

자신의 새끼손가락에 시선을 고정했다.

"이것 좀 봐요! 여기를 다쳤단 말이에요." 그녀가 불평했다.

우리도 모두 그곳으로 시선을 돌렸다. 그녀의 손가락 마디에 푸르스름하게 멍이 들어 있었다.

"톰, 당신이 한 짓이에요." 그녀가 책망하듯 말했다. "일부러 한 짓은 아닌 줄 알지만 당신이 그런걸요. 이게 다 야수 같은 사람과 결혼한 탓이지요. 무지막지하게 몸집이 큰 괴물 같은 사내와……."

"그 괴물 같은 사내라는 말 쓰지 말랬지. 아무리 농담이라도 말이야." 톰이 언짢은 표정으로 말했다.

"그래도 괴물 같은걸요." 데이지가 집요하게 물고 늘어졌다.

이따금 미스 베이커와 데이지는 둘이서 이야기를 나눴다. 색다른 화제도 없이 주고받는 시시껄렁한 대화는 그냥 잡담이라고 하기도 어려울 정도였다. 그들이 입은 흰 드레스처럼, 아무런 욕망도 찾아볼 수 없는 무심한 눈동자처럼 썰렁했다. 그들은 그 자리에 있으면서 그저 예의 바르고 유쾌하게 대접하고 대접받으려고 애쓰면서 톰과 나를 받아들일 뿐이었다. 이 두 여자는 곧 저녁 식사가 끝날 것이고, 조금 있으면 저녁 시간 또한 지나갈 것이며, 그래서 모든 것이 그럭저럭 끝나리라는 것을 잘 알고 있었다. 서부에서는 사뭇 달랐다. 서부에서는 저녁 시간이 비록 실망스럽지만 끊임없이 뭔가를 기대하거나 아니면 순간순간의 긴장된 두려움 속에서 쫓기듯 한 단계에서 다른 단계로 결말을 향해 치닫게 마련이었다.

"데이지, 너하고 같이 있으니까 내가 야만인이라도 된 듯한 느낌이 드는구나." 나는 코르크 냄새가 나긴 하지만 꽤 괜찮은 적포도주를 두 잔째 마시며 고백했다. "넌 농작물 이야기라든가 뭐 그런 얘기는 할 수 없는 거니?"

특별한 의도를 갖고 한 말은 아니었는데 그 말의 대답은 엉뚱한 쪽에서 나왔다.

"문명은 지금 산산조각 나고 있어." 톰이 갑자기 격렬하게 내뱉었다. "난 지독한 비관론자가 되었지. 자네 고더드라는 사람이 쓴 『유색 인종 제국의 발흥』[8]이라는 책을 읽어 봤나?"

"아니, 아직 못 읽어 봤는데." 그의 말투에 약간 놀라며 내가 대답했다.

"저런, 좋은 책이야. 다들 읽어 봐야 할 책이라고. 그 내용인즉, 만일 우리 백인종이 경계하지 않으면 끝장, 완전히 끝장나 버리고 만다는 거야. 모두 과학적인

---

8 저자와 책 모두 허구이다. 피츠제럴드는 시어도어 로스롭 스토더드의 『유색의 밀물』(1920)이나 매디슨 그랜트의 『위대한 인종의 멸망』(1916)을 염두에 두었던 듯하다.

얘기들이야. 다 증명됐으니까."

"저 양반은 요즈음 점점 심각해지고 있다니까요." 데이지가 별 생각 없이 슬픈 표정을 지으며 말했다. "요즘 저이는 난해한 단어가 나오는 심오한 책들을 읽고 있어요. 그게 무슨 단어였지요, 우리가……?"

"글쎄, 하나같이 과학적인 책들이라니까." 톰은 조바심이 난 듯 그녀를 쳐다보면서 다시 주장했다. "그 친구는 모든 것을 다 파헤쳐 놓았어. 지배 인종인 우리 백인이 정신을 바짝 차려야 한다는 거야. 만일 그러지 않으면 다른 인종들이 이 세계를 제패하게 될 거라는 거지."

"우리는 그들을 꾹꾹 밟아 버려야 해요." 데이지가 햇빛이 눈부신 듯 격렬히 눈을 깜박거리며 속삭이듯 말했다.

"두 사람은 캘리포니아에 살아야 하는 건데……." 미스 베이커가 말을 꺼냈지만 톰이 의자에서 무겁게 몸을 고쳐 앉으면서 그녀의 말을 가로막았다.

"이 책에서 말하는 건 우리 모두가 북유럽 인종이라는 거야. 나도 자네도 또 당신도 그리고……." 그는 아주 잠깐 망설이더니 고개를 끄덕이며 데이지까지 포함시켰다. 그러자 그녀가 나에게 다시 눈짓을 보냈다. "……그리고 문명을 이루는 것들은 모두 우리가 만들어 냈다는 거야……. 아, 과학과 예술 같은 것들 전부 말이지. 어디 내

말 알아듣겠어?"

열변을 토하는 그의 모습에는 마치 옛날보다 더 심해진 자족감도 그에게 더 이상 충분치 않은 듯 어딘지 모르게 서글픈 구석이 있었다. 그와 거의 동시에 갑자기 집 안에서 전화벨 소리가 울렸고, 집사가 현관에서 사라지자 데이지는 그 틈을 타 내 쪽으로 몸을 기울였다.

"우리 집 비밀을 한 가지 말해 줄게요." 그녀가 신이 나서 속삭였다. "집사의 코에 관한 건데요. 어디 한번 들어 볼래요?"

"바로 그 얘기를 들으러 오늘 밤 여기 온 거야."

"그런데 말이에요, 저 사람은 원래 집사가 아니었어요. 뉴욕에서 은그릇 닦는 일을 했는데, 그를 고용한 사람들은 200명 분의 은그릇을 갖고 있었대요. 아침부터 밤까지 그릇을 닦다가 마침내 그의 코에 문제가 생기기 시작해서……."

"상황이 점점 안 좋아졌겠네." 미스 베이커가 끼어들었다.

"그런 셈이지. 증상이 점점 악화되어 마침내 그는 그 일자리를 그만두게 되었대요."

저무는 햇살이 낭만적인 빛을 드리우며 그녀의 얼굴을 잠시 비추었다. 내가 귀를 기울이는 동안 그녀의 목소리는 숨 가쁘게 나를 끌어당겼다. 하루해가 가면서 황혼 녘에 흥겨웠던 거리를 떠나는 아이들처럼 햇빛이 자못 섭섭한 듯 서서히 그녀의 얼굴에서 사라져 갔다.

   집사가 돌아와 톰의 귀에 입을 바짝 대고 뭔가를 속삭이자 톰은 얼굴을 찡그리며 의자를 뒤로 밀고는 한마디 말도 없이 집 안으로 들어갔다. 그가 자리를 뜨자 데이지는 내면에 있는 무언가가 자극을 받은 듯 다시 몸을 앞쪽으로 숙였고, 달아오른 목소리로 노래하듯 말했다.

   "오빠, 이렇게 우리 집에서 함께 식사하게 되어 반가워요. 오빠를 보면 나는 늘 생각나는 게 있어요……. 한 떨기 장미, 순수한 장미 말이에요. 안 그래?" 그녀가 동의를 구하려고 미스 베이커 쪽으로 얼굴을 돌렸다. "순수한 장미 같지?"

   그것은 사실과 전혀 다른 얘기였다. 나에게는 장미꽃 같은 구석이라곤 조금도 없었다. 그저 즉흥적으로 한 말이었지만 그녀에게서는 가슴을 설레게 하는 따뜻함이 흘러나왔다. 마치 그녀의 심장이 숨 가쁘게 떨리는 그 한마디 말에 몸을 숨긴 채 밖으로 뛰쳐나오려는 것처럼 말이다. 그때 갑자기 그녀가 냅킨을 식탁 위에 확 던지더니 실례한다고 말하고는 집 안으로 들어가 버렸다.

   미스 베이커와 나는 아무 의미 없는 시선을 의식적으로 주고받았다. 내가 막 입을 열려는 순간 그녀가 의자에서 똑바로 앉더니 경고하는 목소리로 "쉬!" 하고 말했다. 저쪽 방에서 격양된 감정을 억누른 듯한 나지막한 목소리가 들려오자 미스 베이커는 뻔뻔스럽게도 몸을 숙여 그 말을 엿들으려고 했다. 중얼거리던 목소리는 바야흐로 알아들을 수 있을 정도로 떨리다가 흥분과 격양으로 오르락내리락하더니 이윽고 뚝 그쳐 버렸다.

"아까 말씀하신 개츠비 씨는 제 옆집에 살고 있습니다만……." 내가 말했다.

"조용히 좀 하세요. 무슨 얘긴지 듣고 싶단 말이에요."

"무슨 일이라도 일어나고 있는 겁니까?" 내가 순진하게 물었다.

"그럼 아직 모르신단 말이에요?" 미스 베이커가 정말로 놀랍다는 표정으로 물었다. "다들 아는 줄 알았는데요."

"전 모르는데요."

"아, 그렇군요……." 그녀가 머뭇거리며 말했다. "톰은 뉴욕에 여자가 있어요."

"여자가 있다고요?" 나는 멍한 표정을 지으며 그녀의 말을 되풀이했다.

그러자 미스 베이커가 고개를 끄덕였다.

"저녁 식사 때 전화를 걸지 않는 예의 정도는 있어야 하는데 말이에요. 그렇게 생각지 않으세요?"

그녀가 무슨 말을 하는지 미처 깨닫기도 전에 드레스 자락이 펄럭거리는 소리와 가죽 부츠가 저벅거리는 소리가 들리더니 톰과 데이지가 식탁으로 돌아왔다.

"어쩔 수 없었어요!" 데이지가 짐짓 명랑한 척하며 소리쳤다.

그녀는 자리에 앉아 미스 베이커의 표정을 살피듯 힐끗 쳐다보더니 이번에는 내 쪽으로 눈길을 돌리고 말을 이었다. "잠시 바깥을 내다보았는데, 아주 낭만적이었어요. 잔디밭에 새가 한 마리 앉아 있었는데, 내 생각으로는 커나다나 화이트스타 해운 회사의 기선을 타고 건너온 나이팅게일이 틀림없어요. 그 새가 노래를 하고 있었는데……." 그녀의 목소리가 노래하듯 흘러나왔다. "……아주 낭만적이었어요. 여보, 그렇지 않아요?"

"아주 낭만적이었지." 그는 대답하고 나서 괴로운 듯 나를 향해 말했다. "저녁을 먹은 뒤에도 아직 환하면 자네에게 마구간을 구경시켜 주고 싶군."

그때 집 안에서 다시 갑작스럽게 전화벨이 울렸고, 즉시 데이지가 톰을 향해 단호하게 고개를 흔들자 마구간에 관한 화제뿐만 아니라 사실상 모든 화제가 허공으로 날아가 버리고 말았다. 저녁 식사의 마지막 오 분 동안에 일어난 단편적인 일 중에서 지금도 기억나는 것이라곤 쓸데없이 촛불을 다시 켜 놓은 것뿐이었다. 그때 나는 사람들을 똑바로 쳐다보고 싶은 마음이 들었지만 눈길을 피하고 있었다. 나는 톰과 데이지가 무슨 생각을 하는지 짐작할 수 없었지만, 아무리 지독하게 회의적인 상황도 버텨 온 듯한 미스 베이커조차 그 다섯 번째 손님의 성급하고 날카로운 금속성 목소리를 머릿속에서 말끔히 떨쳐 버릴 수 있었을지 의문이 간다. 기질에 따라서는 이런 상황을 흥미롭게 생각하는 사람이 있을지도 모르겠다. 하지만 내 본능대로 한다면 즉시 경찰을 부르고 싶은 심정이었다.

두말할 필요도 없이 말[馬]을 보러 가자는 이야기는 다시 나오지 않았다. 톰과 미스 베이커는 손으로 만질 수 있을 정도로 가까이 있는 시체 옆에서 밤을 새우러 가는 사람들처럼 황혼 속에서 몇 걸음 떨어진 채 서재로 걸어 들어갔다. 한편 나는 귀가 잘 안 들리는 척, 기분이 좋은 척하려고 애쓰면서 데이지를 따라 베란다를 돌아 정문 현관으로 나갔다. 으슥한 어둠 속에서 우리는 고리버들로 만든 의자에 나란히 앉았다.

데이지는 예쁜 이목구비를 새삼 느껴 보려는 듯 두 손으로 자신의 얼굴을 감쌌고, 벨벳 같은 어스름 쪽으로 조금씩 시선을 옮겼다. 그녀가 격렬한 감정에 사로잡혀 있는 것이 느껴져서 나는 마음을 가라앉혀 줄까 싶어 그녀의 딸에 관해 물어보았다.

"오빠, 우리는 서로를 잘 모르고 지내고 있어요." 그녀가 느닷없이 말했다. "친척인데도 말이에요. 오빠는 제 결혼식에도 참석하지 않았잖아요."

"아직 전쟁터에서 돌아오기 전이었으니까."

"정말 그렇군요." 그녀가 머뭇거리며 대꾸했다. "그런데 말이에요, 오빠, 그동안 난 너무 힘들었어요. 그래서 모든 일에 아주 냉소적이 되었죠."

그녀에게는 분명히 그럴 만한 까닭이 있어 보였다. 나는 그녀가 말을 계속하기를 기다렸지만 그녀는 더 이상 아무 말도 하지 않았다. 그래서 잠시 뒤 나는 힘없이 그녀의 딸 이야기로 화제를 돌렸다.

"이젠 제법 말도 할 줄 알 테고…… 밥도 먹고 별짓을 다 하겠군."

"네, 맞아요." 그녀가 얼빠진 듯 나를 바라보았다. "오빠, 그 애를 낳았을 때 내가 뭐라고 했는지 들어 볼래요?"

"그럼. 어서 말해 봐."

"아마 그 얘기를 들으면 지금 내 기분이 어떤지 알 거예요……. 매사를 왜 지금처럼 느끼는지 말이에요. 글쎄, 아이를 낳은 지 한 시간도 되지 않았는데 톰이 도대체 어디에 있는지 알 수가 없는 거예요. 마취에서 깨어났을 때 난 완전히 버림받은 것 같은 느낌이 들었어요. 간호사한테 그 애가 아들인지 딸인지 물어봤어요. 그랬더니 간호사가 딸이라고 했고, 그래서 나는 고개를 돌리고 울었어요.

'괜찮아요. 딸이라서 기쁘지 뭐예요. 그리고 이 애가 커서 바보가 되면 좋겠어요……. 그러는 편이 제일 좋으니까……. 아름답고 귀여운 바보 말이에요.' 하고 말했지요."

"내가 모든 걸 끔찍하게 생각한다는 거 알겠지요." 데이지가 확신에 차서 말을 이었다. "다들 그렇게 생각하는걸요……. 가장 진보적인 사람들도 말이에요. 그리고 난 알아요. 안 가 본 데가 없고, 못 본 것이 없고, 안 해 본 일이 없거든요." 그녀가 조금은 톰을 닮은 듯한 도전적인 태도로 눈을 반짝이며 주위를 둘러보고는 섬뜩하게 경멸의 빛을 띠고 떨리는 목소리로 웃었다. "닳고 닳은 거예요……. 오 맙소사, 난 아주 닳고 닳은 여자라고요!"

그녀의 목소리가 뚝 끊기며 억지로 내 주의, 내 신뢰를 끌려 하지 않는 순간, 나는 그녀가 방금 한 말이 본질적으로 진실하지 않다는 느낌이 들었다. 마치 오늘 저녁 식사 시간 전부가 그녀 자신에게 유리한 감정을 내게서 이끌어 내려는 일종의 속임수였던 것 같아 마음이 불편했다. 나는 다음 이야기를 기다렸고, 아니나 다를까 그녀는 금방 귀여운 표정에 능글맞은 미소를 띠고 나를 바라보았다. 마치 자기와 톰이 꽤 유명한 비밀 단체에 속해 있다고 주장하기라도 하려는 듯이 말이다.

집 안에 들어서자 진홍빛 방은 꽃이 핀 것처럼 불빛이 환했다. 톰과 미스 베이커는 긴 의자의 양쪽 끝에 앉아 있었고, 그녀는 그에게 《새터데이 이브닝 포스트》를 큰 소리로 읽어 주고 있었다. 중얼거리는 듯하면서도 높낮이의 변화가 없는 목소리가 마음을 차분하게 가라앉히는 듯했다. 그의 부츠에는 밝게, 그녀의 낙엽빛 노란 머리카락에는 흐릿하게 비추던 램프 불빛이, 그녀가 가냘픈 팔의 근육을 살랑거리며 책장을 넘길 때마다 종이를 따라 반짝거렸다.

우리가 방 안에 들어가자 그녀는 손을 들어 잠시 조용히 기다려 달라고 했다.

"다음 호에 계속됩니다." 그녀는 이렇게 말하고는 잡지를 탁자 위에 던졌다.

그녀가 불안하게 무릎을 들썩여 몸을 펴고 벌떡 자리에서 일어났다.

"벌써 10시네." 그녀는 천장에 매달린 시계를 보기라도 한 것처럼 말했다. "이 착한 아가씨가 잠자리에 들 시간이네요."

"조던은 내일 경기가 있대요. 웨스트체스터[9]에서 말이에요." 데이지가 설명했다.

---

9   뉴욕시 북쪽에 있는 교외로 중산층이 주로 산다.

"아아, 당신이 바로 그 조던 베이커로군요."

그녀의 얼굴을 어디서 많이 본 듯싶었던 까닭을 그제야 비로소 알 수 있었다. 유쾌하면서도 남을 깔보는 듯한 저 표정을 애슈빌과 핫스프링스, 팜비치[10]에서 시합을 할 때 찍은, 윤전기로 인쇄한 사진 속에서 본 적이 있었던 것이다. 나는 또한 그녀를 헐뜯는 별로 유쾌하지 않은 소문도 들은 적이 있었지만 하도 오래되어 어떤 내용인지 잘 기억나지 않았다.

"잘 자. 8시에 깨워 줘. 알았지?" 그녀가 부드럽게 말했다.

"깨워서 일어난다면."

"일어날 거야. 캐러웨이 씨, 그럼 안녕히 주무세요. 또 만나요."

"물론 그렇게 될 거야." 데이지가 확신에 차서 대답했다. "사실은 내가 중매를 서려고 해요. 오빠, 그러니 자주 들러요. 뭐라고 할까…… 아…… 난 두 사람을 함께 엮어 버릴래요. 알잖아요……. 예기치 않게 두 사람을 옷장에 집어넣고 문을 잠가 버린다든가, 보트에 태워 바다로 띄워 보낸다든가, 뭐 그런 거……."

"잘 자." 미스 베이커가 계단에서 소리쳤다. "나는

---

10 모두 미국의 휴양 도시이며 골프장이 있어 골프 대회가 열린다.

한마디도 못 들은 걸로 하겠어."

"멋있는 여자야." 톰이 잠시 뒤에 말했다. "저런 여자를 이렇게 시골로 돌아다니게 해서는 안 되는데."

"누가 그렇게 해서는 안 된다는 거예요?" 데이지가 쌀쌀맞게 물었다.

"조던의 가족이."

"가족이래 봤자 한 천 살쯤 먹은 늙은 숙모 한 사람밖에 없어요. 그건 그렇고, 앞으로 오빠가 조던을 챙겨 줄 거죠? 그 애는 올여름에 거의 우리 집에서 주말을 보낼 거예요. 가족적인 분위기가 그 애한테 아주 좋은 영향을 줄 거예요."

데이지와 톰은 잠시 말없이 서로의 얼굴을 쳐다보았다.

"저 여자 뉴욕 출신이야?" 내가 재빨리 물어보았다.

"루이빌[11] 출신이에요. 우리는 순수했던 소녀 시절을 그곳에서 함께 보냈어요. 아름답고 순수했던……."

"당신, 베란다에서 닉에게 할 얘기 안 할 얘기 모두 한 거 아냐?" 톰이 갑자기 물었다.

"내가요?" 그녀가 나를 쳐다보았다. "기억이 잘 안

---

11 미국 켄터키주에 있는 도시. 피츠제럴드는 이 도시 근처에 있는 군 기지 캠프 테일러에서 잠시 근무한 적이 있다.

나지만 북유럽 인종에 관해 얘기한 것 같아요. 그래 맞아요, 정말 그랬어요. 뭐랄까, 그 얘기가 슬며시 떠올랐는데, 우리가 무엇보다 먼저 알아야 할 건……."

"닉, 무슨 말을 들었든 믿지 말게나." 그가 나에게 충고했다.

나는 아무 말도 듣지 못했노라고 가볍게 대답하고 잠시 뒤 집에 가려고 자리에서 일어섰다. 그들은 함께 문까지 따라와 영롱하게 비치는 정사각형 불빛 아래 나란히 섰다. 내가 자동차에 시동을 걸자 데이지가 명령을 하듯 "잠깐만 기다려요!" 하고 소리쳤다.

"물어볼 말이 있었는데 깜박 잊고 있었네요. 중요한 거예요. 서부에 있을 때 어떤 아가씨와 약혼했다고 들었어요."

"참, 맞아." 톰이 친절하게도 그녀의 말을 거들었다. "자네가 약혼했다는 소릴 들었어."

"헛소문이야. 그럴 만한 돈도 없고."

"하지만 분명히 들은걸요." 이렇게 주장하는 데이지의 얼굴이 다시 꽃처럼 환하게 피어나서 나를 놀라게 했다. "세 사람한테서나 그런 말을 들었으니 사실인 게 틀림없어요."

그들이 무슨 얘기를 하는지 잘 알았지만 나는 꿈에도 약혼한 일이 없었다. 내가 동부로 온 데는 교회에서 결혼

예고를 했다는 소문이 나돈 탓도 있었다. 소문 때문에 오랜 친구와의 관계를 끊을 수도 없는 노릇이고, 그렇다고 소문이 났다고 해서 결혼할 생각도 없었다.

    나는 그들이 보여 준 관심에 얼마간 감동했고, 그들이 내가 다가갈 엄두도 못 낼 정도로 그렇게 부자는 아니라는 느낌을 받았다. 그런데도 차를 몰고 집에 돌아오면서 마음이 혼란스러웠고 기분도 약간 언짢았다. 내 생각 같아서는, 데이지가 당장 어린애를 안고 그 집을 뛰쳐나와야 했지만 그녀는 그럴 생각이 조금도 없는 것 같았다. 한편 톰으로 말하자면, '뉴욕에 여자를 두고 있다.'라는 사실보다 참으로 더 놀라운 것은 그가 책 한 권 때문에 의기소침해졌다는 사실이었다. 마치 강인한 육체적 자만심이 더 이상 그의 독단적인 마음을 지탱해 줄 수 없게 된 듯, 뭔가가 그로 하여금 진부한 사상의 가장자리를 갉아먹게 하고 있었던 것이다.

    여관의 지붕들과 붉은색 새 휘발유 펌프가 불빛을 받으며 서 있는 길가 주유소 앞에는 벌써 여름이 한창 깊어 가고 있었다. 웨스트에그에 있는 집에 도착하자 나는 차고에 차를 넣어 둔 뒤 마당에 팽개쳐져 있는 잔디밭 고르는 롤러 위에 잠시 앉아 있었다. 바람이 불어와 나무들 사이에서 날개 부딪치는 소리로 밤이 소란스럽고 밝게 빛났고, 대지의 풀무가 개구리들에게 생기를 한껏 불어넣어 오르간 소리가 끊임없이 울려 퍼졌다. 지나가던 고양이의 그림자가 달빛에 어른거리는 것이 눈에 띄어 자세히 보려고 고개를 돌렸을 때, 내가 혼자 있는 것이 아니라는 사실을 깨달았다. 15미터 떨어진 곳에 또 한 사람의 모습이 옆집의 그림자 속에서 나타나 두 손을 호주머니에 찌른 채 서서 은빛 후춧가루를 뿌려 놓은 듯한 별들을 바라보고 있는 게 아닌가. 한가로워 보이는 동작과 잔디를 굳게 딛고 서 있는 안정된 자세로 미뤄 보아, 이 지역의 하늘 중 어디까지가 자기 몫의 하늘인지 살펴보려고 나온 개츠비임을 알 수 있었다.

나는 그를 부르려고 마음먹었다. 미스 베이커가 저녁을 먹으면서 그에 관해 얘기했기 때문에 그것으로 소개는 충분할 것 같았다. 그러나 갑자기 그가 혼자 있고 싶다는 암시를 보냈기 때문에 나는 그를 부르지 않았다. 그는 이상한 방식으로 어두운 바다를 향해 두 팔을 뻗었는데, 나와 멀리 떨어져 있기는 했지만 확실히 부르르 몸을 떨고 있었다. 그래서 나도 모르게 바다 쪽을 바라보았다. 저 멀리, 부두의 맨 끝자락에 있는 것이 틀림없는 단 하나의 초록색 불빛이 작게 반짝이는 것을 빼고는 아무것도 보이지 않았다. 내가 다시 돌아다보았을 때 개츠비는 이미 사라진 뒤였다. 나는 어수선한 어둠 속에서 또다시 혼자가 되었다.

2

　웨스트에그와 뉴욕시 중간쯤에는 황량한 지역을 피해 가기 위해 차도가 철로와 만나 400미터 정도 나란히 달리는 곳이 있다. 이곳이 바로 쓰레기 계곡[12]이다. 재가 밀처럼 자라 산마루와 언덕과 기괴한 정원을 이루는 환상적인 농장 말이다. 재는 이곳에서 집과 굴뚝, 굴뚝에서 피어오르는 연기 모양을 하고 있다가 안간힘을 내서 마침내 회백색 사람 모양이 되어 희뿌연 공기 속에서 어렴풋이 움직인다 싶으면 벌써 땅바닥에 무너져 내린다. 이따금씩 잿빛 차량들이 일렬로 줄을 지어 보이지 않는 길을 따라 기어가다가 오싹하도록 무섭게 삐걱거리며 갑자기 멈춰 선다. 그러면 즉시 회백색 사람들이 납으로

12　뉴욕시 퀸스 자치구에 있는 쓰레기 처리장. 1920년대 초엽 플러싱 강 주위 습지에 있었으며 온갖 쓰레기를 매립했다.

만든 삽을 들고 몰려 올라가 앞을 내다볼 수 없는 구름을
휘저어 놓는다. 그러면 그들이 하는 아리송한 작업도
시야에서 모두 사라져 버리고 만다.

    그러나 그 잿빛 땅과 그 위에 끊임없이 발작적으로
피어오르는 먼지 너머로 곧 T. J. 에클버그 박사의 두
눈을 볼 수 있다. T. J. 에클버그 박사의 두 눈은 푸르고
거대하다. 망막의 높이가 무려 1미터에 달한다. 얼굴은
없고 눈만 있지만, 보이지 않는 코에 걸려 있는 거대한 노란
안경 너머로 이쪽을 바라보고 있다. 분명히 어떤 익살맞은
안과 의사가 퀸스 자치구에서 영업을 좀 해 보려고 걸어
놓은 뒤 그 자신이 영원히 눈이 멀어 버렸거나 아니면 이
광고판을 까맣게 잊고 이사를 가 버린 게 틀림없었다. 오랜
세월 동안 페인트도 칠하지 않은 채 햇볕에 그을고 비를
맞아 좀 바랬지만 여전히 두 눈은 생각에 잠긴 듯 장엄한
쓰레기 매립지를 내려다보고 있었다.

    쓰레기 계곡은 한쪽으로 작고 더러운 강과 접하고
있어서 개폐교가 화물선을 통과시키려고 올라갈 때면
기차가 멈추고 승객들은 삼십 분 동안 그 음울한 풍경을
바라보아야 한다. 기차는 그곳에서 적어도 일 분 동안은
정지하는데, 내가 톰 뷰캐넌의 정부(情婦)를 처음 만난 것도
바로 그 때문이었다.

    톰에게 정부가 있다는 사실은 그의 이름이 알려진

곳이라면 어디에서나 화젯거리였다. 그를 아는 사람들은 그가 그 여자를 데리고 레스토랑에 들어가서 그녀를 테이블에 앉혀 둔 채 빈둥거리다 아는 사람이 나타나기만 하면 누구든 붙잡고 지껄여 댄다는 사실에 분개했다. 나는 그녀가 어떻게 생겼는지 보고 싶기는 했지만 만나고 싶은 생각은 없었다. 그렇지만 나는 그녀를 만나고 말았다. 어느 날 오후 나는 톰과 함께 기차를 타고 뉴욕에 가고 있었다. 기차가 쓰레기 계곡에 멈춰 서자 그는 자리에서 일어나더니 내 팔을 붙잡고 강제로 기차에서 끌어내리다시피 했다.

"여기서 내리자고! 자네한테 내 애인을 소개해 줄게." 그가 고집스럽게 말했다.

그가 점심 식사 때 술을 진탕 마셔 취한 게 아닌가 싶었다. 나를 데리고 가겠다는 그의 결심은 거의 폭력에 가까웠다. 그는 오만불손하게도 내가 일요일 오후에 별로 할 일이 없으려니 생각한 모양이었다.

나는 석회 도료를 하얗게 바른 나지막한 철로 변 담을 넘어 그를 따라갔고, 우리는 에클버그 박사의 시선을 끊임없이 받으며 길을 따라 100미터쯤 뒤쪽으로 걸어갔다. 보이는 건물이라고는 오직 황무지 끝에 서 있는 작고 노란 벽돌 건물뿐이었다. 그곳이 일종의 중심가인 셈이었지만 그 옆에는 아무것도 없었다. 건물에는 상점이 셋 있었는데 그중 하나는 세를 놓을 것이었고, 쓰레기 계곡 자락과 맞닿아 있는 다른 하나는 24시간 영업을 하는 음식점이었으며, 세 번째 상점은 자동차 정비소였다. 거기에는 "자동차 정비소, 조지 B. 윌슨. 자동차 사고팝니다."라는 팻말이 붙어 있었다. 나는 톰을 따라 그 정비소 안으로 들어갔다.

장사가 잘 안 되는지 건물 내부는 텅 비어 있었다. 자동차라고는 어둠침침한 구석에서 먼지를 뒤집어쓰고 있는 부서진 포드 한 대뿐이었다. 문득 이 음산한 자동차 정비소는 한낱 속임수에 지나지 않으며 2층에는 호화롭고 낭만적인 방들이 숨어 있을지도 모른다는 생각이 떠올랐을 때 주인이 헝겊 조각에 손을 닦으며 사무실 문 앞에 모습을 드러냈다. 금발에 빈혈이라도 있는 듯 핏기 없는 얼굴이었지만 그런대로 잘생긴 편이었다. 우리를 보자 그의 옅은 푸른색 눈에 어렴풋이 희망의 빛이 감돌았다.

"잘 있었나, 윌슨. 장사는 잘되나?" 톰이 반갑다는 듯 그의 어깨를 툭 치며 말했다.

"그저 그렇죠, 뭐." 윌슨이 시큰둥하게 대답했다. "그 차는 언제 파실 겁니까?"

"다음 주에……. 지금 우리 정비사가 손을 보고 있거든."

"꽤 굼뜨군요, 그 친구. 안 그래요?"

"아니, 그렇지 않아. 자네가 그렇게 생각한다면 다른 곳에 팔아 버리겠어." 톰이 냉담하게 대답했다.

"그런 뜻이 아니고요. 제 말은 다만……." 윌슨이 재빨리 변명했다.

윌슨이 말끝을 흐렸고 톰은 조바심이 나는 듯 자동차 정비소 주위를 훑어보았다. 그때 계단을 내려오는 발소리가 들리더니 순간 살집이 있는 여자 하나가 사무실 문으로 들어오는 빛을 가로막고 섰다. 삼십 대 중반에 접어든 그녀는 약간 뚱뚱한 편으로 몇몇 여자들이 그러하듯 육중한 몸을 육감적으로 움직였다. 물방울무늬가 있는 검푸른 비단 드레스 위로 솟은 그녀의 얼굴은 예쁜 구석이라고는 찾아볼 수 없었지만 온몸의 신경이 연기를 내뿜듯 끊임없이 생동감을 발산하는 것을 금방 느낄 수 있었다. 그녀는 천천히 미소를 지으며 남편이 마치 무슨 유령이라도 되는 듯 지나치더니 톰과 악수를 하며 정면으로 그의 눈을 응시했다. 그러고 나서 입술에 침을 바르고 남편을 쳐다보지도 않은 채 나지막하고 거친 목소리로 그에게 이렇게 말했다.

"의자 좀 가져오지 않고요. 좀 앉으시게 해야죠."

"아, 그렇지." 윌슨은 서둘러 말하고는 회색 벽에 곧바로 연결되어 있는 작은 사무실로 갔다. 쓰레기 계곡 근처에 있는 것은 무엇이든 희뿌연 재를 뒤집어쓰고 있듯 그의 검은 양복과 윤기 없는 머리카락에도 먼지가 뽀얗게 덮여 있었다. 하지만 그의 아내에게는 재가 묻어 있지 않았다. 그녀가 톰에게 가까이 다가왔다.

"만나고 싶어. 다음 기차를 타." 톰이 열띤 어조로 말했다.

"알았어요."

"지하 신문 판매대에서 기다릴게."

그녀는 고개를 끄덕였고, 조지 윌슨이 사무실에서 의자 두 개를 들고 나타나자 톰한테서 떨어졌다.

우리는 길 아래쪽으로 내려가 눈에 띄지 않는 곳에서 그녀를 기다렸다. 독립 기념일을 며칠 앞둔 때여서 창백하고 깡마른 이탈리아계 아이 하나가 철도를 따라 폭죽을 한 줄로 쭉 늘어놓고 있었다.

"끔찍한 곳이잖나?" 톰이 에클버그 박사와 찡그린 얼굴을 주고받으며 말했다.

"정말로 끔찍하군."

"이곳을 떠나는 게 그녀에게도 좋아."

"남편이 반대하지 않을까?"

"윌슨? 그 친구는 아내가 뉴욕에 있는 여동생을 만나러 가는 줄 알아. 우둔하기 짝이 없어서 자기가 살아 있는지 죽어 있는지조차 모르는 위인이야."

그렇게 해서 톰 뷰캐넌과 그의 정부와 나는 함께
뉴욕으로 갔다. 정확히 말하자면 '함께'라고 할 수도 없는
것이, 윌슨 부인이 눈치껏 다른 칸에 탔기 때문이다. 톰은
기차를 타고 있을지도 모를 이스트에그 주민들의 감정을
그 정도는 배려할 줄 알았다.

그녀는 갈색 무늬가 있는 모슬린 드레스로
갈아입었는데, 톰이 뉴욕 플랫폼에서 기차에서 내리는
그녀를 부축할 때 그 옷은 그녀의 널찍한 엉덩이에
착 달라붙어 있었다. 신문 판매대에서 그녀는 《타운
태틀》[13]과 영화 잡지 한 권을 샀고, 역 구내매점에서
콜드크림과 조그마한 향수 한 병을 샀다. 지상으로
올라와서는 육중한 소음이 메아리치는 차도에서 택시를
네 대나 그냥 보내고 나서야 비로소 회색 시트로 장식한
라벤더색 새 택시를 골라잡았다. 이 택시를 타고 우리는
사람들로 붐비는 역을 빠져나와 햇빛이 반짝이는 거리로
미끄러져 갔다. 그러나 즉시 그녀는 재빨리 창에서
눈길을 돌리더니 상반신을 앞으로 굽히면서 앞쪽 유리를
두드렸다.

"저 개 한 마리 갖고 싶어요. 아파트에서 기르고

---

13 가상의 잡지이다. 피츠제럴드는 1920년대에 발행되던 황색 잡지
 《타운 토픽》을 염두에 두었던 듯하다.

싶어요. 얼마나 좋을까…… 저 개를 기른다면." 그녀가 진지하게 말했다.

우리는 어이없게도 존 D. 록펠러[14]를 닮은 백발노인 쪽으로 차를 후진했다. 노인이 목에 걸고 있는 바구니 안에는 갓 태어난 듯한 강아지 열두어 마리가 웅크리고 있었다.

"무슨 종(種)이에요?" 노인이 택시 창문 쪽으로 가까이 다가오자 윌슨 부인이 진지하게 물었다.

"온갖 종류가 다 있습죠. 부인께선 어떤 종류를 원하시나요?"

"경찰견 한 마리를 사고 싶은데요. 그런 개는 없겠죠?"

노인은 미심쩍은 눈초리로 바구니를 들여다보다가 손을 넣어 발버둥 치는 강아지 한 마리를 목덜미를 잡아 들어 올렸다.

"그건 경찰견이 아니잖소." 톰이 말했다.

"네, 딱히 경찰견이라곤 할 수 없습죠." 노인이 실망한 듯한 목소리로 말했다. "에어데일에 가깝습죠." 노인은 갈색 수건 같은 개의 등허리를 쓰다듬었다. "이 털 좀 보세요. 대단한 털입죠. 감기에 걸리거나 해서 귀찮게 할

---

14 John Davison Rockfeller(1839~1937). 스탠더드 석유 회사를 세운 미국의 백만장자.

녀석이 아닙니다요."

"아이, 예뻐라." 윌슨 부인이 들뜬 목소리로 말했다. "얼마예요?"

"저놈 말입니까?" 노인은 그 강아지를 감탄스러운 눈길로 바라보았다. "10달러는 주셔야죠."

그 에어데일은 — 비록 다리가 놀랄 만큼 희기는 했지만 에어데일이라는 데는 의심할 여지가 없었다 — 새 주인이 된 윌슨 부인의 무릎 사이로 파고들었고, 그녀는 추위를 타지 않는다는 털을 황홀한 듯 쓰다듬었다.

"수컷이에요, 암컷이에요?" 그녀가 우아하게 물었다.

"그놈요? 수컷입죠."

"암캐야." 톰이 단호하게 말했다. "자, 여기 돈이 있소. 그 돈이면 아마 열 마리는 더 살 거요."

우리는 5번가를 향해 달렸다. 한여름 일요일 오후의 공기는 가히 목가적이라고 할 만큼 따뜻하고 부드러워서 흰 양 떼가 길모퉁이를 돌아 거리에 나타나더라도 놀랍지 않을 정도였다.

"차를 세우지. 난 여기서 내리겠어." 내가 말했다.

"아니, 안 돼." 톰이 재빨리 가로막았다. "자네가 아파트까지 가지 않으면 머틀이 섭섭해할 거야. 안 그래, 머틀?"

"함께 가요. 전화를 걸어 제 동생 캐서린을 부를게요.

주위 사람들한테서 굉장한 미인이라는 소리를 듣는 애라고요." 그녀가 조르다시피 했다.

"글쎄, 가고 싶긴 하지만……."

우리는 센트럴파크를 지나 웨스트 100번대 거리 쪽으로 계속 달렸다. 158번가에 이르자 택시는 흰 케이크를 잘라 놓은 것처럼 길게 늘어서 있는 아파트 한쪽에 멈춰 섰다. 왕궁에 돌아온 여왕처럼 당당한 시선으로 이웃을 훑어보면서 윌슨 부인은 개와 그 밖에 산 물건들을 들고 당당하게 안으로 들어갔다.

"매키 부부를 부를 거예요. 물론 내 동생한테도 전화를 걸고요." 우리가 엘리베이터를 타고 올라가는 동안 그녀가 말했다.

아파트는 맨 위층에 있었다. 작은 거실과 작은 부엌, 목욕탕이 딸린 조그마한 침실 하나가 있는 집이었다. 거실은 태피스트리를 씌운 가구 한 세트가 문간까지 꽉 들어차 있었는데 거실에 비해 가구가 너무 커서 돌아다니다 보면 베르사유 정원에서 부인들이 그네를 타고 있는 장면 위로 자꾸 걸려 넘어질 것 같았다. 벽에는 희미한 바위에 앉아 있는 암탉을 지나치게 확대한 사진 한 장이 달랑 걸려 있었다. 그러나 멀리 떨어져서 보면 암탉은 부인용 모자처럼 보였고, 살찐 노부인의 얼굴이 방 안을 내려다보며 빙그레 웃고 있는 것 같았다. 탁자

위에는 『베드로라 하는 시몬』[15]이라는 책 한 권과 함께
낡은 《타운 태틀》 몇 권이 놓여 있었고, 브로드웨이의
스캔들을 실은 별 볼 일 없는 잡지 몇 권이 널려 있었다.
윌슨 부인은 강아지에 온통 정신이 팔려 있었다.
엘리베이터 보이는 짚을 가득 채운 상자와 우유를 사러
갔다가 시키지도 않은 크고 딱딱한 개 비스킷을 한 통 사
왔다. 그중 한 개는 오후 내내 우유 접시 속에서 버려진 채
썩어 갔다. 한편 톰은 잠가 두었던 옷장을 열고 위스키 한
병을 꺼내 왔다.

나는 평생 술에 취한 적이 딱 두 번 있었는데 두
번째가 바로 그날 오후였다. 8시가 지나도 방 안에는 밝은
햇살이 가득 차 있었지만 거기서 일어난 일들이 하나같이
희미하고 몽롱한 기억으로밖에 남아 있지 않은 것도
그래서였다. 윌슨 부인은 톰의 무릎에 앉아서 몇 사람에게
전화를 걸었다. 나는 담배가 떨어져 길모퉁이에 있는
약국으로 담배를 사러 나갔다. 돌아와 보니 그들은 보이지
않았고, 나는 조용히 거실에 앉아 『베드로라 하는 시몬』을
읽었다. 내용이 형편없어서였는지 아니면 위스키 때문에
정신이 혼미해서였는지는 모르겠지만 무슨 얘기인지 통 알

---

15 로버트 키블이 쓴 대중 소설로 1921년에 영국에서 출간되었다. 피츠제럴드는 이 소설을 '아주 부도덕한' 작품이라고 평했다.

수가 없었다.

　톰과 머틀이 — 한잔한 뒤부터 윌슨 부인과 나는 서로 말을 텄다 — 다시 나타나자 손님들이 하나둘씩 도착하기 시작했다.

　머틀의 여동생 캐서린은 서른 살쯤 되고 몸매가 날씬한, 닳고 닳은 여자로 뻣뻣한 붉은 단발머리에 얼굴에는 우유같이 흰 분을 바르고 있었다. 눈썹을 뽑고 그 위에 좀 더 예쁘게 보이도록 새로 그렸지만 뽑힌 자리에서 눈썹이 다시 돋아나는 바람에 얼굴이 지저분해 보였다. 그녀가 몸을 움직일 때면 두 팔에 달린 헤아릴 수 없이 많은 도기 팔찌가 위아래로 흔들리며 끊임없이 짤랑거리는 소리를 냈다. 주인처럼 당당히 서둘러 들어와서는 탐욕스러운 눈길로 가구를 둘러보는 모습이 마치 그녀가 집주인인가 하는 착각이 들 정도였다. 그래서 내가 여기에 사느냐고 물었더니 그녀는 호탕하게 웃으면서 내 질문을 큰 소리로 되풀이하고는 자기는 여자 친구와 함께 호텔에서 지낸다고 대답했다.

　아래층에서 온 매키 씨는 얼굴이 창백하고 여자 같은 남자였다. 광대뼈에 흰 비누 거품 자국이 남아 있는 것으로 보아 방금 면도를 한 모양이었다. 방에 있는 사람들에게 인사하는 태도가 무척 예의 발랐다. 그는 자기가 '예술 작업'에 종사하고 있노라고 말했는데, 나는 나중에야 그가 사진작가라는 사실을 알고 벽에 걸려 있는 머틀 어머니의 유령 같은 희미한 확대 사진을 만든 장본인일 거라고 짐작했다. 그의 아내는 찢어지는 듯 날카로운 목소리에 힘이 없어 보였고 예쁘기는 했지만 끔찍한 여자였다. 그녀는 자기 남편이 결혼 후 100번 하고도 스물일곱 번이나 사진을 찍어 주었다고 자랑하며 떠벌렸다.

    윌슨 부인은 조금 전에 옷을 갈아입었는데, 지금은 크림색 시폰으로 만든 정교한 드레스를 차려입고 있었다. 그 옷자락으로 방 안을 쓸고 다니는 동안 쉴 새 없이 부스럭거리는 소리가 났다. 옷이 날개라더니 옷 덕분에 인품마저 달라 보였다. 자동차 정비소에서 눈에 띄었던 강렬한 생명력은 상당한 거만함으로 변해 있었다. 그녀의 웃음, 그녀의 몸짓, 그녀의 말투는 시간이 지날수록 더욱 가식적으로 변했고, 그녀가 그렇게 부풀어 오를수록 방은 점점 더 비좁아지는 것만 같았다. 그러더니 마침내 그녀는 담배 연기 자욱한 공기 속에서 시끄럽게 삐걱거리는 회전축을 따라 빙글빙글 돌고 있는 것처럼 보였다.

    "얘, 캐서린." 그녀가 뽐내는 듯한 높고 큰 목소리로 동생에게 말했다. "그런 놈들은 대개가 늘 너를 속여 먹으려 들 거야. 그저 돈만 생각하는 놈들이라고. 지난주에 내 발을 좀 봐 달라고 어떤 여자를 여기로 불렀는데, 청구서를 보니까 맹장 수술이라도 받았나 싶었다니까."

"그 여자 이름이 뭔데요?" 매키 부인이 물었다.

"에버하트 부인이에요. 집집마다 돌아다니면서 발을 봐 주는 여자죠."

"입으신 옷 예뻐요. 정말로 멋져요." 매키 부인이 말했다.

윌슨 부인은 경멸하듯 눈썹을 추켜올림으로써 그 칭찬을 묵살해 버렸다.

"형편없는 헌 옷 나부랭이예요. 아무렇게나 보여도 괜찮을 때 가끔 걸치죠." 그녀가 말했다.

"하지만 당신이 입으니까 아주 멋져요. 제 말이 무슨 뜻인지 아시잖아요." 매키 부인이 계속 말했다. "만약 제 남편 체스터가 당신의 그런 자태를 잡아 낸다면, 그럴듯한 작품을 만들 수 있을 거예요."

우리는 모두 말없이 윌슨 부인을 쳐다보았고, 그녀는 두 눈을 덮고 있는 머리카락을 쓸어 올리고 밝은 미소를 지으며 우리를 쳐다보았다. 매키 씨는 한쪽으로 고개를 돌린 채 그녀를 주시하다가 손을 눈앞에서 앞뒤로 천천히 움직였다.

"조명을 바꿔야겠어요." 잠시 뒤 그가 이렇게 말했다. "이목구비의 입체감을 드러내고 싶군요. 또한 뒤쪽 머리카락 전부를 살리면서 말이죠."

"조명은 바꾸지 않는 게 좋을 것 같아요. 제 생각에는……." 매키 부인이 소리쳤다.

그녀의 남편이 "쉿!" 하고 말을 끊자 우리 모두는 다시 한번 모델을 쳐다보았다. 그러자 톰은 소리 내어 하품을 하면서 자리에서 벌떡 일어났다.

"매키 부부가 마실 만한 게 있을 텐데. 머틀, 얼음하고 탄산수를 더 가져오지. 다들 자러 간다고 하기 전에 말이야."

"엘리베이터 보이한테 얼음을 가져오라고 시켰어요." 머틀은 하류층 사람들의 게으름에 실망했다는 듯 눈썹을 추켜올렸다. "하여간 그런 부류의 사람들이란! 쉴 새 없이 다그쳐야 한다니까."

그녀는 나를 보고 멋쩍은 미소를 지었다. 그러고 나서 강아지에게 달려가서 열렬히 입을 맞추더니 열두 명의 요리사가 자기 명령을 기다리고 있기라도 한 듯 휙 하고 부엌으로 들어갔다.

"롱아일랜드에서 멋진 사진들을 찍어 왔습니다." 매키 씨가 단호하게 말했다.

톰이 멍하니 그를 쳐다보았다.

"그중 둘은 액자에 끼워 아래층에 걸어 놓았지요."

"뭐가 둘이라는 거요?" 톰이 물었다.

"작품 말입니다. 그중 하나는

「몬턱포인트[16] — 갈매기」, 다른 하나는 「몬턱포인트 — 바다」라고 이름을 붙였지요."

머틀의 동생 캐서린이 긴 의자로 다가와 내 옆에 앉았다.

"당신도 롱아일랜드에 살아요?" 그녀가 물었다.

"웨스트에그에 삽니다."

"정말이에요? 한 달쯤 전에 그곳에서 열린 파티에 갔는데. 개츠비라는 사람의 집 말이에요. 혹시 그분 알아요?"

"바로 옆집에 살지요."

"한데 그분은 빌헬름 황제의 조카인가 사촌인가 된다더군요. 그분의 돈이 다 거기서 나온다죠."

"정말입니까?"

그녀는 그렇다고 고개를 끄덕이며 대답했다. "전 그 사람이 무서워요. 그 사람과는 무슨 일로도 엮이고 싶지 않아요."

그때 매키 부인이 갑자기 캐서린을 가리키며 말하는 바람에 내 이웃에 관한 솔깃한 정보는 거기에서 중단되고 말았다.

"여보, 내 생각엔 당신이 이분과 괜찮은 작품을 만들

---

16 뉴욕주 롱아일랜드 동쪽 끝에 있는 지역.

수 있을 것 같아요." 그녀가 불쑥 말을 꺼냈지만 매키 씨는 귀찮다는 듯 고개를 끄덕이고는 톰을 향해 말했다.

"전 롱아일랜드에서 좀 더 일하고 싶어요. 할 수만 있다면요. 시작할 기회를 얻기만을 바랄 뿐이지요."

"머틀한테 한번 부탁해 봐요." 톰은 이렇게 말하고는 머틀이 쟁반을 들고 들어오자 큰 소리로 웃음을 터뜨렸다. "이 사람이 당신한테 소개장을 써 줄 거요. 머틀, 안 그래?"

"뭘 써 준다고요?" 그녀가 놀라서 물었다.

"당신 남편을 모델로 작품을 만들 수 있도록 당신이 남편에게 매키를 소개하는 소개장을 써 주라고." 그가 제목을 궁리하는 동안 그의 입술이 잠시 말없이 움직였다. "「주유소 펌프 앞에 서 있는 조지 B. 윌슨」이나 뭐 그 비슷한 제목으로 말이야."

캐서린은 내 가까이 몸을 기울이더니 귓속말로 속삭였다.

"저 두 사람 다 자기 배우자를 못마땅해해요."

"그래요?"

"참을 수가 없대요." 그녀는 머틀과 톰을 번갈아 바라보았다. "내 말은요, 서로 참을 수 없는데 왜 계속 살을 맞대고 사느냐는 거예요. 나 같으면 당장 이혼하고 둘이 결혼할 텐데."

"머틀도 윌슨을 안 좋아하나요?"

이 물음에 대한 답은 예상치 않은 곳에서 왔다. 우리 말을 엿듣고 있던 머틀이 직접 그렇다고 대답한 것이다. 그런데 그 대답은 공격적이면서도 음탕했다.

"봤죠?" 캐서린이 의기양양하게 말했다. 그녀는 다시 한번 목소리를 낮추었다. "두 사람을 떼어 놓고 있는 건 사실상 톰의 부인이에요. 그 여자는 가톨릭 신자라는데, 가톨릭에서는 이혼을 허락하지 않잖아요."

데이지는 가톨릭 신자가 아니었기 때문에 나는 이 그럴듯한 거짓말에 약간 충격을 받았다.

"두 사람은 결혼을 하면요, 잠잠해질 때까지 잠시 서부에 가서 살 거래요." 캐서린이 말을 이었다.

"유럽으로 가는 게 더 나을 텐데요."

"아, 유럽을 좋아해요?" 그녀가 놀라서 소리쳤다. "난 몬테카를로[17]에서 얼마 전에 돌아왔거든요."

"그랬군요."

"바로 작년이에요. 여자 친구와 함께 갔지요."

"오래 있었나요?"

"아뇨. 그냥 몬테카를로에만 갔다가 곧장 돌아왔어요. 마르세유를 경유해서 갔지요. 출발할 때 1200달러 넘게 갖고 갔는데 특실 도박장에서 이틀 만에 몽땅 날려 버렸죠.

---

17   리비에라 해안에 있는 모나코의 도시. 카지노로 유명하다.

돌아오는 데 얼마나 고생을 했는지 몰라요. 맙소사, 그놈의 도시라면 이제 지긋지긋해요!"

늦은 오후의 하늘이 한순간 지중해의 푸른 바다처럼 창문에 화려하게 비쳤다. 바로 그때 매키 부인의 날카로운 목소리가 들려오는 바람에 정신이 번쩍 들어 방 안으로 시선을 돌렸다.

"나도 하마터면 실수를 할 뻔했어요." 그녀가 박력 있게 말했다. "몇 년 동안이나 나를 따라다니던 키 작은 유대인과 결혼할 뻔했거든요. 나보다 못한 사람이라는 걸 알았는데도요. 모두가 나한테 이렇게 말하더군요. '루실, 넌 그 남자에겐 너무 아까워!' 하지만 내가 체스터를 만나지 못했더라면 분명히 그 남자가 나를 차지했을 거예요."

"맞아. 하지만 내 말 좀 들어 봐." 머틀이 고개를 아래위로 끄덕이면서 말했다. "적어도 당신은 그와 결혼하지 않았잖아."

"그래요. 안 했지요."

"한데 난 결혼했어. 그게 당신과 내가 다른 점이지." 머틀이 모호하게 말했다.

"언니, 언닌 왜 그 사람과 결혼한 거야? 아무도 강요하지 않았는데 말이야." 캐서린이 물었다.

머틀이 잠시 생각에 잠겼다.

"그 사람을 신사로 착각했기 때문이지." 마침내 머틀이 입을 열었다. "난 그 사람이 교양 있는 사람이라고 생각했거든. 하지만 알고 보니 내 신발을 핥을 자격도 없는 인간이더라고."

"그래도 언니는 한동안 그에게 미쳐 있었잖아." 캐서린이 대꾸했다.

"미쳐 있었다고!" 머틀은 도저히 믿기지 않는다는 듯 소리를 질렀다. "내가 그 작자에게 미쳐 있었다고 누가 그래? 저기 있는 저 양반에게 미치지 않은 것처럼, 그 인간에게도 미친 적이 없단 말이야."

그녀가 갑자기 나를 가리키자 다들 비난하는 듯한 눈초리로 나를 쳐다보았다. 나는 그녀의 과거 애정 행각과 아무 관계도 없다는 표정을 지어 보이려고 애썼다.

"내가 미쳐 있었던 건 막 결혼했을 때뿐이야. 하지만 곧 아차, 실수했구나 하고 깨달았지. 그 작자는 결혼식 때 예복을 빌려 입고도 나한테 입도 뻥긋하지 않았어. 그런데 어느 날 그 인간이 집에 없을 때 옷 임자가 옷을 찾으러 온 거야. '아, 그게 댁의 양복이었나요? 전 처음 듣는 얘기거든요.' 내가 물었지. 난 양복을 그에게 내주고 나서 드러누워 오후 내내 엉엉 울었어."

"정말이지 형부를 차 버려야 하는데." 캐서린이 또다시 나에게 말을 걸었다. "두 사람은 자동차 정비소에서 십일 년 동안이나 같이 살았어요. 그리고 톰은 언니의 첫 애인이죠."

방에 있는 사람들은 계속 위스키 병을 찾아 댔다. 벌써 두 번째 병을 마시고 있었다. "한 잔도 마시지 않고도 마신 것과 다름없이 기분을 낼 수" 있다는 캐서린 한 사람만 예외였다. 톰은 벨을 눌러 수위를 부르더니 저녁 식사가 충분히 될 만한 어떤 유명한 샌드위치를 사 오라고 시켰다. 나는 밖으로 나가 부드러운 황혼에 휩싸인 동쪽 공원으로 산책을 가고 싶었지만, 나가려고 할 때마다 귀에 거슬리는 자극적인 이야기가 밧줄처럼 내 발목을 잡아당겨 의자에 앉아 버리곤 했다. 그런데도 도시의 하늘 위로 줄지어 있는 노란 창문들은 조금씩 어둠이 깔리는 길거리에서 우연히 고개를 쳐들고 올려다보는 사람들에게 인간의 비밀을 속삭여 주고 있음에 틀림없었으리라. 나 또한 위쪽을 올려다보며 궁금하게 생각하는 사람 중 하나였다. 만화경(萬華鏡)처럼 변화무쌍한 삶에 매혹당하기도 하고 혐오감을 느끼기도 하면서 나는 집 안에 있는 동시에 집 밖에도 있는 기분이었다.

머틀은 의자를 잡아당겨 나에게 가까이 다가오더니 느닷없이 더운 입김을 내뿜으며 그녀가 톰을 처음 만났을 때의 이야기를 털어놓았다.

"기차를 타면 언제나 마지막까지 남는 자리가

있었어요. 서로 마주 보는 자리인데, 거기서 일이 벌어졌지요. 나는 동생과 함께 밤을 보낼 작정으로 뉴욕에 가는 길이었어요. 저이는 신사복을 입고 번쩍이는 에나멜가죽 구두를 신고 있었는데, 차마 눈을 뗄 수가 없더군요. 하지만 저이가 나를 쳐다볼 때마다 나는 저이 머리 위쪽에 있는 광고를 보는 척했지요. 역에 도착했을 때 저이가 바로 내 곁에 있었고, 흰 와이셔츠 앞가슴으로 내 팔을 누르고 있었어요……. 그래서 나는 그에게 경찰관을 부르겠다고 협박했지만 거짓말이라는 걸 저이는 잘 알았죠. 나는 너무 흥분한 나머지 저이와 함께 택시를 잡아타고 가면서도 지하철을 탄 게 아니란 걸 깨닫지 못할 정도였지요. 그때 난 머릿속으로 줄곧 '그래, 넌 영원히 사는 게 아니잖아. 넌 영원히 살 수 없다고.'라고 생각했지요."

머틀은 매키 부인 쪽으로 몸을 돌렸고, 방 안 가득 그녀의 어색한 웃음이 흘러넘쳤다.

"이봐요." 머틀이 소리쳤다. "오늘 이 옷을 벗자마자 당신에게 줄게. 나는 내일 한 벌 더 사면 되니까. 쇼핑할 물건들 목록을 만들어 둬야겠어. 마사지 기구, 파마 기구, 개 목줄, 스프링 달린 예쁜 재떨이 그리고 여름 내내 시들지 않고 어머니 무덤을 장식해 줄 까만 비단 매듭 화환. 쇼핑할 물건들을 잊어버리지 않게 적어 둬야겠어."

9시가 되었다. 그다음에 다시 시계를 쳐다보았을 때에는 벌써 10시였다. 매키 씨가 꽉 쥔 두 주먹을 무릎 위에 올려놓고 의자에서 잠들어 있는 모습이 마치 정력적인 활동가를 찍어 놓은 사진 같았다. 나는 손수건을 꺼내 오후 내내 신경에 거슬리던 그의 뺨에 말라붙은 비누 거품 자국을 닦아 주었다.

　강아지는 탁자 위에 앉아 담배 연기 자욱한 방 안을 둘러보면서 이따금 작은 소리로 끙끙거렸다. 사람들은 사라졌다가 다시 나타났고, 어디론가 떠날 계획을 세웠고, 그러다가 대화를 나누던 상대를 서로 잃어버리고 찾아다니다가 몇 미터 떨어지지 않은 곳에서 다시 찾아냈다. 자정이 가까워질 무렵 톰 뷰캐넌과 윌슨 부인은 얼굴을 맞대고 윌슨 부인이 데이지의 이름을 언급할 권리가 있느냐를 두고 열띠게 말다툼을 벌이고 있었다.

　"데이지! 데이지! 데이지!" 윌슨 부인이 외쳤다. "내가 부르고 싶으면 언제든지 부를 거예요! 데이지! 데이……."

　그 순간 톰 뷰캐넌이 능숙하게 손바닥으로 그녀의 코를 잽싸게 후려갈겼다.

　잠시 후 목욕탕 바닥에는 피 묻은 수건들이 널려 있었고, 여자들이 꾸짖는 소리가 들렸으며, 이런 소란보다 훨씬 더 높은 소리로 아프다고 울부짖는 소리가 들렸다. 매키 씨는 잠에서 깨어나 어안이 벙벙한 상태로 문 쪽으로 나아가더니 중간에 돌아서서 방 안의 광경을 쳐다보았다.
구급약을 들고서 비좁은 가구 사이를 뛰어다니며 화를
내기도 하고 위로를 건네기도 하는 자신의 아내와 캐서린,
상심한 표정으로 긴 의자 위에 누워 꽤 많은 피를 흘리며
베르사유 장면을 짜 넣은 태피스트리를 망가뜨리지
않으려고 그 위에 《타운 태틀》을 펼치고 있는 머틀의
모습이 보였다. 매키 씨는 다시 몸을 돌려 문 쪽으로
나갔다. 샹들리에에 걸어 두었던 모자를 집어 들고 나도
그의 뒤를 따랐다.

"언제 점심이나 하러 오시죠." 신음 소리를 내는
엘리베이터를 타고 내려가는 동안 그가 제안했다.

"어디서요?"

"어디서든지요."

"레버에서 손을 떼 주세요." 엘리베이터 보이가 말을
잘랐다.

"미안하네. 만지고 있는 줄 몰랐어." 매키 씨가 위엄
있게 말했다.

"좋습니다. 기꺼이 가지요." 나는 그의 점심 초대에
응했다.

⋯⋯그다음에 나는 그의 침대 옆에 서 있었고, 그는
속옷 차림으로 침대 시트에 들어가 두 손에 커다란
포트폴리오를 들고 앉아 있었다.

"「미녀와 야수」……「고독」……「식료품 가게의 늙은 말」……「브루클린 다리」…….."

그러고 나서 나는 펜실베이니아역의 추운 지하 대합실에 반쯤 잠든 상태로 누워 조간신문《트리뷴》을 보며 새벽 4시 기차를 기다렸다.

3

　　옆집에서는 여름 내내 밤마다 음악 소리가
흘러나왔다. 개츠비의 푸른 정원에서는 남녀가 속삭임을
주고받으며 샴페인을 사이에 두고 별빛 아래에서
부나비처럼 오갔다. 오후 만조 때 나는 그의 손님들이
부잔교(浮棧橋) 탑에서 다이빙을 하거나 해변의 뜨거운
모래 위에서 일광욕하는 모습을 지켜보았다. 한편 그의
모터보트 두 대가 폭포처럼 거품을 일으키며 수상 스키용
널빤지를 끌어 롱아일랜드 해협의 물길을 갈라놓기도
했다. 주말이면 그의 롤스로이스가 버스가 되어 아침
9시부터 자정이 넘도록 시내에서 파티에 오가는
사람들을 실어 날랐고, 그의 스테이션왜건은 기차를 타고
오는 손님들을 맞으려고 노란 딱정벌레처럼 부지런히
돌아다녔다. 그리고 월요일에는 특별히 채용된 정원사를
포함한 하인 여덟 명이 하루 종일 걸레, 바닥 닦는 솔, 망치,

정원용 가위 등을 들고 지난밤에 망가진 곳을 열심히 손보았다.

매주 금요일에는 뉴욕에 있는 과일 가게에서 다섯 상자 분량의 오렌지와 레몬이 배달되었다. 그리고 월요일이 되면 이 오렌지와 레몬은 반쪽으로 쪼개진 껍질만 피라미드처럼 쌓여 뒷문으로 빠져나갔다. 식당에는 주스 뽑는 기계가 있어 집사가 엄지손가락으로 작은 단추를 200번만 누르면 삼십 분 안에 무려 200잔의 오렌지 주스를 만들어 낼 수 있었다.

적어도 이 주에 한 번씩 파티를 준비하는 사람들이 수백 미터의 야회용 천막과 갖가지 색깔의 전구를 가져와서 개츠비의 거대한 정원을 크리스마스트리처럼 장식했다. 뷔페 테이블에는 화려한 전채 요리와 양념을 해서 구운 햄, 알록달록한 샐러드, 밀가루를 발라 튀긴 돼지고기, 거무스름한 금빛으로 구운 칠면조 등이 즐비하게 차려져 있었다. 중앙 홀에는 진짜 청동 레일로 장식한 바를 설치해 놓았고, 그 위에는 진과 각종 독주와 코디얼이 가득했다. 코디얼은 워낙 오랫동안 잊혔던 술이라 나이 어린 여자 손님들은 제대로 구별할 수도 없었.

7시쯤 오케스트라가 도착했다. 보잘것없고 시시한 5인조 악단이 아니라 오보에, 트롬본, 색소폰, 비올라, 코넷, 피콜로, 저음과 고음의 드럼까지 갖춘 완벽한 오케스트라였다. 해변에서 마지막까지 수영하던 사람들이 돌아와 위층에서 옷을 갈아입었다. 뉴욕에서 온 자동차들이 진입로 깊숙이까지 다섯 겹으로 주차되어 있었고, 벌써부터 홀과 살롱과 베란다에는 화려한 원색 옷을 입고 최신 유행의 기묘한 단발머리에 카스티야산(産) 숄보다도 더 좋은 고급 숄을 두른 여자들로 붐볐다. 바는 최고조로 흥청거렸고, 칵테일 쟁반이 빙빙 돌아 바깥 정원까지 나가자 마침내 잡담과 웃음소리와 즉흥적인 풍자로 분위기가 무르익었다. 사람을 소개받고도 그 자리에서 금방 잊어버리는가 하면, 서로 이름도 모르는 여자들끼리 신바람 나서 대화를 나누기도 했다.

지구가 태양에서 점점 멀어질수록 불빛들은 더욱 밝아지고, 이제 오케스트라가 노란 칵테일 음악을 연주하기 시작하면 오페라 같은 고음의 목소리는 한층 더 높아진다. 시간이 지날수록 유쾌한 말 한마디에도 더 쉽게 웃음이 터져 나온다. 모여 있는 손님들은 더욱 빨리 바뀌고, 손님들이 속속 새로 도착하면서 단숨에 흩어졌다가 다시 모인다. 벌써 이리저리 배회하는 사람들, 즉 좀 더 진득하게 자리 잡고 있는 사람들 사이를 비집고 돌아다니는 자신만만한 여자들도 있다. 그들은 짜릿하게 즐거운 순간 그룹의 중심이 되기도 하고, 승리감에 취해 끊임없이 바뀌는 불빛 아래 변화무쌍한 얼굴들과 목소리와 색깔 사이를 미끄러지듯 누비고 다니기도 한다.

흔들거리는 오팔로 장식한 집시 같은 여자 중 하나가 갑자기 용기를 과시하듯 공중에서 칵테일 잔을 번쩍 잡아 들고 쏟아 버리더니 조 프리스코[18]처럼 손을 놀리며 천막 연단 위에서 혼자 춤을 춘다. 그러자 한순간 모두 숨을 죽인다. 오케스트라 지휘자가 그녀의 춤에 맞춰 리듬을 바꾸고, 그녀가 「시사 풍자극」[19]에 나오는 질다 그레이[20]의 대역 배우라는 헛소문이 나돌자 갑자기 여기저기서 술렁대기 시작한다. 바야흐로 파티가 시작된 것이다.

개츠비의 집을 처음 방문하던 날 밤, 나는 정식으로 초대받은 몇 안 되는 손님 중의 하나였다. 대부분은 초대받지 않고 그냥 온 사람들이었다. 그들은 롱아일랜드로 실어다 주는 자동차를 탄 다음 개츠비의 집 문 앞에서 내렸다. 거기서 일단 개츠비를 아는 사람이 소개를 해 주면 그들은 놀이 공원의 행동 규칙에 따라 행동했다. 때때로 그들은 개츠비의 집에 왔다가 개츠비를

18 미국의 코미디언이자 댄서. '블랙 보텀'이라는 춤을 만들어 냈다.
19 1907년부터 해마다 공연된 브로드웨이 뮤지컬 쇼. 플로렌즈 지그펠드가 감독했기 때문에 「지그펠드 시사 풍자극」이라고 부르기도 한다.
20 「지그펠드 시사 풍자극」에 출연한 유명 배우로, '시미'라는 춤을 만들어 널리 알려졌다.

만나지도 않은 채 돌아가기도 했는데, 그런 단순한 마음이 곧 초대장과 다름없었던 셈이다.

 나는 정식으로 초대를 받았다. 토요일 아침 일찍 개똥지빠귀 알처럼 푸른 제복을 차려입은 운전기사가 자기 주인이 전하는 지극히 형식적인 초대장을 들고 우리 집 잔디밭으로 건너왔다. 내용인즉, 그날 밤 그의 '보잘것없는 파티'에 왕림해 주신다면 더없는 영광으로 생각하겠다는 것이었다. 그는 나를 몇 번 본 적이 있는데 오래전부터 나를 방문하고 싶었지만 사정이 여의치 않아 그러지 못했노라고 했다. 초대장 끝에는 위엄 있는 필치로 '제이 개츠비'라고 서명되어 있었.

 7시가 조금 지났을 무렵 나는 흰 플란넬 양복을 차려입고 그의 잔디밭으로 건너갔고, 이리저리 오가는 낯선 사람들 틈에서 조금 겸연쩍은 기분으로 어슬렁거렸다. 비록 통근 열차에서 간혹 본 듯한 눈에 익은 얼굴도 있기는 했지만 말이다. 나는 무엇보다도 젊은 영국인들이 꽤 많이 눈에 띄어서 놀랐다. 그들은 모두 옷을 잘 차려입고 있었지만 어딘지 굶주린 듯한 표정이었고, 나지막하고 진지한 목소리로 믿음직하고 부유해 보이는 미국인들과 이야기를 나누고 있었다. 그들은 모두 채권이든 보험이든 자동차든 뭔가를 팔고 있는 것이 틀림없었다. 적어도 그들은 눈먼 돈이 가까이 있음을 너무도 잘 알았고 어떻게 말만 잘하면 그 돈이 자신의 손에 들어오리라고 확신하고 있었다.

나는 파티 장소에 도착하자마자 주인을 찾으려고 했다. 한두 사람에게 그가 어디 있느냐고 물어보았지만 그들은 놀란 듯 나를 바라보았고 그가 어디에 있는지 아는 바가 없다고 딱 잘라 말하기에 나는 칵테일 테이블 쪽으로 슬그머니 꽁무니를 빼고 말았다. 거기야말로 이 정원 안에서 외톨이인 사람이 할 일 없어 보이거나 혼자임을 들키지 않고 얼쩡거릴 수 있는 유일한 장소였다.

더없이 어색한 기분을 덜기 위해 한잔 마시고 거나하게 취해 볼까 하는 참에 조던 베이커가 집 안에서 나오더니 대리석 계단 꼭대기에 서서 몸을 약간 뒤로 젖힌 채 깔보는 듯하면서도 흥미롭다는 표정으로 정원 아래를 내려다보았다.

싫든 좋든, 나는 지나가는 사람들에게 진지하게 말을 건네려면 그전에 미리 누군가와 한패가 될 필요가 있다는 사실을 깨닫고 있었다.

"안녕하십니까!" 나는 그녀 쪽으로 다가가면서 크게 소리를 질렀다. 내 목소리가 정원을 가로질러 부자연스러울 정도로 크게 들리는 것 같았다.

"당신이 올지도 모른다고 생각했어요. 이웃에 산다는 걸 기억하고 있었거든요……." 내가 다가가자 그녀가 멍한 표정으로 대꾸했다.

　그녀는 이제부터 곧 나를 잘 돌봐 주겠다고 약속이라도 하듯 아무 감정 없이 불쑥 내 손을 잡더니 층계 밑에 서 있는, 노란색 드레스를 입은 두 여자의 말에 귀를 기울였다.

　"안녕하세요! 당신이 이기지 못해서 유감이에요." 두 여자가 함께 소리쳤다.

　골프 시합을 두고 하는 이야기였다. 그녀는 지난주에 결승전에서 졌던 것이다.

　"당신은 우리가 누군지 모를 거예요. 한 달 전에 여기서 만났는데." 노란 드레스를 입은 두 여자 중 하나가 말했다.

　"그 뒤로 머리를 염색하셨네요." 조던이 대꾸했고, 나는 놀라 움찔했다. 그러나 그 여자들이 별생각 없이 계속 걸어가는 바람에 그녀의 말은 때 이르게 뜬 달을 향해 내뱉은 격이 되고 말았다. 요리 조달업자의 바구니에서 꺼내 놓은 저녁 식사 같은 달 말이다. 황금빛으로 그은 조던의 날씬한 팔이 내 팔을 감았고 우리는 계단을 내려가 정원 주위를 산책했다. 황혼 속에서 칵테일 쟁반이 우리에게 전달되자 우리는 노란 드레스를 입은 두 여자 그리고 저마다 우리에게 '멈블' 씨라고 소개한 세 남자와 함께 한 식탁에 앉았다.

"이런 파티에 자주 오나요?" 조던이 옆자리에 앉아 있는 여자에게 물었다.

"지난번 당신을 만났을 때가 마지막이었어요." 그 여자가 민첩하고 자신에 찬 목소리로 대답했다. 그녀는 친구 쪽으로 고개를 돌렸다. "루실, 너도 그렇지 않니?"

루실이라는 여자 역시 그렇다고 했다.

"난 이런 파티가 좋아요. 행동거지에 신경을 쓰지 않아도 되니 언제나 즐길 수 있거든요. 지난번에 여기 왔을 때는 의자에 걸려 옷이 찢어졌는데 그분이 내 이름과 주소를 묻더군요. 그러고는 일주일도 안 되어 크루아리에[21] 의상실에서 새 이브닝드레스 한 벌을 소포로 보내왔어요." 루실이 말했다.

"그래서 그것을 받았나요?" 조던이 물었다.

"물론이죠. 오늘 밤 그 옷을 입고 오려고 했지만 가슴 부분이 너무 커서 줄여야 해서요. 보라색 구슬이 달린 옅은 푸른색 드레스예요. 무려 265달러나 한다고요."

"그렇게 지나친 호의를 보이는 사람에게는 뭔가 수상한 구석이 있는 법이에요. 그 사람은 누구와도 말썽이 생기는 걸 원치 않아요." 또 다른 여자가 신나게 말했다.

---

21 1920년대 초 뉴욕시에는 이런 이름의 옷 가게가 없었다. 피츠제럴드는 맨해튼 5번가에 있던 모자 가게 '폴러 푸아레'에서 이름을 따온 듯하다.

"누가 그렇다는 겁니까?" 내가 물었다.

"개츠비 씨요. 어떤 사람한테 들은 얘기로는요……."

두 여자와 조던은 허물없는 사이처럼 몸을 기울였다.

"어떤 사람한테 들은 얘기로는요, 그 남자는 사람을 죽인 적이 있대요."

우리는 모두 전율을 느꼈다. 세 명의 멈블 씨도 몸을 앞쪽으로 기울이고 열심히 듣고 있었다.

"난 그렇게 생각하지 않아. 그 사람이 전쟁 중에 독일 스파이였다는 말이 더 맞는 것 같아." 루실이 의심스럽다는 투로 말했다.

세 남자 중 하나가 확인이라도 해 주듯 고개를 끄덕였다.

"나는 독일에서 함께 자랐고 그에 관해서라면 모르는 것이 없는 사람한테서 그 얘기를 들었지요." 그가 우리에게 단정적으로 말했다.

"아, 아니에요. 그럴 리가 없어요. 왜냐하면 그 사람은 전쟁 중에 미군에 소속되어 있었거든요." 첫 번째 여자가 말했다. 우리가 그 말을 믿는 듯하자 그녀는 부쩍 열의를 보이며 몸을 앞으로 기울였다. "그가 가끔 주위에 아무도 없다고 생각할 때 짓는 표정을 보세요. 살인을 한 사람이 틀림없어요."

그녀는 눈살을 찡그리며 몸서리를 쳤다. 루실도

몸서리를 쳤다. 우리는 모두 고개를 돌려 개츠비가 어디 있는지 보려고 주위를 살폈다. 이 세상에는 수군거릴 만한 것이 별로 없다는 것을 잘 아는 사람들조차 그에 관해 수군거린다는 것은 그만큼 개츠비가 세상 사람들에게 낭만적인 추측을 불러일으키고 있다는 증거였다.

첫 번째 만찬이 나오기 시작할 무렵 — 자정이 되면 한 차례 더 나온다 — 조던은 정원의 다른 쪽 테이블에 자리 잡고 있는 자기 일행과 함께 식사하자며 나를 초대했다. 거기에는 결혼한 커플 세 쌍과 조던의 경호원 격으로 따라온 남자가 있었다. 그런데 그는 거칠고 풍자적인 얘기가 입에 붙은 끈덕진 대학생으로 조던이 조만간 자신에게 어떤 식으로든 굴복할 거라고 생각하는 모양이었다. 이들은 여기저기 돌아다니지 않고 한결같이 위엄 있는 태도를 유지하면서 시골의 차분하면서도 고상한 품위를 대표하는 역할을 떠맡고 있었다. 이스트에그 사람들은 짐짓 자신을 낮추는 듯한 겸손한 태도로 웨스트에그 사람들을 대하면서도 그들의 만화경 같은 쾌락을 조심스럽게 경계하고 있었다.

"우리, 밖으로 나가요." 어딘지 어색하고 어울리지 않는 분위기 속에서 삼십 분 정도를 보낸 뒤 조던이 속삭였다. "제가 있기엔 너무 점잖은 자리 같아요."

우리는 자리에서 일어났고, 그녀는 그 대학생에게

우리가 집주인을 찾으러 간다고 말했다. 그녀는 내가 개츠비를 한 번도 만나 본 적이 없기 때문이라고 했는데 그 말에 나는 왠지 마음이 불안했다. 대학생은 냉소적이면서 침울한 표정으로 고개를 끄덕였다.

우리가 제일 먼저 둘러본 바는 사람들로 붐볐지만 그곳에 개츠비는 없었다. 계단 꼭대기에도, 베란다에도 없었다. 어쩌다가 장엄해 보이는 문을 열고 천장이 높은 고딕식 서재로 들어가게 되었다. 영국산 참나무를 조각해 장식한 서재는 외국의 유적을 통째로 옮겨다 놓은 것 같았다.

건장한 중년 남자 하나가 커다란 올빼미 눈 모양의 안경을 끼고 약간 술에 취한 듯 큼직한 테이블 끄트머리에 앉아서 불안정한 눈빛으로 서가를 응시하고 있었다.[22] 우리가 들어서자 그는 흥분하여 의자를 한 번 휙 돌리더니 조던을 머리에서 발끝까지 훑어보았다.

"어떻게 생각하시오?" 그가 성급하게 물었다.

"뭘 말입니까?"

그는 서가를 향해 손을 흔들어 댔다.

"저것들 말이오. 사실 직접 진위 여부를 확인할

---

22 피츠제럴드의 절친한 친구인 작가 링 라드너를 모델로 삼은 것으로 알려져 있다. 라드너는 안경을 끼지도 몸집이 좋지도 않았지만 '올빼미 눈'이라는 별명을 갖고 있었다.

필요도 없어요. 내가 이미 조사했으니까. 저것들은 다 진짜요."

"저 책들 말입니까?"

그는 고개를 끄덕였다.

"진짜 중에서도 진짜요……. 페이지도 빠진 게 없고 모든 게 다 있어요. 난 저것들이 그저 마분지로 만든 장식용 책일 거라고 생각했거든. 그런데 완전히 진짜인 거요. 이렇게 페이지도 있고……. 자, 여기 좀 보시오! 내가 직접 보여 드리리다."

우리가 당연히 의심하리라 생각한 그는 서가로 달려가 『스토더드 강연집』[23] 1권을 들고 돌아왔다.

"자. 보시오!" 그가 의기양양하게 소리쳤다. "이건 진짜로 인쇄한 책이란 말이오. 처음에는 나도 속았지요. 이 집 주인은 데이비드 벨라스코[24] 같은 존재요. 이건 실로 대단한 위업이오. 얼마나 철두철미하냔 말이오! 놀라운 리얼리즘이라고요! 정도를 넘어서지도 않고……. 페이지를 칼로 자르지 않았소. 한데 여긴 왜 들어온 거요? 뭐, 찾는 물건이라도 있소?"

---

23 미국의 저술가 존 L. 스토더드가 1897년부터 출간한 모두 열다섯 권에 이르는 강연집. 실제로는 여행기에 가깝다.
24 브로드웨이의 연극 감독. 사실주의 전통에 따라 현실과 매우 흡사하게 만든 무대 장치로 유명하다.

그는 나에게서 책을 낚아채서는 벽돌이 한 장이라도 빠지면 서가 전체가 무너질지도 모른다고 투덜거리며 급히 서가에 다시 꽂아 놓았다.

"누가 당신들을 데리고 왔소? 아니면 그냥들 온 거요? 나는 누가 데려다줍디다. 대부분이 누군가를 따라서 왔더군." 그가 따지듯 물었다.

조던은 재미있다는 듯 아무 대답도 없이 경계를 늦추지 않고 그를 바라보았다.

"나는 루스벨트라는 여자가 데려다줍디다." 그가 말을 이었다. "클로드 루스벨트 부인이오. 그녀를 아시오? 지난밤 어딘가에서 그녀를 만났지요. 나는 오늘까지 일주일 내내 술을 퍼마셨고, 그래서 서재에 와 앉아 있으면 술이 좀 깰 거라고 생각했소."

"그래, 깨셨나요?"

"조금은 깬 것 같소. 아직 확실하지는 않지만. 여기에 들어온 지 겨우 한 시간밖에 되지 않았거든. 내가 당신들한테 저 책 얘기를 했던가? 저것들은 진짜 책이오. 저 책들은……"

"벌써 얘기하셨어요."

우리는 그와 공손하게 악수를 하고 다시 밖으로 나갔다.

정원의 천막에서는 무도회가 벌어지고 있었다.

늙은이들은 품위도 지키지 않고 끝없이 원을 그리느라 젊은 여자들을 뒤로 밀어내고 있었고, 춤을 잘 추는 커플들은 구석에서 비틀거리면서도 우아하게 서로를 안고 춤을 추고 있었다. 그리고 혼자 온 여자들은 대부분 홀로 춤을 추거나 잠시 오케스트라에서 밴조나 타악기 연주자를 거들고 있었다. 한밤중이 되자 흥겨워하는 소리가 한층 고조되었다. 유명한 테너 가수가 이탈리아어로 노래를 불렀고, 이름난 알토 가수가 재즈풍으로 노래를 불렀다. 그 사이사이에 정원 곳곳에서 눈길을 끄는 '묘기'가 벌어졌고, 다른 한쪽에서는 행복하지만 공허한 웃음소리가 터져 나와 여름 하늘로 솟아올랐다. 무대에 오른 '쌍둥이'들은 — 바로 노란 드레스를 입고 있던 아가씨들이었다 — 시대극 의상을 입고 짐짓 어린애 흉내를 내고 있었다. 핑거볼보다 더 큰 잔으로 샴페인이 돌았다. 하늘에는 달이 좀 더 높이 떠올랐다. 롱아일랜드 해협에 떠 있는 세모꼴의 은빛 비늘이 잔디 위에서 두들겨 대는 둔탁하고 작은 밴조 소리에 맞춰 조금씩 떨리고 있었다.

나는 여전히 조던 베이커와 함께 있었다. 우리는 내 또래의 남자 한 명과 조금만 우스갯소리를 해도 미친 듯이 웃어 대는 수선스럽고 체구가 작은 아가씨와 같은 테이블에 앉아 있었다. 그제야 나는 흥이 나기 시작했다.

핑거볼 두 잔 정도의 샴페인을 마시자 눈앞에서 벌어지는 파티의 광경이 뭔가 의미 있고 중요하며 심원한 것으로 바뀌었다.

소란이 잠시 가라앉은 사이에 내 또래의 남자가 나를 보고 미소를 지었다.

"낯이 익습니다. 혹시 전쟁 때 제3사단에 근무하지 않았습니까?" 그가 정중하게 말했다.

"아, 그렇습니다만. 제9기관총 대대에 있었지요."

"난 1918년 6월까지 제7보병 연대에 있었거든요. 전에 어디선가 뵌 것 같았습니다."

우리는 한동안 비가 잦고 음산한 프랑스의 작은 마을에 관해 이야기를 나누었다. 얼마 전에 모터보트를 한 대 구입했는데 이튿날 아침에 타 볼 생각이라고 말하는 것으로 보아 그는 이 근처에 사는 게 틀림없었다.

"같이 타지 않겠습니까, 형씨? 바로 이 해협의 바다에서 말이지요."

"몇 시에요?"

"그쪽이 편한 시간이라면 아무 때나요."

막 그의 이름을 물어보려는 순간 조던이 주위를 둘러보며 미소를 지었다.

"이제는 기분이 좋으신 모양이죠?" 그녀가 물었다.

"많이 좋아졌어요." 나는 이렇게 대답하고 나서 방금

만난 남자 쪽으로 얼굴을 돌렸다. "저한테는 좀 익숙하지 않은 파티입니다. 아직 주인도 만나 보지 못했거든요. 전 저쪽 집에 삽니다······." 나는 손을 들어 저 멀리 보이지 않는 울타리를 가리켰다. "개츠비라는 분이 운전기사를 통해 제게 초대장을 보내왔더군요."

잠시 그는 내 말을 알아듣지 못한 듯 나를 쳐다보았다.

"내가 개츠비입니다." 그가 불쑥 말했다.

"뭐라고요!" 나는 소리를 질렀다. "아, 실례했습니다."

"아시는 줄 알았습니다, 형씨. 제가 주인 노릇을 제대로 못했군요."

그는 사려 깊은 미소를 지었다. 아니, 사려 깊은 것 이상의 의미가 담겨 있는 미소였다. 영원히 변치 않을 듯한 확신을 내비치는, 평생 가도 네댓 번밖에는 만날 수 없는 보기 드문 미소 말이다. 한순간 외부 세계를 대면하고 있는 — 또는 대면하고 있는 듯한 — 미소였고, 또한 어쩔 수 없이 당신을 좋아할 수밖에 없으며 당신에게 온 정신을 쏟겠다고 맹세하는 듯한 미소였다. 당신이 이해받고 싶은 만큼 당신을 이해하고, 당신이 스스로 믿는 만큼 당신을 믿으며, 당신이 전달하고 싶어 하는 최상의 호의적인 인상을 분명히 전달받았노라고 말해 주는 미소였다. 바로 그 순간 그 미소가 갑자기 사라져 버렸다 — 어느새 내 앞에는 서른 하고도 한두 살 더 먹은 단정하지만 좀 버릇없는 젊은이가 있을 뿐이었다. 그런데 그의 격식을 차린 말투는 어리석다는 인상에서 가까스로 벗어날 정도였다. 자기소개를 하기 얼마 전까지만 해도 말을 조심스럽게 골라 쓰고 있다는 인상이 강하게 들었다.

개츠비가 자신의 정체를 밝힌 뒤 바로 집사가 급히 그에게 다가와 시카고에서 전화가 걸려 왔다고 전했다. 그는 우리를 한 사람씩 차례로 돌아보면서 고개를 살짝 숙이며 실례하겠다고 말했다.

"뭐든지 필요하신 게 있으면 부탁하십시오, 형씨." 그가 나에게 간곡히 말했다. "그럼 이만 실례하겠습니다. 나중에 다시 뵙지요."

그가 자리를 뜨자마자 나는 즉시 조던 쪽으로 몸을 돌렸다. 내가 얼마나 놀랐는지 그녀에게 확인시켜 줘야 할 것 같았기 때문이다. 나는 개츠비 씨가 혈색 좋고 뚱뚱한 중년 신사일 거라고 생각했던 것이다.

"저 사람은 도대체 뭐 하는 사람입니까? 뭐 아는 게 있나요?" 내가 물었다.

"그냥 개츠비라는 이름을 가진 사람일 뿐이에요."

"어디 출신이냔 말이지요. 그리고 뭘 하는 사람이고요?"

"이젠 당신도 그 화제에 발동이 걸리셨군요." 그녀는 살짝 미소를 띠며 대답했다. "글쎄요, 언젠가 내게 자신이 옥스퍼드 대학교 출신이라고 말해 주더군요."

개츠비의 희미한 배경이 드디어 형태를 잡아 가는 듯했지만 그녀의 다음 말이 찬물을 끼얹었다.

"하지만 난 믿지 않아요."

"왜 믿지 않죠?"

"잘 모르겠어요." 그녀가 힘주어 말했다. "어쩐지 그가 그 학교를 다녔을 것 같지 않아요."

그녀의 말투 어딘가에서 "내 생각엔 그 사람이 살인을 한 것 같아요."라고 한 다른 여자의 말이 떠오르자 호기심이 일었다. 개츠비가 루이지애나주의 습지대 출신이거나 뉴욕시의 남쪽 이스트사이드 아래쪽 출신이라고 해도 믿었을는지 모른다. 그럴싸한 일이니까. 하지만 젊은 사람들이 — 적어도 시골에서 자란 나의 미천한 경험으로 미뤄 본다면 — 어디인지도 모를 곳에서 뻔뻔스럽게 흘러 들어와 롱아일랜드 해협에 궁전 같은 저택을 사지는 않았다.

"어쨌든 그 사람은 굉장히 성대한 파티를 열지요." 자질구레한 얘기라면 딱 질색이라는 듯 조던은 화제를 돌렸다. "그리고 난 이렇게 성대한 파티가 좋아요. 남의 눈에 잘 띄지 않잖아요. 작은 파티에는 프라이버시가 없거든요."

베이스 드럼 소리가 크게 울리더니 갑자기 오케스트라

지휘자의 목소리가 정원의 떠들썩한 소리를 압도하면서 크게 울렸다.

"신사 숙녀 여러분." 그가 큰 소리로 외쳤다. "개츠비 씨의 요청으로 여러분을 위해 블라디미르 토스토프[25] 씨의 최근 작품을 연주하도록 하겠습니다. 이 작품은 지난 5월 카네기홀에서 성황리에 연주되었습니다. 신문을 읽으신 분은 아시겠지만 커다란 센세이션을 불러일으킨 작품이지요." 그는 일부러 공손한 태도로 유쾌하게 미소를 짓고는 이렇게 덧붙였다. "반응이 엄청났지요!" 그러자 모든 사람이 웃음을 터뜨렸다.

"이 작품은 「블라디미르 토스토프의 세계 재즈사」로 알려져 있습니다." 그가 힘차게 말을 맺었다.

토스토프의 음악은 내 귀에 제대로 들어오지 않았다. 연주가 시작되자마자 대리석 계단 위에 혼자 서서 여기저기 모여 있는 사람을 흐뭇한 시선으로 둘러보고 있는 개츠비의 모습이 눈에 띄었기 때문이다. 햇볕에 그은 피부는 보기 좋게 팽팽했고, 짧게 깎은 머리카락은 날마다 단장하는 것처럼 단정해 보였다. 그에게서 수상쩍은 그림자는 하나도 찾아볼 수 없었다. 술을 마시지 않는다는

---

25 실제 작곡가가 아니라 피츠제럴드가 러시아 작곡가 비슷하게 이름 붙인 허구의 인물이다.

사실 말고는 손님들과 다른 점이 별로 없는 것 같았다. 손님들이 흥에 겨워 떠드는 소리가 커질수록 그는 더욱 빈틈없어 보였다. 「세계 재즈사」 연주가 끝나자 강아지처럼 다정하게 남자의 어깨 위에 머리를 기대는 여자도 있었고, 누군가가 받쳐 주겠거니 생각하고는 남자들의 팔 쪽으로, 심지어 사람들 속으로 장난스럽게 몸을 젖혀 넘어지는 여자들도 있었다. 하지만 누구 한 사람 개츠비한테 몸을 던지지 않았고, 프랑스식 단발머리를 한 여자 중 누구도 개츠비의 어깨를 건드리지 않았으며, 개츠비를 중심으로 노래를 부르는 사중창단도 없었다.

"실례합니다."

개츠비의 집사가 갑자기 우리 옆에 나타났다.

"미스 베이커이십니까?" 그가 물었다. "죄송합니다만 개츠비 씨가 조용히 단둘이서 뵙고 싶다고 하십니다."

"나하고요?" 그녀가 놀라서 소리쳤다.

"네, 그렇습니다."

그녀는 놀랍다는 듯 나한테 눈썹을 추켜올려 보이면서 천천히 자리에서 일어나 집사를 따라 집 쪽으로 걸어갔다. 그녀는 이브닝드레스를 차려입고 있었지만, 이브닝드레스뿐만 아니라 어떤 옷을 입어도 꼭 운동복을 입은 듯했다. 그녀는 맑고 상쾌한 아침에 골프장에서 처음 골프를 배우는 사람처럼 경쾌하게 움직였다.

나는 혼자 남았고, 시간은 벌써 새벽 2시로 접어들고 있었다. 테라스 위쪽에 걸려 있는 창 많은 길쭉한 방에서 한동안 소란스럽지만 흥미를 끄는 소리가 들려왔다. 코러스를 하는 여자 둘과 함께 음담패설을 하면서 나더러 같이 어울리자던 조던의 대학생 경호원을 피해 나는 집 안으로 들어갔다.

큼직한 방은 사람들로 가득 차 있었다. 노란 드레스를 입은 아가씨 중 하나는 피아노를 치고 있었고, 그녀 옆에는 유명한 코러스 출신의 키가 크고 머리카락이 붉은 젊은 부인이 서서 노래를 부르고 있었다. 샴페인을 꽤 많이 마신 그 여자는 노래를 부르는 동안 터무니없게도 세상사가 온통 슬프디슬플 뿐이라고 결론을 내린 듯했다. 그녀는 노래를 부를 뿐만 아니라 또한 흐느껴 울고 있었다. 노래를 부르다 멈출 때마다 숨을 헐떡이며 단속적으로 흐느끼고, 다시 떨리는 소프라노로 가사를 이어 나갔다. 눈물이 그녀의 두 뺨을 타고 흘러내렸다 — 물론 눈물이 주르르 흘러내리는 것은 아니고 두껍게 칠한 속눈썹에 닿아 먹물이 되어 검은 실개천처럼 천천히 얼굴 위를 흘러내렸다. 얼굴에 그려진 악보대로 노래하는 모양이라고 누군가가 우스갯소리를 하자 그녀는 두 손을 번쩍 들어 올리고 의자에 푹 파묻혀 취한 채로 깊은 잠에 곯아떨어졌다.

"저 여자는 자기가 남편이라고 주장하는 어떤 남자와 다퉜어요." 내 곁에 있는 여자가 설명해 주었다.

나는 주위를 살펴보았다. 아직까지 남아 있는 여자들은 대부분 남편이라는 남자들과 다투고 있었다. 조던의 일행으로 이스트에그에서 온 두 부부조차 말싸움을 한 뒤 서로 떨어져 있었다. 한 남자가 호기심에 가득 차서 젊은 여배우에게 말을 걸자 그의 아내는 품위 있게 무관심한 척하며 짐짓 웃어넘기려고 하다가 순식간에 완전히 이성을 잃고 측면 공격을 퍼부었다. 말이 끊어진 틈을 타서 갑자기 각이 진 다이아몬드처럼 성마르게 남편에게 다가가 그의 귀에 대고 "당신 약속했잖아요!" 하고 소리를 질렀다.

집에 가기 싫어하는 것은 바람난 사내들뿐만이 아니었다. 지금 홀은 유감스럽게도 술에 취하지 않은 두 남자와, 몹시 화가 난 그들의 부인들이 점령하고 있었다. 부인들은 약간 격양된 목소리로 서로를 위로하고 있었다.

"내가 기분을 좀 내려고 할 때면 으레 우리 집 양반은 집에 가자고 해요."

"그렇게 이기적인 소리는 평생 처음 듣네요."

"우리는 언제나 맨 먼저 집에 가요."

"우리도 그래요."

"어쩌지, 오늘 밤은 우리가 거의 맨 마지막까지 남아

있는 손님이 되었는데." 두 남자 중 하나가 나지막한 목소리로 말했다. "오케스트라는 벌써 삼십 분 전에 가 버렸고."

남편들이 그렇게 심술궂게 나오니 믿기 어렵다고 부인들이 입을 모았지만 언쟁은 짧은 승강이로 끝나 버리고 두 부인은 발버둥 치면서 밤 속으로 끌려 나가고 말았다.

홀에서 하인이 모자 가져오기를 기다리는 사이 서재 문이 열리더니 조던 베이커와 개츠비가 함께 걸어 나왔다. 개츠비가 뭔가 마지막으로 그녀에게 말을 하고 있었지만, 손님 몇이 그에게 작별 인사를 하려고 다가가자 그의 열성적인 태도가 갑자기 형식적인 태도로 딱딱하게 굳어졌다.

조던의 일행이 현관에서 그녀를 재촉하고 있었지만 그녀는 악수를 하느라고 잠시 머뭇거렸다.

"방금 참으로 놀라운 얘기를 들었어요. 우리가 저기서 얼마나 오래 있었나요?" 그녀가 속삭였다.

"글쎄요, 한 시간쯤 됐을 거요."

"이건……. 정말로 놀라운 얘기예요." 그녀가 얼빠진 표정으로 반복했다. "하지만 아무한테도 말하지 않겠다고 맹세했으니 당신을 이렇게 애태울 수밖에 없네요." 그녀는 내 얼굴에다 대고 우아하게 하품을 했다. "저에게 연락 주세요……. 전화부에서…… 시고니 하워드 부인 이름으로…… 제 숙모예요…….” 그녀는 이렇게 말하면서 서둘러 걸어 나갔다. 갈색 손을 흔들어 쾌활하게 인사하면서 문간에 서 있는 그녀의 일행 속으로 사라져 버렸다.

나는 처음 방문한 주제에 너무 늦게까지 남아 있는 게 좀 부끄러웠지만 개츠비를 중심으로 모여 있는 손님들과 마지막까지 어울렸다. 초저녁부터 그를 찾아다녔으며 아까 정원에서 알아보지 못해서 미안하다는 말을 하고 싶었다.

"그런 말씀 마십시오." 그가 힘주어 대답했다. "그렇게 신경 쓰지 마세요, 형씨." 나를 안심시키듯 어깨를 토닥이는 그의 손길이 '형씨'라는 친근한 표현보다 훨씬 친밀하게 느껴졌다. "내일 아침 9시에 모터보트 타기로 한 것 잊지 마십시오."

그때 집사가 그의 뒤에서 말했다.

"필라델피아에서 전화가 걸려 왔습니다."

"알았어. 잠깐만 기다려. 곧 간다고 해……. 자, 그럼 안녕히들 가십시오."

"안녕히 주무세요."

"안녕히 가세요." 그는 미소를 지었다. 마치 그가 오랫동안 그러기를 늘 원했던 것처럼, 갑자기 내가 맨 마지막까지 남아 있는 손님 사이에 있다는 사실에 어떤 기분 좋은 의미심장함이 담겨 있는 듯했다.

"안녕히 가시오, 형씨……. 안녕히 주무시오."

하지만 층계를 내려가면서 나는 파티가 아직 완전히 끝나지 않았다는 것을 깨닫게 되었다. 정문에서 15미터쯤 떨어진 곳에 열두서너 개가 넘는 헤드라이트가 기괴하고 떠들썩한 광경을 비추고 있었다. 개츠비의 차고를 나온 지 채 이 분도 안 된 신형 쿠페 승용차가 바퀴 하나가 빠진 채 오른쪽을 위로 하고 길 옆 도랑 속에 처박혀 있었다. 담이 삐죽 튀어나와 있어 타이어가 빠진 모양으로, 호기심 많은 운전기사 대여섯 명이 주의 깊게 쳐다보고 있었다. 그러나 그들이 차를 멈추고 길을 가로막고 있는 동안 뒤에 있는 차들이 신경질적으로 경적을 울려 대는 바람에 안 그래도 정신없는 광경이 더욱 혼란스러웠다.

기다란 먼지막이 코트를 입은 남자가 부서진 차에서 내려와 길 한복판에 서서 유쾌하면서도 당황스러운 표정으로 차를 쳐다본 뒤 타이어를 쳐다보고, 다시 타이어에서 구경꾼들로 시선을 옮겼다.

"이런! 차가 도랑에 빠졌군그래." 그가 소리쳤다.

차가 빠졌다는 사실에 그는 몹시 놀란 모양이었다. 나는 처음에는 놀라는 모습이 예사롭지 않구나 생각하다가 이내 그가 누군지 알아보았다. 바로 아까 개츠비의 서재에 죽치고 앉아 있던 단골손님이었다.

"어떻게 된 겁니까?"

그는 어깨를 으쓱거렸다.

"난 기계에 대해선 문외한입니다." 그가 단호하게 말했다.

"하지만 어쩌다 저렇게 됐지요? 벽으로 몰아넣은 겁니까?"

"저한테 묻지 마십시오." 이 사건에 대해 아는 바 없다는 듯 올빼미 눈의 남자가 말했다. "난 운전에 대해 잘 몰라요……. 아무것도 모르는 것과 다름없지요. 어쨌든 일이 이렇게 되고 말았고, 내가 아는 건 고작 그것뿐이오."

"참, 운전에 서툴면 한밤중에 운전을 하지 말았어야죠."

"하지만 난 운전하려던 게 아니었소." 그가 화가 나서 설명했다. "전혀 그럴 생각이 없었다고요!"

구경꾼들은 겁에 질린 듯 입을 다물었다.

"그럼 자살하려고 했나요?"

"바퀴 하나만 빠진 게 천만다행이지요! 서툰 운전사가 운전을 하려고도 하지 않았다니!"

"모르시는 말씀!" 범인 취급을 받던 사람이 덧붙였다. "내가 운전한 게 아니란 말이오. 차 안에 사람이 또 있소이다."

이 말을 듣고 사람들은 충격을 받았고, 그제야 자동차 문이 천천히 열리면서 "아, 아, 아!" 하는 신음 소리가 들렸다. 군중은 — 이제 정말 군중이라 불러도 좋은 정도가 되었다 — 무의식적으로 뒤로 물러섰고, 자동차 문이 활짝 열리자 유령이라도 본 것처럼 모두 꼼짝하지 않았다. 그러자 창백한 사람 하나가 매달린 채 비틀거리며 아주 천천히, 그야말로 아주 천천히 부서진 차에서 나오더니 발에 잘 맞지도 않는 큼직한 무용 신발을 신은 발로 시험해 보듯 땅을 디뎠다.

　밝은 헤드라이트 불빛 때문에 앞이 잘 보이지 않는 데다 끊임없이 울려 대는 경적 때문에 유령 같은 그 사람은 먼지막이 코트를 입은 사람을 알아볼 때까지 잠시 몸을 가누지 못한 채 불안하게 서 있었다.

　"어떻게 된 일이오?" 그가 조용히 물었다. "휘이발유가 떨어진 거어요?"

　"저기 좀 봐요!"

　대여섯 명이 동시에 손가락으로 빠져나간 타이어를 가리켰다. 그는 잠깐 그것을 응시하더니 하늘에서 떨어진 것이 아닌가 싶은 듯 하늘을 쳐다보았다.

　"바퀴가 빠져 버렸어요." 누군가가 설명했다.

　그러자 그는 고개를 끄덕거렸다.

　"처음에 난 차가 멈추운 걸 몰라았어요."

그 사람은 잠시 말이 없었다. 그러고 나서 길게 숨을 푹 내쉬더니 두 어깨를 펴고 결연한 목소리로 이렇게 말했다.

"주유우소가 어디 있는지 아시는 분 있소오이까?"

적어도 열 명이 넘는 사람들이 — 그들 중 일부는 차에서 기어 나온 사람보다 상태가 더 나을 게 없었지만 — 그에게 바퀴가 더 이상 자동차에 붙어 있지 않다고 설명해 주었다.

"차를 뒤로 빼요." 그가 잠시 뒤 제안했다. "후진 기어를 넣어 봐요."

"하지만 바퀴가 빠져 버렸다니까 그러시네!"

그는 머뭇거렸다.

"한번 시도해 본다고 나쁠 건 없잖아요." 그가 말했다.

빵빵거리는 경적 소리가 점점 커지자 나는 몸을 돌려 잔디밭을 가로질러 집으로 향했다. 나는 힐끗 뒤를 한 번 돌아보았다. 그날도 어김없이 웨이퍼 과자[26] 같은 달이 개츠비의 저택 위를 환히 비추고 있었다. 전과 같이 아름답게 밤하늘을 장식했고, 아직도 환하게 불 밝힌 정원의 웃음소리와 말소리보다 더 오래도록 남아 있었다.

---

26   밀가루, 설탕, 달걀, 레몬즙 따위를 섞어 틀에 넣고 살짝 구운 다음 두 쪽 사이에 크림이나 초콜릿을 끼워서 만드는 과자.

그때 갑자기 창문과 큼직한 문에서 공허감이 흘러나와 현관에 서서 한 손을 쳐들고 정중하게 작별 인사를 보내고 있는 집주인의 모습을 완벽한 고독으로 에워싸기 시작했다.

지금까지 내가 써 놓은 것을 읽어 보면 몇 주일 간격으로 사흘 밤 동안 일어난 사건들에 내가 완전히 사로잡혀 있는 것 같은 인상을 줄는지 모른다. 하지만 그와 반대로 이 모든 일은 다만 사람들로 붐비던 어느 여름에 일어난 우연한 사건들에 지나지 않는다. 시간이 한참 지난 뒤까지도 나는 그 사건들보다는 내 개인적인 일에 훨씬 더 관심이 많았다.

나는 주로 일을 하며 시간을 보냈다. 이른 아침 내가 프로비티 신탁 회사를 향해 뉴욕시 남쪽의 하얀 건물들 사이를 급히 내려갈 때면 태양은 내 그림자를 서쪽으로 드리웠다. 나는 친하게 지내는 사무원이나 젊은 채권 판매업자 들과 함께 어둡고 북적대는 식당에서 돼지 소시지 작은 것과 으깬 감자, 커피로 점심을 때웠다. 나는 저지시티에서 살면서 경리과에서 일하고 있는 아가씨와 짧게나마 연애도 했다. 그런데 그녀의 오빠가 나를 못마땅한 눈빛으로 흘겨보기 시작하는 바람에, 그녀가 7월에 휴가를 떠나자 그것을 계기로 우리의 관계가 조용히 정리되도록 내버려 두었다.

나는 보통 예일 클럽[27]에서 저녁을 먹었다. 무슨 이유 때문인지는 알 수 없지만 이때가 하루 중 가장 우울한 시간이었다. 식사를 마치고 나면 위층 도서실에 올라가 한 시간 넉넉히 투자와 채권에 관해 공부했다. 클럽에는 시끄러운 녀석도 몇 명 있긴 했지만 그들은 도서실까지는 절대로 들어오지 않기 때문에 그곳은 공부하기 좋은 장소였다. 공부를 끝낸 뒤 밤 날씨가 따뜻하면 나는 매디슨가를 따라 어슬렁어슬렁 내려가 그 유서 깊은 머리 힐 호텔을 지나 33번가 너머 펜실베이니아역까지 걸어갔다.

나는 뉴욕이 좋아지기 시작했다. 활기 넘치고 모험으로 가득한 밤의 분위기와 끊임없이 명멸하는 남녀와 자동차 들이 들뜬 눈동자에 안겨 주는 만족감이 마음에 들기 시작한 것이다. 나는 5번가를 걸어 올라가 군중 속에서 낭만적인 여자들을 골라내 몇 분 안에 그들의 삶 속에 들어가는 상상을 하며 즐겼다. 어느 누구도 그 사실을 눈치채거나 그러지 말라고 말리지 않을 것이다. 때로는 마음속으로 보이지 않는 길모퉁이에 있는 아파트까지 그 여자들을 따라가 그들이 문을 열고

---

27 예일 대학교 졸업생과 교수를 위한 클럽으로 맨해튼 그랜드센트럴 역 근처에 있다.

따뜻한 어둠 속으로 사라지기 전에 뒤돌아서서 나를 향해 미소 짓는 모습을 혼자 상상해 보기도 했다. 때때로 나는 마법에 걸린 듯한 대도시의 황혼 녘에 주체할 수 없는 고독감을 느꼈고, 사람들에게서도 그런 느낌을 받았다. 가령 식당에서 외롭게 저녁 식사 시간을 기다리면서 쇼윈도 앞에서 서성대는 가난한 젊은 사무원들, 밤과 삶에서 가장 강렬한 순간들을 낭비하며 어스름 속을 헤매는 젊은 사무원들에게서 말이다.

다시 8시가 되어 40번가의 어두운 골목에 극장가를 향하는 택시들이 부릉부릉 소리를 내며 다섯 줄로 서 있을 때, 나는 가슴이 철렁 내려앉는 느낌이었다. 택시에 탄 사람들은 차가 떠나기를 기다리며 서로 몸을 기댔고, 노래도 불렀으며, 들리지 않지만 무슨 농담을 듣고 웃어 대기도 했다. 담뱃불의 움직임만으로 택시 안의 알 수 없는 몸짓을 어렴풋하게나마 알아볼 뿐이었다. 나 역시 즐거운 일을 향해 서둘러 가고 있다고 상상하고 그들의 은밀한 흥분을 나누며 그들에게 행운을 빌어 주었다.

나는 한동안 조던 베이커를 보지 못하다가 한여름에야 그녀를 다시 만났다. 처음에는 그녀가 골프 챔피언이라 모든 사람이 그녀의 이름을 알았기 때문에 우쭐한 마음에 그녀와 여기저기 쏘다녔다. 그러다가 상황이 그 이상의 뭔가로 발전했다. 실제로 그녀를

사랑하지는 않았지만 애정이 깃든 호기심 같은 감정을
느끼게 되었다. 그녀가 세상을 향해 쳐든 따분해하는
거만한 얼굴에는 뭔가가 숨겨져 있었다. 비록 처음에는
그렇지 않았더라도 대부분의 가식은 결국 뭔가를 숨기고
있게 마련이다. 그런데 어느 날 나는 마침내 그것이
무엇인지 알아냈다. 우리가 워릭[28]에서 열린 파티에
함께 갔을 때 그녀가 빌려 온 자동차의 지붕을 열어
놓은 채 빗속에 세워 두고는 그것에 대해 거짓말을 했던
것이다. 그러자 문득 나는 데이지의 집에 갔던 날 밤에는
미처 떠오르지 않았던 그녀에 관한 이야기가 기억났다.
처음으로 참가한 중요한 골프 대회에서 거의 신문에까지
날 뻔한 한 소동이 있었다. 준결승 때 치기 어려운 곳에
떨어진 골프공을 치기 쉬운 곳으로 슬쩍 옮겨 놓았다는
소문이 돌았던 것이다. 그 사건은 스캔들 수준으로까지
확대되다가 갑자기 유야무야되고 말았다. 캐디 한 사람이
진술을 번복했고, 단 한 명뿐이던 목격자는 어쩌면 자신이
잘못 보았을지도 모른다고 발뺌했던 것이다. 그러나 그
사건과 그 이름은 내 뇌리에 여전히 남아 있었다.

조던 베이커는 영리하고 약삭빠른 사람을 본능적으로
피했다. 이제 와 생각해 보니 규범에서 조금이라도

---

28 뉴욕주 북쪽에 위치한 교외로 주로 중산층이 산다.

어긋나는 행동이 용납되지 않는 곳에서 오히려 마음이 놓이기 때문인 듯했다. 그녀는 어떻게 구제할 수 없을 정도로 부정직했다. 불리한 입장에 서는 것을 참지 못했고, 상황이 마음에 들지 않으면 이 세상에 차갑고 오만한 미소를 보이면서도 자신의 강인하고 발랄한 육체의 욕구를 충족시키려고 아주 어릴 적부터 속임수와 거래해 왔던 것 같다.

그렇다고 해서 내 마음이 달라진 것은 아니었다. 여자의 부정직함이란 그렇게 심하게 나무랄 것이 못 된다. 그때 나는 문득 순간적으로 섭섭한 마음이 들었지만 곧 잊어버리고 말았다. 우리가 자동차 운전에 관해 묘한 대화를 주고받은 것도 바로 그 워릭에서 열린 파티에서였다. 이야기의 발단은 그녀가 노동자들 곁으로 차를 바싹 몰고 가다가 그만 차의 펜더로 그중 한 사람의 윗도리 단추를 가볍게 건드린 일이었다.

"운전 솜씨가 형편없군요. 좀 더 조심하든가, 아니면 아예 운전을 하지 말든가 해야겠어요." 내가 다그쳤다.

"조심하고 있어요."

"아니, 조심하지 않잖아요."

"그럼 다른 사람들이 조심하겠죠." 그녀가 대수롭지 않게 대꾸했다.

"아니, 그게 무슨 상관이란 말이오?"

"그 사람들이 비켜 갈 게 아니냔 말이에요." 그녀는 계속 자기 주장을 굽히지 않았다. "사고가 나려면 양쪽 다 실수를 해야 한다고요."

"만약 당신처럼 부주의한 사람을 만나면 어쩌려고요?"

"그럴 일이 없기를 바라야지요. 난 조심성 없는 사람을 끔찍이도 싫어하거든요. 당신을 좋아하는 이유도 거기 있지요." 그녀가 대답했다.

햇빛 때문에 긴장한 그녀의 잿빛 눈은 곧장 앞을 바라보고 있었지만 그녀는 의도적으로 우리의 관계를 변화시켰던 것이다. 잠깐 동안 나는 그녀를 사랑한다고 생각했다. 하지만 나는 생각이 느린 데다가 욕망에 브레이크를 거는 내면의 규칙도 많이 지니고 있었다. 무엇보다도 먼저 고향에서 있었던 연애 사건에서 확실히 빠져나오는 것이 급선무라는 것을 잘 알았다. 나는 일주일에 한 번씩 "당신의 사랑하는 닉"이라고 서명한 편지를 그녀에게 보냈지만, 그때 생각나는 것이라고는 그 아가씨가 테니스를 칠 때 윗입술에 콧수염처럼 살며시 땀방울이 맺힌다는 것뿐이었다. 하지만 그 정도의 관계일지라도 확실히 끊어 버리지 않고서는 자유로워질 수 없었다.

사람은 누구나 자신이 기본 덕목 중 적어도 한 가지는

갖추고 있다고 생각하는데 나에게도 그러한 덕목이 있다.
즉 나는 내가 아는, 얼마 안 되는 정직한 사람 중 하나이다.

4

일요일 아침, 교회 종소리가 해변가 마을에 울려 퍼지는 동안 세상 사람들이 자신의 아내를 데리고 개츠비의 저택으로 돌아와 잔디밭에 찬란한 빛을 뿌리고 있었다.

"그 사람은 밀주업자[29]래요." 젊은 부인들은 개츠비의 칵테일과 꽃 사이를 오가며 말했다. "자기가 폰 힌덴부르크[30]의 조카이자 그 악마와 육촌 사이라는 사실을 알아낸 남자를 죽였대요. 여보, 장미꽃 한 송이 집어 줘요. 그리고 저기 있는 크리스털 잔에 마지막 한

29 수정헌법 18조에 따라 미국에서는 1919년부터 1933년까지 금주법이 시행되었다. 이때 불법으로 밀주를 판매하는 사람을 '밀주업자'라고 불렀다.
30 독일의 군인이자 정치가. 1차 세계 대전 중 독일군 원수로 참전했으며 공화국 제2대 대통령을 지낸 뒤 아돌프 히틀러에게 권좌를 물려주었다.

방울까지 따라 줘요."

 언젠가 나는 기차 시간표의 빈자리에다 그해 여름 개츠비의 저택에 왔던 사람들의 이름을 적어 놓은 적이 있다. 이제는 쓸모없는 낡은 종이 쪼가리가 되어 접힌 부분이 다 해진 그 시간표 위쪽에는 "이 시간표는 1922년 7월 5일까지만 유효함."이라고 적혀 있었다. 그러나 나는 지금도 희미하게 남아 있는 그 이름들을 알아볼 수 있다. 아마 그 이름들은 개츠비의 환대를 받고도 그에 관해 아무것도 모른다고 아리송한 찬사를 보내던 사람들에 대해 개략적으로 말하는 것보다 훨씬 뚜렷한 인상을 줄 것이다.

 이스트에그에서는 체스터 베커 부부, 리치 부부, 예일 대학교에서 알고 지내던 번슨이라는 남자, 지난여름 메인주에서 물에 빠져 죽은 웹스터 시베트 박사가 왔다. 혼빔 부부, 윌리 볼테어 부부, 항상 구석에 모여 있다가 누가 가까이 접근하면 마치 염소처럼 코를 벌름거리던 블랙벅 문중 사람들이 모두 몰려왔다. 또한 아이스메이 부부, 크리스티 부부(차라리 휴버트 아우어바흐와 크리스티 씨의 아내라고 해야 할 것이다.)와 소문에 따르면 어느 겨울 오후 특별한 이유도 없이 머리카락이 솜처럼 하얗게 변했다는 에드거 비버가 왔다.

 내 기억으로는 클래런스 엔다이브도 이스트에그에서

온 사람이었다. 그는 딱 한 번, 하얀 니커보커스[31]를
입고 왔는데, 그때 정원에서 에티라는 부랑자와 싸움을
벌였다. 롱아일랜드의 좀 더 멀리 떨어진 곳에서는 치들
부부, O. R. P. 슈레이더 부부, 조지아주의 스톤월 잭슨
에이브럼스 부부, 피시가드 부부, 리플리 스넬 부부가
왔다. 스넬은 주 형무소에 들어가기 사흘 전 개츠비의
집에 왔는데 몹시 술에 취해 자갈 깔린 진입로에 자빠져
있다가 율리시스 수웨트 부인의 자동차에 그만 오른손을
치이고 말았다. 댄시 부부도 왔고, 예순이 훨씬 넘은
S. B. 화이트베이트, 모리스 A. 플링크, 해머헤드 부부
그리고 담배 수입업자인 벨루거와 그의 딸들도 왔다.

웨스트에그에서는 폴 부부, 멀레디 부부, 세실 로벅과
세실 쇼언, 주 의회 상원 의원인 굴릭, '필름스 파 엑설런스'
영화사를 장악하고 있는 뉴턴 오키드, 에크하우스트,
클라이드 코언, 돈 S. 슈워츠(아들), 아서 매카티 등이
왔는데, 그들은 하나같이 영화와 이런저런 관계가 있는
사람들이었다. 또한 캐틀립 부부, 벰버그 부부, 뒷날 자기
아내를 살해한 바로 그 멀둔과 형제간인 G. 얼 멀둔도
왔다. 흥행사인 다 폰타노도 왔고, 에드 리그로스와
제임스 B. ('롯것')[32] 페리트, 드종 부부, 어니스트 릴리가

---

31 무릎 근처에서 졸라매게 되어 있는 느슨한 바지.

왔다. 그들은 도박을 하러 온 것이었는데, 페리트가 정원을 어슬렁거리고 다니면 그의 호주머니가 깨끗이 털렸고, 그것은 이튿날 '연합 운송' 회사의 주가가 올라야 한다는 뜻이었다.

클립스프링어라는 사람은 그 저택에 하도 자주 그리고 하도 오래 머무른 탓에 '하숙생'으로 통했다. 그에게 다른 집이 있었는지 의심스럽다. 연극에 관계하는 인사들로는 거스 웨이즈, 호레이스 오도너번, 레스터 마이어, 조지 덕위드, 프랜시스 불이 왔다. 또한 뉴욕시에서 온 인사로는 크롬 부부, 백히슨 부부, 데니커 부부, 러셀 베티, 코리건 부부, 켈러허 부부, 듀어 부부, 스컬리 부부, S. W. 벨처, 스머크 부부, 지금은 이혼한 젊은 퀸 부부 그리고 타임스 스퀘어[33]에서 지하철에 뛰어들어 자살한 헨리 L. 팰머토가 있었다.

베니 매클리너핸은 언제나 젊은 아가씨 네 명을 데리고 왔다. 올 때마다 다른 여자들이었지만 외모가 몹시 비슷해 아무래도 전에 온 적이 있는 듯했다. 나는 그들의 이름을 잊어버렸다. 재클린이라는 이름이 있었던 것 같고, 콘수엘라나 글로리아, 주디, 그것도 아니라면 준이라는

---

32   독주(毒酒). 또는 싸구려 술이나 질이 낮은 술.
33   뉴욕시 맨해튼 한가운데에 있는 거리로 극장과 식당이 즐비한 번화가이다.

이름도 있었던 것 같다. 그들의 성(姓)은 꽃 이름이나 달[月] 이름을 딴 음악적인 것이었거나, 아니면 미국의 엄청난 대자본가들의 좀 더 엄숙한 이름이었을 텐데, 꼬치꼬치 캐물으면 아마 그 자본가들의 사촌뻘이 된다고 고백했을지도 모른다.

이 사람들 말고는 포스티나 오브라이언이 적어도 한 번은 왔던 것으로 기억나고, 베데커 가문의 딸들과 전쟁 중에 총에 맞아 코가 날아가 버린 청년 브루어, 올브럭스버거 씨와 그의 약혼녀인 미스 하그, 아디터 피츠피터스, 미국 재향 군인회 회장을 지낸 P. 주웨트 씨, 자신의 운전기사라고 알려진 남자와 같이 온 미스 클로디아 히프, 그리고 우리가 공작이라고 부른 무슨 왕자인가 하는 사람이 있었는데 그의 이름은 설령 알았다 해도 지금은 잊어버리고 말았다.

이 사람들 모두가 그해 여름 개츠비의 저택에 왔다.

7월 하순 어느 날 아침 9시에 개츠비의 호화로운 자동차가 돌이 깔린 진입로를 비틀거리며 올라와 우리 집 문 앞에 멈추고 3음계 멜로디로 경적을 울려 댔다. 그가 나를 찾아온 것은 이때가 처음이었다. 비록 나는 그가 여는 파티에 두 번이나 참석했고, 그의 모터보트를 탄 적도 있으며, 그의 간곡한 초대로 그의 저택 해변을 자주 이용했지만 말이다.

"잘 있었소, 형씨? 오늘 나하고 점심이나 합시다. 제 차로 함께 갈까 생각했소만."

그 사람은 미국인 특유의 여유 있는 동작으로 자동차 펜더 위에서 몸의 균형을 잡고 있었다. 아마 그런 동작은 젊은 시절에 무거운 물건을 들거나 너무 오랫동안 똑바로 앉아 있어 본 적이 없는 데다가 우리가 산발적으로 벌이는, 우아하지만 긴장되는 경기 때문에 생긴 습관이리라. 이런 특성은 끊임없이 꼼꼼하게 격식을 차리면서도 안절부절못하는 모습으로도 나타났다. 그는 잠시도 가만히 있는 법이 없었다. 항상 발로 어딘가를 가볍게 두들겨 대거나 참을성 없이 손을 쥐었다 폈다 하곤 했다.

그는 감탄하며 자동차를 바라보는 나를 쳐다보았다.

"차 멋있죠, 형씨?" 그는 자동차를 좀 더 잘 보이게 하려고 차에서 뛰어내렸다. "전에 이런 차를 본 적이 있나요?"

나는 본 적이 있었다. 누구나 다 보았을 것이다. 짙은 크림색에 니켈 장식이 번쩍이고, 괴물처럼 길쭉한 차체 곳곳에 뽐내는 듯 모자 상자와 음식 상자, 공구함이 놓여 있고, 앞 유리는 미로처럼 복잡하게 되어 있어 태양을 열두세 개쯤 반사하는 차 말이다. 여러 겹의 유리로 된 일종의 녹색 가죽 온실 같은 자동차를 타고 우리는 시내를 향해 출발했다.

나는 전달에 그와 대여섯 번쯤 이야기를 나눴지만 실망스럽게도 그에게는 화젯거리가 별로 없었다. 그래서 뭐라고 못 박을 수는 없지만 중요한 인물일 거라는 첫인상은 차츰 사라지고 단순히 이웃의 호화로운 여관 주인으로 보이기 시작했다.

그러던 무렵 당혹스럽게 자동차를 함께 타고 가게 된 것이다. 웨스트에그에 도착하기도 전에 개츠비는 우아한 말투를 버리고는 캐러멜색의 양복 무릎을 그저 탁탁 치기 시작했다.

"이보시오, 형씨." 그가 갑자기 입을 열었다. "나에 대해 어떻게 생각하시오?"

나는 약간 당황하여 그 질문에 어울릴 말을 찾아 대충 얼버무리기 시작했다.

"그럼 내가 살아온 인생 얘기를 좀 해 드려야겠군요." 그가 내 말을 가로막았다. "다른 데서 들은 온갖 소문으로 나를 오해하지 않았으면 하니까요."

보아하니 그는 자기 집 홀에서 오고 간 이야기에 담긴 황당한 비난들을 아는 모양이었다.

"하느님께 맹세코 진실을 말씀드리지요." 그는 신의 처벌을 멈추게 하려는 듯 갑자기 오른손을 쳐들었다. "난 중서부의 어느 부잣집에서 태어났어요……. 가족은 모두 죽고 없습니다. 미국에서 자랐지만 교육은 옥스퍼드에서 받았어요. 선조 대대로 그곳에서 교육을 받아 왔거든요. 집안 전통이죠."

그는 곁눈질로 나를 슬쩍 쳐다보았다. 그 순간 조던 베이커가 왜 그가 거짓말을 하고 있다고 생각하는지 알 수 있었다. 그는 "교육은 옥스퍼드에서 받았"다는 말을 급히 서둘러서 하거나, 마치 전에도 그 말 때문에 괴롭힘을 당한 적이 있는 것처럼 그 말을 삼켜 버리거나, 아니면 그 대목에서 목구멍이 콱 막혀 버린 것 같았다. 이런 의심이 일자 그가 들려주는 과거는 산산조각이 났고, 그에게 조금 음흉한 구석이 있지 않나 하는 생각이 들었다.

"중서부 어디 출신입니까?" 내가 아무렇지도 않게 물었다.

"샌프란시스코요."

"그렇군요."

"가족이 모두 죽는 바람에 거액의 유산을 상속받게 됐지요."

갑작스러운 가족의 죽음에 대한 기억이 아직도 마음에서 떠나지 않는다는 듯 그의 음성은 자못 숙연했다. 한순간 나는 그가 나를 놀리고 있는 게 아닌가 하는 의심이 들었지만 한번 힐끗 쳐다보고 나니 그렇지 않다는 확신이 들었다.

"그 뒤 전 인도의 젊은 왕자처럼 유럽의 모든 수도에서…… 파리, 베네치아, 로마 말이지요…… 살면서 보석, 주로 루비를 수집하고, 사파리 사냥을 하고, 취미로 그림도 좀 그리며 살았어요. 오래전에 있었던 매우 슬픈 일을 잊으려고 하면서 말입니다."

나는 터무니없는 그의 말에 어이가 없어 그만 웃음이 터져 나오려는 것을 간신히 참았다. 실오라기마저 훤히 들여다보일 만큼 너무 상투적이어서 머리에 터번을 두른 '캐릭터'가 톱밥을 질질 흘리면서 불로뉴 숲에서 호랑이를 추격하는 이미지밖에 떠오르지 않았다.

"그러다가 전쟁이 터졌지요, 형씨. 나에겐 반가운 구원과 다름없었어요. 그래서 그 기회를 맞아 죽으려고 무진 애를 썼지만, 내 목숨은 마법에 걸린 것 같았어요. 전쟁이 시작되었을 때 나는 중위로 임관했지요. 아르곤 숲[34] 전투에서 기관총 부대 둘을 너무 전진시키는 바람에 아군과의 사이에 1킬로미터가량 틈이 생겨 보병 부대가 앞으로 나올 수 없는 상황이 되었어요. 그래서 루이스식 기관총 16정을 가진 병사 130명이 이틀 낮 이틀 밤을 꼬박 그곳에서 머물렀고, 마침내 보병 부대가 도착했을 때 적군

---

34 프랑스 동부의 숲이 우거진 구릉지. 1차 세계 대전 당시 이곳에서 미국군이 독일군에게 압승을 거두었다.

시체 더미 속에서 독일군 사단의 휘장을 세 개 발견했지요. 덕분에 나는 소령으로 특진했고, 가는 곳마다 연합국 정부에서 훈장을 달아 주더군요. 심지어 몬테네그로, 저 아드리아해에 있는 그 작은 몬테네그로에서까지 훈장을 달아 줬다니까요!"

그 작은 몬테네그로! 그는 목소리를 높여 그 말을 발음하면서 고개를 끄덕였다. 미소를 지으면서 말이다. 그 미소는 몬테네그로의 수난의 역사를 이해하며 그곳 사람들의 용감한 투쟁을 동정하는 듯했다. 또한 몬테네그로의 작지만 따뜻한 마음으로부터 경의를 받게 된 일련의 국가 정세를 완전히 이해하는 미소였다. 바야흐로 내 불신은 매혹의 수면 아래에 가라앉고 말았다. 마치 열두 권쯤 되는 잡지를 급히 훑어보는 것과 같다고나 할까?

개츠비는 호주머니에 손을 집어넣더니 리본에 매달린 쇳덩이 하나를 내 손바닥에 떨어뜨렸다.

"몬테네그로에서 준 거지요."

놀랍게도 그 훈장은 진짜처럼 보였다. '다닐로 훈장'이라고 쓴 금속의 가장자리에는 '몬테네그로, 니콜라스 왕'이라는 글자가 둥그렇게 새겨져 있었다.

"뒤집어 보세요."

나는 '제이 개츠비 소령의 무공을 기리며'라는 문구를

소리 내어 읽었다.

"여기 또 내가 늘 갖고 다니는 게 있지요. 옥스퍼드 시절의 기념품입니다. 트리니티 대학교[35] 구내에서 찍은 겁니다……. 내 왼쪽 옆에 있는 친구가 현재 동캐스터 백작이지요."

사진 속에는 화려한 블레이저 운동복을 입은 청년 대여섯이 아치 아래서 빈둥거리고 있고, 뒤쪽으로 일군의 첨탑이 보였다. 지금보다 약간 젊어 보이는 개츠비가 크리켓 배트를 들고 있었다.

그렇다면 이것은 모두 사실이었다. 나는 베네치아의 대운하에 있는 왕궁 같은 그의 저택에서 불타오르는 듯 번득이는 호랑이 가죽을 보았다. 루비 상자를 열고 진홍빛으로 반짝이는 보석을 바라보며 마음의 상처를 달래고 있는 그의 모습을 보았다.

"오늘 어려운 부탁을 하나 드리려고 합니다." 그가 만족스러운 표정으로 기념품들을 호주머니에 집어넣으며 말했다. "그러자면 나에 관해 좀 알아 두는 게 좋겠다고 생각했지요. 나를 별 볼 일 없는 사람이라고 생각하지 않길 바랐어요. 아시다시피 난 주로 낯선 사람들과 지내는데, 그건 나에게 일어난 슬픈 일을 잊으려고

---

35 영국 옥스퍼드 대학교에 속한 단과 대학.

여기저기 떠돌아다니기 때문이지요." 그는 잠시
머뭇거렸다. "오늘 오후에 그 얘기를 듣게 될 겁니다."

"점심 먹으면서요?"

"아뇨, 오후에요. 난 우연히 당신이 미스 베이커와
차를 마시기로 했다는 사실을 알게 되었지요."

"미스 베이커를 사랑하신다는 말인가요?"

"그게 아니에요, 형씨. 난 그녀를 사랑하지 않습니다.
하지만 미스 베이커는 친절하게도 이 문제에 관해
당신에게 말을 해 주겠다고 하더군요."

나는 '이 문제'라는 것이 도대체 무엇인지 눈곱만큼도
이해가 가지 않았지만 흥미롭다기보다는 좀 귀찮다는
생각이 들었다. 나는 제이 개츠비 씨 이야기를 하려고
조던에게 차를 마시자고 한 게 아니었다. 그 부탁이란
것이 터무니없는 일일 거라는 확신이 들자 잠깐이나마
사람들이 득실거리는 그의 잔디밭에 발을 들여놓은 것이
후회되었다.

그는 더 이상 말하려 하지 않았다. 뉴욕시에
가까워지자 그의 태도는 더욱 반듯해졌다. 우리는
옆구리에 붉은 띠를 두른 대양 횡단 선박들이 언뜻언뜻
비치는 포트루스벨트[36]를 지나 거무스레하니 빛이

---

36 롱아일랜드에는 이런 지명이 없다. '포트워싱턴'이 있지만 맨해튼

바랬지만 아직 사람들이 드나드는 1900년대의 술집들이 줄지어 있는 빈민굴의 자갈길을 빠른 속도로 지나갔다. 그러자 이윽고 쓰레기 계곡이 양쪽으로 펼쳐졌다. 그곳을 지나가는 동안 정비소에서 윌슨 부인이 기운차게 헐떡거리며 펌프를 누르고 있는 모습이 언뜻 보였다.

우리는 펜더를 날개처럼 펴고 롱아일랜드시티를 절반쯤 가볍게 지나갔다. 절반쯤에서 잠시 멈춘 것은 고가철도의 기둥 사이를 돌 때 "탁, 탁, 탁!" 하는 귀에 익은 오토바이 소리가 들리면서 경찰관 하나가 미친 듯이 우리 옆을 바짝 따라왔기 때문이다.

"알았소, 형씨." 개츠비가 소리쳤다. 우리는 속력을 늦추었다. 개츠비는 지갑에서 하얀 카드를 하나 꺼내더니 경찰관의 눈앞에 대고 흔들어 보였다.

"됐습니다." 경찰관이 거수경례하며 말했다. "개츠비 씨, 다음부터는 알아 모시겠습니다. 실례가 많았습니다!"

"그게 뭐였습니까? 옥스퍼드 사진이라도 보여 준 겁니까?" 내가 물었다.

"언젠가 경찰서장한테 호의를 베푼 적이 있거든요. 그랬더니 해마다 크리스마스카드를 보내와요."

거대한 다리 위에서는 햇빛이 들보 사이로 움직이는

에서 멀리 떨어져 있다.

자동차들 위로 끊임없이 어른거렸고, 강 건너로는 하얀 각설탕 덩어리 같은 도시가 솟아 있었다. 바라건대 모두가 냄새나지 않는 깨끗한 돈으로 세워졌으면 하는 도시였다. 퀸스보로 다리에서 바라보는 뉴욕은 언제나 처음 보는 도시 같았고, 여전히 이 세상의 모든 신비와 아름다움에 대한 터무니없는 첫 약속을 간직하고 있었다.

시신 한 구가 꽃으로 장식한 영구차에 실려 지나가고 있었고, 차양을 내린 마차 두 대와 고인의 친구들을 태운 좀 더 밝은 분위기의 마차들이 그 뒤를 따랐다. 그 친구들은 남동부 유럽인 특유의 짧은 윗입술과 슬픈 눈빛으로 우리를 내려다보았다. 나는 그들이 이처럼 우울한 휴일에 개츠비의 화려한 차를 보았다고 생각하니 기분이 좋았다. 우리가 블랙웰아일랜드[37]를 지날 때 백인 기사가 운전하는 리무진 한 대가 우리 앞을 지나갔는데, 그 안에는 맵시 있게 차려입은 흑인 남자 둘과 여자 하나, 모두 세 명이 타고 있었다. 그들이 거만하게 경쟁이라도 하듯 우리를 향해 달걀 노른자위 같은 눈동자를 굴리는 것을 보고 나는 크게 웃음을 터뜨렸다.

'이 다리를 넘어섰으니 이제 무슨 일이든 일어날 수

---

37 퀸스와 맨해튼 사이를 흐르는 이스트강에 위치한 섬. 자선 병원과 형무소가 있던 이 섬은 1921년 '웰페어아일랜드'로 이름이 바뀌었다가 1973년에 다시 '프랭클린루스벨트아일랜드'로 바뀌었다.

있을 거야. 정말로 무슨 일이든…….' 나는 혼자 생각에 잠겼다.

심지어 개츠비 같은 인물의 존재도 특별히 놀랄 일이 아닐 터였다.

소란스러운 정오였다. 선풍기가 잘 돌아가는 42번가의 지하 레스토랑에서 개츠비와 점심을 먹기 위해 만났다. 바깥 거리의 햇살 때문에 눈을 끔벅거리다가 대기실에서 다른 사람과 이야기를 나누고 있는 그를 겨우 알아보았다.

"캐러웨이 씨, 이쪽은 내 친구 울프심[38] 씨입니다."

체구가 작고 코가 납작한 유대인 한 사람이 큼직한 머리를 쳐들더니 양쪽 콧구멍에 코털이 무성하게 자란 얼굴로 나를 쳐다보았다. 잠시 후 나는 어슴푸레함 속에서 그의 조그마한 두 눈을 찾아냈다.

"……그래서 난 그를 한 번 쳐다보았지……." 울프심이 진지하게 내 손을 흔들어 대며 말했다. "……한데 내가 어떻게 했을 것 같나?"

"무슨 말씀이신지?" 내가 정중하게 물었다.

그러나 그가 내 손을 놓고 다양한 감정을 표현하는

---

38 도박사이자 조직 폭력계의 거물인 아널드 로스스타인을 모델로 한 인물.

코로 개츠비를 가리키는 것으로 보아 나에게 건넨 말이 아닌 게 틀림없었다.

"캐츠포한테 돈을 건네주며 이렇게 말했지. '좋아, 캐츠포. 입을 다물기 전까진 그자에게 땡전 한 푼도 주지 마.'라고 말이야. 그랬더니 그 자리에서 즉시 입을 다물더군."

개츠비가 우리 두 사람의 팔을 잡고 레스토랑 안으로 들어가자 울프심은 막 꺼내려던 말을 삼키고 최면술에 걸린 사람처럼 멍한 상태에 빠졌다.

"하이볼[39]로 드릴까요?" 수석 웨이터가 물었다.

"근사한 레스토랑이군." 울프심이 천장에 장로교회풍으로 그려진 요정들을 쳐다보면서 말했다. "하지만 난 길 건너편 레스토랑이 더 좋아!"

"그래, 하이볼로 주게나." 개츠비가 웨이터에게 말한 뒤 울프심에게 말했다. "거긴 너무 더워요."

"덥고 비좁은 건 사실이야……. 하지만 온갖 추억이 깃들어 있는 곳이거든." 울프심이 말했다.

"거기가 어딘데요?" 내가 물었다.

"옛 메트로폴[40] 말입니다."

---

39 위스키나 브랜디에 소다수나 물을 타고 얼음을 넣은 음료.
40 브로드웨이와 43번가 근처에 위치한 호텔.

"옛 메트로폴이라." 울프심 씨는 침울한 얼굴로 생각에 잠겼다. "죽은 사람의 얼굴과 떠나가 버린 사람의 얼굴로 가득 차 있지. 이제 영원히 가 버린 친구들의 얼굴로 말이야. 거기서 로지 로즌설[41]이 총에 맞은 일은 평생 잊을 수가 없어. 그때 우린 여섯이서 테이블에 앉아 있었고, 로지는 밤새도록 무진장 먹고 마시고 했지. 새벽이 되어갈 무렵 웨이터가 이상한 표정을 지으며 그에게 다가와 밖에서 누가 잠깐 보자고 한다는 거야. 로지가 '좋아.'라고 하면서 자리에서 일어나려고 하기에 나는 그를 끌어다 다시 의자에 앉혔어.

'만나고 싶으면 그 개자식들보고 직접 이리로 오라고 해, 로지. 이 방 밖으로 한 발이라도 나가면 절대 안 돼.'

새벽 4시 무렵이었으니 아마 블라인드를 올렸더라면 밝은 새벽빛을 볼 수 있었을 거야."

"그래, 그 사람이 나갔나요?" 내가 순진하게 물었다.

"물론 나갔고말고." 분노가 치미는 듯 울프심의 코가 나를 향해 번쩍 빛났다. "그는 문 쪽으로 가면서 이렇게 말했어. '웨이터가 내 커피를 가져가지 못하게 해!' 그러고 나서 그가 보도로 걸어 나가자 놈들은 그의 불룩한 배에다

---

41 갱 단원으로 1912년 메트로폴 호텔에서 반대파 갱 단원에게 살해되었다. 본명은 허먼 로즌설로 '로지'는 그의 애칭이다.

총을 세 방 갈기고는 차를 타고 달아나 버렸어."

"그중 네 명은 전기의자에서 사형을 당했지요." 내가 기억을 더듬으며 말했다.

"베커까지 넣으면 모두 다섯 명이지." 그는 나를 향해 흥미로운 표정으로 코를 벌름거렸다. "사업 거래선을 찾고 있는 모양이로군."

이 두 문장이 어떻게 서로 연결될 수 있는지 당혹스러웠다. 개츠비가 나 대신 대답했다.

"아, 아닙니다. 이 친구는 그 사람이 아니에요!" 그가 큰 소리로 외쳤다.

"아니라고?" 울프심은 실망한 듯한 표정이었다.

"이 사람은 그냥 친구예요. 그 이야기는 다음에 하자고 말씀드렸는데요."

"미안하이. 사람을 잘못 봤군그래." 울프심이 말했다.

즙이 많은 잘게 썬 고기가 나오자 울프심은 옛 메트로폴의 감상적인 분위기는 완전히 잊어버리고 게걸스럽게 먹기 시작했다. 그러면서도 눈으로는 아주 천천히 식당을 두루 살폈다. 등을 돌려 바로 뒤에 있는 사람들까지 살펴보고 나서야 한 바퀴 살피는 일이 모두 끝났다. 만약 내가 없었더라면 아마 우리 식탁 밑까지도 들여다보았을 것이다.

"이봐요, 형씨." 개츠비가 나한테로 몸을 기울이며

말했다. "오늘 아침 차에서 당신 기분을 상하게 하지 않았는지 모르겠습니다."

예의 그 미소가 다시 얼굴에 떠올랐지만 이번에는 나도 굽히지 않았다.

"나는 비밀을 싫어합니다. 그리고 당신이 왜 툭 터놓고 원하는 걸 말하지 않는지 알 수 없군요. 왜 이 모든 걸 미스 베이커를 통해서 해야 합니까?" 내가 대답했다.

"아, 비밀이랄 건 아무것도 없어요." 그는 나를 안심시키듯 말했다. "아시다시피 미스 베이커는 훌륭한 선수가 아닙니까? 그래서 옳지 않은 일은 절대로 할 리 없어요."

갑자기 그는 시계를 보더니 자리를 박차고 일어나 울프심과 나를 테이블에 남겨 둔 채 급히 밖으로 나갔다.

"전화를 걸 일이 있어서 그래." 그의 뒷모습을 눈으로 좇으며 울프심이 말했다. "좋은 친구지, 안 그런가? 얼굴도 미남인 데다 나무랄 데 없는 신사야."

"그래요."

"그는 영국의 오그스퍼드[42] 출신이야."

"아, 네."

"그는 영국에 있는 오그스퍼드 대학교에 다녔어.

---

42 옥스퍼드를 가리킨다. 울프심은 사투리를 쓴다.

오그스퍼드 대학을 아시나?"

"네, 들어 봤습니다."

"세계에서 제일 유명한 대학 중의 하나야."

"개츠비 씨를 아신 지 오래되었나요?" 내가 물었다.

"몇 년 됐지." 그가 만족한 듯 대답했다. "운 좋게도 전쟁 직후에 그와 알게 되었지. 한 시간 동안 그와 얘기하고 나니 교양 있는 사람을 만났구나 하는 생각이 들었어. '집에 데려가서 어머니와 누이동생에게 소개해 주고 싶은 사람이구먼.' 하고 혼잣말을 할 정도였어." 그는 잠시 말을 끊었다. "아, 내 커프스단추를 쳐다보고 있군그래."

사실 나는 단추를 보고 있지 않았지만 그가 그렇게 말하는 바람에 쳐다보게 되었다. 이상하게도 친근감이 드는, 상아로 만든 단추였다.

"최상품 인간의 어금니로 만든 거요." 그가 나에게 알려 주었다.

"그렇군요!" 나는 그 단추들을 자세히 살펴보았다. "참 기발한 발상이로군요."

"그렇지." 그는 윗도리 속으로 소매를 추켜올렸다. "그래, 개츠비는 여자들에 대해 퍽 조심스럽게 굴지. 친구 마누라는 쳐다보지도 않으려고 해."

본능적으로 신뢰하고 있는 장본인이 돌아와 식탁에

앉자 울프심은 커피를 훌쩍 마시고 자리에서 일어섰다.

"점심 잘 먹었네. 젊은 사람들이 귀찮아하기 전에 난 그만 가 보도록 하지." 그가 말했다.

"서두를 필요 없어요, 마이어." 개츠비가 별 성의도 보이지 않으며 말했다. 울프심은 마치 일종의 축복의 기도라도 올리듯 손을 들어 올렸다.

"호의는 고맙네만 난 세대가 다르다네." 그가 정중하게 말했다. "자네들은 여기 앉아서 스포츠나 젊은 아가씨들에 대해 이야기하라고. 그리고……." 그는 다음 말은 알아서 상상하라는 듯 다시 한번 손을 흔들어 보였다. "나로 말하자면, 금년 나이가 쉰이니 더 이상 자네들을 귀찮게 하고 싶지 않네."

악수를 하고 돌아설 때 보니 슬프게 생긴 그의 코가 바르르 떨리고 있었다. 나는 혹시 그의 기분을 상하게 할 만한 말을 하지는 않았나 싶었다.

"저 사람은 이따금 아주 감상적이 될 때가 있어요. 오늘이 바로 그런 날이에요. 뉴욕 인근에선 꽤 독특한 인물이죠……. 브로드웨이에서 살다시피 해요." 개츠비가 설명했다.

"도대체 뭐 하는 사람인데요……? 연극배우입니까?"
"아뇨."
"그럼 치과 의사인가요?"

"마이어 울프심이? 아뇨, 그는 도박사입니다." 개츠비가 망설이다가 냉담하게 덧붙였다. "1919년 월드 시리즈를 조작한[43] 장본인이지요."

"월드 시리즈를 조작해요?" 내가 되물었다.

그 말을 듣자 나는 머리가 다 아찔했다. 물론 1919년에 월드 시리즈가 조작된 사실을 기억하고 있었지만, 그 사건은 우연히 발생한 일이라고, 불가피한 여러 상황이 얽힌 결과라고만 생각했더랬다. 한 인간이 5000만 명이나 되는 사람들의 믿음을 갖고 놀 수 있다는 생각은 전혀 하지 못했던 것이다. 그것도 금고를 폭파시키는 강도처럼 집요하게 말이다.

"어떻게 그런 일이 일어날 수 있습니까?" 내가 잠시 뒤 물었다.

"기회를 잡았던 거지요."

"왜 감옥에 들어가 있지 않죠?"

"그 사람을 잡아넣지는 못해요, 형씨. 머리가 잘 돌아가는 사람이니까요."

나는 점심값을 내겠다고 고집했다. 웨이터가

---

43 흔히 '블랙삭스 부정 사건'으로 알려져 있다. 1919년 시카고 화이트삭스 팀 소속의 선수 여덟 명이 뇌물을 받고 신시내티 레즈에 져주었다는 혐의를 둘러싼 추문이다. 당시 배후 조종 인물로 아널드 로스스타인이 지목되었다.

거스름돈을 가지고 왔을 때, 사람들이 붐비는 레스토랑 건너편에 있는 톰 뷰캐넌이 눈에 띄었다.

"잠깐만 저를 따라오세요. 인사할 사람이 있어서요." 내가 말했다.

톰은 우리를 보자 자리에서 벌떡 일어나 우리 쪽으로 대여섯 걸음 다가왔다.

"도대체 그동안 어디 있었나? 자네한테서 연락이 오지 않는다고 데이지가 몹시 화내고 있어." 그가 반가워하며 물었다.

"이쪽은 개츠비 씨 그리고 이쪽은 뷰캐넌 씨입니다."

그들은 짧게 악수를 나누었고, 개츠비의 얼굴이 굳으면서 당황스러워하는 어색한 표정이 떠올랐다.

"도대체 그동안 어디에서 뭘 하고 지낸 거야? 오늘은 어쩌다 이렇게 멀리까지 식사를 하러 왔고?" 톰이 나에게 다그쳐 물었다.

"개츠비 씨와 함께 점심을 하고……."

내가 개츠비 쪽으로 몸을 돌렸지만 그는 어느새 자리를 뜨고 없었다.

1917년 10월 어느 날이었지요…….
(그날 오후 조던 베이커는 플라자 호텔 커피숍에서 딱딱한 의자에 몸을 꼿꼿이 세우고 앉아 이렇게 말했다.)

……저는 보도로 갔다가 잔디밭으로 갔다가 하면서 이리저리 걷고 있었어요. 잔디밭 쪽이 더 기분이 좋았지요. 밑창에 고무가 붙어 있는 영국산 구두를 신고 있어서 부드러운 땅에 쏙쏙 박혔거든요. 또 새로 산 체크무늬 스커트를 입고 있었는데 바람에 조금 날렸어요. 그럴 때마다 집집마다 문 앞에 걸려 있는 붉은색과 흰색, 푸른색 깃발이 팽팽하게 펼쳐지면서 불만스럽다는 듯 '탓, 탓, 탓' 하는 소리를 냈지요.

깃발과 잔디밭 모두 데이지 페이네 것이 제일 컸어요. 데이지는 저보다 두 살 위로 열여덟 살이었어요. 루이빌의 젊은 아가씨 중에서 제일 인기가 있었지요. 그녀는 흰옷을 차려입고 흰색의 작은 로드스터를 몰고 다녔어요. 데이지의 집에는 하루 종일 전화벨이 울려 댔죠. 캠프 테일러에서 온 흥분한 젊은 장교들이 그날 밤 '단 한 시간이라도' 그녀를 독차지하려고 야단법석을 떨었거든요.

그날 아침 데이지의 집 맞은편에 가 보니 흰색 로드스터가 길모퉁이에 서 있고, 그 차 안에 처음 보는 중위와 그녀가 함께 앉아 있는 모습이 보였어요. 서로에게 어찌나 푹 빠져 있는지 제가 1.5미터쯤 떨어진 곳까지 가까이 가도록 알아보지 못하는 거예요.

"안녕, 조던." 데이지가 놀란 듯한 표정으로 소리쳤어요. "이리 좀 와 봐."

그녀가 저와 말하고 싶어 한다고 생각하니 기분이 우쭐해졌어요. 저보다 나이가 위인 여자들 중에서 데이지가 제일 좋았거든요. 그녀는 붕대 만들러 적십자사에 가는 길이냐고 물었어요. 그렇다고 대답했지요. 그랬더니 자기는 그날 갈 수 없다고 전해 달라고 하더군요. 그 장교는 데이지가 말하는 동안 줄곧 그녀를 쳐다보고 있었는데, 젊은 아가씨라면 누구나 받고 싶을 만한 시선이었지요. 제게는 무척 로맨틱해 보여 지금까지도 기억이 나요. 그 장교의 이름이 바로 제이 개츠비였고, 저는 그 뒤로 사 년 넘게 그 사람을 보지 못했어요……. 심지어 그 뒤 롱아일랜드에서 만났을 때도 그가 그 사람인 줄 몰랐죠.

그게 1917년의 일이었어요. 그 이듬해 내게도 남자 친구가 몇 사람 생겼고, 골프 시합에 나가기 시작하면서 데이지를 자주 만나지 못했어요. 그녀가 어울리는 사람들은 꼭 그녀보다 약간 나이가 많았어요. 그런데 이상한 소문이 돌기 시작했죠……. 어느 겨울밤, 데이지가 해외로 파견되는 한 군인을 배웅하러 뉴욕으로 가려고 가방을 챙기다가 어머니한테 들켰다는 거예요. 뉴욕에 가지 못하게 된 그녀는 몇 주일 동안 집안 식구들하고는 말도 하지 않았대요. 그런 일이 있은 뒤 그녀는 더 이상 군인들과 사귀지 않았고, 그 대신 군대에 갈 수 없는 평발이나 근시 남자들하고만 돌아다녔어요.

    하지만 이듬해 가을이 되자 데이지는 다시 평소와 마찬가지로 명랑해졌어요. 세계 대전이 휴전에 들어간 뒤 사교계에 데뷔하더니 2월에 뉴올리언스 출신 남자와 약혼했다는 얘기가 있었죠. 그런데 6월이 되자 데이지는 시카고의 톰 뷰캐넌과 결혼했어요. 루이빌에서는 일찍이 보지 못한 그야말로 성대한 결혼식이었지요. 신랑은 기차 객실 네 대에 100명이나 되는 하객을 데리고 와서 실바크 호텔 한 층을 통째로 빌렸어요. 결혼식 전날에는 그녀에게 35만 달러짜리 진주 목걸이를 선물했어요.

    저는 신부 들러리였어요. 결혼식 전날 밤 피로연이 열리기 삼십 분 전에 신부 방에 들어가 보니 그녀는 꽃 장식을 한 드레스를 차려입고 6월의 여름밤처럼 아름다운 모습으로 침대에 누워 있었어요……. 그런데 코가 삐뚤어지게 곤드레만드레 취해 있는 거예요. 한 손에는 백포도주 병을 쥐고, 다른 손에는 편지 한 통을 들고 있었어요.

    "축하해 줘. 술을 마셔서 본 적이 없는데, 아 왜 이렇게 술맛이 좋을까!" 그녀가 중얼거렸지요.

    "데이지, 도대체 왜 이러는 거야?"

    저는 덜컥 겁이 났어요. 정말로요. 그렇게 술 취한 여자를 한 번도 본 적이 없었거든요.

"자, 여기 있어." 그녀는 침대 위에 올려놓은 휴지통을 뒤지더니 진주 목걸이를 꺼냈어요. "이걸 갖고 내려가서 임자가 누구든 그 사람한테 돌려줘. 가서 데이지의 마으음이 변했다고 전해 주고. '데이지의 마으음이 변했다.'라고 말이야!"

데이지는 울기 시작했어요……. 울고 또 울었지요. 저는 뛰어나가 데이지 어머니의 가정부를 찾아 데려왔어요. 우리는 문을 걸어 잠근 뒤 찬물을 채운 욕조 속에 그녀를 집어넣었어요. 그래도 손에 쥔 편지를 놓으려고 하지 않더군요. 그 편지를 갖고 욕조 속에 들어가더니 물에 담가 쥐어짜서 젖은 공처럼 만들고 눈송이처럼 조각조각 흩어지는 것을 보고서야 그것을 비누 접시에 버리게 해 주었어요.

하지만 다른 말은 한마디도 하지 않았어요. 우리는 그녀에게 암모니아 냄새를 맡게 해서 정신을 차리게 한 뒤 그녀의 이마에 얼음을 얹어 주고 다시 드레스를 입혀 주었지요. 그리고 삼십 분 뒤 방에서 나왔을 때 진주 목걸이는 제대로 목에 걸려 있었고요. 그 해프닝은 그렇게 끝이 났어요. 이튿날 5시에 그녀는 눈 하나 깜박하지 않고 톰 뷰캐넌과 결혼식을 올렸고, 석 달 예정으로 남태평양으로 신혼여행을 떠났지요.

두 사람이 신혼여행에서 돌아왔을 때

샌타바버라[44]에서 만났는데, 저는 남편에게 그렇게 반해 있는 여자는 처음 보았어요. 그가 잠깐이라도 방을 나가면 불안하게 방 안을 돌아보며 이렇게 말하는 거예요. "톰이 어디 간 거야?" 그러곤 문에 그가 나타날 때까지 얼빠진 표정을 하고 있는 거예요. 모래사장에 앉아서 남편의 머리를 무릎에 올려놓은 채 한 시간씩이나 손으로 그의 눈가를 쓰다듬고 문지르며 더없이 행복한 표정으로 내려다보곤 했지요. 그들이 함께 있는 모습은 감동적이었어요……. 그때가 8월이었지요. 제가 샌타바버라를 떠난 지 일주일 뒤 톰이 몰던 차가 벤투라 가도[45]에서 왜건과 충돌해 그만 앞바퀴가 빠져 버린 사고가 있었어요. 같이 타고 있던 여자의 팔이 부러지는 바람에 몇몇 신문에 났지요. 샌타바버라 호텔에서 청소부로 일하는 여자였어요.

    이듬해 4월, 데이지는 딸을 낳았고 그들은 일 년 동안 프랑스로 건너가 지냈지요. 저는 어느 해 봄 칸[46]에서 그들을 만났고 그다음엔 도빌[47]에서 보았는데, 그

---

44   캘리포니아주 태평양 연안에 있는 휴양 도시.
45   로스앤젤레스와 샌타바버라 사이에 있는 고속도로. 경치가 아름답기로 유명하다.
46   프랑스 리비에라 해안에 있는 휴양 도시.
47   프랑스 서북쪽 해안에 있는 휴양 도시.

뒤 그들은 시카고로 돌아와 정착했어요. 아시다시피 데이지는 시카고에서 여간 인기가 있지 않았어요. 두 사람은 젊고 돈 많고 난폭한 무리와 어울려 다녔지만 그녀는 아주 평판이 좋았지요. 아마 술을 마시지 않았기 때문일 거예요. 술꾼들 틈에서 술을 마시지 않는다는 건 커다란 이점이 있거든요. 입조심도 할 수 있고, 설사 어떤 작은 실수를 한다고 해도 시간을 맞출 수 있잖아요. 다른 사람들이 잔뜩 술에 취해 그 실수를 알아보지 못하거나 상관하지 않도록 말이에요. 데이지는 외도 같은 것은 꿈도 꾸지 못했을 거예요……. 하지만 그녀의 목소리에는 뭔가 심상치 않은 데가 있었죠…….

그런데 여섯 주 전쯤에 데이지가 몇 년 만에 처음으로 개츠비의 이름을 다시 들은 거예요. 바로 제가 당신에게 물었을 때에요……. 기억나세요? 웨스트에그에 사는 개츠비라는 사람을 아느냐고 물었잖아요. 당신이 집으로 돌아간 뒤 내 방에 들어와 나를 깨우더니 이렇게 물어보더군요. "개츠비라니, 어느 개츠비 말이야?" 그래서 제가 이러저러한 사람이라고 말해 줬지요……. 저는 반쯤 잠들어 있었거든요……. 그러자 그녀는 아주 이상야릇한 목소리로 자기가 아는 사람이 틀림없다고 하는 거예요. 그제야 비로소 저는 데이지의 하얀 자동차에 타고 있던 장교와 개츠비를 연관시키게 됐지요.

조던 베이커가 이야기를 모두 마쳤을 때는 플라자 호텔을 떠난 지 삼십 분이 지난 뒤로, 우리는 관광용 사륜마차를 타고 센트럴파크를 지나고 있었다. 해는 벌써 웨스트 50번가의 영화배우들이 사는 높은 아파트 뒤로 넘어갔고, 여자아이들의 맑은 목소리가 풀 위의 귀뚜라미처럼 무더운 황혼을 뚫고 솟아올랐다.

> 나는 아라비아의 족장
> 그대의 사랑은 나의 것
> 그대가 잠들어 있는 한밤중에
> 그대의 텐트 속으로 몰래 들어가리……[48]

"참으로 기묘한 우연이군요." 내가 말했다.
"하지만 그건 우연이 아니었어요."
"아니라니요?"
"개츠비가 그 집을 산 것은, 데이지가 바로 그 만 건너편에 살고 있기 때문이었으니까요."

그렇다면 그 6월의 밤에 그가 그토록 애타게 바라보던 것은 밤하늘의 별만이 아니었다. 개츠비는 아무런

---

48 해리 B. 스미스와 프랜시스 윌러가 작사하고 테드 스나이더가 곡을 붙인 「아라비아 족장」이라는 노래로 1921년에 미국에서 크게 유행하였다.

목적도 없는 호화로움의 자궁에서 갑자기 태어나 생생한 모습으로 나에게 다가왔던 것이다.

"그는 알고 싶어 해요……." 조던이 말을 이었다. "……어느 날이든 오후에 당신이 데이지를 집으로 초대하면 자기도 불러 줄 수 있는지 말이에요."

그토록 겸손한 부탁을 듣자 나는 너무 놀라서 몸이 다 떨릴 지경이었다. 그는 오 년을 기다려 우연히 날아드는 나방들에게 별빛을 나눠 줄 저택을 구입한 것이다. 정작 자신은 어느 날 오후 낯선 사람의 집 정원에 '건너갈' 수 있도록 말이다.

"그렇게 간단한 걸 부탁하려고 내게 이 얘길 전부 해야 했나요?"

"그는 두려워하고 있어요. 그렇게 오랫동안 기다려 왔으니까요. 또 당신 기분을 상하게 할까 봐 걱정하는 마음도 있고요. 그러면서도 그 사람은 자못 완강한 구석이 있지요."

뭔가 불안한 마음이 들었다.

"왜 그 사람은 당신에게 직접 만나게 해 달라고 부탁하지 않는 겁니까?"

"그 사람은 데이지에게 자기 집을 보여 주고 싶은 거예요. 당신 집이 바로 그 옆에 있잖아요." 그녀가 설명했다.

"아, 그렇군요!"

"언젠가 밤에 그녀가 자기 파티에 우연히 들르기를 바랐나 봐요." 조던이 말을 이었다. "하지만 그녀는 오지 않았어요. 그래서 그는 아무렇지도 않은 듯 사람들에게 그녀를 아는지 묻기 시작했고, 그렇게 해서 처음으로 찾아낸 사람이 저였죠. 파티에서 저를 부른 바로 그날 말이에요. 그 사람은 얼마나 조심스럽게 계획을 짰는지 몰라요. 물론 저는 즉시 뉴욕에서 점심을 같이 하자고 했지요……. 제 말을 듣더니 금방이라도 화를 낼 것 같더군요.

'상식에서 벗어나는 행동은 하기 싫습니다!' 그는 계속해서 이렇게 말하는 거예요. '바로 옆집에서 만나고 싶어요.'

당신이 톰과 각별한 사이라는 얘기를 해 주자 그는 계획을 모두 포기하려 했어요. 그는 톰에 대해 아는 게 거의 없어요. 혹시나 데이지의 이름이 눈에 띌까 해서 몇 해 동안 시카고 신문을 읽었다고는 해도 말이지요."

벌써 날이 어두워지고 있었다. 우리가 탄 마차가 작은 다리 아랫길로 들어섰을 때 나는 한 팔로 조던의 황금빛 어깨를 감고 내 쪽으로 끌어당기며 저녁을 같이 하지 않겠냐고 제의했다. 갑자기 데이지와 개츠비에 대한 생각이 머릿속에서 사라졌다. 그 대신 세상을 냉소적으로

대하는 깔끔하고 강인하며 조금은 머리 나쁜 여자, 내
둥근 팔에 안겨 유쾌히 몸을 기대고 있는 이 여자에게
온정신이 팔려 있었다. 짜릿한 흥분과 함께 경구 한
구절이 귓가에 울려 대기 시작했다. "이 세상에는 쫓기는
자와 쫓는 자, 바쁘게 뛰는 자와 지쳐 버린 자가 있을
따름이로다."

"그리고 데이지한테도 자기 삶이 있어야 해요." 조던이
나에게 중얼거렸다.

"데이지는 개츠비를 만나고 싶어 하나요?"

"그녀는 아직 아무것도 몰라요. 개츠비는 그녀가 이
사실을 모르길 원해요. 당신은 그냥 데이지에게 차를
마시러 오라고 초대하기만 하면 돼요."

장벽처럼 늘어선 어두운 나무를 지나자 59번가
앞으로 한 블록 가득 아늑하지만 창백한 불빛이 공원
안쪽을 비추었다. 개츠비나 톰 뷰캐넌과는 달리 나에게는
어두운 처마 밑이나 눈이 부시도록 번쩍이는 간판을
따라 떠도는 형체 없는 얼굴을 한 여자가 없었다. 그래서
나는 두 팔을 조이며 옆에 있는 여자를 바짝 끌어당겼다.
조소하는 듯한 창백한 입으로 그녀가 미소를 짓자
이번에는 내 얼굴 쪽으로 다시 한번 바짝 끌어당겼다.

5

그날 밤 웨스트에그의 집에 돌아왔을 때 나는 잠깐이나마 우리 집에 불이 난 줄 알았다. 새벽 2시인데도 웨스트에그 반도 한 모퉁이 전체가 불빛으로 활활 타오르고 있었기 때문이다. 그 불빛은 관목에 비쳐 환상적으로 보이는가 하면, 길가 전선에도 가늘고 길쭉한 빛이 번쩍이게 했다. 길모퉁이 하나를 돌아선 뒤에야 비로소 나는 그것이 꼭대기에서 지하실까지 환하게 불을 밝혀 놓은 개츠비 저택의 빛이라는 사실을 깨달았다.

처음에는 또 파티가 열리나 보다 하고 생각했다. 시끌벅적한 파티를 벌이다가 '숨바꼭질'이나 '밀어내기 놀이'를 하느라 온 집 안을 활짝 열어젖히고 놀이터로 만든 줄 알았다. 그러나 아무 소리도 들리지 않았다. 다만 나무에 스치는 바람이 전깃줄을 흔들어 대는 바람에 마치 집이 어둠을 향해 윙크를 하는 것처럼 불이 깜박거리고 있었을 뿐이다. 내가 탄 택시가 부르릉거리며 달아나자 개츠비가 잔디밭을 가로질러 나를 향해 걸어오는 모습이 보였다.

"집이 마치 세계 박람회장 같군요." 내가 말했다.

"그렇게 보입니까?" 그는 멍하니 자기 집 쪽으로 눈을 돌렸다. "방을 좀 돌아보고 있었지요. 우리 코니아일랜드[49]에 갈까요, 형씨? 제 자동차로 말입니다."

"그러기에는 너무 늦었어요."

"그럼 풀장에 뛰어드는 건 어때요? 여름 내내 한 번도 이용하지 않았거든요."

"전 잠을 좀 자야겠어요."

"그럼 할 수 없군요."

그는 조바심을 억누르고 나를 바라보며 기다렸다.

"미스 베이커와 이야기를 나눴습니다." 내가 잠시 뒤 말했다. "내일 데이지에게 전화를 걸어 우리 집에 차를 마시러 오라고 할 겁니다."

"아, 그거 잘됐군요." 그가 무관심한 듯 대꾸했다. "당신에게 폐를 끼치고 싶지 않습니다만."

"언제가 좋겠습니까?"

"당신은 언제가 좋습니까?" 그는 내 말을 재빨리

---

49 뉴욕시 맨해튼 근교 브루클린에 있는 유원지.

되받아 물었다. "정말 폐가 되고 싶지 않아서요."

"내일모레가 어떻습니까?"

그는 잠시 생각에 잠겼다. 그러고 나서 내키지 않는다는 듯 이렇게 대답했다.

"잔디를 깎았으면 하는데요."

우리는 동시에 잔디밭을 쳐다보았다. 초라한 우리 집 잔디가 끝나고 색이 짙고 잘 가꿔진 그의 저택의 잔디가 시작하는 경계선이 아주 뚜렷해 보였다. 나는 그가 우리 잔디를 말하는 것이 아닌가 하는 생각이 들었다.

"의논드릴 작은 일이 하나 더 있는데요." 그는 모호하게 말하면서 머뭇거렸다.

"그럼 아예 며칠 뒤로 연기할까요?" 내가 물었다.

"저어, 그게 아닙니다. 적어도……." 그는 말만 꺼내 놓고 우물쭈물했다. "저어, 내 생각엔…… 글쎄, 한데 말이지요. 형씨, 돈을 그렇게 많이 버는 편은 아니지요?"

"네, 그다지 많이 벌지 못합니다만."

이 대답에 안심이 되었는지 그는 확신을 갖고 말을 이어 나갔다.

"그럴 줄 알았습니다. 실례였다면 용서하십시오……. 아시다시피, 나는 부업으로 조그마한 사업을 하고 있습니다. 그래서 생각해 봤는데, 당신 수입이 그리 많지 않다면……. 채권 판매 일을 하고 계시지요, 형씨?"

"그러려고 하고 있지요."

"그럼 이 일에 구미가 당길 겁니다. 시간을 별로 들이지 않고서도 꽤 많은 돈을 벌 수 있거든요. 가끔 비밀에 부쳐야 하는 일이 생기기는 하지만."

만약 다른 상황에서 이런 이야기가 오고 갔다면 이 일은 내 인생에서 커다란 위기가 되었을 것이다. 그러나 이때는 그 제안이 내가 신경 써 준 것에 대한 보답임이 명백했기 때문에 나는 그 자리에서 거절하는 것 외에 달리 선택의 여지가 없었다.

"지금 하고 있는 일도 벅찹니다. 고맙긴 하지만 다른 일은 할 수가 없어요." 내가 대답했다.

"울프심하고 거래할 필요가 없는 일인데요." 그는 점심 식사 때 나온 '사업 거래선'이라는 말 때문에 내가 뒷걸음을 친다고 생각하는 모양이었다. 나는 그런 것이 아니라고 분명히 못 박았다. 그는 내가 뭐라고 대화를 시작하기를 바라면서 좀 더 기다렸지만, 나는 이미 다른 일에 온통 정신이 팔려 있어 아무런 반응을 보이지 않았다. 그러자 그는 하는 수 없이 그냥 집으로 돌아갔다.

그날 밤 내 마음은 가볍고 행복했다. 우리 집 현관에 들어서면서 잠 속으로 걸어 들어가는 듯했다. 그래서 나는 개츠비가 코니아일랜드에 갔는지 가지 않았는지, 또 자기 집에 요란스럽게 불을 밝힌 사이 그가 몇 시간이나 '방들을 둘러보았는지' 알지 못한다. 이튿날 아침 나는 사무실에서 데이지에게 전화를 걸어 우리 집으로 차를 마시러 오라고 초대했다.

"톰은 데리고 오지 않으면 좋겠다." 나는 그녀에게 주의를 주었다.

"뭐라고요?"

"톰은 데리고 오지 말라고."

"'톰'이 누군데요?" 그녀가 순진한 목소리로 물었다.

약속한 날은 비가 퍼부었다. 11시가 되자 비옷을 입은 사람이 잔디 깎는 기계를 끌고 우리 집 문을 두드리더니 개츠비 씨가 우리 집 잔디를 깎으라고 보냈다고 했다. 순간 나는 핀란드인 가정부에게 다시 와 달라고 일러두는 것을 잊어버린 것이 생각났다. 그래서 웨스트에그 마을로 차를 몰고 가서 하얗게 회칠을 한 비에 젖은 골목에서 그 여자를 찾아낸 다음 컵 몇 개와 레몬과 꽃을 샀다.

꽃은 사지 않아도 되는 것이었다. 2시쯤 개츠비의 저택에서 수많은 화분과 함께 온실 전체를 옮겨 오다시피 했기 때문이다. 그리고 나서 한 시간 뒤 흰 플란넬 양복에 은색 셔츠를 입고 황금색 넥타이를 맨 개츠비가 성마르게 현관문을 열어젖히며 허겁지겁 들어왔다. 얼굴은 창백하고 잠을 자지 못했는지 눈 밑에는 거무스레한 흔적이 있었다.

"준비가 다 되었나요?" 들어오자마자 그가 물었다.

"잔디를 말하는 거라면 보기 좋게 잘되었지요."

"무슨 잔디 말입니까?" 그가 멍청하게 물었다. "아, 뜰의 잔디 말이군요." 그는 창밖을 내다보고 있었지만 표정으로 보아 딱히 무언가를 보고 있는 것 같지는 않았다.

"아주 보기 좋군요." 그가 모호하게 말했다. "어떤 신문을 보니까 4시쯤에 비가 그친다고 하더군요. 《저널》에서 본 것 같은데. 준비는 다 되었나요? ……차를 마시는 데 필요한 것 말입니다."

내가 그를 데리고 식료품 저장실로 가자 그는 핀란드인 가정부를 못마땅한 듯 쳐다보았다. 우리는 함께 상점에서 배달되어 온 레몬 케이크 열두 개를 자세히 살펴보았다.

"이 정도면 괜찮을까요?" 내가 물었다.

"물론이지요. 물론이고말고요! 아주 훌륭해요!" 그러고는 "…… 형씨." 하고 힘없는 목소리로 덧붙였다.

비는 3시 30분쯤 해서 뜸해지더니 축축한 안개로 바뀌었고, 안개 속으로 이따금씩 엷은 빗방울들이 이슬처럼 흘러내렸다. 개츠비는 멍한 시선으로 클레이의 『경제학』[50]을 들여다보다가 핀란드인 가정부가 부엌

---

50   영국의 경제학자 헨리 클레이가 쓴 경제학 저서. '일반 독자를 위한

마룻바닥을 울리며 걷는 소리에 놀라기도 하고, 보이지 않지만 밖에서 놀라운 사건들이 일어나고 있다는 듯 때때로 흐려진 창 쪽으로 시선을 던지기도 했다. 마침내 그는 자리에서 벌떡 일어서더니 모호한 목소리로 집에 가 봐야겠다고 말했다.

"왜 그러십니까?"

"아무도 차를 마시러 오지 않는군요. 시간이 너무 늦었어요!" 그는 마치 다른 데 약속이 있기라도 한 듯 자기 시계를 들여다보았다. "하루 종일 기다릴 순 없잖아요."

"바보처럼 굴지 마세요. 아직 4시 이 분 전밖에 되지 않았어요."

마치 내가 억지로 주저앉히기라도 한 듯 개츠비는 비참한 모습으로 자리에 다시 앉았고, 바로 그때 자동차 한 대가 우리 집의 좁은 길로 돌아 들어오는 소리가 들렸다. 우리는 함께 벌떡 일어났고, 나는 약간 어리둥절한 모습으로 뜰로 나갔다.

물방울이 떨어지는 라일락 나무 밑으로 큼직한 오픈카 한 대가 진입로를 따라 올라와 멈췄다. 보라색 삼각 모자 아래 옆으로 살짝 고개를 숙인 데이지의 얼굴이 밝고

입문서'라는 부제가 붙어 있고 1918년 맥밀런 출판사에서 출간되었다.

황홀한 미소를 띠며 나를 쳐다보았다.

"오빠, 정말로 여기 사는 거예요?"

활기 넘치는 물결 같은 그녀의 목소리는 빗속에서 한껏 기운을 북돋아 주는 강장제와 같았다. 나는 뭐라고 대답하기 전에 올라갔다 내려갔다 하는 그 소리를 귀로만 따라갈 수밖에 없었다. 푸른 페인트로 주욱 그어 내린 듯 젖은 머리카락 한 가닥이 그녀의 뺨으로 흘러내려 있었고, 내가 자동차에서 내리는 그녀를 도와주려고 잡은 손은 빗물에 젖어 번들거렸다.

"나를 사랑하나요?" 그녀가 내 귀에다 대고 나지막하게 속삭였다. "그게 아니라면 왜 혼자만 오라고 했죠?"

"그건 래크렌트성(城)[51]의 비밀이지. 운전기사더러 멀리 가서 한 시간 정도 있다 오라고 해."

"퍼디, 한 시간 뒤에 돌아와요." 기사에게 말하고 나서 그녀는 엄숙한 목소리로 중얼거렸다. "저 사람 이름은 퍼디예요."

"휘발유 때문에 그의 코도 어떻게 된 모양이지?"

"그렇진 않을 거예요. 그런데 그건 왜요?" 그녀가

---

51 영국계 아일랜드 소설가 마리아 에지워스(Maria Edgeworth, 1768~1849)가 쓴 소설 제목. 이 작품의 결말에서 독자들은 이 성의 소유자가 과연 누구인지 의문을 품게 된다.

천진난만하게 말했다.

우리는 집 안으로 들어갔다. 놀랍게도 거실은 아무도 없이 텅 비어 있었다.

"그거 참 이상한데!" 내가 소리를 질렀다.

"뭐가 이상해요?"

가벼우면서도 위엄 있게 현관문을 두드리는 소리가 들리자 그녀는 그쪽으로 고개를 돌렸다. 내가 나가서 문을 열어 주었다. 개츠비가 죽은 사람처럼 창백한 얼굴로 아령이라도 쥐고 있는 것처럼 윗도리 주머니에 두 손을 깊숙이 찌른 채 슬픈 표정으로 내 눈을 응시하며 물웅덩이 속에 서 있었다.

두 손을 여전히 윗도리 주머니에 찌른 채 그는 내 옆을 지나 복도로 걸어 들어갔고, 마치 전깃줄에 닿은 것처럼 갑자기 홱 몸을 돌리더니 거실 안으로 사라져 버렸다. 그 모습은 조금도 우습지 않았다. 나는 심장이 거칠게 뛰는 것을 느끼면서 점점 거세지는 빗줄기를 막기 위해 문을 닫았다.

한 삼십 초 동안 아무 소리도 나지 않았다. 그러더니 거실에서 목이 막힌 듯한 중얼거림과 짧은 웃음소리 같은 것이 들렸고, 이어서 데이지의 꾸민 듯한 맑은 목소리가 들렸다.

"다시 만나게 되어 정말로 기뻐요."

그리고 말이 끊겼다. 견딜 수 없는 침묵이었다. 나는 복도에서 할 일이 없었기 때문에 거실 안으로 들어갔다.

개츠비는 여전히 두 손을 호주머니에 찌른 채 억지로 아주 편안한 척하며, 심지어는 좀 따분하다는 듯 벽난로 장식에 몸을 기대고 있었다. 너무 뒤로 젖힌 나머지 그의 머리가 고장 난 벽난로 장식 시계의 글자판에 닿았다. 그는 이런 자세로 겁먹고 있으면서도 우아한 모습으로 딱딱한 의자 끝에 앉아 있는 데이지를 정신이 혼란한 눈빛으로 내려다보고 있었다.

"우린 전에 만난 적이 있지요." 개츠비가 중얼거렸다. 그는 순간적으로 나를 힐끔 쳐다보았고, 그의 입술은 웃으려다가 만 모양으로 벌어져 있었다. 그 순간 다행히도 시계가 그의 머리에 눌려 위험하게 옆으로 기울자 그는 몸을 돌려 떨리는 손가락으로 시계를 붙잡아 제자리에 올려놓았다. 그러고는 뻣뻣하게 소파에 앉아 팔꿈치를 팔걸이에 올려놓고 손으로 턱을 괴었다.

"시계를 건드려 죄송합니다." 그가 말했다.

이제는 오히려 내 얼굴이 뻘겋게 달아올랐다. 머릿속에는 할 말이 가득 차 있었지만 나는 그 흔한 말 한마디 찾아낼 수 없었다.

"낡은 시계인걸요." 내가 두 사람에게 바보처럼 말했다.

한순간 다들 시계가 바닥에 떨어져 산산조각이 났다고 여기는 것 같았다.

"우린 여러 해 동안 서로 만나지 못했어요." 데이지는 될 수 있는 대로 아무렇지도 않은 듯한 목소리로 말했다.

"11월이면 오 년이 됩니다."

개츠비의 기계적인 대답에 우리는 적어도 잠깐 동안이나마 당황했다. 내가 가까스로 머리를 짜내 부엌에 가서 차를 마련하는 것을 도와 달라며 두 사람을 자리에서 일어나게 한 바로 그 순간, 마귀 같은 핀란드인 가정부가 쟁반에 차를 받쳐 들고 들어왔다.

반갑게 찻잔과 케이크를 받으며 법석대는 가운데 자연스럽게 어떤 신체적 예절이 갖추어졌다. 개츠비는 눈에 띄지 않는 곳으로 옮겨 가 데이지와 내가 이야기를 나누는 동안 긴장되고 불행해 보이는 눈빛으로 진지하게 우리 두 사람을 번갈아 쳐다보았다. 그러나 조용히 침묵을 지키자고 만난 것이 아니었기에 나는 첫 번째 기회를 틈타 양해를 구하고 자리에서 일어섰다.

"어디 갑니까?" 즉시 개츠비가 놀라면서 물었다.

"금방 돌아올 겁니다."

"가기 전에 얘기할 게 있는데요."

그는 서둘러 나를 쫓아 부엌으로 들어오더니 문을 닫고는 비참한 목소리로 "아, 맙소사!" 하고 속삭였다.

"왜 그러십니까?"

"이건 끔찍한 실수예요." 그가 머리를 좌우로 흔들며 말했다. "끔찍한, 정말 끔찍한 실수라고요."

"당황해서 그래요. 그뿐입니다." 그리고 나는 때를 맞추어 이렇게 덧붙였다. "데이지 역시 당황해하고 있고요."

"그녀가 당황해한다고요?" 그는 믿을 수 없다는 듯 되풀이했다.

"당신이 당황한 것만큼 말이지요."

"그렇게 큰 소리로 말하지 마십시오."

"당신은 꼭 어린애처럼 구는군요." 나는 버럭 화를 냈다. "게다가 무례하기까지 하고요. 데이지는 지금 저기 혼자 앉아 있습니다."

그는 손을 들어 내 말을 막고는 비난하는 눈빛으로 나를 보았는데, 그 눈빛은 지금까지도 차마 잊히지 않는다. 그런 뒤 그는 조심스럽게 문을 열고 거실로 돌아갔다.

나는 뒤쪽 길로 걸어 나갔다. 개츠비가 삼십 분 전에 안절부절못하며 집을 한 바퀴 돌았을 때 그랬던 것처럼 말이다. 그러고는 무성한 잎이 지붕처럼 비를 막아 주는, 커다란 옹이가 진 검은 나무 쪽으로 뛰어갔다. 비가 다시 퍼붓기 시작했고, 개츠비의 정원사가 잘 깎아 주었지만 여전히 엉성한 우리 집 잔디밭에는 작은 진흙 구덩이와 선사 시대의 늪 같은 것들이 곳곳에 생겨나 있었다.
나무 밑에서는 개츠비의 거대한 집 말고는 아무것도
보이지 않았다. 그래서 나도 칸트가 교회의 첨탑을
바라보았듯이[52] 삼십 분 동안 그 거대한 집을 바라보았다.
십 년 전에 한 양조업자가 '시대'의 유행에 따라 지은
집으로, 만약 근방에 있는 조그마한 집들의 주인이 모두
짚으로 지붕을 덮는다면 그가 오 년 동안 세금을 대신 내
주겠다고 했다는 이야기가 전해 온다. 그런데 이웃들이
거절한 탓에 그는 한 가문을 세우려는 그의 계획을 포기할
수밖에 없었는지도 모른다. 그 뒤 곧바로 그 양조업자는
몰락했다. 그의 자식들은 문에서 검은 장의(葬儀) 화환을
떼기도 전에 그 집을 팔아 버렸다. 미국 사람들이란 어쩌다
자진해서 농노가 되려고 할 때도 있지만 소작농으로 남아
있으려고 늘 완강하게 고집을 부려 왔던 것이다.

삼십 분이 지나자 다시 햇살이 비치면서 식료품상의
자동차가 개츠비네 하인들이 먹을 저녁 식사거리를
싣고 저택의 진입로를 따라 돌아 올라오고 있었다. 나는
개츠비가 지금은 한 숟가락도 들고 싶지 않을 거라고
생각했다. 가정부 하나가 저택 위쪽의 창문들을 열기

---

52 독일의 철학자 이마누엘 칸트(Immanuel Kant, 1724~1804)는 명상
    에 잠길 때면 교회의 첨탑을 쳐다보는 습관이 있었다고 한다.

시작했고, 창문마다 잠깐씩 나타나 중앙에 있는 커다란
내닫이창으로 몸을 내밀더니 뭔가 생각에 잠긴 듯한
얼굴로 정원에 침을 뱉었다. 이제 두 사람 곁으로 돌아갈
시간이었다. 계속 내리는 빗소리는 그들이 중얼거리는
목소리처럼 감정의 기복에 따라 어떤 때는 조금
높아지기도 하고 어떤 때는 낮아지기도 했다. 그러나 비가
그치고 다시 조용해지자 집 안에도 고요가 내려앉은 것
같았다.

    나는 집 안으로 들어갔다. 난로를 뒤집어엎지
않았다뿐이지 부엌에서 온갖 시끄러운 소리를 낸 뒤에
들어갔다. 그러나 그들이 무슨 소리를 들은 것 같지는
않았다. 그들은 긴 의자 양쪽 끝에 앉아서 마치 누군가가
무슨 질문을 던졌거나 던진 질문이 허공에 떠 있기라도
한 듯 서로 마주 보고 있을 뿐 아까의 당황한 모습은
흔적도 찾아볼 수 없었다. 데이지의 얼굴에는 눈물 자국이
있었고, 내가 들어가자 그녀는 벌떡 일어나 거울 앞에
가서 손수건으로 눈물 자국을 닦기 시작했다. 그러나
개츠비에게는 그야말로 놀랍다고밖에 할 수 없는 변화가
일어났다. 그는 글자 그대로 찬란한 빛을 내뿜고 있었다.
희열을 드러내는 말이나 몸짓은 없었지만 새로운 행복의
광휘가 그로부터 뿜어 나와 작은 방을 가득 채우고
있었다.

"아, 돌아왔군요, 형씨." 그가 마치 몇 년 동안이나 나를 만나지 못한 사람처럼 말했다. 순간적으로 나는 그가 악수를 하려는 게 아닌가 생각했다.

"비가 그쳤습니다."

"그래요?" 내가 무슨 말을 하는지 알아차리고 방 안에 반짝이는 방울 같은 햇살이 비쳐 들고 있다는 것을 깨닫자 그는 기상 캐스터처럼, 정기적으로 비치는 햇살을 열광적으로 환영하는 후원자나 되는 것처럼 밝게 미소를 지었다. 그러고는 그 소식을 데이지에게 전해 주었다. "어떻게 생각해요? 비가 그쳤다네요."

"제이, 기뻐요." 뼈저리게 슬프고 아름다움으로 가득 찬 목소리로 그녀는 예기치 않은 기쁨을 표현할 뿐이었다.

"당신과 데이지를 우리 집에 초대하고 싶습니다. 데이지에게 집을 구경시켜 주고 싶어요." 그가 말했다.

"나도 함께 말입니까?"

"물론이지요, 형씨."

데이지는 세수를 하려고 위층으로 올라갔다. 나는 화장실에 있는 수건이 깨끗하지 못한 것이 생각나 창피했지만 이미 때는 늦었다. 그동안 개츠비와 나는 잔디밭에서 그녀를 기다렸다.

"우리 집 근사하죠, 안 그래요?" 그가 나에게 물었다. "집 앞 전체에 햇살이 비치는 모습 좀 보십시오."

나는 집이 아주 훌륭하다는 데 동의했다.

"그래요." 그의 두 눈은 아치형 문 하나, 네모난 탑 하나를 샅샅이 훑어보았다. "저 집을 살 돈을 버는 데 꼬박 삼 년이나 걸렸어요."

"재산을 상속받은 걸로 알고 있는데요."

"그랬지요, 형씨." 그가 무의식적으로 대답했다. "하지만 공황 때 거의 다 잃어버렸어요……. 전쟁의 공황 말입니다."

그는 자기가 지금 무슨 말을 하는지 거의 모르는 것 같았다. 내가 무슨 사업을 하느냐고 묻자 "그건 내 문제예요."라고 대답했기 때문이다. 자신이 잘못 대답했다는 사실을 그가 깨달은 것은 얼마 뒤였다.

"아, 여러 가지 일을 했지요." 그가 얼른 고쳐 말했다. "약국 사업[53]도 하고, 석유 사업도 하고요. 하지만 지금은 다 그만두었지요." 그는 좀 더 경계하는 눈초리로 나를 쳐다보았다. "그날 밤 내가 제안한 것에 대해 생각해 봤나요?"

내가 미처 대답하기 전에 데이지가 집에서 나왔다. 그녀의 드레스에 두 줄로 나란히 달려 있는 놋쇠 단추가

---

53 금주법이 시행되던 기간 동안 약국에서는 의사의 처방으로 위스키를 팔 수 있었다. 일부 약국은 밀주 판매업의 창구로 이용되었다.

햇빛을 받아 반짝거렸다.

"저 어마어마하게 큰 저택에 살아요?" 그녀가 손으로 가리키며 외쳤다.

"어디, 마음에 들어요?"

"네, 마음에 들어요. 하지만 어떻게 저기서 혼자 사는지 모르겠군요."

"저 집은 밤낮으로 재미있는 사람들로 북적거린답니다. 흥미로운 일을 하는 사람들 말이지요. 유명 인사들 말입니다."

우리는 롱아일랜드 해협을 따라 지름길로 가는 대신 도로 쪽으로 내려가 큼직한 뒷문으로 들어갔다. 데이지는 뭔가에 홀린 듯 뭐라고 중얼거리며 하늘을 배경으로 솟아 있는 중세 봉건 시대풍 저택의 실루엣에 찬사를 보내는가 하면, 노란 수선화의 진한 향기와 산사나무와 매화꽃의 가벼운 향기와 제비꽃의 옅은 금빛 향기가 가득한 정원에 감탄하기도 했다. 그런데 이상한 것은, 우리가 대리석 계단까지 다가갔는데도 문을 드나드는 화려한 드레스 자락도 눈에 띄지 않고 나무에서 지저귀는 새 소리 말고는 아무 소리도 들리지 않는다는 점이었다.

그리고 안에 들어가서 우리가 마리 앙투아네트 음악실과 왕정복고 시대의 살롱을 어정거리는 동안, 우리가 다 지나갈 때까지 숨을 죽이고 조용히 있으라는 명령을 받고 손님들이 소파와 테이블 뒤에 있는 숨어 있는 게 아닐까 하는 생각이 들었다. 개츠비가 '머튼 대학교[54] 서재'의 문을 닫는 순간 나는 올빼미 눈의 사나이가 유령처럼 웃음을 터뜨리는 소리를 틀림없이 들은 것 같았다.

우리는 위층으로 올라가 장밋빛과 보랏빛 비단으로 장식하고 온갖 싱싱한 꽃들로 생기가 도는 고풍스러운 침실들, 의상실과 당구장, 움푹 파인 욕조가 있는 욕실을 지나갔다. 한번은 파자마 바람에 머리카락이 헝클어진 사내가 방바닥에서 운동을 하고 있는 방에 불쑥 들어가기도 했다. 그는 '하숙생' 클립스프링어였다. 나는 그날 아침 그가 정신없이 해변을 돌아다니는 것을 보았다. 마침내 우리는 개츠비의 방에 들어갔는데, 침실과 욕실, 애덤식 서재[55]로 이루어져 있었다. 우리는 거기에 앉아 그가 벽 찬장에서 꺼내 온 샤르트뢰즈를 한 잔씩 마셨다.

그는 한 번도 데이지한테서 눈을 떼지 않았다. 그녀의 사랑스러운 눈동자가 보이는 반응 정도에 따라 자기 집의 모든 것을 재평가하는 것 같았다. 놀랍게도 그녀가

---

54 영국 옥스퍼드 대학교에 속한 단과 대학. 개츠비의 서재는 이곳 도서관을 본떠 만들었다.
55 18세기 스코틀랜드의 건축가이자 실내 장식가인 애덤 형제, 즉 로버트 애덤과 제임스 애덤 스타일로 꾸몄다는 뜻이다.

실제 눈앞에 있는 이상 다른 것은 더 이상 의미가 없다는 듯이 그는 이따금씩 자신의 소유물들을 멍한 시선으로 둘러보았다. 한번은 그만 계단에서 굴러떨어질 뻔하기도 했다.

그의 침실은 화장대 위에 놓인 순금 화장 도구만 제외한다면 모든 방 가운데에서 가장 소박했다. 데이지가 기쁜 얼굴로 브러시를 집어 머리를 빗어 내리자 개츠비는 의자에 앉아서 눈을 가리고는 웃기 시작했다.

"이보다 더 웃길 순 없어요, 형씨. 나는 할 수 없어요……. 아무리 해 보려고 해도……." 그가 유쾌하게 말했다.

그는 분명히 두 번째 단계 상태를 지나 이제 세 번째 단계로 접어들고 있었다. 처음에는 당황했다가 그다음에는 어쩔 줄 모르고 기뻐하는 단계를 지나 지금은 그녀가 자기 앞에 있다는 사실에 감탄하고 있었다. 그는 아주 오랫동안 그 생각에만 몰두하고 끝까지 그것만을 꿈꾸어 왔으며, 말하자면 상상하기 어려울 정도로 이를 악물고 긴장한 상태로 기다려 왔던 것이다. 이제 그 반작용으로 너무 많이 감아 놓은 시계처럼 태엽이 풀리고 있었다.

잠시 뒤 그는 다시 정신을 가다듬고 양복과 실내복 그리고 넥타이와 와이셔츠가 벽돌처럼 차곡차곡 높게 쌓여 있는 큼직한 특허 옷장 두 개를 열어 보였다.

"영국에서 옷을 사서 보내 주는 사람이 있어요. 봄가을로 계절이 바뀔 때마다 물건을 골라서 보내오지요."

그는 와이셔츠 더미 하나를 끄집어내어 셔츠를 하나씩 우리 앞에 던졌다. 얇은 린넨 셔츠, 두꺼운 실크 셔츠, 고급 플란넬 셔츠가 떨어질 때마다 개켜져 있던 자국이 펴지며 가지각색으로 테이블 위를 덮었다. 우리가 감탄하는 동안 그는 셔츠를 더 많이 가져왔고, 부드럽고 값비싼 셔츠 더미는 점점 더 높이 올라갔다. 산호빛과 능금빛 초록색, 보랏빛과 옅은 오렌지색의 줄무늬, 소용돌이무늬, 바둑판무늬 셔츠 들에는 인디언블루색으로 그의 이름 머리글자가 새겨져 있었다. 갑자기 데이지가 이상한 소리를 내며 셔츠에 머리를 파묻고 왈칵 울음을 터뜨렸다.

"너무나 아름다운 셔츠들이에요." 겹겹이 쌓인 셔츠 더미 속에 그녀가 훌쩍거리는 소리가 묻혀 버렸다. "슬퍼져요, 난 지금껏 이렇게…… 이렇게 아름다운 셔츠를 본 적이 없거든요."

집 안을 구경한 뒤 우리는 저택의 대지와 수영장, 모터보트와 한여름의 꽃밭을 둘러볼 생각이었다. 그러나 개츠비 저택의 창밖으로 다시 비가 내리기 시작하자 우리는 나란히 서서 롱아일랜드 해협의 파도치는 수면을 바라보았다.

"안개만 끼지 않았더라면 만 건너에 있는 당신 집이 보였을 겁니다. 당신 집의 부두 끝에는 항상 밤새도록 초록색 불이 켜져 있더군요." 개츠비가 말했다.

데이지가 느닷없이 개츠비의 팔짱을 끼었지만 그는 자기가 방금 한 말에 정신이 팔려 있는 것 같았다. 아마 그 불빛이 지니던 엄청난 의미가 이제 영원히 사라져 버렸다는 생각이 불현듯 떠올랐는지도 모른다. 그를 데이지와 갈라놓았던 그 엄청난 거리와 비교해 보면 그 불빛은 그녀와 아주 가까이, 거의 손으로 만질 수 있을 정도로 가까이 있는 것 같았다. 달 가까이 있는 어떤 별처럼 가깝게 보였던 것이다. 하지만 이제 그것은 다시 한낱 부두에 켜져 있는 초록색 불빛에 지나지 않았다. 그에게 마법을 부리던 물건 중 하나가 줄어든 셈이었다.

나는 어스름 속에서 잘 보이지 않는 온갖 물건을 눈여겨보면서 방 안을 어슬렁거렸다. 그의 책상 위쪽 벽에 걸려 있는, 요트복을 입은 노인의 사진이 내 시선을 끌었다.

"저 사람은 누굽니까?"

"저분요? 댄 코디 씨예요, 형씨."

언젠가 들어 본 적이 있는 이름 같았다.

"지금은 세상을 떠났습니다. 몇 해 전만 해도 나와 가장 가깝게 지내던 사람이었지요."

큼직한 사무용 책상 위에는 마찬가지로 요트복을

입은 개츠비의 조그마한 사진도 있었다. 개츠비는
반항이라도 하듯 머리를 젖히고 있었는데, 열여덟 살 때쯤
찍은 사진 같았다.

"사진 멋진데요!" 데이지가 소리쳤다. "이 퐁파두르
머리 스타일[56] 말이에요! 이런 머리를 했다고 말한 적
없었잖아요……. 요트 얘기도 하지 않았고요."

"여길 좀 봐요." 개츠비가 급히 말했다. "여기에
스크랩해 둔 신문 기사들이 많아요……. 모두 당신에 관한
것들이지요."

그들은 나란히 서서 신문 기사를 살펴보았다. 내가
그에게 루비를 보여 달라고 말하려는 순간 전화벨이
울렸고, 그러자 개츠비가 수화기를 집어 들었다.

"네……. 글쎄요. 지금은 곤란해요……. 지금은
얘기하기 곤란하다니까요, 형씨. '작은' 도시라고
했잖아요……. 작은 도시가 어딘지는 그 친구가 잘 알
거요……. 글쎄, 디트로이트가 작은 도시라고 생각한다면
그런 친구를 어디에 써먹겠소……."

그는 전화를 끊었다.

"어서 이쪽으로 좀 와 봐요!" 데이지가 창가에서

---

56 앞머리를 뒤로 둥글게 말아 올리고 양 옆머리는 위로 빗어 올려 앞머리와 합쳐지게 하는 모양.

소리쳤다.

여전히 비가 내리고 있었지만 서쪽에서는 어둠이 갈라져 바다 위로 거품 같은 구름이 분홍빛과 황금빛 파도처럼 뭉게뭉게 피어올랐다.

"저것 좀 봐요." 그녀가 속삭이고 나서 조금 있다가 다시 말을 이었다. "저 분홍빛 구름을 하나 가져다가 그 위에 당신을 태우고 이리저리 밀고 싶어요."

그때 나는 집에 가려고 했지만 그들은 보내 주지 않았다. 아마 내가 옆에 있어야 단둘이 있다는 느낌이 더욱 만족스럽게 드는 모양이었다.

"그럼 이렇게 하지요. 클립스프링어에게 피아노를 쳐 달라고 합시다." 개츠비가 제안했다.

개츠비는 "유잉!" 하고 이름을 부르며 방을 나가더니 잠시 뒤 어리둥절해하는 청년을 데리고 들어왔다. 성긴 금발에 뿔테 안경을 쓴 그는 조금 피곤해 보였다. 청년은 목 부분이 터진 스포츠 셔츠와 흐릿한 빛깔의 면바지를 단정하게 차려입고 스니커즈를 신고 있었다.

"운동하는 걸 방해한 건 아니지요?" 데이지가 겸손하게 물었다.

"잠을 자고 있었습니다." 클립스프링어가 당황하여 큰 소리로 대답했다. "제 말은요, 잠을 자고 있었다고요. 그러다가 일어나서……"

"클립스프링어는 피아노를 잘 칩니다." 개츠비가 청년의 말을 자르며 말했다. "그렇지, 유잉?"

"잘 치지 못해요. 못 치는데……. 피아노를 잘 친다고 할 수 없죠. 연습을 하나도 안 해서……."

"자, 모두 1층으로 내려갑시다." 개츠비가 그의 말을 가로챘다. 그가 스위치를 올리자 집 안 전체에 불이 들어오면서 어두컴컴한 창들이 사라졌다.

음악실에 들어서자 개츠비는 피아노 옆에 하나밖에 없는 램프를 켰다. 그는 떨리는 손으로 성냥불을 그어 데이지의 담배에 불을 붙여 주고는 멀리 떨어져 있는 기다란 의자에 그녀와 함께 앉았다. 그곳에는 홀에서 들어오는 불빛이 바닥에 반사되어 번들거릴 뿐 다른 불빛이라곤 전혀 없었다.

클립스프링어는 「사랑의 둥지」[57]를 친 뒤 의자에 앉은 채 몸을 돌려 슬픈 표정으로 어두컴컴한 데 앉아 있는 개츠비를 찾았다.

"보시다시피 전혀 연습을 안 했어요. 못 친다고 말씀드렸잖아요. 연습을 통 안 해서……."

"말이 너무 많아, 형씨." 개츠비가 명령하듯 말했다.

---

57 오토 하박이 작사하고 루이스 A. 허시가 작곡한 노래로 1920년에 미국에서 크게 유행했다.

"어서 쳐 보라고!"

아침에도
저녁에도
우리는 즐겁지 않은가……

밖에는 바람이 세차게 불고 있었고 해협을 따라 희미하게 천둥소리가 들렸다. 웨스트에그에는 이제 온통 불이 켜져 있었다. 사람들을 실은 전기 기차가 뉴욕을 떠나 빗속을 뚫고 집을 향해 돌진하고 있었다. 인간의 내면에 심오한 변화가 일어나고 흥분이 공기 중에 퍼져 나가는 시간이었다.

한 가지는 분명하지
다른 일은 잘 몰라
부자는 더욱 부자가 되고
가난한 사람에게 생기는 건 아이들뿐
그러는 동안
그러는 사이……

작별 인사를 하러 개츠비에게 갔을 때 그의 얼굴에는 다시 당혹스러운 표정이 떠올라 있었다. 지금 그가 누리는 행복이 어느 정도 가치가 있는 것인지 어렴풋이 의심이 생긴 듯한 표정이었다. 오 년에 가까운 세월! 심지어 그날 오후에도 데이지가 그의 꿈에 미치지 못하는 순간이 있었을지 모른다. 물론 그녀의 잘못이라기보다는 그가 품어 온 환상의 거대한 힘 때문에 말이다. 그 환상의 힘은 그녀를 초월하였으며 모든 것을 뛰어넘었다. 그는 창조적인 열정으로 직접 그 환상에 뛰어들어 그것을 끊임없이 부풀어 오르게 했으며, 자신의 길 앞에 떠도는 온갖 빛나는 깃털로 장식한 것이다. 그 어떤 정열도, 그 어떤 순수함도 한 인간이 그의 유령 같은 가슴속에 품게 될 것에 도전할 수 없으리라.

그를 쳐다보자 지금의 분위기에 조금 적응한 모습이 눈에 들어왔다. 그는 그녀의 손을 꽉 잡고 있었고, 그녀가 나지막한 목소리로 귀에다 뭐라고 속삭이자 감정이 왈칵 솟구치는 듯 그녀를 향해 몸을 돌렸다. 지금 생각해 보면 물결처럼 파도치는 그녀의 음성이 열띤 흥분으로 그를 사로잡았던 것 같다. 그 목소리는 아무리 꿈꾸어도 부족하지 않을 불멸의 노래였기 때문이다.

그들은 내 존재를 까맣게 잊고 있었지만 데이지는 나를 힐끗 올려다보고 손을 내밀었다. 개츠비는 이제 나를 완전히 모르는 것 같았다. 나는 다시 한번 그들을 바라보았고, 그들은 강렬한 기운에 사로잡힌 채 아득한 눈빛으로 나를 돌아다보았다. 그러고 나서 나는 그들을 그곳에 남겨 둔 채 방을 나와 대리석 계단을 내려가서 빗속으로 걸어 들어갔다.

6

 이 무렵 어느 날 아침 야심만만한 젊은 기자 하나가 뉴욕에서 개츠비의 저택으로 가서 뭔가 할 말이 없느냐고 물었다.
 "뭐에 대해 말하라는 겁니까?" 개츠비가 정중하게 물었다.
 "글쎄요……. 밝히고 싶은 말이라면 뭐든지요."
 오 분 동안 혼란스러운 대화가 오고 간 뒤에야 비로소 이 기자가 굳이 밝히고 싶지 않거나 아니면 잘 이해하지 못하는 어떤 문제와 관련하여 신문사 사무실 주위에서 개츠비의 이름을 들었다는 것이 밝혀졌다. 그날은 쉬는 날인데도 진상을 '알아보려고' 가상하게도 자진하여 이렇게 서둘러 찾아온 것이다.
 마구잡이 사격과 다름없는 행동이었지만 그 기자의 본능적인 예감은 적중했다. 개츠비에게서 환대를 받은 수백 명의 사람들이 그의 과거에 대한 권위자가 되어 악명 높은 소문을 퍼뜨렸고, 그 소문은 여름 내내 부풀려지다 마침내 뉴스거리가 되기 일보 직전이었다. 이 무렵 떠돌던 '캐나다로 연결되어 있는 지하 파이프라인'[58] 같은 소문들이 그와 관련지어졌다. 또 개츠비가 아예 집에서 사는 것이 아니라 집처럼 생긴 배에서 살면서 롱아일랜드 해협을 몰래 오르내리고 있다는 이야기가 끈질기게 나돌았다. 도대체 왜 노스다코타주의 제임스 개츠가 이런 터무니없는 소문을 듣고 흐뭇해했는지 설명하기란 쉽지 않다.

제임스 개츠 — 바로 이것이 그의 진짜 이름, 아니면 적어도 법률상의 이름이었다. 그는 열일곱 살 때, 진정으로 인생이 시작되던 바로 그 특별한 순간에 제이 개츠비로 이름을 바꿨다. 바로 그가 댄 코디의 요트[59]가 슈피리어 호수에서 가장 위험한 곳에 닻을 내리는 것을 목격한 순간이었다. 그날 오후 찢어진 초록색 셔츠에 면포 바지를 입고 호숫가를 따라 빈둥거리고 있던 것은 제임스 개츠였다. 하지만 노 젓는 배를 빌려 투올로미호(號)로

---

58   금주법이 시행되던 기간 동안 지하 파이프를 통하여 캐나다에서 미국으로 술을 밀수한다는 소문이 나돌았다.
59   댄 코디와 관련한 사건은 피츠제럴드가 그레이트넥에 살 때 사귄 친구 로버트 커의 어린 시절에 기초를 두었다.

다가가 코디에게 삼십 분 뒤면 바람이 거세게 불어와 요트가 박살날 것이라고 일러 줬을 때 그는 이미 제이 개츠비였던 것이다.

어쩌면 그는 이미 오랫동안 그 이름을 준비해 두고 있었는지도 모른다. 그의 부모는 무능하고 별 볼 일 없는 농사꾼이었다. 그의 상상력으로는 결코 그들을 부모로 받아들일 수가 없었다. 사실인즉 롱아일랜드 웨스트에그의 제이 개츠비는 스스로 만들어 낸 이상적인 모습에서 솟아 나온 인물이었다. 그는 하느님의 아들이었다 — 만약 이 말에 의미가 있다면 바로 말 그대로 그는 '자기 아버지의 일',[60] 즉 거대하고 세속적이며 겉만 번지르르한 아름다움을 섬기는 일을 떠맡아야만 했다. 그래서 그는 열일곱 살의 청년이 만들어 낼 법한 제이 개츠비 같은 인물을 만들어 낸 뒤 이 이미지에 끝까지 충실했던 것이다.

그는 일 년이 넘도록 슈피리어 호수의 남쪽 기슭에서 조개를 캐거나 연어를 잡는 등 숙식을 해결할 만한 일을 하면서 겨우겨우 살아갔다. 힘든 일과 게으른 생활을 반복하면서 그의 몸은 자연스럽게 갈색으로 그을리고

---

60 「누가복음」 2장 49절 "예수께서 가라사대 어찌하여 나를 찾으셨나이까? 내가 내 아버지의 일에 관계하여야 될 줄을 알지 못하셨나이까 하시니."에서 따온 표현이다.

단단해져 갔다. 그는 일찌감치 여자에 눈을 떴는데, 자신의 성격을 버려 놓는다는 이유로 그들을 경멸하게 되었다. 젊은 여자들은 무지하기 때문에 경멸했고, 그렇지 않은 여자들은 지나치게 자기도취에 빠진 그가 당연하게 여기는 일을 두고 히스테리를 부리기 때문에 경멸했다.

그러나 그의 마음속에는 언제나 폭풍우가 거칠게 몰아치고 있었다. 밤에 잠을 잘 때면 너무나 기괴하고 환상적인 생각이 머릿속에서 떠나지를 않았다. 시계가 세면대 위에서 째깍거리고 촉촉한 달빛이 바닥에 아무렇게나 벗어 놓은 옷을 적시는 동안, 차마 말로 표현할 수 없을 정도로 화려한 우주가 그의 머릿속에서 실타래처럼 피어났다. 매일 밤 그는 졸음이 몰려와 생생한 장면을 망각의 포옹으로 감쌀 때까지 새로운 환상을 계속 늘려 나갔다. 얼마 동안 이런 환상은 그의 상상력에 돌파구를 마련해 주었다. 현실이 꿈처럼 비현실적인 것이 될 수 있다는 충분한 암시요, 이 세상의 주춧돌이 요정의 날개 위에도 안전하게 세워질 수 있다는 약속이었던 것이다.

앞으로 다가올 영광을 본능적으로 감지한 그는 이보다 몇 달 앞서 남부 미네소타주에 있는 작은 루터교 재단의 세인트올라프 대학교에 입학했다. 자신의 운명의 북소리에, 아니 운명 그 자체에 학교가 너무 무심한 것에 실망하고 학비를 조달하느라 시작한 수위 일마저 경멸스러워지자 그는 두 주 만에 학교를 박차고 나왔다. 그러고 나서 그는 슈피리어 호수로 돌아왔고, 댄 코디의 요트가 수심이 낮은 호숫가에 닻을 내린 바로 그날 뭔가 할 일을 찾고 있었다.

네바다주 은광과 유콘강, 1875년 이후 모든 광산이 만들어 낸 인물이라고 할 코디는 그때 쉰 살이었다. 그를 엄청난 백만장자로 만든 몬태나주의 동광(銅鑛) 사업을 이끌면서 그는 육체적으로는 강건했지만 바야흐로 정신은 나약해졌고, 이를 눈치챈 수많은 여자들이 그에게서 돈을 긁어내려고 갖은 수작을 부렸다. 여기자 엘러 케이가 그의 병약함을 이용해 맹트농 부인[61] 역할을 하여 그를 요트에 태워 바다로 보낸 것과 관련한 그다지 유쾌하지 않은 사건은 1902년의 과장된 저급 저널리즘계에서는 잘 알려진 일이었다. 지난 오 년 동안 그는 기후가 무척 좋은 해안을 따라 여행한 뒤 마침내 리틀걸만에서 제임스 개츠의 운명으로서 그 모습을 드러냈던 것이다.

노에 기댄 채 난간을 두른 갑판을 올려다보고 있는 젊은 개츠에게 그 요트는 이 세상의 모든 아름다움과

---

61 프랑스 왕 루이 14세의 둘째 부인으로 왕에게 막강한 영향력을 행사하였다.

매력을 상징하는 것과 다름없었다. 모르긴 몰라도 그는 아마 코디에게 미소를 지었을 것이다. 어쩌면 자기가 미소를 지으면 사람들이 자기를 좋아한다는 것을 알아차렸는지도 모른다. 어쨌든 코디는 그에게 몇 마디 질문을 던졌고(그 질문 중 하나에 답하느라고 그 새 이름을 지었다.) 이 청년이 민첩한 데다 유별나게 야심만만하다는 사실을 알아냈다. 며칠 뒤 코디는 그를 덜루스[62]에 데리고 가 푸른색 윗도리 한 벌과 흰 면포 바지 여섯 벌과 요트 모자를 사 주었다. 그리고 투올로미호가 서인도 제도와 바버리 해안[63]을 향해 떠날 때 개츠비도 그와 함께 떠났다.

    그는 뭐라고 딱 정의하기 어려운 개인적인 일을 수행하도록 고용되었다. 코디와 함께 있는 동안 그는 집사가 되기도 하고, 항해사나 조타수가 되기도 하고, 비서가 되기도 했으며 심지어는 간수 노릇을 하기도 했다. 정신이 멀쩡할 때의 댄 코디는 술에 취하면 자신이 곧 어떤 황당한 일을 벌일지 잘 알았고, 점점 더 개츠비를

---

62 슈피리어 호수 서쪽 끝에 접해 있는 항구 도시.
63 이집트에서 대서양에 걸쳐 있는 북아프리카 해안. 댄 코디가 요트로 이렇게 멀리까지 항해했는지는 자못 의문스럽다. 19세기경 샌프란시스코에 같은 이름으로 불리던 지역이 있었는데, 피츠제럴드는 아마 이 지역을 염두에 둔 듯하다.

신임함으로써 그런 우발적인 사태에 대처하려고 했다. 두 사람의 관계가 이렇게 오 년이나 계속되는 동안 요트는 미 대륙을 세 번이나 횡단했다. 만약 어느 날 밤 엘러 케이가 보스턴에서 요트에 올라타고 그로부터 일주일 뒤 댄 코디가 불미스럽게 사망하지만 않았더라면 그 여행은 아마 영원히 계속되었을는지도 모른다.

개츠비의 침실에 걸려 있던, 반백의 머리카락에 강직하면서 표정 없는 불그스레한 얼굴을 한 그의 사진이 기억난다. 그는 미국 역사의 한 시기에 개척지의 창녀촌과 술집의 무자비한 폭력을 동부 해안에 이끌고 온 난봉꾼 개척자였다. 개츠비가 술을 마시지 않다시피 하는 것도 간접적으로는 코디에게서 받은 영향 때문이었다. 흥청거리는 파티가 벌어지는 동안 때로는 여자들이 그의 머리에 샴페인을 부은 적도 있었다. 하지만 그는 습관적으로 술에 손을 대지 않았다.

그리고 개츠비는 코디로부터 돈을 물려받았다. 2만 5000달러의 유산이었다. 하지만 실제로는 그 돈을 받지 못했다. 그는 자신에게 불리하게 적용된 법적 장치를 결코 이해할 수 없었지만, 수백만 달러의 돈은 결국 엘러 케이의 손에 고스란히 넘어가고 말았다. 그에게 남은 것이라고는 남다르게 받은 적절한 교육뿐이었다. 제이 개츠비의 모호한 윤곽이 비로소 구체적인 한 인간의 실체로 채워졌던 것이다.

그는 이 모든 이야기를 훨씬 뒤에야 들려주었지만 지금 내가 그 이야기를 적는 것은 눈곱만치도 사실이 아닌 소문, 그의 선조를 둘러싼 터무니없는 첫 소문을 불식하기 위해서이다. 더구나 그가 이 이야기를 들려준 것은, 내가 그의 말을 믿어야 할지 믿지 말아야 할지 혼란에 빠져 있을 때였다. 그러니까 말하자면 개츠비가 한숨을 돌리는 동안 일련의 이런 오해를 없애려고 나는 지금 이 짧은 휴식을 이용하고 있는 셈이다.

개츠비의 연애 사건도 잠시 소강상태를 맞고 있었다. 지난 몇 주 동안 나는 그를 만나거나 전화로 그의 목소리를 들은 적이 없었다. 조던과 쏘다니거나 나이 많은 그녀의 숙모의 기분을 맞추느라고 거의 뉴욕에서 지내고 있었다. 하지만 마침내 어느 일요일 오후 나는 그의 저택에 건너가게 되었다. 그런데 채 이 분도 되지 않아 누군가가 술을 한잔하자고 톰 뷰캐넌을 그 집에 데리고 왔다. 당연히 나는 놀랄 수밖에 없었지만, 정말로 놀라운 것은 이제껏 그런 일이 한 번도 없었다는 사실이다.

일행 셋이 말을 타고 왔다. 톰과 슬론이라는 남자, 전에도 찾아온 적이 있는, 갈색 승마복을 입은 얼굴이 예쁜 여자였다.

"만나 뵙게 돼서 반갑습니다. 이렇게 찾아 주시니 고맙군요." 현관에 서서 개츠비가 말했다.

마치 그들이 관심을 보이기나 하는 것처럼 말이다!

"자, 앉으시지요. 궐련이나 시가를 피우시겠습니까?" 그가 종을 울리며 방 안을 바쁘게 돌아다녔다. "마실 술은 곧 준비하도록 하지요."

그는 톰이 그 자리에 있다는 사실에 크게 고무되었다. 그러나 그들이 찾아온 목적이 술을 마시는 것이라고 막연하게나마 깨닫고 있었고, 그래서 그들에게 뭔가를 대접할 때까지는 어쨌든 불안한 듯했다. 슬론 씨는 아무것도 마시려고 들지 않았다. 레모네이드라도 드릴까요? 아뇨, 괜찮습니다. 그럼 샴페인을 좀 드릴까요? 아뇨, 괜찮습니다……. 죄송합니다…….

"승마는 즐거우셨나요?"

"이 근처는 말을 타기에 길이 참 좋더군요."

"제 생각으로는 자동차들이……."

"물론 그렇지요."

개츠비는 마치 처음 만나 소개를 받은 듯 대하는 톰에게 더 이상 참지 못하고 고개를 돌렸다.

"뷰캐넌 씨, 전에 어디선가 한 번 뵌 것 같습니다."

"아, 그렇지요." 언제 만났는지 분명히 기억하지 못하는 것이 분명했는데도 톰은 퉁명스럽지만 예의를 갖추어 대답했다. "그랬지요. 이제 기억이 납니다."

"이 주 전쯤이었어요."

"맞아요. 여기 있는 닉과 함께 계셨죠."

"아내 되시는 분을 알고 있습니다." 개츠비가 거의 공격에 가깝게 말을 이어 나갔다.

"그래요?" 톰이 나에게 고개를 돌렸다.

"닉, 자넨 이 근처에 살고 있나?"

"바로 옆집에 산다네."

"그래?"

슬론 씨는 대화에 끼지 않았지만 거만하게 몸을 젖히고 의자에 기대 앉아 있었다. 여자 역시 아무 말도 하지 않고 있었다. 그러나 그녀는 하이볼 두 잔을 마시고 나더니 예상 밖으로 친절해졌.

"개츠비 씨, 우리 모두 다음 파티에 참석할게요. 괜찮겠죠?" 그녀가 제안했다.

"여부가 있겠습니까? 영광이지요."

"고맙군요." 슬론 씨가 별로 고마워하지 않으면서 그렇게 말했다. "그럼…… 자, 이제 집으로 출발할까요?"

"그렇게 서두르시지 마십시오." 개츠비가 간곡히 말했다. 이제 자신감이 생기기 시작한 그는 톰에 대해 좀 더 알고 싶어 했다. "괜찮으시다면…… 저녁이라도 드시고 가시는 게 어떻습니까? 다른 손님들이 뉴욕에서 이렇게 찾아온다고 해도 놀라지 않을 겁니다."

"그럼 저희 쪽으로 오셔서 저녁 식사를 하는 건 어때요? 두 분 모두 말이에요." 여자가 열성적으로 말했다.

그것은 나를 포함하여 하는 말이었다. 슬론 씨가 자리에서 일어섰다.

"자, 갑시다." 그가 말했다. 하지만 그것은 그녀에게만 하는 말이었다.

"진심이에요. 두 분을 모시고 싶어요. 두 분 모시고도 자리가 남아요." 여자가 고집했다.

개츠비는 내 의향을 묻는 듯 나를 쳐다보았다. 그는 가고 싶어 했고, 슬론 씨가 그러기를 원치 않는다는 사실을 눈치채지 못했다.

"저는 갈 수 없습니다." 내가 말했다.

"그럼 당신이라도 오세요." 그녀가 개츠비에게 관심을 쏟으며 재촉했다.

슬론 씨가 그녀의 귀에 대고 뭐라고 속삭였다.

"지금 출발한다면 늦지 않을 거예요." 그녀가 큰 소리로 다시 재촉했다.

"전 타고 갈 말이 없습니다. 군에 있을 때는 말을 타곤 했는데, 말을 구입한 적이 없어요. 자동차를 타고 쫓아가야겠군요. 그럼 잠깐만 실례합니다." 개츠비가 대답했다.

나머지 사람들은 현관으로 걸어 나갔고, 현관에서는 슬론과 그 여자가 옆에서 열심히 이야기를 나누기 시작했다.

"맙소사, 그자가 정말로 따라오려는 모양이오. 그녀가 원하지 않는다는 걸 모르나 보지?" 톰이 말했다.

"그 여자가 계속 오라고 말했잖아."

"그녀가 큰 파티를 여는데 파티에 오는 사람 중에 그자를 아는 사람은 하나도 없을 텐데." 그가 눈살을 찌푸렸다. "그자는 도대체 어디서 데이지를 만난 걸까? 맙소사, 내 생각이 구닥다리인지는 모르겠지만 요즈음 여자들이 너무 쏘다니는 게 영 마음에 들지 않는단 말씀이야. 별 괴상한 녀석들을 다 만나고 다니거든."

슬론 씨와 그 여자는 갑자기 계단을 걸어 내려가더니 말을 탔다.

"자, 어서 가자고. 이러다 늦겠어. 빨리 가야 한다고." 슬론 씨가 톰에게 말하고는 나를 향해서 이렇게 말했다. "그 사람에게 기다릴 수 없었다고 전해 주시지 않겠소?"

톰과 나는 악수를 했고, 나머지 사람들은 냉랭하게 서로 고개를 끄덕여 인사했다. 그리고 그들이 재빨리 말을 몰아 진입로를 따라 내려가 8월의 무성한 나뭇잎 밑으로 사라진 뒤에야 개츠비가 모자와 얇은 외투를 손에 들고 현관에 나타났다.

그다음 토요일 밤 톰이 데이지를 데리고 파티에 참석한 것을 보면 그녀 혼자서 돌아다니는 것에 당황한 게 틀림없었다. 어쩌면 그가 참석한 그날 저녁 파티는 이상하게 숨이 막힐 듯 긴장감이 감도는 것 같았다. 그래서 그런지 그날 저녁은 그해 여름 개츠비가 연 어느 파티보다도 뚜렷이 기억에 남는다. 똑같은 사람들, 적어도 똑같은 종류의 사람들이 참석하고 똑같은 샴페인이 흘러넘치고 다양하고도 색다른 소동 또한 똑같이 벌어졌지만, 전에는 느껴 보지 못한 불쾌감이랄까, 불편함이랄까 하는 기운이 감돌았다. 어쩌면 내가 벌써 그 세계에 익숙해져 있었는지 모른다. 웨스트에그를 자체의 기준과 명사(名士)들을 갖춘 하나의 완벽한 세계, 그런 의식이 전혀 없기 때문에 어떤 것에도 비길 수 없는 세계로 받아들이는 데 익숙해진 탓일지도 모른다. 이제 나는 데이지의 눈을 통해 그 세계를 다시 한번 바라보고 있었다. 이미 적응한 사물을 새로운 눈으로 다시 바라본다는 것은 어쩔 수 없이 슬픈 일이다.

 그들은 황혼이 깃들 무렵에 도착했고, 우리가 그야말로 빛을 내뿜는 수많은 사람들 사이를 어슬렁거리는 동안 데이지의 목소리가 온갖 기교를 부리듯 목구멍에서 웅얼거렸다.

 "이런 광경을 보면 전 너무 흥분돼요. 오빠, 오늘

밤 언제라도 나와 키스하고 싶으면 말만 해요. 기꺼이 키스해 줄게요. 내 이름만 대요. 아니면 녹색 카드를 내보이거나요. 지금 줄게요, 녹색……."

"뒤를 좀 돌아봐요." 개츠비가 제안했다.

"지금 돌아보고 있는데요. 난 지금 재미있게 즐기고 있어요, 신나게……."

"지금까지 이름만 듣던 사람들의 얼굴을 직접 볼 수 있을 겁니다."

톰은 거만한 눈초리로 손님들을 훑어봤다.

"우리는 별로 돌아다니지 않소. 사실 난 여기 있는 사람들 중에 아는 사람이 하나도 없는 것 같소만." 그가 말했다.

"아마 저기 저 부인은 알 텐데요." 개츠비가 하얀 자두나무 밑에 위엄 있게 앉아 있는, 거의 인간이라고 하기 어려울 정도로 아름다운 한 떨기 난초 같은 여자를 가리켰다. 지금까지 그림자 같은 존재와 다름없던 유명한 영화계 인사를 알아볼 때처럼 마치 현실이 아닌 것 같은 독특한 느낌을 받으며 톰과 데이지는 그 여자를 바라보았다.

"아름답군요." 데이지가 말했다.

"그녀에게 허리를 굽히고 있는 사람은 그녀가 출연했던 영화의 감독이지요."

개츠비는 격식을 차리며 그들을 데리고 이 그룹에서 저 그룹으로 돌아다녔다.

"이쪽에 계신 분은 뷰캐넌 부인이고…… 이쪽은 뷰캐넌 씨입니다……." 한순간 머뭇거리다가 그가 덧붙였다. "폴로 선수이지요."

"아, 아닙니다. 난 아니에요." 톰이 재빨리 부인했다.

그러나 톰이 그날 저녁 내내 '폴로 선수'로 통한 것을 보면 그 말이 개츠비 마음에 들었음에 틀림없었다.

"이렇게 유명 인사를 많이 만나 보기는 처음이에요." 데이지가 감격해서 말했다. "난 저 사람이 마음에 드는데……. 이름이 뭔가요? ……코가 푸르스름한 저 신사 말이에요."

개츠비는 그가 누구라고 일러 주면서 평범한 제작자라고 덧붙였다.

"글쎄, 어쨌든 그 사람이 좋아요."

"난 폴로 선수가 아니면 좋겠어. 난 이 유명 인사들을 그냥 바라보기만 하면 좋겠어……. 망각 속에 잊힌 채 말이야."

데이지와 개츠비는 함께 춤을 추었다. 그의 우아하고 보수적인 폭스트롯을 보고 깜짝 놀랐던 기억이 난다. 나는 그가 춤을 추는 모습을 그때까지 한 번도 본 적이 없었다. 그러고 나서 그들이 우리 집으로 어슬렁어슬렁 걸어가 삼십 분쯤 계단 위에 앉아 있는 동안 나는 그녀의 부탁으로 정원에서 망을 보았다. "불이 나거나 홍수가 날지도 모르잖아요. 아니면 하느님의 징벌에 대비해야 할지도 모르죠." 그녀가 설명했다.

우리가 저녁을 먹으려고 함께 앉아 있을 때 한동안 망각 속에 잊힌 채 있던 톰이 모습을 드러냈다. "저기 있는 사람들과 함께 식사를 해도 괜찮겠지? 한 친구가 어떤 재미있는 이야기를 늘어놓고 있거든." 그가 물었다.

"그렇게 해요. 주소를 적고 싶으면 여기 내 금제 연필을 써요……." 데이지가 상냥하게 대답했다. 그녀는 잠시 주위를 둘러보더니 그 아가씨가 "품위는 없지만 얼굴이 예쁘장"하다고 말했다. 나는 이 말을 듣고 그녀가 개츠비와 단둘이 있었던 삼십 분을 빼면 별로 재미있게 시간을 보내지 못했다는 것을 알 수 있었다.

우리가 앉은 테이블에는 유달리 술에 취한 사람들이 많았다. 그것은 내 실수였다. 개츠비는 전화를 받으러 갔고, 나는 두 주 전에 만난 사람들과 자리를 같이했던 것이다. 그때는 즐거웠지만 지금은 불쾌할 정도였다.

"미스 베데커, 괜찮아요?"

질문을 받은 아가씨가 내 어깨에 기대려고 했지만 뜻대로 되지 않았다. 그녀는 대신 의자에서 몸을 쭉 펴고 두 눈을 똑바로 떴다.

"뭐라고오?"

데이지에게 이튿날 근처 클럽에서 골프를 치자고 조르던 무기력하고 덩치 큰 여자가 미스 베데커를 옹호하고 나섰다.

"오, 그 앤 이제 괜찮아요. 칵테일 대여섯 잔이 들어가면 늘 저렇게 소리를 질러 대기 시작하죠. 술에 손을 대지 말라고 늘 말하건만."

"난 술에 손도 안 댔어." 비난받은 아가씨가 힘없이 말했다.

"우린 네가 소리 지르는 걸 들었어. 그래서 내가 여기 계신 시베트 박사님께 '선생님, 선생님의 도움이 필요한 사람이 있어요.'라고 했단 말이야."

"얘도 고맙게 생각할 거예요." 또 다른 친구가 고맙게 생각하는 기색도 없이 말했다. "하지만 선생님이 얘 머리를 풀장에다 집어넣는 바람에 이 애 옷이 다 젖었잖아요."

"내가 제일 싫어하는 게 풀에 머리를 집어넣는 거야. 뉴저지주에선 물에 빠질 뻔했다니까." 미스 베데커가 중얼거렸다.

"그러니까 술 좀 작작 마시라고." 시베트 박사가 대꾸했다.

"사돈 남 말하시네요!" 미스 베데커가 거칠게 소리를 질렀다. "선생님 손도 떨리잖아요. 절대로 선생님에게는 수술받지 않을 거예요!"

그런 식이었다. 데이지와 함께 서서 영화감독과 그의 스타를 지켜본 것이 그날 밤 거의 마지막으로 기억나는 일이다. 그들은 여전히 흰 자두나무 아래에 있었는데, 창백하고 가느다란 달빛 한 줄기가 그 사이에 놓여 있을 뿐 그들은 거의 얼굴을 맞대고 있는 것과 다름없었다. 저녁 내내 그 사람은 아주 조금씩 그녀를 향해 얼굴을 숙여 지금 정도의 거리에 이르렀을 거라는 생각이 문득 떠올랐다. 심지어 내가 지켜보는 동안에도 그는 아주 살짝 얼굴을 숙여 그녀의 뺨에 입을 맞추고 있었다.

"저 여자가 마음에 들어요. 예뻐 보여요." 데이지가 말했다.

그러나 나머지 사람들은 오히려 데이지의 기분에 거슬렸다. 몸짓이 아니라 감정 때문이라는 데는 논란의 여지가 없었다. 그녀는 브로드웨이가 롱아일랜드의 한 어촌에 만들어 놓은 이 전례 없는 '장소'인 웨스트에그에 섬뜩함을 느꼈다. 낡고 진부한 미사여구에, 짜증나는 날것 그대로의 투박한 활기에, 그리고 지름길을 따라 그곳 주민들을 무(無)에서 무로 몰고 가는, 너무나 강요하는 듯한 운명에 섬뜩함을 느꼈다. 그녀는 도저히 이해할 수 없는 바로 그 단순함에서 뭔가 무서운 것을 발견했던 것이다.

나는 그들이 자동차를 기다리는 동안 그들과 함께
앞 계단에 앉아 있었다. 우리가 있는 앞쪽은 어두웠다.
밝은 문만이 1제곱미터의 정방형 빛으로 부드럽고 컴컴한
새벽을 비추고 있었다. 가끔씩 그림자 하나가 위쪽 의상실
블라인드를 배경으로 움직이다가 다른 그림자에게,
보이지 않는 거울을 보며 립스틱을 바르고 분을 두드리는
어렴풋한 그림자의 행렬에 자리를 내주었다.

"이 개츠비란 자는 도대체 뭐 하는 인간이야? 거물
밀주업자라도 되는 건가?" 톰이 갑자기 물었다.

"자네 그런 소리 어디서 들었나?" 내가 되물었다.

"들은 게 아니라 생각해 낸 걸세. 자네도 알다시피
갑자기 떼돈을 번 작자들 중에 거물 밀주업자가 많지
않은가?"

"하지만 개츠비는 아니야." 내가 잘라 말했다.

그는 잠시 침묵을 지켰다. 진입로에 깔아 놓은 자갈이
그의 발밑에서 자그락거렸다.

"어쨌거나 그자는 이 별난 친구들을 한데 모으느라
힘깨나 들였겠군."

회색 안개 같은 데이지의 모피 옷의 깃이 미풍에
가볍게 나부꼈다.

"적어도 그들은 우리가 아는 사람들보다는
재미있네요." 데이지가 애써 말했다.

"당신은 그렇게 재미있어 보이지 않던데."

"음, 재미있었어요."

톰이 웃더니 내 쪽을 향해 몸을 돌렸다.

"아까 그 아가씨가 데이지에게 찬물로 샤워하게 해 달라고 부탁할 때 데이지의 얼굴을 봤나?"

데이지는 율동적이고 허스키한 목소리로 속삭이듯 리듬을 타며 음악에 맞춰 노래를 부르기 시작했다. 그녀가 가사의 의미를 하나하나 음미하며 노래를 부르는 일은 전에도 없었고 앞으로도 없을 것이다. 멜로디가 높아지면 그녀도 콘트랄토[64] 가수들이 그러듯 감미롭게 살짝 멈췄다가 다시 부르곤 했다. 이렇게 변화가 생길 때마다 그녀가 발산하는 따뜻하고 인간적인 마력이 공기 속으로 조금씩 퍼져 나갔다.

"초대받지 않은 사람들도 많이 왔어요." 갑자기 그녀가 말을 꺼냈다. "그 아가씨도 초대받지 않았지요. 그들이 그저 밀고 들어오는데도 그 사람은 너무 예의가 발라서 거절하지 못하는 거예요."

"난 그자가 도대체 누군지, 무슨 일을 하는지 알고 싶단 말씀이야. 하지만 알아내는 방법이 다 있지." 톰이

---

64 4성부 성악곡에서 두 번째로 높은 성부. 알토와 유사하거나 조금 낮다.

끈질기게 말했다.

"지금 당장이라도 말해 줄 수 있어요. 약국을 경영하고 있어요. 그것도 아주 많이요. 자기 힘으로 직접 세운 사업이에요." 데이지가 대답했다.

그때 꾸물거리던 리무진이 서서히 진입로로 굴러왔다.

"오빠, 잘 자요." 데이지가 말했다. 그녀의 시선은 나를 떠나 불이 켜진 계단 꼭대기를 향했다. 그곳에서는 그해 유행하던 산뜻하고도 슬픈 왈츠 「새벽 3시」[65]가 열린 문 밖으로 흘러나오고 있었다. 조금도 격식을 차리지 않는 개츠비의 파티에는 그녀의 세계에서는 전혀 찾아볼 수 없는 낭만적인 가능성이 깃들어 있었다. 그 노래에 들어 있는 무엇이 그녀를 다시 집 안으로 불러들이는 것일까? 예측할 수 없는 지금 이 어두컴컴한 시간에 어떤 일이 일어날까? 어쩌면 어떤 믿기 어려운 손님, 모두를 놀라게 할 귀한 사람이 도착할지도 모른다. 아니면 마술적인 한순간의 만남으로 첫눈에 개츠비의 마음을 사로잡아 일편단심으로 열렬히 사모해 온 지난 오 년의 세월을 말끔히 씻어 줄, 눈부시게 아름다운 젊은 아가씨가 도착할지도 모른다.

---

65 1919년 줄리언 로블리도가 작곡한 이 왈츠는 1921년에 도러시 테리스가 가사를 붙이면서 크게 인기를 끌었다.

나는 그날 밤 늦게까지 남아 있었다. 개츠비가 시간이 날 때까지 기다려 달라고 부탁했기 때문이다. 그래서 나는 수영을 하던 패거리가 시원하고 상쾌한 기분으로 어두컴컴한 해변에서 올라오고 손님방에서 불이 모두 꺼질 때까지 정원에서 빈둥거리고 있었다. 마침내 그가 계단을 내려왔을 때는 이상하게 거무스레하게 탄 피부가 그의 얼굴에 팽팽하게 달라붙어 있고 두 눈은 반짝이면서도 피곤해 보였다.

    "데이지는 좋아하지 않더군요." 그가 불쑥 말했다.

    "물론 좋아했어요."

    "아닙니다, 좋아하지 않았어요. 즐거운 시간을 보내지 않았다고요." 그가 끈질기게 말했다.

    그는 잠시 침묵을 지켰고, 나는 그가 말할 수 없이 의기소침해하는 것을 느낄 수 있었다.

    "그녀가 멀게만 느껴졌어요. 그녀를 이해시키기가 무척 어렵군요." 그가 말했다.

    "그 춤 말입니까?"

    "춤이라고요?" 그는 손가락을 한 번 찰싹 튕기는 것으로 자신이 춘 춤을 모두 일소에 부쳐 버렸다. "형씨, 춤은 중요한 게 아니지요."

    그가 원하는 것은 데이지가 톰에게 가서 "난 당신을 결코 사랑한 적이 없어요." 하고 말하는 것뿐이었다.

그 말로 지난 삼 년의 세월을 말끔히 지워 버리고 나면 그들은 좀 더 현실적인 방법을 강구할 수 있었을 것이다. 그 가운데 하나는, 그녀가 자유로운 몸이 되면 함께 루이빌로 돌아가 그녀의 집에서 결혼식을 올리는 것이다 — 마치 오 년 전으로 돌아간 것처럼 말이다.

"데이지는 이해하지 못하고 있어요. 전에는 이해했거든요. 우린 몇 시간씩이나 앉아서……." 그가 절망적으로 말했다.

그는 갑자기 말을 끊더니 과일 껍질이며 버린 선물과 구겨진 꽃이 어지럽게 널려 있는 쓸쓸한 길을 왔다 갔다 걷기 시작했다.

"나 같으면 그녀에게 너무 많은 것을 요구하지는 않을 겁니다. 과거는 반복할 수 없지 않습니까?" 내가 불쑥 말했다.

"과거를 반복할 수 없다고요? 아뇨, 반복할 수 있고말고요!" 그가 믿기지 않는다는 듯 큰 소리로 말했다.

그는 마치 과거가 바로 그의 손이 닿지 않는 곳에, 자기 집 앞 그늘진 구석에 숨어 있기라도 한 듯 주위를 두리번거렸다.

"난 모든 것을 옛날과 똑같이 돌려놓을 생각입니다. 그녀도 알게 될 겁니다." 그가 단호하게 고개를 끄덕이며 말했다.

그는 그 과거에 대해 많은 이야기를 했고, 나는 그가 되돌리고 싶은 것이 데이지를 사랑하는 데 들어간, 그 자신에 대한 어떤 관념이 아닐까 하는 생각이 들었다. 그 뒤로 그의 삶은 혼란스럽고 무질서해졌지만, 만약 다시 한번 출발점으로 돌아가 천천히 모든 것을 다시 음미할 수만 있다면, 그는 그것이 무엇인지 찾아낼 수 있었으리라…….

……오 년 전 어느 가을밤, 그들은 나뭇잎이 떨어지는 거리를 함께 걷다가 나무 한 그루 없고 인도가 달빛으로 하얗게 물든 곳에 이르렀다. 그들은 그곳에 멈춰 서서 서로를 바라보았다. 일 년 중 계절이 바뀔 때 두 번 오는, 신비스러운 흥분을 간직한 서늘한 밤이었다. 집 안에 켜 있는 조용한 불빛들이 어둠 속으로 콧노래를 부르고 별과 별 사이에서도 소란하게 움직이고 있었다. 개츠비는 곁눈질로 보도블록이 실제로 사다리가 되어 나무 위쪽 비밀 장소로 올라가는 것을 보았다. 만약 혼자 오른다면 그는 그 비밀 장소까지 올라갈 수 있었을지도 모른다. 일단 그곳에 다다르면 생명의 젖을 빨고 그 무엇에도 견줄 수 없는 신비의 우유를 들이켤 수 있었을 것이다.

데이지의 하얀 얼굴이 자신의 얼굴에 닿는 순간 그의 심장은 점점 더 빨리 뛰었다. 이 아가씨와 입을 맞추고 말로 표현할 수 없는 자신의 꿈을 그녀의 불멸의 숨결과 영원히 하나로 결합시키면, 그의 심장은 하느님의 심장처럼 다시는 뛰지 않으리라는 것을 그는 잘 알았다. 그래서 그는 별에 부딪힌 소리굽쇠가 내는 아름다운 소리에 귀를 기울이며 잠시 기다렸다. 그러고 나서 그는 그녀에게 키스를 했다. 그의 입술에 닿자 그녀는 그를 위해 한 송이 꽃처럼 활짝 피어났고, 비로소 화신(化身)이 완성되었다.

그가 들려준 이야기, 심지어는 그의 무섭도록 놀라운 감상적인 말을 들으면서 나에게 뭔가 떠오는 것이 있었다 — 포착할 수 없는 리듬이랄까, 오래전에 어디선가 들은 적이 있는 잃어버린 말의 파편이랄 것이었다. 한순간 어떤 구절이 내 입가에 막 떠오르려고 하더니 벙어리의 입술처럼 벌어졌다. 마치 한 줄기 놀란 숨을 내뱉을 때보다 더 힘이 드는 것처럼 말이다. 그러나 입술에서는 결국 아무 말도 나오지 않았고, 내가 간신히 떠올린 구절도 영원히 전달할 수 없게 되었다.

7

 개츠비에 대한 호기심이 최고조에 달한 것은 어느 토요일 밤 그의 저택에 불이 켜지지 않으면서부터였다. 트리말키오[66]로서의 그의 경력은 시작과 마찬가지로 슬며시 막을 내렸다.
 자동차들이 기대에 차서 그의 집 진입로에 들어와 잠깐 머물다가 화가 난 듯 떠나 버린다는 것을 차츰 깨닫게 되었다. 나는 혹 그가 병이라도 나지 않았는지 알아보려고 건너가 보았다. 얼굴이 험상궂은 낯선 집사가 문을 열고 미심쩍다는 표정으로 빠끔히 내다보았다.
 "개츠비 씨가 어디 편찮으신가요?"
 "아닙니다." 그는 잠시 말을 멈춘 뒤 뒤늦게 마지못해

---

66 고대 로마의 풍자 작가 페트로니우스의 작품 『사티리콘』에 등장하는 인물. 개츠비처럼 성대한 파티를 자주 여는 것으로 유명하다.

그렇게 한다는 투로 '선생님'이라는 호칭을 덧붙였다.

"요새 통 뵙지를 못해서 좀 걱정이 돼서요. 캐러웨이란 사람이 찾아왔었다고 전해 주십시오."

"누구라고요?" 그가 무례하게 따져 물었다.

"캐러웨이입니다."

"캐러웨이. 네, 알았습니다. 그렇게 전하겠습니다."

그는 느닷없이 문을 쾅 하고 닫아 버렸다.

우리 집 핀란드인 가정부 말로는 일주일 전 개츠비가 집에 있던 하인을 모두 해고하고 다른 하인을 대여섯 명 새로 고용했는데, 그들은 웨스트에그 마을에 가서 상인들에게 매수당하는 일 없이 전화로 적당히 식품을 주문한다는 것이었다. 식료품 배달 소년은 부엌이 마치 돼지우리 같았다고 했고, 마을에는 새로 고용된 사람들이 하인이 아니라는 소문이 나돌았다.

이튿날 개츠비가 전화를 걸어왔다.

"다른 곳으로 떠나려고 합니까?" 내가 물었다.

"아닙니다, 형씨."

"하인을 모두 쫓아냈다면서요."

"입이 무거운 사람들이 필요했어요. 데이지가 꽤 자주 놀러 오거든요······. 오후가 되면요."

그녀의 불만스러운 눈빛에 그만 그 대저택 전체가 마분지로 만든 집처럼 폭삭 주저앉고 말았던 것이다.

"울프심이 돌봐 주고 싶어 하던 사람들입니다. 모두 형제자매 같은 사이예요. 조그마한 호텔을 경영한 적도 있고요."

"그렇군요."

개츠비는 데이지의 요청으로 전화를 걸었다면서 내일 그녀의 집에 점심 식사를 하러 가지 않겠냐고 했다. 미스 베이커도 올 예정이라고 했다. 삼십 분쯤 뒤 데이지가 직접 전화를 걸어왔고, 내가 간다는 것을 알자 안심하는 눈치였다. 무슨 일이 있었던 것이 분명했다. 그러나 그들이 설마하니 이 자리를 빌려 소동을 벌이리라고는 생각지 못했다. 특히 개츠비가 정원에서 대충 일러 준, 좀 비참한 그 소동 말이다.

이튿날은 날씨가 푹푹 쪘다. 그해 여름의 막바지로 접어든 무렵으로 가장 더운 날이 틀림없었다. 내가 탄 기차가 터널에서 햇볕 속으로 빠져나왔을 때는 내셔널 비스킷 회사[67]의 뜨거운 경적 소리만이 지글지글 끓는 한낮의 정적을 깨뜨리고 있었다. 차 안의 밀짚 시트에 금방이라도 불이 댕길 것 같았다. 내 옆에 앉은 여자는 한동안 흰 셔츠 안으로 땀이 흘러내리는 것을 참고 있다가

---

67 뉴욕시 퀸스 자치구에 있는 제과 회사로 머리글자를 딴 이름 '나비스코'로 더 잘 알려져 있다.

들고 있던 신문이 손가락 사이로 축축하게 젖자 절망감에 외마디 소리를 지르면서 의자 깊숙이 몸을 파묻었다. 그 바람에 그녀의 지갑이 바닥에 툭 떨어졌다.

"어머나!" 그녀는 숨을 헐떡거렸다.

나는 나른한 몸을 굽혀 지갑을 주운 뒤 소매치기할 생각이 추호도 없음을 보여 주려고 팔을 쭉 뻗어 지갑 끄트머리를 잡아서 그녀에게 돌려주었다. 하지만 그 여자를 포함하여 주위에 있던 승객들이 하나같이 의심하는 눈초리로 나를 쳐다보았다.

"너무 덥군요!" 차장이 낯익은 얼굴들을 향해 말했다. "대단한 날씨예요……. 더워요! ……더워요! ……더워도 너무 더워요! ……손님들도 더우시죠? 이렇게 더워서야……."

내 정기 승차권이 그의 손에서 거뭇한 때를 묻히고 돌아왔다. 이 더위라면 차장이 누구의 달아오른 입술에 키스를 하든, 누구의 머리가 그의 가슴 쪽 셔츠 호주머니를 축축하게 만들든 조금도 아랑곳하지 않으리라!

……개츠비와 내가 문에서 기다리는 동안 뷰캐넌 저택의 홀을 가로질러 전화벨 소리가 한 줄기 미풍에 실려 왔다.

"주인어른의 시체라니요!" 집사가 수화기에 대고 고함을 질렀다. "사모님, 죄송합니다만 지금은 해 드릴 수 없는데요……. 이런 한낮에는 너무 더워서 시체를 만질 수 없거든요!"

실제로는 "네…… 네…… 알아보겠습니다."라고 말했다.

그는 수화기를 내려놓고 조금 번질거리는 얼굴로 우리에게 다가와 빳빳한 밀짚모자를 받아 들었다.

"부인께서는 응접실에서 기다리고 계십니다!" 그럴 필요도 없는데 그쪽을 가리키면서 그가 외쳤다. 이런 무더위에는 불필요한 몸짓 하나하나가 일상에 대한 모독처럼 느껴졌다.

차일로 잘 가려진 방은 어두컴컴하고 서늘했다. 데이지와 조던이 윙윙대는 선풍기 바람에 날리는 하얀 옷자락을 눌러 가며 은으로 만든 우상처럼 큼직한 긴 의자에 누워 있었다.

"움직이질 못하겠어요." 그들이 한목소리로 말했다.

분을 바른 조던의 그은 손가락이 잠깐 내 손안에 놓였다.

"우리의 운동선수 톰 뷰캐넌 씨는?" 내가 물었다.

내 말이 떨어지기가 무섭게 홀에서 퉁명스럽고 웅얼웅얼거리는 쉰 목소리로 톰이 통화를 하는 소리가 들려왔다.

개츠비는 진홍빛 카펫 한가운데 서서 황홀한 시선으로 주위를 살펴보고 있었다. 데이지는 그를 쳐다보며 그 감미롭고도 가슴 설레게 하는 웃음을 지었다.

그녀의 가슴에서 미세한 분가루가 공중으로 피어올랐다.

"소문에 따르면 톰의 애인한테서 지금 전화가 걸려 왔다는군요." 조던이 소곤거렸다.

우리는 아무 말도 하지 않았다. 홀에서 들려오는 짜증스러워하는 목소리가 더욱 커졌다. "그럼 좋아. 당신한테 그 차를 팔지 않겠어……. 난 당신한테 아무것도 빚지지 않았다고……. 그리고 그 문제로 점심시간에 나를 성가시게 하다니 도저히 못 참아!"

"수화기를 막고 저러는 거야." 데이지가 빈정대듯 말했다.

"아니, 그렇지 않아. 저건 진짜야. 나야 어쩌다 알게 되었지만." 내가 그녀에게 단정적으로 말했다.

톰이 문을 활짝 열어젖히더니 잠시 육중한 몸으로 문가를 막고 서 있다가 급히 방으로 들어왔다.

"개츠비 씨로군요!" 그는 적의를 썩 잘 감추고 그에게 넓적한 손을 내밀었다. "만나서 반갑습니다……. 어, 닉……."

"찬 음료수 좀 만들어 줘요." 데이지가 소리쳤다.

톰이 방에서 나가자 그녀는 일어서서 개츠비 곁으로 다가가더니 그의 얼굴을 끌어내리고 입에다 키스했다.

"내가 당신을 사랑하는 거 알죠?" 그녀가 나지막한 목소리로 속삭였다.

"이 자리에 숙녀도 한 사람 있다는 걸 잊어버렸나 봐."
조던이 말했다.

그러자 데이지는 의아하다는 표정으로 돌아보았다.

"그럼 너도 닉 오빠에게 키스하려무나."

"이런 점잖지 못한 부인 좀 봐요!"

"그래도 상관없어!" 데이지가 소리치고는 벽돌 난롯가에서 마치 나막신 춤을 추듯 움직이기 시작했다. 그러다 덥다는 생각이 들자 죄책감이라도 느낀 듯 긴 의자에 가서 앉았다. 바로 그때 보모가 예쁜 옷차림을 한 조그마한 여자아이를 방으로 데리고 들어왔다.

"아 — 이 — 고, 우리 귀 — 여 — 운 보물!" 그녀가 두 팔을 내밀며 나지막하게 소곤댔다. "널 사랑하는 엄마에게 오렴."

보모가 놓아주자 아이는 달려가 어머니 옷 속으로 수줍게 파고들었다.

"아 — 유, 우 — 리 보물! 엄마가 우리 아가 노란 머리카락에 분가루를 묻혔구나. 자, 이제 일어나서 인사를 해야지."

개츠비와 나는 차례로 몸을 굽혀 소녀가 마지못해 내민 작은 손을 잡았다. 그 뒤에도 개츠비는 놀라운 듯 아이를 지켜보았다. 전에는 아이의 존재를 정말로 믿지 않은 것 같았다.

"점심시간 전인데 이렇게 옷을 갈아입었어요." 아이가 간절히 데이지에게 몸을 돌리며 말했다.

"엄마가 널 자랑하고 싶어서 그런 거란다." 데이지는 아이의 희고 가느다란 목주름에 얼굴을 파묻었다.

"넌 이 엄마의 꿈이야. 정말이지 귀엽고 완벽한 꿈이란 말이야."

"응. 조던 아줌마도 흰옷을 입으셨네." 아이가 조용히 대답했다.

"엄마 친구분들이 마음에 드니?" 데이지가 아이를 한 바퀴 돌려세워 개츠비와 마주 보도록 했다. "아저씨들이 멋있지 않아?"

"아빠는 어디 있어요?"

"이 앤 아빠를 안 닮았어요. 날 닮았지요. 내 머리카락이랑 얼굴 모양을 꼭 빼닮았어요." 데이지가 설명했다.

데이지는 다시 긴 의자에 기대앉았다. 보모가 앞으로 한 발 나서더니 손을 내밀었다.

"이리 온, 패미."

"잘 가렴, 우리 귀여운 아가야!"

엄격히 훈육을 받은 아이는 내키지 않는 듯 힐끔 돌아보더니 보모의 손을 잡고 밖으로 나갔고, 바로 그때 톰이 얼음이 가득 차 찰랑거리는 진리키[68] 네 잔을 받쳐

들고 들어왔다.

개츠비가 자기 잔을 집어 들었다.

"정말 시원해 보이는데요." 그가 눈에 띄게 긴장한 표정을 지으며 말했다.

우리는 게걸스럽게 단숨에 쭈욱 들이켰다.

"어디선가 읽은 적이 있는데, 태양이 해마다 뜨거워지고 있다는군. 이러다가는 얼마 지나지 않아 지구가 태양 속으로 폭발할 모양이야……. 아니, 가만 보자……. 그 반대던가……. 태양이 해마다 식어 간다는 거였나……." 톰이 다정하게 말했다.

그리고 개츠비에게 제안했다. "우리, 밖으로 나갑시다. 집을 구경시켜 드리지요."

나는 그들과 함께 베란다로 나갔다. 더위 속에 가만히 고여 있는 초록색 해협에 작은 돛단배 하나가 더 시원한 바다 쪽으로 천천히 나아가고 있었다. 개츠비는 한순간 눈으로 그 배를 좇더니 한쪽 손을 들어 만 건너편을 가리켰다.

"난 댁의 바로 건너편에 살고 있지요."

"그렇군요."

우리는 눈을 들어 장미원 너머 뜨거운 잔디밭과

---

68 진과 탄산수에 라임 과즙을 탄 음료.

해변을 따라 불볕더위에 시달리는 잡초 더미를
건너다보았다. 돛단배의 하얀 날개가 파랗고 서늘한
수평선을 배경으로 움직이고 있었다. 그 앞쪽에는
부채처럼 펼쳐진 대양과 축복받은 작은 섬들이 수없이
놓여 있었다.

"한번 해 볼 만한 스포츠지요. 한 시간쯤 이 친구와
함께 저 배를 타고 싶네요." 톰이 고개를 끄덕이며 말했다.

우리는 덥지 않도록 역시 어둡게 가려 놓은 식당에서
점심을 들며 차가운 흑맥주로 불안한 흥겨움을 삼켰다.

"오늘 오후에 뭘 하지요? 그리고 내일은, 그리고 또
앞으로 삼십 년 뒤에는?" 데이지가 소리쳤다.

"유난 떨지 마. 가을이 돼서 날씨가 상쾌해지면 인생이
다시 시작되니까." 조던이 대꾸했다.

"하지만 너무 덥단 말이야. 그리고 만사가
뒤죽박죽이야. 우리 다 같이 시내에 나가요!" 데이지는 곧
울음이라도 터뜨릴 듯한 얼굴로 고집을 부렸다.

그녀의 목소리는 더위를 뚫고 나아가려고 계속
안간힘을 쓰며 그 무의미함에 형체를 부여하고 있었다.

"마구간을 차고로 개조한다는 얘기는 나도 들어
봤지요. 하지만 차고를 뜯어고쳐 마구간으로 만든
사람은 아마 내가 처음일 겁니다." 톰이 개츠비에게 하는
말이었다.

"누구 시내에 나갈 사람 없어요?" 데이지가 끈질기게 보챘다. 개츠비의 시선이 그녀 쪽으로 옮겨 갔다. "아! 당신 정말 멋져 보여요." 그녀가 외쳤다.

두 사람의 눈이 서로 마주친 순간 그들은 주위에 아무도 없다는 듯 서로를 응시했다. 그녀는 힘겹게 시선을 식탁 아래로 돌렸다.

"당신은 언제나 멋져 보여요." 그녀가 되풀이해 말했다.

데이지는 그를 사랑한다고 말한 것이었고, 톰 뷰캐넌이 그것을 알아차렸다. 그는 그야말로 아연실색했다. 입을 약간 벌린 채 개츠비를 쳐다보다가 마치 오래전에 알던 사람을 지금에야 막 알아본 것처럼 다시 데이지를 바라보았다.

"당신은 광고에 나오는 그 사람과 닮았어요." 그녀가 천진스럽게 말을 계속했다. "그 광고에 나오는 사람이 누군지 당신도 알 거예요······."

"좋아." 톰이 재빨리 말을 가로막았다. "나도 시내에 가고 싶어졌어. 자······ 모두 시내로 나가자고."

톰은 여전히 개츠비와 자기 아내를 번갈아 쏘아보며 자리에서 벌떡 일어섰다. 그러나 움직이는 사람이 아무도 없었다.

"자, 어서 가자고! 도대체 왜들 이러고 있는 거야?

시내에 나갈 거라면 지금 출발하자니까." 그가 약간 성을 냈다.

그는 화를 억누르느라 떨리는 손으로 마지막 남은 흑맥주가 담긴 잔에 입술을 갖다 댔다. 데이지의 목소리를 듣고서야 우리는 자리에서 일어나 태양이 이글거리는 자갈 깔린 진입로로 걸어 나갔다.

"지금 당장 갈 거예요? 그냥 이렇게요? 담배 피울 사람은 담배라도 한 대 피우게 해야 하지 않겠어요?" 그녀가 이의를 제기했다.

"점심 들면서 다들 피웠잖아."

"아, 재미있게 놀아요. 짜증을 내기에는 너무 더워요." 데이지가 그에게 사정했다.

톰은 아무 대답도 하지 않았다.

"당신 하고 싶은 대로 해요. 조던, 이리 좀 와 봐." 그녀가 말했다.

남자 셋이 뜨거운 자갈을 발로 차며 서 있는 동안 여자들은 위층으로 올라가 외출할 준비를 했다. 서쪽 하늘에 벌써 은빛 초승달이 걸려 있었다. 개츠비가 무슨 말을 하려다가 그만두었지만, 그보다 먼저 톰이 기다렸다는 듯 몸을 홱 돌려 그를 마주 보았다.

"뭐라고 했습니까?"

"마구간이 이곳에 있습니까?" 개츠비가 애써 물었다.

"이 길로 1킬로미터쯤 내려간 곳에 있지요."

"아."

잠시 대화가 끊겼다.

"뭐 때문에 시내에 나가겠다는 건지 통 모르겠단 말이야. 여자들 머리통에 들어 있는 생각이란 게 꼭 이렇게……." 톰이 무례하게 내뱉듯이 말했다.

"뭐 마실 거라도 갖고 가야 하지 않을까요?" 위층 창에서 데이지가 물었다.

"위스키를 가져오지." 톰이 대답했다. 그는 안으로 들어갔다.

개츠비가 딱딱하게 굳은 표정으로 나를 돌아보았다.

"이 집에서는 아무 말도 할 수 없어요, 형씨."

"데이지의 목소리에는 신중함이 없어요. 그 애의 목소리에는 뭔가 가득……." 내가 말했다.

나는 머뭇거렸다.

"그녀의 목소리는 돈으로 가득 차 있어요." 갑자기 그가 말했다.

바로 그것이었다. 전에는 그걸 미처 깨닫지 못했다. 데이지의 목소리는 돈으로 가득 차 있었다. 그 안에서 높아졌다 낮아졌다 하는 끝없는 매력, 그 딸랑거리는 소리, 그 심벌즈 같은 노랫소리……. 하얀 궁전 속 저 높은 곳에 공주님이, 그 황금의 아가씨가…….

톰이 950밀리리터짜리 술병을 수건으로 감싸면서 집에서 나왔고, 그 뒤를 따라 금속사 직물로 만든 작고 꼭 끼는 모자를 쓰고 팔에 얇은 케이프를 걸친 데이지와 조던이 나왔다.

"모두 함께 내 차로 가실까요?" 개츠비가 제안했다. 그는 뜨거운 녹색 가죽 시트를 만졌다. "그늘에 세워 둘걸 그랬군요."

"변속 기어인가요?" 톰이 물었다.

"네, 그렇습니다."

"그럼 댁이 내 쿠페를 모시오. 내가 시내까지 댁의 차를 몰겠소."

개츠비는 이 제의가 못마땅했다.

"휘발유가 넉넉지 않을걸요." 개츠비가 반대하고 나섰다.

"휘발유야 얼마든지 넣을 수 있어요." 톰이 뽐내듯 말했다. 그는 연료 계측기를 들여다보았다. "기름이 떨어지면 약국에 들르면 됩니다. 요즘에는 약국에서 뭐든지 다 살 수 있거든요."

초점에서 빗나간 이 엉뚱한 말에 잠시 침묵이 흘렀다. 데이지가 얼굴을 찌푸리면서 톰을 쳐다보았고, 개츠비의 얼굴에는 뭐라고 표현하기 어려운 표정이 스쳐 지나갔다. 마치 누군가가 해 준 이야기를 들었을 뿐인 것처럼 분명히 낯설면서도 어렴풋하게나마 알아볼 수 있는 표정 말이다.

"자, 데이지. 이 곡마단 마차에 태워 줄게." 톰이 개츠비의 자동차 쪽으로 그녀를 밀면서 말했다.

그가 차 문을 열었지만 그녀는 그의 팔에서 빠져나왔다.

"당신은 닉하고 조던을 데리고 가요. 우린 쿠페를 타고 뒤따라갈게요."

데이지는 개츠비에게 바짝 걸어가 손으로 그의 윗도리를 만졌다. 조던과 톰, 내가 개츠비 차의 앞좌석에 올라탔다. 톰은 익숙지 않은 기어를 실험 삼아 조작해 보더니 숨이 막힐 듯한 더위 속으로 쏜살같이 차를 몰았다. 뒤에 남겨진 두 사람의 모습은 더 이상 보이지 않았다.

"봤지?" 톰이 말했다.

"뭘 말인가?"

조던과 내가 줄곧 알고 있었다는 것을 깨닫고는 그가 날카롭게 나를 쏘아보았다.

"내가 바보인 줄 아나 보지?" 그는 우리를 넌지시 떠보았다. "하기야 어쩌면 난 바보인지도 모르지. 하지만 내게도…… 때론 어떻게 해야 할지 말해 주는 천리안 같은 게 있단 말씀이야. 믿지 않을지 모르지만 과학은……."

그는 갑자기 말을 멈췄다. 눈앞에 닥친 돌발 사태가

그를 덮쳐 이론의 심연 끝에서 끌어 올렸다.

"저 작자에 대해 좀 조사를 해 봤지. 좀 더 철저히 알아보는 건데, 이런 줄 알았더라면……." 그가 말을 이었다.

"점쟁이한테라도 가 봤단 말인가요?" 조던이 익살맞게 물었다.

"뭐라고요?" 우리가 깔깔 웃는 동안 그는 어리벙벙해져서 우리를 바라보았다. "점쟁이라고?"

"개츠비에 관해서 말이에요."

"개츠비에 관해서라니! 아니, 그러진 않았지. 내 말은, 그자의 과거를 좀 알아봤단 거지."

"그럼 그가 옥스퍼드 출신이란 것도 알아냈겠군요." 조던이 한 수 거들며 말했다.

"옥스퍼드 출신이라고!" 그는 도저히 믿을 수 없다는 표정을 지었다. "빌어먹을, 퍽이나 그렇겠군! 분홍색 양복[69]을 입고 있는 꼴 하고는!"

"그래도 그는 옥스퍼드 출신인걸요."

"뉴멕시코주에 있는 옥스퍼드겠지. 아니면 그 비슷한 어디든가." 그는 경멸하듯 코웃음을 쳤다.

"이보세요, 톰. 그렇게 속물처럼 굴거면 뭐 하러 그 사람을 점심에 초대했어요?" 조던이 화가 나서 따졌다.

69　1920년대에 남성의 분홍색 양복은 동성애를 암시하는 것이었다.

"데이지가 초대한 거잖아. 우리가 결혼하기 전부터 알던 사이라나……. 어디서 알았는지 귀신이 곡할 노릇이군!"

우리는 흑맥주의 취기에서 깨는 중이라 모두 신경이 곤두서 있었고, 그 사실을 깨닫고 잠시 말없이 달렸다. 그러다 보니 T. J. 에클버그 박사의 빛바랜 눈이 길 아래쪽으로부터 시야에 들어왔고, 나는 연료가 부족할지도 모른다고 한 개츠비의 말이 생각났다.

"시내까지는 넉넉히 갈 수 있어." 톰이 말했다.

"그렇지만 바로 저기에 기름 넣는 곳이 있잖아요. 이 푹푹 찌는 더위에 기름이 떨어져 길에서 꼼짝도 못 하는 건 정말 끔찍해요." 조던이 반대하고 나섰다.

톰은 성마르게 양쪽 브레이크를 밟았고, 우리는 윌슨의 정비소 간판 밑으로 미끄러져 들어가 갑자기 멈춰 섰다. 잠시 뒤 주인이 가게 안쪽에서 나타나 휑한 눈으로 자동차를 바라보았다.

"휘발유 좀 넣어 주게! 우리가 뭐 때문에 차를 멈춘 것 같나……. 경치를 감상하려고?" 톰이 거칠게 소리쳤다.

"몸이 좀 좋지 않아요. 온종일 앓았다고요." 윌슨이 꼼짝하지 않으며 말했다.

"어딘가 안 좋은데?"

"몸이 지친 거죠."

"그럼 내가 직접 넣을까? 아까 전화 걸 때는 그렇게 기운 없는 것 같지 않더니만." 톰이 물었다.

윌슨은 기대섰던 문설주의 그늘에서 간신히 몸을 떼고는 숨을 가쁘게 몰아쉬며 휘발유 탱크 뚜껑을 열었다. 햇빛에서 보니 그의 얼굴색이 푸르죽죽했다.

"점심 식사를 방해할 생각은 없었어요. 하지만 돈이 아주 급하거든요. 그리고 선생님이 옛날 차를 어떻게 할 건지 궁금했고요." 그가 말했다.

"이 차는 어떤가? 지난주에 새로 산 건데." 톰이 물었다.

"노란색에 근사하네요." 윌슨이 휘발유 펌프 핸들에 힘을 쏟으며 대답했다.

"살 생각이 있소?"

"좋은 기회죠. 하지만 싫습니다. 다른 차로도 돈을 벌 수 있거든요." 윌슨이 힘없이 미소를 지었다.

"한데 왜 그렇게 갑자기 돈이 필요한 거요?"

"이곳에 너무 오래 살았어요. 다른 데로 이사 가려고요. 마누라와 난 서부로 가고 싶어요."

"당신 부인이 가고 싶어 한단 말이오!" 톰이 깜짝 놀라 큰 소리로 외쳤다.

"마누라는 십 년 전부터 그 소리를 해 왔죠. 이번엔 원하든 원하지 않든 갈 겁니다. 내가 데리고 갈 거니까요."

그는 펌프에 잠깐 기대서 눈을 가리고 쉬었다.

그때 쿠페가 한바탕 먼지를 일으키며 손을 흔들고 쏜살같이 우리 곁을 지나갔다.

"얼마요?" 톰이 퉁명스럽게 물었다.

"지난 이틀 동안 제가 몰랐던 사실을 알게 되었거든요. 그래서 이사를 가려는 겁니다. 자동차 때문에 귀찮게 한 것도 그래서였고요." 윌슨이 말했다.

"얼마냐니까?"

"1달러 20센트예요."

무자비하게 쏟아지는 더위에 정신이 산만해진 나는 윌슨이 아직은 톰을 의심하지 않는다는 사실을 깨닫기까지 조금 시간이 걸렸다. 그는 지금 머틀이 자기와 떨어져 다른 세계에서 다른 삶을 누리고 있다는 사실을 발견한 충격에 병이 난 것이었다. 나는 물끄러미 그를 쳐다보고 나서 톰에게 눈길을 돌렸다. 그런데 톰 자신도 불과 한 시간 전에 그와 비슷한 발견을 했던 것이다. 남자 사이에서 지능이나 인종의 차이는 아픈 사람과 건강한 사람의 차이처럼 그렇게 크지는 않다는 생각이 문득 머릿속을 스쳐 갔다. 윌슨은 너무 병색이 짙은 나머지 죄를 지은 사람처럼, 그것도 도저히 용서받지 못할 죄를 지은 사람처럼 보였다. 마치 어느 가엾은 소녀를 임신시키기라도 한 듯이 말이다.

"차를 팔겠소. 내일 오후에 보내 주지." 톰이 말했다.

이 지역은 햇볕이 쨍쨍한 대낮에도 늘 어딘가 어수선해 보였다. 나는 뒤를 조심하라는 경고라도 받은 듯 뒤를 돌아다보았다. 쓰레기 더미 너머로 T. J. 에클버그 박사의 거대한 눈이 망을 보고 있었지만, 잠시 뒤 나는 또 다른 눈이 6미터도 떨어지지 않은 곳에서 괴이할 만큼 강렬한 빛을 번득이며 우리를 지켜보고 있다는 것을 깨달았다.

정비소 위층의 창문 하나에서 커튼이 옆으로 살짝 젖혀져 있고, 바로 거기에서 머틀 윌슨이 자동차를 내려다보고 있었다. 너무 열중한 나머지 그녀는 누가 자신을 쳐다보고 있다는 것조차 의식하지 못했으며, 그 얼굴에는 사진을 현상할 때 피사체가 천천히 떠오르는 것처럼 온갖 감정이 번갈아 떠올랐다. 그녀의 표정은 이상할 만큼 낯익었다. 여자들의 얼굴에서 흔히 본 표정이었지만 머틀 윌슨의 얼굴에 떠오른 표정은 어떤 목적도 없고 뭐라고 설명할 수도 없는 것이었다. 그러다가 마침내 질투와 공포로 부릅뜬 그녀의 눈이 톰이 아니라 조던 베이커를 향하고 있음을 알아차렸다. 그녀는 조던이 그의 아내라고 생각한 것이다.

단순한 마음이 혼란해질 때처럼 혼란스러운 경우도

없는 법이다. 차가 달리는 동안 톰은 몹시 겁에 질려 있었다. 불과 한 시간 전만 해도 온전히 손에 넣고 있다고 생각하던 아내와 정부가 갑자기 자신의 손아귀에서 빠져나가고 있었기 때문이다. 그는 윌슨을 뒤로하고 데이지를 쫓아가기 위해 본능적으로 가속기를 밟았다. 롱아일랜드시티를 향해 시속 80킬로미터로 달려 마침내 고가 철도의 거미줄 같은 구름다리 사이에 이르렀을 때 느긋하게 달리는 푸른색 쿠페가 눈에 들어왔다.

"50번가 근처의 영화관이 시원해요." 조던이 제안했다. "난 사람들이 떠나 버린 여름날 오후의 뉴욕이 참 좋아요. 뭔가 육감적인 데가 있거든요……. 마치 온갖 신기한 과일이 우리 손에 떨어지는 것처럼 농익었다고나 할까요?"

'육감적'이라는 말에 톰은 더욱 심란해졌지만 그가 미처 반박할 거리를 찾아내기도 전에 쿠페가 멈췄고, 데이지가 옆에 차를 세우라고 우리에게 손짓을 했다.

"어디로 갈 거예요?" 그녀가 소리쳤다.

"영화 보는 거 어때?"

"너무 덥잖아요." 그녀가 불평했다. "당신들이나 가요. 우리는 차로 돌아다니다가 나중에 합류할게요." 그녀는 조금이나마 재치를 부려 보려고 애를 썼다. "어느 길모퉁이에서 만나죠. 한꺼번에 궐련 두 개비를 피우고 있는 사람이 있으면 그게 난 줄 알아요."

"여기서 그런 얘길 하고 있을 순 없어." 트럭 한 대가 우리 뒤에서 비키라고 욕지거리를 퍼붓듯 경적을 울려 대자 톰이 조급하게 말했다. "센트럴파크 남쪽 플라자 호텔 앞으로 날 따라와."

그는 몇 번이나 고개를 돌려 차가 따라오는지 확인했고, 교통 신호 때문에 그들이 늦어지면 차가 보일 때까지 속도를 늦추곤 했다. 그들이 어느 옆길로 새어 자신의 삶으로부터 영원히 도망쳐 버리는 게 아닌지 걱정하는 듯했다.

그러나 그들은 그런 짓을 하지 않았다. 그리고 좀처럼 이유를 설명하기는 쉽지 않지만 우리는 플라자 호텔의 응접실 딸린 스위트룸을 하나 빌렸다.

그 방으로 몰려 들어갈 때까지 시간을 끌며 뭐라고 소란스럽게 입씨름을 벌였는지 잘 기억나지 않는다. 다만 떠들어 대는 와중에 속옷이 축축한 뱀처럼 다리를 휘감고 가끔 땀방울이 등줄기로 서늘하게 흘러내린 것만은 아직도 기억에 생생하다. 욕실을 다섯 개 빌려 냉수욕을 하자는 데이지의 제안이 마침내 '민트 줄렙[70]을 마실 만한 장소'라는 보다 구체적인 형태로 발전했다. 우리는 저마다

---

70 위스키나 브랜디에 설탕과 박하 등을 탄 칵테일.

'어처구니없는 아이디어'라고 몇 번이고 말했다. 즉시 어리둥절해하는 호텔 프런트 직원에게 몰려가 말을 걸고는 우리가 정말 재미있는 짓을 하고 있다고 생각했다. 아니면 그저 그렇게 생각하는 척했다…….

방은 큼직하지만 답답했고, 벌써 4시가 되었는데도 열어 놓은 창문을 통해 공원 관목에서 뜨거운 바람만이 불어왔다. 데이지는 거울 쪽으로 가서 우리에게 등을 돌리고 머리를 매만졌다.

"굉장한 방이군요." 조던이 감탄한 듯 소곤거리자 다들 껄껄 웃었다.

"다른 창문도 열어." 데이지가 몸을 돌리지도 않고 명령하듯 말했다.

"더는 창문이 없는걸."

"그럼 전화를 걸어 도끼를 가져오라고 해서……."

"더위는 그냥 잊어버리면 되는 거야. 덥다고 짜증을 부리면 열 배는 더 덥다고." 톰이 성마르게 말했다.

그는 위스키 병을 꺼내 감싸고 있던 수건을 풀어 탁자 위에 올려놓았다.

"그녀를 그냥 놔두시지요, 형씨. 시내로 오자고 한 사람은 당신이었잖소." 개츠비가 말했다.

그러자 잠깐 동안 침묵이 흘렀다. 못에 걸려 있던 전화번호부가 바닥에 떨어지자 조던이 나지막하게

"미안해요."라고 말했다. 하지만 이번에는 아무도 웃지 않았다.

"내가 주울게요." 내가 나섰다.

"벌써 집은걸요." 개츠비는 끊어진 줄을 들여다보더니 재미있다는 듯 "흠!" 하고 말하고는 그것을 의자 위에 던졌다.

"그게 당신의 멋진 말씨로군요?" 톰이 쏘아붙였다.

"뭐 말입니까?"

"그 '형씨' 어쩌고 하는 말씨 말이오. 도대체 그 말은 어디서 주워들었소?"

"이봐요, 톰." 데이지가 거울에서 몸을 돌리며 말했다. "당신이 계속 인신공격이나 하고 있겠다면 난 여기 단 일 분도 더 있지 않겠어요. 전화를 걸어 민트 줄렙에 넣을 얼음이나 주문해요."

톰이 수화기를 들자 눌려 있던 열기가 소리로 터져 나왔다. 우리는 아래층 연회장에서 들려오는 멘델스존의 「결혼 행진곡」의 불길한 소리에 귀를 기울였다.

"이 더위에 결혼식을 올리는 사람을 생각해 봐요!" 조던이 시무룩해서 말했다.

"하기야…… 나도 6월 중순에 결혼했잖아." 데이지가 기억을 더듬으며 말했다. "그것도 6월에 루이빌에서 말이야! 누군가가 기절했는데! 여보, 기절한 게 누구였죠?"

"빌록시였잖아." 그가 짤막하게 대답했다.

"빌록시라는 남자였어요. '블록스' 빌록시. 상자를 만드는 사람이었지요……. 정말이에요……. 테네시주 빌록시 출신이었어요."

"사람들이 그를 우리 집으로 실어 갔어요." 조던이 보충 설명을 해 주었다. "교회에서 두 집 건너면 바로 우리 집이었으니까요. 그런데 그 남자가 삼 주 동안이나 우리 집에 죽치고 있는 거예요. 마침내 아빠가 그만 나가 달라고 부탁할 때까지 말이지요. 그 남자가 떠난 바로 다음 날 아빠가 돌아가셨죠." 자기가 한 말이 앞뒤가 잘 맞지 않는다고 생각했는지 그녀는 잠시 쉬었다가 다시 덧붙였다. "그렇다고 서로 무슨 관련이 있다는 건 아니고요."

"나도 멤피스 출신의 빌 빌록시라는 사람을 만난 적이 있는데요." 내가 말했다.

"그 사람은 블록스 빌록시와 사촌이에요. 난 그가 떠나기 전에 그 사람의 집안 내력을 모두 알게 되었지요. 요새 쓰고 있는 알루미늄 골프채도 바로 그 사람이 준 거예요."

결혼식이 시작되면서 음악 소리가 잦아들었다. 이제 창문을 통해 박수갈채 소리가 길게 들려오더니 그 뒤를 이어 "그렇지, 그렇지, 그렇지!" 하는 소리가 띄엄띄엄

이어졌고, 맨 마지막으로 무도회가 시작되면서 재즈 음악이 터져 나왔다.

"우린 이제 늙어 가고 있어. 젊었다면 이럴 때 일어나 춤을 출 텐데." 데이지가 말했다.

"빌록시를 기억하자고." 조던이 그녀에게 경고했다. "톰, 어디서 그 사람을 알게 된 거예요?"

"빌록시 말이오?" 그는 정신을 가다듬느라고 애를 썼다. "전에는 만난 적이 없었지. 데이지의 친구였소."

"내 친구는 아니에요. 난 그 사람을 본 적도 없다고요. 그는 자가용을 타고 왔어요."

"어쨌든 그 사람은 당신을 안다고 했어. 루이빌에서 자랐다고 하던걸. 에이서 버드가 마지막 순간에 그를 데리고 와서는 초청할 수 있겠냐고 물었지."

조던이 빙그레 웃었다.

"아마 남의 차를 얻어 타고 고향에 가는 중이었나 보죠. 나한테는 예일 대학교에 다닐 때 당신 학년에서 학생회장을 지냈다고 했어요."

톰과 나는 멍하니 마주 보았다.

"빌록시가?"

"우선 예일에는 동기 회장이란 것부터가 없었어……."

개츠비가 초조한 듯 한쪽 발로 마룻바닥을 짧게 톡톡 두드리자 톰이 갑자기 그를 빤히 쳐다보았다

"한데 개츠비 씨, 당신은 옥스퍼드 대학교 출신이라면서요?"

"꼭 그렇다고 할 수는 없습니다."

"아니, 맞아요. 옥스퍼드에 계셨던 걸로 아는데요."

"네……. 그곳에 있기는 했지요."

잠시 말이 끊겼다. 그러고 나서 톰이 믿을 수 없다는 듯 모욕적인 말투로 이렇게 말했다.

"빌록시가 뉴헤이븐에 가 있을 때 당신은 그곳에 있었겠군."

다시 한번 대화가 끊겼다. 웨이터가 노크를 하고 잘게 부순 박하와 얼음을 들고 들어왔다가 "감사합니다." 하고 말하고 문을 살며시 닫는데도 침묵을 깨는 사람이 아무도 없었다. 마침내 그의 어마어마한 과거가 낱낱이 드러날 순간이었다.

"그곳에 머문 적이 있다고 말씀드렸지요." 개츠비가 말했다.

"나도 들었소. 하지만 그게 언제였는지 알고 싶소."

"1919년이었지요. 난 그곳에 다섯 달밖에는 머물지 않았어요. 그러니 옥스퍼드 출신이라고 할 순 없지요."

톰은 우리도 자기처럼 그 말을 믿지 않는 눈치인지 살피려고 주위를 두리번거렸다. 그러나 우리는 모두 개츠비를 쳐다보고 있었다.

"휴전 후 일부 장교들에게 그런 기회를 주었지요."
그가 말을 이었다. "영국이나 프랑스에 있는 대학이라면 어디든지 갈 수 있었어요."

나는 자리에서 일어나서 그의 등을 살짝 두드려 주고 싶었다. 전에도 그런 적이 있지만 그에 대한 완벽한 신뢰감이 새삼스럽게 되살아났기 때문이다.

데이지가 살짝 미소를 띠며 일어나 탁자 쪽으로 걸어갔다.

"톰, 위스키나 따 줘요." 그녀가 명령하듯 말했다. "내가 민트 줄렙을 만들어 줄게요. 그걸 마시고 나면 당신 스스로 보기에도 그렇게 바보처럼 보이진 않을 거예요……. 어머, 이 민트 좀 봐!"

"잠깐만 기다려 봐. 개츠비 씨에게 물어볼 게 하나 더 있으니까." 톰이 민첩하게 말했다.

"어디 계속해 보시지요." 개츠비가 공손하게 말했다.

"당신은 도대체 우리 집에 어떤 분란을 일으킬 작정이오?"

마침내 모든 것을 공개적으로 터놓고 맞서게 되어 개츠비는 오히려 흐뭇해했다.

"분란을 일으키고 있는 건 저분이 아니에요." 데이지가 절망적인 표정으로 두 사람을 번갈아 쳐다보았다. "분란을 일으키고 있는 건 바로 당신이라고요. 제발 조금이라도 자제력을 보여요."

"자제력을 보이라고!" 톰은 믿기지 않는다는 듯 그녀의 말을 되풀이했다. "도대체 어디서 굴러먹다 왔는지도 모르는 작자가 자기 마누라와 바람을 피우는데 가만히 보고만 있을 순 없지. 글쎄, 당신 생각이 그렇대도 나는 빼주면 좋겠어……. 요즘 사람들은 가정생활과 가족 제도를 비웃고 있는데, 이러다가는 모든 걸 다 팽개쳐 버리고 백인하고 흑인이 결혼하려고 들 거야."

흥분해서 횡설수설하느라 얼굴이 발갛게 달아오른 그는 자신이 문명의 마지막 보루에 홀로 서 있다는 듯이 말했다.

"여기 있는 사람은 모두 백인인걸요." 조던이 중얼거렸다.

"내가 별로 인기가 없다는 건 나도 잘 알아. 난 성대한 파티를 열지 않으니까. 친구를 사귀려면 자기 집을 돼지우리로 만들어야 하나 보더군……. 적어도 현대 사회에서는 말이야."

나는 다른 사람들과 마찬가지로 화가 치밀었지만 톰이 입을 열 때마다 웃고 싶은 충동을 느꼈다. 톰은 이제 바람둥이에서 도덕군자로 완벽하게 변해 있었던 것이다.

"당신에게 말해 둘 게 있어요, 형씨……." 개츠비가 입을 열기 시작했다. 그러나 데이지가 그의 의도를 눈치챘다.

"제발 그만둬요!" 그녀가 절망적으로 말을 가로막았다. "우리 다 같이 집으로 돌아가도록 해요. 이제 그만 집에 가는 게 어때요?"

"그거 좋은 생각이군. 자, 톰, 가자고. 술을 마시고 싶어 하는 사람은 아무도 없잖아." 내가 자리에서 벌떡 일어섰다.

"개츠비 씨가 하고 싶은 말이 뭔지 알고 싶군."

"당신 부인은 당신을 사랑하지 않아요. 당신을 한 번도 사랑한 적이 없다고요. 나를 사랑할 뿐." 개츠비가 말했다.

"당신 미쳤군!" 톰이 자기도 모르게 버럭 소리를 질렀다.

개츠비가 잔뜩 흥분해서 자리에서 벌떡 일어섰다.

"당신을 사랑한 적이 없었단 말입니다. 알아듣겠소?" 그가 소리쳤다. "그녀는 내가 가난했던 탓에 기다리다 지쳐서 당신과 결혼한 것뿐이오. 그건 아주 큰 실수였지만 그녀는 마음속으로 나 말고는 어느 누구도 사랑하지 않았던 거요!"

이쯤 해서 조던과 내가 자리를 뜨려고 했지만 톰과 개츠비는 서로 경쟁이라도 하듯 완강하게 그냥 남아 있어 달라고 고집했다. 마치 이제 두 사람 모두 감출 것은 하나도 없고, 우리가 그들의 감정을 대신 겪는 것이 무슨 대단한 특권이라도 된다는 듯이 말이다.

"데이지, 잠깐 자리에 앉지. 그동안 무슨 일이 있었던 거지? 전부 듣고 싶어." 톰은 아버지 같은 목소리를 내려고 했지만 제대로 되지 않았다.

"그동안 있었던 일을 내가 말하지 않았소? 이제 오 년이 되어 갑니다……. 당신만 몰랐던 거요." 개츠비가 말했다.

그러자 갑자기 톰이 데이지를 향해 몸을 돌렸다.

"지난 오 년 동안 이 친구를 만나 왔다는 거야?"

"그런 얘기가 아니오. 우린 서로 만날 수 없었소. 하지만 우린 그동안에도 서로 사랑하고 있었소. 형씨, 당신은 그걸 모르고 있었던 거요. 어떤 때는 나 혼자 웃기도 했소……." 그러나 그의 눈에서 웃음기라고는 찾아볼 수 없었다. "당신이 그 사실을 까맣게 모르고 있다는 생각에 말이오."

"아…… 그게 전부요?" 톰은 두툼한 손가락을 마치 성직자처럼 토닥거리며 의자 뒤에 등을 기대고 앉았다.

"당신 미쳤군!" 그가 갑자기 고함을 질렀다. "오 년 전에 일어난 일에 대해선 상관하지 않겠소. 그때 나는 데이지를 몰랐으니까……. 그리고 뒷문으로 식료품 배달 따위를 한 게 아니라면 어떻게 당신이 이 여자에게 1킬로미터 내로 접근할 수 있었는지 알다가도 모를 일이오.

하지만 그 나머지는 모두 빌어먹을 새빨간 거짓말이오. 데이지는 나와 결혼할 때도 나를 사랑했고, 지금도 여전히 나를 사랑하오."

"그렇지 않소." 개츠비가 고개를 저으며 말했다.

"누가 뭐래도 그녀는 날 사랑하오. 어쩌다 어리석은 생각을 하고 스스로도 무슨 짓을 하는지 모르는 경우가 있어서 탈이지만." 톰이 사려 깊은 척하며 고개를 끄덕거렸다. "게다가 나도 데이지를 사랑하오. 가끔 술을 마시고 흥청거리며 바보짓을 한 적이 있긴 하지만 언제나 다시 제자리로 돌아오지요. 그리고 마음속으로 항상 그녀를 사랑하고."

"구역질이 나는군요." 데이지가 대꾸했다. 그녀는 나를 향해 몸을 돌렸고, 한 옥타브 낮아진 목소리가 섬뜩한 경멸감으로 방 안을 가득 채웠다. "우리가 왜 시카고를 떠났는지 알아요? 그 가끔씩 벌인 술잔치가 어땠는지 오빠에게 얘기해 준 사람이 없다는 게 이상할 지경이네요."

개츠비가 그녀에게로 걸어가서 옆에 섰다.

"데이지, 이젠 모든 게 끝났소. 이제는 그런 건 아무 상관 없어요. 저 사람에게 진실을 말하기만 하면 되는 거요……. 그를 한 번도 사랑한 적이 없다고……. 그러면 그 일은 영원히 말끔하게 지워지는 거요." 그가 진지하게 말했다.

그녀는 멍하니 그를 쳐다보았다. "아니…… 어떻게 내가 저 사람을 사랑할 수 있겠어요……. 정말로 어떻게요?"

"당신은 저 사람을 한 번도 사랑한 적이 없소."

그녀는 잠시 머뭇거렸다. 호소하는 듯한 눈빛으로 조던과 나를 쳐다보았다. 마치 그제야 자신이 무슨 짓을 하고 있는지 깨달은 것 같았다. 또한 자신은 처음부터 어떤 행동도 하려고 한 것이 아니라는 것 같았다. 그러나 이미 엎지른 물이었다. 되돌리기에는 너무 늦어 버린 것이다.

"저 사람을 사랑한 적이 없어요." 그녀는 눈에 띄게 내키지 않는 말투로 말했다.

"카피올라니[71]에서도 사랑하지 않았어?" 톰이 갑자기 따져 물었다.

"그래요."

아래층 연회장에서 질식할 듯한 화음이 뜨거운 바람을 타고 올라왔다.

"당신 신발을 적시지 않으려고 펀치볼[72]에서

---

71 하와이 군도의 오하우섬에 있는 공원으로 와이키키와 다이아몬드 헤드 사이에 위치해 있다.
72 오하우섬 호놀룰루 북쪽에 있는 분지. 해발 150미터 사화산 분화구로 하와이어로 '휴식의 언덕'이라는 뜻이다. 국립 태평양 기념 묘지로 조성되어 있다.

당신을 안고 내려온 날도 말이야?" 그의 목소리에는 쉰 듯하면서도 상냥한 여운이 감돌았다. "……데이지?"

"제발, 그만해요." 그녀의 목소리는 여전히 차가웠지만 이제 증오의 감정은 가시고 없었다. 그녀가 개츠비를 쳐다보았다. "제이, 이봐요." 그녀가 말했다. 그러나 담배에 불을 붙이려는 그녀의 손은 떨리고 있었다. 갑자기 그녀가 담배와 불이 붙은 성냥개비를 카펫 위에 팽개쳐 버렸다.

"아, 당신은 너무 많을 것을 원해요!" 그녀가 개츠비에게 소리쳤다. "지금 난 당신을 사랑해요……. 그걸로 충분하지 않은가요? 과거는 어쩔 수 없잖아요." 그녀는 절망적으로 흐느껴 울기 시작했다. "저 사람을 한 번쯤은 사랑했단 말이에요……. 하지만 당신도 사랑했어요."

개츠비는 눈을 번쩍 떴다 감았다.

"나도 사랑했다고?" 그가 그녀의 말을 되풀이했다.

"그것도 거짓말이야." 톰이 무자비하게 말했다. "그녀는 당신이 살아 있는지조차 몰랐소. 어쨌든…… 데이지와 나 사이엔 당신이 알지 못하는 일들이 있소. 우리 두 사람이 영원히 잊지 못할 일들 말이오."

그가 내뱉는 말이 개츠비의 몸을 물어뜯는 듯했다.

"데이지와 단둘이서 얘기하고 싶소. 그녀가 지금 너무 흥분해서……." 개츠비가 고집했다.

"우리 둘만 있게 되더라도 난 톰을 사랑한 적이 없었다고는 말할 수 없어요. 그건 사실이 아니니까요." 그녀가 비참한 목소리로 인정했다.

"물론 사실이 아닐 수밖에 없지." 톰이 맞장구를 쳤다.

그녀가 남편 쪽으로 몸을 돌렸다.

"마치 그게 당신에게 중요한 일인 것처럼 말하는군요." 그녀가 대꾸했다.

"물론 중요하고말고. 이제부턴 당신에게 좀 더 잘해 줄 생각이거든."

"당신은 아직도 이해를 못 하는군요. 당신은 그녀에게 잘해 줄 필요가 없을 거요." 개츠비가 당황한 기색으로 말했다.

"잘해 줄 필요가 없을 거라고?" 톰은 눈을 크게 뜨고 껄껄 웃었다. 그제야 그는 자신의 감정을 억제할 여유가 생긴 것이다. "왜 그렇지요?"

"데이지는 당신 곁을 떠날 테니까요."

"말도 안 되는 소리."

"하지만 사실인걸요." 그녀가 눈에 띄게 힘겨워하며 말했다.

"그녀는 나를 떠나지 않아!" 톰의 말이 갑작스레 개츠비를 후려갈기는 듯했다. "여자 손에 끼워 줄 반지까지 훔쳐야 하는 악명 높은 사기꾼 때문에 나와 헤어지지는 않을 거라고."

"더 이상은 못 참겠어요! 아, 제발 여기서 나가요." 데이지가 소리쳤다.

"당신 도대체 누구야?" 톰이 갑자기 외쳤다. "마이어 울프심과 몰려다니는 패거리 중 하나지……. 그 정도는 나도 우연히 알게 됐소. 당신의 사업 관계도 좀 알아봤지……. 그리고 내일 좀 더 자세히 알아볼 참이고."

"좋을 대로 하시구려, 형씨." 개츠비가 침착하게 말했다.

"당신의 '약국'이라는 게 뭔지 알아냈소." 그가 우리를 향해 재빨리 말했다. "이 사람과 그 울프심이라는 작자가 이곳과 시카고의 뒷골목 약국을 여러 곳 사들여 에틸알코올을 판 거요. 그게 저 친구의 작은 재주 중 하나이지. 난 저 친구를 처음 봤을 때부터 밀주업자일 거라고 생각했는데 크게 틀리지 않았어."

"그래서 어쨌다는 거요? 당신 친구 월터 체이스는 자존심이 없어서 우리 사업에 낀 모양이로군요." 개츠비가 점잖게 말했다.

"그런데 당신들은 그 친구가 곤경에 빠진 걸 모르는 척했지. 아닌가? 뉴저지주 감옥에 한 달 동안 갇혀 있도록 내버려 뒀잖아. 맙소사! 월터가 당신들에 대해 어떻게 얘기하는지 한번 들어 봐야 하는 건데."

"그 사람은 알거지 신세로 우리한테 왔소. 돈을 좀 만지는 게 그렇게 반가울 수가 없었던 거지요, 형씨."

"나보고 '형씨', '형씨' 하지 마시오!" 톰이 고함쳤다. 개츠비는 아무 말도 하지 않았다. "월터는 당신들을 도박 베팅 한도법을 걸어 잡아넣을 수도 있었소. 하지만 울프심이 겁을 주는 바람에 입을 다물고 있었던 거요."

그렇게 낯익지는 않지만 그래도 알아볼 수 있는 표정이 다시 개츠비의 얼굴에 돌아왔다.

"약국 사업은 푼돈 놀이에 지나지 않지. 월터가 겁이 나서 내게 말은 못 하지만 당신들은 지금 다른 꿍꿍이짓을 벌이고 있소." 톰이 천천히 말을 이었다.

나는 개츠비와 자기 남편을 공포에 질려 번갈아 응시하고 있는 데이지를 쳐다보고 나서 눈에 보이지 않는 어떤 재미난 물건을 턱 끝에 올려놓고 균형을 잡기 시작한 조던을 쳐다보았다. 그런 뒤 개츠비 쪽으로 몸을 돌렸다. 그런데 그의 표정을 보고 깜짝 놀라지 않을 수 없었다. 그가 마치 — 그의 정원에서 사람들이 쑥덕거리던 소리는 전혀 무시해 버리고 하는 말인데 — '살인이라도 한' 사람의 표정을 짓고 있었던 것이다. 그 순간 그의 굳은 얼굴 모습은 그렇게 기이한 방법으로밖에는 묘사할 수 없을 것 같았다.

그 표정이 사라진 뒤 개츠비는 데이지에게 흥분해서

말하기 시작했다. 모든 것을 부정하고 아직 나오지 않은 비난에 대해서까지 자신을 변명하면서 말이다. 그러나 그가 말을 하면 할수록 그녀의 마음은 점점 안으로 움츠러들었고, 그래서 결국 그는 포기하고 말았다. 오후 해가 뉘엿뉘엿 기울어 가는 동안 깨어진 꿈만이 계속 다투고 있었다. 이제는 만져 볼 수도 없는 것을 만지려고 하면서, 불행하지만 그렇다고 절망하지는 않으며 방을 가로질러 그 잃어버린 목소리를 향해 몸부림치고 있었다.

그 목소리의 주인공이 다시 한번 집으로 가자고 애원했다.

"제발요, 톰! 이제 더 이상은 못 참겠어요."

겁에 질린 그녀의 눈을 보면 혹시 지금껏 어떤 의지, 어떤 용기가 있었다 해도 이제는 완전히 사라지고 말았음을 알 수 있었다.

"데이지, 둘이서 먼저 출발하지. 개츠비 씨 차로 말이야." 톰이 말했다.

그녀가 놀란 눈으로 톰을 쳐다보았지만 그는 경멸을 보이면서도 아량이라도 베푸는 듯 고집했다.

"어서 떠나라고. 저자가 당신을 괴롭히진 않을 거야. 주제넘은 애정 행각은 이미 끝장났다는 걸 알아차렸을 테니까."

그들은 한마디 말도 없이 갑자기 휙 하고 나가 버렸고,

우리의 동정심에서도 마치 유령처럼 멀어져 버렸다.

　잠시 뒤 톰이 자리에서 일어나 마개도 따지 않은 위스키 병을 다시 수건으로 감싸기 시작했다.

　"이거 마실까? 조던? ……닉?"

　나는 아무 대답도 하지 않았다.

　"닉?" 그가 다시 물었다.

　"아, 뭐라고 했나?"

　"마실 테냐고?"

　"아니……. 지금 막 생각이 났는데 말이야, 오늘이 마침 내 생일이군."

　나는 이제 서른 살이 되었다. 내 앞에는 불길하고 위협적인 또 한 차례의 십 년이 펼쳐져 있었다.

　우리가 톰과 함께 쿠페에 올라타 롱아일랜드를 향해 출발한 것은 7시였다. 그는 기분이 좋아 웃어 대며 쉬지 않고 지껄였다. 하지만 그의 목소리는 조던과 나에게는 보도 위에서 나는 이질적인 소음이나 머리 위 고가 철도의 시끄러운 소리처럼 아득하게만 들렸다. 인간의 공감에는 한계가 있는 법이라 우리는 그들의 비극적인 말다툼이 도시의 불빛을 뒤로한 채 스러져 가는 것을 다행스럽게 생각했다. 서른 살 — 고독의 십 년을 기약하는 나이, 독신자의 수가 점점 줄어드는 나이, 야심이라는 서류 가방도 점점 얇아지는 나이, 머리카락도 점점 줄어드는 나이가 아닌가! 그러나 내 옆에는 데이지와는 달리 깨끗이 잊힌 꿈을 해를 묵혀 가며 간직하기에는 너무 똑똑한 여자인 조던이 앉아 있었다. 어두운 다리 위를 지나고 있을 때 그녀는 창백한 얼굴을 내 윗옷 어깨에 나른하게 기댔고, 위안을 주는 그녀의 손길이 느껴지자 서른 살이 되었다는 엄청난 충격도 사라지고 말았다.

그래서 우리는 점차 서늘해지기 시작하는 황혼을 뚫고 죽음을 향해 계속 차를 몰았다.

쓰레기 계곡 옆에서 커피 가게를 운영하는 그리스인 마이클리스가 사건 심리의 주요 증인이었다. 그는 그 더위 속에서도 5시까지 낮잠을 자다가 정비소에 어슬렁어슬렁 걸어갔고 조지 윌슨이 사무실에서 앓고 있는 것을 발견했다. 낯빛은 자신의 허여스름한 머리카락만큼이나 창백했고 온몸을 덜덜 떨 정도로 심하게 앓고 있었다. 마이클리스가 좀 누워 있으라고 타일렀지만 윌슨은 그러면 장사에 이만저만한 손해가 아니라며 말을 듣지 않았다. 이렇게 이웃 청년이 그를 타이르고 있는 동안 머리 위에서 큰 소동이 벌어지는 소리가 들렸다.

"마누라를 위층에 가둬 놓았네. 모레까지 가둬 둘 생각이야. 그러고 나서 우린 이사를 가는 거지." 윌슨이 침착하게 설명했다.

마이클리스는 깜짝 놀랐다. 이웃에 사 년 동안이나

살아 왔지만 도무지 그런 말을 할 수 있는 위인처럼 보이지 않았기 때문이다. 그는 늘 지쳐 있었다. 일을 하지 않을 때는 문간에 의자를 갖다 놓고 앉아서 길 가는 사람이나 자동차를 멍하니 바라보았다. 누가 말이라도 걸면 그는 언제나 호감은 가지만 생기 없는 웃음을 지었다. 그는 자기 뜻대로 행동한다기보다는 아내에게 잡혀 사는 남자였다.

그래서 마이클리스는 자연히 무슨 일이 있었는지 캐물으려고 했지만 윌슨은 한마디도 뻥긋하려고 하지 않았다. 오히려 이 청년에게 이상야릇한 의심의 눈초리를 던지기 시작하더니 어느 날 어느 시간에 무엇을 하고 있었는지 물었다. 마이클리스가 거북하게 느낄 무렵 손님 몇 사람이 그의 음식점을 향해 그 앞을 지나갔기 때문에 그는 나중에 다시 와 볼 생각으로 그 기회를 잡아 자리를 떴다. 그러나 막상 다시 와 보지는 못했다. 그저 잊어버린 것일 뿐 다른 이유가 있었던 것은 아니다. 7시가 조금 지나서 그가 다시 밖에 나왔을 때 정비소 아래층에서 고래고래 소리치는 윌슨 부인의 목소리가 들렸기 때문에 갑자기 아까 나눈 이야기가 생각났다.

"어디 때려 보시지!" 그의 귓가에 여자가 외치는 소리가 들렸다. "어서 날 넘어뜨리고 때려 보라고, 이 거지발싸개 같은 겁쟁이야!"

잠시 뒤 그녀는 손을 흔들고 고함을 지르며 땅거미

속으로 뛰쳐나갔다. 그가 자기 집 문간에서 몸을 돌리기도 전에 일은 이미 끝나 있었다.

신문에서 부른 대로 그 '죽음의 자동차'는 멈춰 서지 않았다. 그 차는 점점 짙어 가는 어둠을 헤치고 나타나 한순간 비극적으로 비틀비틀하더니 다음 모퉁이로 사라져 버렸다. 마이클리스는 그 자동차의 색깔조차 정확히 알 수 없었다. 처음에는 경찰관에게 옅은 초록색이라고 말했다. 뉴욕 쪽을 향해 달리던 다른 차는 100미터쯤 지나친 뒤에야 정지했고, 운전자는 급히 차를 돌려 머틀 윌슨이 무참하게 목숨이 끊긴 채 끈적끈적한 검붉은 피와 먼지로 뒤범벅되어 길바닥에 엎드려 있는 곳으로 되돌아왔다.

마이클리스와 이 남자가 제일 먼저 그녀에게 다가갔다. 아직도 땀에 젖어 축축한 블라우스 자락을 찢어 보니 왼쪽 가슴이 늘어진 물건처럼 너덜거리고 있었고, 그 아래 심장의 박동 소리는 들어 볼 필요조차 없었다. 입은 마치 그렇게 오랫동안 축적해 놓은 엄청난 생명력을 쏟아 버리느라 조금 숨이 찼던 듯 딱 벌린 채 양쪽 가장자리가 조금 찢겨 있었다.

우리가 아직 멀리 떨어져 있는데도 자동차 서너 대와 사람들이 옹기종기 모여 있는 것이 보였다.

"자동차 사고로군! 잘됐어. 윌슨에게 드디어 작은 돈벌이가 생기게 됐으니." 톰이 말했다.

그는 속력을 늦추었지만 그래도 차를 멈출 생각은 전혀 없었다. 좀 더 가까이 다가가자 정비소 문 앞에서 말없이 긴장하고 서 있는 얼굴들이 보였고, 그는 자기도 모르게 브레이크를 걸었다.

"잠깐 구경이나 하고 가지. 그냥 구경이나 하자고."
그가 미심쩍다는 듯 말했다.

그때 정비소 안에서 공허하게 울부짖는 소리가 끊임없이 흘러나왔다. 그런데 우리가 쿠페에서 내려 문간으로 향하자 그 소리는 숨을 헐떡거리는 신음 소리와 함께 되풀이되는 "아, 세상에 어찌 이런 일이!"라는 말로 바뀌었다.

"무슨 끔찍한 사고가 난 게로군." 톰이 흥분하여 말했다.

톰은 까치발로 둘러선 사람들의 머리 너머로 정비소 안을 들여다보았다. 그 안에는 머리 위에 흔들거리는 철망 등갓 안에 노란 전등 하나가 켜져 있을 뿐이었다. 그리고 그는 목구멍에서 거친 소리를 내더니 억센 팔로 사람들을 난폭하게 밀어젖히고 안으로 들어갔다.

뭔가를 설명하느라고 중얼거리는 소리와 함께 사람들이 다시 둥그렇게 원을 그렸다. 잠시 동안 내 눈에는 아무것도 보이지 않았다. 그러다가 새로 모여든 구경꾼들이 줄을 흐트러뜨리는 바람에 조던과 나는 갑자기 안으로 떠밀려 들어갔다.

머틀 윌슨의 시체는 추위가 염려된다는 듯 담요 두 장에 싸인 채 벽 쪽 작업대에 놓여 있었고, 톰은 우리 쪽을 등진 채 꼼짝 않고 그 시체 위로 몸을 굽히고 있었다. 그의 곁에는 오토바이 경찰관 한 사람이 서서 땀을 뻘뻘 흘리며 수첩에 이름을 받아썼다가 다시 고쳤다 하고 있었다. 처음에 나는 텅 빈 차고 안에 시끄럽게 울려 퍼지는 그 목청 높은 신음 소리가 어디서 나는지 잘 알 수 없었다. 그러다가 윌슨이 몸을 앞뒤로 흔들거리며 두 손으로 문설주를 짚고 조금 돋워 놓은 사무실 문지방에 서 있는 것이 보였다. 어떤 남자가 나지막한 소리로 뭐라고 타이르고 있었고 가끔 손으로 어깨를 짚으려 했지만 윌슨에게는 들리지도 보이지도 않는 것 같았다. 그의 시선은 흔들거리는 전등에서 천천히 내려와 시체가 놓인 작업대로 갔다가는 전등 쪽으로 되돌아가곤 했고, 그럴 때마다 끊임없이 그 높은 목청으로 무서운 소리를 질러 댔다.

"아, 세상에 어찌 이런 일이! 아, 세상에 어찌 이런 일이! 아, 세상에 어찌 이런 일이! 아, 세상에 어찌 이런 일이!"

마침내 톰이 갑자기 고개를 쳐들고 흐릿한 눈빛으로 정비소 안을 둘러보더니 잘 알아들을 수 없게 뭐라고 중얼중얼 경찰관에게 지껄였다.

"마 — 브……." 경찰관이 말하고 있었다. "……오……."

"아닙니다. '로'예요." 청년이 고쳐 주었다. "마브로……."

"내 말 좀 들어 보시오!" 톰이 나지막한 목소리로 거칠게 말했다.

"르……." 경찰관이 계속했다. "오……."

"그……."

"그……." 톰이 넓찍한 손으로 경찰관의 어깨를 잡자 경찰관은 고개를 쳐들었다. "뭡니까?"

"어떻게 된 일인지 말 좀 해 주시오!"

"자동차에 치였소. 즉사했습니다."

"즉사했다고요." 톰이 경찰관을 빤히 쳐다보며 그의 말을 되풀이했다.

"저 여자가 도로로 뛰어나갔소. 그 빌어먹을 놈의 운전자는 차를 멈추지도 않았고요."

"차가 두 대 있었어요. 하나는 아래쪽으로 가고 있었고, 다른 하나는 위쪽으로 가고 있었지요. 아시겠어요?" 마이클리스가 말했다.

"어디로 가고 있었다고요?" 경찰관이 날카롭게 물었다.

"각기 양쪽 방향으로 가고 있었어요. 저어, 저

여자가……." 그의 손이 담요 쪽으로 반쯤 올라가다 다시 옆구리로 내려왔다. "……저 여자가 도로로 뛰어나갔고, 뉴욕 쪽에서 내려가던 차가 그녀를 정면으로 들이받았어요. 시속 50~60킬로미터는 족히 됐을 겁니다."

"이곳 지명이 어떻게 되지요?" 경찰관이 물었다.

"뭐 지명이랄 게 없죠."

해쓱한 얼굴에 옷을 잘 차려입은 흑인 한 사람이 가까이 다가왔다.

"노란색 차였습니다. 커다란 노란 차였어요. 또 새 차였고요." 그가 말했다.

"사고를 목격했나요?" 경찰관이 물었다.

"아뇨. 하지만 그 차가 내 옆을 지나서 시속 60킬로미터도 넘는 속력으로 이 길 아래쪽으로 달려갑디다. 아마 80~90킬로미터는 됐을 거요."

"이리 오시오. 이름 좀 적읍시다. 자, 좀 비켜 주세요. 이 사람 이름 좀 적어야겠어요."

이 대화 중 몇 마디가 여전히 문간에서 몸을 흔들고 있는 윌슨에게 들린 것이 틀림없었다. 헐떡거리며 외치던 소리가 그치고 갑자기 외침이 들렸기 때문이다.

"어떻게 생긴 차인지 말할 필요도 없어! 어떻게 생긴 차인지는 다 아니까!"

"정신 차리게." 톰이 타이르듯 무뚝뚝하게 말했다.

윌슨의 눈이 톰에게로 향했다. 윌슨이 놀라서 발끝으로 벌떡 몸을 일으키려고 했고, 그때 만약 톰이 잡아 주지 않았더라면 그는 아마 무릎을 꿇고 고꾸라졌을 것이다.

　　"내 말 좀 들어 봐." 톰이 그를 살짝 흔들며 말했다. "난 방금 뉴욕에서 돌아오는 길이야. 우리가 얘기한 쿠페를 당신에게 갖다주려고 오는 길이었단 말이야. 오늘 오후에 내가 몰던 노란 차는 내 것이 아니라고. 내 말 알아듣겠어? 오후 내내 난 그 차를 보지도 못했다고."

　　그 흑인과 나만이 그가 하는 말을 들을 만큼 가까이 있었지만, 경찰관이 그들의 말투에서 무슨 낌새를 눈치챘는지 험상궂은 눈초리로 훑어보았다.

　　"지금 무슨 소리 하는 거요?" 그가 물었다.

　　"난 이 사람의 친구 되는 사람입니다." 톰이 고개를 돌렸지만 손은 여전히 윌슨을 꽉 붙잡고 있었다. "이 사람이 사고 낸 차를 안다고 하는군요……. 노란색 차랍니다."

　　목소리에서 어렴풋한 직감을 느꼈는지 경찰관은 의심스럽다는 눈으로 톰을 바라보았다.

　　"당신 차는 무슨 색깔입니까?"

　　"푸른색입니다. 쿠페죠."

　　"지금 막 뉴욕에서 오는 길입니다." 내가 거들었다.

우리와 조금 떨어져 뒤따라오던 차의 운전자가 이를 확인해 주자 경찰관은 돌아섰다.

"자, 이름을 다시 말씀해 주시겠습니까, 정확하게……."

톰은 윌슨을 인형처럼 번쩍 들어 그의 사무실 의자에 앉혀 놓고 나왔다.

"누구든지 이리 와서 이 사람과 같이 있어 주시오."

그가 명령을 내리듯 불쑥 말했다. 그는 제일 가까이 있던 남자 둘이 마주 쳐다보고는 마지못해 그 방으로 들어가는 것을 지켜보았다. 그러고 나서 톰은 문을 닫고는 작업대 쪽에서 눈길을 돌리면서 한 단으로 된 층계를 내려왔다. 톰이 나를 바싹 스쳐 지나가면서 소곤거렸다. "이제 그만 나가세."

톰은 남의 눈을 의식하며 위세 있게 두 팔로 길을 텄고, 아직도 모여드는 군중의 틈을 밀치고 빠져나와 왕진 가방을 들고 다급하게 들어오는 의사를 지나쳤다. 혹시나 하는 희망에서 삼십 분 전에 부른 의사였다.

길모퉁이에서 벗어날 때까지 톰은 천천히 차를 몰았다. 그다음부터는 가속기를 힘차게 꾹꾹 밟았고, 그의 쿠페는 밤을 헤치고 쏜살같이 달렸다. 조금 있으니까 나지막한 쉰 목소리로 흐느끼는 소리가 들렸고 눈물이 그의 얼굴을 타고 줄줄 흘러내리는 것이 보였다.

"그 빌어먹을 겁쟁이 자식! 차를 세우지도 않다니!"

그가 울먹이며 말했다.

뷰캐넌 부부의 저택이 바람에 스치는 검은 나무 사이로 불쑥 눈앞에 나타났다. 톰이 현관 옆에 자동차를 멈추고 담쟁이덩굴 사이로 창 두 개가 불빛으로 꽃처럼 환하게 피어오른 2층을 올려다보았다.

"데이지가 집에 와 있군." 그가 말했다. 우리가 차에서 내릴 때 그가 힐끗 나를 쳐다보더니 약간 얼굴을 찡그렸다.

"닉, 웨스트에그에서 자네를 내려 줄걸 그랬어. 오늘 밤에는 할 수 있는 일이 아무것도 없으니 말일세."

그가 아까와는 다른 태도로 엄숙하면서도 단호하게 말했다. 달빛이 비치는 자갈길을 지나 우리가 현관으로 걸어가는 동안 그는 민첩하게 몇 마디로 일을 처리해 버렸다.

"전화를 걸어 집까지 타고 갈 택시를 불러 주겠네. 기다리는 동안 자네와 조던은 부엌에 가서 저녁을 차려 달라고 해……. 저녁 생각이 있다면 말이야." 그는 문을 열었다. "자, 들어오게."

"아냐. 사양하겠어. 하지만 택시를 불러 주면 고맙겠어. 난 밖에서 기다릴 테야."

조던이 내 팔에 손을 얹었다.

"닉, 정말 들어가지 않을래요?"

"사양하겠어요."

나는 속이 약간 메스꺼워 혼자 있고 싶었다. 그러나 조던은 한동안 더 머뭇거렸다.

"이제 겨우 9시 30분밖에 되지 않았어요." 그녀가 말했다.

나는 집 안으로 들어가느니 차라리 지옥에 가고 싶은 심정이었다. 하루 동안 진절머리가 날 만큼 실컷 이 사람들을 보았고, 갑자기 그 사람들 속에는 조던도 포함되어 있었다. 그녀는 내 표정에서 그런 눈치를 챘는지 홱 돌아서서 현관 층계를 뛰어올라 집 안으로 들어가 버렸다. 나는 몇 분 동안 손으로 머리를 감싸고 앉아 있었다. 마침내 안에서 택시를 부르는 집사의 목소리가 들렸다. 나는 정문에서 기다릴 작정으로 천천히 진입로를 따라 내려갔다.

20미터도 채 가지 않았을 때 내 이름을 부르는 소리가 들리더니 개츠비가 관목 사이에서 길로 나왔다. 이때쯤 나는 꽤 으스스한 기분을 느꼈음에 틀림없다. 달빛 아래에서 번쩍거리는 그의 분홍색 양복 말고는 도무지 아무것도 생각할 수가 없었기 때문이다.

"여기서 뭘 하고 있는 겁니까?" 내가 물었다.

"그냥 서 있었어요, 형씨."

그 행동은 어딘지 모르게 비열한 짓처럼 생각되었다.

모르긴 몰라도 그가 금방이라도 그 집을 털려고 하는 것이 아닌가 하는 생각이 들었다. 그의 등 뒤 컴컴한 관목 사이에서 험상궂은 얼굴들, '울프심 일당'의 얼굴을 목격한다 해도 별로 놀라지 않았을 것이다.

"길에서 사고 난 것 보았습니까?" 잠시 뒤 그가 물었다.

"네, 봤지요."

그는 잠깐 머뭇거렸다.

"그 여자는 죽었나요?"

"네, 죽었어요."

"그럴 줄 알았어요. 데이지에게도 그럴 거라고 말했고요. 충격은 한꺼번에 받는 편이 더 나으니까요. 데이지는 꽤 잘 견뎌 냈어요."

그는 데이지의 반응 말고는 이 세상에서 아무것도 문제 될 것이 없다는 투로 말했다.

"뒷길을 이용해 웨스트에그로 갔지요." 그가 계속해서 말했다. "그리고 내 차고에 자동차를 넣어 두었어요. 우리를 목격한 사람은 없는 것 같지만 확신할 순 없지요."

나는 그가 너무 혐오스러운 나머지 그의 생각이 틀렸다고 말해 줄 필요조차 느끼지 않았다.

"그 여자가 누굽니까?" 그가 물었다.

"윌슨 부인이라는 여자예요. 남편이 그 정비소의 주인이죠. 도대체 어떻게 하다 그랬습니까?"

"저어, 내가 핸들을 꺾으려고 했는데……." 그가 하던 말을 뚝 끊었고, 나는 그 순간 무슨 일이 있어났는지 짐작할 수 있었다.

"데이지가 운전하고 있었군요?"

"그래요." 잠시 뒤 그가 대답했다. "하지만 물론 내가 운전했다고 할 겁니다. 형씨도 봤겠지만, 뉴욕에서 출발할 때 데이지는 아주 신경이 날카로워져 있어서 운전을 하면 마음이 좀 안정될 거라고 생각했던 거지요……. 우리가 맞은편에서 오는 차를 지나치려는 순간, 그 여자가 우리한테 뛰어들었어요. 한순간에 일어난 일이었지만, 내 생각에는 그녀가 우리에게 무슨 말을 하려고 했던 것 같아요. 우리가 아는 사람이라고 생각한 듯합니다. 글쎄, 처음에 데이지는 그 여자를 피하려고 마주 오던 차 쪽으로 핸들을 꺾었다가 겁을 먹고는 핸들을 다시 돌렸지요. 내가 핸들을 잡는 순간 그 여자가 부딪히는 충격이 느껴지더군요……. 아마 즉사했을 겁니다."

"몸이 갈기갈기 찢겨……."

"그만둬요, 형씨." 그는 눈을 찡그렸다. "아무튼…… 데이지는 사람을 치고도 그냥 차를 몰았어요. 내가 차를 세우게 하려고 했지만 그럴 수가 없었지요. 그래서 내가 핸드 브레이크를 당겼습니다. 그러고 나서야 그녀는 내 무릎 위로 쓰러졌어요. 그다음부터는 내가 차를 몰았지요."

그가 곧 다시 말을 이었다. "데이지는 내일이면 괜찮아질 거예요. 난 지금 여기서 기다리면서 혹 그자가 오늘 오후에 있었던 불쾌한 일로 데이지를 괴롭히지나 않나 지켜보려고요. 그녀는 방에 들어가 문을 잠그고 있어요. 만일 그자가 무슨 폭행이라도 하려고 들면 불을 껐다 켰다 하기로 했지요."

"톰은 손찌검을 하지는 않을 겁니다. 지금 데이지는 그의 안중에도 없거든요." 내가 말했다.

"난 그 사람을 못 믿겠어요, 형씨."

"얼마나 오래 기다릴 작정입니까?"

"필요하다면 밤새도록이라도 기다릴 겁니다. 하여간 모두 잠들 때까지는 기다릴 거예요."

새로운 생각 하나가 갑자기 내 머릿속을 스쳐 갔다. 만일 데이지가 차를 몰았다는 사실을 톰이 알아낸다면 어떻게 될까? 거기에 무슨 연관성이 있다고 생각할는지도 모른다. 지금 그가 무슨 생각을 할지 알 수 없는 노릇이다. 나는 집 쪽을 쳐다보았다. 아래층에 창문 두어 개가 밝게 밝혀져 있었고, 2층 데이지의 방에서는 분홍색 불빛이 쏟아져 나왔다.

"여기서 잠깐만 기다리고 있어요. 소동이 일어날 낌새가 있는지 보고 오겠습니다." 내가 말했다.

나는 잔디밭 가장자리를 따라 돌아가 자갈길을 가로질러 베란다 층계를 살금살금 올라가 보았다. 거실의 커튼은 열려 있고 방이 텅 비어 있었다. 석 달 전, 그러니까 6월의 그날 밤 저녁 식사를 하던 현관을 가로질러 나는 식료품 저장실 창문이라고 짐작되는 곳에서 새어 나오는 작은 장방형 불빛에 다가섰다. 차일이 내려져 있었지만 창문턱에서 갈라진 틈을 하나 찾아냈다.

데이지와 톰은 차디차게 식은 프라이드치킨 한 접시와 흑맥주 두 병을 사이에 두고 마주 앉아 있었다. 그는 식탁 건너편으로 그녀에게 뭐라고 열심히 말하고 있었다. 진지한 태도로 손을 뻗어 그녀의 손을 감싸고 있었다. 이따금 데이지는 그를 올려다보며 알았다는 듯 고개를 끄덕였다.

그들은 행복해 보이지 않았고, 두 사람 다 치킨이나 흑맥주에는 손도 대지 않았다. 그렇다고 불행해 보이는 것도 아니었다. 그 광경에는 분명 자연스럽고 친밀한 분위기가 감돌았고, 만일 누가 그 모습을 본다면 그들이 함께 무슨 음모를 꾸미고 있다고 생각했을 것이다.

현관을 살금살금 걸어 나갈 때 내가 타고 갈 택시가 어두운 길을 따라 집을 향해 더듬거리며 들어오는 소리가 들렸다. 개츠비는 내가 기다리고 있으라고 한 바로 그 자리에서 그대로 기다리고 있었다.

"그래 조용합디까?" 그가 걱정스럽게 물었다.

"네, 아주 조용하네요. 집에 돌아가 눈을 좀 붙이는 게 어때요?" 내가 머뭇거리며 대답했다.

그러나 그는 머리를 내저었다.

"데이지가 잠들 때까지 여기서 기다리고 싶습니다. 안녕히 가세요, 형씨."

그는 윗도리 호주머니에 두 손을 집어넣고, 마치 내가 옆에 있는 것이 자신의 신성한 불침번에 모독이라도 되는 것처럼 간절한 마음으로 다시 집 쪽을 향해 고개를 돌렸다. 그래서 그가 달빛 아래에서 아무 일도 아닌 것을 지켜보도록 남겨 둔 채 나는 그곳에서 걸어 나왔다.

8

나는 밤새도록 잠을 제대로 이룰 수 없었다.
해협에서는 안개 경보 소리가 신음 소리를 내듯 끊임없이
들려왔고, 나는 기괴한 현실과 잔인하고 무서운 꿈
사이를 오락가락하며 반쯤 아픈 상태에서 몸을 뒤척였다.
새벽녘에 개츠비 저택의 진입로로 택시 한 대가 올라가는
소리를 듣고 나는 곧장 침대에서 뛰쳐나와 주섬주섬 옷을
입었다. 그에게 뭔가 말해 주고 조심하라고 경고해 주어야
할 것 같은데 아침이 되면 너무 늦을지도 몰랐다.

그 집 잔디밭을 가로질러 가 보니 현관문이 열려
있었다. 그는 크게 낙심한 것 같기도 하고 졸린 것 같기도
한 나른한 표정으로 홀의 테이블에 기대어 있었다.

"아무 일도 없었습니다. 줄곧 기다렸지요. 새벽
4시쯤 돼서 데이지가 창가로 오더니 잠깐 서 있다가 불을
끄더군요." 그가 맥없이 말했다.

우리가 담배를 찾으려고 커다란 방들을 헤맨
그날만큼 그 집이 그렇게 커 보인 적도 일찍이 없었다.
우리는 장막 같은 커튼을 옆으로 걷으면서 전등불
스위치를 찾느라 헤아릴 수 없이 길고 컴컴한 벽을
더듬거렸다. 한번은 유령 같은 피아노 건반에 그만
넘어지기도 했다. 어디 할 것 없이 먼지투성이였고
오랫동안 통풍을 시키지 않은 듯 곰팡이 냄새가 코를
찔렀다. 나는 못 보던 탁자 위에서 말라비틀어진 담배
두 개비가 들어 있는 담뱃갑을 찾아냈다. 우리는 거실의
프랑스식 창문을 활짝 열어젖히고 어둠 속으로 담배
연기를 내뿜으면서 앉아 있었다.

"잠시 이곳을 떠나요. 모르긴 몰라도 사람들이 당신
자동차를 찾아낼 겁니다." 내가 말했다.

"지금 당장 떠나란 말입니까, 형씨?"

"애틀랜틱시티[73]에 가서 일주일 정도 있거나, 아니면
몬트리올에 올라갔다 오든지요."

개츠비는 그럴 생각이 없었다. 데이지가 어떻게 할
작정인지 알기 전에는 도저히 떠날 수 없다는 것이었다.
그는 아직도 마지막 한 가닥 희망을 붙들고 있었고, 나는

---

73 미국 뉴저지주 애틀랜틱군에 있는 해양 도시. 휴양 호텔, 카지노, 쇼
    핑 센터, 오락 시설이 많아 흔히 '동부의 라스베이거스'로 불린다.

차마 그를 흔들어 붙잡고 있는 손을 놓게 할 수 없었다.

 그가 나에게 댄 코디와 함께 보낸 그 이상한 젊은 시절 얘기를 들려준 것은 바로 그날 밤이었다. 그가 그 얘기를 해 준 것은, '제이 개츠비'라는 인물이 톰의 무자비한 악의 앞에서 유리 조각처럼 산산이 부서지면서 그 길고 은밀한 광상곡 연주가 모두 끝났기 때문이다. 지금 생각해 보니 그는 이제 숨김없이 무슨 얘기라도 다 털어놓을 용의가 있었지만 그보다는 데이지 얘기를 더 하고 싶었던 것 같다.

 데이지는 그가 난생처음으로 알게 된 '우아한' 여자였다. 그는 온갖 숨겨진 능력을 발휘해 그런 부류의 사람들과 만나긴 했지만 그들과의 사이에는 언제나 눈에 보이지 않는 가시철조망이 가로놓여 있었다. 그는 그녀가 몹시도 탐났다. 처음에는 캠프 테일러의 다른 장교들과 같이 그녀의 집에 놀러 갔지만 나중에는 혼자서 찾아갔다. 그에게는 참으로 놀라운 일이었다. 그렇게 아름다운 집에 들어가 보기는 처음이었다. 그러나 그 집에서 숨 막힐 정도로 강렬한 분위기를 느낀 것은 바로 데이지가 그 집에 살고 있다는 사실 때문이었다. 군 기지의 텐트가 그에게 예사로운 것처럼 데이지에게 그 집은 예사로운 것이었다. 그 집 주위에는 무르익은 신비스러움이 감돌고 있었다. 위층에는 어떤 침실보다 아름답고 서늘한 침실이 있을 것만 같았고, 복도마다 화려하고 신바람 나는 일들이 일어나고 있을 것만 같았으며, 라벤더 속에 처박아 놓은 곰팡내 나는 로맨스가 아니라 금년에 출시된 번쩍거리는 최신형 자동차처럼 신선하고 생기 넘치는 로맨스가 있을 것만 같았고, 시들지 않는 꽃처럼 무도회가 열릴 것만 같았다. 지금까지 이미 많은 사내들이 데이지를 사랑했다는 사실 또한 그의 가슴을 더욱 설레게 했다. 그럴수록 그의 눈에는 그녀가 더욱 가치 있어 보였다. 그는 그 남자들의 존재가 아직도 떨리는 감정의 그림자와 메아리로 그 집 주위를 구석구석 가득 채우고 있는 것을 느낄 수 있었다.

그러나 그는 자신이 데이지의 집에 발을 들여놓게 된 것은 엄청난 우연 때문이라는 사실을 잘 알았다. 제이 개츠비로서의 그의 장래가 아무리 찬란하다고 해도 그때는 아무런 경력이 없는 한낱 무일푼의 청년에 불과했으며, 당장이라도 눈에 띄지 않는 제복이 어깨에서 흘러내려 버릴지도 모를 일이었다. 그래서 자기에게 주어진 시간을 최대한으로 이용하기로 마음먹었다. 그는 자신이 얻을 수 있는 것을 염치를 무릅쓰고 게걸스럽게 구했다. 고요한 10월의 어느 밤 마침내 그는 데이지를 차지했는데, 사실 그로서는 그녀의 손목을 만질 권리조차 없었기 때문에 그렇게 했던 것이다.

그는 거짓 핑계로 그녀를 차지했기 때문에 자신을

경멸했을 수도 있다. 있지도 않은 수백만 달러를 가졌다고
거짓말을 했다는 뜻이 아니라, 데이지에게 고의로
안도감을 불어넣었다는 뜻이다. 그는 자신이 그녀와 같은
사회 계층에 속하는 인물인 것처럼 믿도록 만들었던
것이다. 그녀를 충분히 보살펴 줄 능력이 있다고 말이다.
사실 그에게는 그럴 만한 능력이 없었다. 그에게는
풍요로운 가정의 뒷받침도 없었을뿐더러 그는 비정한
정부의 변덕에 따라 세계 어디에서든 갑자기 목숨이
날아가 버릴지도 모를 처지였다.

    그러나 그는 자신을 경멸하지 않았고 상황도 그가
상상한 대로 돌아가지 않았다. 아마 그는 얻을 수 있는
것만 얻고는 훌쩍 떠나 버릴 작정이었는지도 모른다.
하지만 그때 그는 자신이 전력을 다해 성배(聖杯)를
좇았다는 것을 깨닫게 되었다. 그녀가 특별하다는 것은
알았지만 '우아한' 여자가 도대체 얼마큼이나 특별할 수
있는지는 미처 깨닫지 못했던 것이다. 그녀는 개츠비를
남겨 둔 채 부유한 자기 집 안으로, 그 부유하고 충만한 삶
속으로 사라져 버렸다 — 정말 아무 미련도 없이 말이다.
그는 그녀와 결혼한 듯한 느낌이 들었고 그것이 전부였다.

    이틀 뒤 그들이 다시 만났을 때 숨이 가빠지면서
어쩐지 배반당한 것 같은 느낌이 드는 것은 개츠비
쪽이었다. 그녀의 집 현관은 돈을 주고 산 별처럼 빛을

내뿜는 사치품으로 눈이 부셨다. 그녀가 그에게로 몸을 돌리고 그가 그녀의 호기심 많고 사랑스러운 입술에 키스하는 동안 고리버들로 만든 긴 의자가 우아하게 삐걱거렸다. 감기에 걸린 그녀는 전보다 더 허스키한 목소리를 냈고 더욱 매력이 흘러넘쳤다. 개츠비는 부(富)가 가둬 보호해 주는 젊음과 신비, 그 많은 옷이 풍기는 신선함 그리고 힘겹게 살아가는 가난한 사람들과는 동떨어진 곳에서 데이지가 안전하고 자랑스럽게 은처럼 빛을 내뿜는다는 사실을 뼈저리게 깨달았다.

"그녀를 사랑한다는 사실을 알고 얼마나 놀랐는지 차마 말로 표현할 수가 없습니다, 형씨. 한동안은 그녀가 나를 차 버렸으면 하고 바라기까지 했지만 그런 일은 일어나지 않았습니다. 그녀도 나를 사랑하고 있었으니까요. 그녀는 자신이 모르는 세계를 내가 알았기 때문에 내가 꽤 똑똑한 줄 알았습니다……. 아무튼 나는 본래의 야망을 잊은 채 순간순간 점점 더 깊이 사랑에 빠져들었고, 갑자기 다른 일에 대해서는 신경을 쓰지 않게 되었어요. 그녀에게 앞으로 할 일을 들려주면서 훨씬 즐거운 시간을 보낼 수 있는데, 도대체 거창한 일들을 할 필요가 어디 있었겠습니까?"

개츠비가 해외로 파병되기 전날 늦은 오후 그는

데이지를 두 팔로 껴안고 오랫동안 말없이 앉아 있었다.
싸늘한 가을날이라 방 안에 난로를 피워 그녀의 뺨은
벌겋게 달아올라 있었다. 이따금씩 그녀가 뒤척일 때면
그는 팔을 조금 바꾸었고, 한번은 그녀의 반짝이는 검은
머리카락에 입을 맞추기도 했다. 그날 오후 그들은 마치
그다음 날로 예정된 긴 이별에 대한 추억을 깊이 간직해
두려는 듯 한동안 차분한 상태로 조용히 있었다. 그들이
서로 사랑한 한 달 동안 데이지의 다문 입술이 그의 웃옷
어깨를 스칠 때나, 마치 그녀가 잠들어 있기라도 한 듯
그녀의 손끝을 살짝 만질 때만큼 서로 가깝게 느끼거나
마음속 깊은 곳까지 통한 적은 일찍이 없었다.

군대에서 개츠비는 활약이 아주 대단했다. 전선에
배치되기 전에 벌써 대위로 진급했고 아르곤 전투 뒤에는
소령으로 진급하면서 사단 기관총 부대의 지휘관이
되었다. 휴전 뒤 그는 빨리 귀국하려고 미친 듯이
서둘렀지만 무슨 행정 착오나 오해가 있었는지 옥스퍼드로
파견되고 말았다. 그는 이제 걱정하기 시작했다. 데이지의
편지에 신경질적인 절망 같은 것이 배어 있었기 때문이다.
그녀로서는 그가 어째서 귀국을 못 하는지 이해할 수가
없었다. 주변의 압력을 받고 있는 그녀는 그를 어서 만나고
싶었고, 그가 그녀 옆에 있어 주기를 원했으며, 결국 자신이

옳은 일을 하고 있다고 확인받고 싶었다.

데이지는 어렸고, 그녀의 인위적인 세계는 난초 향과 쾌활하고 명랑한 속물근성 냄새로 가득했으며, 삶의 비애와 암시를 새로운 곡조에 담아 그해의 리듬을 연주하는 오케스트라를 생각나게 했다. 밤이 새도록 색소폰이 「빌 스트리트 블루스」[74]의 절망적인 넋두리를 울부짖어 대는 동안 금빛과 은빛의 화려한 구두 수백 켤레가 반짝이는 먼지를 일으켰다. 차를 마시는 어둑한 시간이면 으레 방마다 이렇게 나지막하고 달콤한 열기가 끊임없이 고동쳤고, 애절한 나팔 소리에 마룻바닥에 흩어지는 장미 꽃잎처럼 여기저기 새로운 얼굴들이 떠돌아다녔다.

계절이 바뀌면서 데이지는 또다시 이 황혼의 세계 속에서 돌아다니기 시작했다. 그녀는 하루에도 대여섯 번씩 대여섯 명의 사내들과 데이트를 했고, 새벽녘이 되어서야 이브닝드레스에 달린 구슬과 시폰이 침대 옆 방바닥에서 시들어 가는 난초 사이에 뒤엉키도록 내버려 둔 채 꾸벅꾸벅 졸곤 했다. 그러는 동안에도 줄곧 그녀의 마음속에서는 뭔가 결단을 내려야 한다는 절박한 소리가 아우성쳤다. 그녀는 자기 삶이 지금 당장 어떤 형태를

---

74 W. C. 핸디가 1919년에 발표하여 히트한 노래.

갖추기를 바랐다. 그런데 그 결단은 어떤 힘에 의해 이루어져야 했다 — 사랑, 돈 또는 의심할 여지가 없는 현실적인 이유 같은 것에 의해서 말이다. 그런데 그러한 것이 바로 그때 그녀가 손만 뻗으면 닿을 곳에 가까이 있었다.

그 힘이라는 것은 봄이 무르익어 갈 무렵 톰 뷰캐넌이 출현하면서 구체적인 모습을 드러냈다. 그의 풍채와 사회적 지위에는 건강한 무게감이 감돌았고, 데이지는 그런 무게감에 우쭐한 기분이 들었다. 데이지가 얼마간 갈등을 겪은 것은 의심할 여지가 없겠지만 안도감 같은 감정 역시 느꼈음에 틀림없다. 아직 옥스퍼드에 있던 개츠비는 그런 사연을 담은 편지를 받았다.

어느새 롱아일랜드에 새벽이 밝아 왔고, 우리는 집 안을 돌아다니며 아래층의 나머지 창문들을 모두 열어젖혀 집 안을 잿빛과 황금빛 햇살로 가득 채웠다. 나무 한 그루의 그림자가 불쑥 이슬 위에 드리우고 푸른 나뭇잎 사이로 유령 같은 새들이 지저귀기 시작했다. 바람이 거의 불지 않는 대기 속의 느릿하고 상쾌한 움직임 같은 것이 서늘하고 좋은 날씨를 예고하고 있었다.

"데이지가 그 사람을 사랑한 적이 있을 리가 없습니다." 개츠비는 창문에서 몸을 돌리더니 도전적으로 나를 쳐다보았다. "기억하겠지만 어제 오후에는 그녀가 몹시 흥분해 있었습니다, 형씨. 그녀가 겁을 먹도록 그 사람이 그런 얘기를 꺼냈으니까요……. 내가 무슨 비열한 사기꾼이나 되는 것처럼 몰아세웠지요. 그 바람에 그녀는 자기가 무슨 말을 하고 있는지도 제대로 깨닫지 못했던 겁니다."

그는 침울한 모습으로 자리에 앉았다.

"하기야 신혼 당시엔 아주 잠깐 그 사람을 사랑했을지도 모르지요……. 물론 그때조차 나를 더 사랑했고요. 알겠어요?"

갑자기 그가 이상한 말을 꺼냈다.

"어쨌든 말입니다, 그건 그저 개인적인 문제였을 뿐이지요." 그가 말했다.

판단하기 어려운 문제에 그가 너무 골몰하는 게 아닐까 하고 의심해 보는 것 외에는 그 말을 달리 어떻게 받아들일 수 있었을까?

톰과 데이지가 여전히 신혼여행 중일 때 그는 프랑스에서 돌아와 군대에서 받은 마지막 봉급으로 비참하지만 억제할 수 없는 어떤 힘에 이끌려 루이빌에 찾아갔다. 그는 일주일 동안 머물면서 11월 밤 둘이서 함께 딸깍거리는 소리를 내며 거닐던 거리를 서성였고, 그녀의 하얀 자동차로 드라이브하던 호젓한 장소들을 다시 돌아보았다. 데이지의 집이 다른 집보다 늘 신비롭고 유쾌해 보이던 것과 꼭 마찬가지로, 비록 그녀가 떠나 버리고 없었지만 이 도시 역시 우수에 잠긴 아름다움으로 가득 차 있는 것 같았다.

그는 그곳을 떠나면서 좀 더 열심히 찾아보았더라면 아마 데이지를 찾아낼 수도 있었을지 모른다는 생각이 들었다. 어쩐지 그녀를 뒤에 두고 떠나는 것 같은 느낌이 들었던 것이다. 일반실 객차는 — 이제 그의 호주머니에는 한 푼도 남지 않았다 — 푹푹 쪘다. 그는 객차를 연결하는 복도로 나가 접는 의자를 펴고 앉았다. 정거장이 천천히 미끄러져 뒤로 물러나고 낯선 건물들의 뒷모습이 스쳐 지나갔다. 마침내 기차가 봄 들판으로 나가자 잠시 노란 전차 한 대가 경주라도 하듯이 나란히 달렸다. 전차에 탄 사람들은 우연히 거리를 지나다가 데이지의 하얗고 매력적인 얼굴을 한 번쯤은 보았을지도 모른다.

철로가 꺾이면서 기차는 이제 태양에서 점점 멀어져 갔다. 태양은 점점 낮게 가라앉으며 그녀가 숨 쉬던, 점점 멀어져 가는 도시 위에 마치 축복이라도 내리듯 펼쳐져 있는 것 같았다. 그는 마치 한 줄기 바람이라도 잡으려는 듯, 그녀가 있어 아름다웠던 그 도시의 한 조각이라도 간직해 두려는 듯 필사적으로 손을 뻗었다. 그러나 이제 눈물로 흐려진 그의 두 눈으로 바라보기에는 도시가 너무

빨리 지나가고 있었다. 그는 그 도시에서 가장 싱그럽고 가장 아름다운 것을 영원히 잃어버렸다는 사실을 깨달았다.

우리가 아침 식사를 마치고 현관으로 나갔을 때는 9시였다. 밤사이에 날씨가 아주 달라져서 공기에는 가을의 기운이 완연했다. 개츠비의 예전 하인 중 유일하게 아직 남아 있는 사람인 정원사가 층계 밑으로 다가왔다.

"주인어른, 오늘 수영장 물을 뺄까 하는데요. 나뭇잎이 떨어지기 시작하면 배수관에 늘 문제가 생기거든요."

"오늘은 하지 말게." 개츠비가 대답했다. 그는 변명하듯 내 쪽으로 몸을 돌렸다. "그게 말이지요, 형씨. 여름 내내 풀장을 한 번도 이용하지 못했거든요."

나는 시계를 들여다보고 자리에서 일어났다.

"기차 시간이 십이 분밖에 남지 않았군요."

나는 시내에 나가고 싶지 않았다. 내가 왠지 점잖은 일을 할 만한 가치가 없는 사람처럼 느껴졌지만 그 이유만은 아니었다. 개츠비를 혼자 남겨 두고 떠나고 싶지 않았던 것이다. 나는 그 기차를 놓치고 다음 기차도 놓쳐 버린 뒤에야 마지못해 자리에서 일어섰다.

"전화드리지요." 마침내 내가 말했다.

"그래 주겠습니까, 형씨?"

"12시쯤에 걸겠습니다."

우리는 천천히 계단을 밟고 내려갔다.

"데이지도 전화를 하겠지요." 마치 내가 이 일을 입증해 주기를 바라는 것처럼 그는 걱정스럽게 나를 쳐다보았다.

"아마 그럴 겁니다."

"자, 그럼…… 안녕히 가세요."

악수를 나눈 뒤 나는 그 집에서 걸어 나갔다. 울타리에 다다르기 바로 직전 나는 뭔가 생각이 나서 돌아섰다.

"그 인간들은 썩어 빠진 무리예요. 당신 한 사람이 그 빌어먹을 인간들을 모두 합쳐 놓은 것만큼이나 훌륭합니다." 내가 잔디밭 너머로 소리쳤다.

나는 지금까지도 그때 그 말을 하길 잘했다고 생각한다. 나는 처음부터 끝까지 그의 행동에 찬성한 적이 없기 때문에 그것이 그에게 한 유일한 찬사였다. 처음에 그는 정중하게 고개를 끄덕이더니 나중에는 활짝 밝아진 얼굴로 마치 그동안 줄곧 범행을 공모해 오기라도 한 것처럼 알았다는 듯 미소를 지었다. 그의 화려한 분홍색 양복이 하얀 계단을 배경으로 밝은 무늬를 이루고 있는 모습을 보자 문득 석 달 전 그의 고풍스러운 저택을 처음 방문한 날 밤이 떠올랐다. 잔디밭과 진입로는 그가 부정한 짓을 저질렀다고 넘겨짚는 얼굴들로 붐볐다 — 그리고 그때 그는 저 계단에 서서 부패하지 않은 꿈을 감춘 채 그들에게 손을 흔들어 작별 인사를 보내고 있었던 것이다.

나는 그의 환대가 고마웠다고 인사했다. 우리는 항상 그에게 환대에 감사한다는 말을 하고 있었다. 나도, 다른 손님들도 말이다.

"안녕히 계십시오. 아침 잘 먹었소, 개츠비." 내가 소리쳤다.

시내에 들어와 나는 얼마 동안 끝도 없이 쌓인 주식 시세표를 작성하려고 하다가 그만 회전의자에 앉은 채 깜박 잠이 들었다. 정오가 되기 직전 전화벨 소리에 깨어 고개를 번쩍 들어 보니 이마에서 땀방울이 줄줄 흘러내리고 있었다. 조던 베이커였다. 그녀는 일정을 세워 두지 않고 호텔과 클럽과 집을 전전했기 때문에 달리 연락할 방법이 없어 이 시간이면 가끔 전화를 걸어오곤 했다. 평소 같으면 그녀의 목소리가 마치 초록색 골프장의 잔디 조각이 사무실 창문으로 날아 들어오는 것처럼 전화선을 타고 상쾌하고 시원스럽게 들려왔을 텐데 이날 아침에는 왠지 귀에 거슬리고 메마르게 들렸다.

"데이지네 집에서 나왔어요. 지금은 헴스테드[75]에

---

75 롱아일랜드에 있는 마을. 맨해튼에서 동쪽으로 5킬로미터쯤 떨어진 곳에 있어 20세기 초부터 교통의 중심지로 자리 잡았다.

있는데 오늘 오후에 사우샘프턴[76]으로 내려가려고 해요." 그녀가 말했다.

조던이 데이지의 집을 나온 것이 잘한 행동이었는지는 모르지만 나는 화가 치밀었고, 그다음 말을 듣고서는 마음이 더욱 굳어져 버렸다.

"어젯밤 당신은 나를 별로 배려하지 않더군요."

"그런 상황에서 그게 그렇게 중요합니까?"

잠시 침묵이 흘렀다. 그러더니 이렇게 말을 이었다.

"하지만…… 당신을 만나고 싶어요."

"나도 만나고 싶습니다."

"사우샘프턴에 가지 말고 오후에 시내로 나오란 말인가요?"

"아뇨……. 아무래도 오늘 오후는 안 될 것 같군요."

"알았어요."

"오늘 오후엔 도저히 안 되겠어요. 이런저런 일로……."

한동안 이런 식으로 이야기가 흘러가다가 갑자기 통화가 끊기고 말았다. 둘 중에 누가 먼저 수화기를 내려놓았는지 모르지만 나는 별로 신경을 쓰지 않았다. 다시는 그녀와 말을 못 하게 되는 한이 있어도 그날만은

---

76 롱아일랜드 동남쪽 해안에 있는 마을로 주로 부유층이 모여 산다. 뉴욕시의 부자들은 맨해튼에서 160킬로미터 정도 떨어진 이곳에서 주말이나 여름철을 보낸다.

테이블을 사이에 두고 마주 앉아 태평스럽게 이야기를 나눌 수 없었을 것이다.

    몇 분이 지난 뒤 개츠비의 집으로 전화를 걸었지만 통화 중이었다. 네 번이나 걸었더니 마침내 화가 난 교환원이 그 전화선은 지금 디트로이트에서 걸려 올 장거리 전화를 기다리는 중이라고 알려 주었다. 나는 기차 시간표를 꺼내 3시 50분 기차에 조그맣게 동그라미를 쳤다. 그러고는 의자에 깊숙이 기대앉아 생각을 가다듬어 보려고 애썼다. 그때 시간이 바로 정오였다.

    그날 아침 기차가 쓰레기 계곡을 지날 때 나는 일부러 반대편 좌석에 건너가 앉았다. 아마 그곳에는 하루 종일 호기심 많은 사람들이 서성거릴 것이라는 짐작이 들었다. 아이들은 먼지 속에서 검은 얼룩 자국을 찾아낼 것이고, 수다스러운 인간은 그 사건을 하도 되풀이해서 말하는 바람에 마침내 그 일이 자신한테도 현실감을 잃어 더 이상 할 말조차 없어져 버리고, 그래서 결국 머틀 윌슨의 비극적인 종말도 잊히고 말리라. 여기에서 잠시 조금 뒤로 돌아가 전날 밤 우리가 정비소를 떠난 뒤 그곳에서 일어난 일을 이야기해야겠다.

    경찰은 머틀의 여동생 캐서린의 소재를 파악하느라고 진땀을 뺐다. 그날 밤 그 여자는 술을 마시지 않는다는 규칙을 깨뜨린 것이 틀림없었다. 그녀가 도착했을 때는 이미 곤드레만드레 술에 취한 채여서 앰뷸런스가 이미 플러싱[77]으로 떠났다는 이야기도 제대로 알아듣지 못할 정도였다. 사람들이 그 사실을 납득시키자 그녀는 즉시 기절해 버렸다. 마치 앰뷸런스가 떠난 것이 이 사건에서 가장 견디기 힘든 일이라도 되는 듯 말이다. 누군가가 친절에서인지 호기심에서인지 그녀를 자기 차에 태워 언니의 시신을 뒤쫓아 가게 해 주었다.

자정이 훨씬 지난 시간까지도 새로운 구경꾼들이 계속 정비소 앞으로 들이닥쳤고, 윌슨은 정비소 안의 긴 의자에 앉아 몸을 앞뒤로 흔들어 댔다. 한동안 사무실 문이 열려 있었기 때문에 정비소 안에 들어오는 사람은 어쩔 수 없이 그 안을 들여다볼 수밖에 없었다. 마침내 누군가가 그것은 수치스러운 일이라고 말하며 문을 닫아 주었다. 마이클리스와 몇 사람이 그와 함께 있었다. 처음에는 네댓 명이었던 것이 나중에는 두세 명으로 줄어들었다. 좀 더 시간이 지난 뒤 마이클리스는 마지막으로 남은 낯선 남자에게 가게에 돌아가서 커피 한 주전자를 끓여 올 때까지 십오 분만 더 기다려 달라고 부탁했다. 그 뒤부터

---

77 뉴욕시 퀸스 자치구에 있는 지역으로 롱아일랜드에 인접해 있다. 이민자들이 많이 산다.

그는 새벽까지 혼자서 윌슨과 함께 있었다.

새벽 3시쯤 되자 두서없이 중얼거리는 윌슨의 말에 변화가 일어나기 시작했다. 전보다 차분해졌고 노란색 자동차에 대해 말하기 시작했다. 그는 노란 차가 누구 것인지 알아낼 방법이 있노라고 말하더니 두 달 전 아내가 시내를 다녀왔는데 얼굴에 상처를 입고 코가 부어 있었다고 불쑥 내뱉었다.

그러나 자기 입으로 이 말을 해 놓고는 놀라 움찔하더니 신음하며 "아, 세상에 어찌 이런 일이!" 하고 울부짖기 시작했다. 마이클리스는 서툴게나마 그의 마음을 돌려 보려고 애썼다.

"아저씨, 결혼한 지는 얼마나 됐나요? 자, 이것 봐요. 잠깐만 가만히 앉아서 내가 묻는 말에 대답 좀 해 봐요. 결혼한 지 얼마나 됐어요?"

"십이 년 됐어."

"아이는 없고요? 자, 이보세요, 아저씨, 좀 가만히……. 내가 묻잖아요. 아이는 없어요?"

껍데기가 딱딱한 갈색 딱정벌레들이 어슴푸레한 전등불에 계속 몸을 부딪쳤고, 밖에서 자동차가 지나가는 소리가 휙휙 들릴 때마다 마이클리스에게는 몇 시간 전 멈추지 않고 그냥 내빼 버린 바로 그 자동차가 떠올랐다. 시체가 놓여 있는 작업대가 피로 얼룩져 있었기 때문에 그는 주유소 쪽으로 가고 싶지 않았고, 그래서 사무실 주위를 안절부절못하고 돌아다니기만 했다. 그 덕에 아침이 밝아 오기 전 그는 그 안에 있는 물건을 모조리 꿰게 되었다. 그리고 이따금 윌슨 옆에 앉아서 그를 진정시켜 보려고 애썼다.

"아저씨, 가끔이라도 나가는 교회가 있어요? 아주 오래전에 발을 끊은 교회라도 말이에요. 내가 교회에 전화를 걸어 목사님을 오시게 해서 아저씨와 얘기를 좀 나누어 보라고 하면 어떨까요?"

"아무 교회도 안 나가."

"교회에 나가야 돼요, 아저씨. 이런 일을 당할 때를 대비해서라도 말입니다. 전에는 분명히 교회에 다녔을 텐데요. 교회에서 결혼식을 올리지 않았나요? 이봐요, 아저씨, 내 말 좀 들어 보니까요. 교회에서 결혼하지 않았어요?"

"그건 아주 오래전의 일이야."

대답을 하려고 하는 바람에 그가 몸을 흔들어 대는 리듬이 깨졌다. 잠시 동안 그는 아무 말이 없었다. 그러고 나서 전과 똑같이 반은 뭔가를 아는 듯하고 반은 몰라서 당혹스러워하는 듯한 표정이 그의 빛바랜 눈에 다시 나타났다.

"거기 서랍 안을 좀 봐." 그가 책상을 가리키며 말했다.

"어느 쪽 서랍 말입니까?"

"그쪽 서랍······. 그것 말이야."

마이클리스는 자기 쪽에서 가장 가까운 서랍을 열었다. 그 안에는 가죽과 은실로 꼰 조그맣고 값비싼 개 목줄 말고는 아무것도 없었다. 개 목줄은 새것처럼 보였다.

"이것 말입니까?" 개 목줄을 들어 올리며 그가 물었다.

윌슨이 쳐다보고는 고개를 끄덕거렸다.

"어제 오후에 처음 발견했지. 마누라는 변명을 하려고 들었지만, 난 그게 미심쩍은 물건이라는 걸 알았어."

"그럼 부인이 이걸 샀다는 말인가요?"

"마누라는 그걸 포장지에 싸서 장롱 위에 놓아두었거든."

마이클리스는 그게 어째서 미심쩍다는 것인지 도무지 알 수 없었고, 그래서 윌슨에게 그의 아내가 그 개 목줄을 살 만한 이유를 열두서너 가지 말해 주었다. 그러나 "아, 세상에 어찌 이런 일이!" 하고 다시 입속말로 중얼거리기 시작하는 것으로 보아 윌슨은 이미 머틀에게서 몇 가지 똑같은 설명을 들은 모양이었다. 그를 위로하던 마이클리스의 몇 가지 해명도 허공 속으로 사라지고 말았다.

"그러니까 그놈이 마누라를 죽인 거야." 윌슨이 말했다. 그의 입이 갑자기 쩍 벌어졌다.

"누가 죽였다고요?"

"다 알아내는 방법이 있다고."

"아저씨, 아저씨는 지금 제정신이 아니에요. 이번 일로 너무 긴장해서 지금 말도 안 되는 소리를 하는 거라고요. 아침까지 조용히 앉아서 쉬는 게 좋겠어요."

"그놈이 마누라를 죽였어."

"아저씨, 그건 사고였어요."

윌슨은 머리를 내저었다. 귀신처럼 다 안다는 듯 "흠!" 하고 소리를 내면서 두 눈을 가늘게 뜨고 입을 약간 벌렸다.

"난 다 알아." 그가 단정적으로 말했다. "난 남을 의심할 줄 모르는 사람이고, 누굴 해칠 생각 같은 건 추호도 없어. 하지만 일단 뭘 안다고 하면 그건 진짜로 아는 거야. 그 차에 탄 사내놈이었어. 마누라가 그놈에게 말을 걸려고 쫓아 나갔는데 그놈은 차를 멈추지 않았던 거야."

마이클리스도 그 장면을 목격했지만 거기에 무슨 특별한 의미가 있으리라고는 미처 생각하지 못했다. 윌슨 부인이 딱히 어떤 차를 세우려고 했다기보다는 남편에게서 도망치려 했던 거라고 믿었다.

"부인이 왜 그랬겠어요?"

"앙큼한 년이니까." 마치 그것으로 대답이 되는 것처럼 윌슨이 말했다. "아, 아, 아……."

그는 다시 몸을 흔들어 대기 시작했고, 마이클리스는 손으로 개 목줄을 비틀며 서 있었다.

"아저씨, 전화를 걸어 볼 만한 친구 있어요?"

그러나 그것은 헛된 바람에 지나지 않았다. 윌슨에게는 친구가 한 명도 없는 것이 거의 확실했다. 친구는커녕 마누라도 버거워하는 위인이었다. 시간이 조금 지나 창가에 푸른빛이 되살아나면서 방 안이 달라지고 새벽이 멀지 않았다는 것을 알게 되자 그는 반가워했다. 5시쯤에는 전등을 꺼도 될 만큼 날이 환히 밝았다.

윌슨은 흐리멍덩한 시선으로 쓰레기 계곡을 바라보았다. 그곳에는 기기묘묘한 모양의 자그마한 잿빛 구름이 새벽 미풍에 이리저리 떠돌고 있었다.

"내가 마누라에게 말했지." 그가 오랜 침묵을 깨뜨리고 중얼거렸다. "나를 속일 수 있을지 몰라도 하느님은 절대로 못 속인다고. 나는 마누라를 창문가로 데리고 갔어……." 그는 힘들여 자리에서 일어나 뒤쪽 창가로 걸어가더니 얼굴을 창에 갖다 대고 기대섰다. "…… 그러고는 이렇게 말했지. '하느님은 당신이 지금껏 한 짓을 전부 아셔. 하나도 빼놓지 않고 모두. 당신은 나를 속일 순 있어도 하느님은 절대 못 속여!' 이렇게 말이야."

마이클리스는 윌슨의 뒤에 서서 그가 T. J. 에클버그 박사의 두 눈을 올려다보고 있는 것을 보고 충격을 받았다. 그 의사의 두 눈은 어둠이 점점 걷히면서 지금 막 창백하고 거대한 모습을 드러내고 있었다.

"하느님은 못 보는 것이 없지." 윌슨이 되풀이해 말했다.

"저건 광고판이에요." 마이클리스는 이렇게 납득시키려고 했다. 어째서인지 그는 창에서 눈을 떼고 다시 방 안을 둘러보았다. 그러나 윌슨은 창틀에 얼굴을 바싹 들이대고 여명을 향해 고개를 끄덕이며 오랫동안 그 자리에 그대로 서 있었다.

6시쯤 마이클리스는 이미 지칠 대로 지쳐 있었고, 그래서 밖에 자동차가 멈추는 소리가 들리자 반가웠다. 전날 밤샘하던 사람 중에 다시 오겠다고 약속한 사람 중의 하나였다. 그래서 그는 세 사람분의 아침 식사를 만들었지만 결국 그 남자와 둘이서만 먹었다. 이제 윌슨은 전보다 말수가 적어졌고, 그래서 마이클리스는 잠을 자러 집으로 돌아갔다. 네 시간 뒤 잠에서 깨어나 다시 정비소로 돌아가 보니 윌슨은 이미 어디론가 사라지고 없었다.

윌슨의 행적은 — 그는 계속 걸어다녔다 — 나중에 밝혀졌는데 처음에는 포트루스벨트로 갔다가 다시

개즈힐[78]로 갔고 거기에서 샌드위치를 한 개 샀지만
먹지는 않고 커피 한 잔만 마셨다. 정오가 될 때까지도
개즈힐에 미처 도착하지 못한 것을 보면 그는 피곤해서
천천히 걸었던 모양이다. 여기까지는 그가 어떻게
시간을 보냈는지 설명하기 그다지 어렵지 않다. "약간
미친 사람처럼 행동하는" 남자를 보았다는 아이들이
있었고, 그가 길옆에 서서 이상한 눈초리로 자신들을
훑어보았다는 자동차 운전자들도 있었다. 그러나 그 뒤 세
시간 동안 그의 행적은 오리무중이었다. 마이클리스에게
"다 알아내는 방법이 있"다고 말한 것을 근거로 경찰은
윌슨이 그 근처 정비소마다 하나하나 찾아다니며 노란색
자동차의 소재를 찾는데 그 세 시간을 보냈을 것이라고
추측했다. 그런데 그를 봤다는 정비소 사람은 단 한 명도
나타나지 않았다. 아마 그에게는 자신이 알고 싶은 것을
좀 더 쉽고 확실하게 알아내는 방법이 있었던 것 같다. 2시
30분쯤 그는 웨스트에그에 도착해 누군가에게 개츠비의
집으로 가는 길을 물었다. 그러므로 그때 이미 윌슨은
개츠비의 이름을 알고 있었던 것이다.

---

78 롱아일랜드에는 이런 지명이 없다. '개츠비'라는 이름에서 말장난
    으로 만든 듯하다. 영국의 소설가 찰스 디킨스가 살던 곳이 개즈힐
    이다.

2시에 개츠비는 수영복으로 갈아입고 누구에게서든지 전화가 걸려 오면 풀장으로 알려 달라고 집사에게 일러두었다. 그는 여름 동안 손님들이 즐기던 공기 매트리스를 가지러 창고에 들렀고, 운전기사가 공기 매트리스에 바람 넣는 일을 도와주었다. 그러고 나서 그는 어떤 일이 있더라도 절대로 오픈카를 밖에 꺼내 놓지 말라고 지시했다. 오픈카 앞쪽의 오른쪽 펜더를 수리해야 했기 때문에 운전기사는 의아하게 생각했다.

　　개츠비는 매트리스를 어깨에 둘러메고 풀장으로 갔다. 잠깐 걸음을 멈추고 매트리스를 옮겨 메는 것을 보고 운전기사가 도움이 필요하냐고 물었지만 그는 괜찮다고 머리를 내저으며 노랗게 단풍이 물들기 시작하는 나무 사이로 곧 자취를 감췄다.

　　전화 한 통 오지 않았지만 집사는 낮잠까지 거르면서 4시가 되도록 기다렸다 ― 비록 전화가 걸려 왔다 해도 받을 사람이 없어진 지 한참 지난 뒤까지도 기다렸다. 개츠비 자신도 전화가 걸려 오리라고는 믿지 않았을 것이고 이미 그런 것에 더 이상 신경을 쓰지 않았을지 모른다는 생각이 든다. 만일 그것이 사실이라면 그는 그 옛날의 따뜻한 세계를 상실했다고, 단 하나의 꿈을 품고 너무 오랫동안 살아온 것에 값비싼 대가를 치렀다고 느꼈을 것이 틀림없다. 그는 장미꽃이란 얼마나 기괴한

것인지, 또 거의 가꾸지 않은 잔디 위에 쏟아지는 햇살이
얼마나 생경한지 깨달으면서 무시무시한 나뭇잎 사이로
낯선 하늘을 올려다보며 틀림없이 몸서리를 쳤을 것이다.
현실감이 없으면서 물질적인 새로운 세계, 가엾은
유령들이 공기처럼 꿈을 들이마시며 되는대로 이리저리
방황하는 새로운 세계……. 형체도 없는 나무를 헤치고
그를 향해 서서히 미끄러지듯 다가오는 저 잿빛 환영처럼.

    운전기사가 — 그는 울프심 일당 중 한
사람이었다 — 총소리를 들었다. 나중에 그는 그 총소리를
별로 대수롭게 생각하지 않았다고 말할 뿐이었다. 나는
기차역에서 개츠비의 집으로 곧장 차를 몰고 올라갔고,
내가 걱정스러운 마음에 서둘러 앞쪽 층계를 달려 올라간
다음에야 그 집에 있던 사람들이 처음으로 깜짝 놀랐다.
그러나 그때 이미 그들이 그 사실을 알고 있었다고 나는
지금도 굳게 믿었다. 운전기사, 집사, 정원사 그리고 나
이렇게 네 사람은 한마디 말도 없이 풀장을 향해 서둘러
내려갔다.

    풀장 한쪽 끝에서 맑은 물이 흘러나와 다른 쪽
배수구로 밀려갔기 때문에 물이 보일 듯 말 듯 움직이고
있었다. 물결이라고까지는 할 수 없는 잔잔한 물살 때문에
개츠비를 태운 매트리스가 불규칙하게 풀장 아래로
움직였다. 수면에 잔물결 하나 만들지 못할 정도로 가벼운

한 줄기 바람만으로도, 예상치 못한 짐을 싣고 예상치 못한 방향으로 흘러가는 매트리스의 흐름을 방해하기에 충분했다. 매트리스는 수면 위에 떠 있던 나뭇잎 더미에 닿자 천천히 돌면서 마치 컴퍼스의 다리처럼 물 위에 붉은 동그라미를 남겨 놓았다.

    우리가 개츠비의 시체를 들고 집으로 간 뒤에야 정원사가 조금 떨어진 잔디밭에서 윌슨의 시체를 발견했다. 그리하여 그 어처구니없는 학살은 대단원의 막을 내렸던 것이다.

9

 그로부터 이 년이 지난 지금도 나는 그날의 나머지 시간과 그날 밤 그리고 그 이튿날을 떠올리면 오직 경찰과 사진 기자, 신문 기자 들이 개츠비의 집에 끝없이 들락거리던 것만 기억날 뿐이다. 정문을 가로질러 밧줄을 둘러치고 경찰관 한 사람이 옆에 서서 구경꾼을 가로막았지만 아이들은 곧 우리 집 뜰을 통해 들어갈 수 있다는 것을 알아냈고, 그래서 풀장 주위에는 항상 아이들 몇 명이 입을 딱 벌린 채 모여 있었다. 그날 오후 형사인 듯한 사람이 자신만만한 태도로 윌슨의 시체를 들여다보며 '정신병자'라는 표현을 사용했고, 우연히 그의 목소리에 권위가 실리면서 그 말이 이튿날 조간신문 기사의 주요 논조가 되었다.
 신문 기사들은 대부분 악몽처럼 끔찍했다. 정황에 따라 열을 올리며 써 내려간 기사는 기괴하고 진실과는 거리가 멀었다. 마이클리스의 증언으로 윌슨이 자기 아내를 의심하고 있었다는 것이 밝혀졌을 때, 사건 전체가 곧 선정적인 풍자거리로 쓰이겠구나 하는 생각이 들었다. 그러나 뭔가 할 말이 있을 법한 캐서린은 단 한마디도 입을 뻥긋하지 않았다. 오히려 이 사건과 관련해 놀라울 정도로 뛰어난 연기력을 보여 주었다. 눈썹을 새로 그린 단호한 눈초리로 검시관을 쳐다보면서 자신의 언니는 개츠비를 본 적도 없으며 남편과 더할 나위 없이 행복하게 살았다고 증언하는 것이었다. 그녀는 자신이 한 말을 확신한 나머지 누가 암시만 주어도 참을 수 없다는 듯 손수건에 얼굴을 파묻고 엉엉 울었다. 그래서 사건은 윌슨이 "비탄에 빠진 나머지 정신 착란을 일으킨" 사람으로 축소된 채 가장 단순한 형태로 남게 되었다. 그리고 지금까지도 여전히 그렇게 알려져 있다.

    그러나 사건의 이 부분은 그렇게 중요한 것이 아닌 데다 사건의 본질과도 동떨어져 있는 듯했다. 나는 혼자서 개츠비의 편에 서 있다는 사실을 깨닫게 되었다. 그 불행한 사건의 소식을 웨스트에그 마을에 전화로 알린 순간부터 그를 둘러싼 억측과 실제적인 질문이 전부 나에게 넘어왔다. 처음에는 너무 놀라고 당혹스러워 어쩔 줄을 몰랐다. 그러고 나서 개츠비가 집 안에 안치되어 움직이거나 숨을 쉬거나 말을 하거나 하지 않고 계속 누워만 있으니 시간이

지날수록 점점 내가 그 일을 책임져야 한다는 생각이 들었다. 나 말고는 아무도 이 일에 관심을 보이지 않았기 때문이다 — 여기에서 관심이란 결국 어떤 인간이라도 최후의 순간에는 막연하게나마 어떤 권리를 갖게 마련인 강렬한 개인적 흥미를 두고 하는 말이다.

개츠비의 시체가 발견된 지 삼십 분 뒤 나는 조금도 주저하지 않고 본능적으로 데이지에게 전화를 걸었다. 그러나 그녀와 톰은 그날 오후 일찌감치 집까지 꾸려 가지고 집에서 나간 상태였다.

"어디로 간다고 주소를 남겨 놓았나요?"

"아뇨."

"언제 돌아온다는 말을 하던가요?"

"아뇨."

"어디 갔는지 짚이는 데가 없습니까? 어떻게 연락할 방법이 없을까요?"

"모릅니다. 말씀드릴 수 없어요."

나는 개츠비를 위해 누군가를 데려오고 싶었다. 그가 누워 있는 방으로 들어가 이렇게 그를 위로하고 싶었다. "개츠비, 당신을 위해 누구든지 데려오겠소. 그러니 걱정 마시오. 그저 나를 믿어요. 누구든지 데려올 테니……."

마이어 울프심의 이름은 전화번호부에 나와 있지 않았다. 집사가 브로드웨이에 있는 그의 사무실

주소를 가르쳐 주었고, 나는 안내계에 전화를 걸었지만
내가 전화번호를 알았을 때는 이미 5시가 훨씬 지난
시각이었으므로 전화를 받는 사람이 아무도 없었다.

"한 번만 더 연결해 줄 수 없겠습니까?"

"벌써 세 번이나 했어요."

"아주 중요한 일이라서요."

"미안하지만 아무도 없는 모양이에요."

나는 응접실로 돌아갔다. 그 순간 방을 가득
채운 사람들은 공무 때문에 그냥 왔다가 그냥 가 버릴
자들이라는 생각이 문득 스쳐 갔다. 그러나 그들이 시트를
걷고 무감각한 눈길로 개츠비를 바라보고 있는 동안에도
그의 항의가 여전히 내 머릿속에 맴돌고 있었다.

"이봐요, 형씨. 나를 위해 누군가를 데려다 주시오.
애를 좀 써 주시오. 이렇게 혼자 있으니 견딜 수가 없어요."

누군가가 나에게 질문을 퍼붓기 시작했지만 나는
뿌리치고 위층으로 올라가 잠겨 있지 않은 그의 책상
서랍들을 급히 뒤졌다. 그는 나한테 자기 부모가 죽었다고
분명히 밝힌 적이 없었다. 그러나 거기에는 아무것도
없었다. 다만 뇌리에서 사라진 폭력의 증거, 댄 코디의
사진만이 벽에서 내려다보고 있을 뿐이었다.

이튿날 아침 나는 울프심에게 편지를 써서 집사를
뉴욕으로 보냈다. 개츠비의 신상에 대한 정보를 알려

달라는 것과 다음 기차로 빨리 와 달라는 내용이었다.
그 편지를 쓰면서 나는 괜한 짓을 한다는 생각이 들었다.
정오가 지나기 전에 데이지에게서 전화가 걸려 올 것이라고
확신했던 것처럼, 울프심도 신문을 보자마자 이곳으로
출발했을 거라고 확신했기 때문이다. 그러나 전화도 걸려
오지 않았고 울프심 씨도 오지 않았으며, 오히려 경찰관과
사진 기자와 신문 기자만 더 많이 찾아왔을 뿐이다. 집사가
울프심의 답장을 가지고 돌아왔을 때 나는 일종의 반발심,
그들 모두에 맞서 개츠비와 내가 한편이라는 냉소적인
연대감을 느끼기 시작했다.

> 친애하는 캐러웨이 씨,
> 이번 일은 내 생애에서 가장 끔찍한 충격 중 하나여서
> 그것이 사실이라는 것조차 믿을 수 없을 정도입니다. 그자가
> 저지른 것 같은 미친 행동은 우리 모두에게 생각할 바가
> 있게 할 것입니다만,[79] 나는 사업상 아주 중요한 일에 묶여
> 있어 지금은 갈 수 없으며, 지금은 이 일에 연루될 수도
> 없습니다. 만약 내가 할 수 있는 일이 있으면 얼마 뒤에
> 에드거를 통해 편지로 알려 주시기 바라는 바입니다. 이런
> 소식을 접한 지금, 나는 나 자신이 어디에 있는지도 거의

---

79 울프심은 다소 어색한 표현을 쓰고 있다.

모를 정도이며 완전히 쓰러져 버릴 지경입니다.

당신의 친구
마이어 울프심

그리고 휘둘러 쓴 글씨로 그 밑에 이렇게 덧붙여 놓았다.

장례식 등에 대해서 알려 주시고, 그의 가족에 대해선 전혀 아는 바가 없습니다.

그날 오후 전화벨이 울리고 교환원이 시카고에서 장거리 전화가 걸려 왔다고 전해 주었을 때 마침내 데이지에게서 연락이 왔구나 하고 생각했다. 그러나 수화기를 통해 들려온 것은 아주 가늘고 멀게 들리는 남자의 목소리였다.
"슬레이글입니다……."
"예?" 처음 듣는 이름이었다.
"깜짝 놀랄 만한 소식이잖습니까? 제 전보를 받으셨나요?"
"아뇨, 아무 전보도 받지 못했습니다."
"그 파크 청년이 지금 곤경에 처해 있어요." 그가 서둘러 말했다. "카운터 너머로 채권을 넘겨주다 붙잡혔습니다. 바로 오 분 전에 뉴욕에서 채권 번호를 알려 주는 회람장을 받은 거지요. 거기에 대해 뭐 들은 얘기가 없나요? 이런 촌구석에서는 통 알 수가 없어서……."

"이봐요!" 나는 숨 가쁘게 상대방의 말을 가로막았다. "이보십시오……. 난 개츠비 씨가 아니오. 개츠비는 죽었어요."

전화선 저쪽에서 뭐라고 외마디 소리가 들리더니 오랫동안 침묵이 흘렀다……. 그러고 나서 빠르게 뭐라고 불평하는 소리가 들리고 전화가 끊겼다.

미네소타주에 있는 한 읍에서 '헨리 C. 개츠'라고 서명한 전보 한 장이 날아온 것은 사흘째 되는 날이었던 것으로 생각된다. 전보는 발신인이 곧바로 출발할 테니 도착할 때까지 장례식을 연기해 달라는 내용이었다.

그는 개츠비의 아버지로, 근엄한 노인이었다. 아주 무기력하고 상심한 듯했으며 따뜻한 9월이었는데도 두꺼운 싸구려 긴 외투로 온몸을 감싸고 있었다. 감정이 격한 나머지 그의 눈에서는 끊임없이 눈물이 흘러나왔다. 내가 그의 손에서 가방과 우산을 받아 들자 그가 쉴 새 없이 성긴 회색 수염을 쓸어내리는 바람에 그의 외투를 벗기는 데 여간 애를 먹지 않았다. 그는 금방이라도 쓰러질 듯했기 때문에 나는 그를 음악실로 데리고 가서 자리에 앉힌 뒤 사람을 시켜 먹을 것을 가져오게 했다. 그러나 그는 아무것도 먹으려고 하지 않았고, 손이 떨려 우유를 엎지르고 말았다.

"시카고 신문에서 보았소이다. 시카고 신문마다 기사가 났더군요. 신문을 보자마자 출발했소이다." 그가 말했다.

"어떻게 연락드려야 할지 몰랐습니다."

그의 두 눈에는 아무것도 들어오지 않았지만 그는 끊임없이 방 안을 두리번거렸다.

"그자는 미치광이요. 미친 게 틀림없소이다." 그가 말했다.

"커피 좀 드시겠습니까?" 내가 그에게 권했다.

"아무것도 안 먹겠소. 이젠 괜찮아요. 이름이……."

"캐러웨이라고 합니다."

"글쎄, 이젠 괜찮아졌어요. 지미는 어디다 안치했소?"

나는 그를 데리고 그의 아들이 누워 있는 거실로 가서 그곳에 그를 홀로 남겨 두고 나왔다. 꼬마 몇 명이 계단을 올라와서 홀에서 기웃거리고 있었다. 내가 방금 도착한 사람이 누구인지 알려 주자 아이들은 마지못해 자리를 떴다.

얼마 뒤 개츠 씨가 문을 열고 나왔다. 입이 살짝 벌어진 채 얼굴은 약간 상기되어 있었고 두 눈에서는 이따금씩 눈물이 흘러나왔다. 그는 이제 죽음이 그렇게 공포의 대상이 되지 못하는 나이에 이르러 있었다. 처음으로

주위를 둘러보던 그의 눈에 높고 화려한 홀과 다른 방과
연결되어 있는 큼직한 방들이 들어왔고 그의 슬픔은
경외감에 사로잡힌 자부심과 뒤섞이기 시작했다. 나는
그를 부축하여 위층 침실로 올라갔다. 그가 윗도리와
조끼를 벗는 동안 나는 그가 올 때까지 모든 절차를 연기해
놓았노라고 말했다.

"어떻게 하실지 몰라서요. 개츠비 씨……."

"내 이름은 개츠요."

"……개츠 씨, 저는 어르신께서 시신을 서부로 옮겨
가실 거라고 생각했습니다."

그는 고개를 좌우로 흔들었다.

"지미는 항상 이곳 동부를 더 좋아했소. 그 애는
동부에서 자리를 굳혔거든. 댁은 우리 아이의 친구였소?"

"친한 친구였지요."

"알고 있었겠지만 내 아들은 장래가 보증된 아이였소.
아직 나이는 얼마 안 먹었지만 여기 이곳에 엄청난 두뇌를
갖고 있었지."

그가 인상적인 동작으로 자신의 머리를 만졌고, 나는
고개를 끄덕였다.

"만약 살아 있었으면 아마 대단한 인물이 됐을 거요.
제임스 J. 힐[80] 같은 인물 말이오. 국가 발전에 한몫을 했을
거요."

"아마 그랬을 겁니다." 내가 마지못해 맞장구를 쳤다.

그는 더듬거리며 침대에서 수놓은 침대보를 벗겨 내려고 하다가 꼿꼿한 자세로 그냥 누워 버렸다. 그러더니 금방 잠에 곯아떨어졌다.

그날 밤 어떤 사람이 놀란 목소리로 전화를 걸어서는 자기 이름을 밝히기도 전에 내가 누구냐고 다짜고짜로 물었다.

"캐러웨이라고 합니다만." 내가 말했다.

"아……. 난 클립스프링어입니다." 그는 안심한 듯했다.

나 역시 마음이 놓였다. 개츠비의 장례식에 참석할 수 있는 사람이 하나 더 늘어날 것 같았기 때문이다. 나는 신문에 부고를 내서 구경꾼들이 많이 몰려오게 하고 싶지 않았기 때문에 직접 몇몇 사람에게만 전화로 연락하던 참이었다. 그러나 참석할 만한 사람들을 찾아내기란 여간 어렵지 않았다.

"장례식은 내일입니다. 오후 3시에 여기 이 집에서 있습니다. 오실 만한 분이 있으면 연락해 주십시오." 내가 말했다.

"아, 그러죠." 그의 말투에는 미심쩍은 구석이

---

80 미국의 철도 재벌로 피츠제럴드의 고향인 미네소타주 세인트폴에서 살았다.

있었다. "물론 만날 사람이 있을 것 같지는 않지만 만나면 전하도록 하지요."

"물론 당신은 오시겠지요?"

"글쎄요, 참석하도록 노력해 보겠습니다. 제가 전화한 용건은……"

"잠깐만요." 내가 그의 말을 막았다. "확실히 오겠다고 말씀해 주시는 게 어떻겠습니까?"

"글쎄, 사실은…… 사실은, 지금 다른 사람들과 함께 그리니치[81]에 있거든요. 이 사람들은 내일 내가 자기들하고 같이 있었으면 해서요. 사실은 피크닉인가 뭔가가 있거든요. 물론 최선을 다해서 빠져나가도록 하겠습니다만."

나는 나도 모르게 "흥!" 하는 소리를 내뱉었고, 그의 말투가 신경질적으로 바뀐 것으로 보아 그가 그 소리를 들은 것이 틀림없었다.

"내가 전화를 한 건, 그 집에 두고 온 신발 한 켤레 때문입니다. 너무 수고스럽지 않다면 집사를 시켜 그걸 보내 줬으면 하는데요. 테니스 신발인데, 그게 없으면 난 속수무책이거든요. 보내실 주소는 전교(轉交)로 B. F.……"

수화기를 내려놓았기 때문에 나머지 주소는 듣지

---

81 미국 코네티컷주에 있는 부유한 마을.

못했다.

그 뒤 나는 개츠비에게 조금 면목이 없었다. 내가 전화를 건 어떤 신사는 개츠비가 그렇게 된 것이 자업자득이라는 식으로 말했다. 그러나 따지고 보면 그것은 내 실수였다. 그는 개츠비의 술을 마시고 그 술기운으로 개츠비를 아주 신랄하게 씹어 대던 사람 중의 하나였으니 처음부터 그에게 전화를 걸지 말았어야 했다.

장례식 날 아침 나는 마이어 울프심을 만나려고 뉴욕으로 갔다. 그러지 않고서는 달리 그를 만날 방법이 없을 것 같았다. 엘리베이터 안내원이 가르쳐 주는 대로 밀고 들어간 문에는 '스와스티카 지주 회사'라는 간판이 붙어 있었고, 그 안에는 아무도 없는 것 같았다. 그러나 내가 헛되이 "누구 없습니까?" 하고 몇 번 소리쳐 부르자 칸막이 뒤쪽에서 가벼운 말다툼이 벌어지더니 마침내 예쁘장한 유대인 여자가 안쪽 문에서 나타나 적의를 품은 검은 눈으로 나를 자세히 훑어보았다.

"아무도 없어요. 울프심 씨는 지금 시카고에 계세요." 그녀가 말했다.

안에서 누군가가 음정도 맞지 않게 「로사리오」[82]를

---

82   1898년에 로버트 캐머런 로저스가 작사하고 에설버트 네빈이 작곡

휘파람으로 불기 시작한 것으로 보아 아무도 없다는 말은 분명히 거짓말이었다.

"캐러웨이란 사람이 뵙고 싶어 한다고 전해 주시오."

"그분을 시카고에서 데려올 순 없잖아요?"

바로 그 순간 울프심의 것이 분명한 목소리가 문 저쪽에서 "스텔라!" 하고 부르는 소리가 났다.

"책상 위에 성함을 남겨 주세요." 그녀가 재빨리 말했다. "그분이 돌아오시면 전해 드릴게요."

"하지만 저 안에 계시잖소."

그녀가 나를 향해 한 걸음 다가서더니 화가 난 듯 두 손으로 엉덩이 위아래를 쓸어내리기 시작했다.

"젊은 사람들은 언제나 자기들 마음대로 밀고 들어올 수 있다고 생각한다니까. 그런 태도가 이제 정말 지긋지긋해. 시카고에 있다고 하면 시카고에 있는 거지." 그녀가 꾸짖었다.

나는 개츠비의 이름을 댔다.

"어머나!" 그녀는 다시 한번 나를 훑어보았다. "잠깐만요……. 성함이 뭐라고 하셨지요?"

그녀가 안으로 사라졌다. 그러자 곧 마이어 울프심이

한 이 노래는 1920년대 초엽에 리바이벌되어 미국에서 크게 히트했다.

근엄하게 문간에 서서 두 손을 내밀었다. 그는 경건한 목소리로 지금은 우리 모두에게 슬픈 때라고 말하면서 나를 사무실로 데려가서는 시가를 권했다.

"그를 처음 만났을 때가 기억나는군. 막 군에서 제대한 젊은 소령으로 전쟁 때 받은 훈장을 온몸에 가득 달고 있었어. 형편이 아주 말이 아니어서 계속 군복만 입고 있었지. 사복을 살 돈이 없었거든. 내가 그를 처음 본 것은 43번가에 있는 와인브레너 당구장에 들어와 일자리가 있느냐고 물었을 때요. 그는 꼬박 이틀 동안 굶었다고 했소. '이리 와 나하고 점심이나 같이 합시다.' 하고 내가 말했지. 그는 삼십 분 만에 무려 4달러어치도 넘게 음식을 먹어 치우더군."

"선생께서 그에게 일자리를 주셨습니까?" 내가 물었다.

"일자리를 주었냐고! 내가 그를 키우다시피 했지."

"아, 네."

"아무것도 없는 무(無)에서, 정말 시궁창에서 그를 건져 냈소. 나는 즉시 그가 신사답고 잘생긴 젊은이라는 걸 알아봤소. 그가 나더러 오그스퍼드 출신이라고 했을 때 그를 잘 써먹을 수 있겠구나 하는 생각이 들었지. 나는 그를 미국 재향 군인회에 가입하게 했고, 그 친구는 거기에서 높은 자리에 앉곤 했지. 그 뒤 얼마 안 되어 그는 올버니에서 내 의뢰인을 위해 일했소. 우린 모든 일에서 그렇게 우정이 두터웠지……." 그가 알뿌리 모양의 손가락 두 개를 들어 올렸다. "…… 언제나 둘이 함께였소."

나는 그런 협력 관계가 1919년 월드 시리즈 사건도 포함하는지 궁금했다.

"이제 그는 저세상 사람이 됐습니다." 잠시 뒤 내가 말했다. "선생께서 그의 가장 절친한 친구였으니 드리는 말씀인데, 오늘 오후에 있을 그의 장례식에 참석하시겠지요."

"나도 가고 싶소."

"그럼 오시지요."

그의 코털이 약간 떨렸고, 고개를 좌우로 흔들자 그의 눈에 눈물이 고였다.

"하지만 그럴 수가 없소……. 그 사건에 말려들고 싶지 않아." 그가 말했다.

"말려들고 말고 할 것도 없습니다. 다 끝난 일이니까요."

"사람이 일단 피살됐으면, 난 어떤 식으로든지 그 일에 끼고 싶지 않소. 한발 물러서 있는 거지. 젊을 때는 사정이 달랐소……. 만약 친구가 죽으면 무슨 일이 있어도 정말 끝까지 함께 있었소. 당신은 그걸 감상적이라고 할지 모르지만 정말 그랬소……. 험한 꼴을 보더라도 최후까지 말이오."

그가 어떤 이유 때문인지 장례식에 오지 않으려고
결심했다는 것을 깨닫자 나는 자리에서 일어났다.

"당신은 대학을 나왔나요?" 그가 불쑥 물었다.

한순간 나는 그가 '거래선' 이야기를 꺼내려는 게
아닌가 생각했지만 그는 고개를 끄덕거리며 악수를 청할
뿐이었다.

"죽은 뒤가 아니고 살아 있을 때 우정을 보여 주는 걸
배웁시다. 내 원칙은, 일단 친구가 죽은 다음에는 모든 걸
그냥 내버려 두는 것이오."

그의 사무실에서 나왔을 때 하늘은 이미 어두워져
있었고, 나는 가랑비를 맞으며 웨스트에그로 돌아왔다.
옷을 갈아입은 뒤 이웃집으로 건너갔더니 개츠 씨가
흥분해서 홀 안을 왔다 갔다 하고 있었다. 아들과 아들의
재산에 대한 그의 자부심이 점점 커지고 있었고, 그는
마침내 나에게 뭔가를 보여 주려고 했다.

"지미가 이 사진을 보냈지. 이것 좀 보게나." 그가
떨리는 손으로 지갑을 꺼냈다.

개츠비의 저택을 찍은 사진이었는데 가장자리가
꺾여서 금이 가고 여러 사람이 만져서 손때가 묻어 있었다.
그는 사진 구석구석을 가리키며 열심히 설명했다. "이것
좀 보라고." 이렇게 말하고는 내 눈을 들여다보며 내가
감탄하는지 살폈다. 그 사진을 하도 자주 보여 준 탓에

그에게는 실제 집보다 사진이 훨씬 현실적으로 보이는 것 같았다.

"지미가 이걸 나한테 보내 줬단 말일세. 참 근사한 사진이야. 아주 잘 나왔어."

"정말 잘 나왔네요. 최근에 아드님을 만나 보신 적이 있습니까?"

"두 해 전에 나를 보러 와서 내가 지금 사는 집을 사 주었소. 물론 그놈이 집을 나갔을 때 우린 서로 갈라선 꼴이었지만, 집을 나간 데는 그럴 만한 까닭이 있었다는 걸 이제야 알겠어. 그 애는 밝은 미래가 자기를 기다린다는 걸 잘 알고 있었던 게야. 출세한 뒤로 그 애가 나한테 얼마나 잘해 주었는지 몰라."

그는 그 사진을 치우는 것이 내키지 않는지 머뭇거리며 잠시 얼마 동안 내 눈앞에 그대로 들고 있었다. 그러더니 지갑에 다시 사진을 넣고는 호주머니에서 겉장에 '호펄롱 캐시디'[83]라고 쓰여 있는 누더기 같은 헌책을 한 권 꺼냈다.

"이건 그 애가 어릴 때 갖고 있던 책이오. 그걸 보면 잘 알 수 있을 게요."

---

83 클래런스 멀포드가 창조한 카우보이 캐릭터다. 이 인물을 주인공으로 한 소설 『호펄롱 캐시디』는 1910년 시카고에서 처음 출판되었으므로 이 책에 적은 '1906년'이라는 연도는 착오다.

그는 뒤표지를 펼쳐 내가 볼 수 있도록 책을 빙 돌렸다. 아무것도 인쇄되어 있지 않은 면지에는 '계획표 — 1906년 9월 12일'이라고 적혀 있었다. 그리고 그 밑에는 다음과 같이 쓰여 있었다.

기상	오전 6 : 00
아령 들기와 벽 타기	오전 6 : 15~6 : 30
전기학 및 기타 공부	오전 7 : 15~8 : 15
일	오전 8 : 30~4 : 30
야구와 스포츠	오후 4 : 30~5 : 00
웅변 연습, 자세 습득 훈련	오후 5 : 00~6 : 00
발명에 필요한 공부	오후 7 : 00~9 : 00

결심

섀프터스나 xxx(해독 불가능함)에서 시간을 낭비하지 말 것
궐련과 씹는담배를 삼갈 것
이틀에 한 번씩 목욕할 것
매주 유익한 책이나 잡지를 한 권씩 읽을 것
매주 5달러 3달러씩 저축할 것
부모님 말씀을 잘 들을 것

"나는 이 책을 우연히 발견했소. 이 정도면 지미가 어떤 녀석인지 짐작할 수 있을 테지요?" 노인이 말했다.

"네, 짐작됩니다."

"지미는 반드시 출세할 애였소. 그 애는 언제나 이런저런 결심을 했거든. 그 애가 자기 계발을 하려고 얼마나 노력했는지 아시오? 말도 못 하게 열심이었지. 언젠가 한번은 아비더러 음식을 돼지처럼 먹는다고 하기에 그 애를 때려 준 적도 있소."

그는 책을 그냥 덮기 싫은 듯 각 항목을 소리 높여 낭독하고는 뭔가를 바라는 눈길로 나를 쳐다보았다. 내가 그 계획표를 베껴 적기를 바란 게 아니었나 싶다.

3시가 조금 못 되어 플러싱에서 루터교 목사가 도착했고, 나는 무심결에 다른 차들이 왔나 하고 창밖을 내다보았다. 개츠비의 아버지 역시 창밖을 내다보았다. 시간이 흘러 하인들이 들어와 홀 안에서 기다리고 서 있자 노인의 눈은 불안하게 깜박거리기 시작했고 걱정스럽고 자신 없는 목소리로 비를 탓했다. 목사는 몇 번이고 시계를 들여다보았고, 그래서 나는 그를 옆으로 데리고 가 삼십 분만 더 기다려 달라고 부탁했다. 그러나 부질없는 짓이었다. 아무도 오지 않았다.

5시쯤 자동차 세 대로 이루어진 장례 행렬이 제법

방울이 굵은 가랑비를 맞으며 묘지에 도착하여 입구에
멈춰 섰다. 맨 앞에는 섬뜩할 만큼 검고 비에 젖은
영구차가, 그다음에는 개츠 씨와 목사와 내가 탄 리무진이,
그리고 그 뒤에는 하인 네댓 명과 웨스트에그에서 온
우편배달원 한 명이 개츠비의 스테이션왜건을 타고
비에 흠뻑 젖은 채 도착했다. 우리가 문을 통과해 묘지
안으로 들어갈 때 차 한 대가 멈추더니 질퍽한 땅에 고여
있는 물을 튀기면서 우리 뒤를 따라오는 소리가 들렸다.
나는 주위를 둘러보았다. 그 사람은 석 달 전 어느 날 밤
개츠비의 서재에 꽂힌 장서를 보고 놀라던 올빼미 안경을
낀 남자였다.

그날 이후로 나는 그 사람을 한 번도 본 일이 없었다.
나는 그가 장례식이 있다는 것을 어떻게 알았는지, 그의
이름이 무엇인지조차 모른다. 두꺼운 안경에 비가 퍼붓자
그는 개츠비의 무덤을 가린 천막이 벗겨지는 것을 보려고
안경을 벗어서 닦았다.

나는 그때 개츠비에 관해서 잠깐 생각해 보려고
했지만 그는 이미 아주 먼 곳에 가 있었다. 데이지가 조문
전보 한 장, 조화(弔花) 한 바구니 보내오지 않았다는
사실을 아무 분노도 느끼지 않고 떠올릴 뿐이었다.
누군가가 "비가 내리니 죽은 자에게 복이 있도다."[84] 하고
나지막하게 중얼거리자 올빼미 눈이 우렁찬 목소리로

"아멘." 하고 화답하는 소리가 들렸다.

우리는 뿔뿔이 흩어져 비를 맞으며 자동차가 있는 데로 급히 걸어갔다. 올빼미 눈이 묘지 입구에서 나에게 말을 걸었다.

"집에는 들르지도 못했군요." 그가 말했다.

"아무도 찾아오지 않았습니다." 내가 대답했다.

"아니, 저런! 맙소사, 도대체 그럴 수가 있나! 그 집에 드나든 사람이 몇백 명이나 되는데." 그가 놀라 말했다.

그는 안경을 벗어 다시 한번 안팎을 닦았다.

"불쌍한 놈." 그가 말했다.

내가 아직도 생생하게 기억하는 일 중 하나는 크리스마스를 맞아 대학 예비 학교에서, 그리고 나중에는 대학에서 서부로 돌아오던 일이다. 시카고보다 더 멀리 가는 친구들은 12월의 어느 날 저녁 6시에 시카고 친구들과 함께 낡고 어두운 유니언역에 모여 벌써부터 즐거운 휴가 분위기에 한껏 들떠 서둘러 작별 인사를 나누곤 했다. 이런저런 여학교에서 돌아오는 여학생들의 털외투도 기억나고, 옛 친구들이 눈에 띄면 차디찬 입김을

---

84 장례식 때 비가 내리면 망자가 평안하게 영면을 취한다는 미신이 있다.

뿜으면서 떠들거나 머리 위로 손을 흔들어 대던 일 역시 기억난다. "넌 오드웨이네 집에 갈 거니? 허시네 집에는? 슐츠네 집에는?" 하면서 서로 초대 일정을 맞춰 보던 일도 기억난다. 또한 장갑 낀 손에 꽉 움켜쥐었던 길쭉한 초록색 기차표도 아직껏 기억에 생생하다. 그리고 마지막으로 시카고-밀워키-세인트폴 철도 회사의 칙칙한 노란색 기차들이 출입문 옆 철로 위에 멈춰 서 있는 모습까지도 마치 크리스마스 자체인 것처럼 신바람 나게 보이던 것이 기억난다.

역에서 빠져나와 겨울밤 속으로 들어가면 진짜 눈[雪]이 — 우리의 눈 말이다 — 옆으로 펼쳐져 창을 배경으로 반짝이기 시작했다. 조그마한 위스콘신 시골 역의 흐릿한 불빛들이 스쳐 지나가고 공기 속에는 살을 에는 듯한 거친 기운이 감돌았다. 저녁 식사를 마치고 싸늘한 객차 복도를 지나가는 동안 우리는 그 공기를 깊이 들이마셨다. 다시 한번 그 공기 속에 하나로 녹아들기 전 그 이상야릇한 한 시간 동안, 우리는 이 지방과 완전히 하나가 되는 것을 가슴 깊이 깨달았다.

그곳이 바로 나의 중서부 지방이다. 밀밭이나 평원 또는 사라져 버린 스웨덴 이민자들의 마을이 아니라, 감격으로 가슴이 두근거리는 내 젊은 날의 귀향 열차, 서리가 내린 어두운 밤의 가로등과 썰매 종소리, 불

켜진 창문의 불빛에 크리스마스 장식인 호랑가시나무 화환의 그림자가 눈 위에 비치는 곳 말이다. 그 지역의 일부인 나는 그 기나긴 겨울을 떠올리면 조금은 엄숙한 기분이 들고, 몇십 년 동안 아직도 가문의 이름이 주소를 대신하는 도시에서 캐러웨이 가문에서 자란 것에 대해 조금은 자부심을 느낀다. 이제 나는 이 이야기가 결국 서부의 이야기였다는 것을 안다. 톰과 개츠비, 데이지와 조던과 나는 모두 서부 출신이었고, 어쩌면 우리는 왠지 동부의 삶에 적응하지 못한다는 어떤 결함을 공유하고 있었는지도 모른다.

심지어 동부가 나를 가장 흥분시켰을 때조차도, 동부 지방이 오하이오강 너머로 부풀어 오른 듯 볼품없이 뻗어 있는 그 지루한 도시들보다 우월하다는 것을 뼈저리게 깨달을 때조차도 — 그 도시들에서는 오직 아이들과 아주 늙은 노인들 빼고는 모든 사람들이 끝없이 심문을 받고 있는 듯하다 — 나에게 동부는 언제나 어딘지 모르게 뒤틀린 데가 있어 보였다. 특히 웨스트에그는 아직도 내가 해괴하고 환상적인 꿈을 꿀 때면 나타난다. 나에게는 그곳이 엘 그레코[85]가 그린 밤 풍경처럼 보인다.

---

85 그리스 태생의 스페인 화가. 극적이고 표현력이 풍부한 화풍으로 널리 알려져 있다. '엘 그레코'는 그가 그리스 출신이라서 붙은 별명이다.

즉 전통적이면서도 그로테스크한 수백 채의 집이 그 위에 펼쳐져 있는 음산한 하늘과 광택 없는 달 아래 쭈그리고 앉아 있는 그림 말이다. 그림 앞쪽에는 흰 야회복을 입은 엄숙한 사내 네 명이 흰 이브닝드레스 차림의 술에 취한 여자가 누워 있는 들것을 들고 인도를 따라 걸어가고 있다. 들것 가장자리 밖으로 축 늘어져 있는 그녀의 손에서는 보석들이 싸늘하게 반짝거린다. 사내들은 엄숙하게 어떤 집에 들르지만 집을 잘못 찾았다. 그러나 아무도 그 여자의 이름을 알지 못하고 아무도 신경 쓰지 않는다.

개츠비가 죽은 뒤 동부는 내 시력으로는 어떻게 바로잡을 수 없을 만큼 뒤틀린 채 그런 식으로 자주 나를 괴롭혔다. 그래서 부서지기 쉬운 나뭇잎들의 푸른 연기가 공기 중에 흩어지고 빨랫줄에 걸려 있는 젖은 옷이 바람에 날려 뻣뻣해지는 가을, 나는 고향으로 돌아가기로 결심했다.

떠나기 전에 해야 할 일이 하나 남아 있었다. 그냥 내버려 두는 편이 더 나을지 모르는 어색하고 불쾌한 일이었다. 그러나 나는 일들을 정리하고 싶었고 저 친절하고 무관심한 바다가 내 쓰레기를 쓸어 가도록 그냥 내버려 두고 싶지 않았다. 나는 조던 베이커를 만나서 우리 모두에게 일어난 일과 그 뒤 나에게 있었던 일에 대해 이야기했고, 그녀는 큼직한 의자에 아주 가만히 눕다시피 앉아서 내 말에 귀를 기울였다.

　　그녀는 골프복을 입고 있었다. 뽐내는 듯 살짝 턱을 들어올린 자세와 낙엽 빛깔의 머리카락, 무릎 위에 올려놓은 손가락 없는 골프 장갑처럼 갈색으로 그은 얼굴을 하고 있던 모습이 멋진 삽화 같다고 생각한 것이 지금도 기억난다. 내가 이야기를 모두 마치자 그녀는 아무 설명도 없이 다른 남자와 약혼했노라고 말했다. 비록 그녀가 고개만 까딱해도 결혼할 남자가 몇 명 있기는 했지만 나는 어쩐지 그 말이 믿기지가 않았다. 그래도 짐짓 놀라는 척했다. 한순간 나는 실수를 저지르고 있는 게 아닌가 싶었다. 그러고 나서 다시 한번 재빨리 그 일에 대해 곰곰이 생각해 본 뒤 결국 작별 인사를 하기 위해 자리에서 일어섰다.

　"어쨌든 당신은 나를 걸어찼어요." 조던이 불쑥 말했다. "전화로 나를 걸어찼단 말이에요. 지금은 당신에 대해 털끝만큼도 관심 없지만, 그때는 그런 일을 겪어 본 적이 없어서 한동안 좀 어리둥절했지요."

　우리는 악수를 했다.

　"아, 참 기억나요……?" 그녀가 덧붙였다. "……자동차 운전에 관해서 우리가 주고받은 대화 말이에요."

　"그럼요……. 정확하지는 않지만."

　"부주의한 운전자는 또 다른 부주의한 운전자를

만나기 전까지만 안전하다고 당신이 그랬지요?
그래요, 나는 또 다른 서툰 운전자를 만났던 거예요.
안 그런가요? 내 말은요, 그렇게 잘못 추측하다니
나도 참 부주의했지요. 난 당신이 오히려 정직하고
솔직한 사람이라고 생각했어요. 그게 당신의 은밀한
자부심이라고요."

"난 이제 서른 살이오. 스스로에게 거짓말을 하고
그걸 자랑스럽게 생각할 나이는 오 년이나 지났지." 내가
말했다.

그녀는 아무 대답도 하지 않았다. 화도 나고 반쯤은
그녀에게 사랑을 느끼고 몹시 후회도 하면서 나는 발길을
돌렸다.

10월이 끝나 가던 어느 날 오후 나는 톰 뷰캐넌을
만났다. 그는 민첩하고 공격적인 걸음걸이로 5번가를
따라 내 앞에서 걸어가고 있었다. 그의 두 손은 마치
방해하는 것이 있으면 물리쳐 버리려는 듯 그의 몸에서
조금 떨어져 있었고, 머리는 초조한 두 눈에 적응하면서
기민하게 이리저리 움직이고 있었다. 그를 따라잡지
않으려고 발걸음을 늦추고 있을 때 그가 걸음을 멈추더니
눈을 찡그리며 보석상 진열장 안을 들여다보기 시작했다.
그러다가 갑자기 나를 보고 뒤로 걸어와 내게 손을

내밀었다.

"닉, 왜 그러는 거야? 나와 악수하는 게 싫은가?"

"그래. 내가 자네를 어떻게 생각하는지 잘 알 텐데."

"닉, 자네 미쳤군. 이만저만 미친 게 아니야. 도대체 왜 그러는지 모르겠는걸." 톰이 빠르게 말했다.

"톰. 그날 오후 윌슨에게 뭐라고 했나?" 내가 따지듯 물었다.

그는 아무 말 없이 나를 응시했고, 나는 윌슨의 행방이 묘연했던 시간에 대해 내가 추측한 것이 옳았다는 것을 깨달았다. 나는 돌아서서 다시 걷기 시작했지만 그가 따라오면서 내 팔을 붙잡았다.

"사실대로 얘기해 줬지. 우리가 막 외출하려고 하는데 그가 문 앞에 나타났어. 그래서 사람을 시켜 집에 없다고 전했지만 그는 막무가내로 위층으로 올라오려고 하는 거야. 내가 그 자동차의 임자가 누구인지 말해 주지 않으면 금방이라도 죽이고도 남을 만큼 제정신이 아니더군. 집 안에 있는 동안 그자는 줄곧 리볼버 권총이 들어 있는 호주머니 속에 손을 넣고 있었단 말이야……." 그가 도전적인 태도로 갑자기 말을 멈췄다. "내가 말해 준 게 어쨌다는 건가? 그자의 자업자득이야. 데이지의 눈에 흙을 뿌린 것처럼 자네 눈에도 흙을 뿌렸다고. 하지만 터프한 친구였지. 개를 치듯 머틀을 치고도 차를 멈추지 않았으니 말이야."

그것이 진실이 아니라는, 차마 내 입으로 말할 수 없는 사실 하나를 제외하고는 더 이상 할 말이 없었다.

"내가 괴로워하지도 않았다고 생각한다면……. 이보게, 그 아파트를 넘기러 가서 그 빌어먹을 개 비스킷 깡통이 찬장 위에 놓여 있는 걸 보고 주저앉아서 어린애처럼 엉엉 울었어. 아, 맙소사, 정말 끔찍했다고……."

나는 그를 용서할 수도 좋아할 수도 없었지만 그는 자신이 한 일이 완벽하게 정당하다고 생각하는 듯했다. 모든 것이 경솔하고 뒤죽박죽 혼란스러웠다. 톰과 데이지, 그들은 경솔한 인간들이었다. 물건이든 사람이든 부숴 버린 뒤 돈이나 엄청난 무관심 또는 자기들을 한데 묶어 주는 것이 무엇이든 그 뒤로 물러나서는 자기들이 만들어 낸 쓰레기를 다른 사람들이 말끔히 치우도록 했다…….

나는 그와 악수를 했다. 악수하지 않으려고 하는 것이 오히려 어리석은 일처럼 보였다. 갑자기 어린아이와 이야기하고 있는 것 같다는 생각이 들었기 때문이다. 그러고 나서 그는 진주 목걸이를 — 아니면 커프스단추 한 쌍을 — 사려고 보석상 안으로 들어가면서 나의 촌스러운 결벽증에서 영원히 벗어나 버렸다.

내가 떠날 때 개츠비의 집은 여전히 텅 비어 있었다. 그 집 잔디도 우리 집 잔디처럼 무성할 대로 무성하게 자라 있었다. 마을의 택시 기사 하나는 저택 정문을 지나서 차를 잠깐 세우고 집 안쪽을 손가락으로 가리키고 나서야 요금을 받았다. 어쩌면 그는 사건이 일어난 날 밤 데이지와 개츠비를 태우고 이스트에그에 갔던 운전사인지도 모른다. 그래서 어쩌면 그 사건에 관해 자기 나름대로 이야기를 꾸며 냈을지도 모른다. 나는 그 이야기를 듣고 싶지 않아서 기차에서 내릴 때면 그를 피해 갔다.

나는 토요일 밤이면 뉴욕에서 시간을 보냈다. 개츠비가 열던 그 눈부시고 황홀한 파티가 나에게는 너무 생생하여 정원에서 희미하지만 끊임없이 들리던 음악 소리와 웃음소리가 아직도 귓가에 울리는 듯했고, 그의 진입로에 오르내리는 자동차 소리도 들리는 듯했기 때문이다. 그러던 어느 날 밤 나는 실제로 자동차 소리를 들었고, 헤드라이트 불빛이 앞쪽 계단을 비추고 있는 것이 보였다. 그러나 그게 누구인지는 알아보지 않았다. 아마도 지구의 반대쪽에 가 있다가 파티가 끝난 줄도 모르고 찾아온 마지막 손님이었으리라.

마지막 날 밤 트렁크에 짐을 꾸리고 자동차를 식료품상에 팔고 나서 나는 그 저택으로 건너가 다시 한번 한 집의 일관성도 없고 엄청나기까지 한 몰락을 바라보았다. 하얀 돌계단에 어떤 아이가 벽돌 조각으로 갈겨 쓴 음탕한 욕설이 달빛에 뚜렷이 드러나 보여 나는 계단을 따라가며 구둣발로 문질러 그 낙서를 지워 버렸다. 그러고 나서 해변으로 어슬렁어슬렁 걸어 내려가 모래 위에 벌렁 드러누웠다.

해변에 늘어선 별장들은 대부분 문이 닫혀 있었고, 롱아일랜드 해협을 가로질러 가는 나룻배 한 척에서 그림자처럼 희미하게 움직이는 불빛을 제외하고는 어떤 불빛도 보이지 않았다. 그리고 달이 점점 하늘 높이 떠오르면서 실체도 없는 집들이 녹아 없어져 버리자 나는 서서히 그 옛날 네덜란드 선원들의 눈에 한때 꽃처럼 찬란히 떠올랐던 이 옛 섬 — 신세계의 싱그러운 초록색 가슴을 깨닫게 되었다. 바로 이 섬에서 자취를 감춘 나무들, 개츠비의 저택에 자리를 내준 나무들은 한때 인간의 모든 꿈 중 마지막이자 가장 위대한 꿈에 소곤거리며 영합했던 것이다. 덧없이 흘러가 버리는 매혹적인 한순간에 인간은 이 대륙을 바라보며 틀림없이 숨을 죽이고 있었을 것이다. 이해할 수도, 감히 바랄 수도 없는 심미적 관조에 어쩔 수 없이 빠져 버린 채 인류 역사에서 마지막으로 놀라움을 느낄 수 있는 재능과 맞먹는 그 무엇과 직면하면서 말이다.

나는 그곳에 앉아 그 오랜 미지의 세계를 곰곰이 생각하면서 개츠비가 데이지의 부두 끝에서 초록색 불빛을 처음 찾아냈을 때 느꼈을 경이감에 대해 생각해 보았다. 그는 이 푸른 잔디밭을 향해 머나먼 길을 달려왔고, 그의 꿈은 너무 가까이 있어 금방이라도 손을 뻗으면 닿을 것만 같았을 것이다. 그 꿈이 이미 자신의 뒤쪽에, 공화국의 어두운 벌판이 밤 아래 두루마리처럼 펼쳐져 있는 도시 너머 광막하고 어두운 어떤 곳에 가 있다는 사실을 그는 미처 알아차리지 못했던 것이다.

개츠비는 그 초록색 불빛을, 해마다 우리 눈앞에서 뒤쪽으로 물러가고 있는 극도의 희열을 간직한 미래를 믿었다. 그것은 우리를 피해 갔지만 별로 문제 될 것은 없다 — 내일 우리는 좀 더 빨리 달릴 것이고 좀 더 멀리 팔을 뻗을 것이다……. 그리고 어느 맑게 갠 날 아침에…….

그리하여 우리는 조류를 거스르는 배처럼 끊임없이 과거로 떠밀려 가면서도 앞으로, 앞으로 계속 나아가는 것이다.

컷글라스 그릇

과거 파이퍼 부인은 결혼을 앞두고 자신에게 구애하던 다른 청년에게서 컷글라스 그릇을 선물로 받았다. '당신처럼 딱딱하고 아름답고 속이 텅 비어 있는 물건을 선물로 보내겠어.'라는 아리송한 말과 함께. 찬장 깊숙이 넣어 두려 해도 자꾸만 밖으로 비어져 나오는 커다란 그릇의 정체는 무엇일까? 젊음, 아름다움, 사랑의 덧없음에 관한 피츠제럴드식 통찰이 돋보이는 작품. 1920년 《스크리브너스 매거진》에 발표되었다.

# 컷글라스 그릇

1

구석기 시대가 있었고 신석기 시대가 있었으며 청동기 시대가 있었고, 그리고 오랜 세월이 흘러 마침내 컷글라스 시대가 도래했다. 이 컷글라스 시대에는 젊은 여성들이 길고 곱슬곱슬한 콧수염을 기른 젊은 남자들에게 결혼하도록 설득하면, 그로부터 몇 달 뒤 두 사람은 나란히 앉아서 온갖 종류의 컷글라스 그릇을(펀치볼, 핑거볼, 디너글라스, 와인글라스, 아이스크림 그릇, 봉봉 접시, 유리병, 꽃병 말이다.) 결혼 선물로 보내 준 데 대해 감사의 편지를 썼다. 1890년대에는 컷글라스 그릇이 그렇게 진기한 것은 아니었지만 이 무렵에는 특별히 백베이[1]에서

---

1   미국 매사추세츠주 보스턴에 있는 고급 주택가.

중서부 지방의 요새에 이르기까지 유행이라는 찬란한 빛을 내뿜는 데 여념이 없었다.

결혼식이 끝나면 펀치볼들은 찬장에 커다란 그릇을 중심으로 나란히 놓아두었고, 잔들은 도자기 찬장에 넣어두었으며, 촛대는 양쪽 끝에 세워 놓았다. 그리고 바로 이때부터 살아남기 위한 치열한 경쟁이 시작되었다. 봉봉 접시는 작은 손잡이를 잃어버리고 2층에서 핀을 담는 그릇으로 전락하였다. 고양이 한 마리가 어슬렁거리며 걸어가다 찬장에 놓여 있는 작은 그릇을 바닥에 떨어뜨렸고, 가정부가 설탕 접시로 부딪쳐 중간 크기의 그릇을 이가 빠지게 했다. 그러고 나서 와인글라스들은 다리 부분에 금이 갔고, 심지어 디너글라스들도 마치 '열 꼬마 인디언'[2]처럼 하나씩 사라져 버렸다. 그 마지막 한 개는 상처투성이와 불구의 몸이 되어 다른 영락한 상류 계급 출신들과 함께 화장실의 선반 위에 칫솔을 넣은 그릇으로 전락하고 말았다. 그러나 이러한 일이 모두 끝날 무렵에는 어찌 되었던 컷글라스 시대도 종말을 고하고 만 것이다.

하루의 첫 화려함도 한참 지나가 버린 어느 날 호기심 많은 로저 페어볼트 부인이 아름다운 해럴드 파이퍼

---

2   인디언을 소재로 한 미국의 동요.

부인을 찾아왔다.

"부인." 호기심 많은 로저 페어볼트 부인이 말했다. "전 당신의 집이 마음에 들어요. 정말로 예술적이라는 생각이 들거든요."

"듣던 중 반가운 말이군요." 예쁜 해럴드 파이퍼 부인은 그 앳되고 검은 눈동자를 반짝이며 대꾸했다. "앞으로도 종종 놀러오세요. 전 오후에는 거의 언제나 혼자 있거든요."

페어볼트 부인은 이 말을 전혀 믿지 않는다고, 찾아오면 달갑게 생각하지 않을 것이라고 말해 주고 싶었다. 지난 여섯 달 동안 일주일에 닷새는 프레디 게드니 씨가 오후에 파이퍼 부인의 집에 들른다는 소문이 동네에 파다하게 나돌고 있었기 때문이다. 페어볼트 부인은 아름다운 여자의 말을 믿지 않는 원숙한 나이에 접어들었던 것이다.

"주방이 제일 마음에 들어요." 그녀가 말했다. "저 멋진 도자기 그릇이며, 또 저 커다란 컷글라스 그릇도요."

파이퍼 부인이 너무나 예쁘게 웃는 바람에 페어볼트 부인의 머리에 남아 있던 프레디 게드니 소문에 대한 생각이 깨끗이 사라져 버렸다.

"아, 저 커다란 그릇 말이군요!" 이렇게 말하는 파이퍼 부인의 입술은 마치 싱그러운 장미 꽃잎과 같았다. "저

그릇에는 사연이 있지요……."

"어머……."

"칼턴 캔비라는 청년을 기억하고 있나요? 글쎄, 그 사람은 얼마 동안 저에게 아주 큰 관심을 보였지요. 칠 년 전인 1892년 어느 날 저녁 내가 해럴드와 결혼하게 되었다고 했더니 꼿꼿이 자세를 고쳐 앉고는 이렇게 말하는 겁니다. '이블린, 난 당신에게 당신과 마찬가지로 딱딱하고 아름답고 속이 텅 비어 있고 쉽게 속을 훤히 들여다볼 수 있는 물건을 선물로 보내겠어.' 그 말을 듣고 조금 겁이 났어요……. 그의 눈동자는 그야말로 칠흑같이 검었거든요. 그가 유령이 나오는 집이나 뚜껑을 열자마자 폭발하는 물건을 보내 주려는 게 아닌가 생각했어요. 그런데 그가 막상 보내온 것은 저 그릇이었어요. 물론 아름다운 그릇이지요. 지름인지 원둘레인지 뭔지 잘 모르지만 아무튼 2피트 반……. 아니, 어쩌면 3피트 반이었는지도 몰라요. 그 그릇은 너무 커서 찬장에 들여놓을 수 없었어요. 밖으로 비어져 나오거든요."

"어머, 그것 참으로 뜻밖의 얘기로군요! 그러고 보니 마침 그 무렵에 그분은 이 동네에서 이사를 간 것 같군요. 그렇지 않은가요?" 페어볼트 부인은 자신의 기억 속에 이탤릭체 글씨로 메모를 해 두고 있었다. '딱딱하고 아름답고 속이 텅 비어 있고 쉽게 속을 훤히 들여다볼 수 있는'이라고 말이다.

"네, 맞아요. 그는 서부로 갔어요……. 아니, 남부로 갔던가요……. 아무튼 어디론가 가 버렸지요." 파이퍼 부인은 아름다운 추억이 시간의 풍화 작용을 받지 않도록 해주는 그 멋지고 모호한 태도를 취하면서 대답했다.

페어볼트 부인은 넓은 음악실에서 서재를 통해 건너편 식당의 일부까지 보이는 널찍한 공간에 감탄하며 장갑을 꼈다. 그 집은 사실 시내에서는 비교적 작으면서도 가장 예쁜 저택이었다. 그런데도 파이퍼 부인은 데버루가(街)에 있는 더 큰 집으로 이사할 것이라고 말해 왔었다. 해럴드 파이퍼가 화폐라도 찍어 내고 있다는 말인가.

가을 석양이 짙어 가고 있는 인도로 접어들자 그녀는 성공한 사십 대 여자들이 흔히 그러하듯이 뭔가 마음에 들지 않는 듯한 불쾌한 표정을 지었다.

만약 내가 해럴드 파이퍼라면 사업하는 시간을 좀 줄이고 그 대신 집에 있는 시간을 좀 더 늘릴 텐데 하고 그녀는 생각했다. 친구 중 누군가가 해럴드에게 귀띔을 해 줘야 하는데.

그러나 만약 페어볼트 부인이 이날 오후의 방문을 그런 대로 성공적이라고 여기고 이 분만 더 기다리고 있었다면, 그녀는 아마 대성공이라고 말할 수 있었으리라. 왜냐하면 그녀가 이 집에서 100야드쯤 떨어진 곳을 걸어가고 있을 때, 아주 잘생긴 청년 한 사람이 얼이 빠진 모습으로 산책로를 돌아 파이퍼의 집으로 다가갔기 때문이다. 초인종을 누르자 파이퍼 부인이 문을 열어 주고, 좀 난처한 듯한 표정으로 그를 재빨리 서재로 안내했다.

"당신을 만나지 않을 수 없었어요." 그가 미친 듯이 말했다. "당신 편지를 읽고 나는 기분이 엉망이었으니까. 해럴드가 당신을 위협해 그런 편지를 쓰게 했나요?"

그녀는 고개를 내저었다.

"이제 끝장이야, 프레디." 그녀가 조용히 말했다. 그에게는 그녀의 입술이 장미꽃에서 따 온 것처럼 보인 적이 일찍이 없었다. "그이는 어젯밤 마음이 상해서 집에 돌아왔어. 제시 파이퍼가 의무감에 그의 사무실로 찾아가 그에게 우리 일을 일러바친 거야. 그이는 마음에 상처를 입고……. 프레디, 그로서는 충분히 그럴 만하지. 그이 말에 따르면, 우리가 여름 내내 클럽에서 구설수에 올라 있었지만 자신은 전혀 눈치를 채지 못했다는 거야. 하지만 이제 와서 생각해 보면 언뜻 들은 이야기나 사람들이 넌지시 말한 이야기의 뜻을 알 수 있다는 거야. 그이는 아주 화가 나 있어, 프레디. 그리고 남편은 나를 사랑하고 있고, 나도 그이를 사랑하고 있어……. 그것도 꽤 말이야."

프레디 게드니는 천천히 고개를 끄덕이고 눈을 반쯤 감았다.

"그래요." 그가 말했다. "그래야지요. 내가 안고 있는 문제도 당신의 문제와 같아요. 그러니 서로의 입장을 너무 잘 알 수 있지요." 그의 회색 눈동자가 그녀의 검은 눈동자와 정면으로 마주쳤다. "행복했던 일은 이제 끝장이 났군요. 아, 이블린, 난 오늘 온종일 회사에 앉아 당신의 편지 봉투를 바라보고 있었어요. 그것을 읽고 또 읽으면서 말이에요……."

"이제 그만 돌아가, 프레디." 그녀가 단호하게 말했다. 약간 힘주어 재촉하는 목소리는 그에게 새로운 아픔이었다. "이제 당신을 만나지 않겠다고 그이에게 맹세했어. 해럴드가 어디까지 참고 견딜 수 있는지 그 한계를 잘 알고 있어. 오늘 밤 이렇게 당신과 같이 있으면 곤란해."

그들은 여전히 서 있었고, 그녀는 말하면서 문 쪽을 향해 약간 몸을 움직였다. 게드니는 비참한 표정으로 그녀를 바라보면서 이제 마지막으로 그녀의 모습을 마음속에 간직하려고 애썼다. 바로 그때 현관 앞에서 들려오는 발자국 소리를 듣고 두 사람은 갑자기 대리석 조상(彫像)처럼 굳어졌다. 즉시 그녀는 팔을 뻗쳐 그의 웃옷의 옷깃을 잡았다. 반은 재촉하고 반은 끌고 가다시피 하여 커다란 문을 통해 캄캄한 식당으로 밀어 넣었다.

"그이를 2층으로 가게 할 거야." 그녀가 그의 귀에

가까이 대고 속삭였다. "계단을 올라가는 소리가 들릴 때까진 여기서 조금도 움직여서는 안 돼. 그런 뒤에 앞문으로 나가라고."

그는 혼자서 이블린이 홀에서 남편을 맞아들이고 있는 목소리를 듣고 있었다.

해럴드 파이퍼는 서른여섯 살로 아내보다 아홉 살 연상이었다. 잘생기기는 했어도 거기에는 몇 가지 단서가 붙었다. 즉 두 눈이 너무 가까이 붙어 있었으며, 가만히 있을 때의 얼굴에는 어딘지 모르게 우둔한 데가 있었다. 게드니 문제에 대한 그의 태도는 지금까지 그가 취해 온 태도를 잘 보여 주었다. 그는 이블린에게 이 문제가 일단락된 것으로 생각하고 있으며, 두 번 다시 나무라거나 또 어떤 식으로도 암시하지 않겠다고 말했던 것이다. 그리고 속으로 자신이 좀 관대하게 이 문제를 처리하고 있다고 생각했다. 이렇게 하면 아내도 적잖이 감동할 것이라고 생각하고 말이다. 그러나 자신이 도량이 넓은 사람이라고 믿고 있는 모든 남자들과 마찬가지로 그도 유별나게 소견이 좁은 남자였다.

이날 저녁 그는 과장하여 부드러운 태도로 이블린을 맞이했다.

"당신 어서 서둘러 옷을 갈아입어야 해요, 해럴드." 그녀가 간절하게 말했다. "브론슨 씨 댁을 방문해야 하니까요."

그는 고개를 끄덕였다.

"여보, 옷을 갈아입는 데 그다지 시간이 걸리지 않아." 이렇게 말끝을 흐리며 그는 서재로 걸어 들어갔다. 이블린의 심장이 큰 소리를 내며 두근거렸다.

"해럴드……." 그녀가 말하기 시작했지만 약간 목이 메었다. 그녀는 남편의 뒤를 따라 서재로 들어갔다. 그는 담배에 불을 붙이고 있었다. "해럴드, 어서 서둘러야 한다니까요." 그녀가 문간에 서서 말을 끝냈다.

"왜 그리 서둘러?" 그는 약간 귀찮다는 듯이 물었다. "당신도 아직 옷을 갈아입지 않았잖아, 이비.[3]"

그는 안락의자 위에 몸을 길게 뻗고 앉아 신문을 펼쳤다. 몸이 오그라드는 듯한 느낌으로 이블린은 이렇게 되면 적어도 십 분은 걸릴 것이라고 생각했다. 그런데 바로 옆방에는 게드니가 숨을 죽이고 서 있는 것이 아닌가. 만약 해럴드가 2층으로 올라가기 전에 찬장에서 포도주 병을 꺼내 한잔 마시려고 한다면 어떻게 될까. 그러자 그렇게 되지 않도록 자신이 먼저 포도주 병과 글라스를 가져와 이 위기를 모면해야 한다는 생각이 문득 떠올랐다. 남편의 시선을 조금이라도 식당 쪽으로 돌리게 하는 것이

---

3 '이비'는 이블린의 애칭이다.

두려웠지만, 그녀에게는 어떻게 다른 수를 써 볼 수가 없었던 것이다.

그때 마침 해럴드가 자리에서 일어나 신문을 내던지면서 그녀에게 다가왔다.

"여보, 이비." 남편은 몸을 구부리고 두 팔로 그녀를 껴안으며 말했다. "어젯밤에 있었던 일을 생각하고 있지 않았으면 좋겠어……." 그녀는 몸을 떨면서 그에게 바싹 달라붙었다. "나는 알아." 그가 말을 계속했다. "당신으로서는 경솔한 우정에 지나지 않다는걸. 누구나 실수를 범하는 법이거든."

이블린은 그의 말을 거의 듣고 있지 않았다. 이렇게 달라붙어 있으면 그대로 2층으로 끌고 갈 수 있을지도 모른다는 생각만 하고 있을 뿐이었다. 몸이 좋지 않은 체하며 2층까지 안아다 달라고 부탁할까 하고 생각했다. 그렇게 되면 불행하게도 자신을 소파에 눕히고 위스키를 갖다 줄지도 모르지 않는가.

갑자기 그녀의 긴장된 신경은 견딜 수 없는 마지막 단계까지 이르렀다. 아주 희미한 소리였지만 분명히 식당 마룻바닥에서 삐걱거리는 소리가 들려왔기 때문이다. 프레디가 뒷문으로 달아나려고 하고 있었음에 틀림없었다.

징이 울리는 듯한 공허한 소리가 온 집 안에 울려 퍼지자 그녀의 심장이 마치 용수철처럼 튀어 오르는 것 같았다. 게드니의 팔이 커다란 컷글라스 그릇에 부딪친 것이다.

"도대체 이게 무슨 소리야!" 해럴드가 소리를 질렀. "거기에 누가 있는 거야?"

그녀가 남편에게 매달렸지만 해럴드는 뿌리쳤다. 방이 그대로 무너져 내리는 소리가 귓가에 들렸다. 식료품 창고 문이 홱 열리는 소리, 마주 붙잡고 싸우는 소리, 냄비가 부딪치는 소리가 들렸다. 절망 속에서 그녀는 정신없이 부엌으로 뛰어가 싸움을 말렸다. 남편은 게드니의 목에 감았던 팔을 천천히 풀었다. 처음에는 놀란 표정으로 그다음에는 얼굴에 고통스러운 빛을 띠고 장승처럼 꼼짝하지 않고 우두커니 서 있었다.

"제기랄!" 당황하여 이렇게 말하고 난 뒤 그는 다시 한번 되풀이해 말했다. "제기랄!"

그는 다시 한 번 더 게드니에 달려들 것처럼 그쪽을 향해 몸을 돌렸지만 그만두었다. 그의 근육은 눈에 띄게 이완되어 있었고, 약간 쓴웃음을 지었다.

"당신들은…… 당신들은 말이야……." 이블린은 두 팔로 남편을 껴안았고, 그녀의 두 눈은 미친 듯이 남편에게 애원하고 있었다. 그러나 그는 아내를 밀어내고는 도자기 같은 얼굴을 하고 멍하니 부엌 의자에 주저앉았다. "당신은 지금까지 나에게 이런 짓을 해 왔어, 이블린. 그래,

당신은 악마야! 악마라고!"

그녀는 이처럼 남편에게 미안하다고 생각한 적이 없었다. 지금까지 이토록 깊이 남편을 사랑한 적도 없었다.

"그녀 잘못이 아니에요." 게드니가 황송한 마음으로 말했다. "제가 찾아왔을 뿐입니다." 그러나 해럴드는 고개를 내저었다. 그가 고개를 쳐들었을 때의 표정은 실제로 어떤 사고를 당해 정신이 일시적으로 멈춰 버린 듯했다. 갑자기 슬픔의 빛을 띤 남편의 두 눈이 이블린의 심금을 그윽하게 울렸다. 그리고 동시에 세찬 분노가 그녀의 마음속에서 끓어올랐다. 눈꺼풀이 타오르는 것처럼 느꼈다. 그녀는 거세게 발을 동동 굴렀다. 마치 무기라도 찾듯이 두 손으로 신경질적으로 식탁 위를 쓸고 난 뒤 게드니에게 난폭하게 대들었다.

"나가요!" 그녀는 검은 눈동자를 반짝이며 작은 두 주먹으로 내밀고 있던 그의 팔을 두들기면서 소리 질렀다. "당신이 이렇게 만든 거예요! 어서 여기서 나가요…… 나가…… 나가요! 나가란 말이에요!"

2

서른다섯 살인 해럴드 파이퍼 부인에 관해 사람들의

의견은 둘로 나뉘었다. 여자들은 그녀가 아직도 예쁘다고
말했고, 남자들은 이제 미인이라고는 할 수 없다고 말했다.
그것은 아마 여성들은 두려워하고 남자들은 좋아하던
그녀의 미모가 이미 사라져 버렸기 때문일 것이다.
눈동자는 역시 예전과 마찬가지로 여전히 크고 검고
슬퍼 보였지만 신비로움은 사라지고 없었다. 눈동자의
슬픈 표정은 영원불변한 모습 대신에 오직 인간적인
것으로 바뀌었다. 그리고 또 놀라거나 화가 날 때에는
양미간을 찌푸리고 눈을 깜박거리는 버릇이 생겼다.
그 입 모양도 매력을 잃었다. 즉 붉은 빛이 바랜 데다가,
미소 지었을 때 양쪽 입가가 희미하게 약간 아래쪽으로
처지는 표정이 완전히 사라져 버렸다. 그 표정은 슬픈 빛을
띤 눈동자를 돋보이게 해 주고 희미하게 조소를 보내는
듯한 아름다움을 간직하고 있었던 것이다. 그런데 지금은
미소 지으면 입술 언저리가 위쪽으로 치켜 올라갔다.
자신의 미모를 자랑하던 한창 시절 이블린은 그런 미소를
좋아했다. 마음에 들어 일부러 그것을 강조했다. 이제
더 강조하지 않자 그 표정은 사라졌고, 그것이 사라지자
그녀의 마지막 신비도 사라져 버렸다.

 이블린은 프레디 게드니 사건이 있은 지 한 달도 되지
않아 미소를 강조하는 일을 그만두었다. 표면적으로 그들
부부는 이전과 조금도 다름없는 생활을 하고 있었다.

그러나 자신이 얼마나 남편을 깊이 사랑하고 있는가를 알아챈 그 몇 분 동안, 이블린은 자신이 돌이킬 수 없을 정도로 그에게 마음의 상처를 입혔다는 사실을 깨달았다. 한 달 동안 그녀는 고통스러운 침묵이며 세찬 비난이며 질책과 싸우지 않으면 안 되었다. 그녀는 남편에게 빌고 조용히 동정적인 사랑을 보여 주었지만 그는 불쾌하게 웃어넘길 뿐이었다. 마침내 그녀도 점차 침묵 속으로 가라앉았고, 두 사람 사이에는 허물어 버릴 수 없는 음산한 장벽이 생겨났다. 자신의 가슴속에 끓어오르는 애정을 이블린은 어린 아들인 도널드에게 아낌없이 쏟으며 이 아이가 자신의 인생의 일부임을 깨닫고 거의 경이로움을 느낄 정도였다.

이듬해에는 서로의 이해관계나 책임이 늘어나기도 하고 또 예전의 타다 남은 애정이 불꽃처럼 희미하게 되살아나는 바람에 부부는 다시 가까워졌다. 그러나 애처로운 듯한 정열의 홍수가 밀려 나간 뒤 이블린은 자신에게 주어진 소중한 기회가 이미 상실되어 버렸음을 깨달았다. 이제 자신에게 남아 있는 것이라고는 아무것도 없었다. 이전에 그녀는 두 사람에게 젊음과 사랑으로 충만한 존재였다. 그러나 그 침묵의 나날은 애정의 샘물을 천천히 말라붙게 했고, 그 샘물을 다시 한번 마시고 싶어 하는 자신의 욕망도 사라져 버렸다.

그녀는 난생처음으로 여자 친구를 찾게 되었고,
예전에 읽었던 책을 더 좋아했으며, 헌신적으로 사랑하는
두 아이들을 지켜볼 수 있는 곳에서 바느질을 하기
시작했다. 사소한 일에도 신경을 쓰게 되었다. 저녁 식사
식탁 위에서 빵 부스러기가 조금 떨어져 있는 것을 보면
이야기를 하다가도 마음이 그곳으로 쏠렸다. 한마디로
그녀는 점차 중년의 나이로 접어들고 있었던 것이다.

서른다섯 살이 되는 이블린의 생일은 여느 때와는
달리 분주한 날이었다. 왜냐하면 그날 저녁에 갑자기
손님들을 초대하기로 되어 있었기 때문이다. 그날 오후
늦게 침실의 창가에 서서 그녀는 자신이 몹시 지쳐 있음을
깨달았다. 십 년 전 같으면 침대에 누워 한숨 잠을 잤을
테지만 지금은 여러 가지 일에 마음을 써야 한다는 느낌이
들었다. 하녀들이 아래층에서 청소를 하고 있었고, 장식용
골동품들이 마룻바닥 사방에 놓여 있었다. 이제 곧 식료품
점원이 주문을 받으러 올 텐데 오면 딱 잘라 말해야겠다고
다짐했다. 그러고 나서 열네 살이 되어 금년부터 집을 떠나
학교에 다니고 있는 도널드에게 편지도 써야 했다.

그녀가 그래도 역시 드러누워야겠다고 마음먹고 있을
때 아래층에서 갑자기 어린 딸 줄리의 귀에 익은 소리가
들려왔다. 그녀는 입술을 꽉 다물고 눈살을 찌푸리며 눈을
깜박거렸다.

"줄리!" 그녀가 불렀다.

"아야, 야, 아야!" 줄리가 슬픈 듯이 길게 소리를 질렀다. 그러고 나서 둘째 하녀인 힐더의 목소리가 2층까지 들려왔다.

"줄리가 손을 조금 다쳤어요, 마님."

이블린은 바느질 그릇이 있는 데로 달려가 찢어진 손수건을 하나 찾아가지고 서둘러 계단을 내려갔다. 잠시 뒤 그녀가 상처 입은 곳을 찾는 동안 줄리는 그녀의 팔에 안겨 울고 있었다. 상처의 희미한 흔적이 경멸이라도 보내듯 줄리의 드레스에 나타나 있는 것이 아닌가!

"엄지손가락이야!" 줄리가 설명했다. "아야, 야, 야, 아야, 아파."

"여기 있는 이 유리그릇 때문이에요." 힐더가 변명하듯 말했다. "제가 찬장을 닦고 있는 동안 잠시 바닥에 내려놓았어요. 그때 줄리가 와서 그걸 갖고 놀고 있었지요. 그러다가 손가락을 조금 다쳤어요."

이블린은 힐더를 향해 무섭게 눈살을 찌푸렸고, 줄리를 무릎 위로 더 세게 끌어당기며 손수건을 찢기 시작했다.

"자…… 아가, 어디 좀 보자."

줄리가 엄지손가락을 내밀자 이블린은 곧 그것을 잡았다.

"이제 됐다!"

줄리는 천 조각이 감긴 엄지손가락을 의심스러운 듯이 바라보았다. 그녀가 엄지손가락을 구부리니 흔들거렸다. 아직 눈물 자국이 남아 있는 얼굴에 기쁘고 재미있는 듯한 표정이 감돌았다. 그녀는 엄지손가락 냄새를 맡아 보더니 다시 한번 움직였다.

"내 귀여운 아기!" 이블린은 이렇게 큰 소리로 말하고는 딸아이에게 키스를 했다. 그러나 방을 나가기 전에 그녀는 힐더를 향해 다시 한 번 눈살을 찌푸렸다. 왜 그렇게 조심성이 없을까! 요즘 하녀들은 하나같이 이 모양이란 말이야. 일 잘하는 아일랜드 하녀를 구하면 좋으련만……. 그러나 지금은 그런 하녀를 구할 도리가 없어……. 스웨덴 하녀들이란…….

5시에 해럴드가 집에 돌아와 그녀의 방으로 들어와서는 오늘이 서른다섯 해 생일이니까 서른다섯 번 키스를 해 주겠다고 이상하게 신바람이 나서 떠들어댔다. 이블린은 그러고 싶지 않았다.

"술을 마시고 왔군요." 그녀는 짤막하게 말하고는 이렇게 조심스럽게 덧붙였다. "한두 잔 말이에요. 하지만 내가 술 냄새를 싫어한다는 걸 당신도 잘 알고 있잖아요."

"이비." 그는 창가의 의자에 걸터앉아 있다가 잠시 뒤 입을 열었다. "이제 당신에게 얘기해도 되겠군. 요즘 들어

시내 사업이 별로 신통하지 않다는 건 당신도 알고 있을 테지."

그녀는 창가에 서서 머리를 빗고 있었지만 이 말을 듣고 고개를 돌려 그를 쳐다보았다.

"그게 무슨 말이에요? 당신은 늘 말했잖아요. 이 시내에서는 철물 도매상이 하나 이상 있어도 장사가 된다고요." 그녀의 목소리에 놀라는 빛이 감돌았다.

"지금까진 그랬지." 해럴드가 의미심장하게 말했다. "하지만 이 클래런스 에이헌이라는 자는 머리가 잘 돌아간단 말씀이야."

"에이헌 씨를 저녁 식사에 초대했다는 말을 듣고 난 놀랐어요."

"이비." 그는 한 번 더 자신의 무릎을 탁 치고 말을 이었다. "1월 1일 이후로 '클래런스 에이헌 회사'는 '에이헌·파이퍼 회사'로 그 이름을 바꾸게 돼……. 그렇게 되면 '파이퍼 형제'라는 회사는 이제 더 존재하지 않는 거지."

이블린은 깜짝 놀랐다. 남편의 이름이 뒤로 가는 것이 어쩐지 마음에 걸렸다. 그러나 남편은 여전히 기분이 좋은 듯했다.

"이해가 잘 안 가는데요, 해럴드."

"사실은 말이야, 이비. 에이헌은 막스와도 어울려

다니고 있었다고. 만약 그들이 합치면 우리는 고전하면서 자질구레한 주문이나 받고 위험을 무릅쓰는 어려운 처지에 놓이게 되었을 거야. 이비, 이건 자본의 문제야. 만약 '에이헌·막스 회사'가 생긴다면 그건 '에이헌·파이퍼 회사'와 꼭 마찬가지로 장사를 하게 되었을 거야." 그가 한숨을 돌리고 기침을 하자 위스키 냄새가 어렴풋이 그녀의 코에 풍겨 왔다. "이비, 사실은 말이야. 난 에이헌의 아내가 이번 일과 어떤 관계가 있는 게 아닐까 하고 의심하고 있어. 야심 많고 몸집이 작은 여자라고 하더군. 이 도시에선 막스 집안이 자신에게 별로 도움이 되지 않으리라고 생각한 모양이야."

"그 부인은…… 품위가 없는 사람인가요?" 이블린이 물었다.

"아직 한 번도 만나 보지 못했어……. 하지만 틀림없이 그럴 거라고 생각해. 클래런스 에이헌의 이름은 다섯 달 전부터 컨트리클럽 입회 심사에 올라와 있었지만…… 아무런 결정도 내리지 않은 상태야." 그는 얕보기라도 하듯 손을 내저었다. "오늘 에이헌과 함께 점심 식사를 하면서 이 일을 그럭저럭 결론지었어. 그래서 오늘 저녁 식사에 그와 그의 아내를 초대하는 게 좋을 것 같다고 생각했지……. 모두 아홉 명으로 대부분이 가족들이야. 이비, 결국 내겐 아주 중요한 일이고, 물론 우리는 그 부부를 가끔 만나야 하지 않겠어?"

"네, 맞아요." 이블린이 사려 깊게 말했다. "물론 그래야지요."

이블린은 사교에 관한 부분에는 별로 걱정을 하지 않았다. 그러나 '파이퍼 형제 회사'가 '에이헌·파이퍼 회사'로 바뀐다는 생각에는 깜짝 놀랐다. 어쩐지 이 세상에서 영락해 가는 듯한 느낌이 들었던 것이다.

삼십 분쯤 지나 저녁 식사를 위해 옷을 갈아입기 시작하는데 아래층에서 남편 목소리가 들려왔다.

"아, 이비, 잠깐 내려와 봐!"

그녀는 복도로 나가 계단의 난간 너머로 소리를 질렀다.

"무슨 일이에요?"

"저녁 식사 하기 전에 내놓을 펀치 만드는 걸 도와주었으면 해서."

이블린이 서둘러 입고 있던 옷에 다시 단추를 채우고 계단을 내려갔더니 남편은 필요한 재료를 식당 테이블 위에 늘어놓고 있었다. 그녀는 찬장에서 유리그릇 하나를 들어 그쪽으로 가지고 왔다.

"아니, 그건 안 돼." 그가 항의하듯 말했다. "큰 그릇을 사용합시다. 에이헌 부부랑, 당신과 나랑, 그리고 밀턴, 그러면 다섯 명이지. 톰과 제시, 그러면 일곱 명이고. 당신 여동생과 조 앰블러, 그러면 아홉 명이야. 펀치를 만드는 사람은 사람들이 얼마나 빨리 마셔 버리는지 몰라서 그래."

"이 그릇을 사용하세요." 이블린이 고집을 부렸다. "여기에도 많이 들어가요. 게다가 톰이 어떤지 당신도 잘 알고 있잖아요."

톰 로리는 해럴드의 사촌 누이동생인 제시의 남편인데 일단 술을 마셨다 하면 끝장을 보고야 마는 경향이 있었다.

해럴드는 고개를 내저었다.

"바보같이 굴지 말라고. 그 그릇에는 3리터밖에 들어가지 않고, 사람은 아홉 명이야. 게다가 하녀들도 조금 마시고 싶어 하겠지······. 그리고 그다지 도수가 높은 펀치도 아니잖아. 이비, 이런 건 많이 마셔야 그만큼 즐거워지는 법이거든. 굳이 다 마셔야 하는 것도 아니고 말이야."

"제 말대로 작은 걸로 해요."

그는 다시 한번 완강히 고개를 내저었다.

"안 된다니까 그러네. 사리에 맞게 생각해 보라고."

"사리에 맞게 생각하니까 그러지요." 그녀가 짤막하게 대꾸했다. "집 안에 술 취한 사람들이 있는 건 싫어요."

"누가 잔뜩 취하게 만든다고 했나?"

"그러니까 작은 그릇으로 해요."

"이거 원, 이비……."

그는 도로 찬장에 갖다 두려고 작은 유리그릇을 집었다. 그 순간 이블린이 손을 뻗쳐 그것을 잡아 내렸다. 순간적으로 실랑이가 벌어졌고, 그러고 나서 마침내 조금 화가 난 듯 불평을 하며 그는 허리를 쳐들고 아내가 쥐고 있는 그릇을 빼앗아 찬장으로 가지고 갔다.

그녀는 남편을 바라보고 경멸하는 표정을 지으려 했지만 그는 그저 웃고만 있을 뿐이었다. 자신의 패배를 인정했지만 앞으로 펀치를 만드는 일에는 완전히 손을 떼겠다고 말하면서 그녀는 방을 나가버렸다.

3

7시 30분이 되자 이블린은 두 뺨에 홍조를 띠고 위로 땋아 올린 머리에 브릴리언틴[4]을 뿌린 듯한 모습으로 계단을 내려갔다. 붉은 머리에 극단적인 프랑스 제정 시대풍의 가운 차림으로 약간 불안한 마음을 숨기고 있는 작은 몸집의 에이헌 부인은 수다스럽게 이블린에게 인사를 했다. 이블린은 첫눈에 이 여자가 싫었지만 그녀의 남편은

---

4 윤을 내는 머릿기름.

그런대로 호감이 갔다. 그는 날카로운 푸른 눈동자와 주위 사람들을 즐겁게 해 주는 타고난 재능을 갖고 있어, 너무 일찍 결혼한 실수만 저지르지 않았다면 아마 사회적으로 성공을 거두었을 법했다.

"파이퍼 부인을 알게 되어 기쁩니다." 그가 짤막하게 말했다. "부인의 남편과 저와는 앞으로 자주 만나게 될 것 같군요."

그녀는 고개를 숙이고 우아하게 생긋 미소를 짓고는 다른 손님들에게 인사를 하러 갔다. 해럴드의 조용하고 점잖은 동생인 밀턴 파이퍼, 로리 집안의 제시와 톰, 이블린의 아직 결혼하지 않은 여동생 아이린, 마지막으로 아이린의 영원한 애인이며 확고한 독신주의자인 조 앰블러 말이다.

해럴드가 그들을 저녁 식사 자리로 안내했다.

"오늘 저녁에는 펀치를 마시려고 합니다." 그는 유쾌한 목소리로 소리쳤다. 이블린은 그가 맛보기 위해서 벌써 상당히 마시고 있었다는 것을 알아챘다. "그래서 오늘 저녁에는 펀치 말고 다른 칵테일은 없습니다. 에이헌 부인, 이것은 집사람이 뛰어난 솜씨로 만든 거랍니다. 원하시면 집사람이 만드는 법을 알려드릴 겁니다. 하지만 오늘은 조금……." 그는 아내의 눈과 마주치고는 잠시 말을 멈췄다가 다시 말을 이었다. "조금 몸이 좋지 않아서 이번

것은 제가 만들었어요. 방법은 이렇지요!"

저녁 식사를 하는 동안 내내 펀치가 나왔고, 에이헌과 밀턴과 모든 여자들이 하녀를 향해 고개를 저으며 거절하고 있는 것을 보고 이블린은 작은 그릇을 고르려 했던 자신이 역시 옳았다고 생각했다. 펀치는 아직 절반이나 남아 있었다. 나중에 해럴드에게 과음하지 말라고 한마디 주의를 줘야겠다고 이블린은 생각했다. 그러나 여자들이 식탁에서 자리를 뜨자 에이헌 부인에게 붙들려 버리는 바람에 정중하게 흥미 있는 체하며 여러 도시며 드레스 메이커 이야기를 하고 있었다.

"우린 정말 여러 곳을 옮겨 다녔어요." 에이헌 부인이 붉은 머리를 세차게 흔들어대며 잡담을 늘어놓았다. "네, 그래요. 지금까지 한 번도 한 도시에서 이렇게 오래 머문 적이 없어요……. 하지만 정말이지 이곳에서는 언제까지나 살고 싶어요. 이곳이 좋거든요. 부인께서는 안 그러세요?"

"글쎄요. 전 지금까지 줄곧 이곳에서만 살아왔으니 당연히……."

"아, 그렇군요." 에이헌 부인이 웃으며 말했다. "클래런스는 언제나 입버릇처럼 나에게 이렇게 말하곤 했어요. 집에 돌아와서는 '자, 내일 시카고로 이사 갈 거야. 짐을 꾸려.' 하고 말할 아내가 필요하다고 말이에요. 그래서 어느 한곳에 머물러 살게 되리라고는 꿈에도 생각

못했지 뭐예요." 그녀는 또다시 살짝 웃었다. 이것이 그녀의 사교적인 웃음인가 보다 하고 이블린은 생각했다.

"댁의 남편은 아주 유능한 분 같아요."

"네, 그래요." 에이헌 부인이 그 말에 적극 찬성했다. "클래런스는 머리가 잘 돌아가는 사람이에요. 아이디어와 열정으로 가득 차 있지요. 자신이 무엇을 갖고 싶은지 알게 되면 곧바로 그것을 손에 넣는답니다."

이블린은 고개를 끄덕였다. 남자 손님들은 아직도 식당에서 펀치를 마시고 있는지 모르겠다고 생각했다. 에이헌 부인의 지난 시절 이야기가 두서없이 펼쳐졌지만 이블린은 더 이상 듣고 있지 않았다. 자욱이 낀 시가 연기가 처음 흘러 들어왔다. 그다지 큰 집이 아니니까 하고 그녀는 생각했다. 이런 모임이 있는 저녁이면 때로 서재 안이 푸른 연기로 자욱해지고는 했다. 그렇게 되면 이튿날에는 창문을 몇 시간이나 열어 놓아 커튼에 스며든 강한 냄새를 제거해야 했다. 어쩌면 이번 동업이 잘만 되면……. 그녀는 머릿속으로 새집에 관해 상상하기 시작했다.

에이헌 부인의 목소리가 문득 귀에 들어왔다.

"어디에 적어 두셨다면, 정말로 펀치 만드는 방법을 알고 싶어요……."

그때 식당에서 모두들 의자를 뒤로 물리는 소리가

들리더니 남자들이 이쪽으로 걸어 들어왔다. 이블린은 걱정하고 있던 최악의 사태가 일어났다는 것을 금방 알아차렸다. 해럴드의 얼굴은 새빨갛게 되었고 말끝마다 혀 꼬부라진 소리를 하고 있었다. 톰 로리는 비틀거리며 걸어나와 아이린의 옆 소파에 앉으려고 하다가 하마터면 그녀의 무릎 위에 앉을 뻔했다. 그는 소파에 앉아 눈이 부신 듯 눈을 가늘게 뜨고 주위 사람들을 둘러보았다. 이블린도 눈을 가늘게 뜨고 그를 바라보고 있었지만 그것이 재미있다고 생각하지는 않았다. 조 앰블러는 아주 만족스러운 듯 미소를 지어 보이며 담배를 피우고 있었다. 오직 에이헌과 밀턴 파이퍼만이 정상적인 상태를 유지하고 있는 것 같았다.

"이곳은 상당히 훌륭한 도시예요." 앰블러가 말했다. "당신도 그렇게 생각하게 될 겁니다."

"지금도 그걸 잘 알고 있는걸요." 에이헌이 기분 좋게 대답했다.

"에이헌, 더욱더 그렇게 생각하게 될 겁니다." 해럴드가 유난히 고개를 끄덕이며 말했다. "내가 어떻게 손을 쓴다면 말이지요."

그는 의기양양해서 이 도시에 대한 찬사를 늘어놓았고, 이블린은 자기와 마찬가지로 다른 사람들도 이 이야기를 지겨워하고 있지는 않나 하는 불안한 생각이 들었다. 그러나 겉보기에는 그런 것 같지 않았다. 모두들 열심히 귀를 기울이고 있었기 때문이다. 잠깐 이야기가 중단되자 이블린이 곧 끼어들었다.

"지금까지는 어디에서 사셨습니까, 에이헌 씨?" 그녀가 흥미로운 듯이 물었다. 그러고 보니 아까 에이헌 부인이 얘기해 주었다는 것을 기억했지만 그것은 상관없었다. 해럴드가 저렇게 지껄여 대게 해서는 안 되었기 때문이다. 술만 마시면 그렇게 바보가 되어 버렸다. 그러나 남편은 금방 하던 이야기를 다시 계속했다.

"내 말 잘 듣게나, 에이헌. 당신은 우선 이 근처의 높은 지대에 있는 집을 하나 손에 넣어야 해요. 스턴이나 리지웨이의 저택을 사는 겁니다. 그걸 사면 모두들 이렇게 말할 거예요. '저기 에이헌의 저택이 있네.' 하고 말이지요. 확실히 효과가 눈에 띄게 나타날 겁니다."

이블린은 얼굴을 붉혔다. 전혀 맞는 말이라고 여겨지지 않았다. 그런데도 에이헌은 뭔가 이상하다고 눈치를 채지 못한 듯 진지하게 고개를 끄덕이고 있을 뿐이었다.

"이제 집은 찾아 보셨나요……." 그녀의 말끝은 해럴드가 계속 떠들어 대는 바람에 들리지도 않았다.

"집을 사요……. 그게 우선 첫 단계예요. 그러면 당신은 모든 사람들과 아는 사이가 됩니다. 이곳은 타향 사람에 대해 처음에는 속물근성을 드러내지만 얼마 안 가서…… 일단 아는 사이가 되면 달라지거든요. 당신들 같은 사람이라면……." 그는 손을 휙 흔들어 에이헌과 그의 아내를 가리켰다. "아무 문제 없어요. 이곳은 사실 인정이 많은 곳이지요. 일단 첫 자, 장……." 그는 숨을 들이쉬고 나서야 "장벽을 극복하면 말이지요." 하고 말했다. 그리고 다시 한번 '장벽'이라는 말을 멋들어지게 되풀이했다.

이블린은 호소하듯이 사촌 시동생을 바라보았다. 그러나 그가 끼어들기 전에 우물우물하는 애매한 소리가 톰 로리의 입에서 잇따라 새어 나왔다. 불이 꺼진 담배를 이빨 사이에 꽉 물고 있어 말하는 데 방해를 받았던 것이다.

"후마 우마 호 후마 아디 움……."

"뭐라고?" 해럴드가 정색을 하고 물었다.

마지못해 그리고 가까스로 톰은 입에서 담배를 떼어 냈다. 그 일부만을 떼어 내고 난 뒤 나머지 부분은 '푸' 하는 소리를 내며 방 건너편으로 날려 버렸다. 그런데 축축한 덩어리는 맥없이 에이헌 부인의 무릎 위에 뚝 떨어지고 말았다.

"미안합니다." 그는 우물우물 말하고 그것을 뒤쫓아가려는 생각으로 자리에서 일어났다. 밀턴이 그의 웃옷을 잡아 재빨리 그를 넘어뜨릴 수 있었고, 에이헌 부인은 스커트 위에서 그 덩어리를 바닥에 우아하게 털어 버리고는 그것을 한 번도 쳐다보지 않았다.

"내 말은요." 톰은 분명하지 않은 목소리로 말을 이어 나갔다. "그 일이 일어나기 전에 말이에요." 그는 사과를 하듯이 에이헌 부인을 향해 가볍게 손을 흔들어 보였다. "내가 말하려던 건, 그 컨트리클럽 문제에 대한 진상을 모두 들었다는 겁니다."

밀턴이 상체를 앞으로 구부리고 그에게 뭐라고 귀엣말을 했다.

"날 그냥 내버려 두라니까." 그가 언짢은 듯이 말했다. "내가 무슨 말을 하고 있는지를 잘 알고 있으니까. 그 때문에 이 사람들도 지금 여기에 온 거고."

이블린은 당황하여 거기에 앉은 채 무슨 말을 해야겠다고 생각하고 있었다. 여동생이 냉소적인 표정을 짓고 에이헌 부인의 얼굴이 새빨개져 가는 것이 보였다. 에이헌은 시곗줄을 만지작거리며 고개를 숙이고 있었다.

"누가 당신을 따돌리려고 하는지 난 알고 있어요. 그자도 당신보다 더 나을 바 없는 사람이지요. 그 빌어먹을 일을 내가 어떻게 손을 써 보겠습니다. 벌써 그렇게 했을 겁니다만, 그땐 당신이 어떤 분인지 잘 알지 못했지요. 해럴드에게서 들었는데, 당신은 그 일 때문에 아주 기분이 언짢았다고……."

밀턴 파이퍼가 갑자기 어색하게 자리에서 벌떡 일어났다. 순간 모든 사람들이 긴장된 표정으로 자리에서 일어섰고, 밀턴은 자신이 일찍이 돌아가야 할 것 같다고 허둥지둥 말했다. 그리고 에이헌 부부는 진지하게 열심히 귀를 기울이고 있었다. 그러고 나서 에이헌 부인은 꾹 참고 억지로 웃음을 지으며 제시를 향해 돌아다보았다. 이블린은 톰이 비틀비틀 앞으로 걸어가 에이헌의 어깨에 한쪽 손을 걸치는 것을 바라보았다. 그때 갑자기 그녀의 바로 뒤에서 겁을 먹은 듯한 새로운 목소리가 들려와 뒤를 돌아보니 거기에는 둘째 하녀인 힐더가 서 있었다.

"마님, 아무래도 줄리의 손에 독이 들어간 것 같아요. 퉁퉁 부어오르고 얼굴도 불덩어리처럼 뜨거워요. 괴로운 듯이 신음 소리를 지르고 있어요……."

"줄리가?" 이블린이 날카롭게 물었다. 파티 일은 갑자기 뒷전으로 밀려나 버렸다. 그녀는 재빨리 주위를 휙 둘러보고 두 눈으로 에이헌 부인을 찾아 그녀 쪽으로 다가갔다.

"미안합니다만, 부인……." 그녀는 순간 상대의 이름을 잊어버렸지만 계속 말을 이어나갔다. "제 어린 딸애가 병이 났어요. 가 보고 곧 돌아오겠습니다." 그녀는 이렇게 말하고는 뒤돌아 재빨리 계단 위로 올라가면서 자욱이 낀 담배 연기에 싸여 방 한가운데에서 큰 소리로 어떤 문제를 토론하고 있는 혼란스러운 장면을 바라보았다. 토론은 아무래도 말다툼으로 발전하고 있는 듯했다.

아이 방의 전등불을 켜자 줄리는 열에 시달리는 것처럼 몸부림을 치며 나지막하게 이상야릇한 소리를 내고 있었다. 이블린은 어린애의 볼에 손을 대 보았다. 불덩어리처럼 뜨거웠다. 놀라서 소리를 지르며 그녀는 이불 속의 팔을 더듬어 손을 찾아냈다. 힐더가 말한 대로였다. 엄지손가락 전체가 손목까지 퉁퉁 부어오르고 그 한가운데에 염증을 일으킨 작은 상처가 있었다. 패혈증이야! 하고 그녀는 겁에 질려 비명을 질렀다. 붕대가 상처 입은 자리에서 벗겨져 있고 거기에 뭔가가 들어간 것이다. 손가락을 다친 때는 오후 3시였다. 그런데 지금은 11시가 가까웠다. 여덟 시간이 지난 것이다. 패혈증이 그토록 빨리 진행될 리가 없었다. 그녀는 곧 전화기 앞으로 달려갔다.

길 건너편에 살고 있는 마틴 의사는 집에 없었다. 그들의 주치의인 푸크 의사는 전화를 받지 않았다. 이블린은 머리를 짜내다가 지푸라기라도 잡는 심정으로 자신의 이비인후과 전문의에게 전화를 걸었고, 그가 외과 의사 두 사람의 전화번호를 찾아내고 있는 동안 화가 나서 입술을 꼭 깨물었다. 한없이 계속되는 것처럼 생각되던 시간에 아래층에서 큰 소리가 들려온 듯한 느낌이 들었다.

그러나 지금 그녀는 다른 세계에 가 있는 듯했다. 십오 분 뒤 그녀는 자다가 깨어나서 화가 나 시무룩한 듯한 목소리의 외과 의사 한 사람을 찾아냈다. 아이 방으로 다시 뛰어가 손의 상태를 살펴보았더니 아까보다 조금 더 부어올라 있었다.

"오, 맙소사!" 그녀는 소리쳤고, 침대 옆에서 무릎을 꿇고 줄리의 머리를 몇 번이나 쓰다듬기 시작했다. 더운물을 가져오는 것이 좋으리라고 막연히 생각하고 자리에서 일어나 방문 쪽으로 가려고 했다. 그런데 드레스의 레이스가 침대 가로 널에 걸리는 바람에 앞으로 넘어졌다. 가까스로 일어나 미친 듯이 레이스를 홱 하고 잡아당겼다. 침대가 움직이자 줄리가 신음 소리를 냈다. 그래서 더 조용히 하면서도 갑자기 어설픈 손가락으로 그녀는 스커트의 앞 주름을 찾아내어 패니어[5]를 몽땅 잡아떼어 버리고 나서 서둘러 방 밖으로 달려 나왔다.

복도로 나가자 누군가의 집요한 목소리가 크게 들려왔지만 그녀가 계단 위쪽에 이르렀을 때 그 소리는 멎고 현관문이 탕 하고 닫혔다.

음악실이 시야에 들어왔다. 거기에는 오직 해럴드와 밀턴만이 있었는데, 의자 등에 기대어 있는 해럴드는

---

5   스커트를 펼치기 위해 고래 뼈 등으로 만든 테.

얼굴이 몹시 창백하고 옷의 칼라가 열려 있었으며 입이 힘없이 움직이고 있었다.

"도대체 무슨 일이 있는 겁니까?"

밀턴은 걱정이 되는 듯이 그녀를 바라보았다.

"좀 문제가 생겼어요……."

그때 해럴드가 그녀를 발견하고 힘들여 몸을 꼿꼿이 펴고 말하기 시작했다.

"내 집에서 말야, 내 사촌 동생을 모욕했다고. 빌어먹을 벼락부자 녀석이. 내 사촌 동생을 말이야……."

"톰이 에이헌과 문제를 일으키자 거기에 해럴드가 끼어든 거예요." 밀턴이 말했다.

"밀턴, 맙소사." 이블린이 소리쳤다. "당신이 어떻게 해 볼 수 없었나요?"

"저도 어떻게 해 보려고 했지요. 전……."

"지금 줄리가 아파요." 이블린은 그의 말을 가로막았다. "몸에 독이 들어갔어요. 할 수 있다면, 당신이 그 사람을 침실로 데려다 줘요."

해럴드는 고개를 들었다.

"줄리가 아프다고?"

이블린은 남편은 상대도 하지 않고 서둘러 식당을 빠져나가다가 식탁 위에 아직 놓여 있는 커다란 펀치볼을 바라보자 소름이 오싹 끼쳤다. 얼음이 녹아 액체가 그릇 바닥에 고여 있었다. 정면 계단에서 발걸음 소리가 들려왔다. 밀턴이 해럴드를 부축해 올라가고 있는 소리였다. 그러고 나서 혀 꼬부라진 소리로 "글쎄, 줄리는 괜찮아." 하는 말이 들렸다.

"어린애 방에 그 사람을 들여보내서는 안 돼요!" 그녀가 큰 소리로 외쳤다.

그로부터 몇 시간은 그야말로 악몽과 같았다. 자정이 되기 직전에 의사가 도착하여 삼십 분 안에 상처 난 데를 절개했다. 의사는 2시에 돌아가면서 그녀에게 간호사 두 명의 연락처를 가르쳐주며 무슨 일이 있으면 그곳으로 전화하라고 이르고 자신은 아침 6시 30분에 다시 오겠다고 말했다. 역시 패혈증이었다.

4시에 그녀는 힐더를 줄리 곁에 남겨두고 자기 방으로 돌아가 몸을 떨면서 이브닝드레스를 벗어 방 한쪽 구석으로 차버렸다. 평상복으로 갈아입고 다시 어린애 방으로 되돌아갔고 힐더는 커피를 끓이러 갔다.

정오가 되어서야 비로소 이블린은 해럴드 방을 들여다볼 수 있었다. 그는 잠에서 깨어나 아주 비참한 모습으로 천장을 쳐다보고 있었다. 충혈되고 움푹 들어간 눈을 그녀에게로 돌렸다. 그녀는 남편이 미워서 잠시 동안은 말을 할 수도 없었다. 쉰 목소리가 침대에서 들려왔다.

"지금 몇 시야?"

"점심때예요."

"정말 난 바보짓을 했어……."

"지금 그게 문제가 아니에요." 그녀가 매섭게 쏘아붙였다. "줄리가 패혈증에 걸렸어요. 그래서 어쩌면……." 말을 하려다가 숨이 막혀 말이 잘 나오지 않았다. "의사 선생님 말씀이, 손목을 절단해야 한대요."

"아니, 뭐라고?"

"줄리는 손가락을 베었어요……. 그, 그 그릇에 말이에요."

"어제 저녁에 말야?"

"아, 그게 무슨 상관이에요?" 그녀가 큰 소리로 말했다. "그 아이가 패혈증에 걸렸다고요. 당신은 귀가 먹었나요?"

그는 어찌할 바를 모르는 표정으로 아내를 바라보았다. 그리고 침대 위에서 반쯤 몸을 일으켰다.

"옷을 갈아입어야지." 그가 말했다.

그녀의 노여움이 가라앉고 그 대신 피로감과 남편에 대한 연민의 정이 거센 파도처럼 밀려왔다. 결국 이것은 그의 걱정거리이기도 했던 것이다.

"그래요." 그녀가 힘없이 말했다. "그렇게 하는 게 좋겠어요."

4

삼십 대 초반에 이블린의 미모가 아직 망설이듯 머물러 있었다면, 얼마 뒤에는 갑자기 결심한 것처럼 완전히 그녀에게서 떠나가 버렸다. 얼굴에 희미하게 잡혀 있던 주름이 갑자기 깊어지고 급속하게 다리와 엉덩이 그리고 팔에 살이 붙었다. 미간을 찌푸리는 그녀의 버릇은 이제는 하나의 표정으로 굳어 버렸다. 책을 읽고 있거나 누구에게 이야기를 하거나 또는 잠을 자고 있을 때에는 습관적으로 그런 표정이 나타났다. 그녀의 나이가 이제 마흔여섯이 되었던 것이다.

재산이 불어나기보다는 줄어드는 가정이 그러하듯이 그녀와 해럴드도 막연한 적의를 품게 되었다. 마음이 평온할 때 두 사람은 마치 부서진 헌 의자를 바라볼 때처럼 체념으로 서로를 바라보았다. 남편이 아프면 이블린은 조금 걱정했고 되도록 밝은 표정을 지으려고 노력을 했으며, 실망한 남편과 살아야 한다는 피곤하고 침울한 속에서 명랑해 하려고 최선을 다했다.

저녁 시간에 가족들끼리의 브리지[6] 게임도 끝나고 그녀는 안도감으로 한숨을 쉬었다. 오늘 저녁은 여느

---

6 서양 카드놀이의 일종.

때보다도 실수를 많이 했지만 그런 것에 관해서는 별로 상관하지 않았다. 아이린이 보병 부대가 특히 위험하다는 말을 하지 말아야 했던 것이다.[7] 이미 삼 주일 동안이나 편지를 받지 못했고, 이런 일이 흔히 있는 일이라 해도 그녀는 걱정이 되어 마음의 갈피를 잡을 수 없었다. 그래서 클로버[8]가 놀이판에서 지금까지 몇 장 나왔는지 알 수 없는 것도 무리가 아니었다.

해럴드가 2층으로 올라가 있었기 때문에 이블린은 신선한 바람을 쐬려고 바깥 현관으로 나갔다. 밝은 달빛이 잔디밭과 보도를 비추고 있었고, 그녀는 하품 반 웃음 반 젊은 시절 달빛 아래에서 긴 시간 동안 연애를 하던 일을 기억했다. 한때는 그 무렵 벌이고 있는 연애의 총화(總和)가 자신의 인생이었다고 생각하고 무척 놀랐다. 그런데 지금은 끊임없이 일어나는 문젯거리의 총화가 자신의 인생이 되었던 것이다.

무엇보다도 줄리가 문제였다. 줄리는 이제 열세 살이 되었고, 최근에는 자신의 장애를 더욱더 민감하게 의식하면서 언제나 제 방에 틀어박혀 책만 읽고 지내기를 좋아한다. 몇 해 전에는 학교에 가기를 두려워했고,

---

7 이 작품의 시대적 배경은 1차 세계 대전이 아직도 계속되고 있는 1910년 말이었다. 도널드는 지금 이 전쟁에 참전 중이다.
8 서양 카드에서 클로버 잎이 그려져 있는 카드.

이블린도 무리하게 딸을 학교에 보낼 수는 없었다. 그래서 딸은 언제나 어머니의 그늘에서 성장한 셈이다. 가엾은 그 어린애는 의수(義手)를 사용하려고도 하지 않고, 언제나 쓸쓸하게 주머니에 손을 집어넣고 있었다. 그러고 있으면 팔을 쳐드는 일조차 전혀 하지 않게 되는 것이 아닐까 불안한 생각이 들어 최근 이블린은 딸에게 의수 사용법을 레슨 받게 했다. 그러나 레슨을 받은 뒤에도 마지못해 어머니의 말에 응하여 의수를 움직일 때를 제외하고는 다시 드레스의 호주머니 속으로 살며시 집어넣는 것이었다. 얼마 동안 그녀의 옷에 주머니를 달아 주지 않았는데, 한 달 동안 줄리는 너무나 비참하게 집 안을 어슬렁거리고 있었기 때문에 이블린도 마음이 꺾여 그런 시도는 두 번 다시 하지 않게 되었다.

도널드의 문제는 처음부터 이와는 전혀 달랐다. 그녀는 줄리가 되도록 자신에게 의지하지 않도록 만들려고 한 것과는 달리, 도널드는 조금이라도 자기 곁에 있게 하려고 했지만 마음대로 되지 않았다. 최근 도널드 문제는 그녀의 힘이 미치지 못하는 곳에 가 있었다. 세 달 동안 그의 사단이 해외로 파견되었기 때문이다.

이블린은 한 번 더 하품을 했다. 인생이라는 것은 젊은이들을 위한 것이야. 아아, 젊은 시절 나는 얼마나 행복했던가! 그녀는 자신이 갖고 있던 '비주'라는 조랑말과

열여덟 살 때 어머니와 둘이서 유럽 여행을 했던 일을
생각해 냈다.

"왜 이리도 복잡한 걸까." 그녀는 달을 향해 매정하게
큰 목소리로 말했다. 집 안으로 발을 들여놓고 막 문을
닫으려고 하는데 서재 쪽에서 무슨 소리가 들려오는
바람에 가슴이 덜컥 내려앉았다.

중년이 된 하녀 마서였다. 지금은 오직 하녀 한 명만
두고 있었다.

"왜 그래, 마서?" 그녀가 깜짝 놀라 말했다.

마서가 재빨리 뒤를 돌아다보았다.

"아, 마님, 위층에 계시는 줄로 알았지 뭐예요. 전 지금
그저……."

"무슨 일이라도 있는 거야?"

마서가 머뭇거렸다.

"아녜요, 전……." 그녀는 안절부절못하며 서 있었다.
"마님, 편지 말이예요. 그것을 어딘가에 놓아두었는데요."

"편지라고? 당신에게 온 편지야?" 이블린은 전깃불을
켜면서 물었다.

"아녜요, 마님에게 온 편지였어요. 마님, 오늘 오후
마지막 배달 우편으로 왔어요. 우편집배원 아저씨가
저에게 건네주었는데 그때 마침 뒷문 벨이 울리는 바람에.
분명히 손에 쥐고 있다가 어딘가에 그냥 꽂아 둔 것

같아요. 그래서 지금 살짝 나와 그걸 찾으려고 했어요."

"무슨 편지일까. 혹 도널드에게서 온 편지가 아닐까?"

"아니에요, 광고 전단지나 업무용 편지 같았어요. 이렇게 좁고 기다란 것 같았어요."

두 사람은 음악실 안의 쟁반이나 벽난로 장식 위를 뒤지고 나서 다음에는 서재로 가 죽 꽂혀 있는 책들 위를 살펴보았다. 마서는 어찌할 바를 몰라 하며 잠시 멈춰 섰다.

"도대체 어디에 놓아두었는지 생각이 나지 않네요. 곧바로 부엌으로 갔어요. 어쩌면 식당일는지도 모르겠어요." 그녀는 기대를 하며 식당을 향해 갔지만 뒤에서 숨을 헐떡거리는 소리를 듣고 갑자기 뒤를 돌아다보았다. 미간을 찌푸리고 화가 난 듯 눈을 깜박거리며 이블린이 안락의자에 털썩 앉아 있었다.

"어디 몸이 불편하신가요?"

얼마 동안 대답이 없었다. 이블린은 몸을 꼼짝도 않고 가만히 거기에 그냥 앉아 있었고, 마서는 안주인의 가슴이 심하게 오르락내리락하는 모습을 볼 수 있었다.

"어디 불편한 데라도 있나요?" 그녀가 되풀이해 물었다.

"아냐." 이블린이 천천히 대답했다. "하지만 편지가 있는 장소를 알았어. 이제 그만 가 봐, 마서. 내가 알고 있으니까."

　이상하다고 생각하며 마서는 물러갔고, 여전히 이블린은 의자에 앉아 있었다. 그 눈언저리의 근육만이 움직이고 있었다. 수축되었다가 이완되고 또다시 수축되었다. 이블린은 이제 편지가 있는 곳을 알고 있었다. 마치 자기가 직접 거기에 갖다 놓은 것처럼 분명히 말이다. 그리고 본능적으로 그리고 의심할 여지없이 그것이 어떤 편지인지도 짐작할 수 있었다. 그것은 광고 전단지처럼 좁고 길었지만 위쪽 한구석에는 큰 글씨로 '육군성(陸軍省)'이라고 쓰여 있었고, 그 밑에 좀 더 작은 글씨로 '공용 우편'이라고 쓰여 있었다. 그것은 커다란 유리그릇 속에 들어 있으며 봉투 겉에는 그녀의 이름이 잉크로 쓰여 있고, 그 봉투 속에는 죽은 영혼이 들어 있다는 것을 그녀는 잘 알고 있었던 것이다.

　비틀거리며 일어서서 그녀는 책꽂이에 몸을 의지하면서 길을 더듬어 식당을 향해 걸어가 문을 통과했다. 잠시 뒤 전등을 찾아내어 스위치를 켰다.

　검은 테를 두른 진홍색의 네모꼴과 푸른 테를 두른 노란색의 네모꼴로 전등 불빛을 반사하며 그 유리그릇이 놓여 있었다. 육중하고 현란하게 반짝이며, 그로테스크하고도 의기양양한 듯 불길한 모습을 드러낸 채 말이다. 그녀는 앞쪽으로 한 발짝 내디디고 다시 걸음을 멈추었다. 이제 한 발만 더 내디디면 그 그릇의 꼭대기와 안쪽을 훤히 들여다볼 수 있을 것이다. 또 한 발짝 더 앞으로 나가면 흰 종이의 가장자리를 볼 수 있을 것이다. 그리고 또 한 발짝만 내디딘다면, 그녀의 손이 거칠고 차가운 표면에 닿을 것이다.

곧 그녀는 봉투를 뜯어 잘 펴지지 않는 접힌 자리를 더듬거리며 펴서 종이를 눈앞으로 가져갔다. 타이프로 친 페이지가 그녀를 노려보고 대드는 것 같았다. 그러고 나서 마침내 그 종이는 새처럼 팔랑팔랑 바닥에 떨어졌다. 얼마 전까지만 해도 빙글빙글 돌며 윙윙거리는 소리를 내던 집안이 갑자기 쥐 죽은 듯 조용해졌다. 열어 젖혀놓은 현관문을 통해 한 줄기 미풍이 불어오면서 지나가는 자동차 소리를 싣고 왔다. 위층에서 희미한 소리가 들리더니 마침내 책꽂이 뒤의 수도 파이프에서 요란한 소리가 들려왔다. 남편이 수도꼭지를 틀었다 닫은 소리였다.

그리고 바로 그 순간 결국 도널드와는 아무런 관계가 없는 시간인 것만 같았다. 아들이 이블린과 이 차갑고 악의에 찬 아름다운 물건 — 즉 오래전에 얼굴도 잊어버린 남자로부터 받은 이 원한 담긴 선물 — 사이에서 갑작스럽게 시작되어 오랫동안 맥 빠진 막간(幕間)으로 계속되어 온 음흉한 시합에서 점수를 기록하는 사람이 아니라면 말이다. 생각에 잠긴 듯 육중하고 수동적인 모습으로 그 그릇은 오랜 세월에 걸쳐 그랬듯이 그녀 집 안 한가운데에 자리 잡고 있었다. 천 개나 되는 눈으로 얼음처럼 차가운 빛을 내뿜고, 그 사악한 빛은 늙지도 않고 변하는 일도 없이 서로서로 하나로 합쳐지면서 말이다.

이블린은 테이블 가장자리에 걸터앉아 무엇에 홀린 듯이 가만히 그것을 바라다보았다. 지금은 미소를, 그것도 잔인하기 짝이 없는 미소를 지으면서 이렇게 말하고 있는 것 같았다.

"자, 어때. 이번에는 너에게 직접 상처를 입힐 필요가 없었어. 애써 그런 짓을 할 것까지도 없었지. 내가 네 아들을 빼앗아 갔다는 것을 너는 알고 있겠지. 내가 얼마나 차갑고 딱딱하고 아름다운지 너는 잘 알고 있을 거야. 왜냐하면 너도 전에는 나처럼 그렇게 차갑고 딱딱하고 아름다웠으니까."

그 유리그릇은 갑자기 뒤집혀지더니 점점 팽창하고 부풀어 올라 마침내 방 위, 집 위에서 찬란하게 반짝이면서 떨고 있는 커다란 천개(天蓋)로 변했다. 사방의 벽이 천천히 녹아 안개가 되는 동안 이블린의 눈에 그것이 그녀로부터 점점 멀어져 밖으로 밖으로 움직이고 있는 것으로 보였다. 그리고 먼 지평선이며 태양이며 달이며 별을 차단하여 그것을 통해 희미하게 보이는 잉크빛 얼룩으로밖에는 보이지 않았다. 사람들은 모두 그 밑을 걸어가고 있었고, 그들에게 통과해 오는 빛은 굴절되고 뒤틀려져 마침내 그림자는 빛처럼 보이고 빛은 그림자처럼 보였다. 그리고 드디어 이 세계의 모든 덮개가 반짝이는 유리그릇의 하늘 아래에서 변해 일그러져 버렸다.

바로 그때 멀리서 우렁찬 목소리가 나지막하고 맑은 종소리처럼 들려왔다. 그 목소리는 유리그릇의 한가운데에서 흘러나와 커다란 벽을 타고 땅으로 내려온 뒤 그녀를 향해 세차게 돌진했다.

"너도 알다시피, 난 운명이야." 유리그릇이 크게 소리쳤다. "네 보잘것없는 계획보다도 힘이 센 운명이란 말이라고. 난 그렇게 될 수밖에 없는 운명이고, 난 네 부질없는 꿈과는 달라. 난 화살처럼 날아가는 시간이며, 아름다움과 충족되지 않는 욕망의 종착역이지. 결정적인 시간을 만들어 내는 온갖 우연이며 감지할 수 없는 것들이며, 그 작은 순간들이 모두 내 것이야. 난 어떤 규칙에도 얽매이지 않는 예외이며, 네 힘이 미치지 못하는 한계며, 인생이라는 요리의 양념이란 말이야."

우렁차게 울려 퍼지는 소리가 그쳤다. 메아리는 넓은 땅을 넘어 세계의 경계선인 유리그릇의 가장자리로 굴러가 커다란 측면을 타고 위로 올라가서는 다시 한가운데로 되돌아가더니 그곳에서 잠시 동안 작은

소리로 흥얼거리다가 마침내 사라져 버렸다. 그러고
나서 커다란 벽면이 마치 그녀를 덮치기라도 하듯 점점
작아지고 점점 가까이 다가오면서 천천히 그녀를 짓누르기
시작했다. 그녀가 두 손을 꼭 쥐고 차가운 유리가 빠르게
부서지기를 기다리고 있는 동안 그 유리그릇은 갑자기
몸을 뒤틀며 뒤집혀졌다. 그리고 반짝이면서 수수께끼처럼
불가해하게 수백 개의 프리즘으로 가지각색의 온갖
어스레한 빛과 눈부신 빛과 서로 교차하는 빛 그리고
엇갈린 빛을 반사하면서 찬장 위에 다시 놓여 있었다.

현관문을 통해 차가운 바람이 다시 불어왔고,
이블린은 필사적으로 힘을 내어 두 팔을 뻗쳐 그
유리그릇을 껴안았다. 서둘러야 해. 강해져야 해. 그녀는
아플 때까지 두 팔에 힘을 주고 부드러운 살 속의 근육을
긴장시켰고, 있는 힘을 다해 그 유리그릇을 들어 올렸다.
힘을 쓰는 바람에 옷이 벌어진 등 쪽에 차가운 바람이
와 닿는 것이 느껴졌다. 차가운 바람을 느끼며 그쪽으로
돌아서서 그녀는 그 무거운 그릇을 안고 비틀거리며
서재를 빠져나가 현관 쪽으로 향했다. 서둘러야 해.
강해져야 해. 두 팔의 혈관이 둔탁하게 고동치고 두
무릎은 계속 무너져 내리고 있었지만 차가운 유리의
감촉은 그다지 나쁘지 않았다.

현관문을 빠져나가자 이블린은 비틀거리면서 돌계단

위로 나갔다. 그리고 거기서 영혼과 육체의 마지막 힘을 쥐어짜 몸을 반쯤 돌렸다. 그러나 한순간 그녀가 쥐고 있던 유리그릇을 놓으려고 할 때 감각이 없어진 손가락이 투박스러운 유리의 표면에 걸려 버렸다. 그 순간 그녀는 발이 미끄러져 균형을 잃고 유리그릇을 두 팔로 안은 채 절망의 소리를 부르짖으며 앞으로 고꾸라졌다. …… 땅 아래로…….

도로를 따라 전깃불이 켜졌다. 블록의 훨씬 건너 쪽까지 유리 깨지는 소리가 들렸고, 지나가던 사람들이 이상하게 생각하고 달려왔다. 위층에서는 한 피로에 지친 남자가 선잠에서 깨어났고, 한 소녀가 가위에 눌려 졸고 있다가 훌쩍거렸다. 달빛이 비친 한길에는 움직이지 않는 검은 형체 주위에 수백 개의 프리즘과 각설탕 같은 유리 조각 그리고 유리 파편이 푸른색, 노란 테를 두른 검은색, 노란색, 검은 테를 두른 진홍색의 작은 미광(微光)을 반사하고 있었다.

벤저민 버튼의 기이한 사건

'시간이 거꾸로 가면 어떻게 될까?' 노인으로 태어나 어린아이로 죽음을 맞이하는 벤저민 버튼의 이야기. 키 177센티미터에 주름이 자글자글한 모습으로 태어난 아기 벤저민은 우유만 먹고 딸랑이를 흔들며 그에게 기대되는 행동을 하려고 노력하는데……. 과연 나이에 걸맞은 행동은 무엇이고, 사랑에 마침맞은 때란 언제인가? 비현실적인 설정 속에 가장 현실적인 삶의 지혜가 담겨 있다. 1922년 《콜리어스》 발표작.

벤저민 버튼의 기이한 사건

1

1860년 무렵에는 집에서 출산하는 게 적절하다고들 생각했다. 현대에 와서는 아기의 첫 울음소리가 마취제 냄새 가득한 병원, 그것도 인기 있는 병원에서 터져야 한다고 의학의 신들이 선언했다고 한다. 그러니 1860년의 어느 여름날에 젊은 로저 버튼 부부가 첫아이를 병원에서 낳겠다고 결정한 사건은 거의 오십 년이나 시대를 앞선 셈이었다. 이러한 시대착오가 지금부터 내가 적어 나갈 놀라운 역사와 어떤 관계가 있는지는 결코 밝혀지지 않으리라.

나는 어떤 상황이 벌어졌는지에 대해서만 설명하고 판단은 독자에게 맡기도록 하겠다.

남북 전쟁이 터지기 전 볼티모어에서 로저 버튼

부부는 사회적으로나 경제적으로 남들이 부러워할 만한 지위를 누렸다. 그들은 명망 있는 이런저런 가문과 친척인 덕으로 남부 연방에 주로 거주하는 대규모 귀족 계급에 낄 수 있었다. 아이를 낳는 매력적이고도 오랜 관습을 처음 경험하는 것이어서 버튼 씨는 당연히 예민해졌다. 그는 사내아이를 낳아서 코네티컷의 예일 대학교에 보냈으면 했다. 그는 그 제도권에서 사 년 동안 '커프'라는 별명으로 지냈다.

이 엄청난 사건이 일어난 9월의 어느 아침에 그는 6시에 일어나 긴장된 심정으로 말끔하게 옷을 갈아입고 볼티모어 거리를 지나 병원까지 서둘러 달려갔다. 밤새 새로운 생명의 꽃이 피어났는지 확인하고 싶었다.

메릴랜드 신사숙녀 개인 병원을 100미터 정도 앞에 두었을 무렵 그는 가정의 키인 씨를 보았다. 의사는 앞쪽 계단을 내려오면서 손을 씻듯이 두 손을 비볐다. 의사라는 직업상 갖게 되는 윤리의식에서 나온 행동이었다.

로저 버튼 철물 도매회사의 회장인 로저 버튼 씨는 그 아름다운 시대의 남부 신사라면 응당 보여야 할 위엄을 제대로 갖추지 못하고 키인 씨에게 달려가며 외쳤다. "키인 선생님, 키인 선생님!"

의사는 그의 목소리를 듣고 뒤를 돌아보더니 냉정하고 불쾌한 얼굴에 기묘한 표정을 지으며 기다려 주었다.

버튼 씨가 숨을 가쁘게 몰아쉬면서 물었다. "어떻게 되었습니까? 뭐죠? 아내는 어떤가요? 딸인가요, 아니면 아들인가요? 어떤……."

"정신 좀 차리게!" 키인 박사가 냉정하게 말했다. 좀 화가 난 것 같았다.

"아이가 태어나긴 했나요?" 버튼 씨가 애걸하듯 물었다.

"음, 그래, 그런 것 같네. 어떤 의미에서는." 키인 박사가 얼굴을 찌푸렸다. 그가 다시 기묘한 표정으로 버튼 씨를 바라보았다.

"아내는 건강한가요?"

"그렇지."

"딸인가요, 아들인가요?"

키인 박사가 벌컥 화를 내며 외쳤다. "지금 여기에서 그런 걸 묻다니! 직접 가 보게. 정말 터무니없어!"

그는 마지막 단어를 거의 한 음절로 말하더니 몸을 돌리며 중얼거렸다. "이런 사례가 의사로서의 내 평판에 도움이 될 거라고 생각하나? 이런 일이 한 번만 더 있다가는 난 망할 거야. 아니 누구라도."

"무슨 일이죠? 세 쌍둥이인가요?" 버튼 씨가 공포에 질려 물었다.

의사가 잘라 말했다. "아니, 세 쌍둥이는 아니네!

그보다 더하지. 직접 가서 보고 다른 의사를 알아보게. 자네를 이 세상에 들여놓은 이후로 사십 년간 자네 집안의 주치의 노릇을 했지만 이젠 끝이야! 자네나 자네 친척 누구도 보고 싶지 않아! 잘 가게!"

의사는 몸을 돌려 보도 연석에 서 있던 쌍두 사륜마차에 올라타더니 마차를 몰고 휙 가 버렸다.

버튼 씨는 보도에 멍하니 서 있었다. 머리끝부터 발끝까지 덜덜 떨렸다. 도대체 얼마나 끔찍한 일이 벌어진 것일까? 메릴랜드 신사숙녀 개인 병원으로 들어가고 싶은 마음도 완전히 사라졌다. 그는 잠시 후 간신히 계단을 올라 힘들게 병원 문을 열었다.

어둑한 홀의 탁자 뒤에 간호사가 앉아 있었다. 버튼 씨는 수치스러운 마음을 누르며 간호사에게 다가갔다.

"안녕하세요?" 그녀는 즐겁게 그를 바라보며 물었다.

"안녕하세요? 저는, 저는 버튼이라고 합니다."

그의 말을 듣자마자 간호사의 얼굴에 공포의 표정이 퍼졌다. 그녀는 벌떡 일어나 달아나 버리고 싶은 충동을 간신히 참는 것 같았다.

"내 아이를 보고 싶은데요." 버튼 씨가 말했다.

간호사가 작게 소리를 질렀다. "아, 물론 그러셔야죠!"

그녀가 신경질적으로 외쳤다. "2층이요. 바로 올라가세요!"

간호사가 2층을 가리키자 버튼 씨는 식은땀으로 범벅이 된 채 비틀거리며 몸을 돌려 2층으로 올라가기 시작했다. 그가 2층에 올라갔을 때 대야를 든 한 간호사가 그 옆을 지나쳤다. 그가 또박또박 자기 이름을 밝혔다.
"저는 버튼이라고 합니다. 내……."

쿵! 대야가 소리를 내며 떨어져 계단 쪽으로 굴렀다. 쿵, 쿵! 대야는 이 신사가 일으킨 전반적인 공포를 나누기라도 하듯이 규칙적으로 굴러갔다.

"내 아이를 보고 싶소!" 버튼 씨가 발악하듯 외쳤다. 거의 실신할 지경이었다.

쾅! 대야가 아래층 바닥에 떨어졌다. 간호사는 다시 감정을 억누르며 버튼 씨에게 진심으로 경멸의 눈길을 던졌다.

그녀가 거친 목소리로 말했다. "좋습니다, 버튼 씨. 아주 좋다고요! 오늘 아침 내내 그 아기가 우리를 어떤 지경으로 몰았는지 알긴 아세요? 정말 터무니없어요! 병원은 이제 절대로 과거의 명성을 누리지 못할 거예요. 그런 일이……."

그가 쉰 목소리로 외쳤다. "얼른요! 더 이상 못 참겠어요!"

"이쪽으로 오시죠, 버튼 씨."

그는 발을 질질 끌며 간호사를 따라갔다. 긴 복도

끝 병실에서 다양한 울음소리가 들렸다. 후세대에 '우는 방'[1]이라고 알려지게 되는 병실이다. 그들은 안으로 들어갔다. 하얀 에나멜 아기 침대 여섯 개가 벽을 빙 둘러싸고 놓여 있고, 침대 머리맡에 이름표가 붙어 있었다.

"음, 내 아이는 어디 있죠?" 버튼 씨가 헐떡였다.

"저기요!" 간호사가 말했다.

버튼 씨의 눈길이 간호사의 손가락을 따라갔다. 일흔 살쯤 되어 보이는 노인이 커다랗고 하얀 담요에 싸여 아기 침대에 앉아 있었다. 듬성듬성한 백발에 희뿌옇고 긴 턱수염이 창문으로 들어오는 산들바람에 엉성하게 흔들렸다. 그가 흐리멍텅한 눈으로 버튼 씨를 바라보았다. 이게 다 무슨 소란인가 하는 표정 같았다.

버튼 씨는 공포가 분노로 변해서 천둥 치듯 큰 소리로 물었다. "내가 미친 거요, 아니면 으스스한 병원식 장난이오?"

간호사가 진지하게 대답했다. "장난하는 것이 아닙니다. 또 선생님이 미쳤는지 안 미쳤는지도 저는 모릅니다. 하지만 선생님 아이인 건 틀림없어요."

버튼 씨의 이마에서 식은땀이 갑절로 솟았다. 그는 두

---

1 병원에서 환자나 보호자가 맘 놓고 울 수 있도록 마련된 방. 또는 영화관에서 우는 아기를 달래는 방이나 신생아실을 뜻하기도 한다.

눈을 감았다가 다시 떠 보았다. 상황은 그대로였다. 그의 눈앞에는 예순 살하고도 열 살은 더 많아 보이는 남자의 모습만 보였다. 그 남자가 아기 침대에 누워 두 발을 밖으로 걸치고 있었다.

노인은 평온하게 자신의 두 발을 번갈아 바라보다가 나이 들고 갈라진 목소리로 갑자기 물었다. "당신이 내 아버지인가요?"

버튼 씨와 간호사는 소스라치게 놀랐다.

노인이 불평하듯 말했다. "만약 그렇다면 날 여기에서 데리고 나가 주시오. 아니면 적어도 편안한 흔들의자를 달라고 해요."

"도대체 당신은 어디에서 왔소? 당신은 누구요?" 버튼 씨가 미친 사람처럼 소리쳤다.

노인이 불평 가득한 목소리로 대답했다. "내가 정확히 누구인지 말할 수 없소. 태어난 지 몇 시간밖에 되지 않아서 말이오. 내 성이 버튼인 것은 분명하지만."

"당신은 거짓말쟁이요! 사기꾼이야!"

노인이 피곤한 표정으로 간호사에게 몸을 돌리며 불평했다. "새로 태어난 아이를 잘도 대해 주는군. 그에게 틀렸다고 말해 주시오, 얼른이요."

간호사가 엄하게 말했다. "선생님이 틀렸어요. 선생님 아이니까 최선을 다하셔야죠. 가능한 한 빨리 집으로 데려가시라고 부탁드립니다. 오늘 내로요."

"집으로?" 버튼 씨가 믿을 수 없다는 듯이 따라 했다.

"그래요, 여기 놔둘 수 없어요. 정말 그럴 수 없어요. 아시잖아요?"

노인이 다시 불평했다. "그러면 아주 기쁘겠소. 여기는 조용한 취향의 젊은이를 넣어 두기 참이나 좋은 곳이오. 다들 소리를 지르고 울어 젖히는 통에 한잠도 못 자겠어. 먹을 것을 달라고 했더니……." 그가 더욱 목소리를 높이며 항의했다. "우유병을 갖다 주지 뭐요!"

버튼 씨는 아들 옆의 의자에 주저앉아 두 손에 얼굴을 묻었다. 그는 공포가 극에 달해 중얼댔다. "이런! 사람들이 뭐라고 할까? 어떻게 해야 하지?"

"집으로 데려가야 해요. 당장이요!" 간호사가 주장했다.

그의 눈앞에 엽기적이고 두려운 상황이 생생하게 펼쳐지는 것 같았다. 이 무시무시한 유령과 나란히 혼잡한 시내를 걸어가는 모습이었다. 그가 신음했다. "그럴 수 없어요. 그럴 수 없어."

사람들이 걸음을 멈추고 물어보면 뭐라고 대답한다? 이 칠십 대 노인을 소개시켜야 한다면? "제 아들입니다. 오늘 아침 일찍 태어났죠."

그러면 노인은 다시 담요로 몸을 감쌀 것이며, 그들은

계속 걸음을 옮겨 부산한 가게와 노예 시장을 지날 것이다. 버튼 씨는 잠시나마 아들이 흑인이었으면 하고 진심으로 바랐다. 주택가의 웅장한 저택들을 지나고 노인들이 사는 집을 지나면…….

"저기, 힘내세요!" 간호사가 명령하듯 말했다.

노인이 갑자기 말했다. "저기, 내가 이 담요를 두르고 집까지 걸어갈 거라고 생각했다면 완전히 오산이오."

"아기는 언제나 담요가 필요해요."

노인은 사악한 웃음을 지으며 작고 하얀 배내옷을 들었다. 그가 몸을 떨었다. "봐요! 이게 그들이 나를 위해 준비해 둔 것이오."

"아기는 언제나 이런 걸 입어요." 간호사가 새치름히 말했다.

노인이 대꾸했다. "음, 이 아기는 이 분 후에 아무것도 걸치지 않을 거요. 이 담요는 간지러워요. 적어도 시트라도 줘야지."

"좋아요, 좋아!" 버튼 씨가 서둘러 대꾸하고 간호사를 바라보며 물었다.

"이제 어떻게 하죠?"

"시내로 가서 아들 옷을 사 오세요."

버튼 씨가 나가는데 아들의 목소리가 복도까지 따라왔다. "지팡이도요, 아버지. 지팡이가 있으면 좋겠어요."

버튼 씨는 병원 문을 쾅 하고 세차게 닫았다.

2

버튼 씨가 체사피크 옷가게 점원에게 신경질적으로 말했다. "안녕하세요. 우리 아이가 입을 옷을 사러 왔는데요."

"자제 분이 몇 살이죠?"

"여섯 시간쯤 되었소." 버튼 씨가 별생각 없이 대답했다.

"신생아복은 뒤쪽에 있습니다만."

"음, 뭐가 필요한지 잘 모르겠소. 아기가 비정상적으로 커서요. 아주 커요."

"아이들 옷도 특대형이 있습니다."

"아동복은 어디 있죠?" 버튼 씨가 필사적으로 에둘러 물었다. 그는 점원이 자신의 수치스러운 비밀을 눈치챘다고 확신했다.

"바로 여깁니다."

"음……." 그가 주저했다. 아들에게 성인복을 입힌다고 생각하니 혐오스러웠다. 만약 특대형 소년 양복을

구해서 입히고 길고 덥수룩한 턱수염을 면도하고 백발은
갈색으로 염색해서 최악의 상태를 감출 수만 있다면!
그래서 자신의 자존심을 조금이라도 유지할 수만 있다면!
볼티모어 사회에서 그의 지위는 말할 필요도 없지만.

그러나 아동복 코너를 아무리 뒤져도 버튼의
신생아에게 맞는 옷은 없었다. 물론 그는 가게 탓을 했다.
그런 경우에는 가게를 탓해야 한다.

"자제 분이 몇 살이라고 하셨죠?" 점원이 궁금한지
다시 물었다.

"우리 애는…… 열여섯 살이오."

"아, 죄송합니다. 여섯 시간이라고 하신 줄 알았어요.
다음 통로에 청소년 코너가 있습니다."

버튼 씨가 비참한 심정으로 몸을 돌렸다. 곧 그는
환한 표정으로 창가에 전시된 마네킹을 가리키며 외쳤다.
"저거요! 마네킹이 입은 저 양복을 사겠소!"

점원이 그를 빤히 쳐다보았다. "음, 저건 아동복
정장이라고는 할 수 없어요. 더군다나 예식용이라
선생님에게나 어울리겠는데요!"

"포장해 주시오. 저게 내가 찾던 거요." 이 고객은
신경질적으로 우겼다.

점원은 당혹스러워하면서도 그의 요구대로 해 주었다.

버튼 씨는 병원의 신생아실로 돌아와서 아들에게

포장된 물건을 내팽개치듯이 건네주면서 쌀쌀맞게 말했다. "네 옷이다."

노인은 꾸러미의 포장을 열고 야릇한 눈빛으로 안에 든 물건을 바라보았다.

"좀 웃기는데요. 놀림감이 되고 싶지는 않은데……." 그가 불평했다.

버튼 씨가 과민하게 대꾸했다. "네가 날 놀리려 드는구나! 네가 얼마나 웃긴지는 절대로 신경 쓰지 마. 옷을 입어라. 안 그러면, 안 그러면 엉덩이를 때릴 거다."

그는 불편하게 마지막 단어를 입속으로 삼켰다. 그렇지만 꼭 해야 할 말이라고 느꼈다.

"좋아요, 아버지. 아버지가 더 오래 사셨으니까 뭐가 최선인지 아시겠죠. 시키는 대로 할게요." 아들이 효자인 척하는 것은 너무나 기괴했다.

전과 마찬가지로 버튼 씨에게는 '아버지'라는 단어가 너무나 낯설었다.

"얼른 해라."

"서두르고 있어요, 아버지."

아들이 옷을 다 입자 버튼 씨는 침울하게 그를 바라보았다. 물방울 무늬 양말에 분홍색 바지, 넓고 하얀 깃이 달린 벨트 와이셔츠였다. 하얀 깃 위로 길고 하얀 턱수염이 허리까지 휘날렸다. 그다지 어울리지 않는 차림새였다.

"잠깐만!"

버튼 씨는 병원 가위를 세 번 휘둘러서 턱수염을 대부분 잘라 냈다. 그러나 개선하려 노력해 봐도 완벽함과는 거리가 멀었다. 더부룩한 머리카락과 축축한 눈, 오래된 치아는 경쾌한 의상과 너무나 부조화를 이루었다. 그래도 버튼 씨는 완강했다. 그는 손을 내밀고 단호하게 말했다. "따라와!"

아들은 확신에 차서 아버지의 손을 잡았다. 그리고 신생아실에서 걸어 나오면서 떨리는 목소리로 물었다. "날 뭐라고 부를 거죠, 아빠? 얼마 동안은 '아가야.'라고 부를 건가요? 더 좋은 이름이 떠오를 때까지요?"

버튼 씨가 툴툴거리며 대답했다. "나도 모르겠다. 널 무드셀라[2]라고 불러야 할 것 같은데."

3

버튼 가문에 추가된 이 새 식구는 머리를 짧게 자르고 검은색으로 어설프게 염색하고 살갗이 번들거릴

---

2   구약 성경에 나오는 가장 오래 산 노인.

정도로 바싹 면도를 했다. 또 재단사는 그의 외모에 소스라치게 놀라면서도 주문받은 대로 아동복을 만들어 주었다. 그래도 버튼 씨는 이 아들이 가족의 첫 아기로 받아들여지기에는 너무도 궁색하다는 사실을 차마 무시할 수 없었다. 늙어서 등이 굽었는데도 벤저민 버튼 — 그는 적절하지만 비위에 거슬리는 무드셀라라는 이름 대신 이 이름으로 불리게 되었다 — 은 키가 177센티미터나 되었다. 어떤 옷으로도 이 사실을 감출 수 없었다. 길게 자란 눈썹을 자르고 염색해도 그 아래 흐리멍덩하고 물기 많고 지친 두 눈은 그대로였다. 미리 고용되었던 유모는 아이를 한 번 보더니 벌컥 화를 내고 가 버렸다.

그러나 버튼 씨는 불굴의 의지를 가다듬었다. 벤저민은 아기이니 계속 아기여야 한다는 것이었다. 처음에 그는 벤저민이 따뜻한 우유를 좋아하지 않는다면 아예 먹이지 말라고 선언했다. 하지만 결국에는 버터 바른 빵을 허용했고 심지어 오트밀까지 먹이면서 타협했다. 한번은 벤저민에게 딸랑이를 주면서 "이걸 가지고 놀아라." 하고 분명하게 지시했다. 그러자 노인은 지친 표정으로 딸랑이를 가져가서 하루 종일 가끔씩 딸랑거렸다.

당연히 그는 딸랑이에 싫증이 났고, 혼자 있을 때 위안이 될 만한 다른 놀잇거리를 찾았다. 버튼 씨는 지난주에 자신이 유난히 시가를 많이 피웠다고 생각했다가 며칠 후에 우연히 그 이유를 알아냈다. 아기 방에 들어갔을 때 푸른 안개가 자욱하고 벤저민이 죄지은 표정으로 아바나산 시가 꽁초를 숨기려 했던 것이다. 물론 몹시 매를 맞을 만한 짓이었지만, 버튼 씨는 차마 그럴 수가 없었다. 그래서 그는 아들에게 '성장에 방해되는 것'이라고만 경고했다.

그럼에도 그는 같은 태도로 일관했다. 장난감 병정과 장난감 기차, 귀엽고 커다란 봉제 인형을 집으로 가져왔다. 또한 자신이 만들어 낸 환상을 완벽하게 하려고(적어도 자신을 위해) 장난감 가게 점원에게 '아기가 분홍색 오리를 빨면 물감이 벗겨질지' 진지하게 물어보기까지 했다. 아버지가 온갖 노력을 기울여도 벤저민은 아무런 관심도 보이지 않았다. 벤저민은 몰래 뒷계단으로 내려가서 『브리태니커 백과사전』 한 권을 들고 아기 방으로 돌아와 오후 내내 그것만 들여다보았다. 소 봉제 인형과 노아의 방주 장난감은 마루에 그대로 방치되었다. 아들이 이렇게 고집을 부리는 통에 버튼 씨의 노력은 거의 효과가 없었다.

처음에 볼티모어 사회는 몹시 동요했다. 이 불행한 사태로 인해 버튼 가족과 친척들이 사회적으로 어떤 대가를 치러야 하는지는 아무도 단언할 수 없었다. 마침 남북 전쟁이 터져서 시민들의 관심이 그쪽으로 쏠렸기 때문이다. 예의 바른 사람 몇은 이 부모에게 어떤 칭찬을 해야 좋을지 생각하느라 머리를 쥐어짜다가 결국 아기가 할아버지를 닮았다는 기발한 칭찬을 생각해 냈다. 칠십 대 남자라면 누구나 겪는 퇴화의 기준 때문에 누구도 부인할 수 없는 사실이기도 했다. 로저 버튼 부부는 그런 칭찬을 전혀 좋아하지 않았고, 벤저민의 할아버지 역시 자기가 몹시 무시당했다고 생각했다.

벤저민은 병원에서 나온 후에는 인생을 있는 그대로 받아들였다. 놀이 상대로 어린 소년 몇 명이 집에 놀러왔을 때 그는 오후 내내 뻣뻣한 관절로 팽이와 공깃돌에 관심을 가져 보려고도 해 보았다. 우연히 새총으로 부엌 창문을 깨트렸을 때는 아버지가 남몰래 아주 즐거워하기도 했다.

그 후 벤저민은 매일 무언가를 깨려고 애썼다. 그에게 기대된 행동이었고, 또한 그가 천성적으로 자상했기 때문이다.

할아버지는 처음에는 적대적이었으나 얼마 후에는 벤저민과 함께 있는 것을 아주 즐거워했다. 그들은 몇 시간이고 같이 앉아 있었다. 이 둘은 나이와 경험이 매우 달랐지만 오랜 친구처럼 하루에 일어난 느린 사건들에 대해 지치지도 않고 단조로이 이야기를 나누었다. 벤저민은 부모보다 할아버지와 있을 때가 더 편했다. 부모는 그에게 독재적으로 권위를 휘두르면서도 늘 그를 두려워하는 듯했고, 자주 '미스터'라고 불렀다.

벤저민은 다른 사람들이 자기처럼 신체와 정신이 진보된 상태로 태어나는 경우가 없다는 것을 알고 당황했다. 그는 의학 전문지에서 관련된 글을 읽다가 그런 사례가 기록된 적이 없다는 것을 알아냈다. 그는 아버지의 권유대로 다른 소년들과 놀아 보려고 진심으로 애쓰면서 가벼운 운동에 참가했다. 그러나 축구를 하면 온몸이 다 뒤흔들렸고, 잘못하다 오래된 뼈가 부러지기라도 했다가 다시 붙지 않으면 어쩌나 걱정이 되었다.

다섯 살 되던 해에는 유치원에 들어갔다. 주황색 종이에 초록색 종이를 붙이고 색깔 있는 지도를 만들고 판지 목걸이를 길게 만드는 일이 시작되었다. 벤저민이 이런 일을 하다 말고 잠이 들어 버리는 경우가 종종 벌어지자 젊은 유치원 선생은 짜증도 나고 한편으로는 두려웠다. 선생이 부모에게 불평하는 바람에 다행히도 유치원을 그만둘 수 있었다. 로저 버튼 부부는 벤저민이 아직 어린 것 같다고 친구들에게 말했다.

그가 열두 살이 되었을 때 부모도 점차 그에게 익숙해졌다. 사실 습관의 힘은 무서운 것이어서 이제 그들은 그가 다른 아이와 다르다고 느끼지도 않았다. 신기하고 비정상적인 일이 벌어져서 그 사실을 되새기는 경우를 제외한다면 말이다. 열두 번째 생일이 지나고 몇 주 후에 벤저민은 거울을 보다가 놀라운 사실을 발견했다.

잘못 본 것일까? 아니면 그동안 백발을 감추려고 염색한 덕에 머리카락이 회색으로 변한 것일까? 얼굴의 빽빽한 주름살도 점차 줄어드는 것일까? 피부가 건강하고 탄력이 넘치고 심지어 겨울철의 혈색 좋은 얼굴처럼 변하는 것일까? 그로서는 뭐라 단정할 수 없었다. 그는 더 이상 허리를 구부리지 않았고, 신체 조건이 이전보다 향상된 것만은 분명했다.

'이런 일이 일어날 수 있을까?' 그는 생각했다. 아니, 감히 생각하기도 힘들었지만.

그는 아버지에게 가서 단호하게 선언했다. "난 다 자랐어요. 긴 바지를 입을래요."

아버지는 주저하다가 결국 대답했다. "음, 난 잘 모르겠는데. 긴 바지를 입으려면 열네 살은 되어야 하는데 넌 겨우 열두 살이잖니."

"하지만 내가 나이에 비해 크다는 건 아버지도 인정해야 할걸요." 벤저민이 우겼다.

아버지는 환각과 추측의 눈으로 아들을 바라보았다. "아, 그건 그렇게 확신할 수 없는데. 나도 열두 살 때 너만 했는걸."

그건 사실이 아니었다. 그건 아들이 정상이라고 믿고 싶은 로저 버튼의 묵언의 확신이었다.

결국 타협이 이루어졌다. 벤저민은 계속 염색하고 또래

소년들과 어울리려고 더 노력하기로 했다. 안경도 쓰지 않고 거리에서 지팡이도 짚고 다니지 않기로 했다. 이런 양보의 보답으로 그는 처음으로 긴 바지 정장을 입을 수 있었다……

4

벤저민 버튼의 열두 살에서 스무 살 사이의 삶에 대해서는 별로 할 말이 없다. 성장하지 않은 정상적인 시기라고만 말하면 충분하겠다. 벤저민은 열여덟 살 때 오십 대의 남자처럼 보였다. 머리카락은 회색으로 짙어지고 숱도 많아졌다. 걸음걸이도 굳건해지고, 금이 가듯 떨리던 목소리도 건장한 바리톤의 저음이 되었다. 그래서 아버지는 아들을 코네티컷으로 보내 예일 대학교 입학시험을 치르게 했다. 벤저민은 합격해서 신입생이 되었다.

그는 입학하고 사흘 후에 대학 사무주임 하트 씨로부터 사무실에 들러 시간표를 확정하라는 통고를 받았다. 벤저민은 거울을 보고 갈색으로 염색해야겠다고 생각하고 열심히 서랍을 뒤져 보았지만 염색약이 없었다. 그때 전날에 약을 다 쓰고 통을 버렸던 일이 떠올랐다.

진퇴양난이 아닐 수 없었다. 오 분 내에 사무주임의 사무실에 가야 한다는 건 피할 도리가 없었다. 결국 있는 모습 그대로 갈 수밖에 없었다.

사무주임이 정중하게 인사했다. "안녕하십니까? 아드님에 대해 문의하실 게 있어서 오셨군요."

"음, 실은 제가 버튼……." 벤저민이 말을 하려는데 하트 씨가 그의 말을 잘랐다.

"만나서 반갑습니다, 버튼 씨. 곧 아드님이 올 겁니다."

벤저민이 소리쳤다. "그게 저라고요! 제가 신입생이에요."

"뭐라고요!"

"제가 신입생입니다."

"지금 농담하시는 거죠?"

"천만에요."

사무주임은 얼굴을 찌푸리며 앞의 카드를 힐끗 보았다. "음, 벤저민 버튼 씨는 열여덟 살이라고 기록되었는데요."

"그게 바로 제 나이죠." 벤저민이 얼굴을 약간 붉히면서 확인했다.

사무주임이 피곤한 눈으로 그를 바라보았다. "제가 믿어 줄 거라고 바라지는 않으시죠, 버튼 씨?"

벤저민도 피곤하게 미소를 지으며 똑같은 말을

되풀이했다. "전 열여덟 살이에요."

사무주임은 단호하게 문을 가리켰다. "나가시오. 우리 대학에서 나가고 이 지역에서 나가시오. 당신은 위험한 미치광이요."

"전 열여덟 살이에요."

하트 씨가 문을 열고 소리쳤다. "당신 나이의 남자가 신입생으로 여길 들어오려고 하다니! 열여덟 살이라고? 음, 십팔 분 내에 이 지역에서 나가시오."

벤저민 버튼은 위엄 있게 걸어 나갔다. 복도에서 기다리던 대학생 대여섯 명이 호기심 어린 눈으로 그를 바라보았다. 벤저민은 몇 걸음 걷다가 몸을 돌렸다. 그는 여전히 화를 내며 문간에 서 있던 사무주임을 향해 단호하게 말했다. "전 열여덟 살이에요."

대학생들이 킥킥대는 소리에 맞춰 벤저민은 걸어 나갔다.

쉽게 도망칠 수도 없었다. 벤저민이 우울하게 정거장까지 걸어가는데 몇몇이 그를 따라왔다. 곧 사람들이 더 많아졌고 마침내는 대학생들이 빽빽하게 무리를 지어 따라왔다. 예일 대학교 입학시험에 합격한 미치광이가 열여덟 살짜리 젊은이로 가장하려 했다는 소문이 퍼져 나갔다. 수업을 받던 학생들은 모자도 쓰지 않은 채 뛰어나왔고, 축구팀은 연습을 하다 말고 합세했다.

교수 부인들마저 보닛을 대충 걸치고 옷을 버스럭거리며 행렬 뒤에 붙어 소리를 질러 댔다. 벤저민 버튼의 섬세한 감수성을 건드리는 말들이 계속 들려왔다.

"틀림없이 방랑하는 유대인[3]일 거야!"

"저 나이라면 예비학교에나 가 보라지!"

"저 소년 천재를 보라!"

"여기가 양로원인 줄 아나 봐."

"하버드로 가 버려!"

벤저민은 조금씩 걸음을 빨리하다가 곧 달리기 시작했다. 본때를 보여 줄 거야! 하버드에 가면 이렇게 나를 모욕한 것을 후회하겠지!

그는 볼티모어행 기차에 안전하게 몸을 실은 후에 창밖으로 머리를 내밀고 외쳤다.

"이 일을 후회할 것이오!"

대학생들이 웃었다. "하하! 하하하!"

그날의 일은 예일 대학교 최대의 실수였다······.

---

[3] 형장으로 끌려가는 그리스도를 조소한 죄로 세상의 종말 때까지 방랑하게 되었다는 전설 속 유대인.

5

1880년 벤저민 버튼은 스무 살이 되었다. 그해 생일을 기점으로 벤저민은 아버지가 경영하는 로저 버튼 철물도매회사에서 근무하기 시작했다. 그리고 바로 이 해에 '사교계에 나가기' 시작했다. 다시 말해서 아버지가 아들을 인기 있는 무도회에 억지로 끌고 갔던 것이다. 로저 버튼은 이제 쉰 살이었고 아들과 점점 더 친구 같아졌다. 사실 벤저민이 염색을 그만둔 이후로(여전히 회색빛이 돌았다.) 그들은 비슷한 나이의 형제지간으로 보였다.

8월의 어느 밤에 볼티모어 외곽의 쉐블린가 전원주택에서 무도회가 열렸다. 버튼 부자는 예복을 차려입고 쌍두 사륜마차에 올랐다. 눈부신 밤이었다. 보름달에 길은 무광의 백금처럼 빛났고, 만개한 꽃들의 향기가 적막한 대기에 나지막한 웃음소리처럼 뿜어 나왔다. 밝은 빛깔의 밀밭이 양탄자처럼 깔린 너른 전원 도로는 대낮처럼 투명했다. 이렇듯 순전하고 아름다운 날에는 누구라도 영향을 받게 마련이다.

"직물업의 미래는 대단하지." 로저 버튼이 말했다. 그는 정신을 추구하는 사람이 아니어서 미적 관념도 별로 없다.

그가 진지하게 말했다. "나같이 나이 든 사람은

새로운 기술을 배울 수 없어. 하지만 힘과 생기가 넘치는 너희 같은 젊은이들 앞엔 대단한 미래가 펼쳐져 있지."

멀리 도로 위쪽에서 쉐블린가의 전원주택을 밝힌 불빛이 둥둥 떠다니는 것처럼 보이고 이윽고 한숨 같은 소리가 스며들었다. 바이올린의 구슬픈 음조 혹은 달빛 아래서 은빛 밀이 바스락거리는 소리 같았다.

그들이 마차를 세웠을 때 앞에 있던 화려한 유개 마차에서 사람들이 내렸다. 먼저 한 숙녀가 내리고 곧이어 중년 신사와 너무나 아름다운 젊은 숙녀가 따라 내렸다. 벤저민은 그녀를 바라보다가 소스라칠 정도로 충격을 받았다. 온몸에 화학 작용이 퍼졌다가 한군데로 모이는 것 같았다. 온몸이 오싹해지고 뺨과 이마에 피가 몰리면서 귀에서 계속 펌프질 소리가 들렸다. 첫사랑이 찾아온 것이다.

그 숙녀는 날씬하고 연약해 보였다. 달빛 아래에서는 잿빛이던 머리카락이 현관의 가스등 아래에서는 꿀빛 같았다. 검은색으로 가장자리를 두른 아주 옅은 노란색의 스페인 망토를 걸치고 있었고, 사각거리는 드레스 끄트머리에서 두 발이 단추처럼 반짝였다.

로저 버튼이 아들에게 몸을 기울이고 말했다. "저 젊은 숙녀는 힐더가드 몽크리프란다. 몽크리프 장군의 딸이지."

벤저민은 아무렇지 않게 고개를 끄덕이며 관심 없는 듯 대꾸했다. "꽤 예쁘군요."

그러나 흑인 소년이 마차를 끌고 가자 그는 이렇게 덧붙였다. "아빠, 절 좀 소개시켜 주세요."

그들은 몽크리프 양 일행에게 다가갔다. 전통적인 예절 교육을 받은 그녀는 벤저민에게 고개를 깊이 숙이고 인사했다. 그렇다, 그는 춤을 출 수 있었다. 그는 그녀에게 감사하다고 말하고 휘청거리며 걸어갔다.

그의 차례가 될 때까지 시간은 지루하게 질질 흐르는 것 같았다. 볼티모어의 젊은이들이 열정과 찬미 가득한 표정으로 힐더가드 몽크리프 주변에 몰려드는 광경을 그는 조용히 벽에 붙어 살기 띤 눈으로 지켜보았다. 벤저민은 그들이 너무나 혐오스러웠다. 참을 수 없을 정도로 벌건 얼굴이라니! 구불거리는 갈색 구레나룻을 보고 있자니 소화 불량에 걸릴 지경이었다.

드디어 차례가 되자 그는 파리에서 들여온 최신 왈츠에 맞춰 그녀와 함께 마루를 떠돌았다. 그의 질투와 근심은 눈처럼 녹아내렸다. 마법에 걸려 눈이 멀어 버린 그에게는 인생이 이제야 시작되는 것만 같았다.

"당신과 당신 형님이 우리와 같은 시간에 왔죠?" 힐더가드가 밝고 푸른 에나멜 같은 눈으로 그를 바라보며 물었다.

벤저민은 멈칫했다. 그녀가 자기를 아버지의 동생으로
아는 마당에 진실을 알려 주는 것이 최선일까? 그는
예일 대학교에서의 경험을 떠올리고 그러지 않기로 했다.
숙녀의 말을 반박하는 건 무례한 짓이며, 자신의 엽기적인
출생 이야기로 이 절묘한 순간을 망치는 건 죄악이다.
나중에 기회가 있겠지. 그래서 그는 고개를 끄덕이며
미소를 지었다. 그녀의 말을 듣는 매 순간이 너무나
행복했다.

"당신 나이의 남자가 좋아요. 젊은 남자들은 어리석죠.
대학에서 샴페인을 얼마나 마셨는지 카드 게임 하면서
돈을 얼마나 잃었는지 그런 이야기만 해요. 당신 나이의
남자들은 여자의 진가를 이해할 줄 알아요."

벤저민은 청혼하고 싶은 충동을 간신히 억눌렀다.

그녀가 말을 이었다. "당신은 낭만적인 나이, 쉰
살이죠. 스물다섯 살은 너무 세속적이에요. 서른 살은
과로에 지치기 십상이고, 마흔 살은 시가 한 대를 다 피울
정도로 오래 이야기할 나이죠. 예순 살은, 음, 예순 살은
일흔 살에 너무 가까워요. 하지만 쉰 살은 달콤한 나이죠.
나는 쉰 살이 좋아요."

벤저민에게 쉰 살은 영광스러운 나이로 보였다. 그는
쉰 살이 되기를 갈망했다.

"난 오십 대의 남자와 결혼해서 그이가 날 돌봐

주는 편이 서른 살 남자와 결혼하는 것보다 낫다고 늘
생각했어요."

벤저민은 그날 저녁 꿀빛 안개에 목욕하는 것 같았다.
힐더가드는 그와 두 번 더 춤을 추었고, 그들은 그날의
모든 화제에 대해 둘이 같은 의견이라는 데 놀랐다. 그들은
다음 일요일에 함께 드라이브하면서 그 화제들에 대해 더
이야기해 보기로 했다.

새벽이 되기 직전 마차를 타고 집으로 돌아오는 길에
새벽 벌들이 웅웅거리고, 지는 달이 차가운 이슬에 반짝일
때 벤저민은 아버지가 철물 도매업에 대해 이야기하고
있는 것을 어렴풋이 알아챘다.

"…… 그리고 망치와 못 다음으로 우리가 가장 관심을
가져야 할 게 뭐라고 생각하니?" 아버지가 물었다.

"러브요." 벤저민이 멍하니 대답했다.

"러그(손잡이)? 러그는 내가 막 이야기했는데." 로저
버튼이 놀라서 말했다.

벤저민은 멍한 눈으로 그를 바라보았다. 동쪽 하늘이
갑자기 빛으로 갈라지고 소생하는 나무들 사이에서
꾀꼬리 한 마리가 높게 지저귀었다…….

6

육 개월 후에 힐더가드 몽크리프 양과 벤저민 버튼 군이 약혼했다고 알려졌을 때(나는 '알려졌다'는 표현을 사용한다. 몽클리프 장군이 약혼 발표를 하느니 칼 위로 엎어지겠다고 선언했기 때문이다.) 볼티모어 사교계는 최고조로 흥분했다. 거의 잊혀졌던 벤저민의 출생 이야기가 다시 회자되고 피카레스크[4]처럼 엄청나게 퍼져 나갔다. 벤저민이 사실은 사십 년간 감방 살이를 한 로저 버튼의 아버지라는 소문이 나돌았다. 존 윌크스 부스[5]가 변장한 것이라고도 했다. 심지어 그의 머리에서 원뿔이 두 개나 솟아 나왔다고도 했다.

뉴욕 신문들은 일요 증보판에서 벤저민 버튼의 머리가 물고기와 뱀 그리고 단단한 청동 몸체에 붙어 있는 그림을 실으면서 이 이야기를 더욱 확대했다. 그는 언론계에서 메릴랜드의 신비의 남자로 알려졌다. 그러나 늘 그러하듯이 진짜 이야기는 그다지 널리 알려지지 않았다.

어쨌거나 볼티모어 최고의 청년과 결혼할 수도 있을 만큼 아름다운 숙녀가 족히 쉰 살은 되어 보이는 남자의

---

4   악한을 주인공으로 하는 소설.
5   링컨 대통령의 암살자.

품에 몸을 던지는 건 '죄악'이라는 데 모두들 몽크리프 장군과 함께했다. 로저 버튼이 볼티모어 《블레이즈》에 아들의 출생증명서를 큰 활자체로 발표해도 소용이 없었다. 아무도 믿지 않았다. 벤저민을 보기만 해도 알 수 있었던 것이다.

그러나 이 소동과 직접 관련된 당사자 둘은 전혀 동요하지 않았다. 힐더가드는 약혼자에 대한 갖가지 거짓 이야기가 떠돌자 진짜까지도 믿지 않으려 했다. 몽크리프 장군이 오십 대, 적어도 오십 대로 보이는 남자의 사망률이 높다고 지적해도 소용이 없었다. 철물 도매업의 미래가 불안정하다고 해도 소용이 없었다. 힐더가드는 감미로운 결혼을 선택했고, 그렇게 결혼했다…….

7

힐더가드 몽크리프의 친구들이 잘못 예상한 부분이 적어도 하나는 있었다. 철물 도매업이 놀랄 정도로 번창했던 것이다. 1880년 벤저민 버튼이 결혼하고 1895년 아버지가 은퇴할 때까지 이 가족의 재산은 두 배로 늘었는데, 이는 주로 회사에 새로 영입된 젊은 아들 덕택이었다.

결국 볼티모어 사회는 이 부부를 진심으로 받아들이게 되었다. 심지어 몽크리프 노장군조차 사위 벤저민이 저명한 출판사 아홉 군데에서 거절당했던 자신의 『남북전쟁사』를 스무 권으로 출간할 자금을 마련해 주자 그와 화해했다.

벤저민 본인에게도 그 십오 년 동안 큰 변화가 일어났다. 정맥에서 새로운 피가 신명나게 흐르는 것 같았다. 아침에 일어나서 햇빛이 비치는 분주한 거리를 활기차게 걷고 망치와 못을 쉴 새 없이 선적하는 일들이 기쁨이 되기 시작했다. 1890년에는 유명한 사업 혁신을 일으켰다. 상자를 선적할 때 사용되는 모든 못의 소유권은 선적 받은 자에게 있다는 그의 제안은 포사일 판사의 승인을 받고 법제화되었다. 그 결과 로저 버튼 철물 도매회사는 매년 600개 이상의 못을 절감할 수 있었다.

더욱이 벤저민은 인생의 즐거운 면에 점점 더 끌려들었다. 그가 볼티모어시에서 최초로 자동차를 소유하고 직접 운전했던 일은 그가 오락을 즐겼다는 것을 말해 주는 단적인 예이다. 동년배들은 거리에서 벤저민을 만나면 건강하고 생기에 넘치는 그를 부럽게 쳐다보았다.

"저 친구는 매년 젊어지는 것 같아." 그들은 말하곤 했다. 이제 예순다섯 살이 된 로저 버튼은 처음에 아들을 제대로 환영하지 못했으나 지금은 아들을 찬미하다시피

하면서 미진했던 과거를 벌충했다.

　이제 불쾌한 주제를 언급해야 할 시점이 되었으니 가능한 한 빠르게 지나가도록 하겠다. 벤저민 버튼이 걱정하는 것은 딱 하나였다. 더 이상 아내에게 끌리지 않았던 것이다.

　힐더가드는 서른다섯 살이 되었고, 아들 로스코는 열네 살이었다. 신혼 때 벤저민은 아내를 숭배했다. 그러나 시간이 흐르면서 아내의 꿀빛 머리카락은 무미건조한 갈색으로 변했고 푸른 에나멜 같던 눈은 싸구려 도자기처럼 보였다. 무엇보다 그녀는 자신의 삶에 지나치게 안주하고, 너무 평온하고, 너무 만족하고, 너무 활기가 없고, 너무 진지해졌다. 그녀도 신부일 때는 벤저민을 무도회와 저녁 모임에 '끌고' 다녔다. 그러던 상황이 역전되었다. 그녀는 벤저민과 함께 사교 모임에 나갔지만 열정도 없었고, 어느 틈엔가 우리 곁에 다가와 마지막 날까지 머무는 그 영원한 무력증의 노예가 되었던 것이다.

　벤저민은 더욱더 불만이 쌓여 갔다. 그러다가 1898년 미국-스페인 전쟁이 터지자 그는 더 이상 집에 매력을 느끼지 못하고 입대하기로 마음먹었다. 사업가였던 덕택에 대위로 임관되었는데 장교직에 잘 적응해서 소령으로 진급했고, 결국에는 중령으로 진급해서 그 유명한 산후안 언덕 전투에도 참전했다. 그는 가벼운 부상을 입고 훈장을 받았다.

벤저민은 활기차고 흥미진진한 군 생활에 애착을 느낀 나머지 전역하기도 싫어했다. 하지만 사업을 포기할 수 없어서 결국 전역하고 귀향했다. 그는 정거장에서 취주악단의 환영과 호위를 받으며 집으로 돌아왔다.

8

현관에서 힐더가드가 커다란 실크 깃발을 흔들며 그를 맞이했다. 그는 아내에게 키스하면서 지난 삼 년간의 변화에 가슴이 쿵 내려앉았다. 아내가 어느덧 마흔 줄에 접어들고 새치까지 살짝 드러난 걸 보자니 우울해졌다.

그는 자기 방으로 올라와 익숙한 거울 앞에 다가가 근심스럽게 자기 얼굴을 들여다보았다. 그러고는 전쟁 직전에 군복 차림으로 찍은 사진과 비교해 보았다.

"이런!" 그가 크게 소리쳤다. 아직도 진화가 진행되고 있었다. 이제 그는 확연히 서른 살로 보였다. 그는 기쁘기보다는 불편했다. 자신이 젊어지고 있었다. 언젠가는 실제 나이와 신체 나이가 같아져서 자신의 출생에 오명을 남긴 엽기적인 현상이 그치기를 바랐다. 그는 몸을 부르르 떨었다. 자신의 운명이 두렵고 믿을 수 없었다.

아래층으로 내려와 보니 힐더가드가 기다리고 있었다. 아내는 부아가 난 것 같았고, 그는 아내가 드디어 잘못된 상황을 알아차린 것 같아 불안해졌다. 그는 부부 사이의 긴장감을 덜어 볼 심산으로 저녁 식사 때 나름대로 신중하게 그 문제를 끄집어냈다.

"음, 내가 더 젊어 보인다고 다들 그러던데." 그가 지나가는 말처럼 던졌다.

힐더가드가 멸시 어린 눈으로 그를 바라보더니 냉소적으로 대꾸했다. "그게 자랑할 거리나 된다고 생각해요?"

"자랑하는 게 아니오." 그가 불편하게 말했다.

"그런 생각은." 그녀는 다시 코웃음을 쳤고 얼마 후 말을 이었다. "당신도 자존심이 있다면 그만둬야 한다고 생각해요."

"내가 뭘?" 그가 물었다.

그녀가 쏘아붙였다. "당신과 논쟁하려는 게 아니에요. 하지만 일을 하는 데는 올바른 방법과 잘못된 방법이 있어요. 당신이 다른 사람들과 달라지기로 결심했다면 내가 막을 수는 없겠죠. 그렇다고 당신이 사려 깊게 행동한다고는 생각지 않아요."

"나도 어쩔 수 없소, 힐더가드."

"아뇨, 당신은 고집이 너무 세요. 당신은 다른 사람과 같아지고 싶지 않다고 생각해요. 당신은 늘 그런 식이었고 앞으로도 그러겠죠. 하지만 다른 사람들이 모두 당신처럼 사물을 본다면 어떻게 될지 생각해 봐요. 이 세계가 어떻게 되겠어요?"

이 무의미하고 대답할 수도 없는 논쟁에 벤저민은 아무런 대꾸도 하지 않았다. 그 이후로 부부의 틈은 더욱 벌어졌다. 그로서는 과거에 아내가 자신에게 어떤 매력을 행사했었는지조차 의심이 갈 정도였다.

부부의 불화를 부채질이라도 하듯이, 새로운 세기가 다가오면서 벤저민은 즐거움을 향한 열정을 더욱 강하게 느꼈다. 그는 볼티모어의 모든 파티에 참석해서 가장 예쁘고 젊은 유부녀와 춤을 추고, 사교계에 처음 나온 아가씨 중 가장 인기 있는 여자와 수다를 떨면서 그들과 함께 시간을 보내는 데 즐거움을 느꼈다. 한편 불길한 징조의 귀부인이 된 그의 아내는 늘 보호자들 사이에 앉아 있었다. 그녀는 남편을 도저히 인정하지 못하겠다는 표정을 짓거나 근엄하지만 당황하고 책망하는 눈초리로 남편의 행동거지를 감시했다.

"봐요! 정말 안됐어요. 저 나이의 젊은 친구가 마흔다섯 살 난 여자에게 매여 있다니 말입니다. 틀림없이 부인보다 스무 살은 연하일걸요." 사람들이 수군댔다.

1880년으로 거슬러 가 보면 그들의 부모들 역시 이 어울리지 않는 한 쌍에 대해 수군댔지만 모두 그 사실을 잊어버렸다. 사람들은 망각하게 마련이다.

집에 대해 불만이 커져 갔지만 벤저민은 새로운 일에 큰 관심을 갖게 되면서 불만을 해소했다. 새로 시작한 골프에서도 크게 두각을 보였다. 여러 가지 춤도 배웠다. 1906년에는 '보스턴'의 전문가가 되었고 1908년에는 '머시셔'에 능통했다. 1909년에는 '캐슬 워크'[6]로 시내 모든 젊은이들에게 질투의 대상이 되었다.

물론 이런 사교 활동은 사업에 어느 정도 지장을 주었다. 사실 그는 이미 이십오 년간 철물 도매업에 전력했기 때문에 최근 하버드를 졸업한 아들 로스코에게 회사를 넘겨줄 때가 되었다고 느끼던 참이었다.

사실 그는 아들과 혼동되는 경우가 종종 있었다. 벤저민으로서는 즐거운 상황이었다. 그는 미국-스페인 전쟁에 참가하고 돌아온 후에 느꼈던 불안감을 곧 잊고 순진하게 자신의 젊은 외모를 즐기게 되었다. 이 달콤한 상황에 파리 새끼 같은 것이 하나 끼어들었다. 아내와 함께 공공장소에 가는 일이 아주 싫어진 것이다.

---

6 보스턴은 미국 왈츠, 머시셔는 브라질 탱고, 캐슬워크는 탱고와 비슷한 춤이다.

힐더가드는 이제 곧 쉰 살이었고, 그녀를 보노라면 참으로 부조리하다는 생각이 들었던 것이다……

9

젊은 로스코 버튼이 버튼 철물 도매회사를 물려받고 몇 년 후인 1910년 9월의 어느 날, 스무 살 정도 되어 보이는 남자가 케임브리지의 하버드 대학교에 입학했다. 그는 자기가 다시는 쉰 살로 보이지 않을 거라거나 아들이 십 년 전에 바로 이 학교를 졸업했다는 등의 말실수도 하지 않았다.

그는 입학하고 바로 상당한 위치에 올랐다. 평균 나이가 열여덟 살인 다른 신입생들에 비해 다소 나이 들어 보였던 것도 큰 몫을 했다.

무엇보다 그는 예일 대학교와의 풋볼 경기에서 크게 활약하면서 두각을 나타냈다. 그는 너무나 과감하게, 그리고 냉혹하고 무자비한 분노를 드러내면서 터치다운을 일곱 번이나 성공시키고 열네 번이나 득점을 올렸다. 결국 예일 대학교 선수 열한 명 전원이 한 명씩 정신을 잃고 운동장에서 실려 나갔다. 그는 대학에서 가장 유명한 인물이 되었다.

이상한 이야기이지만, 그는 3학년 때 팀에 '합류'하지 못할 뻔했다. 코치들은 그의 체중이 줄었다고 했다. 하지만 키가 준 것이 가장 눈에 띄었다. 그는 이제 터치다운도 하지 못했지만, 그의 이름만으로도 예일 대학교 팀에 공포심과 분열을 조장할 수 있으리라는 희망으로 팀에 잔류했다.

4학년이 되면서는 아예 팀에 끼지도 못했다. 체구가 작아지고 체력도 떨어졌다. 2학년생들이 자기를 신입생으로 여기는 일까지 벌어지자 그는 몹시 수치심을 느꼈다. 그는 4학년이지만 분명 열여섯 살에 불과한, 천재로 알려졌다. 더욱이 동급생들의 세속적인 면 역시 충격적이었다. 공부도 어려워졌고, 내용이 지나치게 앞서가는 것으로 보였다. 그는 친구들이 유명한 예비학교인 세인트 마이더스에 대해 이야기하는 것을 들었다. 친구들 대다수가 거기에서 대학 입학 준비를 했었던 것이다. 그래서 그는 졸업한 후에 세인트 마이더스에 들어가기로 결심했다. 거기에서 비슷한 몸집의 소년들과 은둔 생활을 하는 것이 오히려 맘 편할 것 같았다.

1914년 대학을 졸업한 벤저민은 하버드 졸업장을 들고 볼티모어의 집으로 돌아갔다. 힐더가드는 이탈리아에 살고 있어서 그는 아들과 살 작정이었다. 아들에게 환영을 받긴 했지만, 로스코는 아버지에 대해 그다지 진심을 보이지 않았다. 심지어 아들은 아버지가 사춘기 소년처럼 멍하니 집 안을 어슬렁대는 것이 거슬렸다. 로스코는 결혼도 하고 볼티모어에서 안정된 사회적 지위를 누리며 살고 있어서 자기 가족과 연관된 추문이 새어 나오는 것을 바라지 않았다.

벤저민은 사교계에 처음 나온 여자나 젊은 대학생들과 더 이상 어울릴 수 없게 되면서 혼자 있는 시간이 꽤 많아졌다. 열다섯 살 난 이웃 소년 서너 명 정도가 그의 상대가 되었고, 그는 세인트 마이더스에 가야겠다고 새삼 생각했다.

하루는 그가 로스코에게 말했다. "저기 말인데, 예비학교에 가고 싶다고 벌써 몇 번이나 말했잖니?"

로스코가 짧게 대답했다. "음, 그러면 가시죠." 그는 이 문제가 혐오스러워서 아예 말을 꺼내고 싶지도 않았다.

벤저민이 무기력하게 말했다. "혼자 갈 수는 없다. 날 입학시켜 주고 거기까지 데려다 주렴."

"시간이 없어요." 로스코가 무뚝뚝하게 대답했다. 그는 두 눈을 가늘게 뜨고 불편하게 아버지를 바라보았다. "실은, 아버지가 더 이상 이러지 않았으면 좋겠어요. 짧게 끝내요. 차라리, 차라리." 그는 말을 멈추었고, 얼굴이 상기된 채로 적당한 단어를 찾았다. "차라리 당장 되돌아서 거꾸로 시작하는 편이 낫겠어요. 이건 농담이라기에는 너무 심해요. 더 이상 웃기지도 않아요.
아버지는, 아버지는 처신 좀 잘해요!"

벤저민은 눈물이 터질 것 같은 표정으로 아들을
바라보았다.

"하나 더 있어요. 손님들이 집에 오면 절 '삼촌'이라고
불러 줘요. '로스코'가 아니라 '삼촌'이요. 이해하시죠?
열다섯 살 난 남자애가 내 이름을 부르다니 말도 안
돼요. 아니면 늘 '삼촌'이라고 부르세요. 그래야 익숙해질
테니까요."

로스코는 아버지를 사납게 쳐다보고 몸을 돌렸다…….

10

아들과 이야기를 마치고 벤저민은 침울한 심정으로
2층을 헤매다가 거울 속의 자기를 노려보았다. 석 달이나
면도를 하지 않았는데도 수염 자국이 너무 미미해서 굳이
손댈 필요도 없었다. 하버드에서 집으로 돌아왔을 때
로스코는 안경을 쓰고 가짜 턱수염을 붙이라고 제안했다.
잠시나마 과거의 소극이 반복되는 듯했다. 그러나
턱수염은 따갑고 수치스러웠다. 그가 질질 짜자 로스코가
마지못해서 물러섰다.

벤저민은 소년들의 이야기책인 『비미니 섬의 보이스카우트』를 읽기 시작했다. 그랬더니 내내 전쟁 생각만 났다. 전달에 미국은 연합군에 합류했고, 벤저민도 다시 입대하고 싶었다. 그러나 최소 열여섯 살은 되어야 하는데 그는 그 정도 나이도 안 되어 보였다. 실제 나이 쉰일곱 살 역시 불합격이기는 마찬가지였다.

문을 두드리는 소리가 나더니 집사가 편지를 가져왔다. 한 귀퉁이에 커다란 공식 인장이 찍혀 있었는데, 벤저민 버튼 씨 앞으로 온 편지였다. 벤저민은 신이 나서 봉투를 열고 내용을 읽었다. 미국-스페인 전쟁에 참전했던 예비군들이 진급되어 징집되었으며 그 역시 미군 준장으로 당장 복귀하라는 내용의 명령문이었다.

벤저민은 흥분해서 펄쩍 뛰었다. 바로 그가 고대하던 일이었다. 그는 모자를 집어 들었고, 십 분 후에 찰스가의 대형 양복점에 들러 불안한 고음으로 군복 치수를 재 달라고 했다.

"병정놀이 하고 싶은 거니?" 점원이 별생각 없이 물었다.

벤저민은 화가 나서 얼굴을 붉히며 쏘아붙였다. "이보시오! 내가 뭘 원하는지는 신경 쓰지 마시오! 내 이름은 버튼이고 마운트버논 플레이스에 살고 있소. 그러니 그럴 만하다는 걸 알 텐데."

점원이 주저하며 말했다. "음, 네가 아니라면 네 아버지겠지."

벤저민은 치수를 쟀고 일주일 후에 군복이 완성되었다. 그는 적절한 장군의 기장을 구하느라 애를 먹었다. YWCA 배지면 충분하고 갖고 놀기에도 더 재미있다고 판매인이 우겼기 때문이다.

그는 로스코에게는 한마디도 없이 어느 날 밤 집에서 나와 기차를 타고 사우스캐롤라이나 주의 캠프 모스비로 출발했다. 거기에서 보병대를 지휘할 예정이었다. 4월의 어느 무더운 날 그는 캠프 입구에 도착해서 역에서부터 타고 온 택시의 요금을 내고 보초병에게 고개를 돌렸다.

"내 짐을 들고 갈 사람을 불러오게!" 그가 경쾌하게 말했다.

보초병이 책망하듯 그를 바라보았다. "이봐, 장군 옷차림으로 어딜 가려는 거지?"

미국-스페인 전쟁 퇴역 군인 벤저민은 이글이글 타오르는 눈으로 그를 노려보았다. 그러나 불행히도 목소리는 변성기의 고음이었다.

"차렷!" 그는 크게 고함치려고 애썼으나 숨이 차서 잠깐 멈추었다. 그런데 보초병이 갑자기 두 발을 모으고 받들어총 자세를 취하자 벤저민은 흡족한 미소를 지었다. 그러나 주위를 둘러보고는 표정이 굳었다. 보초병에게 복종의 자세를 취하게 한 건 그가 아니라 말을 타고 다가오는 포병 대령이었던 것이다.

"대령!" 벤저민이 날카롭게 불렀다.

대령이 다가와서 말 고삐를 붙잡고 눈을 반짝이며 그를 내려다보고 친절하게 물었다.

"자네는 어느 집 자제인가?"

"내가 어느 집 자제인지는 곧 보여 주겠네! 당장 말에서 내리시지!" 벤저민이 격노해서 대꾸했다.

대령이 크게 웃음을 터트렸다.

"말이 필요하신가요, 장군 각하?"

"여기! 여길 읽어 보게." 벤저민이 필사적으로 외치면서 대령에게 위임장을 내밀었다.

대령은 편지를 읽더니 두 눈이 튀어나올 것 같은 표정으로 물었다.

"이걸 어디서 났지?" 그는 자기 주머니에 문서를 집어넣었다.

"정부에서 받았소, 곧 당신도 알아내겠지만!"

대령이 그를 이상하다는 듯이 바라보았다. "따라오게. 본부로 가서 이 문제를 논의할 테니 따라오게."

대령은 말을 탄 채로 본부 쪽으로 방향을 돌렸다. 벤저민으로서는 최대한 위엄을 갖추고 그를 따라가는 수밖에 없었다. 그는 제대로 복수해 주겠다고 다짐했다.

그러나 복수는 이루어지지 못했다. 이틀 후에 아들 로스코가 볼티모어에서 직접 내려왔다. 그는 서둘러 오느라 열도 나고 화도 났지만 군복도 없이 징징대는 장군을 다시 집까지 호위해서 데려갔다.

11

1920년 로스코 버튼의 첫아이가 태어났다. 경사스러운 이 시기에 집에서 장난감 병정과 서커스 모형을 갖고 노는 열 살쯤 되어 보이는 작고 지저분한 소년이 아기의 할아버지라고 언급해야 한다고 생각하는 사람은 아무도 없었다.

착하고 즐거운 표정이지만 슬픔의 흔적이 엿보이는 이 작은 소년을 싫어하는 사람은 없었다. 그러나 로스코 버튼에게 그는 존재하는 것만으로도 고문이었다. 그의 세대에 걸맞은 어법으로 말하자면, 로스코는 이 문제가 '효율적'이 아니라고 보았다. 그는 아버지가 예순 살로 보이기를 거부하고 '붉은 피의 남자다운 남자'(로스코가 가장 좋아하는 표현이다.)로 행동하지 않으며, 기묘하고 심술궂기만 하다고 여겼다. 사실 그는 이 문제를 삼십 분만 생각해도 곧 미칠 지경이 되었다. 로스코는 '정력가'는 계속 젊어야 한다고 믿었지만, 이 정도로까지 확장되는 건 효율적이지 못하다고 여겼다. 로스코의 생각은 여기까지였다.

오 년 후에 로스코의 어린 아들은 보모의 보호 아래 어린 벤저민과 유치한 놀이를 할 정도의 나이가 되었다. 로스코는 둘을 유치원에 같이 데려갔다. 벤저민은 색지 조각으로 노는 것이나, 매트와 고리와 신기하고 아름다운 도안을 만드는 것이 세상에서 가장 매혹적인 놀이라고 생각했다. 한번은 못된 짓을 한 벌로 구석에 서 있다가 운 적도 있다. 그러나 대부분은 이 방에서 유쾌한 시간을 보냈다. 창문으로는 햇빛이 들어오고 베일리 선생님의 친절한 손이 그의 헝클어진 머리에 잠시 놓였다 가곤 했다.

일 년 후 로스코의 아들은 1학년으로 올라갔지만 벤저민은 유치원에 머물렀다. 그는 아주 행복했다. 때로 다른 어린아이들이 커서 뭘 하고 싶은지 조잘거리면 그의 얼굴에 잠시 그림자가 스쳤다. 그는 어리지만 자신이 그런 것을 절대로 공유할 수 없다는 걸 깨달은 것 같았다.

시간은 단조롭게 흘러갔다. 그는 유치원을 삼 년이나 다녔고 이제 너무 작아져서 밝은색의 종잇조각으로 뭘 해야 하는지도 몰랐다. 그는 다른 아이들이 자기보다 커서 무섭다며 울었다. 선생님이 하는 말도 도무지 이해할 수 없었다.

그는 유치원도 그만두었다. 풀 먹인 깅엄 드레스를 입은 보모 나나가 그의 작은 세계의 중심이 되었다. 날이 좋으면 그들은 공원을 산책했다. 나나가 커다란 회색 괴물을 가리키며 '코끼리'라고 하면 벤저민도 따라 했다. 그날 밤 벤저민은 잠자리에 들기 전에 옷을 갈아입고 몇 번을 반복했다. "코끼니, 코끼니, 코끼니."

침대에서 뛰어도 좋다고 나나가 허락할 때도 있었다. 침대에 앉았다가 다시 폴짝 튀어 오르는 일이 재미있었다. 침대에서 뛰면서 "아."라고 말하면 목소리가 덜덜 떨리는 것도.

그는 모자걸이에 걸린 커다란 지팡이를 꺼내 와서 의자와 탁자를 치고 다니면서 "싸워, 싸워, 싸워."라고 말하는 것도 무척 좋아했다. 그의 집을 방문한 노부인들이 그를 향해 중얼대는 말도 흥미로웠다. 젊은 부인들이 그에게 뽀뽀하려 하면 그는 지겨워하면서도 얌전하게 순종했다. 5시에 긴 하루의 일정이 끝나면 나나와 2층으로 올라갔다. 나나가 숟가락으로 오트밀과 부드러운 죽을 떠먹여 주었다.

아이다운 그의 잠에 괴로운 기억이라고는 없었다. 용감했던 대학 시절이나 여러 소녀의 가슴을 흔들어 놓았던 빛나던 시절의 흔적도 없었다. 아기 침대를 둘러싼 하얗고 안전한 패드와 나나, 가끔 그를 보러 오는 남자,

그리고 해가 지고 나서 잠들기 직전에 나나가 '태양'이라 부르는 커다란 주황색 공만이 있을 뿐이었다. 해가 지면 그의 눈가에 졸음이 엄습했다. 아무 꿈도, 그 어떤 꿈도 그를 괴롭히지 못했다.

산후안 언덕 전방에서 부하들을 이끌고 공격했던 일이며 신혼 무렵 사랑하는 힐더가드를 위해 바쁜 도시에서 여름 해 질 무렵까지 늦도록 일했던 것, 몬로 거리에 있던 버튼가의 낡은 저택에서 할아버지와 함께 밤이 깊도록 담배를 피우던 일 등 모든 과거는 별 볼일 없는 꿈처럼 시들어 갔다. 그런 일이 아예 일어나지도 않았던 것 같았다.

그는 조금 전에 마신 우유가 차가웠는지 따뜻했는지도 기억하지 못했다. 하루가 어떻게 흘러갔는지도 분명하게 기억하지 못했다. 그저 아기 침대와 낯익은 나나가 있을 뿐 그는 아무것도 기억하지 못했다. 배가 고프면 울었고, 그게 전부였다. 낮과 밤이 흐르고 숨을 쉬었다. 그 위로 그의 귀에 간신히 들리는 웅얼거림과 간신히 식별되는 냄새와 빛과 어둠이 있었다.

모든 것이 어두워졌고 그가 누운 하얀 아기 침대와 위에서 움직이던 희미한 얼굴들, 따뜻하고 달콤한 우유향이 그의 뇌리에서 모두 사라져 버렸다.

리츠 호텔만 한 다이아몬드

피츠제럴드가 "내가 재미있으려고 만들어 낸 소설이다. 나는 완전한 호사스러움을 열망했고, 이 이야기는 상상의 음식으로 그 열망을 채워 보려는 시도였다."라고 밝힌 작품. 판타지 소설에서처럼 리츠 호텔만 한 다이아몬드가 실제 등장하고, 지구상에 존재하리라고 상상할 수 없는 기묘한 세계가 유머러스하면서도 그로테스크하게 그려진다. 1922년 《스마트 셋》에 발표되었다.

리츠 호텔만 한 다이아몬드

1

존 T. 웅거는 미시시피강 변의 소읍 헤이즈에서 여러 세대에 걸쳐 유명한 가문 출신이었다. 그의 아버지는 경쟁이 극심한 여러 아마추어 골프 대회에서 우승을 거두었고, 웅거 부인은 정치 연설 때문에 그 지역 표현으로 '뜨거운 상자에서 뜨거운 침대로'라는 별명으로 알려져 있었다. 막 열여섯 살이 된 존 T. 웅거는 긴 바지를 입을 나이가 되기도 전에 뉴욕에서 건너온 최신 춤을 모두 출 줄 알았다. 이제 그는 얼마 동안 집을 떠날 예정이었다. 지방의 유망한 청년들을 모두 뺏어 가서 결국 지방 사람들을 파멸로 몰아가게 마련인 뉴잉글랜드 교육에 대한 경외감이 그의 부모에게도 엄습했던 것이다. 보스턴 근교의 세인트 마이더스 학교에 아들을 입학시키는 것보다 더 적절한 대안은 없어 보였다. 유능하고 소중한 아들을 담기에 헤이즈는 그릇이 너무 작았다.

그 동네에 가 본 적이 있다면 알겠지만, 헤이즈에서는 인기 있는 예비학교나 대학의 간판이 그다지 중요하지 않았다. 주민들은 옷차림이나 예의범절, 독서 등은 늘 세상과 보조를 맞추면서도 다른 면에서는 세상과 동떨어져 살아왔다. 그래서 주로 소문에 의지해 왔고, 헤이즈에서는 화려하다고 여겨지는 일들이 시카고의 소고기 재벌가 딸들에게는 '아마도 조금은 초라하다.'라고 여겨지는 판이었다.

존 T. 웅거가 떠나기 전날 밤 웅거 부인은 아둔한 모성애를 발휘해서 아들의 여행 가방에 리넨 양복들과 선풍기를 쑤셔 넣었고, 웅거 씨는 돈이 가득 든 석면 지갑을 주었다.

"우린 언제나 너를 환영한다는 걸 잊지 말아라. 난로를 늘 켜 두마." 아버지가 말했다.

"알아요." 존이 쉰 목소리로 대답했다.

"네가 누구인지, 네 출신이 어딘지 잊지 말거라. 널 해치는 일은 없을 거다. 넌 웅거 사람이고, 헤이즈 출신이야." 아버지가 자랑스럽게 말했다.

중년 신사와 소년은 악수를 나눴고 존은 눈물을 흘리며 집을 나섰다. 십 분 후에 그는 도시 경계선을 넘으면서 마지막으로 뒤를 돌아보았다. 경계선 문 위에 걸린 빅토리아풍의 구식 표지판이 묘하게도 매력적이었다. 아버지는 표지판의 문구를 좀 더 기백과 진취성이 넘치는 내용으로 바꿔 보려고 몇 번이나 애를 썼다. 예를 들면 진심 어린 악수를 나누는 모습을 그린 그림 위로 '헤이즈 — 당신의 기회'나 아니면 평범하게 '환영합니다'라고 쓰고 거기에 전구를 달아 두드러지게 만들고 싶어 했다. 웅거 씨는 표지판의 낡은 모토가 다소 침울하다고 생각했다. 하지만 지금은……

존은 다시 목적지를 향해 단호하게 얼굴을 돌렸다. 그가 몸을 돌릴 때 헤이즈의 불빛은 하늘을 배경으로 따뜻하고 열정적인 아름다움으로 가득한 것 같았다.

세인트 마이더스 학교는 롤스피어스 자동차로 보스턴에서 삼십 분 거리였다. 실제 거리는 절대로 알려지지 않을 것이다. 존 T. 웅거를 제외하면 롤스피어스를 타고 거기에 간 사람이 아무도 없고, 그리고 앞으로도 그럴 것이기 때문이다. 세인트 마이더스는 전 세계에서 가장 비싸고 가장 배타적인 남자 예비학교였다.

그곳에서 존은 처음 두 해를 즐겁게 보냈다. 모든 소년들의 아버지들은 왕족처럼 돈을 벌어들였고, 존은 고급스러운 휴양지에서 여름 방학을 보내곤 했다. 존은 자신을 초대한 소년들을 모두 좋아했지만, 그들의 아버지들이 모두 똑같아 보인다고 느꼈다. 그는 그들이 왜 지나치다 싶을 정도로 똑같은지, 소년다운 호기심을 느꼈다. 그가 고향이 어디라고 말하면 그들은 즐겁게 묻곤 했다. "거기 아래쪽은 꽤 뜨겁지?"

그러면 존은 간신히 얼굴에 미소를 띠고 "그럼요."라고 대답했다. 그들이 그런 농담을 하지만 않았어도 존은 훨씬 진심 어리게 대답했으리라. 그들이 다르게 물어봤자 "자네에게 거기 아래는 뜨겁지?" 정도였다. 그는 이것 역시 싫었다.

2학년 중반 무렵에 용모가 준수하고 과묵한 퍼시 워싱턴이라는 학생이 전학을 왔다. 이 전학생은 행동거지가 호감이 갔고, 심지어 세인트 마이더스 내에서도 옷차림이 아주 뛰어났다. 그런데 어떤 이유에서인지 그는 다른 학생들과는 동떨어져 지냈다. 그는 존 T. 웅거하고만 친하게 지냈지만 심지어 존에게도 자기 집이나 가족에 대해서는 아무 말도 하지 않았다. 그가 부자라는 것은 굳이 말하지 않아도 다들 알았다. 그러나 몇 가지 추측을 제외하면 존은 이 친구에 대해 아는 바가 거의 없었다. 그래서 퍼시가 '서부'의 자기 집에서 여름을 보내자고 했을 때 존은 드디어 자기 호기심을 채울 수 있으리라 믿고 주저 없이 따라나섰다.

기차를 타고 나서야 퍼시는 처음으로 몇 마디 하기 시작했다. 한번은 식당칸에서 점심을 먹으면서 몇몇 남학생의 건전치 못한 성격에 대해 이야기하는데 퍼시가 갑자기 목소리를 바꾸고는 불쑥 말했다.

"우리 아버지는 이 세상에서 가장 부유하시지."

"아." 존이 예의 바르게 대답했다. 상대의 장담에 뭐라 달리 대꾸할 수가 없었다. '아주 근사하구나.'라는 말도 고려했지만 구차해 보였고, '정말?'이라고 물으려고 했으나 그건 퍼시의 말을 의심하는 셈이었다. 더욱이 이렇게 놀라운 단언에 새삼 질문할 수도 없는 노릇이었다.

"지금까지 가장 부유하시지." 퍼시가 다시 말했다.

존이 말했다. "『세계연감』을 읽었는데, 미국에 연수입이 500만 달러가 넘는 사람이 한 명이고, 300만 달러가 넘는 사람이 네 명이고……."

퍼시가 냉소적으로 입꼬리를 올렸다. "아, 그건 아무것도 아니야. 당장 돈이나 벌려는 자본주의자나 재계의 피라미, 그것도 아니면 시시한 사채업자들이지. 우리 아버지는 그들의 재산을 모두 사고서도 당신이 그랬다는 걸 모를 수 있어."

"하지만 어떻게……."

"왜 아버지의 수입세를 기록하지 않느냐고? 그건 아버지가 세금을 내지 않으시니까. 낸다 해도 아주 조금만 내지. 하지만 진짜 수입에 대해서는 전혀 내지 않아."

"아주 부자시구나. 좋겠다. 나는 진짜 부자가 좋더라."

존이 열정과 솔직함이 담긴 표정으로 말을 이었다. "부자일수록 더 좋지. 지난 부활절 휴가 때 신리처 머피 집에 갔었어. 비비언 신리처 머피네 집에는 달걀만 한 루비가 있더라. 또 안에 전구가 들어 있는 공처럼 보이는 사파이어도……."

퍼시가 진심으로 동의했다. "난 보석이 좋아. 물론 학교에서는 누구에게도 알리고 싶지 않았지만 나도 소장품이 꽤 되지. 전에 우표 대신 보석을 모았거든."

존이 열심히 말을 이었다. "다이아몬드도 있었어. 신리처 머피네 집에는 호두만 한 다이아몬드가 있는데……."

퍼시가 몸을 앞으로 기울이더니 목소리를 낮춰서 속삭였다. "그건 아무것도 아니야. 정말 아무것도 아니지. 우리 아버지한테는 리츠 칼튼 호텔보다 더 큰 다이아몬드가 있는걸."

2

몬태나의 태양이 두 산 사이로 지는 모습은 거대한

멍 자국 같았고, 거기에서 어두운 선들이 독약 같은 하늘로 퍼져 나갔다. 하늘에서 멀리 떨어진 곳에 피시 마을이 웅크리고 있었다. 작고 침울하고 잊힌 마을이었다. 피시에는 모두 열두 명이 산다고들 했다. 자신을 낳아 준 신비한 힘을 가진 헐벗은 바위에서 솟아 나오는 젖을 빨아먹고 자란 불가해하고 침울한 영혼들이다. 태초에 자연이 피시 주민을 낳았다가 변덕스럽게 그냥 절멸하게 내버려 둔 것처럼 그들은 이 세상과는 분리된 종족이었다.

    멀리 검푸른 멍에서부터 길게 움직이는 불빛이 대지를 기어갈 때면 피시의 주민 열두 명은 초라한 정거장에 유령처럼 모여서 7시 시카고발 대륙횡단 급행열차가 지나가는 것을 지켜보았다. 대륙횡단 급행열차는 일 년에 여섯 번 정도 도저히 알 수 없는 권한으로 피시 마을에 정차했다. 그럴 때마다 기차에서 한두 명이 내려서 언제나 어둑한 황혼에서 튀어나온 마차를 타고 타박상을 입은 일몰을 향해 나갔다. 이렇게 무의미하고 엉뚱한 현상을 관찰하는 일은 피시 주민들에게 일종의 예식이 되었다. 그들로서는 기차를 바라보는 일이 전부였다. 그들은 궁금하다고 여기거나 추리할 정도의 상상력도 전혀 갖고 있지 않았다. 만약 그랬다면 이 신비로운 방문을 둘러싸고 하나의 종교가 태어났을지도 모를 일이다. 그러나 피시 주민들은 모든 종교를 초월했다. 가장 적나라하고 야만적인 기독교 교리조차 이 헐벗은 바위에는 뿌리를 내리지 못할 터였다. 그러니 제단도, 사제도, 제사도 있을 리 만무했다. 그저 매일 저녁 7시면 허름한 정거장 옆에 회중이 조용히 모여서 침침하고 열기도 없는 호기심의 기도를 올릴 따름이었다.

그러던 6월 밤이었다. 그들이 굳이 무언가를 신격화했다면 천상의 주인으로 삼았을 '대 보조차장'이 피시에 서는 7시 기차에서 인간(혹은 비인간)을 내려놓기로 결정했다. 7시 2분에 퍼시 워싱턴과 존 T. 웅거가 내려서 홀린 듯이 입을 헤벌리고 두려움에 떠는 피시 주민 열두 명의 시선을 지나 어딘가에서 홀연히 나타난 마차를 서둘러 타고 사라졌다.

삼십 분 후 황혼이 어둠으로 변했고, 말없이 마차를 끌던 흑인이 어두운 앞쪽에 서 있던 불투명한 물체에게 인사를 했다. 물체는 흑인의 인사에 대한 보답으로 빛나는 원반을 비추었는데, 그 원반은 측량할 수 없는 밤의 사악한 눈처럼 그들을 바라보았다. 마차가 그 원반에 다가간 후에야 존은 그것이 커다란 자동차의 미등인 것을 확인했는데, 그 자동차는 지금까지 본 그 어떤 차보다 크고 위엄이 넘쳤다. 주석보다 화려하고 은보다 가벼운 금속의 몸체가 반짝이고, 바퀴통에는 초록색과 노란색의 기하학적인 물체가 무지개처럼 박혔는데, 존은 그것이 유리인지 보석인지 감히 물어보질 못했다.

두 젊은이가 마차에서 내리자 런던의 왕실 행렬에서나 볼 수 있는 화려한 제복 차림에 차렷 자세로 차 옆에 서 있던 흑인 둘이 인사를 했다. 손님들은 도저히 이해할 수 없는 언어였지만, 남부 흑인의 극단적인 방언처럼 들렸다.

리무진의 검은 지붕 위로 여행 가방이 올려진 후에 퍼시가 친구에게 말했다. "타자. 마차로 여기까지 와서 미안해. 물론 기차 승객이나 신도 저버린 피시 사람들이 이 자동차를 봐 봤자 좋을 게 없겠지만."

"와! 대단한 차야!" 존은 차에 올라탄 후에 자기도 모르게 감탄사를 연발했다. 차 안은 황금색 천 바탕에 보석과 자수 장식이 된 미세하고 정교한 실크 태피스트리로 꾸며져 있었다. 둘은 비단실을 섞어 짠 모직물 같은 커버가 씌어진 호사스러운 두 개의 안락의자에 앉았는데, 수없이 많은 타조 깃털로 짠 것 같았다.

"정말 대단한 차야!" 존이 감탄해서 다시 외쳤다.

"이 차 말이야? 음, 그냥 가족용으로 사용하는 낡은 차인데." 퍼시가 웃었다.

그들은 어느새 어둠 속을 미끄러져 두 산 사이의 틈으로 향했다.

"한 시간 삼십 분이면 도착할 거야. 지금까지 본 그

무엇과도 다를 거라는 것만 알아 둬." 퍼시가 시계를 보며
말했다.

만약 이 자동차가 앞으로 보게 될 것을 상징한다면,
존은 놀랄 준비가 충분히 된 셈이었다. 헤이즈에서는
단순하고 경건한 첫 번째 신조로서 부를 진심으로
숭배하고 존중했다. 존이 부 앞에서 눈부셔하며 겸손한
자세를 취하지 않는다면 그의 부모는 그의 신성모독에
고개를 돌렸으리라.

두 산 사이의 틈에 다다란 후 길이 더욱 험해졌다.

"달이 이쪽을 비추면 우리가 커다란 협곡에 들어온 걸
볼 수 있을 텐데."

퍼시가 창밖을 내다보며 말했다. 그가 마이크에 대고
몇 마디 하자 시종이 얼른 탐조등을 켰고, 언덕은 커다란
불빛에 휩싸였다.

"돌이 많지? 보통 차라면 삼십 분 만에 산산조각이
났을 거야. 사실 길을 모른다면 탱크를 타고 돌아다녀야 할
거야. 이제 언덕으로 올라가는 건 알겠지?"

차는 언덕으로 올라가다가 몇 분 후에 높이 솟아오른
지점을 통과했다. 그때 막 떠오른 창백한 달의 모습이 멀리
힐끗 보였다. 차가 갑자기 멈추고 어둠 속에서 사람들이
나타났다. 역시 흑인들이었다. 두 젊은이는 조금 전처럼
알아듣기 힘든 방언으로 인사를 받았다. 그리고 흑인들이

일을 시작했고, 머리 위에 달린 커다란 전선 네 개가 보석 박힌 큰 바퀴통에 고리로 연결되었다. 존은 "헤이야!" 소리에 맞춰 차가 천천히 땅에서 들어 올려지는 것을 느꼈다. 차가 점차 올라가자 양쪽의 큰 돌들이 시야에서 사라졌고, 더 높이 올라가자 마침내 그들이 막 이륙한 바위 더미와는 대조적으로 달빛이 비치는 구불구불한 계곡이 펼쳐졌다. 한쪽 면으로만 여전히 바위가 보였고, 나머지 면에서는 갑자기 바위가 전부 사라졌다.

암석에서 칼날처럼 수직으로 뻗어 나간 면을 오른 것이 틀림없었다. 차는 곧 아래쪽으로 다시 내려가다가 가볍게 쿵 소리를 내며 부드러운 땅에 착지했다.

퍼시가 창밖으로 고개를 내밀었다. "최악의 상황은 끝났어. 여기서부터 8킬로미터만 가면 되는데, 이 길은 전부 태피스트리 벽돌로 포장되어 있어. 여긴 우리 땅이야. 여기에서 미국이 끝난다고 아버지가 말했어."

"그러면 캐나다야?"

"아니, 우리는 몬태나주 로키산맥 중간에 있어. 한 번도 측량된 적이 없는 8제곱킬로미터 안이지."

"어떻게? 사람들이 잊어버렸나?"

퍼시가 씩 웃었다. "아니. 세 번이나 시도가 있었지. 처음에는 할아버지가 국무 조사팀 전체에 뇌물을 먹였어. 두 번째는 미국 공식 지도를 훼손했어. 십오 년이 걸렸지.

마지막은 더 힘들었어. 아버지가 나침반을 초강력 인공 자기장에 걸려들게 했어. 약간씩 결함이 있는 측량 도구 일체를 만들어서 이 지역이 감지되지 않게 준비해 놓고는 실제로 사용될 도구와 바꿔치기했지. 그리고 강의 위치를 약간 빗나가게 해서 한 마을이 강둑에 세워진 것처럼 탐지되게 했어. 그래서 사람들은 계곡 위로 16킬로미터 정도 지나야 마을이 있다고 생각해. 아버지가 두려워하는 건 단 하나뿐이야. 우리를 찾아낼 수 있는 것이 이 세계에 딱 하나 있어."

"그게 뭔데?"

퍼시가 목소리를 낮추고 속삭였다.

"비행기야. 우리도 대공포를 여섯 대 정도 배치해 뒀지. 사상자가 몇 명 있었고 죄수도 아주 많아. 우리가, 그러니까 아버지와 내가 그 일에 신경을 쓰는 건 아니야. 그래도 어머니와 여동생들은 신경이 곤두서 있지, 우리가 제대로 대처하지 못할 수 있는 가능성이 늘 있으니까."

친칠라 털 조각 같은 구름들이 타타르 칸 앞에서 열병식을 벌이는 동방의 군대처럼 초록색 달을 지나쳐 갔다. 존은 대낮에 청년들이 하늘을 비행하면서 암석으로 둘러싸인 절망적인 소읍에 소책자와 특허약 전단을 뿌리면서 희망의 메시지를 전달하는 모습이 보이는 듯했다. 그 청년들이 구름 너머로 내려다보는 모습을 볼 수 있을 것만 같았다.(그의 목적지인 이곳에 내려다볼 만한 것이 있다면.) 그다음에는 어떤 일이 일어났을까? 심판의 날이 올 때까지 여기 사람들이 특허약과 소책자에서 멀리 떨어져 있도록 비밀스러운 장치로 비행기를 땅으로 유도했을까? 혹시 비행기가 함정에 빠지지 않자 대공포에서 연기가 빠르게 솟아오르며 탄알이 날아가 비행기를 격추했던 걸까? 그래서 퍼시의 어머니와 여동생들이 '신경이 곤두서' 있던 것일까? 존은 고개를 설레설레 저었다. 그의 입술이 벌어지면서 공허한 웃음이 새어 나왔다. 여기에 얼마나 절망적인 계약이 숨겨져 있을까? 이 기이한 크로이소스[1]의 도덕적인 수단은 과연 무엇이란 말인가? 무시무시한 황금의 수수께끼는 무엇일까?

친칠라 털 같은 구름들이 지나가고 몬태나의 밤은 대낮처럼 환해졌다. 커다란 타이어는 태피스트리 벽돌 길을 고요한 달빛 호수를 스치듯 부드럽게 굴러갔다. 서늘하고 뾰족한 소나무 숲을 통과할 때 잠시 어둠이 찾아왔다가 곧 넓은 잔디밭 도로가 나왔고, 퍼시가 과묵하게 "집이야."라고 말했다. 존은 기뻐서 환성을 질렀다.

별빛을 담뿍 받으며 호수가 끝나는 곳에서 절묘한

---

1 기원전 6세기경 리디아 최후의 왕이자 엄청난 부호.

성 한 채가 솟아올랐다. 대리석 성의 광채는 인접한 산의 절반 높이까지 이르렀다가 칠흑처럼 어두운 소나무 숲으로 우아하게 녹아내리면서 완벽한 균형을 이루며 반투명하고 여성스러운 나태함을 드러냈다. 여러 탑과 경사진 첨탑들, 가느다란 장식창, 직사각형과 팔각형, 삼각형의 황금 불빛을 내뿜는 천 개의 노란 창문이 만들어 내는 정제된 경이로움, 별빛과 푸른 그늘이 겹치면서 생긴 조각 난 부드러움 등이 음악의 화음처럼 존의 영혼을 울렸다. 가장 높고 바닥이 가장 검은 탑은 정상 바깥쪽의 불빛 때문에 떠다니는 요정 나라 같았다. 존이 따뜻한 기분에 위를 응시하자 지금까지 들어 본 그 어떤 소리와도 다른 바이올린 소리가 로코코 화음으로 어렴풋이 흘러내렸다. 각양각색의 꽃향기로 밤공기가 향기로운 가운데, 자동차가 폭이 넓고 높다란 대리석 계단 앞에 멈추어 섰다. 계단 꼭대기에서 두 개의 문이 조용히 열리고 호박색 불빛이 어둠 속으로 쏟아져 나오면서 검은 머리를 높이 틀어 올린 아름다운 숙녀의 실루엣이 드러나고 그녀가 그들을 향해 두 팔을 벌렸다.

퍼시가 말했다. "어머니, 제 친구 존 웅거입니다. 헤이즈 출신이죠."

후에 존은 그 첫날 밤을 수많은 색, 빠르고 감각적인 인상, 사랑에 빠진 목소리처럼 부드러운 음악, 아름다운

사물과 불빛과 그림자, 움직임, 얼굴들의 현혹으로
기억했다. 황금 받침대 위에 놓인 수정 술잔에 담긴 여러
색깔의 술을 마시는 백발의 한 남자가 있었다. 얼굴이
꽃 같고 티타니아처럼 옷을 입고 사파이어로 머리를
땋은 소녀도 있었다. 단단하지만 부드럽고, 손을 대면 쑥
들어가는 황금 벽으로 된 방도 있었다. 플라톤이 말하던
궁극적인 프리즘[2] 같은 방에는 천장과 마루를 비롯해서
구석구석에 온갖 크기와 모양의 다이아몬드 덩어리가
박혀 있었다. 방은 구석에 서 있는 키 큰 자주색 램프들의
빛을 받아 백색으로 사람들의 눈을 현혹시켰다. 인간의
바람이나 꿈을 초월해서, 그 자체를 제외하고는 어떤
것과도 비교될 수 없는 백색이었다.

  두 소년은 미로 같은 방들을 돌아다녔다. 발밑 마루는
그 아래의 조명을 받아 야만적으로 충돌하는 색들, 섬세한
파스텔, 순전한 백색, 아드리아 해안의 이슬람 사원에서
따온 것이 분명한 미묘하고 복잡한 모자이크 등 화려한
패턴을 그리며 번쩍였다. 두꺼운 수정층 아래로 짙푸른
물이 소용돌이치고 물고기와 무지갯빛 식물이 자라났다.
온갖 재질과 색채의 모피를 밟기도 하고, 인간이 생기기도

---

2   피츠제럴드는 『재즈 시대의 이야기』 소장본에서 'prison'을 'prism'
    으로 수정했다.

전에 멸종한 공룡의 거대한 엄니를 완벽하게 떼어 낸 것처럼 온전한 형태의 옅은 상아로 이루어진 복도를 따라 걷기도 했다…….

어렴풋이 배경이 바뀌는 것 같더니 어느덧 저녁 식사를 하게 되었다. 미세한 다이아몬드 판 두 개를 이어 만든 접시가 나왔는데, 두 판 사이에 신기할 정도로 가느다란 에메랄드 도안이 초록빛 공기에서 대패질한 것처럼 세공되어 있었다. 구슬프지만 방해가 될 정도는 아닌 음악 소리가 먼 복도에서 흘러나왔다. 존이 포트와인 첫 잔을 마실 때 등 뒤로 살짝 곡선이 지고 깃털이 달린 의자가 그를 압도하고 삼킬 것 같았다. 그는 누군가가 던진 질문에 졸음을 참고 대답하려 했지만, 그의 몸에 달라붙은 꿀 같은 호사스러움에 잠의 환각이 더욱 커져 가고, 눈앞에서 보석과 직물, 포도주, 금속이 달콤한 안개처럼 희미해졌다…….

그는 예의 바르게 대답하려 했다. "예, 거기 아래는 분명히 저에게 뜨겁습니다."

대강 웃어 보이기까지 했다. 그러고는 움직이지도, 저항하지도 않고 둥둥 떠다니다가 꿈처럼 핑크빛 얼린 디저트를 남겨 두고…… 잠이 들었다.

잠에서 깨어 보니 어느덧 몇 시간이 흐른 뒤였다. 흑단 벽에, 빛이라고 부르기에는 너무 희미하고 섬세한 조명이 비추는, 크고 조용한 방 안이었다. 젊은 집주인이 그를 내려다보았다.

"너, 저녁 먹다가 자더라. 나도 그럴 뻔했지. 학교에서 한 해를 보내고 다시 안락해지고 보니 정말 끝내주더라고. 네가 잠들었을 때 하인들이 네 옷을 벗기고 목욕도 시켜 주었어."

존이 한숨을 내쉬었다. "이건 침대야, 아니면 구름이야? 퍼시, 네가 나가기 전에 사과하고 싶어."

"왜?"

"네가 리츠 칼튼 호텔만 한 다이아몬드가 있다고 말했을 때 의심했던 거."

퍼시가 미소 지었다.

"네가 날 믿지 않을 거라고 생각했지. 너도 알겠지만 바로 저 산이야."

"무슨 산?"

"이 성 바닥에 있는 산. 산치고는 그다지 큰 게 아니지만, 정상의 450센티미터의 자갈과 잔디를 제외하면 완전한 다이아몬드야. 1.6제곱킬로미터의 결점이 전혀 없는 다이아몬드 한 개지. 내 말 듣는 거야? 말 좀 해 봐……."

존 T. 웅거는 또다시 잠들었다.

3

아침이었다. 그는 졸린 눈을 비비다가 바로 그 순간에 방 안에 햇빛이 가득하다는 사실을 깨달았다. 벽 한쪽의 흑단 판이 옆으로 열리면서 바깥 길로 이어졌고, 반쯤 열린 방 앞은 어느새 환한 대낮이었다. 하얀 제복을 입은 거구의 흑인이 침대 옆에 서 있었다.

"굿 이브닝." 존이 야생의 세계에 나가 있던 정신을 끌어모으며 중얼댔다.

"좋은 아침입니다, 도련님. 목욕할 준비가 되셨나요, 도련님? 아, 일어나지 마십시오. 잠옷 단추만 풀어 주시면 제가 직접 욕조로 인도하겠습니다. 예, 고맙습니다, 도련님."

존은 잠옷이 벗겨지는 동안 가만히 누워 있었다. 그는 시중들어 주는 이 흑인 가르강튀아[3]가 자기를 아기처럼 들어 올릴 거라고 신 나고 즐거운 마음으로 기대했다. 그러나 그런 일은 없었다. 대신 침대가 서서히 옆으로 기울기 시작했다. 그는 몸이 벽 쪽으로 구르자 처음에는 놀랐지만, 몸이 벽에 다다르자 휘장이 옆으로 물러나고

---

3   프랑스 작가 프랑수아 라블레의 소설 『가르강튀아와 팡타그뤼엘』의 거인 왕.

벽이 2미터쯤 폭신하게 기울어지더니 물속에 살포시
빠져들었다. 물은 체온과 같은 온도였다.

    그는 사방을 둘러보았다. 조금 전에 내려온 경사로인지
미끄럼길인지가 원래대로 다시 접혔다. 그는 그새 다른
방으로 내던져져 마룻바닥과 같은 높이로 움푹 파인
욕조에 머리를 기대고 앉아 있었다. 사방 벽이며 욕조
옆과 바닥 모두 파란 남옥이었고, 그가 앉아 있는 수정
바닥 아래 호박색 불빛 사이로 물고기들이 헤엄쳤다.
물고기들은 아무런 호기심도 없이 그의 쭉 뻗은 발가락
아래를 지나갔다. 물고기와 그 사이에는 수정 판이 놓여
있고, 위에서는 청록색 유리를 뚫고 햇빛이 쏟아졌다.

    "오늘 아침은 따뜻한 장미수로 비누 거품욕을 하신
뒤에 소금 냉수로 마치시는 것이 마음에 드시지 않을까
싶습니다, 도련님."

    옆에 서 있던 흑인이 말했다.

    "그러지, 좋을 대로."

    존이 바보처럼 미소 지으며 동의했다. 자신의 미천한
생활 수준대로 목욕 방법을 지시했다가는 성미가
고약하고 아주 불쾌한 사람처럼 보일 것 같았다.

    흑인이 단추를 누르자 따뜻한 비가 내리기 시작했다.
머리 위에서 내리는 것 같았지만, 존은 얼마 후에
옆의 분수에서 물이 나오는 것을 알아챘다. 물은 연한

장밋빛으로 변했고 욕조 모퉁이에 설치된 네 개의 모형
물개 머리에서 액체 비누가 뿜어 나왔다. 곧 옆면에 고정된
열두 개의 작은 외바퀴가 비눗물을 섞어 분홍색 거품
무지개를 만들었고, 반짝이며 사방에서 터져 나오는
장밋빛 거품들은 가볍고 향긋하게 그를 살짝 감싸 안았다.

    흑인이 정중하게 물었다. "영사기를 틀까요, 도련님?
오늘 아주 좋은 코미디 프로가 하나 있습니다. 진지한
영화를 선호하신다면 당장 대령하지요."

    "아니, 됐네." 존은 예의를 지키면서도 단호하게
말했다. 목욕이 너무나 즐거워서 다른 오락 따위는 필요
없었다. 오락거리가 찾아오긴 왔다. 그는 곧 밖에서 들리는
플루트 소리에 귀 기울이게 됐다. 플루트는 이 방의 서늘한
초록색 폭포수처럼 선율을 떨어뜨렸고, 뒤이어 거품
가득한 피콜로 소리가 주위를 감싸면서 그를 매료시킨
레이스 거품보다 더 야들야들한 소리로 따라왔다.

    차가운 소금 냉수로 목욕을 마친 후에 욕조에서 나와
폭신한 가운으로 갈아입고 가운과 같은 재질의 소파에
앉자마자 오일, 알코올, 향료 마사지가 이어졌다. 후에 그는
관능적인 느낌을 주는 의자에 앉아 면도와 머리 손질을
받았다.

    목욕이 모두 끝나자 흑인이 말했다. "퍼시 도련님이
웅거 도련님의 거실에서 기다리고 계십니다. 저는

긱섬이라고 합니다, 웅거 도련님. 아침마다 도련님의 시중을 들도록 하겠습니다."

존이 환하게 햇볕이 드는 자기 거실로 들어서자 그와 퍼시를 위해 아침 식사가 마련되어 있었다. 퍼시는 하얀 새끼 염소 가죽 반바지 차림으로 안락의자에 앉아 담배를 피웠다.

4

퍼시는 아침 식사를 하면서 워싱턴 가문에 대해 들려주었다.

워싱턴 씨의 아버지는 버지니아 출신으로, 조지 워싱턴과 볼티모어 경의 직계 후손이었다. 남북 전쟁이 끝날 무렵 스물다섯 살의 대령이었던 그가 가진 거라고는 보잘것없는 농장과 1000달러 상당의 금화가 전부였다.

젊은 대령 피츠 노먼 컬페퍼 워싱턴은 버지니아 토지를 남동생에게 넘겨주고 서부로 가야겠다고 결심했다. 그는 자신을 숭배하던 신실한 흑인 스물네 명을 고르고 서부행 표 스물다섯 장을 샀다. 서부에서 그들의 이름으로 땅을 얻어서 소와 양을 키우는 목장을 열 생각이었다.

몬태나에 도착해서 채 한 달이 되기도 전, 상황이 점차 나빠지는 가운데 뜻밖에도 그는 엄청난 것을 발견하게 되었다. 말을 타고 언덕을 지나다가 길을 잃고 하루 종일 아무것도 먹지 못해서 몹시 허기가 졌다. 총도 없이 다람쥐를 마냥 쫓아가다가 다람쥐가 반짝이는 것을 물고 있는 것을 보았다. 다람쥐는 물고 있던 것을 떨어트리고 굴 속으로 사라졌다.(이 다람쥐로 허기를 달래는 것이 신의 섭리는 아니었다.) 피츠 노먼은 땅바닥에 주저앉아 어찌할까 고민하다가 우연히 풀밭에서 반짝이는 물체를 발견했다. 십 초 후에 그는 완전히 식욕을 잃는 대신 10만 달러를 얻었다. 먹이가 되기를 끈질기게 거부하던 다람쥐가 크고 완전한 다이아몬드를 선물로 안겨 준 셈이었다.

그날 밤늦게 그는 막사를 찾아갔고, 열두 시간 후에 흑인 남자 모두 다시 다람쥐 굴 옆에 모여서 열심히 산을 파헤쳤다. 그는 모조 다이아몬드 광산을 발견했다고 해 두었다. 조그만 다이아몬드라도 봤던 사람이 한두 명에 불과했기 때문에 다들 그의 말을 믿어 주었다. 엄청난 발견이 확인되면서 그는 진퇴양난의 상황에 빠졌다. 산 전체가 하나의 다이아몬드였던 것이다. 문자 그대로 다이아몬드 한 덩어리였다. 그는 말안장 자루 네 개에 반짝이는 견본을 가득 채워 넣고 세인트폴로 출발했다. 거기에서 여섯 개 정도의 작은 원석을 처분하고, 좀 더 큰 원석을 보여 주자 금은방 주인 한 명이 기절했고 그는 공공질서 위반자로 체포되었다. 그는 탈옥해서 뉴욕행 기차에 올랐다. 뉴욕에서 중간 크기의 다이아몬드 몇 개를 팔고 금화 20만 달러를 받았다. 특별한 보석은 감히 꺼내 보지도 못했고, 사실 뉴욕도 간신히 제때 떠날 수 있었다. 다이아몬드의 크기보다는 미지의 장소에서 보석이 출몰했다는 점 때문에 보석계에서 대단한 반향이 일어났다. 다이아몬드 광산이 캣스킬스에서, 저지 해변에서, 롱아일랜드에서, 워싱턴 광장 아래에서 발견되었다는 소문이 돌았다. 곡괭이와 삽을 든 사람들을 태운 유람 열차가 인근의 여러 엘도라도를 찾아 매시간 뉴욕에서 출발했다. 그러나 그때쯤에 젊은 피츠 노먼은 이미 몬태나로 돌아가는 중이었다.

보름 후에 그는 산의 다이아몬드가 지구상에 존재한다고 알려진 나머지 다이아몬드 모두를 합친 것과 같은 양이라고 추측했다. 그러나 산의 다이아몬드는 한 덩어리였기 때문에 기존 계산법으로는 가치를 평가할 수 없었다. 더욱이 팔겠다고 내놓았다가는 다이아몬드 시세가 바닥을 칠 터였다. 일반 수열에서 가치가 크기에 비례한다면 이 세상에는 그 10분의 1을 살 정도의 금도 없을 것이다. 그러니 그만한 크기의 다이아몬드로 도대체 뭘 한단 말인가?

기막힌 진퇴양난이었다. 그는 어떤 의미에서 이

세상에서 가장 부자였다. 그렇다고 그 가치를 어떤 식으로 보상받는단 말인가? 그의 비밀이 밝혀진다면 정부가 보석은 물론이고 금의 공황 상태를 막으려고 어떤 대책을 내놓을지도 알 수 없었다. 당장 소유권을 주장하고 독점을 부과할지도 모른다.

대안이 없었다. 비밀리에 산을 팔아야 했다. 그는 남부의 동생을 불러와서 자신의 유색 추종자들을 관리하게 했다. 노예 제도가 폐지되었다는 것도 모르는 흑인들이었다. 그는 포리스트 장군이 와해된 남부군을 다시 조직해서 정정당당하게 북부군을 무찔렀다는 내용의 발표문을 직접 작성해서 흑인들에게 읽어 주고 이 점을 재차 확인시켰다. 흑인들은 그의 말을 맹목적으로 믿었다. 그들은 그 상황을 받아들인다는 내용의 투표를 통과시키고 즉시 주인에게 봉사를 재개했다.

피츠 노먼은 10만 달러와 온갖 크기의 다이아몬드 원석을 트렁크 두 개에 가득 싣고 외국으로 나갔다. 우선 중국 범선을 타고 러시아로 향했다. 몬태나에서 출발한 지 육 개월 만에 상트페테르부르크에 도착했다. 호젓한 곳에 거처를 마련하고 당장 궁정 보석상을 찾아가서 러시아 차르를 위해 다이아몬드를 가져왔다고 말했다. 두 주 동안 상트페테르부르크에 체류하면서 암살 위협을 받고 여기저기 거처를 옮겼고, 두려운 나머지 자기 트렁크도 십사 일 동안 서너 번만 열어 보았다.

그는 더 크고 좋은 원석을 들고 일 년 후에 돌아오겠다고 약속한 후에야 인도로 출발할 수 있었다. 그가 떠나기 전에 궁정 재무관은 그 앞으로 가명 계좌 네 개를 만들어 미국의 여러 은행에 총 1500만 달러를 송금했다.

그는 이 년 이상 해외에서 체류하다가 1868년에야 미국으로 돌아왔다. 스물두 개국의 수도를 방문하고 황제 다섯 명, 국왕 열한 명, 왕자 세 명, 샤 한 명, 칸 한 명, 술탄 한 명을 만났다. 피츠 노먼은 자신의 재산을 10억 달러로 추정했다. 한 가지 사실 덕택에 그의 비밀이 누설되지 않을 수 있었다. 그의 큰 다이아몬드들은 대중의 눈에 드러난 지 일주일이 지나기도 전에 최초의 바빌로니아 제국 시대부터 역사를 점령했던 죽음, 정사, 혁명, 전쟁의 역사에 투자되었던 것이다.

1870년부터 1900년 사망할 때까지 피츠 노먼 워싱턴의 역사는 황금의 긴 서사시였다. 물론 곁다리 이야기도 있다. 지역 측량을 회피하고, 버지니아 출신의 숙녀와 결혼해서 외아들을 낳고, 일련의 불행한 사건으로 결국 동생을 죽여야 했다. 동생은 음주벽 때문에 신중하지 못하게 아둔한 행동을 서너 번 저질러서 결국 두 사람 모두의 안전을 위험한 지경으로 몰고 갔다. 그러나 진보와

팽창의 이 행복한 시절에 다른 살인 사건은 거의 없었다.

그는 죽기 직전에 방침을 바꾸었다. 외부 재산 중에서 몇 백만 달러만 남기고는 원석을 대량 사들여서 전 세계 은행의 안전 금고에 골동품 명목으로 넣어 두었다. 아들 브래덕 탈턴 워싱턴은 부친의 방침을 더욱 철저하게 고수했다. 그는 광석을 가장 희귀한 원소인 라듐으로 전환하여 금화 10억 달러에 해당하는 양을 시가 상자만 한 용기에 저장했다.

피츠 노먼이 죽고 삼 년이 흐른 후에 아들 브래덕은 사업이 지나치게 확장되었다고 판단했다. 부친이 산에서 가져온 재산은 정확하게 계산될 수 있는 범위를 넘어섰다. 그는 자신이 후원하는 수천 곳의 은행에 넣어 둔 라듐의 대량의 양을 암호로 공책에 기록해 두었다. 공책에는 은행에서 사용하는 별명도 기록했다. 그리고 그는 아주 간단한 일을 감행했다. 광산을 봉쇄한 것이다.

그는 광산을 봉쇄했다. 그동안 광산에서 꺼낸 양만으로도 아직 태어나지도 않은 수 세대의 워싱턴가의 후손들이 누구보다 호사스럽게 살아갈 수 있었다. 그의 유일한 걱정거리는 비밀을 어떤 식으로 보호하느냐 뿐이었다. 비밀이 드러나면 공황 상태가 발생하고 지구상의 모든 자산가들과 함께 그 역시 완전한 빈곤 상태로 떨어질 것이었다.

이것이 존 T. 웅거가 머무는 집안의 내력이었다. 그는 도착한 다음 날 아침에 은으로 벽을 두른 그의 거실에서 이 이야기를 들었다.

5

아침 식사 후에 존은 거대한 대리석 현관으로 나가 앞에 펼쳐진 광경을 호기심 어린 눈으로 바라보았다. 다이아몬드 산에서 8킬로미터가량 떨어진 가파른 화강암 절벽에 이르기까지 계곡 전역에서 여전히 황금빛 아지랑이가 뿜어 나와 잔디와 호수와 정원의 절경 위를 한가로이 떠돌았다. 여기저기에서 은은한 그늘숲을 만드는 느릅나무들은 짙은 청록색으로 언덕을 휘어잡은 거친 소나무 숲과는 묘한 대조를 이루었다. 그의 눈앞에서 새끼 사슴 세 마리가 4킬로미터 떨어진 수풀에서 껑충거리며 일렬로 나타났다가 빛이 어둑어둑하게 드는 다른 수풀 속으로 사라졌다. 나무 사이로 뛰어다니는 염소 발이 보이거나 님프[4]의 분홍빛 살과 노란 머리칼이 푸르른 이파리 사이로 날아다니는 모습이 보인다 하더라도 존은

---

4   그리스 신화에 나오는 젊고 아름다운 여자 모습의 요정.

놀라지 않았을 것이다.

존은 이렇듯 색다른 광경을 기대하면서 대리석 계단을 내려오다가 계단 발치에서 잠자던 실크처럼 매끄러운 러시안 울프하운드 두 마리를 살짝 건드렸다. 그는 구체적으로 어딜 가려는 마음도 없이 하얗고 파란 벽돌 길을 마냥 걸었다.

그는 이 순간을 최대한 즐겼다. 젊음이 절대로 현재에 안주하지 못하고, 늘 눈부시게 상상되는 미래와 비교되는 것은 젊음이 충분하지 못할 뿐만 아니라 축복을 받았기 때문이다. 꽃과 금, 여자와 별은 비교할 수도 얻을 수도 없는 그 젊은 꿈을 예언할 따름이다.

진한 향기를 내뿜는 장미 수풀의 부드러운 모퉁이를 돌자 나무 아래 이끼가 깔린 정원이 나타났다. 존은 이끼를 밟아 본 적이 없었고, 과연 이끼가 제 이름값을 하는지 확인해 보고 싶었다. 그때 잔디 너머로 지금까지 본 그 어떤 여자보다도 아름다운 소녀가 그를 향해 다가왔다.

소녀는 무릎 아래까지 내려오는 하얗고 귀여운 드레스를 입고, 파란 사파이어 조각이 달린 레이스 머리끈으로 머리를 묶었다. 소녀의 분홍빛 맨발이 이슬을 흩뜨리며 다가왔다. 나이는 기껏해야 열여섯 살 정도, 존보다 어려 보였다.

"안녕, 난 키스마인이야." 그녀가 부드러운 목소리로

말했다.

그녀는 이미 존에게 그 이상의 존재가 되었다. 그는 그녀에게 다가갔지만 혹시 그녀의 맨발을 밟을까 봐 거의 움직일 수 없었다.

"우리 만난 적 없지?" 소녀의 부드러운 목소리가 말했다. "아, 많은 걸 놓쳤어!" 소녀의 파란 눈이 덧붙였다. "재스민 언니는 어젯밤에 만났을 거야. 난 양배추 식중독으로 아팠어." 소녀의 부드러운 목소리가 말했다. "아프면 난 친절해지지. 건강할 때도 그렇지만." 그녀의 눈이 뒤를 이었다.

"넌 이미 나에게 대단한 영향을 주었어. 내가 그렇게 둔하지는 않아." 존의 눈이 말했다. "괜찮아? 지금은 좀 나아졌어?" 그의 목소리가 말했다. "자기야." 그의 눈이 떨면서 덧붙였다.

존은 그녀와 함께 길을 따라 걷고 있는 자신을 발견했다. 소녀의 제안으로 둘은 이끼 위에 같이 앉았지만, 존은 이끼가 부드러운지 어떤지도 알아채지 못했다.

존은 여자들에 대해 비판적이었다. 두꺼운 발목, 거친 목소리, 유리알 같은 눈 등 결점이 하나만 보여도 상대에게 완전히 관심을 잃었다. 그런데 난생처음 육체적으로 완벽해 보이는 소녀가 옆에 있었다.

"동부 출신이야?" 키스마인이 호감과 관심이 섞인

질문을 던졌다.

존이 간단하게 대답했다. "아니, 헤이즈야."

소녀는 헤이즈에 대해 들어 본 적이 없거나 즐겁게 덧붙일 말이 없었는지 그 문제에 대해 더 이상 언급하지 않았다.

소녀가 말했다. "이번 가을에 동부의 학교로 갈 거야. 내가 좋아할 것 같아? 뉴욕의 미스 벌지 학교에 입학할 거거든. 학교는 엄격하겠지만, 주말이면 뉴욕 집에서 가족들과 지낼 거야. 여자애들은 둘씩 걸어 다녀야 한다고 아버지가 그랬어."

"너희 아버지는 네가 자존심을 갖기를 바라시는구나." 존이 말했다.

소녀가 위엄 있게 두 눈을 반짝이며 대답했다. "그럼, 우리는 아무도 벌을 받은 적이 없어. 아버지는 우리가 절대로 그래서는 안 된다고 했어. 재스민 언니가 어렸을 때 아버지를 아래층으로 밀쳤지만 아버지는 절뚝거리며 일어났어. 오빠가, 음, 거기 출신이라는 것을 알고 어머니가 좀 놀랐어. 어머니는 어렸을 때, 음, 어머니는 스페인 출신이고 좀 구식이라서."

"여기에서 많이 지내?" 존은 소녀의 말에 다소 상처를 받았다는 것을 감추려고 얼른 물었다. 자신의 출신에 대해 매몰차게 빗대 말하는 것 같았다.

"퍼시 오빠와 재스민 언니와 나는 여름마다 여기 와. 내년 여름에 언니는 뉴포트로 갈 거야. 올가을부터 일 년은 런던에서 지낼 거고. 궁정에 소개받고 갈 거래."

존이 주저하며 물었다. "저기, 아까 처음 너를 봤을 때 생각했던 것보다 네가 훨씬 더 세련되었다는 거 알아?"

그녀가 얼른 큰 소리로 대꾸했다. "아, 싫어, 아니야. 그렇다고 생각해 본 적조차 없는데. 세련된 젊은이들은 너무나 평범하지 않아? 난 전혀 그렇지 않아. 오빠가 그렇다고 하면 울어 버릴래."

그녀는 너무 상심한 나머지 입술까지 덜덜 떨었다. 존은 얼른 변명을 늘어놓았다.

"그런 뜻이 아니야. 그냥 재미 삼아 그런 건데."

"정말 그렇다면 신경도 안 썼겠지만, 난 아니야. 난 아주 순진하고 여자다워. 담배도 술도 안 하고 시만 읽는걸. 수학이나 화학은 잘 몰라. 옷도 아주 꾸밈없이 입어. 사실 제대로 입는 것도 아니지만. '세련되었다'는 건 나에 대해 가장 어울리지 않는 표현이야. 소녀들은 건전하게 자신의 젊음을 누려야 한다고 생각해."

"나도 그래." 존이 진심으로 말했다.

키스마인은 다시 기분이 좋아졌는지 그에게 미소를 지었다. 파란 눈 한구석에서 무의식적으로 눈물 한 방울이 떨어졌다.

소녀가 다정하게 속삭였다. "오빠가 좋아. 여기 있는 동안 내내 퍼시 오빠하고만 지낼 거야, 아니면 나에게도 잘해 줄 거야? 생각 좀 해 봐. 난 완전히 신선한 대지나 마찬가지야. 평생 어떤 남자도 날 사랑해 본 적이 없어. 더군다나 퍼시 오빠를 빼고는 남자와 단둘이서 있어도 좋다는 허락을 못 받았는걸. 오빠랑 만날 생각에 일부러 이 숲까지 내려온 거야. 우리 가족들은 여기 오지 않을 테니까."

존은 아주 우쭐한 기분이 들어서 헤이즈의 댄스학교에서 배운 대로 허리를 깊이 숙이고 절했다.

키스마인이 다정하게 말했다. "그만 가야겠어. 11시에는 어머니와 같이 있어야 해. 오빠는 나보고 키스해 달라고 부탁하지도 않았어. 요즘 남자들은 다들 그러는 줄 알았는데."

존이 자부심을 드러내듯 몸을 쭉 폈다.

"그런 남자들도 있지만 난 아니야. 여자들도 그러지 않아, 헤이즈에서는."

그들은 나란히 집으로 걸어갔다.

6

존은 햇볕을 고스란히 받으며 브래덕 워싱턴을 마주 보았다. 마흔 살 정도 되어 보이는 그 중년 신사는 자신감이 넘쳐 보였으나 표정은 공허했고 지성이 묻어나는 눈매에 단단한 체격이었다. 아침이면 그에게서 말〔馬〕, 그것도 최고의 말 냄새가 났다. 그는 평범해 보이는 회색 자작나무 지팡이를 들고 있었는데 손잡이에 커다란 오팔이 달려 있었다. 그는 퍼시와 함께 주변을 안내해 주었다.

"노예들은 저기에서 살지." 그의 지팡이가 대리석 회랑을 가리켰다. 산의 옆쪽으로 우아한 고딕식으로 지은 대리석 집들이 있었다. "내가 젊었을 때 어리석은 이상주의로 잠시 방황한 적이 있었네. 그때 노예들은 호화롭게 살았지. 방마다 타일 욕조를 설치해 줄 정도였으니까."

존이 비위를 맞추듯 웃으면서 말했다. "그들은 욕조를 석탄을 저장하는 데 사용했을 것 같습니다. 신리처 머피 씨가 그러시는데 한번은……"

브래덕 워싱턴이 냉랭하게 그의 말을 잘랐다. "신리처 머피 씨의 의견은 중요하지 않은 것 같군. 내 노예들은 자기 욕조에 석탄을 저장하지 않았네. 매일 목욕하라는 명령을 그대로 지켰지. 그러지 않았다면 내가 황산 샴푸를 쓰라고 했을 거야. 하지만 다른 이유 때문에 목욕을 금지했네. 노예 몇 명이 감기에 걸려서 죽었어. 일부 종족에게는 음료수인 경우를 제외하면 물이 좋지 않다네."

존은 웃다 말고 좀 더 진지하게 고개를 끄덕여서 맞장구를 쳐야겠다고 생각했다. 브래덕 워싱턴과 함께 있는 것이 불편했다.

"이 흑인들은 부친께서 북부로 데려온 흑인들의 후손이라네. 지금은 250명 정도인데, 바깥 세계와 너무 동떨어져 살아서 원래 사용하던 방언이 거의 알아들을 수 없을 정도가 되었지. 그래서 내 비서와 집안 시종 두어 명에게는 영어를 사용하게 했네."

벨벳 같은 겨울 잔디 위를 걸어가면서 그가 말을 이었다. "여기가 골프장이네. 보다시피 모두 초록색이지. 페어웨이나 잡초가 우거진 러프도, 장애물도 없어."

그가 씩 웃으며 존을 바라보았다.

"감옥에 사람들이 많죠, 아버지?" 퍼시가 느닷없이 물었다.

브래덕 워싱턴이 발을 헛딛으면서 자기도 모르게 욕을 내뱉었다.

"응당 있어야 하는 수보다는 한 명이 적지." 그는 애매하게 대답하고 잠시 후에 덧붙였다. "어려운 일들이 있었네."

퍼시가 큰 소리로 말했다. "어머니가 그러는데 이탈리아어 선생님이……."

브래덕 워싱턴이 화를 냈다. "지독한 실수였어. 물론 그 자를 붙잡을 가능성은 크다. 숲 속에서 넘어졌거나 절벽에서 실족했을 거야. 혹시 탈출에 성공했다 하더라도 아무도 그의 이야기를 믿지 않을 거다. 그래도 주변 여러 마을에 스무 명을 풀어서 그를 찾아보게 했지."

"성과는 있었나요?"

"약간. 인상착의가 동일한 남자를 죽였다는 보고가 대리인을 통해 열네 건이나 들어왔다. 물론 그들은 보상을 바라니까……."

땅바닥에 커다란 구덩이가 파인 곳에 도착하자 그가 말을 끊었다. 회전목마 크기만 한 원이 거대한 쇠창살로 덮여 있었다. 브래덕 워싱턴이 존에게 가까이 오라고 손짓하더니 지팡이로 쇠창살 아래를 가리켰다. 존은 가장자리로 걸어가서 구덩이를 내려다보았다. 곧 밑에서 귀가 울릴 정도로 큰 고함 소리가 올라왔다.

"지옥으로 떨어져라!"

"이봐, 얘야, 거기 위쪽 공기는 어떠니?"

"야! 밧줄을 던져!"

"오래된 도넛이라도 가져와, 아니면 먹다 남은

샌드위치라도 있어?"

"이봐, 친구. 너랑 같이 있는 작자를 아래로 밀어 넣으면 신속하게 사라지는 장면을 연출해 주지."

"그자를 나에게 붙여 주겠니?"

너무 컴컴해서 구덩이 속이 잘 보이진 않았지만, 존은 목소리와 내용에 함축된 상스러운 낙관주의와 생생한 표현으로 보아 원기 왕성한 중산층 미국인들임을 알 수 있었다. 워싱턴 씨가 지팡이로 풀밭에 있는 단추를 누르자 아래가 환해졌다.

"불행히도 엘도라도를 발견한 모험적인 선원들이지." 그가 말했다.

아래에는 사발의 안쪽 같은 모양으로 커다란 구덩이가 파여 있었다. 반짝이는 유리 같은 옆면은 경사가 몹시 심했다. 약간 오목하게 파인 밑바닥에 조종사의 제복 같기도 하고 무대 의상 같기도 한 옷차림의 남자들이 스무 명 정도 모여 있었다. 다들 분노와 악의, 절망, 냉소적인 유머로 번들거리는 얼굴을 위로 쳐들었다. 턱수염이 길게 자라서 표정이 잘 보이지는 않았지만 눈에 띄게 우울한 몇 사람을 제외하면 대부분 영양 상태도 좋고 건강해 보였다.

브래덕 워싱턴이 구덩이 가장자리로 정원 의자를 끌고 와서 앉았다.

그가 온화하게 물었다. "음, 잘들 지냈나?"

너무 침울해서 차마 소리도 못 지르는 자들을 제외한 나머지 모두가 욕설을 내질렀다. 그 소리가 햇빛 가득한 지상까지 올라왔지만 브래덕 워싱턴은 전혀 동요하지 않고 침착하게 기다리다가 메아리까지 모두 사라진 후에 다시 물었다.

"이 난국에서 탈출하는 방법에 대해 생각들은 해 봤나?"

여기저기에서 말들이 솟아올랐다.

"사랑을 위해 여기 머물기로 결정했다!"

"우리를 꺼내 주면 방법을 찾겠다!"

브래덕 워싱턴은 다시 잠잠해질 때까지 기다렸다가 말했다.

"나는 이 사태에 대해 이미 말했네. 난 자네들이 여기 있는 걸 바라지 않아. 자네들을 만나지 말았어야 했는데 말이네. 자네들은 호기심 때문에 여기까지 왔고 나와 나의 이익을 해치지 않는 방법을 생각해 낸다면 나도 기쁘게 고려해 보겠어. 하지만 땅굴을 파는 노력만 기울인다면 — 그래, 자네들이 새로 땅굴을 판다는 것도 이미 알고 있네 — 멀리 가지 못할 걸세. 자네들 생각보다 그렇게 힘들지는 않을 거야. 고향의 사랑하는 이들을 향해 질러 대는 고함과 아울러 말이지. 자네들이 사랑하는 식구들에 대해 신경을 많이 쓰는 축이라면 절대로 비행기를 타지도 않았겠지만."

키다리 한 명이 무리에서 떨어져 나와 자기 말에 주인이 관심을 가졌으면 하는 것처럼 한 손을 쳐들었다.

"몇 가지 질문이 있다! 당신은 자기가 공정한 척하고 있어!" 그가 외쳤다.

"말도 안 되는 소리. 나 같은 지위의 사람이 어떻게 자네 같은 자들에게 공정할 수 있겠나? 스페인 사람이 스테이크 덩어리를 앞에 놓고 공정할 거라고 생각하는 편이 낫겠지."

이 심한 대꾸에 스테이크 스무 개의 표정이 일그러졌지만, 키다리는 말을 이었다.

"좋다! 전에도 이런 말싸움을 했었지. 당신은 박애주의자도 아니고, 공정하지도 않아. 그래도 인간이야. 적어도 그렇다고 직접 말했지. 당신이 우리 처지라면 어떨지 생각해 봐야 해. 얼마나, 얼마나……."

"얼마나 뭘 말인가?" 워싱턴이 차갑게 물었다.

"얼마나 쓸데없는 일인지……."

"난 아닌데."

"음, 얼마나 잔인한지……."

"그건 이미 해결했지. 자기 보존의 문제가 걸려 있을 때는 잔인함 따위는 존재하지 않아. 자네들은 병사들이야. 자네들도 알겠지만. 다른 이야길 해 보게."

"음, 얼마나 어리석은지……."

"그래, 그건 인정하지. 하지만 대안을 생각해 보게. 원한다면 자네들 모두, 아니 누구라도 고통 없이 처형시켜 주겠다고 제안했어. 아내나 애인, 자식, 어머니를 여기로 유괴해 오겠다고도 제안했어. 거기 아래의 처소를 확장해서 평생 먹여 주고 입혀 줄 거야. 영구 기억상실증에 걸리는 약을 만들 수만 있다면 모두에게 주입해서 당장 내 구역 밖으로 내보낼 거야. 내 생각은 여기까지라네."

"당신에 대해 밀고하지 않겠다는 걸 믿어 줄 순 없나?" 누군가 외쳤다.

워싱턴이 경멸하는 표정으로 대답했다. "그 제안은 진심이 아니야. 자네들 중에서 한 명을 꺼내서 딸에게 이탈리아어를 가르치게 했는데, 지난주에 도망쳤어."

갑자기 스물네 개의 목구멍이 미친 듯이 소리를 질러 댔고 구덩이 속은 곧 여흥이 펼쳐지는 아수라장이 되었다. 죄수들은 짐승 같은 혈기에 나막신 춤을 추고 박수 치고 요들을 부르고 씨름을 했다. 심지어 사발의 유리 옆면을 최대한 기어올랐다가 몸의 천연 쿠션을 이용해서 다시 바닥으로 미끄러졌다. 키다리가 선창하자 다들 따라 했다.

오, 우리는 독재자를 교수형에 처할 거야

시큼한 사과나무에…….

브래덕 워싱턴은 노래가 끝날 때까지 뜻 모를 침묵에 잠겨 앉아 있었다.

죄수들이 약간 관심을 보이자 그가 입을 열었다. "알겠지만, 자네들에게 아무런 악의도 없네. 즐거워하는 걸 보니 좋군. 그래서 이야기를 전부 해 주지 않는 거야. 이름이 뭐였더라? 크리티키엘로인가 하는 그자는 열네 군데에서 내 대리인들의 총을 맞았어."

죄수들은 '열네 군데'가 도시를 뜻한다는 것을 몰랐기 때문에 즐겁게 소란을 피우던 것을 당장 그쳤다.

워싱턴이 분노하며 외쳤다. "그럼에도 불구하고, 그자는 달아나려고 했어. 이런 일을 겪고 나서도 자네들에게 다시 기회를 줄 것 같나?"

다시 고함 소리가 올라왔다.

"물론이지!"

"당신 딸이 중국어를 배우고 싶어 하지는 않나?"

"이봐, 나도 이탈리아어를 할 줄 알아. 어머니가 이탈리아 사람이야."

"딸내미가 뉴욕 말도 배우고 싶어 하겠지."

"커다랗고 푸른 눈의 그 소녀라면 이탈리아어 말고 딴 걸 더 잘 가르쳐 줄 수도 있는데."

"아일랜드 노래도 좀 알고, 금관 악기도 다루는데."

워싱턴 씨가 갑자기 지팡이를 들고 몸을 기울여서

풀밭에 있는 단추를 누르자 곧 아래쪽 광경이 사라지고 검은 쇠창살로 침울하게 뒤덮인 커다랗고 어두운 입구만 남았다.

아래에서 누군가 외쳤다. "이봐! 축복도 해 주지 않고 가진 않겠지?"

워싱턴 씨는 두 소년을 이끌고 어느새 골프장의 아홉 번째 홀로 걸어갔다. 그에게는 구덩이와 그 안의 내용물이 간단한 골프채로도 쉽게 통과할 수 있는 장애물에 불과한 것 같았다.

7

다이아몬드 산 아래의 7월은 밤에는 담요를 덮어야 했지만 낮에는 따뜻했다. 존과 키스마인은 사랑에 빠졌다. 존은 자기가 선물한 작은 황금 축구공('신과 조국과 성 미다스를 위해(Pro deo et ptria et St. Midas)'라는 말이 새겨졌다.)이 그녀의 백금 목걸이에 매달렸다는 사실을 몰랐다. 또한 키스마인은 자신의 꾸미지 않은 머리에서 떨어진 커다란 사파이어가 존의 보석 상자에 애틋하게 들어갔다는 것도 몰랐다.

어느 늦은 오후에 그들은 루비와 담비의 털로 치장한

조용한 음악실에 한 시간이나 머물렀다. 존은 그녀의 손을 잡았고, 그녀가 한없이 부드럽게 자기를 바라보자 그녀의 이름을 속삭였다. 그녀가 그를 향해 몸을 기울이다가……멈칫했다.

"키스마인[5]이라고 했어? 아니면……." 그녀가 부드럽게 물었다.

그녀는 자기가 오해했을 수도 있겠다 싶어서 확인하고 싶었던 것이다.

둘 다 지금까지 키스해 본 적이 없었지만, 한 시간이 흐르자 키스를 해 보았는지 못 해 보았는지는 거의 차이가 없어 보였다.

그날 오후는 그렇게 흘러갔다. 그날 밤의 마지막 선율이 가장 높은 탑에서 흘러 내려올 때 그들은 누워서 그날의 매 순간을 행복하게 꿈꾸었다. 가능한 한 빨리 결혼하기로 다짐했던 것이다.

8

워싱턴 씨와 두 젊은이는 날마다 깊은 숲에서

---

5   '나에게 키스해 줘.'라는 뜻으로도 해석된다.

사냥이나 낚시를 하고, 나른한 골프장에서 골프를 치기도 했는데, 존은 일부러 집주인에게 져 주었다. 가끔은 산의 정기로 서늘한 호수에서 수영도 했다. 존은 워싱턴 씨가 상당히 지독한 인물이라고 평가했다. 그는 자신의 것을 제외한 그 어떤 생각이나 의견에 완전히 무관심했다. 워싱턴 부인은 내성적이었고 늘 혼자 떨어져 있었다. 그녀는 두 딸에게 전혀 관심이 없고 오로지 아들 퍼시에게만 빠져 있었다. 저녁 식사 때면 둘은 빠른 스페인어로 기나긴 대화를 나누었다.

큰딸 재스민은 다리가 약간 휘고 손발이 큰 것을 제외하면 키스마인과 외모가 비슷했지만, 기질은 완전히 딴판이었다. 재스민은 홀아비가 된 아버지를 위해 집안일을 하는 가난한 소녀들에 대한 책을 좋아했다. 존은 재스민이 군부대 안의 매점 전문가로서 유럽에 진출하기 직전에 세계 대전이 종결되자 그 충격과 실망에서 영영 벗어나지 못하고 있다고 키스마인으로부터 들었다. 재스민이 너무 상심하자 브래덕 워싱턴은 발칸 반도에 새로운 전쟁을 일으킬까도 했었다. 하지만 재스민은 세르비아 부상병들의 사진 한 장을 보고 이런 일에 아예 흥미를 잃었다. 반면 퍼시와 키스마인은 아버지에게서 지나치게 오만한 태도를 고스란히 물려받은 것 같았다. 그들은 무슨 생각을 하더라도 소박하면서도 꾸준하게 이기심을 드러냈다.

 존은 성과 계곡의 경이로운 모습에 매혹되었다. 퍼시가 말하길 브래덕 워싱턴은 조경사를 비롯해서 건축가, 무대 장치가, 이전 세기의 유물이라 할 프랑스 데카당스 시인을 유괴해 왔다고 했다. 그는 그들에게 흑인 노예들을 맘껏 부리게 했고, 이 세상의 그 어떤 재료도 다 제공하겠다면서 맘껏 일해 보라고 했다. 그러나 그들은 자신들이 아무 쓸모가 없는 존재라는 것을 입증해 보였다. 데카당스 시인은 봄에 넓은 대로를 볼 수 없다며 당장 슬퍼하기 시작했다. 그는 향신료, 원숭이, 상아에 대해 넌지시 언급했지만 실용적인 가치에 대해서는 아무 말도 없었다. 한편 무대 장치가는 계곡 전체에 특수 효과와 기술을 사용해 보려 했지만, 워싱턴가 사람들은 그런 무대를 금방 지겨워했을 것이다. 건축가와 조경사는 이건 이렇게 하고 저건 저렇게 해야 한다는 등 의례적인 주장만 했다.

 어쨌든 그들은 자신들과 관계가 있는 문제는 해결해 냈다. 그들은 분수의 위치를 결정하는 문제로 한 방에서 밤을 지새우고 다음 날 아침 일찍 모두 정신을 놓아 버렸다. 그래서 지금은 코네티컷주 웨스트포트의 한 정신 병원에 유배되어 편안하게 지내고 있다.

 존이 궁금한 마음에 물었다. "그렇다면 이 멋진

영접실과 집회장, 입구, 욕실은 누가 다 만든 거야?"

퍼시가 대답했다. "음, 좀 부끄럽긴 하지만 영화 일을 하던 사람이었어. 무한정의 돈을 갖고 노는 데 익숙한 사람이 그자뿐이더라고. 냅킨을 옷깃 속에 집어넣는 데다가 읽고 쓸 줄도 몰랐지만."

8월이 끝날 무렵 존은 곧 학교로 돌아가야 한다는 사실에 마음이 무거웠다. 그와 키스마인은 다음 6월에 사랑의 도피행을 떠나기로 약속했다.

키스마인이 고백했다. "여기에서 결혼하면 더 근사할 텐데. 물론 아버지는 절대로 자기와 결혼하지 못하게 할 거야. 그러니 나로서도 도망치는 편이 나아. 부자들이 미국에서 결혼하는 건 끔찍한 일이야. 유물을 걸치고 결혼할 거라고 언론에 늘 알려 줘야 하니까. 물론 그들이 말하는 유물이란 한때 외제니 여제가 사용하던 오래된 진주 목걸이와 레이스 드레스이긴 하지만."

존이 열정적으로 말했다. "나도 알아. 신리처 머피가를 방문했을 때 장녀 그웬돌린이 웨스트버지니아의 절반을 소유한 사람의 아들과 결혼했지. 은행원인 남편 월급으로 살아가는 일이 얼마나 힘든지 편지를 보냈는데, 마지막에 이렇게 썼더라. '다행히도 유능한 하녀가 넷 있어서 약간 도움이 되어요.'"

키스마인이 말했다. "너무 불합리해. 하녀 두 명으로

버텨야하는 수백만의 노동자나 그런 사람들을 생각해 봐."

8월의 어느 늦은 오후에 키스마인이 던진 우연한 말 한마디에 모든 상황은 역전되었고, 존은 공포에 떨게 되었다.

가장 좋아하는 풀밭에서 키스하다가 존은 둘의 관계에 고통이 따르리란 낭만적이고 불길한 예감에 빠졌다.

그가 슬프게 말했다. "우리가 절대로 결혼하지 못할 것 같다는 생각이 들어. 넌 돈이 너무 많고 대단해. 너처럼 부자인 여자는 절대로 다른 여자와 같을 수 없어. 오마하나 수시티 출신의 철물 도매회사 부자의 딸과 결혼해서 그녀가 지참금으로 가져온 50만 달러로 만족해야 할 것 같아."

"철물 도매회사 부자의 딸을 본 적이 있어. 자기라면 그런 여자에게 만족하지 못할걸. 언니의 친구였는데 여기 온 적도 있어."

"나 말고 다른 손님도 왔었던 거야?" 존이 놀라서 물었다.

키스마인은 자기가 한 말을 후회하는 것 같았다.

"응, 그래. 몇 명 왔었지." 그녀가 서둘러 대답했다.

"너는, 아니, 너희 아버지는 사람들이 바깥세상에 나가 이야기할까 봐 걱정하지 않았어?"

"어, 어느 정도, 어느 정도는 그랬지. 다른 즐거운 이야기나 하자."

그러나 존의 호기심은 식을 줄을 몰랐다.

"다른 즐거운 이야기라고? 이 이야기는 뭐가 즐겁지 않은데? 착한 여자애들이 아니었어?"

키스마인이 갑자기 울자 존은 몹시 놀랐다.

"그래, 그게, 문제였어. 나도, 몇 명은 꽤, 꽤 좋아했는데. 언니도 그랬고. 어쨌거나 언니는 계속 친구를 초대했어. 나는 이해할 수 없었지만."

존의 마음속에서 불길한 의혹이 싹트기 시작했다.

"그 사람들이 여기 이야기를 떠벌려서 너희 아버지가…… 제거했다는 거야?"

"그 이상이야." 그녀가 띄엄띄엄 말했다. "아버지는 말할 기회도 주지 않았어. 언니는 놀러 오라는 편지를 계속 보냈고, 또 그들은 아주 재미있게 지냈어."

그녀는 슬픔을 이기지 못하고 거의 발작 상태에 빠졌다.

존은 두려움과 놀라움에 입을 딱 벌렸다. 마치 척추에 참새 떼가 앉은 것처럼 온몸의 신경 조직이 뒤흔들렸다.

"자기에게 다 말해 버렸네. 그러면 안 되는데."
키스마인이 갑자기 울음을 그치고 짙푸른 눈에 맺힌 눈물을 닦았다.

"그들이 떠나기 전에 아버지가 죽인 거야?"

그녀가 고개를 끄덕였다.

"보통은 8월이야. 아니면 9월 초나. 우리가 먼저 그들에게서 즐거움을 전부 얻어 낸 후에 그러는 게 당연하니까."

"정말 역겹구나! 어떻게, 왜, 이거 돌겠네! 너, 정말로 그러는 게 당연하다고 인정하는 거야……?"

키스마인이 어깨를 으쓱하며 그의 말에 끼어들었다. "그래, 비행사들처럼 가둬 둘 수는 없었어. 매일 마음의 가책이 될 테니까. 또 아버지가 예상보다 늘 빨리 처리했기 때문에 언니와 내 입장에서도 편했어. 그런 식으로 소란스러운 이별을 피할 수 있었고……."

"그래서 그들을 죽였다고! 어!" 존이 소리쳤다.

"아주 깔끔했어. 그들이 잠자는 동안 약을 주입했고, 가족들에게는 산에서 성홍열로 죽었다는 소식을 전했어."

"하지만 왜 계속 사람들을 초대하는지 이해할 수 없어!"

"난 아니야." 키스마인이 외쳤다. "나는 한 명도 초대하지 않았어. 언니가 그랬지. 또 사람들은 늘 아주 즐겁게 지냈어. 언니는 끝날 무렵에 무척 근사한 선물을 주었어. 앞으로 내 손님들도 오겠지. 그러면 나도 익숙해질 거야. 죽음처럼 불가항력적인 것 때문에 즐거운 인생을 방해받을 수는 없어. 아무도 찾아오지 않으면 여기에서 지내는 게 얼마나 외로울지 상상해 봐. 사실 우리와 마찬가지로 부모님도 당신의 가장 친한 친구 몇 명을 희생했어."

존이 비난했다. "그래서 널 사랑하게 만들고 너도 사랑하는 척하면서 결혼 이야기를 했구나. 내가 절대로 살아서 돌아가지 못할 거라는 걸 알면서……."

그녀가 강하게 반박했다. "아니, 더 이상은 아니야! 처음엔 그랬어. 자기가 여기 있었고, 나로서는 어쩔 수 없었어. 자기의 마지막 날이 즐거운 게 우리 둘 모두에게 낫겠다고 생각했어. 그러다가 자기를 사랑하게 되었고, 정말 미안해. 자기가, 자기가 죽어야 하다니……. 그래도 자기가 딴 여자와 키스하느니 죽는 편이 낫겠어."

"아, 그래, 그런 거였어?" 존이 격노해서 물었다.

"그 이상이야. 절대로 결혼할 수 없는 남자와는 더 큰 재미를 볼 수 있다는 소리를 늘 들었어. 아이, 내가 왜 이런 말까지 하는 거지? 완벽하게 행복했던 자기의 시간을 다 망쳐 버렸네. 자기가 몰랐을 때는 정말 좋았는데. 이제 자기에게는 이 상황이 꽤 우울하게 느껴지겠지."

존의 목소리가 분노로 떨렸다. "아, 그래, 그런 거였어? 이런 이야기는 지긋지긋해. 네가 시체나 다름없는 자와 바람이 날 정도로 자존심도 정숙함도 없는 아이라면 더 이상 너와 아무 사이도 아닌 게 낫겠어!"

그녀가 두려워하며 항의했다. "자기는 시체가 아니야! 자기는 시체가 아니라고! 내가 시체와 키스했다고 말하면 가만두지 않겠어!"

"그런 말은 하지 않았어!"

"그랬어! 내가 시체와 키스했다고 했잖아!"

"아니!"

그들은 목소리를 점점 더 높이다가 어떤 방해물이 불쑥 등장하는 바람에 동시에 입을 다물었다. 그들을 향해 다가오는 발소리가 들리더니 장미 수풀이 갈라지고 브래덕 워싱턴의 준수하지만 공허한 얼굴이 나타났다. 그는 지적인 눈으로 그들을 노려보았다.

"누가 시체와 키스했다는 거야?" 그가 아주 못마땅하다는 듯이 물었다.

키스마인이 차분하게 대답했다. "아무도 아니에요. 그냥 농담이었어요."

그가 퉁명스럽게 물었다. "어쨌거나 너희 둘이 여기에서 뭘 하는 거지? 키스마인, 넌 책을 읽거나 언니와 골프를 쳐야지. 가서 책을 읽거라! 가서 골프나 쳐! 내가 돌아왔을 때 여기 있어서는 안 된다!" 그리고 그는 존에게 인사하고 걸어갔다.

아무 소리도 들리지 않을 정도로 아버지가 멀리 간

후에 키스마인이 침울하게 물었다. "봤지? 자기가 전부 망쳤어. 우린 더 이상 만날 수 없어. 아버지가 허락하지 않을 거야. 우리가 사랑하는 걸 알면 자기를 독살할걸."

존이 격렬하게 외쳤다. "우리는 더 이상 사랑하지 않아! 그러니 너희 아버지도 그 문제에 대해서는 걱정하지 않아도 돼. 더군다나 내가 여기 계속 머물 거라는 어리석은 생각은 하지도 마. 앞으로 여섯 시간 후에 필요하다면 산을 갉아먹고서라도 동쪽으로 갈 거야."

그들은 둘 다 일어나 있었는데, 존이 말을 마치자 키스마인이 가까이 다가와서 팔짱을 꼈다.

"나도 갈래."

"너 미쳤……."

"당연히 나도 갈 거야." 그녀가 참지 못하고 그의 말을 잘랐다.

"천만에. 너는……."

그녀가 침착하게 말했다. "잘 알겠어. 아버지를 따라가서 말하자."

존은 어쩔 수 없어서 그저 침통하게 웃었다.

그는 얼굴이 창백하고 애정도 사라진 듯 보였지만 그녀의 말에 동의했다. "좋아, 자기야. 같이 가자."

존은 키스마인에 대한 사랑이 되돌아와 편안하게 안착했다고 느꼈다. 그녀는 그의 것이다. 그녀는 그와 함께 떠나 위험에 동참할 것이다. 그는 두 팔로 그녀를 껴안고 격렬하게 키스했다. 결국 그녀는 그를 사랑했고, 사실 그를 구해 준 셈이었다.

그들은 그 문제에 대해 이야기를 나누며 천천히 성으로 걸어갔다. 그들이 함께 있는 모습을 브래덕 워싱턴에게 들켰으니 다음 날 밤에 떠나는 게 나을 성싶었다. 저녁 식사 때 존은 입술이 바짝 타는 것 같았다. 더군다나 공작새 수프를 한입 가득 왼쪽 기도로 집어넣는 바람에 거북이와 담비로 치장된 카드실로 실려 갔고 하급 집사가 그의 등을 두드렸다. 퍼시는 아주 웃기는 소동이라고 생각했다.

9

자정이 지나고 한참 후에 존은 신경질적으로 경련을 일으키며 몸을 벌떡 세우고 앉아 방에 드리워진 최면의 베일을 노려보았다. 열린 창문 만큼의 정사각형 푸른 어둠 너머 멀리에서 희미한 소리가 들렸다. 그 소리는 불편한 꿈으로 헤매던 그의 기억에 각인되지도 못하고 바람에 잦아들었다. 그러나 그 뒤를 이어 더 가까이, 바로 방 밖에서 날카로운 소리가 났다. 손잡이가 돌아가는 소리인지 아니면 발소리나 속삭임인지 구별할 수 없었다. 배 속에 단단한 덩어리가 뭉치는 것 같았고 있는 힘을 다해 그 소리에 귀를 기울이자 온몸이 다 아팠다. 베일 하나가 녹아내리는 것 같더니 문간에 희미한 물체가 나타났다. 어둠에 가려진 흐릿한 윤곽의 그 물체는 주름진 커튼과 겹쳐서 더러운 유리판에 반사된 것처럼 왜곡되어 보였다.

    두려웠는지 아니면 마음의 결단을 내렸는지는 모르겠지만 존은 갑자기 침대맡의 단추를 눌렀다. 곧 그는 옆방의 초록색 욕조로 미끄러져 들어갔고, 반쯤 채워진 욕조의 차가운 물에 빠지자 정신이 번쩍 들었다.

    그가 벌떡 일어나자 물에 젖은 잠옷에서 물방울이 둔탁하게 등 뒤로 튕겼다. 그는 2층 상아 계단참과 연결된 남옥 방으로 달려갔다. 문은 스르르 열렸다. 커다란 반원 지붕에서 타오르는 진홍색 램프의 불빛이 장엄한 조각 계단을 비추는 광경이 너무 아름다워 고통스러울 정도였다. 존은 자신을 둘러싼 고요하고도 장엄한 광경에 잠시 멈칫거렸다. 상아 계단참에서 흠뻑 젖은 채로 몸을 떠는 외로운 인간을 거대한 주름과 곡선이 둘러싸는 것 같았다. 그때 두 가지 일이 동시에 벌어졌다. 그의 거실 문이 활짝 열리더니 벌거벗은 흑인 세 명이 고꾸라지듯 홀로 들어섰다. 존이 두려운 마음에 계단 쪽으로 몸을 움직이는데 복도 맞은편의 다른 문이 미끄러지듯 열리고 불 켜진 엘리베이터 안에 브래덕 워싱턴이 서 있었다. 그는 번들거리는 장밋빛 잠옷 위에 모피 코트를 걸치고 무릎까지 오는 승마화를 신고 있었다.

흑인 세 명(모두 처음 보는 자들이었으나 존은 그들이 전문 사형 집행인이 틀림없다고 순간적으로 생각했다.)이 존을 향해 움직이다가 걸음을 멈추고 엘리베이터에 탄 남자를 바라보았다. 그가 제왕처럼 명령을 내렸다.

"여기로 들어와! 너희 셋 모두! 최대한 빨리!"

그러자 흑인 세 명이 번개처럼 안으로 들어갔고 엘리베이터 문이 미끄러지듯 닫히면서 직사각형 모양의 빛도 사라졌다. 홀에는 다시 존만 남았다. 그는 탈진해서 상아 계단에 주저앉았다.

분명 불길한 일이 벌어져서 잠시나마 그의 사소한 재난이 연기되었던 것이다. 그게 뭘까? 흑인들이 폭동을 일으켰나? 조종사들이 강제로 쇠창살을 벌렸을까? 아니면 피시 주민들이 맹목적으로 언덕을 넘어와서 그 황량하고 기쁨도 모르는 눈으로 이 번쩍이는 계곡을 발견한 것일까? 그로서는 알 도리가 없었다. 엘리베이터가 다시 윙 하고 올라갔다가 내려가는 소리가 들렸다. 퍼시가 아버지를 도우러 서둘러 온 것인지도 모른다. 존은 지금이야말로 키스마인에게 달려가서 당장 도망칠 계획을 세워야겠다고 생각했다. 그는 엘리베이터가 조용해지길 잠시 기다리다가 젖은 잠옷 사이로 비집고 들어와 온몸을 채찍질해 대는 밤의 냉기에 몸을 떨면서 방으로 돌아와 얼른 옷을 갈아입었다. 그다음에 긴 계단 쪽으로 걸어가서 러시아 담비 양탄자가 깔린 복도로 내려갔다. 복도는 키스마인의 방과 연결되어 있었다.

키스마인의 거실 문은 열려 있었고 램프도 켜져 있었다. 그녀는 앙고라 기모노 차림으로 창가에 서서 귀를 기울이다가 존이 조용히 들어오자 몸을 돌렸다.

키스마인이 방을 가로질러 다가오더니 속삭였다. "아, 자기였구나! 소리 들었어?"

"네 아버지의 노예들이 내……."

그녀가 흥분해서 그의 말을 막았다. "아니, 비행기 말이야!"

"비행기라고!? 그 소리에 내가 깬 모양이구나."

"적어도 열두 대는 돼. 몇 분 전에 달빛에 비행기 한 대를 봤어. 절벽에서 보초를 서던 경비원이 총을 쏘았고 그 소리에 아버지도 알게 된 거야. 우리 쪽에서 당장 발포할 작정이래."

"그들이 알고 찾아온 건가?"

"그래. 그 이탈리아인이 도망쳐서……."

그녀의 마지막 말과 동시에 열린 창 너머로 날카로운 소리가 연속적으로 들렸다. 키스마인이 작게 소리를 지르며 옷장 위의 상자에서 덜덜 떨리는 손으로 동전 하나를 꺼내 전등으로 달려갔다. 곧 성 전체가 캄캄해졌다. 그녀가 퓨즈를 끊은 것이다.

그녀가 외쳤다. "이리 와! 하늘 정원으로 올라가서 보자."

그녀는 망토를 두르고 그의 손을 잡았고, 둘은 문밖으로 달려갔다. 탑의 엘리베이터까지는 겨우 한 걸음이었고, 그녀가 단추를 누르자 엘리베이터가 솟아올랐다. 그는 그녀에게 팔을 두르고 어둠 속에서 그녀의 입에 키스했다. 드디어 존 웅거에게도 로맨스가 찾아온 것이다. 곧 그들은 별이 빛나는 옥상으로 나갔다. 소용돌이치는 구름 조각 사이로 들락날락 모습을 보이는 달 아래에서 시커먼 날개를 단 물체 열두 개가 끊임없이 선회했다. 계곡 여기저기에서 그들을 향해 불길이 치솟고 날카로운 폭음이 뒤를 이었다. 키스마인은 재미있는지 박수를 쳤다. 하지만 미리 준비된 신호에 따라 비행기들이 폭탄을 투하하고, 나직하게 웅얼대는 소리와 무시무시한 빛의 파노라마로 계곡이 가득 차자 그녀는 몹시 절망했다.

공격자들은 대공포가 포진한 지점들을 집중 공격했다. 장미 정원에서 대공포 한 대가 거대한 용광로처럼 불타 올랐다.

존이 말했다. "키스마인, 내가 살해될 예정이었던 밤에

이 공격이 시작되었다는 걸 알면 너도 기쁠 거야. 경호원이 입구에서 발사하는 소리를 듣지 못했다면 지금쯤 난 죽어서……."

눈앞에서 벌어지는 광경에 열중해 있던 키스마인이 외쳤다. "뭐라고 말하는지 들리지 않아! 더 크게 말해 줘!"

존이 소리쳤다. "성을 폭격하기 전에 도망쳐야 한다고!"

갑자기 흑인 구역의 주랑이 갈라지더니 그 아래에서 불길이 치솟고 대리석 조각들이 호수 경계선까지 날아갔다.

키스마인이 외쳤다. "노예 5만 달러어치가 사라진다. 전쟁 전 가격으로. 이제 재산을 존중하는 미국인은 거의 없어."

존은 도망쳐야 한다고 다시 재촉했다. 비행기들의 공격은 시간이 지날수록 더욱 정확해졌고, 대공포 중에서 발사하는 건 겨우 두 대뿐이었다. 화염에 휩싸인 수비대는 이제 오래 버티지 못할 것이다.

존이 키스마인의 팔을 붙잡으며 외쳤다. "가자! 가야 해. 저 조종사들이 널 찾아내면 곧바로 죽일 거라는 거 모르겠어?"

키스마인이 마지못해 동의했다.

"언니를 깨워야 해!" 그녀는 엘리베이터로 달려가면서

말하더니 아이처럼 즐겁게 덧붙였다. "우린 가난해질 거야, 그렇지? 책에 나오는 사람들처럼 말이야. 난 고아가 되고 완전히 자유롭겠지. 가난하고 자유로워! 정말 신나는 일이야!" 그녀는 말을 멈추더니 입술을 내밀어 기쁜 듯 그에게 키스했다.

존이 진지하게 말했다. "가난하면서 동시에 자유로울 수는 없어. 이미 그렇다고 확인된걸. 둘 중에서 하나만 고르라면 자유를 선택하겠어. 그건 그렇고, 보석 상자 안에 든 걸 주머니에 꼭 챙기도록 해."

십 분 후에 존은 어두운 복도에서 두 소녀와 만나 성의 1층으로 내려갔다. 그들은 마지막으로 장엄하고 화려한 홀을 지나다가 잠시 테라스에 서서 불타는 흑인 숙소와 호수 맞은편에 추락해서 타오르는 비행기 두 대를 바라보았다. 아직도 대공포 한 대가 위를 향해 배치되어 있어서 공격자들이 착륙을 주저하는 것 같았다. 대신 그들은 대공포를 쏘는 에티오피아인을 사살하려고 대포 주위로 원을 그리며 우레 같은 공격을 감행했다.

존과 두 자매는 대리석 계단을 지나 왼쪽으로 휙 돌아 좁다란 길을 올라가기 시작했다. 다이아몬드 산을 밴드처럼 둘러싼 길이었다. 키스마인은 산등성이의 나무가 무성한 지역을 알고 있었다. 그들은 거기 숨어서 누운 채로 계곡의 거친 밤을 지켜볼 것이고, 어쩔 수 없는 상황에 이르면 돌 많은 골짜기에 놓인 비밀 통로로 도망칠 것이다.

10

 그들은 3시가 되어서야 목적지에 도착했다. 자상하고 여유로운 성격의 재스민은 커다란 나무줄기에 몸을 기대고 금세 잠이 들었다. 존은 키스마인을 감싸 안고 그날 아침만 해도 아름다웠던 정원 가운데에서 벌어지는 치열한 전투를 앉아서 지켜보았다. 4시가 지나자마자 마지막까지 버티던 총이 탕 소리를 내며 붉은 혀를 빠르게 내밀었다가 사그라졌다. 달이 숨긴 했지만 비행 물체가 점점 더 땅에 가깝게 선회하는 모습도 보였다. 포위된 자들에게 더 이상 무기가 없다는 것이 확실해지면 비행기들이 착륙할 것이고, 어둡게 빛나던 워싱턴 일가의 지배도 끝장나리라.
 불길이 그치면서 계곡도 조용해졌다. 비행기 두 대의 잔해가 수풀에 웅크린 괴물의 눈처럼 번쩍였다. 성은 어둡고, 조용히 서 있었다. 성은 햇빛 아래에서 아름다웠듯이 햇빛 없이도 여전히 아름다웠다. 한편 네메시스[6] 같은 나무숲에서 울리는 소리는 불평을

---

6 그리스 신화에 나오는 인과응보의 여신.

늘어놓았다가 물러났다 하는 것 같았다. 존은 언니와 마찬가지로 깊이 잠든 키스마인을 바라보았다.

    4시가 지나고 한참 후에 존은 그들이 걸었던 길을 그대로 따라오는 발소리를 들었다. 그 발소리의 주인들이 자신이 앉아 있는 안전한 지점을 지나칠 때까지 그는 숨을 죽이고 기다렸다. 어렴풋하게 동요하는 소리가 들렸지만 사람이 내는 소리는 아니었고, 이슬은 차가웠다. 곧 새벽이 올 터였다. 존은 발소리가 산 위로 확실히 멀어지고 더 이상 들리지 않을 때까지 기다렸다가 그 뒤를 따라갔다. 가파른 정상까지 반쯤 올랐는데, 나무들이 쓰러져 있고 단단한 바위가 그 아래 다이아몬드 산 너머로 넓게 펼쳐져 있었다. 그는 이 지점에 도착하기 직전에 바로 앞에 생명체가 있다는 동물적인 육감을 느끼고 걸음을 늦췄다. 그는 높다란 바위 앞에 서서 그 너머로 고개를 천천히 들었다. 호기심 덕택에 뜻밖에도 다음 장면을 볼 수 있었다.

    아무 소리도 들리지 않고 생명체의 낌새도 전혀 보이지 않는 회색 하늘을 배경으로 브래덕 워싱턴이 꼼짝 않고 서 있었다. 동쪽에서 새벽이 차가운 초록빛을 내비치며 올라올 때, 이 외로운 인간과 새 날은 비교할 수 없을 만큼 대조적이었다.

    존은 이 집주인이 잠시 수수께끼 같은 명상에 잠긴 것을 보았다. 얼마 후에 그가 발치에 웅크려 있던 흑인

둘에게 그들 사이에 놓인 짐을 들라는 신호를 보냈다. 그들이 간신히 일어설 때, 노란 첫 햇살이 절묘하게 연마된 커다란 다이아몬드의 수많은 프리즘을 통과하며 백색의 광휘가 새벽별의 한 조각처럼 빛을 발했다. 짐꾼들은 잠시 짐의 무게에 비틀거렸지만, 젖어서 번들거리며 출렁이던 피부 밑 근육이 곧 단단해졌다. 세 사람은 자신의 무능함에 저항하며 하늘 앞에서 다시 꼼짝하지 않았다.

얼마 후 백인이 고개를 치켜들고 주의를 모으는 사람처럼 천천히 두 팔을 들어 올렸다. 수많은 군중을 향해 자기 말을 들으라며 소리치는 자 같았다. 그러나 이곳에 관객이라고는 산과 하늘의 커다란 침묵뿐이었고, 가끔씩 나무에서 새소리만 희미하게 들려왔다. 바위 위에 있던 그가 진중하게, 그리고 무한한 자부심에 차서 말을 시작했다.

그가 떨리는 목소리로 말했다. "거기 당신이시여, 거기 당신이시여!" 그는 말을 멈추었다. 여전히 두 팔을 쳐들었고, 대답을 기다리는 듯이 고개를 세웠다. 존은 산을 내려가는 사람이 있는지 보려고 두 눈을 가늘게 떴지만 인간이라고는 없고, 하늘과 나무 꼭대기를 지나는 바람 소리뿐이었다. 기도를 드리는 것일까? 존은 잠시 궁금해하다가 곧 상황을 깨달았다. 그의 태도에는 기도와 정반대되는 분위기가 느껴졌다.

"오, 거기 위의 당신이시여!"

그의 목소리가 확신에 넘쳐서 더 강해졌다. 절망적인 탄원은 아니었다. 그보다는 어처구니없을 정도로 생색을 내는 것 같았다.

"거기 당신이시여."

그가 속사포처럼 단어를 내뱉었기 때문에 무슨 말인지 알아듣기 힘들었다. 존은 숨이 막힐 지경까지 귀를 기울이면서 그의 말을 띄엄띄엄 이해했다. 목소리는 끊어졌다가 다시 이어지다가 다시 끊어지면서 강하고 논쟁적이다가 수수께끼처럼 천천히 안달을 부리기도 했다. 그의 말을 듣고 있는 유일한 청자였던 존은 차차 확신을 느끼기 시작했고, 동시에 동맥을 타고 피가 빠르게 흐르기 시작했다. 브래덕 워싱턴은 신에게 뇌물을 제안하고 있었다!

바로 그러했다. 의심의 여지가 없었다. 그의 노예들이 든 다이아몬드는 미리 보여 주는 견본이자 앞으로 더 많을 것이라는 약속이었다.

그의 말들을 관통하는 단서는 바로 그것이라고, 존은 얼마 후에 깨달았다. 부자가 된 프로메테우스가 잊힌 제사와 잊힌 예식, 그리고 그리스도가 태어나기 이미 오래전에 구식이 되어 버린 기도를 증거해 달라고 외치고 있었다. 그는 신이 인간에게서 받아들였던 이런저런 선물을 새삼 언급했다. 신은 역병에 걸린 도시를 구해 주는 대신 대교회를 받았다. 몰약과 황금, 아름다운 여인과 포로, 어린아이와 여왕의 목숨, 숲과 들의 짐승, 양과 염소, 수확물과 도시, 욕망의 대가로 바쳐진 정복지, 신을 달래기 위한 피, 신의 분노를 진정시킬 만한 것 등이었다. 그리고 지금 다이아몬드의 제왕이며, 황금 시대의 왕이자 제사장, 사치와 호사의 중재자인 브래덕 워싱턴이 이전의 왕들이 상상도 못했던 재물을 내놓겠다는 것이었다. 탄원하기 위해서가 아니라 자부심에 가득 차서.

그는 좀 더 구체적으로 이야기를 전개했다. 세상에서 가장 큰 다이아몬드를 신에게 바치겠노라고 했다. 나무에 달린 나뭇잎보다 더 많게 수천 조각으로 절단되더라도 이 다이아몬드는 파리 새끼만 한 돌처럼 완벽한 모양을 갖출 것이다. 여러 사람이 오랫동안 이 일에만 매달릴 것이다. 세팅된 다이아몬드는 금박의 거대한 반원 지붕에 아름답게 조각되고 오팔과 사파이어의 문(門)을 갖출 것이다. 중앙에 구멍을 만들어, 무지갯빛으로 분해되며 계속 빛깔이 변하는 라듐의 제단을 갖춘 예배당을 세울 것이다. 예배하는 이가 기도하다가 고개를 들었다가는 누구라도 그 눈이 다 타 버릴 것이다. 신을 기쁘게 하기 위해서라면 이 제단에서 그가 선택한 누구라도 살해될 것이다. 그 희생자가 가장 위대하고 강력한 사람이라

할지라도.

 그 보답으로 워싱턴은 아주 간단한 것 하나만 요구했다. 신이라면 너무나도 쉽게 해 줄 수 있는 일이다. 바로 어제의 이 시간으로 돌려 주고 계속 그 상태로만 있게 해 주면 되는 것이다. 그러니 얼마나 간단한가! 하늘이 열려서 비행기들과 조종사들을 삼키고 다시 닫히면 그만이다. 노예들이 다시 건강하게 생명을 얻어서 돌아오면 된다.

 지금까지는 그가 대접하거나 흥정해야 할 사람이 아무도 없었다.

 그는 자기의 뇌물이 충분한지만 걱정했다. 물론 신에게도 신만의 가격이 있다. 신은 인간의 형상으로 만들어졌으니, 자신만의 가치가 있다고들 했다. 더욱이 그 가치는 유례가 없는 것이다. 여러 해 만에 건축된 성당이나 만 명의 일꾼이 일구어 낸 피라미드도 이 성당, 이 피라미드와는 같지 않을 것이다.

 그는 여기에서 말을 멈추었다. 거기까지가 그의 제안이었다. 모든 것이 그가 약속한 그대로일 것이며, 야박하지는 않을 것이라는 그의 단언도 전혀 저속해 보이지 않았다. 그는 신에게 자신의 제안을 받아들이거나 그냥 놔두라고 넌지시 비쳤다.

 그의 말이 끝나 가면서 문장이 끊어지고 짧아지고

불확실해졌다. 그의 몸이 굳은 것 같았다. 자기 주변의 공간에서 발생하는 극히 미묘한 압력이나 생명체의 속삭임 하나도 놓치지 않으려고 긴장한 듯했다. 그가 말하는 사이에 머리칼이 점차 회색으로 변했다. 이제 그는 고대 예언자처럼 하늘로 고개를 높이 쳐들었다. 당당한 광인의 모습이었다.

존은 머리가 빙그르 돌고 뭔가에 홀린 것처럼 시선을 집중했다. 그때 기묘한 현상이 벌어지기 시작했다. 하늘이 잠시 어두워지고, 돌풍 속에서 급작스러운 웅얼거림이 들렸다. 멀리에서 트럼펫 소리가 나고, 커다란 실크 가운이 마찰하는 듯한 한숨 소리가 들렸다. 잠시나마 주변의 모든 자연이 이 어둠에 동참했다. 새는 노래를 멈추고 나무는 고요해졌다. 멀리 산 너머로 위협적인 천둥소리가 둔중하게 울렸다.

그게 전부였다. 바람은 계곡의 키 큰 풀숲을 따라 잦아들었다. 새벽과 한낮은 다시 제자리를 찾았고 떠오른 태양은 앞의 길을 환하게 밝히며 노란 안개의 뜨거운 파도를 보냈다. 햇볕을 받으며 나뭇잎들이 웃어 대자 나무가 다 흔들리고, 나뭇가지 하나하나가 요정 나라의 여학교 같았다. 신이 뇌물을 거부한 것이다.

존은 잠시 한낮의 승리를 지켜보았다. 몸을 돌려 보니 호숫가에 갈색 물결이 퍼덕이고 있었다. 황금빛 천사가 구름에서 내려와 춤추는 것 같았다. 비행기가 착륙한 것이다.

 존은 바위에서 몸을 일으켜 산기슭의 나무숲으로 달려갔다. 잠에서 깬 두 소녀가 그를 기다리고 있었다. 키스마인이 벌떡 일어났다. 주머니에서 보석이 딸랑거리고, 질문을 머금은 입술이 벌어졌다. 그러나 존은 이야기할 시간이 없다는 것을 본능적으로 깨달았다. 잠시도 지체하지 말고 산에서 도망쳐야 한다. 그는 두 소녀의 한 손씩을 붙잡았다. 그들은 아무 말 없이 나무 사이를 뚫고 나가면서 빛과 피어오르는 안개를 담뿍 받았다. 뒤쪽의 계곡에서는 아무 소리도 들리지 않았다. 멀리에서 공작새가 불평하는 듯한 소리와 나지막하고 즐거운 아침의 소리만 들려왔다.

 그들은 1킬로미터도 채 못 가서 정원을 피해 그다음의 언덕으로 이어지는 좁은 길을 택했다. 언덕 정상에서 걸음을 멈추고 사방을 둘러보았다. 그들의 시선이 조금 전에 지나온 산 쪽으로 꽂혔고, 그들은 곧 비극이 닥칠 거라는 모호한 느낌에 짓눌렸다.

 하늘을 등지고 비탄에 잠긴 한 백발의 남자가 천천히 가파른 경사지를 내려오고 있었다. 그 뒤로 무표정하고 거대한 흑인 둘이 여전히 태양에 번쩍이는 짐을 지고 따라왔다. 그 아래쪽에서 두 사람이 더 합류했다. 존은 그들이 워싱턴 부인과 아들이며, 부인이 아들의 팔에 기대어 있다는 것을 알았다. 조종사들은 비행기에서 내려 성 앞의 너른 잔디밭으로 나갔다. 그리고 총을 들고 전초전 대열로 다이아몬드 산을 향해 돌진했다.

멀리 위에서 작은 대열을 이룬 다섯 명이 모든 목격자들의 시선을 받으며 바위 위에 멈춰 섰다. 흑인들이 몸을 숙여서 산 옆쪽으로 비밀 문 같은 것을 잡아당겼고 일행 모두 그 안으로 사라졌다. 백발의 남자가 먼저 들어갔고 다음은 부인과 아들, 마지막으로 흑인들이었다. 흑인들의 머리에 있던 보석 박힌 화려한 장식 끄트머리가 잠시 태양에 반짝이더니 곧 비밀 문이 내려와 모두를 삼켰다.

키스마인이 존의 팔을 잡고 흥분해서 외쳤다. "아, 어딜 가는 거지? 뭘 하려는 거야?"

"지하에 피난처가 있나……."

두 소녀의 입에서 작은 외침이 터져 나와 그의 말을 가로막았다.

키스마인이 신경질적으로 흐느끼며 말했다. "모르겠어? 산에 장치가 되어 있다고!"

그녀의 말을 들으며 존은 두 손을 들어 올려 눈을 가렸다. 산 표면 전체가 갑자기 화려하게 노란색으로 타올랐다. 사람의 손가락 틈으로 빛이 새어 나오듯이 잔디밭 사이로 노란빛이 쏟아져 나왔다. 견디기 힘들 정도로 강렬한 빛이 쏟아지다가 필라멘트가 꺼지듯이 사라지고 검은 잔해만 남았다. 그 잔해에서 서서히 푸른 연기가 피어올라 남아 있는 식물과 인간의 몸을 모두 앗아 갔다. 조종사들의 피도, 뼈도 남은 게 없었다. 그들은 안으로 들어간 다섯 영혼과 마찬가지로 완전하게 소멸되었다.

그와 동시에 성이 문자 그대로 허공으로 날아올라 엄청난 굉음을 내면서 연기를 터트렸다. 그리고 성은 연기 덩어리처럼 호수 위로 반쯤 튀어 올랐다가 가라앉았다. 불길 하나 없었다. 남았던 연기는 햇빛과 뒤섞여 흘러갔고, 대리석 가루 먼지가 한때 보석의 저택이던 거대한 무형의 더미 위를 잠시 떠다녔다. 아무런 소리도 들리지 않았다. 계곡에는 세 사람뿐이었다.

11

해가 질 무렵 존 일행은 워싱턴가 영토와 경계를 이루던 높은 절벽에 올라가 뒤를 돌아보았다. 어둑어둑한 황혼에 물든 계곡이 조용하고 아름다워 보였다. 그들은 자리를 잡고 앉아 재스민이 바구니에 담아 온 음식을 마저

먹었다.

    재스민이 식탁보를 펼치고 샌드위치를 깔끔하게 쌓아 올리며 말했다. "저기, 맛있어 보이지 않아? 밖에서 먹으면 더 맛있을 거라고 늘 생각했어."

    "그런 말 하는 걸 보니 언니도 이제 중산층이네." 키스마인이 말했다.

    존이 진지하게 말했다. "이제 주머니에 어떤 보석을 담아 왔는지 꺼내 보자. 선택을 잘했다면 우린 평생 편안하게 살 수 있을 거야."

    키스마인이 고분고분하게 주머니에 손을 넣었다가 반짝이는 돌 두 움큼을 존 앞으로 던졌다.

    존이 흥분해서 "괜찮은데. 아주 크진 않지만, 어!"라고 말하면서 지는 햇빛에 돌 하나를 들어 비춰 보았다. 그의 표정이 바로 돌변했다. "어, 이건 다이아몬드가 아니잖아! 큰일인데!"

    키스마인이 깜짝 놀라 외쳤다. "어머! 난 정말 바보야!"

    "그래, 이건 인조 보석이야!" 존이 큰 소리로 대꾸했다.

    키스마인이 웃음을 터트렸다. "나도 알아. 다른 서랍을 열었나 봐. 언니가 초대했던 여자애의 드레스에 달려 있던 건데 다이아몬드와 바꿨지. 준보석은 처음 봤거든."

    "그래서 그걸 가져온 거야?"

    그녀는 빛나는 돌들을 만지작거리며 잠시 생각에

잠겼다. "그런 것 같아. 난 이게 더 좋은데. 다이아몬드는 좀 싫증이 났거든."

존이 우울하게 말했다. "좋기도 하겠다. 우린 헤이즈에서 살아야 할 거야. 시간이 흘러 네가 늙은 뒤에, 그때 보석이 든 서랍이 아닌 다른 서랍을 열었다고 말하면 다른 여자들이 믿질 않겠지. 불행히도 네 아버지의 수표책도 함께 날아갔단 말이야."

"음, 헤이즈가 어때서?"

"내가 이 나이에 아내까지 데려가면 아버지가 뜨거운 숯으로 날 어떻게 할지도 몰라. 거기 아래에선 그렇게 말하지."

재스민이 입을 열고 나지막하게 말했다. "난 빨래가 좋아. 늘 내 손수건을 직접 빨았거든. 내가 세탁업을 해서 너희 둘 다 부양할게."

"헤이즈에도 세탁부가 있어?" 키스마인이 순진하게 물었다.

존이 대답했다. "물론이지. 다른 데나 마찬가지야."

"나는 말이지, 너무 더워서 옷을 안 입을지도 모른다고 생각했거든."

존이 크게 웃더니 이렇게 제안했다.

"한번 그렇게 해 봐. 네가 옷을 다 벗기도 전에 쫓겨날걸."

"아버지가 거기 계실까?" 그녀가 물었다.

존이 놀라서 그녀를 바라보다가 침울하게 말했다. "네 아버지는 돌아가셨어. 또 왜 헤이즈에 가시겠어? 오래전에 없어진 다른 곳과 혼동했나 보다."

저녁 식사를 마친 그들은 식탁보를 접고 밤을 지새울 참으로 담요를 펼쳤다.

키스마인이 한숨을 쉬며 별을 올려다보았다. "대단한 꿈이었어. 입을 거라고는 이 드레스 하나뿐인 데다가 무일푼인 약혼자와 여기 있다니 정말 이상해! 그것도 별빛 아래에서 말이지. 전에는 별이 있다고 인식해 본 적이 없어. 늘 다른 사람에게 속한 커다란 다이아몬드라고 생각했지. 이제 별이 두려워. 별은 모든 게 꿈이었다고, 내 젊음이 모두 꿈이었다고 느끼게 해."

존이 조용히 말했다. "그래, 모두의 젊음은 꿈이야. 일종의 화학적인 광기야."

"미친다는 게 얼마나 즐거운지!"

존이 침울하게 말했다. "그렇다고 들었어. 그 이상은 나도 몰라. 어쨌든 일 년 정도는 우리 서로 사랑하자. 그게 우리로서는 유일하게 신처럼 마취될 수 있는 시도니까. 이 세상에는 다이아몬드들이 있어. 또 다이아몬드와 환멸이라는 시시껄렁한 선물이 있겠지. 음, 그건 마지막에 갖고 무시해 버릴래."

그가 몸을 떨었다. "코트 깃을 올려. 넌 아직 어려서 이 추운 밤에 폐렴에 걸릴 수도 있어. 의식(意識)이라는 것을 처음 만들어 낸 자는 큰 죄를 지은 거야. 우리 몇 시간만이라도 다 잊어버리자."

존은 담요를 뒤집어쓰고 잠이 들었다.

다시 찾아온 바빌론

주인공 찰리 웨일스는 1929년 월스트리트에서 경제 대공황의
전주곡이라고 할 수 있는 주가 폭락을 겪으며 빈털터리 신세가
되고 만다. 하지만 그가 잃어버린 것은 돈 이상의 무엇이다. 과연
그는 자신의 부정(父情)을 인정받고 딸을 되찾을 수 있을까?
1920년대 미국의 '잃어버린 세대'의 방황을 그린 주옥같은
단편으로 1931년《새터데이 이브닝 포스트》에 발표되었다.

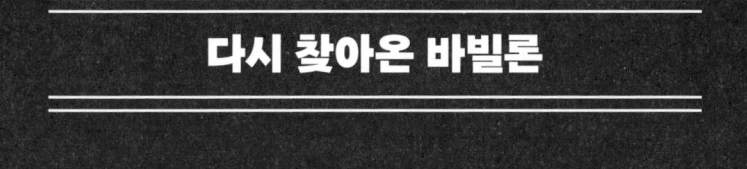

다시 찾아온 바빌론

1

"그리고 캠벨 씨는 어디 계신가?" 찰리가 물었다.

"스위스로 가셨습니다. 캠벨 씨는 건강이 아주 좋지 않으시거든요, 웨일스 씨."

"그거 안됐군. 그럼 조지 하트는?" 찰리가 물었다.

"미국으로 다시 돌아가 사업을 하고 계십니다."

"그럼 그 '스노우 버드'란 사람은 지금 어디에 있나?"

"지난주에 들르셨지요. 참 그분의 친구인 셰퍼 씨는 아직 파리에 계시고요."

일 년 반 전에 적어놓은 긴 목록 중에서 낯익은 사람이라고는 겨우 두 사람뿐이었다. 찰리는 수첩에 주소 하나를 휘갈겨 쓰고 그 쪽지를 찢어 내었다.

"혹 셰퍼 씨가 들르거든 이걸 전해 주게나." 찰리가

말했다. "처형 집 주소라네. 나는 아직 호텔을 정하지
않았거든."

 찰리는 파리가 이렇게 텅 비어 있다는 사실을 알고도
그다지 실망하지 않았다. 그러나 '리츠' 바[1]가 이렇게
조용하다는 사실은 이상야릇하고도 불길한 느낌을
주었다. 그곳은 이제 더 이상 미국 분위기의 바가 아니었다.
내 집 같은 느낌이 아니라 정중한 느낌이 들었다. 프랑스
분위기로 다시 돌아가 있었던 것이다. 그는 택시에서 내려
호텔 도어맨을 보는 순간 이런 조용한 분위기를 느낄
수 있었다. 보통 때 이 시각이라면 바쁘게 뛰어다녀야
할 텐데도 도어맨은 종업원 전용 입구에서 제복을 입은
보이와 잡담을 나누고 있었다.

 복도를 지나오면서도 한때 떠들썩하던 여성
화장실에서 단 한 사람의 따분한 말소리가 들려왔을
뿐이다. 바 안에 들어섰을 때 그는 옛날 습관대로 곧장
앞을 응시하면서 20피트의 녹색 양탄자 위를 걸어갔다.
그러고 나서 카운터 아래에 있는 발걸이 난간에 한쪽 발을
굳게 올려놓고 몸을 돌려 방 안을 돌아보았지만 보이는
것이라고는 한쪽 구석에 앉아 읽고 있던 신문 위로 힐끗

---

1 리츠 호텔에 딸린 바를 가리킨다. 리츠 호텔은 20세기 초엽의 유명한 호텔 중 하나로 뒷날 리츠 칼튼 호텔이 되었다.

올려다보는 두 눈동자뿐이었다. 찰리는 바텐더 장(長)인 폴을 불렀다. 폴은 주가(株價)가 한창 오르던 주식 시장 말기에는 특별히 주문해 만든 자가용을 타고 출근했었다. 그렇지만 호텔에서 가장 가까운 모퉁이에 차를 세우고 내리는 배려를 잊지 않았다. 그러나 오늘 폴은 시골 별장에 가고 없고, 대신 앨릭스가 그에게 그동안의 소식을 전해 주었다.

"아니, 이제 그만 하겠네." 찰리가 말했다. "요즈음엔 술을 삼가고 있다네."

앨릭스는 그에게 축하를 보냈다. "몇 년 전에는 참으로 많이 드셨지요."

"앞으론 술을 절제해 나갈 생각이야." 찰리가 그에게 확신에 차서 대답했다. "벌써 일 년 반 이상 절제하고 있거든."

"미국은 사정이 어떻습니까?"

"난 지난 몇 달 동안 미국을 떠나 있었네. 지금 프라하에서 일을 하고 있지. 회사 두세 개를 대신 맡아 운영하고 있어. 그곳 사람들은 나에 대해 잘 모르지."

앨릭스는 미소를 지었다.

"이곳에서 조지 하트가 독신자 파티를 열던 날 밤을 아직 기억하고 있나?" 찰리가 물었다. "한데, 참 클로드 피센든은 어떻게 되었지?"

앨릭스는 은밀한 얘기라도 나누듯 목소리를 낮추었다.
"아직 파리에 계십니다만, 이제 이곳에 오시지 않습니다. 폴이 거절했지요. 일 년 이상이나 술과 점심 식사는 물론이고 저녁 식사까지 모두 외상으로 달아 놓아 외상값이 3만 프랑이나 되었지요. 마침내 폴이 외상값을 갚아 달라고 했는데, 그때 지불해 준 수표가 부도가 났지 뭡니까."

앨릭스는 안됐다는 듯이 고개를 내저었다.

"참으로 납득이 가지 않습니다. 그렇게 멋쟁이 양반께서. 지금은 아주 뚱뚱해져서……" 앨릭스는 두 손으로 통통한 사과 모양을 만들어 보였다.

찰리는 요란한 남성 동성애자 일행이 방 한구석에 진을 치고 앉아 있는 모습을 지켜보았다.

'저 무리는 어떤 일이 일어나도 끄떡도 하지 않겠지.' 찰리는 혼자 생각에 잠겼다. '주가가 올라가든 떨어지든, 남이 일자리를 잃고 빈둥거리든 일하든, 놈들은 언제나 그 타령이지.' 이곳의 분위기가 답답하게 느껴졌다. 그래서 그는 주사위를 가져오라고 해서 앨릭스와 술 내기 게임을 했다.

"웨일스 씨, 이곳에 오래 머무르실 예정입니까?"

"딸을 만나려고 사오 일 일정으로 왔다네."

"아아! 따님이 있으시군요?"

밖에는 조용히 비가 내리는 가운데 불꽃의 붉은색과 가스 불 같은 푸른색, 유령과도 같은 초록색 등 형형색색의 네온이 반짝이고 있었다. 늦은 오후가 되자 거리는 술렁대기 시작했고, 술집들이 불을 밝히고 있었다. 찰리는 카퓌신가(街) 모퉁이에서 택시를 잡았다. 분홍빛으로 물든 위풍당당한 콩코르드 광장을 지나 그들은 자연히 센강을 건넜다. 다리를 건널 때 찰리는 갑자기 센강 좌안(左岸)[2]이 촌스러워 보인다는 생각이 들었다.[3]

길을 돌아서 가는 셈이었지만 찰리는 택시를 오페라 좌(座) 거리로 향하게 했다. 장엄한 건물 정면이 초저녁 시간의 푸르스름한 어스름에 휩싸인 모습을 보고 싶었고, 계속해서「렌토보다 더 느리게」[4]의 처음 몇 음절을 울려대는 택시의 경적 소리가 제2제정 시대[5]의 나팔 소리라고 상상해 보고도 싶었다. 브렌타노 서점에는 철제 셔터가 굳게 닫혀 있었고, 레스토랑 '뒤발'의 아담하게

2 센강 남쪽 언덕 지역으로 주로 예술가와 학생들이 많이 살고 있다.
3 F. 스콧 피츠제럴드는 이 단락을 이 작품에서 삭제했다가 뒷날 『밤은 부드러워』(1934)에 삽입했다.
4 프랑스 작곡가 클로드 드뷔시(Claude Debussy, 1862~1918)의 피아노 곡으로 1910년에 처음 발표되었다.
5 제2공화정과 제3공화정 사이에 나폴레옹 3세가 집권한 기간 (1852~1870).

손질한 산울타리 뒤편에는 벌써 사람들이 저녁 식사 테이블에 둘러앉아 있었다. 그는 파리에 와서는 싸구려 레스토랑에서 식사를 한 적이 한 번도 없었다. 다섯 코스로 나오는 저녁 식사 값이 포도주까지 포함하여 4프랑 50상팀, 그러니까 미국 돈으로 겨우 18센트밖에 되지 않았다. 왠지 자신도 그곳의 음식을 한번 먹어 봤으면 하는 생각이 들었다.

택시는 계속 좌안 쪽으로 달려갔고, 그는 갑자기 촌스러운 분위기가 느껴지는 듯했다. '난 이 도시를 내 스스로 망쳐 놓았지. 미처 그것을 깨닫지 못한 채 하루하루 세월이 지나갔고, 마침내 이 년이라는 세월이 흘러 모든 것이 사라져 버렸으며 나 자신마저도 사라져 버렸어.'

그는 서른다섯 살의 나이로 미남이었다. 아일랜드계 사람답게 표정이 다양하게 바뀌었지만, 미간에 새겨진 깊은 주름살 때문에 가볍다는 인상을 주지 않았다. 팔라틴가(街)에 있는 처형 집의 현관 벨을 누를 때 그 주름살은 양 눈썹 끝에 닿을 만큼 깊게 파여 있었다. 복부에 경련이 일어나는 것을 느꼈다. 가정부가 문을 열자 그 뒤에서 아홉 살 난 귀여운 여자 아이가 "아빠!" 하고 소리 지르며 달려 나오더니 물고기처럼 몸을 비틀면서 그의 가슴에 뛰어올랐다. 그리고 아빠의 한쪽 귀를 잡고 얼굴을 옆으로 돌리고는 그 뺨에 자신의 뺨을 비벼댔다.

"내 귀여운 딸."

"오, 아빠, 아빠, 아빠, 아빠, 아빠, 아빠, 아빠!"

여자아이는 아빠를 끌고 거실로 들어갔고, 그곳에는 남자아이 하나와 그의 딸과 같은 또래인 여자아이 하나, 그리고 처형과 그 남편 등 온 가족이 기다리고 있었다. 그는 처형인 매리언에게 감격하는 듯한 기색도, 싫어하는 기색도 보이지 않도록 조심스러운 말투로 인사를 했지만, 그에 답하는 그녀의 인사는 좀 더 솔직하게 열의가 없었다. 그래도 그녀는 그의 딸에게 시선을 보냄으로써 그에 대한 뿌리 깊은 불신감을 최소화하려고 했다. 두 남자는 반갑게 인사를 나누었고, 링컨 피터스는 잠시 찰리의 어깨에 손을 얹었다.

방 안은 따뜻했고 안락한 미국적 분위기였다. 세 아이들도 사이좋게 들락거리며 다른 방으로 통하는 노란 장방형 공간에서 놀고 있었다. 난롯불에서 탁탁 튀는 소리와 부엌에서 들려오는 프랑스 요리를 만드는 소리가 6시경의 즐거운 분위기를 한껏 말해 주었다. 그러나 찰리는 마음을 편하게 놓을 수 없었다. 몸속에서 심장이 딱딱하게 굳어지는 느낌이 들었고, 그가 전에 선물로 사다 준 인형을 두 팔로 꼭 껴안고 가끔씩 곁에 다가오는 딸에게서 겨우 자신감을 얻을 뿐이었다.

"정말로 굉장히 만족스럽습니다." 링컨의 물음에 찰리가 대답했다. "그곳에서는 전혀 돌아가지 않는 회사가 많지만 우리 회사는 오히려 전보다도 더 잘 돌아가고 있지요. 사실 아주 엄청나게 전망이 좋습니다. 저는 다음 달에 미국에 있는 여동생을 불러들여 집안일을 맡길 생각입니다. 작년 수입은 돈을 만지던 시절보다도 더 많았으니까요. 한데 이 체코 사람들이라는 게……."

특별한 목적이 있어서 자랑을 늘어놓기는 했지만, 그는 문득 링컨의 눈에 어렴풋하게나마 불안해하는 기색이 감도는 것을 알아차리고는 화제를 바꾸었다.

"아이들을 참 훌륭히 키우셨습니다. 점잖고 예의도 바르고요."

"우리는 오노리어도 훌륭한 애라고 생각하지."

매리언이 부엌에서 돌아왔다. 키가 크고 눈매에 근심 어린 표정을 띠고 있는 그녀는 한때는 미국 여자다운 신선한 아름다움을 지니고 있었다. 그러나 찰리는 한 번도 그런 아름다움에 반응을 보인 적이 없었고, 사람들이 옛날에 그녀가 예뻤다고 말하는 것을 들을 때마다 언제나 의아하게 생각하곤 했다. 처음부터 두 사람은 본능적으로 반감을 느끼고 있었던 것이다.

"한데 오래간만에 오노리어를 보니 어때요?" 그녀가 물었다.

"놀라워요. 열 달 사이에 저렇게 많이 자랄 수 있다니 참으로 놀랍습니다. 아이들이 모두 튼튼해 보이는군요."

"올 한 해에는 병원에 가 본 적이 없어요. 그래, 파리에 다시 돌아온 기분이 어떠세요?"

"주위에 미국 사람이 별로 없는 것이 아주 이상한 기분이 듭니다."

"난 오히려 기쁜데요." 매리언이 격한 말투로 말했다. "적어도 이제는 상점에 들어가도 백만장자 대접을 받지 않아도 되니까 말이에요. 우리도 다른 사람들과 마찬가지로 어려움을 겪었지만, 지금은 전반적으로 전보다 훨씬 살기가 좋아졌어요."

"하지만 그런 상태가 계속되던 시절이 좋았지요." 찰리가 말했다. "우리는 뭐랄까 거의 절대 권력을 지닌 왕과 같았으니까요. 마치 마력이라도 지니고 다니는 것처럼 말이지요. 오늘 오후에 잠깐 바에 들렀는데……." 그는 아차 실수한 것을 깨닫고 머뭇거렸다. "아는 얼굴이 하나도 없었어요."

그녀는 날카롭게 그를 바라보았다. "술집이라고 하면 이젠 신물이 날 거라고 생각했는데요."

"아주 잠깐 들렀었습니다. 오후마다 한 잔씩 마시고 있으니까요. 그 이상은 절대 입에 대지 않지요."

"저녁 식사 전에 칵테일 한잔할 텐가?" 링컨이 물었다.

"오후에 한 잔씩만 마시고 있는데, 오늘분은 벌써 마셨습니다."

"그 결심을 계속 지켰으면 좋겠어요." 매리언이 말했다.

그 냉랭한 말투에는 분명 혐오감이 배어 있었지만 찰리는 오직 미소를 지을 뿐이었다. 그에게는 더 큰 목적이 있었기 때문이다. 그녀의 공격적인 태도는 오히려 자신에게 유리하며, 기다리는 것이 상책이라는 것을 잘 알고 있었다. 그가 파리에 온 목적을 그들도 짐작하고 있을 테니까 그들 쪽에서 먼저 그 얘기를 꺼내기를 바랐다.

저녁을 먹으면서 찰리는 오노리어가 자신들을 닮았는지 아니면 엄마를 닮았는지 결정을 내릴 수가 없었다. 자신들을 파멸로 이끈 두 사람의 특징 모두를 가지고 있지 않다면 천만다행일 텐데 말이다. 그녀를 지켜 주어야겠다는 사명감이 큰 파도처럼 엄습해 왔다. 그녀를 위해 무엇을 해야 할지 그는 잘 알고 있었다. 인간의 품성이라는 것을 믿고 있었다. 할 수만 있다면 한 세대 이전으로 훌쩍 거슬러 올라가 다시 한번 인간의 품성이야말로 영원한 가치가 있는 것이라 믿고 싶었다. 그 밖에 다른 것들은 모두 닳아 없어져 버렸다.

저녁 식사를 한 뒤 그는 곧바로 처형의 집을 나왔지만 숙소로 돌아가지 않았다. 옛날과는 달리 좀 더 선명하고 좀 더 사리분별 있는 시선으로 파리의 밤 풍경을 보고 싫었다. 그는 '카지노'[6]의 보조석 표 한 장을 사서 조세핀 베이커[7]가 초콜릿처럼 감미롭게 아라비아풍의 춤을 추는 것을 구경했다.

한 시간 뒤에 극장에서 나온 그는 몽마르트르를 향해 피갈가를 거쳐 블랑슈 광장으로 어슬렁거리며 올라갔다. 어느새 비는 그치고 카바레 앞에서 야회복 차림을 한 몇 사람이 택시에서 내리고 있었다. 창녀들도 혼자 또는 둘씩 짝을 지어 손님을 찾아 헤매고 있었고, 흑인들이 많이 눈에 띄었다. 음악이 새어 나오는, 불을 밝게 밝힌 입구를 지나가다 그는 문득 친근한 느낌이 들어 발길을 멈추었다. 그 옛날 그가 많은 시간과 돈을 날려 버렸던 '브릭톱'이었다. 서너 집 더 앞으로 걸어가다가 한때 자주 들르던 장소를 찾아낸 그는 경솔하게 그만 고개를 들이밀고 말았다. 순간 오케스트라가 기다리고 있었다는 듯이 갑자기 연주를 시작했고, 직업 댄서 두 사람이 춤을 추기 위해 자리에서 벌떡 일어났으며, 호텔 매니저가 그에게 달려와 "사장님, 손님들이 지금 막 도착하고 있는뎁쇼!" 하고 소리쳤다. 그러나 그는 재빨리 되돌아 나왔다.

'곤드레만드레 취한 상태가 아니고서야 누가 이런 데를

---

6 카지노 드 파리. 누드 쇼를 하는 유흥업소.
7 미국 출신의 혼혈 댄서로 아라비아풍의 춤을 잘 추었다.

들어가겠나.' 그는 속으로 생각했다.

　카바레 '젤리'는 문이 닫혀 있었고, 그 주변의 을씨년스럽고 불결한 싸구려 호텔들도 모두 어두컴컴했다. 블랑슈가에 이르자 불빛이 더욱 찬란했고, 방언을 사용하는 이곳 토박이들이 무리를 지어 모여 있었다. '시인의 동굴'은 이미 없어졌지만, '카페 천국'과 '카페 지옥'은 둘 다 여전히 입을 크게 딱 벌리고 있었다. 그가 바라보고 있는 동안 관광버스가 싣고 온 빈약한 먹이를 단숨에 집어삼켜 버렸다. 독일인 한 사람, 일본인 한 사람, 그리고 미국인 부부 한 쌍으로 그들은 겁에 질린 듯한 시선으로 그를 힐끔 쳐다보았다.

　몽마르트르에서 손님을 끄는 노력이나 기발한 아이디어라는 것이 고작 이 정도 수준밖에는 되지 않았다. 악을 부추기고 낭비를 조장하는 취향이 꼭 어린애들 장난 같았다. 갑자기 그는 '방탕'이라는 말의 의미를 알 것 같은 기분이 들었다. 희박한 공기 속으로 사라져 버리는 것, 무엇인가 유(有)를 무(無)로 만들어 버리는 것 말이다. 늦은 밤 시각에 이 술집에서 저 술집으로 옮겨 다닌다는 것은 하나같이 아주 힘이 드는 일이며, 따라서 동작이 점점 느려지는 특권에 대해 더 많은 돈을 지불해야 했다.

　그는 악단에게 곡 하나를 연주해 달라고 1000프랑짜리 지폐를 몇 장 집어 주거나, 택시를

불러달라며 도어맨에게 100프랑짜리 지폐를 몇 장 쥐여
주던 일을 떠올렸다.

그러나 그것은 헛되이 써 버린 돈은 아니었다.

심지어 아무리 헛되게 뿌린 돈이라도 그것은 가장
기억할 만한 가치가 있는 것들, 언제나 기억하게 될 것들을
기억하지 않도록 운명의 신에게 바친 제물이었다. 자신의
통제에서 벗어난 딸아이와 버몬트주[8]의 묘지 속으로
도망쳐 버린 아내 말이다.

한 레스토랑의 눈부신 조명 속에서 한 여자가 그에게
말을 걸어왔다. 그는 그 여자에게 달걀과 커피를 사 주고
나서 유혹하는 그녀의 시선을 외면한 채 20프랑짜리
지폐를 한 장 쥐여 주고는 택시를 타고 호텔로 돌아왔다.

2

잠에서 깨어 보니 미식축구를 하기에 안성맞춤인
화창한 가을 날씨였다. 어제의 우울한 기분은 사라지고,
길거리에 있는 사람들에게도 왠지 호감이 갔다. 정오에는

---

8   미국 동북부에 있는 주(州)로 산간 지방이다. 이곳에 찰리 웨일스의
    아내가 묻혀 있다.

'르 그랑 바텔'에서 오노리어와 마주 보며 앉아 있었다.
2시에 시작되어 어스름한 일몰에 끝나는 샴페인을
곁들인 긴 점심과 저녁 식사의 추억이 떠오르지 않는
레스토랑이라고는 이곳밖에는 생각해 낼 수 없었던 것이다.

"그럼 야채는 어때? 야채도 좀 먹어야 되지 않겠니?"

"네, 그럴게요."

"시금치와 꽃양배추, 당근, 그리고 강낭콩이 있는데."

"전 꽃양배추가 좋아요."

"야채 두 가지 먹어 보지 않을래?"

"점심 땐 늘 한 가지만 먹어요."

웨이터가 아이들을 무척이나 좋아하는 척했다. "무척
귀여운 따님이군요. 프랑스 말도 꼭 프랑스 소녀처럼
잘하고요."

"디저트는 어떻게 할까? 기다렸다가 정할까?"

웨이터가 자리를 떴다. 오노리어는 뭔가 기대하는
표정으로 아버지를 바라보았다.

"오후에 우리 뭐 할 거예요?"

"우선 생토노레가에 있는 그 장난감 상점에 들러 네가
좋아하는 거라면 뭐든지 다 사 주지. 그러고 나서 앙피르
극장에 가서 보드빌[9]을 구경하자꾸나."

9 노래와 춤을 곁들인 통속 코미디.

그러자 오노리어가 망설였다. "보드빌은 좋지만요, 장난감 상점은 싫어요."

"왜 싫다는 거야?"

"아빠가 이 인형을 사 주셨잖아요." 그녀는 그가 사준 인형을 갖고 있었다. "그리고 다른 물건도 많이 갖고 있어요. 게다가 이제 우린 부자가 아니잖아요?"

"부자인 적은 한번도 없었단다. 하지만 오늘은 네가 원하는 거라면 뭐든지 사 주고 싶구나."

"그럼 좋아요." 오노리어는 어쩔 수 없다는 듯이 승낙했다.

그녀의 엄마와 프랑스 유모가 있던 시절에 그는 상당히 엄격한 아버지였다. 그러나 지금은 마음의 여유를 갖고 새로이 관용을 베풀었다. 그는 딸에게 아버지와 어머니의 두 역할을 해야 했고 딸과 의사소통이 단절돼서는 안 되었던 것이다.

"전 아가씨와 친해지고 싶은데요." 그는 짐짓 근엄하게 말했다. "먼저 제 소개를 하지요. 프라하에 사는 찰스 J. 웨일스라고 합니다."

"어머, 아빠!" 그녀는 까르르 웃으면서 말했다.

"그런데 아가씨는 누구신가요?" 그가 계속해서 그런 식으로 말하자 그녀도 곧 장단을 맞추었다. "오노리어 웨일스라고 합니다. 파리의 팔라틴가에 살고 있어요."

"결혼은 하셨나요, 아니면 아직 미혼이십니까?"

"아뇨, 아직 결혼을 하지 않았어요. 독신입니다."

찰리는 인형을 가리켰다. "하지만 아이가 있으시군요, 부인."

그 말을 듣고 오노리어는 차마 자기 아이가 아니라고 말하기 싫어 가슴에 꼭 안으면서 생각하다 재빨리 이렇게 대답했다. "네, 결혼했었어요. 하지만 지금은 혼자인걸요. 남편과 사별했답니다."

그는 재빨리 계속 말을 이어나갔다. "그런데 아이의 이름은 뭐죠?"

"시몬이랍니다. 제일 친한 학교 친구의 이름을 따다 붙였지요."

"학교생활을 잘하고 있다니 전 아주 기쁘답니다."

"전 이번 달에 3등을 했어요." 그녀는 자랑스러운 듯이 말했다. "엘지는(그녀의 사촌 딸이다.) 겨우 18등 정도이고, 리처드는 거의 바닥을 기고 있지요."

"물론 리처드와 엘지를 좋아하겠지요?"

"물론 좋아하지요. 리처드는 아주 좋아하는 편이고, 엘지도 싫지는 않아요."

찰리는 지나가는 말처럼 조심스럽게 오노리어의 속마음을 떠보았다. "그럼 매리언 이모와 링컨 이모부…… 둘 중에서 누가 더 좋은가요?"

"글쎄요. 링컨 이모부인 것 같네요."

그는 점점 오노리어의 존재가 실감났다. 둘이서 레스토랑으로 들어설 때도 등 뒤에서 "…… 귀엽기도 해라." 하며 속삭이는 말이 들렸는데, 지금은 옆 테이블에 앉은 사람들이 하던 얘기를 멈추고 마치 오노리어가 한 떨기 꽃처럼 의식 없는 무엇이라도 되는 양 바라보고 있었다.

"난 어째서 아빠하고 같이 살 수 없는 거예요?" 그녀가 갑자기 물었다. "엄마가 돌아가셔서 그런 건가요?"

"넌 이곳에 살면서 프랑스어 공부를 좀 더 해야 해. 아빠가 지금처럼 너를 잘 보살펴 주기는 힘들단다."

"전 이제 누가 보살펴 주지 않아도 돼요. 뭐든지 혼자서 할 수 있으니까요."

그들이 레스토랑을 나오려고 하는데 한 남자와 한 여자가 예기치 않게 그에게 인사를 했다.

"어머, 웨일스 아니에요!"

"잘 있었어요, 로레인. …… 덩크도 같이 있군."

뜻밖에 마주친 과거의 망령들이었다. 덩컨 셰퍼는 대학 시절부터 알고 지내던 친구였고, 옅은 금발의 로레인 쿼리스는 삼십 대의 미인이었다. 흥청망청하던 삼 년 전, 한 달을 하루처럼 허비하는 데 일조한 많은 무리 중 하나였다.

"남편은 올해 올 수 없었어요." 그녀는 찰리의 물음에 대답했다. "우린 빈털터리 무일푼이니까요. 그래서 남편은 저한테 매달 200달러씩 보내 주면서 그걸 가지고 멋대로 하라고……. 이 애는 당신 딸인가요?"

"다시 들어가 자리에 앉는 게 어때?" 덩컨이 물었다.

"그럴 수 없어." 그는 거절할 핑계가 있는 것이 고마웠다. 언제나 그랬듯이 로레인의 정열적이고 도발적인 매력에 끌리지 않는 것은 아니었지만 지금은 그럴 때가 아니었다.

"그럼 저녁 식사는 어때요?" 그녀가 물었다.

"일이 있어. 주소를 가르쳐 주면, 내가 연락을 취하기로 하지."

"찰리, 설마 당신 술에 취한 건 아니겠죠." 그녀가 재판관 같은 태도로 말했다. "덩크, 찰리가 정말 취한 것 같지는 않은데. 취했는지 저 사람을 한번 꼬집어 봐요."

찰리는 머리를 끄덕여 오노리어를 가리켰다. 두 사람은 모두 웃어 댔다.

"자네 어디에 묵고 있나?" 덩컨이 의아한 표정으로 물었다.

그는 호텔 이름을 가르쳐주기 싫어 머뭇거렸다.

"아직 숙소를 정하지 못했어. 아무래도 내가 전화하는 편이 좋겠군. 우리는 지금 앙피르 극장으로 보드빌을 보러 가는 길이라네."

"바로 그거야! 나도 그걸 보고 싶어요." 로레인이

말했다. "어릿광대며 곡예사며 마술사며, 나도 보고
싶어요. 덩크, 우리도 그러는 게 좋겠어요."

"그전에 먼저 우린 심부름 갈 데가 있어서." 찰리가
말했다. "어쩌면 그곳에서 만날지도 모르겠군."

"좋아요, 자 그럼, 도도하신 신사 양반…… 미인
아가씨, 안녕."

"안녕히 가세요."

오노리어가 깍듯하게 머리를 숙여 인사를 했다.

어쩐지 반갑지 않은 만남이었다. 그들이 그를
좋아하는 것은, 그가 필요하기 때문이며 그가 진지하기
때문이었다. 두 사람이 그를 만나고 싶어 하는 이유도
찰리가 지금의 자신들보다도 강하기 때문이고, 그의
힘에서 뭔가 자신들을 지탱해 줄 것을 끌어내고 싶었기
때문이었다.

앙피르 극장에서 오노리어는 아버지가 접어 놓은
코트 위에 한사코 앉으려 하지 않았다. 어느덧 딸아이는
자기만의 행동 규범을 가진 인격체로 성장했던 것이다.
그래서 찰리는 그 아이가 완전히 성인으로 굳어 버리기
전에 약간이라도 자신을 그녀에게 주입해 두고 싶은
욕망에 점점 사로잡혔다. 이렇게 짧은 시간 안에 딸아이를
이해한다는 것은 기대하기 어려운 일이었다.

막간(幕間)에 두 부녀는 밴드 음악을 연주하고 있는

로비에서 덩컨과 로레인을 다시 마주쳤다.

"한잔 마시지 않겠나?"

"좋아. 하지만 카운터에서는 마시지 마세. 테이블을 잡기로 하지."

"완벽한 아버지로군."

로레인의 말을 멍하니 귓전으로 흘리면서 찰리는 오노리어가 자신들의 테이블에서 시선을 떼는 것을 보았다. 그녀가 무엇을 바라보았을까 궁금해 하면서 생각에 잠겨 그녀의 시선을 좇아 방 여기저기를 둘러보았다. 아버지의 시선과 마주치자 그녀는 미소를 지었다.

"레모네이드 맛있었어요." 그녀가 말했다.

딸은 무엇을 말한 것일까? 그리고 찰리는 무엇을 기대하고 있었던 것일까? 그 뒤 택시를 타고 집으로 돌아오면서 그는 딸의 머리가 자신의 가슴에 파묻히도록 꼭 껴안아 주었다.

"오노리어, 넌 엄마 생각을 하는 때가 있니?"

"네, 가끔씩요." 오노리어가 모호하게 대답했다.

"아빠는 네가 엄마를 잊지 않았으면 좋겠다. 엄마 사진 가지고 있지?"

"네, 가지고 있을 거예요. 하여튼 매리언 이모는 갖고 있어요. 하지만 왜 엄마를 잊으면 안 되나요?"

"엄마는 너를 무척 사랑했으니까."

"나도 엄마를 사랑했어요."

두 사람은 잠시 입을 다물었다.

"아빠, 난 아빠와 같이 살고 싶어요." 그녀가 갑자기 말했다.

찰리는 가슴이 뛰었다. 이런 식으로 일이 되어 가기를 진작부터 그는 바라고 있었다.

"지금 넌 행복하지 않니?"

"아뇨, 행복해요. 하지만 전 누구보다도 아빠가 좋아요. 그리고 아빠도 누구보다도 저를 좋아하시죠? 엄마는 이미 돌아가셨으니까 말이에요."

"그야 물론이지. 하지만 넌 언제까지나 아빠를 제일 좋아하지는 않을 거다. 네가 커서 네 또래의 누군가를 만나고 그 사람과 결혼하겠지. 그렇게 되면 그땐 아빠가 있었다는 사실조차 잊어버릴 거야."

"네, 그건 그렇겠죠." 딸은 침착하게 그 말에 동의했다.

그는 집 안에는 들어가지 않았다. 9시에 다시 돌아오기로 되어 있었기 때문에 그때 말해야 할 내용을 미리 말하고 싶지 않았던 것이다.

"집 안에 안전하게 들어가면, 저 창문으로 네 모습을 보여 주렴."

"네, 그럴게요. 그럼 안녕, 아빠, 아빠, 아빠, 아빠."

그가 어두운 길거리에 서서 기다리고 있자, 그녀는

밝은 모습으로 2층 창가에 나타나 손가락으로 밤을 향해 키스를 보냈다.

3

그들은 기다리고 있었다. 매리언은 상복을 떠올리게 하는 검은 예복을 정중히 차려입고 커피 세트 뒤에 앉아 있었다. 링컨은 이미 얘기를 하고 있던 사람처럼 활기차게 방 안을 왔다 갔다 서성거리고 있었다. 그들도 그 못지않게 빨리 그 문제를 내놓고 얘기하고 싶어 했다. 그래서 그는 거의 곧바로 그 얘기를 꺼냈다.

"제가 두 분을 만나자고 한 이유를 잘 아실 거라고 생각합니다만…… 그러니까 제가 왜 파리에 왔는지 말입니다."

매리언은 목걸이에 달려 있는 검은 별 장식을 만지작거리면서 미간을 찌푸렸다.

"전 몹시 가정을 갖고 싶습니다." 그는 말을 계속했다. "그리고 반드시 오노리어를 데리고 있고 싶습니다. 그 아이의 엄마를 대신해 오노리어를 맡아 주신 것에 대해 무척 감사하게 생각하고 있어요. 하지만 이젠 사정이 달라졌습니다." 그는 잠시 머뭇거리고 나서 좀 더 힘 있게 말을 이어나갔다. "저 자신이 근본적으로 달라졌습니다. 그러니까 두 분이 이 문제를 다시 생각해 주셨으면 합니다. 삼 년여 전 제가 엉망으로 처신했다는 걸 부정한다면 그건 아마도 바보 같은 짓이겠지요……."

매리언이 쏘아보듯이 그를 쳐다보았다.

"…… 하지만 이제 그런 일은 모두 끝났습니다. 방금 말씀드렸듯이 일 년 넘게 술을 하루에 한 잔 이상 입에 대지 않고 있습니다. 그 한 잔도 일부러 하고 있습니다. 머릿속에 알코올에 대한 생각이 너무 부풀지 않도록 말이지요. 무슨 말인지 아시겠습니까?"

"아뇨, 모르겠는데요." 매리언이 짧게 대꾸했다.

"말하자면 제 스스로 부리는 묘기지요. 그런 식으로 해서 문제를 조절하려는 겁니다."

"알겠네." 링컨이 말을 받았다. "술에 특별히 끌리고 있지 않다는 걸 인정하고 싶은 게로군."

"뭐, 그런 셈이지요. 가끔 잊어버리고 전혀 마시지 않는 날도 있습니다. 하지만 일부러 마시려 하고 있습니다. 어쨌든, 지금의 저는 술을 마실 처지가 아니지요. 제가 맡아 운영해 주고 있는 회사 사람들은 그동안의 제 업적에 아주 만족하고 있습니다. 그래서 저는 벌링턴[10]에

---

10 미국 버몬트주 북서부에 있는 도시.

있는 여동생을 불러다가 집안일을 맡길 생각입니다. 오노리어도 꼭 데려가고 싶습니다. 아시겠지만, 아이 엄마와 사이가 좋지 않을 때에도 우린 무슨 일이 있어도 오노리어에게만은 영향을 끼치지 않으려고 노력했어요. 오노리어가 저를 좋아한다는 걸 알고 있고, 저 아이를 보살필 자신이 있다는 것도 알고 있습니다. 그리고…… 뭐, 그런 얘기지요. 두 분의 의향은 어떠십니까?"

이제는 매를 맞아야 한다는 것을 그는 잘 알고 있었다. 한두 시간은 계속될 것이고 쉽지는 않겠지만, 만약 어쩔 수 없는 반감을 어떻게든 억눌러서 회개한 죄인이 벌을 받는 태도를 취한다면, 결국에는 자신의 말이 먹혀들게 될 것이다.

화를 내지 말자, 그는 자신에게 다짐했다. 자신의 행위를 정당화할 필요가 없지 않은가. 네가 원하는 것은 오노리어를 데려가는 것이다.

링컨이 먼저 말을 꺼냈다. "지난달 자네 편지를 받아 본 뒤 우리는 내내 그 일에 대해 얘기를 나눠 왔다네. 우린 오노리어를 데리고 있는 게 행복하다네. 그 앤 아주 사랑스러워서 우린 기꺼이 그 애를 돌봐줄 수 있지. 하지만 물론 문제는 그게 아니지만……."

그때 갑자기 매리언이 말을 가로막았다. "제부(弟夫)는 언제까지 술을 절제할 수 있겠어요?" 그녀가 물었다.

"영원히 그래야 한다고 생각합니다만."

"어떻게 그걸 장담할 수 있지요?"

"처형도 아시겠지만, 일을 그만두고 하는 일도 없이 파리에 올 때까지만 해도 전 알코올에 깊이 빠지지 않았습니다. 그러고 나서 헬렌과 전 여기저기 흥청거리며 쏘다니기 시작했고……."

"제발 거기서 헬렌 얘긴 빼 주세요. 제부 입에서 그런 식으로 제 동생 얘기가 나오는 건 참을 수 없어요."

그는 험상궂은 표정으로 매리언을 빤히 쳐다보았다. 아내가 살아 있을 때 처형과 사이좋은 자매였다고 한 번도 확신을 가져 본 적이 없었다.

"제가 술에 빠져 있던 건 겨우 일 년 반 정도였지요. 이곳에 온 뒤부터 제가…… 쓰러질 때까지 말입니다."

"그 정도로도 충분했죠."

"맞는 말씀입니다." 그는 그 말에 동의했다.

"제가 책임을 느끼는 건 전적으로 헬렌에 대해서뿐이에요." 매리언이 말했다. "헬렌이 내가 어떻게 하기를 바랄까 하고 난 생각하고 있어요. 솔직히 말해서, 제부가 그런 모진 짓을 한 그날 밤부터 제부는 내게 존재하지 않았어요. 그건 어쩔 수가 없지요. 헬렌은 내 혈육이니까요."

"맞습니다."

"죽어 가면서 헬렌은 내게 오노리어를 잘 돌봐 달라고 부탁했어요. 만약 그때 제부가 요양소에 있지만 않았다면, 문제가 좀 더 잘 풀렸을지도 몰라요."

그는 이 말에 아무런 대답도 하지 않았다.

"흠뻑 비에 젖은 채 몸을 덜덜 떨면서 헬렌이 우리 집 문을 두드리던 그날 아침을 난 평생 잊을 수 없을 거예요. 제부가 헬렌을 밖에 두고 문을 잠갔다고 하더군요."

찰리는 의자 팔걸이를 꽉 움켜잡았다. 예상했던 것보다 더 심했다. 장황하게 설득하고 해명하려다가 꾹 참고 다만 이렇게 말했다. "헬렌이 밖에 있는데 문을 잠근 그날 밤은……." 그러자 그녀가 그의 말을 가로막았다. "그 얘기는 두 번 다시 듣고 싶지 않아요."

잠시 동안 침묵이 흐른 뒤 링컨이 말했다. "얘기가 잠깐 옆으로 빠진 것 같군. 지금 자네는 매리언에게 법률상의 후견인 자격을 포기하고 오노리어를 자네에게 보내 달라고 부탁하고 있는 거지. 그런데 이 사람 입장에서 문제는, 자네를 신용할 수 있느냐 없느냐 하는 거란 말일세."

"전 처형을 탓하지 않습니다." 찰리가 천천히 말했다. "하지만 이제는 저를 완전히 믿어도 괜찮습니다. 삼 년 전까지만 해도 전 남한테 손가락질 받는 일이 없었습니다. 물론 인간이니까 언제든 잘못을 저지를 때가 있을지도 모르지요. 하지만 너무 오래 기다리다 보면 오노리어의 어린 시절을 그냥 놓쳐 버리게 되고, 저도 가정을 가질 기회를 잃어버리게 됩니다." 그는 고개를 흔들었다. "오노리어를 완전히 잃게 된다는 거지요. 아시겠습니까?"

"그래, 무슨 얘기인지 알겠네." 링컨이 대답했다.

"왜 진작 그런 생각을 하지 않았죠?" 매리언이 물었다.

"가끔씩 그런 생각을 하지 않은 건 아니지만, 헬렌과 제 사이가 나빠지고 있었습니다. 처형을 후견인으로 승낙할 때, 전 요양소에 누워 있었고, 주식이 폭락하는 바람에 빈털터리가 되었지요.[11] 잘못 처신했다는 걸 잘 알고 있었습니다. 그래서 만약 헬렌에게 어떤 마음의 평화라도 가져다줄 수만 있다면, 무슨 일이든지 동의할 생각이었지요. 하지만 이제는 사정이 다릅니다. 사람 구실도 하고 있고, 처신도 이제는, 제기랄, 제법 잘하고 있다고요……."

"제 앞에서 욕지거리를 늘어놓지 마세요." 매리언이 쏘아붙였다.

찰리는 놀란 표정으로 그녀를 쳐다보았다. 이야기를 해 나가면 나갈수록 그녀의 혐오감은 점점 뚜렷해졌다.

---

11 여기에서 찰리 웨일스는 미국의 경제 대공황을 가져온 1929년 10월 뉴욕 증권 시장의 몰락을 언급하고 있다. 경제 대공황은 십여 년 동안 미국 사람들에게 경제적으로 아주 심한 고통을 안겨다 주었다.

그녀는 인생에 대한 모든 공포를 하나의 벽으로 쌓아 그것을 찰리 쪽으로 향하게 하고 있었다. 이런 터무니없는 책망은 어쩌면 몇 시간 전 요리사와 뭔가 옥신각신했기 때문인지도 모른다. 찰리는 이렇게 자신에 대한 적대감으로 가득 차 있는 분위기 속에 오노리어를 맡겨 두는 것이 점점 더 불안해졌다. 그런 적대감은 어떤 때는 말로, 어떤 때는 고개를 젓는 모습으로 조만간 나타나게 될 것이다. 또한 그런 불신감의 일부는 어쩔 수 없이 오노리어에게도 심기게 될 것이다. 그러나 그는 노여움을 얼굴에서 지워 버리고 가슴속에 가두어 두었고, 그래서 좀 더 유리한 입장에 서 있게 되었다. 왜냐하면 링컨이 아내의 말이 얼토당토않다는 것을 깨닫고, 언제부터 '제기랄'이라는 말에 반대했는지 농담 섞어 가볍게 물었기 때문이다.

"그리고 또 한 가지 말씀드릴 게 있습니다." 찰리가 말했다. "이젠 저도 그 아이를 위해 뭔가 해 줄 수 있게 되었지요. 전 프랑스인 가정 교사를 프라하로 데리고 갈 계획입니다. 새 아파트도 얻어 놓고……."

그만 실수를 한 것을 깨닫고 그는 입을 다물었다. 자신의 수입이 또다시 그들의 수입보다 두 배가 되었다는 사실을 그들이 곱게 받아들일 리가 없었기 때문이다.

"물론 우리보다는 제부가 저 아이를 호강시켜 줄 수

있겠지요." 매리언이 말했다. "제부가 물 쓰듯 돈을 뿌리던 시절에 우리는 10프랑에도 벌벌 떨면서 살았으니까요……. 또다시 그렇게 살기 시작할 모양이군요."

"아니, 천만에요." 그가 대답했다. "그동안 배운 게 많습니다. 아시다시피, 저도 십 년 동안 열심히 일했습니다. 다른 많은 사람들과 마찬가지로 주식 시장에서 요행을 잡을 때까지는 말이지요. 그땐 엄청나게 재수가 좋았지요. 이제 다시 그런 행운은 오지 않을 겁니다. 그래서 전 그만뒀지요. 다시는 그런 일이 일어나지 않을 겁니다."

잠시 긴 침묵이 흘렀다. 세 사람 모두 신경이 곤두서고 있음을 느꼈고, 찰리는 일 년 만에 처음으로 술을 마시고 싶어졌다. 이제 링컨 피터스가 오노리어를 자기에게 넘겨줄 의향이 있다는 확신이 들었던 것이다.

갑자기 매리언이 부르르 몸을 떨었다. 찰리의 두 발이 이제 땅에 박혀 있다는 것은 그녀도 어느 정도 인정하고 있었고, 자신의 모성에 비추어볼 때도 그의 희망이 당연하다고 인정하고 있었다. 그러나 그녀는 오랫동안 한 가지 편견을 갖고 살아왔다. 여동생이 행복할 리가 없다는 이상야릇한 불신에 근거를 둔 것으로, 그 끔찍한 밤의 충격 때문에 그에 대한 증오심으로 변한 편견 말이다. 그 일이 일어난 것도 바로 그녀가 건강이 좋지 않았고 여러 역경 탓에 구체적인 악행이나 구체적인 악한의 존재를 믿게 되었던 바로 그 시기였다.

"난 그렇게 생각할 수밖에 없어요!" 그녀가 갑자기 소리를 질렀다. "제부가 헬렌의 죽음에 얼마만큼의 책임이 있는지 난 잘 모르겠어요. 그건 제부가 제부 자신의 양심과 해결해야 할 문제이지요."

고통이 전류처럼 그의 온몸을 타고 흘렀다. 잠깐 동안 자신도 모르게 하고 싶은 말이 목구멍까지 치밀어 오르면서 거의 자리에서 일어날 뻔했다. 그러나 한 순간, 또 한 순간 자신을 억제했다.

"자네가 참게나." 링컨이 불안한 듯 말했다. "난 그 일에 자네가 책임 있다고 생각해 본 적이 한 번도 없네."

"헬렌은 심장병으로 사망한 겁니다." 찰리가 목이 잠긴 목소리로 말했다.

"맞아요. 심장병이었지요." 매리언이 마치 그 말이 자신에게는 다른 의미를 지니고 있기라도 한 듯 말했다.

그러고 나서 감정을 분출하고 난 뒤에 오는 덤덤한 기분으로 그녀는 찰리를 똑바로 쳐다보았고 결국 그가 상황을 장악하게 되었다는 사실을 알고 있었다. 그녀는 남편을 바라보았지만 그로부터도 아무런 지원이 없으리라는 것을 깨달았고, 그러자 마치 그것이 그렇게 중요한 것이 아니라는 듯이 갑자기 패배를 인정하고 말았다.

"제부가 하고 싶은 대로 하세요!" 그녀는 의자에서 벌떡 일어나면서 소리를 질렀다. "오노리어는 제부 아이니까요. 난 제부를 방해하는 사람이 아니에요. 만약 저 애가 내 자식이라면 차라리 저 아이에게……." 그녀는 가까스로 자신을 억제했다. "두 분이 결정하세요. 난 도저히 못 참겠어요. 몸이 좋지 않아서 좀 쉬어야겠어요."

그렇게 말하고 그녀는 황급히 방을 나가 버렸다. 잠시 뒤 링컨이 말했다.

"오늘은 아내에게 힘든 하루였다네. 자네도 알다시피, 여자란 얼마나 단호한지……." 그의 말투는 거의 변명에 가까웠다. "일단 어떤 생각을 머리에 간직하면 말일세."

"무리도 아니지요."

"잘 풀리게 될 걸세. 아내도 이젠 이해할 거라고 생각하네. 자네가…… 저 아이를 돌볼 수 있다는 걸 말일세. 그러니 우린 자네나 오노리어의 길을 방해할 수가 없지 않은가."

"형님, 고맙습니다."

"아내가 어떤지 살피러 가야겠네."

"그럼 이만 돌아가겠습니다."

길거리로 나와서도 그의 몸은 한동안 여전히 떨렸지만 보나파르트가를 따라 강변으로 내려가자 마음이 가라앉았고, 강변의 불빛을 받아 산뜻하고 새롭게 보이는 센강 변을 가로질러 갈 때에는 제법 승리감마저 느꼈다. 그러나 숙소에 돌아온 그는 잠을 이룰 수 없었다. 헬렌의 모습이 자주 떠올랐던 것이다. 그렇게도 사랑하던 헬렌이었지만 결국 두 사람은 어리석게도 서로의 사랑을 모욕하기 시작했고, 마침내 그것을 산산조각으로 부숴 버리고 말았다. 매리언이 그렇게 생생하게 기억하고 있는 그 끔찍한 2월의 밤에도 따분한 말다툼이 몇 시간이나 계속되었다. '플로리다' 카페에서 한 차례 소동이 벌어진 뒤 그는 그녀를 집으로 데리고 가려 했다. 그러자 그녀가 테이블에 앉아 있는 웹이라는 청년에게 키스를 했다. 그러고 나서 그녀는 히스테리를 부리며 떠들어 댔다. 혼자서 집으로 돌아간 그는 분노를 참지 못하고 문에 자물쇠를 걸어 버렸다. 한 시간 뒤 그녀가 혼자서 돌아올 줄을, 눈보라가 몰아쳐서 당황한 나머지 택시도 잡지 못하고 슬리퍼를 신은 채 헤매고 다닐 줄을 그가 어떻게 예상할 수 있었겠는가? 그러고 나서 그 여파라고 해야 할 그녀의 폐렴 소동, 기적적으로 살아남기는 했지만 그 뒤에 끔찍한 일들이 몇 가지 더 일어났다. 두 사람은 '화해'했지만 그것은 파국의 시작에 지나지 않았다. 그리고 그 사건을 직접 자기 눈으로 확인하고 그것을 동생이 겪은 수많은 수난 중 하나에 불과하다고 상상한 매리언은 결코 그날을 잊을 수 없게 된 것이다.

그때의 일을 다시 떠올리자 헬렌이 점점 가깝게 느껴졌고, 동이 틀 무렵 반쯤 잠이 든 사이 조용히 다가온 희고 부드러운 빛 속에서 그는 어느새 또다시 헬렌과 대화를 나누고 있었다. 그녀는 오노리어에 대해서 그의 생각이 전적으로 옳으며 오노리어가 그와 함께 살았으면 좋겠다고 말했다. 그리고 그가 성실한 사람이 되고 일이 잘 풀려 가고 있어 기쁘다고도 말했다. 그 밖에도 그녀는 이것저것 많은 얘기를 했다. 아주 친밀감을 느끼게 하는 얘기들 말이다. 그러나 그녀는 새하얀 드레스를 입고 그네를 타고 있었는데, 그네가 점차 빨리 흔들리는 바람에 끝에 가서는 그녀가 하는 말을 모두 똑똑히 알아들을 수가 없었다.

4

찰리 웨일스는 행복한 기분으로 눈을 떴다. 이 세상의 문이 다시 열린 것이다. 여러 계획과 전망을 세우고 오노리어와 자기 자신의 미래를 그려 보았다. 그러나 헬렌과 함께 세웠던 모든 계획이 떠오르자 그는 갑자기 슬퍼졌다. 그녀에게 죽음 따위는 계획에도 없었는데 말이다. 중요한 것은 지금 현재이다. 해야 할 일, 그리고 사랑해야 할 누군가 말이다. 그러나 지나치게 너무 사랑해서는 안 된다. 너무 지나치게 애착을 느끼다 보면 아버지가 딸에게, 엄마가 아들에게 해를 끼치기 쉽다는 것을 그는 잘 알고 있었다. 뒷날 나이가 들어 아이는 결혼 상대에게 같은 식으로 맹목적인 사랑을 요구할 것이고, 아마 그것을 얻지 못하면 사랑에도 인생에도 등을 돌리게 될 것이 아닌가.

그날도 화창하게 갠 산뜻한 날씨였다. 그는 링컨 피터스의 근무처인 은행으로 전화를 걸어 프라하로 돌아갈 때 오노리어를 데리고 가는 것으로 생각해도 좋겠냐고 물어보았다. 링컨은 더 이상 미룰 이유가 없다고 말했다. 다만 한 가지, 법정 후견인 문제가 남아 있다는 것이다. 매리언은 좀 더 그 권한을 갖고 있기를 원했다. 모든 문제로 그녀는 아직도 당황한 상태에 있었고, 그래서 앞으로 일 년 정도 더 자신이 이 문제를 통제하고 있다는 느낌을 갖는다면 아마 일이 원활하게 진행되리라는 것이다. 찰리로서는 눈으로 볼 수 있고 손으로 만져 볼 수 있는 그 아이를 원할 뿐이기에 그의 말에 동의했다.

그다음 문제는 가정 교사였다. 찰리는 을씨년스러운 소개소에 앉아서 무뚝뚝한 베아른[12] 출신 여자와 뚱뚱보

---

12 프랑스의 남서부 지방.

브르타뉴[13] 시골 처녀를 면접했지만 둘 다 참기 어려운 상대였다. 다른 지원자들도 있었지만 이튿날 만나기로 했다.

찰리는 '그리퐁'에서 링컨 피터스와 함께 점심을 먹으면서 들뜬 기분을 애써 억제하려고 노력했다.

"자기 자식만 한 것도 이 세상에 없지." 링컨이 말했다. "하지만 자네는 매리언의 기분도 이해해 줘야 하네."

"처형은 제가 고국에서 칠 년 동안 얼마나 열심히 일했는지 잊고 있습니다." 찰리가 말했다. "단지 그날 밤의 일을 기억하고 있을 뿐이지요."

"꼭 그 일 때문만은 아니라네." 링컨이 머뭇거리며 말했다. "자네가 헬렌과 돈을 뿌리면서 유럽 구석구석을 쏘다니던 시절, 우리는 가까스로 살고 있었지. 난 그 호경기에도 아무런 행운을 잡을 수가 없었어. 보험금을 붓는 것도 빠듯할 만큼 여유가 없었기 때문이지. 매리언은 그게 뭔가 부당하다고 느꼈던 것 같아……. 막판에 가서 자네는 아무 일도 하지 않는데도 점점 더 부자가 되어 갔으니까 말일세."

"빨리 들어온 만큼이나 빨리 사라져 버렸지요."

"그랬지. 많은 돈이 웨이터나 색소폰 연주자나 호텔

---

13 프랑스 북서부의 반도를 중심으로 한 지역.

지배인의 주머니로 들어갔지……. 어쨌든, 그런 성대한
파티도 이제는 끝장이 났네. 내가 이런 말을 꺼내는
이유는, 제정신이라곤 말할 수 없었던 지난 몇 년 동안의
상황에 대해 매리언이 어떻게 생각하고 있는지 설명하려는
걸세. 오늘 밤 매리언이 너무 피곤하기 전에 6시쯤 와
준다면, 그 자리에서 구체적인 일을 결정하기로 하세."

  찰리가 호텔에 돌아와 보니 기송(氣送)[14]으로 부쳐
온 속달 편지 한 통이 기다리고 있었다. 누군가 찾고 싶은
사람이 있어 주소를 남겨놓은 '리츠' 바에서 이쪽으로 다시
보내준 것이었다.

  찰리에게

지난번 만났을 때 당신이 워낙 낯설게 대해 내가 뭔가
기분을 상하게 한 일이라도 있나 하고 생각했어요. 비록
그렇게 했다 해도 나는 전혀 의식을 못하고 있어요. 사실,
작년 한 해 동안 당신에 대해 무척 많이 생각했어요.
이곳에 오면 어쩌면 당신을 만날 수 있지 않을까 하고
언제나 마음속으로 기대했지요. 정말 미치광이 같았던
그해 봄, 우린 아주 즐거운 시간을 보냈지요. 당신과 둘이서

---

14   편지나 소포 따위를 압축 공기 관(管)으로 발송하는 우편.

정육점 주인의 삼륜차를 잠시 슬쩍했던 그날 밤이라든가, 대통령한테 가자며 당신이 낡은 중산모자의 테두리만 쓰고 철사 지팡이를 짚고 다니던 때도 있었잖아요. 요즈음은 다 늙어 버린 것 같아 보이지만, 난 전혀 나이 든 기분이 들지 않아요. 옛날을 생각하여 오늘 만날 수 없을까요? 지금은 지독한 숙취 때문에 맥도 못 추고 있지만, 오후에는 기분이 나아질 것 같아요. 5시경에 '리츠' 바에서 당신을 찾아보겠어요.

언제나 헌신적인,
로레인

　이 편지를 받고 맨 처음 느낀 것은 두려움이었다. 성인이 되어 실제로 남의 삼륜차를 훔쳐 페달을 밟으며 로레인과 함께 늦은 시각에서 새벽 사이에 에투알 광장을 돌아다녔으니까 말이다. 돌이켜 보면 그야말로 악몽 같은 시간이었다. 문을 잠가 헬렌을 못 들어오게 한 사건은 그의 평소 행동과는 들어맞지 않았지만 삼륜차 사건은 잘 들어맞았다. 그것은 그가 평소에 저질렀던 많은 행동 중의 하나였다. 그토록 완전히 무책임한 상태에 이르기까지 과연 몇 주일 또는 몇 개월이나 방탕한 생활에 빠져 있었던가.

그는 그 무렵 자신에게 로레인이 어떻게 보였는지
마음속으로 상상해 보려고 했다. 아주 매력적인 여자였다.
비록 아무 말도 하지 않았지만 헬렌은 그 일 때문에
불행했었다. 어제 레스토랑에서 만났을 때 로레인은
평범하고 진부하고 지쳐 있는 것처럼 보였다. 그는 절대로
그녀를 만나고 싶지 않았고, 앨릭스가 그녀에게 호텔
주소를 알려 주지 않은 것을 천만다행으로 생각했다. 그
대신 오노리어를 생각하자 안심이 되었다. 일요일이 되면
그녀와 함께 지내고, 아침에는 그녀에게 아침 인사를 하며,
밤에도 그녀가 숨을 쉬며 자신의 집에 살고 있을 것을
생각하니 말이다.

5시에 찰리는 택시를 타고 나가 처형 식구들에게
줄 선물을 샀다. 예쁜 봉제 인형이며, 상자에 든 로마
병정이며, 매리언에게 줄 꽃다발이며, 링컨에게 줄 큼직한
린넨 손수건을 샀다.

아파트에 도착한 찰리는 매리언이 이미 피할 수 없는
사실을 받아들이고 있다는 것을 알았다. 지금까지와는
달리 위협적인 국외자라기보다는 다루기 힘든 가족의
일원인 듯 그에게 인사를 했다. 오노리어는 아버지와 함께
간다는 얘기를 이미 들어 알고 있었다. 그런데도 눈치
있게 너무 좋아하는 내색을 보이지 않으려는 것을 보며
찰리는 기분이 좋았다. 그의 무릎에 올라앉을 때에만

그녀는 기뻐하며 나지막한 목소리로 "언제 가요?" 하고 속삭이고는 곧 다른 아이들이 있는 곳으로 가 버렸다.

그는 잠시 동안 매리언과 둘이서만 방 안에 있었고, 충동에 이끌려 불쑥 말을 꺼냈다.

"집안 다툼이란 여간 괴로운 게 아니더군요. 어떤 원칙에 따라 싸우지 않으니까요. 통증이나 상처와는 다르지요. 오히려 달라붙을 살이 없어서 아물지 않는, 피부가 째진 곳과 같다고나 할까요. 앞으로 처형과 좀 더 원만하게 지내고 싶습니다."

"어떤 일은 아무래도 잊을 수 없는 법이니까요." 매리언이 대답했다. "문제는 상대방을 믿을 수 있느냐 하는 거지요." 찰리가 그 말에 대답을 하지 못하자 곧 그녀가 물었다. "언제 오노리어를 데리고 갈 생각인가요?"

"가정 교사를 구하는 대로 그럴 생각입니다. 생각 같아서는 모레쯤이면 좋겠습니다만."

"그건 도저히 불가능해요. 저 애의 물건들을 정리해 줘야 하니까요. 빨라도 토요일 전에는 안 돼요."

그는 그 말을 받아들였다. 링컨이 방에 다시 돌아오며 그에게 술을 권했다.

"그럼 오늘분 위스키를 한 잔 마시겠습니다." 그가 말했다.

이곳의 공기는 포근했다. 식구들이 난롯가에 모여

있는 모습에 정말로 가정이라는 느낌이 들었다. 아이들은 자신들이 안전하고 소중하게 취급받고 있다는 것을 느끼고 있었다. 엄마와 아빠는 진지하게 주의를 기울이고 있었다. 그들에게는 그의 방문보다도 아이들에게 해 주어야 할 일들이 더 중요했다. 결국 매리언과 자신 사이의 불화보다도 아이에게 약 한 숟가락 먹이는 것이 더 중요한 것이다. 그들은 무미건조한 사람들은 아니었지만 생활과 살림 형편에 찌들어 있었다. 판에 박은 듯한 은행원 생활에서 링컨을 벗어나도록 해 줄 수 있는 일이 없을까 하고 그는 생각했다.

그때 현관문의 벨이 길게 울렸다. 프랑스인 가정부가 앞을 지나 복도로 나갔다. 다시 한 번 벨이 길게 울리자 문이 열리면서 누군가의 목소리가 들려왔다. 거실에 있던 세 사람은 누구일까 하고 고개를 들었다. 링컨은 복도를 보기 위해 몸을 움직였고, 매리언은 자리에서 일어났다. 그러고 나서 가정부가 복도를 따라 되돌아왔고, 그 바로 뒤에 누군가의 목소리가 계속 들려왔으며, 그 목소리는 밝은 불빛 아래 다름 아닌 덩컨 셰퍼와 로레인 쿼리스의 모습으로 바뀌었다.

두 사람은 기분이 좋았고 법석대며 큰 소리로 웃고 떠들어 댔다. 순간 찰리는 당황해서 어찌할 바를 몰랐다. 이들이 어떻게 피터스의 집 주소를 찾아냈는지 도무지 알 수 없는 노릇이었다.

"아 – 아 – 하!" 덩컨은 짓궂게 찰리에게 손가락을 흔들어댔다. "아 – 아 – 하!"

두 사람은 또다시 한바탕 요란하게 웃어댔다. 불안과 당혹스러움에 빠진 찰리는 재빨리 그들과 악수를 한 뒤 링컨과 매리언에게 소개했다. 매리언은 가볍게 고개만 숙였을 뿐 거의 입을 열지 않았다. 그녀는 난로 쪽으로 한 발짝 물러섰다. 어린 딸이 옆에 서 있었고, 매리언은 한 팔로 그 애의 어깨를 감쌌다.

찰리는 이 무례한 침입에 대해 차츰 분노를 느끼면서 그들이 사정을 해명하기를 기다렸다. 골똘히 생각한 뒤 먼저 덩컨이 입을 열었다.

"자네를 저녁 식사에 초대하러 왔네. 로레인과 난 자네가 쉬쉬하며 주소를 숨기는 일을 그만두었으면 하네."

찰리는 마치 두 사람을 복도 아래로 밀어낼 듯이 바싹 다가갔다.

"미안하지만 그럴 수 없네. 어디 있을지 행선지를 알려주면 삼십 분 뒤에 전화하겠네."

그렇게 말했지만 두 사람은 들은 척도 하지 않았다. 로레인은 갑자기 의자 팔걸이에 앉으며 리처드를 쳐다보면서 큰 소리로 말했다. "어머, 무척 귀여운 도련님이네! 이쪽으로 와 보렴, 꼬마 신사." 리처드는 엄마의 얼굴을 올려다볼 뿐 조금도 움직이지 않았다. 눈에 띄게 어깨를 들썩거리며 로레인은 다시 찰리 쪽으로 몸을 돌렸다.

"우리 저녁 먹으러 나가요. 당신 친척들은 상관하지 않을 거예요. 좀처럼 얼굴 보기가 힘들어요. 아니, 너무 목에 힘을 주셔."

"지금은 안 돼." 찰리가 무뚝뚝한 말투로 말했다. "둘이서 저녁을 하게나. 내가 나중에 연락을 취할 테니."

갑자기 로레인의 목소리가 불쾌해졌다. "알았어요. 가겠어요. 하지만 난 아직 잊지 않고 있어요. 당신이 새벽 4시에 우리 집 문을 마구 두드렸던 일 말이에요. 그때 난 당신에게 술을 낼 만큼 잘해 주었다고요. 자, 가요, 덩컨."

몽롱하고 화가 난 얼굴을 하고 두 사람은 어정쩡한 발걸음으로 느릿느릿 복도를 따라 걸어 나갔다.

"잘 가요." 찰리가 말했다.

"잘 있어요!" 로레인이 힘주어 대답했다.

찰리가 응접실로 돌아오자 매리언은 조금도 움직이지 않고 같은 자리에 서 있었고, 이제는 그녀의 아들이 그녀의 다른 팔 범위 안에 서 있었다. 링컨은 여전히 오노리어를 안고 시계추처럼 좌우로 흔들어 대고 있었다.

"어떻게 이런 무례한 일이 다 있는지!" 찰리가 발끈 화를 내며 말했다. "도대체 예의라곤 모르는 인간들이야!"

부부는 아무런 대답도 하지 않았다. 찰리는 팔걸이의자에 털썩 앉은 뒤 아까 마시던 술잔을 집어 들었지만 다시 내려놓으며 말했다.

"이 년이나 만나지 않은 사람들인데 그렇게 뻔뻔스럽게······."

그는 갑자기 입을 다물었다. 매리언이 화가 난 듯 빠르게 "오오!" 하고 한마디 내뱉고는 그에게서 휙 몸을 돌려 방에서 나가 버렸기 때문이었다.

링컨은 오노리어를 살짝 내려놓았다.

"너희들 안으로 들어가서 수프를 먹기 시작해라." 그가 말했다. 아이들이 시키는 대로 하자 그는 찰리에게 말했다.

"매리언은 건강이 좋지 않아서 충격을 견디지 못하네. 저런 부류의 사람들을 보면 그야말로 몸이 아플 정도지."

"제가 부른 게 아닙니다. 저자들이 어디선가 형님의 이름을 알아낸 겁니다. 저자들은 일부러······."

"하여튼 일이 참으로 곤란하게 되었어. 문제에 도움이 되지 않는단 말씀이야. 잠깐 실례하겠네."

혼자 남게 된 찰리는 긴장한 채 의자에 앉아 있었다. 옆방에서는 어른들 사이의 소동 따위는 벌써 잊어버린 듯 짧막한 말을 서로 주고받으며 저녁을 먹고 있는 아이들의 목소리가 들려왔다. 그 안쪽 방에서는 작은 목소리로 이야기하는 소리가 들려왔고, 이어서 찰칵하고 수화기를 들어 올리는 소리가 들려왔다. 겁에 질린 찰리는 목소리가 들리지 않는 방의 반대편으로 자리를 옮겼다.

잠시 뒤 링컨이 돌아왔다. "여보게, 찰리. 오늘 저녁 식사는 다음으로 미루는 게 좋을 것 같네. 아무래도 매리언의 상태가 엉망이라서."

"저한테 화가 난 겁니까?"

"그런 셈이지." 그가 거칠다 싶을 정도로 대꾸했다. "그녀의 건강이 좋지 않은 데다가······."

"그러니까 오노리어의 일에 대해 마음이 변했다는 건가요?"

"지금은 몹시 화가 나 있네. 난 잘 모르겠어. 내일 은행으로 전화해 주게나."

"형님이 잘 설명해 주십시오. 그 사람들이 여기까지 쳐들어올 줄은 꿈에도 생각지 못했다고요. 두 분 못지않게 저도 화가 납니다."

"지금은 매리언에게 뭐라고 변명할 수가 없다네."

찰리는 자리에서 일어났다. 그리고 코트와 모자를 집어 들고 복도를 따라 걸어갔다. 그런 뒤 식당 문을 열고 이상한 목소리로 "모두들 잘 있어라." 하고 인사를 했다. 평소와 다른 기묘한 목소리였다.

오노리어가 자리에서 일어나 식탁을 돌아 달려 나와 그에게 안겼다.

"잘 있어라, 아가야." 그가 모호하게 말했다. 그러고 나서 목소리를 좀 더 부드럽게 가다듬어 어떤 불신을 달래려고 하면서 이렇게 덧붙였다. "잘 있어라, 얘들아."

5

찰리는 로레인과 덩컨을 가만두지 않겠다고 다짐하며 그 길로 곧장 '리츠' 바로 갔지만 막상 두 사람은 그곳에 없었다. 그리고 설령 그들을 찾아낸다 해도 그가 할 수 있는 일이란 아무것도 없다는 사실을 깨달았다. 피터스의 집에서는 술을 입에도 대지 않았지만 그는 위스키 소다를 주문했다. 폴이 그에게 다가와 인사를 했다.

"완전히 달라졌어요." 폴이 아쉬운 듯이 말했다. "지금은 그때의 반 정도밖에는 장사가 되지 않아요. 듣자 하니 미국에 돌아가서 모든 것을 잃어버린 분들도 상당히 많다지요. 아마 맨 처음 증권 폭락에서 살아남았던 사람들도 두 번째 때 당한 모양입니다. 친구 분이신 조지 하트 씨도 한 푼도 안 남기고 깨끗하게 털렸다고 들었습니다. 사장님도 미국으로 돌아가셨나요?"

"아니, 난 지금 프라하에서 사업을 하고 있네."

"사장님도 주식 폭락으로 상당히 손해를 보았다고

들었습니다만."

"그랬지." 하고 말한 뒤 그는 엄숙한 표정으로 이렇게 덧붙였다. "하지만 내가 소중한 것을 모두 잃어버린 건 경기가 좋을 때였다네."

"공매(公賣) 때문이었군요."

"뭐, 그와 비슷한 것 때문이었지."

또다시 그 시절의 기억이 악몽처럼 그를 엄습해 왔다. 그들이 여행하며 만났던 사람들이며, 그다음에는 숫자의 덧셈도 제대로 할 수 없고 조리 있게 말도 할 줄 모르던 사람들. 또한 선상(船上) 파티에서 헬렌이 댄스 상대로 허락했는데도 테이블에서 10피트 떨어진 곳에서 그녀에게 모욕을 주던 키 작은 사나이며, 술이나 마약에 취해 비명을 지르면서 강제로 공공장소에서 끌려 나가던 중년 여성과 아가씨들.

그리고 1929년의 눈은 진짜 눈이 아니라며 아내를 눈 내리는 바깥으로 내쫓은 남자들. 눈이 아니기를 바라면 약간의 돈을 집어 주기만 하면 되었던 것이다.

찰리는 피터스의 아파트에 전화를 걸었다. 링컨이 받았다.

"그 일이 아무래도 마음에 걸려 전화를 걸었습니다. 처형은 뭐라고 분명히 하시던가요?"

"매리언은 지금 몸 상태가 좋지 않다네." 링컨이

짤막하게 대답했다. "이번 일은 전적으로 자네 잘못만은 아니라는 걸 잘 알고 있네만, 그렇다고 아내를 엉망으로 만들 순 없네. 여섯 달 동안 그냥 미루어 두는 수밖에 없을 것 같아. 아무래도 아내를 또다시 지금 같은 상태가 되도록 만들 순 없어."

"잘 알겠습니다."

"미안하네, 찰리."

그는 다시 테이블로 돌아왔다. 술잔은 비어 있었지만 앨릭스가 그의 의향을 묻듯이 그 잔을 쳐다보았을 때 그는 고개를 내저었다. 이제는 오노리어에게 뭔가 물건을 보내 주는 것 말고는 그가 달리 할 수 있는 일이 없었다. 내일 여러 가지 물건을 사서 보내 주기로 하자. 그 모든 것이 결국 돈 때문이 아닌가 생각하자 조금 화가 치밀어 올랐다. 그는 지금까지 너무 많은 사람들에게 돈을 주었던 것이 아닌가.

"아니, 이제 그만 하겠네." 그는 다른 웨이터에게도 말했다. "술값이 얼마인가?"

언젠가 그는 또다시 이 도시에 돌아올 것이다. 언제까지나 그에게 돈을 지불하게 할 수 없는 노릇이었다. 그래도 그는 아이를 원했고, 그 사실을 제외하고는 이제 중요한 일이라고는 아무것도 없었다. 이제 혼자서 그렇게 많은 멋진 생각과 꿈을 가질 수 있는 젊은이가 아니었다.

헬렌도 그가 이렇게 외로움을 겪는 것을 원하지 않을 것이라고 찰리는 조금도 믿어 의심치 않았다.

에세이

작가의 변명

피츠제럴드의 신념

피츠제럴드 씨와의 인터뷰

명사록과 그 이유

재즈 시대의 메아리

작가의 변명

1920년 3월 출간된 첫 장편 소설 『낙원의 이쪽』이 베스트셀러 상위 리스트에 오르자 피츠제럴드는 이해 5월에 열린 '미국서점협회(ABA)' 연례 모임을 위하여 「작가의 변명」이라는 글을 썼다. 이 글을 500장 인쇄하여 이 작품의 3쇄에 끼워 이 모임에 참석한 사람들에게 배포했다. 피츠제럴드는 이 글의 일부를 「피츠제럴드 씨와의 인터뷰」에 사용하기도 했다.

작가의 변명

이 책에서 어느 정도 언급했다고 인정하기에 나는 나 자신에 대하여 말하고 싶지 않습니다. 사실 이 작품을 구상하는 데는 삼 분 걸렸고, 집필하는 데는 삼 개월 걸렸으며, 작품의 자료를 수집하는 데는 전 생애를 바쳤습니다. 지난 7월 1일에 저는 이 작품을 쓸 생각을 했습니다. 이 작품은 말하자면 기분 풀이의 한 대용물인 셈이지요.

저의 전반적인 창작 이론은 다음 한 문장으로 요약할 수 있습니다. 즉 저자란 자기 세대의 젊은이들을 위해 써야 하고, 다음 세대의 비평가들을 위해 써야 하며, 그다음 세대의 교육자들을 위해 써야 한다는 것입니다.

그러므로 신사 여러분, 이 책에서 제가 마셨다고 언급하는 모든 칵테일은 '미국서점협회'에게 보내는 축배로 생각하시기 바랍니다.

1920년 5월

피츠제럴드의 신념

1921년 2월 피츠제럴드가 동료 소설가이자 친구인 토머스 보이드에게 보내는 공개서한. 《세인트폴 데일리 뉴스》에 처음 발표되었다. 이 서한에서 피츠제럴드는 당시 미국 문단을 풍미하던 사실주의 경향을 경계한다. 피츠제럴드는 보이드의 문학적 재능을 인정하고 그를 스크리브너스 출판사의 편집자 맥스웰 퍼킨스에게 소개했다. 그러나 1925년 6월 피츠제럴드는 보이드의 장편 소설 『새뮤얼 드러먼드』를 읽고 비판하는 편지를 퍼킨스에게 보내기도 했다.

피츠제럴드의 신념

친애하는 보이드에게

오늘날 미국의 과도한 예술 형식은 '젊은이의 역사'인 듯하네. 그 형식은 프랭크 노리스가 『밴도버와 짐승』에서 처음 시작한 뒤 스티븐 프렌치 휘트먼이 『숙명』에서, 최근에서 나 자신의 작품과 플로이드 델의 『백치』로 이어졌네. 게다가 내가 생각하기로는 스티븐 베네 또한 그의 과거를 파고들었지. 젊은이의 소설이라는 이러한 유형의 작품은 H. G. 웰스와 제임스 조이스의 공식을 따른 채 주로 모든 청년의 모험을 자못 중요한 듯이 독자의 무릎에 안겨 준 셈이지. 이렇다 할 스타일이 없는 사람이 이 형식을 쓰게 되면 『백치』의 경우처럼 진부함의 나락에 빠지게 되거든. (⋯⋯) 금년에 이르기까지 자만심에 찬 문인들은——이를 테면 H. L. 멩켄, 제임스 캐벌, 이디스 워튼, 시어도어 드라이저, 조셉 허게샤이머, 윌러 캐더, 찰스(프랭크) 노리스 말이지 — 서로 단결하여 편협함과 우둔함에 맞서 싸워 왔지만 내 생각에는 이제는 서로 갈라설 때가 된 것 같네. 낭만적인 쪽에서 캐벌은 삶에는 객관적 보도로써는 — 특히 중서부의 소도시에 관한 보도 말일세 — 원고지에 옮겨 놓을 수 없는 그 나름의 매력이 있다고 주장하는 것 같네. 한편 사실주의 쪽에서 드라이저는 근본적으로는 뛰어난 작가인 부스 타킹턴의 경우에서 볼 수 있듯이 낭만주의가 제인 그레이 류퍼트 휴즈의 수준으로 쉽게 퇴보하는 경향이 있다고 주장하는 것 같네. (…)

    유순한 양들의 수가 — 즉 만약 블라스코 이바네스,[1] 웰스와 헨리 반 다이크의 작품을 읽으면 문화를 흡수한다고 생각하는 사람들 말일세 — 모양을 갖추고 있다는 것이 큰 힘이 되네. 미국의 모든 도시에서 이른바 상류층을 형성하는 부류는 작품에서 말하는 바를 읽어 낼 것일세. 이제 적어도 우리에게 멩켄 같은 탁월한 문인 몇 사람이 미국 문단의 선두에 있는 이상, 이 유순한 양들은 그들의 조국에서 고맙게 생각할 수 있는 것을

---

1   빈센트 블라스코 이바네스(Vincente Blasco Ibáñez, 1867~1928). 스페인 소설가로 『묵사록의 네 기사』 등의 작품을 썼다.

감사하는 척하겠지. '차가운' 교회에 달려가 고상하지만 알아들을 수 없는 말을 듣고, 또 일주일에 한 번씩 모임에 참석하여 앞에 언급한 블라스코 이바네스에 관한 논문을 읽는 대신에 말이지. 가장 멍청한 사람들조차 『메인 스트리트』를 읽고 있고, 늘 그렇게 하고 있다고 생각하고 있는 척하지. 세인트폴에 사는 사람 중 몇 명이나 『타이탄』이나 『소금』 또는 심지어 『맥티그』[2]를 읽었는지 궁금하군. 이 모든 작품은 불건전한 취향을 장려하는 것 같다네. 하지만 설령 그렇다 해도 로버트 체임버스 같은 삼류 작가가 '미국의 발자크'로 환영을 받고 있던 때 적어도 드라이저가 초기에 노력한 것은 보상받아야 할 것일세.

---

2   앞서 언급한 프랭크 노리스(Frank Norris, 1870~1902)가 1899년에 발표한 소설.

피츠제럴드 씨와의 인터뷰

이 글은 1920년 5월 7일 지 헤이우드 브라운의 《뉴욕 헤럴드 트리뷴》의 칼럼에 일부가 실렸다. 피츠제럴드가 자신과 가상으로 가진 '자기 인터뷰'라고 할 이 대담은 피츠제럴드의 유고에서 찾아내어 1960년 11월 5일 자 《새터데이 리뷰》에 처음으로 전문이 실렸다. 「작가의 변명」과 마찬가지로 피츠제럴드의 문학관을 엿볼 수 있는 귀중한 자료다.

피츠제럴드 씨와의 인터뷰

피츠제럴드 씨를 기습할 뚜렷한 목적으로 나는 빌트모어 호텔[1]의 21층으로 올라가 가장 숙련된 웨이터의 매너로 방문에 노크했다. 방에 들어가자마자 내가 받은 첫인상은 그야말로 혼란스러움 그 자체였다—사용하지 않는 잡동사니 물건을 내다 파는 것 같은 혼란스러움이라고나 할까. 한 젊은이가 방 한가운데 서서 멍한 표정으로 방 한쪽을 쳐다보다가 다른 한쪽을 쳐다보고 있었다.

"지금 모자를 찾고 있어요." 그가 어리벙벙한 표정으로 말했다. "안녕하십니까. 어서 들어와 침대 위에 앉으십시오."

---

[1] 뉴욕시 매디슨 애비뉴와 43번 도로가 만나는 그랜드 센트럴역 맞은편에 위치한 고급 호텔.

『낙원의 이쪽』의 저자는 다부진 체격에 어깨가 널찍하고 보통 키가 조금 넘는 젊은이였다. 다소 북유럽의 혼혈로 보이는 약간 곱슬기가 있는 금발과 초록색 눈은 예민해 보였다. 역시 잘생긴 외모였지만, 날렵한 코에 안경을 걸치고 있을 것으로 예상한 탓에 당황스러웠다.

우리는 인터뷰에 앞서 몇 가지 예비 행동을 했지만 그것에 관해서는 생략하겠다. 담배, 흰 물방울 무늬의 푸른색 넥타이, 재떨이 같은 물건을 찾는 일이었다. 하지만 그는 기꺼이 인터뷰에 응할 의도가 분명한 데다가 내 질문에 꽤 잘 답할 것처럼 보였기 때문에 우리는 직접 문학에 대한 그의 의견을 묻는 것으로 시작했다.

"이 작품을 쓰는 데 얼마나 걸리셨나요?" 내가 물었다.

"구상하는 데 삼 분, 집필하는 데 삼 개월 걸렸습니다. 자료를 수집하는 데는 전 생애를 바쳤고요. 이 작품을 쓸 생각은 지난 7월 1일에 했지요. 말하자면 기분 풀이의 한 대용물인 셈이죠."

"다음 계획은 무엇인지요?" 내가 그에게 물었.

그는 길게 한숨을 내쉬고 어깨를 들썩거렸다.

"그걸 미리 알고 있다면 얼마나 좋을까요. 내가 쓸 작품의 넓이와 깊이와 폭은 저의 힘이 미치지 않는 영역에 있습니다. 만약 버너드 쇼가 정치경제를 알 듯이, 또는 H. G. 웰스가 현대과학을 섭렵하듯이 저도 흥미를 통하여

자연스럽게 그것을 알게 된다면 ─ 글쎄, 그렇게 된다면 더할 나위 없는 행운이겠죠. 연구 그 자체에 ─ 다시 말해서 어떤 주제를 '탐구하는' 것으로 말하자면 ─ 저는 전혀 확신이 없습니다. 지식이란 제발 알아 달라고 소리쳐야 합니다. ─ 제가 그것을 알 수 있도록 그렇게 소리쳐야 하지요. 그래야만 비로소 저는 그 안에서 신물이 날 정도로 수영을 하다시피 합니다. 많은 일에서 그래왔듯이 말이죠."

"좀 솔직하게 말씀하시죠."

"글쎄요. 제 작품을 읽으셨다면 아실 텐데요. 저는 그동안 사춘기 에고티즘의 다양한 바다에서 수영해 왔습니다. 하지만 제 말은, 만약 대어(大魚)가 저를 사로잡지 않는다면 ─ 글쎄요, 한마디로 말해서 저는 대어를 낚기에는 역부족입니다. 외부에서 대어를 낚으려고 의식적으로 애쓰는 것, 인식의 대어 대신에 주제의 대어를 추구하는 것, 『반지와 책』[2] 같은 대작(大作)을 창작하는 것 ─ 글쎄, 그거야말로 제가 추구하는 문학적 목표와는 정반대되는 겁니다.

한 가지 덧붙인다면요, 제 생각은 늘 제 세대에 닿는 겁니다. 현명한 작가라면 자기 세대의 젊은이들을

---

[2] 영국 시인 로버트 브라우닝(Robert Browning, 1812~1889)의 장편 시.

위해 작품을 쓰고, 다음 세대의 비평가를 위해 작품을 쓰며, 그 다음 세대의 교육가들을 위해 작품을 씁니다. 스타일 방식에서 그가 모방하는 것을 개선할 능력이 있다 할지라도, 자기 주위의 경험을 나름대로 해석하여 작품 소재가 될 만한 것을 선택할 능력이 있다 할지라도, 그리고 최고급 재능을 갖고 있더라도 말이지요."

"선생님께서는 혹시 — 뭐랄까 — 위대한 문학 전통의 일부가 되고 싶습니까?"

이 질문을 받자 그는 흥분했다. 밝게 미소를 지었다. 나는 이 질문에 대한 답을 갖고 있다는 것을 알았다 "위대한 문학 전통이란 존재하지 않습니다." 그가 갑자기 내뱉었다. "오직 모든 문학 전통의 궁극적 사멸이라는 전통만이 존재할 뿐이지요. 현명한 문학적 아들은 자신의 문학적 아버지를 살해합니다."

이 말을 한 뒤 그는 문체에 대해 열성적으로 말을 꺼내기 시작했다.

"저는 문체를 색깔이라고 봅니다." 그가 말했다. "저는 언어로써 무슨 일이든지 할 수 있었으면 좋겠습니다. 웰스처럼 신랄하고 현란하게 묘사를 하고, 역설을 새뮤얼 버틀러처럼 명료하게, 버나드 쇼처럼 폭넓게, 오스카 와일드처럼 위트 있게 사용하고 싶습니다. 또한 조지프 콘래드처럼 불 타는 듯한 광활한 하늘을, 로버트

히킨스[3]와 러드여드 키플링처럼 금박 입힌 일몰과 조각 이불 같은 하늘을, 그리고 길버트 체스터턴처럼 파스텔 색깔의 새벽과 황혼을 묘사하고 싶습니다. 이 모든 것은 한낱 예시에 지나지 않습니다. 사실 저는 제 세대에 속한 모든 작가들의 가장 좋은 방법을 간절히 쫓는 문학적 도둑이라고 공언하는 사람입니다."

이쯤 해서 인터뷰는 끝이 났다. 속물 같은 얼굴에 보수적인 넥타이를 한 젊은이 네 명이 나타나 서로의 얼굴을 쳐다보며 크게 윙크를 했다. 피츠제럴드 씨는 머뭇거리더니 동작을 멈추는 것 같았다.

"제 친구들은 대개가 다 이렇습니다." 그가 나를 문가로 안내하며 작은 소리로 속삭였다. "저는 문인들은 별로 좋아하지 않습니다. 신경을 거슬리게 하거든요."

참으로 멋진 인터뷰였지 않은가!

---

[3] 이집트 여행에서 영감을 받고 작품을 쓴 영국 소설가. 다작 작가지만 그의 작품은 지금 거의 잊혀졌다.

명사록과 그 이유

1920년 《새터데이 이브닝 포스트》에 처음 발표한 글. 천재 작가 피츠제럴드에게도 작가가 되는 길은 한 번에 열리지 않았다. "나는 122개에 이르는 거절 쪽지를 내 방 냉장고 문에 붙여 놓았다." 학교에서, 전장에서, 생계에 종사하며 끊임없이 글을 썼고, 도전한 만큼 많은 거절을 경험했던 피츠제럴드. 과연 그를 움직인 힘은 무엇이었을까?

명사록과 그 이유

내 삶의 역사는 작품을 쓰고 싶은 엄청난 충동과 그것에서 벗어나고 싶은 일련의 상황 사이에서 벌어지는 투쟁의 역사다.

세이트폴에서 열두 살 쯤 되었을 때 나는 학교 학과 시간마다 지리책과 기초 라틴어 교과서 뒷장에, 작문 교본과 어형 변화와 수학 문제지의 여백에 글을 썼다. 이 년 뒤 가족이 회의를 열어 내게 공부를 시키기 위해서는 기숙사 학교에 보내는 길밖에는 없다고 판단했다. 실제로 나는 글 쓰는 생각을 그만두었다. 대신 나는 풋볼을 하고 담배를 피우고, 대학에 가서 실제 인생사와는 아무 상관도 없는 온갖 엉뚱한 짓을 하기고 결심했다. 물론 실제 인생사란 단편 소설에서 묘사와 대화를 적당히 섞어 놓는 것과 같았다.

나는 학교에서 새로운 길을 갔다. 「퀘이커 소녀」[1]라는 뮤지컬 코미디를 보고 그날부터 내 책상은 온통 길버트와 설리번[2]의 대본과 열두서 개 뮤지컬 코미디의 개요를 적어놓은 노트들로 어지럽혀져 있었다.

졸업 학년이 끝날 무렵 우연히 나는 피아노 위에 놓인 새로운 뮤지컬 코미디 악보를 발견했다. 그것은 「술탄 각하」라는 쇼였고, 제목으로 보건대 프린스턴 대학교의 트라이앵글 클럽에서 공연한 것이었다.

그것으로 충분했다. 그때부터 대학 문제는 해결되었다. 나는 프린스턴 대학교로 향했다.

나는 트라이앵글 클럽이 공연할 오페레타를 쓰는 데 1학년을 모두 바쳤다. 그래서 나는 대수학, 삼각법, 좌표기하학, 위생학 과목에서 낙제를 했다. 하지만 트라이앵글 클럽은 내 연기를 받아들였고, 무더운 8월 내내 개인 지도를 받아 겨우 2학년에 진급하여 클럽에서 코러스로 공연했다. 이런 일이 있은 지 얼마 뒤 잠시 휴식기가 있었다. 건강이 나빠져 나는 12월 대학을 떠나 그해 나머지 기간 동안 서부 지방에서 요양을 해야 했다.[3]

1   뉴욕에서 1911년 10월 공연된 영국 뮤지컬 코미디.
2   영국의 극작가 W. S. 길버트(William Schwenck Gilbert, 1836~1911)와 영국의 작곡가 아서 설리번(Arthur Sullivan, 1842~1900)을 말한다.
3   평소 폐결핵을 앓고 있던 피츠제럴드는 1915년 12월 병이 재발하여 잠시 휴학했다. 성적이 부진한 것도 휴학 이유 중 하나였다.

대학을 떠나기 전 고열로 학교 의무실 침대에 누운 채 그해 트라이앵글 클럽이 공연할 마지막 가사를 쓰고 있었던 기억이 난다.

다음 해, 그러니까 1916~1917년 나는 대학에 돌아왔지만 이번에는 시를 쓰는 것만이 가치 있는 일이라고 생각했다. 그래서 내 머리는 온통 스윈번의 운율과 브룩[4]의 내용으로 쩌렁쩌렁 울리고 있었다. 그해 봄 나는 소네트, 발라드, 론도를 쓰면서 새벽까지 보냈다. 어디선가 위대한 모든 시인은 스물한 살이 되기 전 훌륭한 작품을 썼다고 읽은 적이 있었다. 졸업하려면 이제 일 년밖에는 남지 않았고, 게다가 전쟁이 임박하고 있었다. 전쟁에 휩쓸리기 전 나는 놀랄 만한 시집 한 권을 출간해야 했다.

가을 쯤 시를 폐기 처분하고 불멸의 장편 소설을 쓰려는 새로운 야심을 품은 채 나는 포트 레븐워스[5]에 위치한 보병 장교 훈련소에 입소했다. 『보병 교본』[6] 뒤에

---

4 찰스 스윈번(Charles Swinburne, 1837~1909)은 영국의 세기말 시인이고, 루퍼트 브룩(Rupert Brooke, 1887~1915)은 1차 세계 대전에 참전한 시인이다. 젊은 시절 피츠제럴드는 그들로부터 큰 영향을 받았다. 피츠제럴드의 첫 장편 소설『낙원의 이쪽』의 제목은 브룩의 시에서 따왔다.

5 켄터키주 북동부에 위치한 장교 훈련소. 피츠제럴드는 1917년 11월부터 1918년 2월까지 훈련을 받았다.

6 1917년에 앨프리드 윌리엄 본스타드가 지은 보병용 교재.

공책을 숨긴 채 나는 저녁마다 내가 살아온 이야기를 각색하여 한 단락 한 단락 써 내려갔다. 스물두 장을 요약한 것 중 네 장은 운문으로 되어 있었고, 두 장은 완성되었다. 그러던 중 그 일이 발각되어 끝장나고 말았다. 나는 교육을 받는 기간에는 더 이상 글을 쓸 수 없었다.

그래서 일이 복잡하게 꼬였다. 나는 살 날이 겨우 석 달밖에는 남아 있지 않았다. ── 당시 보병 장교들이라면 하나같이 석 달밖에는 살 수 없다고 생각하고 있었다. ── 그런데도 나는 이 세상에 아무런 흔적도 남겨 놓지 못했던 것이다. 하지만 글을 쓰고 싶은 지칠 줄 모르는 야망이 한낱 전쟁 때문에 꺾일 수는 없었다. 한 주일의 일과가 끝나는 매주 토요일 오후 1시가 되면 석 달 주말 연속으로 나는 곧바로 장교 클럽으로 달려가 담배 연기 자욱하고 대화와 신문을 뒤적이는 소리로 시끄러운 방 한구석에 앉아 12만 단어의 장편 소설을 썼다. 시간이 없어 고칠 수도 없었다. 각 장을 마치면 프린스턴에 있는 타자수에게 원고를 보냈다.

그 기간 동안 나는 연필 자국으로 더러워진 원고 속에서 살았다. 훈련이니 행군이니 『보병 교본』이니 하는 것은 희미한 꿈에 지나지 않았다. 나는 작품을 쓰는 데 온 마음을 바쳤다.

나는 행복한 마음으로 연대로 배속되었다. 나는

장편 소설 한 권을 집필했다. 이제 전쟁은 계속될 수 있었다. 나는 단락, 오보격(五步格), 직유, 삼단 논법 같은 것을 까맣게 잊고 있었다. 나는 육군 중위로 임관되어 해외 근무를 명령받았다. 바로 그때 출판사에서 편지가 날아왔다. 『낭만적 에고이스트』는 지난 몇 해 동안 받아 본 것 중에서 가장 독창적인 원고지만 출판할 수 없다고 했다. 조잡하고 결론이 없다는 것이다.

    이런 일이 있은 지 육 개월 뒤 나는 뉴욕에 도착하여 그곳 신문사 편집자 일곱 명의 사환에게 내 명함을 전달하며 기자가 되고 싶다고 전했다. 당시 나는 스물두 살이 되었고, 전쟁은 끝났으며, 나는 낮에는 살인자들을 찾아내어 취재하는 일을 하고 밤에는 단편 소설을 쓸 생각이었다. 하지만 신문사들은 나를 필요로 하지 않았다. 그들은 사무실 사환을 내보내 나를 필요로 하지 않는다고 전했다. 그들은 명함에 적힌 내 이름의 어감을 보고 나는 절대로 신문 기자에 어울리는 사람이 아니라고 결정했다.

    그 대신 나는 한 달에 90달러를 받고 한 광고 회사에서 근무하며 시골 사람들이 전차에서 몇 시간씩 지루한 시간을 보낼 때 읽는 광고 문안을 썼다. 3월부터 6월까지 근무 시간이 끝나면 단편 소설을 썼다. 모두 열아홉 편이었는데, 가장 빠른 것은 한 시간 삼십 분 만에 썼고, 가장 오랜 걸린 것은 삼 일 만에 썼다. 어느 잡지사도

그 작품을 구입하려 하지 않았고, 개인적인 편지를
보낸 곳도 없었다. 나는 122개에 이르는 거절 쪽지를 내
방 냉장고 문에 붙여 놓았다. 나는 영화 각본도 썼다.
노래 가사도 썼다. 복잡한 광고 문안도 썼다. 시도 썼다.
스케치도 썼다. 농담도 썼다. 6월 말이 가까워 왔을 때
나는 30달러를 받고 단편 소설 한 편을 팔았다.

 7월 4일 독립기념일에 나는 나 자신과 모든
편집자들에 환멸을 느끼며 세인폴 고향으로 돌아가
가족들과 친구들에게 하던 일을 그만두고 장편 소설을
쓰려고 고향에 왔다고 말했다. 그들은 정중하게 고개를
끄덕이더니 화제를 바꾸어 점잖은 말투로 나에 대하여
말했다. 하지만 그 당시 나는 내가 무슨 일을 하고 있는지
분명히 알고 있었다. 나는 마침내 장편 소설 한 편을
구상했고, 무더운 두 달 동안 나는 쓰고 고치고 했다. 9월
15일 속달 우편으로 나는 『낙원의 이쪽』을 출간하기로
했다는 연락을 받았다.

 다음 두 달 동안 나는 단편 소설 8편을 썼고 9편을
잡지사에 팔았다. 아홉 번째 작품은 내 작품을 네
번씩이나 거절했던 잡지사가 샀다. 그러고 나서 11월 나는
첫 단편 소설을 《새터데이 이브닝 포스트》 편집자들에게
팔았다.[7] 2월까지 나는 단편 소설 대여섯 편을 팔았다.
그러다가 나의 장편 소설이 출간돼 나왔다. 그리고

나는 결혼을 했다. 이제 나는 이런 일들이 모두 어떻게 일어났는지 의아해하며 시간을 보내고 있는 중이다.

불멸의 율리우스 카이사르가 한 말을 빌려 말하자면 "이게 전부다. 더 이상 아무것도 없다."

---

7   《새터데이 이브닝 포스트》는 20세기 전반기 미국에서 가장 인기 있던 주간지다. 이 잡지가 계약한 피츠제럴드 원고는 「머리와 어깨」로 1920년 2월 21일에 실렸다. 피츠제럴드는 이 잡지에 65편의 단편 소설과 글을 발표했다.

재즈 시대의 메아리

피츠제럴드가 1931년 11월 《스크리브너스 매거진》에 처음 발표한 에세이. 흔히 '재즈 시대'로 일컫는 1920년대 미국 사회를 분석한 글로 피츠제럴드가 발표한 논픽션 중에서 가장 뛰어난 작품으로 평가받는다. 1940년 피츠제럴드가 사망한 뒤 프린스턴 대학교 선배이자 문학 평론가인 에드먼드 윌슨이 편집하여 출간한 산문집 『붕괴』(1945)에 수록되었다.

재즈 시대의 메아리

나이에 맞지 않게 동맥 경화에 걸렸다는 의심을 받지
않으면서 균형 있게 재즈 시대에 대하여 글을 쓰기에
시기적으로 아직 너무 이르다. 많은 사람은 그 시대를
특징짓는 어떤 어휘, 그 뒤에 지하 세계의 신조어로
생생하게 전락해 버린 그런 어휘들을 우연히 접하게 되면
심한 구역질을 느낀다. 1902년에 '황색의 1890년대'[1]가
종말을 고했듯이 재즈 시대도 이제 종말을 고했다.
하지만 이 글의 필자는 벌써 향수를 느끼며 그 시대를
되돌아본다. 그 시대는 필자를 지탱하게 해 주었고 그의
비위를 맞춰 주었으며 그가 꿈꿀 수 있던 것보다 많은 돈을
가져다주었다. 그 자신도 그들처럼 느낀다고 말하고, 1차

1   19세기 말엽 영국에서 빅토리아 시대의 도덕적 엄숙주의에 반기를
    들고 나타난 세기말 운동. 이러한 운동은 미국의 언론에도 '황색 저
    널리즘'을 불러왔다.

세계 대전에서 사용하지 않고 그동안 응축해 있던 모든 불안한 에너지로 무엇인가 해야 한다고 사람들에게 말해 줬다는 그 이유만으로 말이다.

　마치 시대에 뒤떨어진 채 침대에 누워 죽기를 꺼려하기나 하는 것처럼 1929년 10월 갑자기 장렬하게 사망한 재즈 시대의 그 십 년은 1919년 5월 노동절 시위가 일어난 시기쯤 시작되었다.[2] 매디슨 광장에서 열변을 토하는 연설자들과 입을 벌리고 멍하니 바라보던 시골 출신의 젊은 제대 군인들을 기마 순경이 강제로 깔아뭉갰을 때, 그런 조치로 좀 더 지적인 젊은이들은 기성 질서로부터 멀어질 수밖에 없었다. H. L. 멩켄이 집요하게 선전할 때에서야 비로소 우리는 '권리 장전'[3]에 대해 무엇인가 기억해 낼 수 있었다. 하지만 우리는 그러한 압제가 남유럽의 발작적인 약소국가들에서나 자행될 뿐이라고 알고 있었다. 만약 부유한 사업가들이 정부에 그러한 영향력을 행사했다면 어쩌면 우리는 J. P. 모건의 대부금(貸付金)을 받으려고 1차 세계 대전에

2　흔히 '검은 금요일'로 일컫는 1929년 10월 24일은 뉴욕의 월스트리트의 주식시장이 붕괴한 날로 대공황의 전주곡이었다. 1919년 5월 뉴욕에서 노동절을 맞아 시위가 일어났고 경찰과 충돌을 빚었다.

3　미국 연방정부가 국민의 기본적 인권을 보장하기 위하여 합중국 헌법에 첨가한 최초의 10개 조의 개정.

참전했을지도 모른다. 하지만 우리는 이미 거창한 여러 '대의명분'에 염증을 느꼈기 때문에 존 도스 패서스의 『세 병사』가 전형적으로 보여 주듯이 잠시 도덕적 분노를 분출했을 뿐이다. 지금 우리는 미국이 나누어 주는 케이크에서 몇 조각을 받기 시작했고, 신문들이 하딩[4]과 오하이오 갱[5]이나 사코와 반제티[6] 같은 사건을 소재로 멜로 드라마를 만들어 낼 때 우리의 이상주의가 갑자기 반짝 타올랐을 뿐이다. "어디에 자유의 모자를 두었지 — 분명히 그것을 갖고 있었는데 — 또한 어디에 러시아 농민의 작업복을 두었지" 하며 낡은 트렁크를 뒤지고 있다는 사실에도 불구하고 1919년의 사건으로 우리는 혁명적이라기보다는 냉소적이 되었다. 정치에 전혀 관심이 없다는 것이 재즈 시대의 특징이었다.

재즈 시대는 기적의 시대였고, 예술의 시대였으며, 과도의 시대였고, 풍자의 시대였다. 그 '젠체하는 사람'[7]은

4   워런 G. 하딩(Warren Gamaliel Harding, 1865~1923). 미국의 29대 대통령이다. 1921년 취임하여 사망한 1923년까지 재직했다.
5   하딩 대통령 행정부에서 고위관직을 지낸 미국의 정치인 집단.
6   1920년 미국 매사추세츠주 구두 공장에 남자 두 명이 침입하여 경리 직원과 경비를 살해하고 현금을 강탈한 사건이 일어났고, 용의자로 구두 수선공 니콜라 사코와 생선 상인 바르톨로메오 반제티가 체포되었다. 이탈리아계 미국인인 용의자들은 각계의 구명 운동에도 불구하고 대법원 최종 판결로 사형이 집행되었다.
7   우드로 윌슨(Woodrow Wilson, 1856~1924). 미국의 28대 대통령으

진짜처럼 몸을 움직여 사람들을 협박하며 미국의 권좌에
앉아 있었고, 멋 부린 한 젊은이가 영국의 왕실을 대표하여
서둘러 찾아왔다.[8] 미국의 아가씨들은 이 젊은 영국인을
사모했고, 미국의 나랏일에서 최종 결정권을 행사하는
여성 라스푸틴[9]의 충고에 따라 아내의 독살을 기다리는
동안 미국의 노인들은 밤이면 악몽에 시달렸다. 하지만
그러한 일을 차치하고라도 우리는 마침내 모든 일을
우리 방식대로 해결했다. 미국인들이 런던에 대량으로
양복을 주문하자 본드 스트리트 재단사들은 어쩔 수 없이
미국인의 체형과 옷을 느슨하게 입는 취향에 맞게 허리가
길고 품이 넉넉하게 재단할 수밖에 없었다. 그래서 남성
스타일이라는 미묘한 어떤 것이 미국에 건너왔다. 르네상스
시대에는 프랑수아 1세가 다리를 치장하려고 피렌체를
찾아갔다. 17세기 영국은 프랑스 궁정 복식을 본땄고,
오십 년 전에는 독일 근위병 장교들이 런던에서 사복을

로 1913년부터 1921년까지 재임했다.
8 영국의 에드워드 왕자는 뒷날 에드워드 8세가 되었지만 심슨 부인과의 스캔들로 왕위에서 물러났다.
9 그리고리 라스푸틴(Grigori Rasputin, 1869~1916). 제정 러시아 시대의 인물로 황제 니콜라이 2세의 신임을 얻은 뒤 비선 실세가 되어 국정을 농단하여 러시아 제국의 몰락에 일조했다. 여기서는 미국 정치에 크고 작은 영향을 끼친 윌슨 대통령의 영부인 이디스를 말한다.

구입했다. 신사의 복장이란 "사나이라면 마땅히 유지해야 하고 혈통에서 혈통으로 대대로 전해지는 권력"의 상징이다.

우리 미국은 가장 강력한 국가였다. 누가 우리에게 무엇이 유행이며 무엇이 유쾌한 일인지 말해 줄 수 있었을까? 유럽 전쟁에서 소외되어 있던 우리는 그동안 잘 알려지지 않은 남부 지방과 서부 지방을 샅샅이 뒤져 민속과 오락을 찾고 있었는데 이제 더 많은 것들을 얻게 될 것이다.

사회에 처음으로 알려진 것들은 그 새로움과는 전혀 균형에 맞지 않게 센세이션을 불러일으켰다. 일찍이 1915년에 여성 보호자 없이 사교계에 나가던 작은 도시의 젊은이들은 자동차가 은밀한 이동 수단이 되고 있다는 것을 발견했다. 남자 친구는 열여섯 살이 되면 자동차를 운전할 수 있어 '자립할' 수 있었다. 그렇게 유리한 조건에서도 애무는 처음에는 무모한 모험이었지만 지금은 공공연한 일이 되면서 옛날의 계율은 통하지 않게 되었다. 1917년이 되면 벌써 《예일 레코드》나 《프린스턴 타이거》 잡지에서도 격식을 차리지 않고 즐겁게 남녀가 희롱하는 행동을 볼 수 있다.

하지만 좀 더 대담한 형태의 애무는 부유층에 한정되었다.── 1차 세계 대전이 끝난 뒤에도 다른 젊은이들 사이에서는 여전히 옛날 기준이 널리 적용되었다. 낯선 도시를 방문한 젊은 장교들이 때때로 실망하듯이, 키스를 하면 곧 청혼이 뒤따르리라는 기대를 하게 되었다. 그러다가 1920년에 가서야 비로소 그러한 베일이 벗겨졌다 — 즉 재즈 시대가 활짝 꽃을 피운 것이다.

이 공화국의 좀 더 건실한 시민들이 한숨을 돌리자마자 모든 세대 중에서도 가장 열광적인 사람들, 즉 1차 세계 대전의 혼란 속에서 사춘기를 보낸 젊은이들은 무례하게 나의 세대를 어깨로 밀쳐 내고 각광을 받게 되었다. 이 세대는 여성들이 자신들을 '플래퍼'[10]로 연출한 세대, 선배들을 타락시키고 마침내 도덕의 결여라기보다는 취향의 결여로 도를 넘은 세대였다. 간절히 바라건대 1922년을 전시회에서 보여 주기를! 그해는 젊은 세대의 절정기였다. 비록 재즈 시대는 계속되었지만 시간이 지나면서 점점 더 젊은이만의 일은 아니게 되었다.

그 뒤에 일어난 일은 어른들에 의하여 점령당한 아이들의 파티와 같아서 아이들은 얼떨떨하고 소외받고 자못 허를 찔린 듯한 느낌이었다. 1923년이 되자 부러움을

---

10 1차 세계 대전 후 소비와 쾌락주의가 만연한 1930년대 미국 사회에서 기성세대의 가치관과 생활 방식에 맞선 자유분방한 여성을 가리킨다.

감추지 못하고 카니발을 바라보는 데 지친 어른들은
아직 숙성되지 않은 술이 혈기왕성한 젊은 피를 대신하게
될 것임을 알아차렸다.[11] 환호와 함께 흥청거리는
주연(酒宴)이 시작되었다. 젊은 세대는 더 이상 주인공이
아니었다.

인종 모두가 쾌락주의자가 되어 쾌락을 추구하기로
결심했다. 젊은 세대의 조숙한 육체 관계는 금주법 여부를
떠나 일어났을 것이다.——그들은 영국의 관습을 미국의
조건에 적응시키는 데 맹목적이었다. (예를 들어 미국
남부 지방은 열대성 기후여서 성숙이 빨랐다. 프랑스와 스페인의
분별력에 따라 젊은 아가씨들이 열예닐곱 살이 되어 보호자 없이
마음대로 나다닌 적이 한 번도 없었다.) 하지만 1921년의
칵테일파티에서 시작되어 대중 전체가 즐거움을 추구하게
된 데는 좀 더 복잡한 내력이 있다.

지금도 점잖은 전통으로 발전해 가는 과정에 있는
재즈라는 말은 처음에는 섹스를 의미하다가 그 뒤에는
춤을, 이어서 다시 음악을 의미하게 되었다. 재즈는
흥분된 자극의 상태를 가리키는 말로 전선(戰線) 뒤쪽에

---

11 변역하는 과정에서 말장난의 묘미를 놓치고 말았지만 원문은 "young liquor will take the place of young blood"로 되어 있다. 'young liquor'란 금주 시대에 제대로 숙성하지 않은 불법 주류를 가리키고, 'young blood'란 혈기왕성한 젊은이를 가리킨다.

위치한 대도시의 심리 상태와 통하는 데가 있었다. 사실 많은 영국인들에게는 그들을 위협하는 모든 세력이 아직도 살아 있다는 점에서 여전히 전쟁이 계속되고 있다.— 그러니 먹고 마시고 즐기자, 내일이면 죽을지도 모르지 않는가. 그런데 미국인들은 다른 원인으로 유럽의 심리 상태에 상응하는 상태에 놓여 있었다. 모든 계층(이를테면 쉰 살 이상의 사람들)이 지난 십 년 동안 자기 집안사람들의 얼굴을 빤히 들여다보고 있을 때조차 전쟁의 존재를 부정해 왔다. 미국인들은 자신들이 그 전쟁에 기여했다는 생각을 꿈에도 하지 않았다. 엄격한 공중도덕을 신봉하고 그것을 위하여 필요한 법률을 만들 만큼 충분히 권력이 있는 각 계층의 정직한 시민들은 자신들이 불가피하게 범법자들과 야바위꾼들의 시중을 받게 되리라고는 알지 못했고, 지금까지도 그 사실을 믿지 않는다. 정의를 부르짖는 부유한 사람들은 노예들이나 쿠바인들을 해방시키고 정직하고 지적인 노예들을 언제나 돈으로 살 수 있었다. 그래서 이러한 시도가 실패로 돌아가자 우리 선배들은 마치 증거가 부족한 사건에 연루된 사람들처럼 완고하게 버티고 서서 그들의 정의를 수호하고 그들의 자식들을 전쟁에서 잃고 있었다. 얼굴을 잘 가꾼 은백의 노인들, 살면서 단 한 번도 의도적으로 부정직한 일을 한 적이 없는 사람들은 뉴욕과 보스턴과 워싱턴의 아파트식 호텔에서 "술맛이 어떤지 전혀 모르는 새로운 세대가 자라고 있다."라고 여전히 서로를 다독인다. 그러는 동안 그들의 손녀들은 기숙사 학교 주위에서 하도 많이 읽어 서 이미 닳고 닳은 『채털리 부인의 연인』[12]을 서로 돌려보고 있고, 마음먹기에 따라 열여섯 살에 진이나 옥수수 위스키 맛을 알고 있다. 그런데도 1875년에서 1895년 사이 성인이 된 세대는 여전히 자신들이 믿고 싶은 것만을 믿고 있다.

심지어 그 중간 세대도 쉽사리 믿기 어렵다. 1920년 헤이우드 부룬[13]은 이 모든 소동이 난센스라고, 젊은이들은 실제로는 키스를 하지 않는데도 겉으로만 그런 척 한다고 단언했다. 하지만 얼마 되지 않아 스물다섯 살 넘은 사람들은 곧 집중 교육을 받게 되었다. 십 년 동안 다양한 정신 상태를 소설로 쓴 열두서너 작품을 예로 들어 몇몇 드러난 사실을 추적해 보기로 하자. 우리는 우선 돈 후안이 재미있는 삶을 살고 있다(『유르겐』, 1919)[14]는 암시에서 시작하여, 주변을 둘러보기만 해도

---

12 영국 작가 D. H. 로렌스(David Herbert Lawrence, 1885~1930)의 장편 소설.
13 Heywood Broun(1888~1939). 미국 사회의 모순과 사회적 약자의 권익을 향상하려고 노력한 미국의 언론인.
14 미국 작가 제임스 브랜치 캐벌(James Branch Cabell, 1879~1958)의 장편 소설로 음란 문제로 1921년 뉴욕에서 판매 금지를 당했다.

주위에 섹스가 엄청나게 넘쳐 난다는 사실(『와인즈버그, 오하이오』, 1920),[15] 청소년들이 아주 애욕에 찬 생활을 하고 있다는 사실(『낙원의 이쪽』, 1920), 우리가 미처 사용하지 않는 앵글로색슨 단어들이 아주 많다는 사실(『율리시스』, 1921),[16] 나이든 사람들이라고 늘 유혹을 뿌리치는 것이 아니라는 사실(『시스리어』, 1922),[17] 아가씨들도 신세를 망치지 않고서도 얼마든지 유혹에 넘어갈 수 있다는 사실(『불타는 청춘』, 1922),[18] 심지어 강간도 때로는 좋게 끝난다는 사실(『호색한』, 1922),[19] 영국의 글래머 여성들이 가끔 방탕할 수도 있다는 사실(『녹색 모자』, 1924),[20] 그들은 대부분의 시간을 그런 일에 쏟는다는 사실(『소용돌이』, 1926),[21] 더구나 그런 일이 엄청나게 좋기까지 하다는 사실(『채털리 부인의 연인』, 1928), 그리고 마지막으로

---

15 미국 작가 셔우드 앤더슨(Sherwood Anderson, 1876~1941)의 작품으로 연작 단편집과 장편 소설의 중간 형태에 해당한다.
16 아일랜드 작가 제임스 조이스(James Joyce, 1882~1941)의 장편 소설로 다양한 언어의 가능성을 시도한 실험적인 작품이다.
17 미국 작가 조셉 허게샤이머(Joseph Hergesheimer, 1880~1954)의 장편 소설.
18 미국 작가 새뮤얼 홉킨스 애덤스(Samuel Hopkins Adams, 1871~1958)가 '워너 반스'라는 필명으로 발표한 장편 소설.
19 영국 작가 이디스 모드 헐(Edith Moud Hull, 1880~1947)의 장편 소설.
20 영국 작가 마이클 알렌(Michael Arlen, 1895~1956)의 장편 소설.
21 영국 작가 노엘 카워드(Noël Coward, 1899~1973)의 장편 소설.

정상에서 벗어난 다양한 사랑이 존재한다는 사실(『고독의 우물』, 1928,[22] 『소돔과 고모라』, 1929[23])을 알게 되었던 것이다.

나의 견해로는 이 작품들의 에로틱한 요소는, 심지어 『피터 래빗』의 어조로 아동용으로 다시 고쳐 쓴 『호색한』마저도 조금도 해악을 끼치지 않았다. 그 작품들이 묘사한 것은 이미 우리에게 익숙할 것이다. 이 작품들의 주제도 대부분 정직하고 명쾌했고 미국 생활에서 영웅적인 '히 맨(He-Man)'에 대립하는 남성에게 어떤 존엄성을 회복해 주는 효과가 있었다. ("'히 맨'이란 도대체 무엇인가?" 언젠가 거트루드 스타인이 물은 적이 있다. "그것은 과거에 '남자'가 의미해 온 모든 범위를 채울 만큼 엄청난 개념이 아닌가? '히 맨'이라니!") 어머니가 넌지시 말해 주었을 법한 대로, 결혼한 여성은 이제 남편에게 속고 있는 것은 아닌지, 섹스란 그저 참아 내야 하는 어떤 것이 아닌지, 영혼의 절대 권력을 정립하는 데서 보상을 찾아야 하는 것은 아닌지 발견할 수 있을 것이다.

대중이 흔히 생각하는 것과는 반대로 재즈 시대에 영화는 사회의 도덕에 아무런 영향을 끼치지 못했다.

---

22 영국 작가 래드클리프 홀(Radclyffe Hall, 1880~1943)의 장편 소설.
23 프랑스 작가 마르셀 프루스트(Marcel Proust, 1871~1922)의 장편 소설.

사회에 대한 영화 제작자들의 태도는 소심하고 시대에
뒤떨어졌으며 진부했다. 예를 들어 1923년까지
영화계에서는 젊은 세대를 한 번도 제대로 다룬 적이
없었다. 당시 잡지들은 이미 재즈 시대를 찬양하기
시작했고, 더 이상 뉴스거리도 되지 않았다. 몇몇 산발적인
등장이 있었을 뿐이었고, 갑자기 「불타는 청춘」[24]의
클라라 보우가 나타났을 뿐이다. 그러다가 할리우드의
통속적 전문가라는 작자들이 재즈 시대라는 주제를 무덤
속으로 밀어넣고 말았다. 재즈 시대를 통틀어 영화는
기껏 직스 부인[25] 수준을 넘어서지 못한 채 속이 뻔히
들여다보이는 상투성에 머물러 있었다. 물론 이것은 영화
산업의 태생적 한계의 탓인가 하면 검열의 탓이기도
했다. 어찌 되었든 재즈 시대는 금전으로 가득 찬 엄청난
주유소들의 뒷받침을 받으며 이제 그 자체의 추진력으로
굴러갔다.

    서른 살이 넘은 사람들, 쉰 살에 이르는 모든 사람이
댄스에 동참했다. 조금 나이 먹은 우리들은 (F.P.A.[26]에게는

---

24 존 프랜시스 딜런이 감독하고 콜린 무어와 밀튼 실스가 주연한
1923년의 무성 영화. 새뮤얼 홉킨스 애덤스의 동명 소설을 각색한
영화다.

25 조지 맥매너스의 만화 『아버지를 훈육하기』에 남편 직스와 아내 매
기가 주인공으로 등장한다.

26 미국의 칼럼니스트이자 문화 평론가인 프랭클린 P. 애덤스를 말한다.

미안한 말이지만) 내 또래는 마흔 살의 할머니들이 목발을
집어던지고 탱고와 캐슬워크 춤 레슨을 받던 1912년의
열풍을 기억하고 있다. 십여 년이 지나자 여성들은 다른
관심사로 '녹색 모자'를 짐가방에 챙겨 넣고 유럽이나
뉴욕으로 향했는데, 사보나롤라[27]는 자기가 만들어 놓은
아우게이아스의 마구간에서 죽은 말들을 채찍질하느라
바빠서[28] 그 사실을 알아차리지도 못했다. 심지어
소도시의 사교계조차 서로 다른 방에서 만찬을 하고
술을 마시지 않는 사람들은 음주 식탁에 관한 이야기를
풍문으로 전해 들었다. 이제 술을 마시지 않는 식탁에는
겨우 몇 사람밖에는 남아 있지도 않았다. 과거에는
영예로운 일이었지만 독신 생활을 승화하는 데 체념한
인기 없는 여성들은 지적 보상을 찾는 과정에서 지그문트
프로이트와 카를 융을 만났고 맹렬하게 투쟁에 돌아왔다.

 1926년이 되자 섹스에 대한 일반적인 집착은 귀찮은
존재가 되어 버렸다. (완벽한 결혼 생활을 하던 젊은 엄마가
"서른이 훨씬 넘어서 그런다면 너무 품위가 없으므로 지금 당장
외도를 하는 것"에 대해 나의 아내에게 조언을 구하던 일이 기억난다.

---

27 지롤라모 사보나롤라. 15세기 이탈리아의 도미니쿠스회 수도사이자 설교가이자 종교 개혁가. 여기서는 종교계를 말한다.
28 그리스 신화에서 아우게이아스 왕이 헤라클레스에게 마구간을 청소시킨 일화.

그녀는 딱히 염두에 두고 있는 사람이 있는 것도 아니었다.) 해적판 흑인 음악 레코드에 등장하는 흑인 남성 성기에 대한 은근한 찬사가 한동안 모든 것을 암시적으로 보이게 했다. 이와 동시에 선정적인 연극의 물결이 일었다. 예비신부 학교에서 온 젊은 여성들이 객석을 가득 메운 채 레즈비언 로맨스 이야기를 관람했고, 그러자 조지 진 네이선[29]이 항의했다. 한 젊은 제작가는 정신이 완전히 이상해진 나머지 미인의 알코올 목욕물을 마시고 교도소에 수감되었다.[30] 로맨스를 추구하는 그의 애처로운 시도는 어딘가 재즈 시대에 속한 것이다. 한편 그의 동시대인으로 감옥에 있던 루스 스나이더[31]는 본인의 의사와는 관계없이 타블로이드 판 신문들에 의해 재즈 시대의 인물로 추앙되었다. 《데일리 뉴스》가 식도락가들에게 그럴듯하게 암시하듯이 그녀는 전기의자에서 "조리되고 구워지고 튀겨질" 예정이었다.

29 미국의 연극 평론가이자 잡지 발행인으로 H. L. 멩켄과 함께 《스마트 셋》같은 잡지를 발행했다.
30 1926년 2월 뉴욕의 극단주 얼 캐럴이 개최한 파티에서 일어난 일을 말한다. 파티 중간에 샴페인을 가득 채운 욕조가 들어왔고 젊은 여성 모델이 나체로 욕조 안에 들어갔다. 참석자들은 욕조 안의 샴페인을 잔에 담아 마셨다.
31 뉴욕시 퀸스에 사는 주부. 애인 헨리 저드 그레이와 공모하여 남편을 살해했다. 제임스 M. 케인은 이 사건을 토대로 『포스트맨은 벨을 두 번 울린다』를 썼다.

재즈 시대의 화려한 요소는 두 갈래의 강으로
갈라지는데 그중 한 가닥은 팜비치와 도빌로, 그보다 훨씬
작은 다른 갈래는 여름철의 리비에라로 흘러 들어갔다.
여름철의 리비에라가 더 많은 것을 갖고 떠날 수 있었고
그곳에서 일어나는 일은 무엇이든 예술과 관련이 있었다.
1926년부터 1929년까지 카프 당티브의 찬란한 시기에
걸쳐 프랑스의 이 작은 지역은 유럽인들이 지배하는
미국 사교계와는 꽤 다른 유형의 사람들이 지배했다.
1929년까지 그 지중해의 수영 천국에서는 점심 때
숙취에서 깨기 위해 잠시 몸을 담그는 것 말고는 더 이상
아무도 수영을 하지 않았다. 바다 위쪽으로 아름다운
바위 절벽이 층층히 놓여 있어 누군가의 시종과 가끔은
영국에서 온 젊은 여성들이 다이빙을 하긴 하지만
미국인들은 바에서 담소를 나누는 것으로 만족했다.
이러한 일은 고국에서 일어나고 있는 일을 보여 주었다.
즉 미국인들은 약해지고 있었다. 그러한 것을 보여 주는
징후는 많았다. 미국은 여전히 올림픽 메달을 따오기는
했지만 챔피언들은 모음이 별로 없는 이국적 이름이었고,
노트르담 대학교의 스포츠팀처럼 해외에서 온 젊은 피로
이루어졌다. 한때 프랑스인들이 엄청난 관심을 보이자
데이비스컵은 자동적으로 그들의 중력 안으로 끌려
들어왔다. 학창 시절의 짧은 기간을 제외하면 우리는

영국인들처럼 운동에 소질 있는 사람들이 아니라는 것이 드러났다. 토끼와 거북이랄까. 물론 핏속에 선조에게서 물려받은 역동성을 지니고 있으니 마음만 먹으면 순식간에 바뀔 수는 있을 테지만 1926년 어느 날 고개를 숙여 아래를 보니 팔은 흐늘흐늘하고 배는 뚱뚱했으며 더 이상 시칠리아 사람에게 "붑-웁-아-둡" 하고 야유를 보낼 수 없게 되었다. 밴 비버[32]의 바!— 그것은 낙원의 이상과는 거리가 멀었다. 심지어 한때 여성적 게임이라고 여기던 골프조차 최근에는 더 분투적인 게임처럼 보인다. 그래서 나약해진 형태의 골프가 등장했고, 그게 옳은 골프라는 것이 입증되었다.

1927년이 되자 신경 질환의 징후가 겉으로 드러나기 시작했다. 신경질적으로 발을 밟는 것처럼 이 징후는 십자말풀이 퍼즐이 유행하면서 드러나기 시작했다. 언젠가 유럽에 사는 미국인 친구가 우리 둘이 알고 있는 지인한테서 온 편지를 내 앞에서 뜯은 적이 있는데, 빨리 고향으로 돌아와서 우리의 땅이 주는 굳센 기운으로 회복하라고 촉구하는 내용이었다. 아주 강한 말투여서 우리 둘 다 감명이 깊었는데 자세히 살펴보니

---

32 미국 작가 리처드 하딩 데이비스(Richard Harding Davis, 1864~1916)의 일련의 단편 소설에 등장하는 인물.

펜실베이니아주의 어느 요양 정신병원에서 발송한 편지였다.

이즈음 나의 동년배들은 폭력의 어두운 구렁텅이로 사라지기 시작했다. 한 동창생 녀석은 롱아일랜드에서 자기 아내를 죽인 뒤 자살했다. 또 다른 한 명은 필라델피아에서 '사고로' 고층 건물에서 떨어졌으며, 또 한 명은 뉴욕의 고층 건물에서 일부러 뛰어내렸다. 한 명은 시카고의 주류 밀매점에서 살해당했으며, 또 한 명은 뉴욕의 주류 밀매점에서 누군가한테서 죽도록 얻어맞은 뒤 프린스턴 클럽으로 가까스로 기어와서 죽었다. 또 다른 한 명은 갇혀 있던 요양 정신병원에서 미친놈이 휘두른 도끼에 두개골이 깨졌다. 이 모든 사건은 내가 일부러 찾아낸 사례가 아니라 실제로 나의 친구들에게 일어난 사건이다. 더구나 이러한 사건은 대공황 시기가 아니라 경기가 호황을 누릴 때 벌어졌던 것이다.

1927년 봄, 밝고 낯선 어떤 물체가 하늘에 번쩍거리며 날아갔다.[33] 자기 세대와는 아무런 관련이 없어 보이는 미네소타주의 한 젊은이가 영웅적인 일을 했고, 한동안 사람들은 컨트리클럽과 주류 밀매점에 앉아 술잔을

---

33   1927년 5월 미국의 탐험가 찰스 린드버그(Charles Lindbergh, 1902~1974)가 최초로 단독으로 대서양 횡단 비행에 성공한 것을 언급한다. 그는 그 뒤 '하늘의 왕'이라는 찬사를 받았다.

내려놓고 자신들이 옛날에 품고 있던 꿈을 떠올렸다. 어쩌면 하늘을 날면 해결책이 있을지도 몰랐고, 안절부절 못하는 우리의 피가 저 한없는 허공에서 미개척의 영역을 발견할지도 몰랐다. 하지만 그 무렵 우리 모두는 조금도 꼼짝달싹할 수도 없는 상황에 놓여 있었다. 재즈 시대는 계속되었으며, 우리는 모두 한 번 더 그러한 시대가 오기를 바라고 있었다.

그런데도 미국인들은 더 넓은 곳으로 끊임없이 퍼져 나갔다. 친구들은 러시아, 페르시아, 아비시니아, 중앙아프리카를 향해 계속 떠나갔다. 1928년이 되자 프랑스 파리는 숨이 막힐 지경이었다. 여객선이 미국인들을 잔뜩 토해 낼 때마다 관광객의 질은 저하되어 마침내 마지막 단계에 가까워지면서 여객선에 실려 온 사람들에게는 무언가 불길한 어떤 것이 끼어들었다. 그들은 이제 더 유럽의 비슷한 계층에 비해 예절이나 지적 호기심에서 훨씬 뛰어나고 단순한 엄마와 아빠나 아들이나 딸이 아니라, 싸구려 삼류 소설에서 기억해 낼 무언가 막연한 어떤 것을 믿는 허황된 네안데르탈인들이었다. 언젠가 증기선 갑판에서 미군 예비역 장교복을 입고 어슬렁거리던 한 이탈리아인이 바에서 자신들의 제도를 비판하던 미국인들에게 서툰 영어로 시비를 거는 모습을 본 적이 있다. 러시아 발레 공연을 관람할 때는 다이아몬드로 치장한 뚱뚱한 유대인 여성 한 사람이 우리 뒤쪽에 앉아 있다가 커튼이 올라가자 "아룸답구먼, 저런 건 구림으로 그려야 하는데."라고 서툰 영어 발음으로 말했다. 이러한 풍경은 삼류 코미디였지만 돈과 권력이 사람들의 수중으로 흘러 들어가고 있는 것이 분명했다. 그들과 비교해 보면 소비에트 시골 지도자의 판단과 교양이 금광만큼이나 훨씬 소중해 보였다. 1928년과 1929년에는 호화로운 여행을 다니는 시민들이 있었는데, 그들은 갑자기 새로운 상황이 왜곡되어 발바리, 쌍각류(雙殼類), 크레틴병 환자, 염소 정도의 가치를 가진 인간들처럼 보였다. 뉴욕주의 어느 지방법원 판사가 딸을 데리고 바이외 태피스트리[34]를 보러 갔다가 그중 한 장면이 부도덕하다는 이유로 인종분리 정책을 지지하는 기사를 신문에 기고하는 호들갑을 떨기도 했다. 그래도 그 시절 삶은 마치 『이상한 나라의 앨리스』에서 펼쳐지는 경주와 같아서 누구에게나 상이 주어졌다.

　재즈 시대는 자유분방한 젊은 시절도 있었고, 중후한 중년 시절도 있었다. '네킹 파티'의 시기가 있었는가 하면, 레오폴드 로브 살인 사건[35]도 있었고 (언젠가 나의 아내가

34　1066년 노르만인의 영국 정복을 묘사한 자수 작품으로 프랑스 바이외시 자수박물관에 소장되어 있다.
35　1924년 대학생이던 네이선 레오폴드와 리처드 로브가 사내아이를

퀸스보로 다리에서 '단발머리 강도'[36]로 오인받아 체포된 적이 있다), 존 헬드[37] 의상도 있었다. 두 번째 시기에 이르자 섹스와 살인 같은 현상은 좀 더 인습적이 되었고 또한 좀 더 성숙해졌다. 이제는 중년들도 즐겨야 했으므로 두꺼운 허벅지와 펑퍼짐한 종아리를 감추려고 해변에 파자마가 등장했다. 결국 스커트가 길어졌고, 모든 것을 숨겼다. 이제 모두들 똑같은 출발선에서 준비를 마쳤다. 자, 이제 출발……!

하지만 그렇게 되지는 않았다. 누군가가 큰 실수를 저질렀고, 그래서 인류 역사에서 가장 사치스러운 난교 파티는 끝장이 나고 말았다.

재즈 시대는 이 년 전에 막을 내렸다. 자신감 하나로 지탱하던 버팀목이 엄청난 충격을 받자 그 허약한 구조가 땅바닥으로 무너져 내리는 데는 오랜 시간이 걸리지 않았다. 이 년이 지난 지금 재즈 시대는 1차 세계 대전 이전 시절만큼이나 먼 과거처럼 보였다. 어찌 되었든 그것은 빌려 온 시간이었다. ── 한 나라의 상위 10퍼센트 전체가 대공(大公)들처럼 걱정 없이 살았고

납치하여 살해한 사건.
36 1924년 뉴욕시에 등장한 여성 강도 실리어 쿠니가 화제가 되었다.
37 John Held(1889~1958). 재즈 시대 인물을 그린 것으로 유명한 만화가.

코러스 걸들처럼 경박하게 살았으니 말이다. 하지만 이제 와서 도덕적으로 설교하는 것은 쉬운 일이다. 확실하고 걱정 없는 그런 시대에 이십 대를 보낸다는 것은 유쾌한 일이었다. 심지어 파산 상태가 되어도 크게 돈 걱정을 하지 않았다. 주위에는 돈이 많았기 때문이다. 점점 재즈 시대의 끝자락으로 갈수록 자기 몫을 지불하기가 힘겨웠다. 어떤 여행이라도 수반되는 초대에 응한다는 것은 호의에 가까웠다. 매력이나 평판이나 단순한 예의범절은 사교적 자산으로 돈보다 더 값이 나갔다. 꽤 멋진 세상이었지만 영원한 인간의 가치가 사방으로 퍼져 나가려 했으므로 형세는 점점 빈약해져 갔다. 작가들은 훌륭한 소설이나 희곡 한 편으로 천재 취급을 받았다. 마치 1차 세계 대전 때 겨우 넉 달 훈련으로 장교들이 사병 수백 명을 지휘했듯이, 거대한 수족관에 작은 물고기들이 활개를 쳤다. 연극계에서는 몇 안 되는 이류 스타들이 어마어마한 규모의 공연을 했고 사다리를 타고 정치계에 입문하기도 했다. 그런데 그러한 정치계에서는 능력 있는 사람들을 가장 중요하고 책임 있는 자리에 끌어들이기가 어려웠는데, 회사의 임원들을 능가하는 중요성과 책임을 요구하면서도 연봉은 겨우 5000달러나 6000달러에 그쳤기 때문이다.

 이제 우리는 다시 한번 허리띠를 조여 매고 낭비한

젊음을 되돌아보며 그에 맞는 혐오의 표정을 짓는다.
하지만 때로 북에서는 유령 같은 으르렁 소리가 나고
트롬본에서는 천식에 걸린 듯한 희미한 소리가 들려
나를 1920년대 초반으로 이끌고 간다. 그 시절 우리는
목정(木精), 즉 메틸알코올을 마셨고, 모든 방면으로
날마다 발전에 발전을 거듭해 갔으며, 비록 실패로
돌아갔지만 처음으로 스커트 길이를 짧게 하고
아가씨들이 스웨터 드레스를 입어 모두가 똑같아 보였다.
또한 그 시절 친해지고 싶지 않은 사람들은 "그래!
우리에겐 바나나가 없어!"[38]라고 말했다. 이제 앞으로 몇
년만 기다리면 나이 든 사람들은 물러나고 사물을 똑바로
바라보는 사람들이 세상을 움직여 나갈 것이다. 그 시절
젊은이였던 우리에게 이 모든 것은 낭만적인 장밋빛으로
보인다. 우리가 주변 세상을 그토록 강렬하게 느끼는 일은
두 번 다시는 없을 테니 말이다.

38   1923년 미국에서 히트한 일종의 코믹 송.

편지들

맥스웰 퍼킨스와 피츠제럴드가 주고받은 편지

에드먼드 윌슨과 피츠제럴드가 주고받은 편지

H. L. 멩켄과 피츠제럴드가 주고받은 편지

T. S. 엘리엇이 피츠제럴드에게 보낸 편지

아내 젤더와 딸 스코티에게 보낸 편지

맥스웰 퍼킨스와 피츠제럴드가 주고받은 편지

피츠제럴드, 헤밍웨이, 토머스 울프 등의 작가를 발굴한 스크리브너스의 수석 편집자 맥스웰 퍼킨스(Maxwell Perkins, 1884~1947)와 『위대한 개츠비』 출간을 앞두고 주고받은 편지들. 피츠제럴드는 제목을 탐탁지 않아 하며 다른 제목으로 '황금 모자를 쓴 개츠비'와 '높이 뛰어오르는 연인' 등을 추천한다.

맥스웰 퍼킨스와
피츠제럴드가 주고받은 편지

퍼킨스 선생님께

    목차에 붙인 부록을 좋아하신다니 기쁩니다. 저는 그 책이 성공하리라 꽤 확신하고 있습니다. 『사랑의 전설(The Love Legend)』[1] 판매는 어떻게 보시나요? (…) 지금 저는 전에 말씀드린 희곡 작품을 집필하고 있습니다. 오는 10월 뉴욕 공연을 염두에 두고 준비하고 있습니다. 버니 윌슨(에드먼드 윌슨 주니어) 말로는 현재까지 공연된 연극 중에서 가장 훌륭한 미국 코미디가 될 거라고 합니다.
    제가 《리터러리 다이제스트》 콘테스트에서 소설 부문 6위를 차지한 것을 알고 계십니까? 그게 중요하다는 말씀을 드리는 것이 아닙니다. 선생님도 심사위원 중 한

---

1   1922년 스크리브너스 출판사에서 나온 토머스 보이드의 소설.

사람이었으리라 생각합니다.

　이번 달 1일까지 — 만약 준비되면 그 전에라도 — 반년치 인세 정산 내역을 제게 우편으로 보내도록 조치해 주시겠습니까? 현재 제 정산 상황이 어떤지 알고 싶습니다. 저는 새로운 어떤 것 — 특별하면서도 아름다운 것, 소박하면서도 복잡한 패턴을 지닌 그 무엇을 쓰고 싶습니다.

1922년 7월
변함없이 감사드리며
피츠제럴드

*　*
*

퍼킨스 선생님께

　『위대한 개츠비』를 6월까지는 탈고했으면 하고 바라고 있고 또 그렇게 계획하고 있습니다만, 그런 계획이 실제로 어떻게 진행되는지는 선생님도 잘 알고 계실 것입니다. 비록 계획보다 시간이 열 배가 더 걸린다고 해도 제 능력 안에서 최선의 작품이 되지 않는 한, 아니, 제 능력 이상으로 성취할 수 있는 그 어떤 것을 만들어 내지 않는 한 저는 절대로 그 작품을 손에서 내려놓을 수 없습니다.

1924년
피츠제럴드

*
**

퍼킨스 선생님께

다른 우편으로 저의 세 번째 소설 『위대한 개츠비』 원고를 보내드립니다.(마침내 참으로 제 작품이라 할 그 무엇을 써 냈습니다.) 하지만 '제 작품'이 얼마나 훌륭한지는 차차 두고 봐야겠지요. 저는 다음과 같은 계약을 제안드립니다.

초판 5만 부까지는 인세 15퍼센트
5만 부 이후로는 인세 20퍼센트

이 작품은 길이가 5만 자가 조금 넘습니다만, 아시다시피 위트니 대로[2]는 심리학적 가격을 잘못 생각하고 있는 것 같습니다. 요즘 교양이 낮은 사람들은 영화를 선호하기 때문에 책을 구매하는 독자층에 대해서도 잘못 생각하고 있지요. 저는 제 작품의 정가를

2   미국의 저명한 만화가로 주로 《뉴요커》에서 활약했다.

2달러로 책정하고 책을 표준 사이즈[3]로 제작했으면 합니다. (…) 현재 제목의 대안으로 『황금 모자를 쓴 개츠비(Gold-hatted Gatsby)』라는 안(案)을 염두에 두고 있습니다. 책을 읽어 보시고 새 제목에 대해 어떻게 생각하는지 알려 주십시오. 선생님으로부터 소식을 듣기 전까지 저는 정말로 한숨도 잠을 이룰 수 없을 것 같습니다. 하지만 이 작품을 읽고 느끼신 첫인상과 함께 마음에 걸리는 게 있으면 사실대로 솔직하게 알려 주시기 바랍니다.

1924년 10월 27일
피츠제럴드

**

퍼킨스 선생님께

지금쯤이면 제 소설을 받으셨으리라 생각됩니다. 작품의 한중간, 즉 6장과 7장에 만족스럽지 못한 부분이 있습니다. 교정쇄를 읽는 과정에서 새로운

---

3 포켓판이나 다이제스트 판이 아닌, 일반 상업용 책 사이즈인 가로 6인치, 세로 6인치를 말한다.

장면을 추가할지도 모르겠습니다. 제 전보를 받으셨기를 기대합니다. 마침내 작품에 붙일 제목을 결정했습니다. 『웨스트에그의 트리말키오[4](Trimalchio in West Egg)』라고 말입니다. 작품에 어울릴 다른 제목으로는, 『트리말키오(Trimalchio)』와 『웨스트에그에 가는 길(On the Road to West Egg)』입니다. 『황금 모자를 쓴 개츠비』와 『높이 뛰어오르는 연인(The High-bouncing Lover)』 같은 다른 두 제목도 있지만 너무 경박해 보입니다.

1924년 11월 초
피츠제럴드

**

피츠제럴드 씨에게

선생님께서는 이 작품에 대해서 얼마든지 자부심을 가지셔도 되겠습니다. 갖가지 생각과 기분이 들게 하는 참으로 놀라운 작품입니다. 선생님께서는 이야기를 전개하는 데 안성맞춤인 방법, 즉 행위자라기보다는

---

[4] 1세기 후반에 쓰인 로마 소설 『사티리콘(Satyricon)』의 등장인물로 허영심 강하고 무척 상스러운 벼락부자다.

방관자에 가까운 서술 화자(話者)를 사용하는 방법을
택했습니다. 이런 서술 방법으로 독자들은 작중 인물들이
서 있는 곳보다 더 높은 곳에서, 그리고 좀 더 조망이
좋은 거리에서 사건을 관찰할 수 있습니다. 이 방법이
아니고서야 선생님이 의도하신 반어(反語)는 그렇게 큰
효과를 얻을 수 없을뿐더러, 또한 독자들도 이 무자비하고
광활한 우주에서 느끼는 인간 조건의 이질성을 그렇게
강렬하게 느낄 수 없을 것입니다. 에클버그 안과 의사의
두 눈에서 독자들은 서로 다른 의미를 읽어 낼 것입니다.
하지만 큼직한 눈을 조금도 깜짝하지 않고 무표정한
모습으로 인간사를 내려다보고 있는, 안과 의사 광고판은
작품 전체에 더할 나위 없이 좋은 예술적 장치입니다.
참으로 멋진 솜씨입니다!

    계속해서 이 작품에 대해 찬사를 늘어놓고 작품의
다양한 요소들과 그 의미에 대해 분석할 수 있지만, 지금은
작품을 비평하는 것이 더 중요할 듯합니다. 저도 6장과
7장이 조금 늘어진다는 선생님의 견해에 동감합니다.
그러나 어떻게 손을 쓰도록 제안할지는 잘 모르겠습니다.
선생님께서 좋은 방법을 찾으시리라 믿어 의심치
않습니다. 다만 그 장면을 떠받칠 무언가가 필요하기는 해
보입니다.

퍼킨스

추신

지난번 작품에서 2만 부 초과 인세 15퍼센트를 17.5퍼센트로, 4만 부 초과 인세는 20퍼센트로 변경했는데, 어째서 이번 작품은 지난번보다 인세를 낮추려고 하십니까? 혹시 저희 출판사가 광고를 좀 더 많이 할 수 있도록 배려하신 건가요? 어쨌든 저희로서는 광고에 온 힘을 쏟을 것입니다. 조건을 유지하시겠다면 선불로 지급된 인세를 곧 상쇄할 수 있습니다. 물론 저희로는 지금 선생님께서 제안하시는 조건이 좋습니다만, 이 작품의 인세를 다른 작품보다 덜 받으실 이유는 없습니다.

***

퍼킨스 선생님께

만약 『위대한 개츠비』가 상업적으로 실패한다면 다음 두 가지 이유 중 하나, 아니면 두 가지 이유 모두 때문일 겁니다.

첫째, 작품 제목이 좋다기보다는 나쁜 것에 가까운, 그저 그런 제목 때문입니다.

둘째, (첫 번째 이유보다 더 심각합니다만) 이 작품에는 중요한 여성 작중 인물이 없습니다. 오늘날 소설 시장을 지배하는 것은 여성들입니다. 결말이 비극적이라는 점은 특별히 문제가 되지 않는 것 같습니다.

1925년
피츠제럴드

에드먼드 윌슨과 피츠제럴드가 주고받은 편지

에드먼드 윌슨(Edmund Wilson, 1895~1972)은 20세기의 가장 중요한 문학 평론가 중 한 명으로 오랫동안 《뉴요커》의 서평란을 담당했다. 이 편지에서 두 사람은 『위대한 개츠비』에 대해 이야기하고 있다.

에드먼드 윌슨과
피츠제럴드가 주고받은 편지

스콧에게

　자네가 보낸 책 『위대한 개츠비』를 어제 받아 지난밤에 읽었네. 여러 면에서 이제껏 자네가 출간한 작품 중에서 가장 뛰어난 작품이라는 사실에는 조금도 의심의 여지가 없어 — 구성 면에서나, 사건을 일관성 있게 밀고 나가는 면에서나, 문체 면에서 말이야. 사실, 자네는 작가로서 완전히 새로 출발하는 것과 같다고나 할까. 다만 한 가지 마음에 걸리는 건 작중 인물들이 대부분 너무 불쾌한 나머지 독자들은 작품을 다 읽기 전에 꽤 불쾌한 경험을 맛볼 거라는 점일세. 그러나 자네가 그것을 극복할 수 있다는 사실이 작품이 훌륭하다는 증거가 되겠지. 작품 안에는 온갖 종류의 멋진 필치가 들어 있네 — 사실 적절하지 않은 필치가 하나도 없어. 그 어느

곳에도 구멍 난 곳이 없다는 말이지. 자네에게 축하를
보내네 —— 자네는 이 작품에서 이제껏 사람들이 자네가
하지 못한다고 늘 비판해 온 바를 대부분 성취해냈네.
다음 작품에서는 좀 더 호의적인 주제를 다루기를 바라네.
물론 그렇다고 내가 『위대한 개츠비』를 좋아하지 않거나
작품 전체의 요점을 보지 못한다는 말은 아닐세. 다만
그렇게 되면 우리는 하이에나의 우리 안에 계속 갇혀 있는
꼴이 된다는 걸 인정할걸세. 나는 안과 의사의 광고판을
하느님의 두 눈으로 간주하는 그 작중 인물이 특히 마음에
드네.

1925년 4월 11일
윌슨

**

윌슨 형에게

『위대한 개츠비』에 대한 형의 편지를 고맙게
받았습니다. 형이 그 작품을 좋아하고 작품의 전반적인
구성을 인정해 주시니 기쁘기 그지없습니다. 이 작품의
최대 결점은, 참으로 '엄청난 결점'이라고 생각하는데
말입니다만, 개츠비와 데이지가 재회할 때부터 파국에

이르기까지 두 사람의 정서적 관계를 제대로 설명하지 않았다는 점입니다. (또한 저는 그 관계에 대해 아무런 감정이 없거나 잘 알지 못하는지도 모르지요.) 그런데도 그 결점이 개츠비의 과거 회상이나 빼어난 산문의 보자기로 너무 교묘하게 감춰진 탓에 어느 누구도 눈치채지 못했을 뿐입니다──물론 모두가 그 결핍을 느꼈지만 다른 이름으로 불렀지요. H. L. 멩켄은 (오늘 받은 아주 감동적인 편지에서) 말하기를, 그 작품의 유일한 결점은 중심 이야기가 사소해서 일종의 일화 같다는 것입니다. (멩켄이 그렇게 말하는 것은, 그 자신이 조지프 콘래드를 얼마나 좋아했는지 까맣게 잊어버리고 스스로 산만한 소설을 쓰기 때문이지요.) 이 작품의 절정에서 어떤 감정적인 골격이 결여되어 있다는 사실을 그가 놓치고 있다는 생각이 듭니다.

 A급과 C급을 불공평하게 비교하지 않고 말하면, 만약 제 소설이 일화와 같다면 『카라마조프가의 형제들』도 마찬가지일 테지요. 어떤 관점에서 보자면 도스토옙스키의 작품은 탐정 소설로 축소할 수 있습니다. 하지만 형과 멩켄의 편지는 두 가지 사실, 즉 그 어떤 서평도, 심지어 가장 열정적인 서평조차도 이 책이 무엇에 관한 이야기인지 조금도 이해하지 못한다는 사실과 그보다 훨씬 절망적인 사실, 그러니까 이 책이 이전 책들에 비해 상업적으로 실패했다는 사실에 대해 위안을 줍니다.

(1만 5000달러짜리 잡지 연재를 거절한 뒤였으니 말입니다!)
로젠펠드가 이 일을 어떻게 생각할지 궁금하군요.

                                        1925년 5월
                                          피츠제럴드

H. L. 멩켄과 피츠제럴드가 주고받은 편지

H. L. 멩켄(Henry Louis Mencken, 1880~1956)은 《볼티모어 헤럴드》와 《볼티모어 선》에서 편집국장, 논설위원 등을 역임한 언론인으로 우상 파괴적인 논조와 날카로운 독설로 유명하다. 이어지는 편지에서 『위대한 개츠비』의 완성도에 대해 피츠제럴드와 다른 입장을 취한다.

H. L. 멩켄과
피츠제럴드가 주고받은 편지

피츠제럴드에게

『위대한 개츠비』를 읽고 기분이 아주 유쾌했네. 자네는 다른 작품들과는 비교할 수 없을 정도로 가장 훌륭한 작품을 썼다고 생각하네. 페이지마다 정성들여 장인 정신을 발휘한 증거를 발견할 수 있었거든. 플롯을 다루는 솜씨가 뛰어나고 겉모양도 훌륭하네. 다만 한 가지 불만이 있다면, 기본적인 스토리가 조금 진부하다고 할까─사건이 결국 일종의 일화(逸話)로 끝나 버리더군. 하지만 그 점에 대해선 하느님도 용서하실걸세.

1925년 4월 16일
멩켄

***

멩켄 선생님께

 선생님의 편지가 제 책 『위대한 개츠비』에 관해 외부에서 전해온 첫 번째 소식이었습니다. 선생님께서 그 작품을 좋아하신다는 사실과 더불어 그 작품에 대해 친절하게도 제게 서신을 주신 데에 대해 무한한 감동을 받았습니다. 선생님 편지에 이어 에드먼드 윌슨 선생님이 보내주신 편지와 로런스 스톨링스[1] 선생님이 보내주신 신문 기사를 받았습니다. 둘 다 관심과 찬사로 가득 차 있었습니다. 하지만 저는 미국의 어느 누구보다도 선생님께서 제 책을 좋아하시는 것이 좋습니다.
 그 작품은 엄청난 결점이 있습니다. ──두 사람이 재회한 뒤 개츠비를 대하는 데이지의 태도를 감정적으로 제시하지 못했습니다. (또한 데이지가 개츠비를 저버리는 행동에 대한 논리나 의미도 결여되어 있습니다.) 모든 사람이 이 점을 느끼면서도 산문의 정교하게 포개진 담요 밑에 숨겨져 있는 탓에 그것을 미처 찾아내지 못했지요. 윌슨 선생님은 "작중 인물들이 하나같이 유쾌하지

---

[1] 미국의 소설가. 문학 비평가이자 극작가이며 저널리스트이기도 하다.

않다."라고 평하셨습니다. 스톨링스 선생님은 "장편 소설이 되기에는 멋진 노트 다발"에 지나지 않는다고 평하셨고요. 선생님께서는 "스토리가 본질적으로 진부하다."라고 하셨지요. 선생님께서는 아마 별로 끊기지 않고 부드럽게 발전하는 패턴 때문에 그렇게 생각하신 것 같습니다. 조지프 콘래드에 대한 찬사에도 불구하고 최근 선생님께서는 ─ 어쩌면 헨리 제임스 모방자들의 단순히 잘 짜인 소설에 대한 반작용 때문이겠지요. ─ 형식이 없는 작품에 익숙해지셨습니다. 그 글을 쓰신 것은 형식이 없는 저의 두 장편 소설, 그리고 싱클레어 루이스와 존 도스 패서스의 작품에 대한 항의이겠지요. 『나의 안토니아』와 『마지막 귀부인』[2]과 비교하면 제 작품은 처음 의도하려는 것에는 실패했다는 점을 인정합니다. 하지만 『시스리어』나 『린다 콘든』[3]과 비교해서는 성공했다고 생각합니다. 어쨌든 저는 그 작품을 쓰면서 많은 것을 배웠고, 그 작품에 끼친 영향은 여성적인 『귀부인의 초상』보다는 남성적인 『카라마조프가의 형제들』이었습니다. 후자의 작품이야말로 비길 데 없는 형식의 작품이지요. 만약 제 작품이 진부하고 '일화를 모아 놓은 것 같다'면 그것은

---

2 두 작품 모두 윌라 캐더(Willa Cather, 1873~1947)의 장편 소설이다.
3 조셉 허게샤이머의 장편 소설이다.

미학적 결함, 즉 주제의 실패 ─ 저는 그렇게 생각하지 않습니다만 ─ 때문이 아니라 아주 중요한 한 가지 에피소드에서 실패했기 때문일 것입니다. 선생님께서는 지금껏 정당한 비평을 조용히 받아들이고 입을 다물고 있는 작가를 보셨습니까?

1925년 5월 4일
피츠제럴드

T. S. 엘리엇이 피츠제럴드에게 보낸 편지

T. S. 엘리엇(Thomas Stearns Eliot, 1888~1965)은 1948년 노벨 문학상을 수상한 미국 시인이다. 1925년 쓴 이 편지에서 엘리엇은 자신이 출판사의 편집자로 일하게 되었음을 밝히며 『위대한 개츠비』를 출간하고 싶다고 말한다.

T. S. 엘리엇이 피츠제럴드에게 보낸 편지

친애하는 F. 스콧 피츠제럴드 선생에게

　주치의의 권고로 급하게 바다 여행을 떠나던 날 아침에 선생이 더할 나위 없이 멋지게 서명을 해 준 『위대한 개츠비』가 도착했습니다. 그래서 책을 집에 두고 여행을 떠났다가 며칠 전에 돌아와서야 읽었습니다. 무려 세 번이나 읽었지요. 그 소설은 영국에서 출간됐건 미국에서 출간됐건 지난 몇 해 동안 내가 읽어온 어떤 신간 소설보다도 흥미롭고 감동적이었습니다. 물론 그렇다고 선생이 나에 대해 한 말에 영향을 받은 것은 전혀 아닙니다.
　시간이 나면 내가 왜 이 작품을 그렇게 훌륭하다고 생각하는지 좀 더 자세하게 말하고 싶군요. 사실 내게 이 작품은 헨리 제임스 이후 미국 소설이 내디딘 첫걸음으로 보입니다.

최근 나는 이 편지지 상단에 보이는 출판사의 편집자 직책을 맡게 되었습니다. 그래서 만약 선생이 『위대한 개츠비』를 런던의 다른 출판사에서 출간하기로 한 게 아니라면 우리 출판사가 맡으면 어떨까요? 우리 출판사에서 출간하게 되면 다른 어떤 출판사 못지않게 대접해 주겠습니다.

그런데 혹시 《크라이티리언》에 실을 만한 단편 소설들이 있으면 내게도 꼭 한번 보여 주셨으면 합니다.

1925년 12월 31일
깊이 감사드리며
엘리엇 배상

추신

《뉴욕 크로니클》의 길버트 셀디스(Gilbert Seldes)가 1월 14일 자 《크라이티리언》에 선생의 작품을 우연의 일치로 특별히 언급했습니다.

아내 젤더와 딸 스코티에게 보낸 편지

피츠제럴드는 작가 지망생인 딸의 앞날을 걱정하면서도
'네가 느끼고 생각해 온 것이 그 자체로 새로운 문체가 되도록
하라'라는 실질적인 조언을 남긴다. 남편, 아버지로서의 다정한
면모를 볼 수 있다.

아내 젤더와
딸 스코티에게 보낸 편지

젤더에게

    이제 곧 쓰던 소설 『마지막 거물』로 다시 돌아와 이번에는 꼭 탈고할 것이오. 두 달 걸릴 작업이오. 세월이 어찌나 빨리 지나가는지 『밤은 부드러워』가 출간된 지도 벌써 육 년이나 지났구려. 『위대한 개츠비』와 『밤은 부드러워』 사이의 구 년 동안 내 명성은 돌이킬 수 없을 만큼 흠집이 났소. 나를 오직 《새터데이 이브닝 포스트》 작가로 간주하는 젊은 세대들이 그동안 모두 성장했기 때문이오. 어느 누구도 이번에 쓰는 작품에 크게 흥미를 느낄 것 같지는 않소. 이 작품이 어쩌면 내가 쓰게 될 마지막 소설이 될지도 모르오. 나이 오십이 넘으면 사람이 달라지는 법이니 어쨌든 이제는 끝장을 봐야겠소. 어린 시절 말고는 감정적으로 기억해 낼 수 있는 것이 별로 없구려. 하지만 내게는 아직 말해야 할 것이 몇 가지 남아 있소.

1940년
스콧

*

사랑하는 딸 스코티에게

네가 쓴 이야기가 최상급에 들지 않는다고 해서 조금도 실망하지는 마라. 물론 그렇다고 네 글에 대해 격려하려는 것도 아니다. 만약 네가 성공하고 싶다면 결국 너는 자신의 벽을 뛰어넘어야 하고 경험에서 배워야 하기 때문이다. 그저 되고 싶다고 해서 작가가 된 사람은 이 세상에 단 한 사람도 없단다. 만약 네게 써야 할 이야깃거리가 있다면, 다른 누구도 이제껏 하지 못했다고 생각하는 그 어떤 것이 있다면, 너는 그것을 절박하게 느낀 나머지 지금까지 어느 누구도 해내지 못한 방식으로 그것을 표현할 방법을 찾아내야 할 것이다. 그래서 네가 말해야 할 내용과 그것을 말하는 방식을 하나로 결합해야 할 것이다. —— 마치 처음부터 하나로 착상한 것처럼 서로 분리할 수 없을 만큼 말이다.

너에게 다시 한 번 설교를 늘어놓자면, 네가 느끼고 생각해 온 것이 그 자체로 새로운 문체가 되도록 해야 할 것이다. 그래서 사람들이 문체에 대해 말할 때, 언제나 그 새로움에 조금 경탄하도록 말이다. 독창적이라 할 만큼 강력하게 참신한 생각의 표현이 사람들 입에 오르내릴 거라고 생각할지 모르지만, 그들이 진정으로 얘기하는 것은 오직 문체이기 때문이다. 글을 쓴다는 것은 아주 고독한 작업이다. 너도 알겠지만 나는 한 번도 네가 이 길에 뛰어들기를 바란 적이 없다. 하지만 네가 정말 하고 싶다면, 내가 지금 하고 있는 일을 익히는 데 몇 년이 걸렸다는 사실을 깨닫기 바란다. (……) 이 세상에 훌륭한 것치고 어렵지 않은 것은 단 하나도 없단다. 너도 알다시피 우리는 너를 연약하게 키우지 않았다. 아니면 갑자기 나를 포기하려는 것이냐? 내가 너를 사랑한다는 걸, 나는 처음부터 너를 위해 계획한 것에 따라 조금도 부끄럽지 않게 행동하기를 기대한다는 걸 너도 잘 알고 있겠지.

1936년 10월
아빠가

작품 너머

피츠제럴드와 헤밍웨이

『디 에센셜 피츠제럴드』, 『디 에센셜 헤밍웨이』의 역자
김욱동 교수가 1920년대 '길 잃은 세대'를 대표하는 두 작가
피츠제럴드와 헤밍웨이의 만남과 우정 그리고 어긋남에 대한
이야기를 들려주며 작품 이해를 돕는다.

피츠제럴드와 헤밍웨이

김욱동

1925년 5월, 파리 센강 좌안 몽파르나스에 위치한 카페 '딩고 바' ─ 이십 대 중반의 한 미국인이 친구들과 함께 술을 마시며 앉아 있다. 그때 이십 대 후반의 미남형의 젊은이가 카페에 들어와 그들과 함께 어울린다. 먼저 술을 마시던 사람은 어니스트 헤밍웨이였고, 뒤에 나타난 사람은 그보다 세 살 위인 F. 스콧 피츠제럴드였다. 그러지 않아도 헤밍웨이는 피츠제럴드를 만나고 싶었던 지라 반가웠다. 뒷날 헤밍웨이는 피츠제럴드의 첫인상에 대하여 "그 무렵 스콧은 잘생겼다고 해야 할지, 예쁘다고 해야 할지 그 중간에 해당하는 미소년 남자였다. 곱슬곱슬한 멋진 금발에 널찍한 이마, 정열적이면서 다정한 두 눈, 아일랜드인 특유의 섬세한 입과 길쭉한 입술이 젊은 아가씨였더라면 미인의 입이라고 할 만했다."라고 회고한다.

이렇게 딩고 바에서 처음 만난 두 사람은 1920년대 '파리의 미국인들'로 이른바 '길 잃은 세대'를 대표하는 작가였다. 1925년 5월은 피츠제럴드가 『위대한 개츠비』를 출간한 지 한 달밖에 되지 않은 시점이다. 그는 이미 장편 소설 『낙원의 이쪽』(1920)과 『저주받은 아름다운 사람들』(1922), 단편집 『재즈 시대의 이야기』(1922)를 출간하여 미국 문단에 혜성처럼 떠오른 작가였다. 그것도 그의 작품은 하나같이 뉴욕의 유명 출판사 찰스 스크리브너스에서 출간돼 나왔다. 더구나 피츠제럴드는 이 무렵 300만 독자를 확보한 미국의 인기 주간지 《새터데이 이브닝 포스트》에 단편 소설을 쓰는 잘나가는 작가였다.

한편 헤밍웨이로 말하자면 당시 겨우 시 몇 편과 조그마한 단편집 한 권을 출간한 문학청년에 지나지 않았다. 이 무렵 그는 작가라기보다는 오히려 《토론토 스타》의 해외 특파원으로 신문 기사를 쓰는 저널리스트에 가까웠다. 비록 중퇴하고 말았지만 미국의 명문사학 프린스턴 대학교에 다닌 피츠제럴드와는 달리 헤밍웨이는 시카고 근교 오크파크에서 겨우 고등학교를 졸업했을 뿐이다. 당시 '국외 거주자'로 파리에 머물던 존 도스 패서스, 아치볼드 매클리시, 제럴드 머피 같은 미국 문인들은 거의 대부분 하버드 대학교나 예일 대학교 출신이었다. 조지프 콘래드, 러드여드 키플링, 조지 오웰처럼 대학보다는 삶의 현장에서 교육을 받은 헤밍웨이는 적어도 학력에서만은 열등감을 느낄 수밖에 없었다. 이를 만회하려고 헤밍웨이는 실비어 비치가 운영하던 '셰익스피어 서점'을 자주 들락거리며 엄청난 양의 책을 읽었다. 이렇다 할 제도 교육을 받지 못하고 선원 생활을 한 허먼 멜빌은 드넓은 바다를 두고 "나의 하버드요 나의 예일"이라고 불렀다. 헤밍웨이에게 파리의 서점이 바로 하버드 대학교와 예일 대학교의 역할을 했다.

나이와 학력 말고도 피츠제럴드와 헤밍웨이는 여러모로 차이가 났다. 가령 체구로 보자면 피츠제럴드는 헤밍웨이보다 키가 무려 15센티미터 넘게 작고 몸무게도 18킬로그램이나 덜 나갔다. 외모에서 풍기는 분위기만 해도 귀공자 티가 나는 피츠제럴드와는 달리 헤밍웨이는 미식축구 선수나 권투 선수를 떠올리게 하는 체구였다. 두 사람의 차이는 비단 체구만이 아니어서 성격도 사뭇 달랐다. 다분히 몽상적 낭만주의자라고 할 피츠제럴드는 성품이 너그럽고 남을 잘 도와주며 위험을 무릅쓰기를 싫어하는 소심한 성격의 소유자였다. 그는 한 번도 스페인을 방문하여 투우 경기를 감상한 적이 없고, 아프리카 초원에서 표범 사냥을 즐긴 적도 없다. 이와 대조적으로 현실주의자라고 할 헤밍웨이는 경쟁심이 강하고 이기적이고 강인하며 화를 잘 내는 성격이었다. 헤밍웨이는 투우나 사파리 같은 스포츠와 전쟁의 폭력적 상황을 좋아했고, 육체적 용기와 도덕적 가치를 시험하려고 위험을 무릅쓰다 부상을 입은 것도 한두 번이 아니었다.

몽파르나스 카페에서 처음 만난 뒤 피츠제럴드와 헤밍웨이는 예술가들이 자주 드나들던 파리의 다른 카페에서도 자주 만났다. 하루는 피츠제럴드가 헤밍웨이에게 리옹으로 함께 여행을 가자고 제안했다. 젤더와 소형 르노 자동차로 여행하다 그만 날씨가 사나워지는 바람에 리옹에 차를 두고 왔다는 것이다. 갈 때는 기차를 타고 가서 파리로 돌아올 때는 자동차를 타고 오자고 했다. 헤밍웨이는 선뜻 이 제안에 응하여 함께 리옹으로 여행을 떠났다.

피츠제럴드는 여러모로 문학청년과 다를 바 없던 헤밍웨이를 직간접으로 도와주었다. 무엇보다 먼저 자신의 출판사 찰스 스크리브너스의 편집자인 맥스웰 퍼킨스에게 헤밍웨이를 '진짜'라고 소개했다. 피츠제럴드는 퍼킨스에게 보낸 편지에서 "선생님도 아마 그를 좋아하지 않을 수 없을 겁니다. 제가 지금껏 알고 지내 온 사람 중 가장 좋은 친구입니다."라고 격찬을 아끼지 않았다. 퍼킨스는 피츠제럴드의 말을 받아들여 헤밍웨이의 작품을 출간하기로 했다. 헤밍웨이는 찰스 스크리브너스와 출판 계약을 꼭 맺고 싶은 나머지 자신이 문단 말단에 있는 지라 인세를 받지 않을 자격이 없다고 말할 정도였다. 어찌 되었든 계약은 성사되었고 헤밍웨이는 이후 모든 작품을 스크리브너스에서 출간했다. 이 무렵 스크리브너스 같은 유명한 출판사가 무명작가와 다름없는 헤밍웨이의 작품을 선뜻 출간하기로 한 것은 아주 이례적인 일로 피츠제럴드의 추천이 아니고서는 도저히 이루어질 수 없었다.

 더구나 피츠제럴드는 선배 작가로서 헤밍웨이의 작품 집필을 직접 도와주기도 했다. 가령 피츠제럴드는 후배 헤밍웨이가 『태양은 다시 떠오른다』(1926)를 집필할 때 원고를 읽으며 여러모로 제안해 주고 직접 수정해 주었다. 또한 피츠제럴드는 헤밍웨이의 단편 소설 「50만 달러」의 원고를 읽고 나서 도입 부분을 삭제하는 것이 좋겠다고 충고해 주기도 했다. 동시대 작가, 그중에서도 경쟁 관계에 있는 작가들을 좀처럼 칭찬하는 법이 없는 헤밍웨이건만 『위대한 개츠비』에 대해서 "단연코 가장 훌륭한 작품"이라고 칭찬을 아끼지 않았다. 피츠제럴드는 피츠제럴드대로 헤밍웨이를 "동시대에 살아 있는 작가 중에서 가장 위대한 작가"라고 치켜세웠다.

 이렇듯 미국 중서부 출신인 피츠제럴드와 헤밍웨이는

한편으로는 상부상조하는 동료 관계에 있었고, 다른 한편으로는 상대방을 의식하고 견제하는 경쟁 관계에 있었다. 두 사람의 관계는 시간이 지나면서 점차 소원해지기 시작했다. 헤밍웨이는 선배 작가가 지나치게 젊음과 화려한 생활에 대한 미련을 버리지 못할뿐더러 아내 젤더 세이어한테 지나치게 얽매어 기를 펴지 못한 채 산다고 생각했다. 또한 헤밍웨이는 피츠제럴드가 돈과 부(富)에 지나치게 매력을 느끼고 알코올 중독과 자기 연민에 빠져 있는 것도 마음에 들지 않았다. 이러한 현상이 피츠제럴드처럼 가능성 있는 작가가 재능을 제대로 발휘하는 데 걸림돌이 된다고 헤밍웨이는 판단했다.

특히 헤밍웨이는 무엇보다도 피츠제럴드가 예술적으로 성실하지 못한 점을 못마땅하게 생각했다. 문학과 예술에 대하여 자못 낭만적으로 생각하던 헤밍웨이는 "예술가에게 성실성이란 마치 처녀성과 같아서 한번 상실하면 영원히 되찾을 수 없다."라고 주장했다. 젤다와 결혼하면서 편안하고 사치스러운 삶에 익숙해진 피츠제럴드는 『위대한 개츠비』를 출간하고 난 뒤 몇 년 동안 이렇다 할 장편 소설을 내놓지 못했다. 무려 구 년이 지난 뒤에야 겨우 『밤은 부드러워』(1934)를 출간했을 뿐이다.

『밤은 부드러워』는 재즈 시대가 서산 마루에 걸쳐

있던 무렵 프랑스 리비에라 해안을 배경으로 전개된다. 장래가 촉망되는 정신과 의사 딕 다이버와 한때 그의 환자였던 아내 니콜의 굴곡 많은 삶을 다룬다. 딕은 알코올 중독자가 되고 니콜은 정신질환에 걸린다. 어떤 의미에서 작가 자신의 삶이 짙게 투영된 자전적 작품이다. 피츠제럴드는 이 작품을 『위대한 개츠비』를 능가하는 것으로 보았지만 책의 판매와 비평가들의 평가는 작가의 판단과는 사뭇 거리가 멀었다. 실제로 이 작품의 출간을 기점으로 피츠제럴드는 급격히 하락했다. 그의 유명한 한 에세이 제목처럼 '붕괴'의 길로 접어들었다. 1930년대 그는 생활비와 젤더의 병원비를 벌기 위하여 할리우드에 가서 영화 대본을 쓸 정도로 전락했다. 연인 관계에 있던 영국의 저널리스트 쉴러 그레엄의 아파트에서 그는 마침내 심장 마비로 마흔네 살의 젊은 나이에 삶을 마감했다.

　　헤밍웨이는 피츠제럴드가 작품을 쓰지 못하고 주저할 때마다 그에게 "장편 소설에는 오직 한 가지 일밖에는 할 일이 없습니다. 즉 작품의 끝까지 곧장 써 내려가는 것이지요."라고 충고했다. 또 헤밍웨이는 선배 작가에게 "『위대한 개츠비』처럼 훌륭한 작품을 쓸 수 있다면 그보다 더 좋은 작품도 얼마든지 쓸 수 있습니다.", "전보다 두 배는 더 잘 쓸 수 있습니다."라는 말로 격려했다. 이렇게 헤밍웨이는 기회가 있을 때마다 피츠제럴드에게 여러

번 우정 어린 충고를 해 주었지만 선배 작가는 이런저런 이유로 그러한 충고를 받아들일 수 없었다.

그러자 헤밍웨이는 마침내 특단의 조치를 취했다. 자기 작품에서 피츠제럴드를 '실패한 작가'로 직접 언급하기에 이르렀다. 「킬리만자로의 눈」(1936)에서 주인공 해리는 작가로서 새로운 삶을 이루려고 아내 헬렌과 함께 아프리카로 사냥을 떠난다. 그런데 우연한 사고로 다리에 상처를 입고 이 상처가 잘못되어 급성 패혈증에 걸린 후, 온몸에 퍼진 병균이 오른쪽 다리를 마비시키며 썩어 간다. 병원이나 의료진이 없는 아프리카 오지에서 해리는 죽음을 기다리고 있다. 그를 가장 큰 고통 속으로 몰아가는 것은 작가로서 삶과 재능을 낭비해 온 것에 대한 죄책감, 이제는 더 아무것도 새로 시작할 수 없다는 회한과 깊은 고독과 허무다. 이 장면에서 해리는 갑자기 줄리언이라는 동료 작가를 회상한다.

> 해리는 가련한 줄리언이 생각났다. 줄리언은 부자들에 로맨틱한 경외심을 품고 있어 언젠가 한 번은 "돈 많은 사람들은 당신이나 나와는 다른 족속이야."라는 구절로 시작되는 소설을 쓴 적이 있었다. 그때 어떤 사람이 줄리언에게 "그래, 당연히 그들은 우리보다 돈이 많지."라고 말했다. 그러나 줄리언에게는 그 말이 유머로는 들리지

않았다. 그는 부자란 특수한 매력을 지닌 족속이라고 생각하고 있었는데, 실제로는 그렇지 않다는 사실을 깨달았을 때 그는 다른 어떤 것 못지않게 그 때문에 파탄했던 것이다.

위 인용문에서 "돈 많은 사람들은 당신이나 나와는 다른 족속이야."라는 구절로 시작되는 작품은 다름 아닌 피츠제럴드의 유명한 단편 소설 「부잣집 아이」(1926)를 말한다. 실제로 피츠제럴드는 이 단편 소설의 첫 문장은 아니어도 첫 부분에서 그렇게 언급한다. 그런데 헤밍웨이가 1936년 이 작품을 《에스콰이어》에 처음 발표할 때 '줄리언'이라는 이름 대신에 아예 '스콧 피츠제럴드'라고 했다. 웬만한 독자라면 『위대한 개츠비』의 작가를 언급하는 것인 줄 쉽게 눈치챌 것이다. 「킬리만자로의 눈」을 읽은 피츠제럴드는 무척 상처를 받은 나머지 모르핀을 과다 복용하여 자살을 시도하기도 했다. 결국 헤밍웨이는 이 작품을 단행본에 수록할 때는 '스콧 피츠제럴드'라는 이름을 빼고 '줄리언'으로 바꾸어 놓았다. 사망하기 직전 피츠제럴드는 헤밍웨이에게 보낸 편지에서 『누구를 위하여 종은 울리나』(1940)를 출간한 데 찬사를 보내면서 "나는 자네가 한없이 부럽네. 이 말에는 어떤 아이러니도 들어 있지 않다네."라고 고백한다.

더구나 헤밍웨이는 피츠제럴드가 『위대한 개츠비』에서 발휘한 문학적 재능을 마음껏 펼칠 수 없는 이유는 그의 아내 젤더 때문이라고 생각했다. 헤밍웨이가 판단하기에 허영심이 많은 데다 사교생활을 무척 좋아하는 젤더는 남편이 작가로 성장하는 데 걸림돌이 되었다. 헤밍웨이는 언젠가 "작가는 본질적으로 두 사람을 위해 작품을 쓴다. 더할 나위 없이 완벽하게 만들려고, 완벽이 아니라면 멋지게 만들려고 자신을 위해 작품을 쓴다. 다음으로는 그 여성이 글을 읽거나 쓸 수 있든, 또는 살아 있든 죽었든 사랑하는 사람을 위해 작품을 쓴다."라고 말한 적이 있다. 아일랜드의 가톨릭 신앙에 따라 철저하게 일부일처제를 고수하던 피츠제럴드는 오직 젤더를 위하여 살았고 그녀를 위하여 작품을 썼다. 그러나 젤더에 대한 희망을 모두 잃고 그녀 또한 남편의 재능을 파괴하자 그는 끝장나고 말았다. 한편 피츠제럴드와 달리 헤밍웨이는 결혼을 네 번이나 했으며, 그럴 때마다 뛰어난 작품을 한 편씩 썼다.

그런데 엄밀히 따지고 보면 해리가 줄리언을 탓할 처지가 못 되듯이 헤밍웨이 또한 피츠제럴드를 그렇게 탓할 처지가 못 되었다. 두 번째 아내 폴린 파이퍼와 결혼한 뒤 헤밍웨이는 작품을 쓰는 대신 사치와 낭비를 일삼고 흥청거리면서 살았는가 하면, 알코올 중독증에 시달리고 대중의 인기를 지나치게 의식하고 있었다.
한마디로 헤밍웨이는 젊은 시절 그가 입버릇처럼 말하던
성실한 작가보다는 공적인 이미지와 대중의 인기에 신경을
쓰는 스타 대접을 받는 데 도취되어 있었다. 그 과정에서
그는 그토록 목숨처럼 소중하게 생각하던 작가의
성실성을 저버릴 수밖에 없었다.

 헤밍웨이는 뒷날 이렇게 상실한 성실성을 회복하려고
피나는 노력을 아끼지 않았고, 어느 정도 회복할 수
있었지만 완전히 회복할 수는 없었다. 그는 작가가 흔히
안고 있는 이러한 위험성을 잘 알고 있었다. 언젠가 그는
"글을 쓴다는 것은 기껏해야 외로운 작업이다. 고독을 벗어
버리면서 그는 공적인 위치가 올라가고, 그렇게 되면 그의
작품은 흔히 퇴보하게 된다."라고 밝힌 적이 있다. 1962년
7월 아이다호주 케첨 자택에서 그가 엽총으로 자살한
데는 여러 이유가 있었지만, 그 가운데 하나는 잃어버린
작가의 성실성을 끝내 회복할 수 없다는 절망감도 큰 몫을
했다.

 예순두 살에 사망한 헤밍웨이와 달리 피츠제럴드는
마흔네 살 나이로 요절했다. 그러나 작가에게 생물학적
나이 못지않게 중요한 것이 예술적 나이다. 헤밍웨이는
사망하기 전 장편 소설 7편, 단편집 6권, 논픽션 2권을
출간했다. 반면 피츠제럴드는 장편 소설 4권, 단편 소설

150여 편을 남겼을 뿐이다. 그러나 비록 수는 적어도 피츠제럴드의 『위대한 개츠비』는 '위대한 미국 소설'로 높이 평가받고, 150여 편의 단편 소설 중 10여 편은 미국 문학은 물론 세계 문학에 내놓아도 조금도 손색이 없다. 물론 헤밍웨이의 작품도 '미국 문학의 고전'으로 평가받는다. 작가는 작품의 양으로 평가받지 않고 오직 질로 평가받는다는 예술적 진리를 피츠제럴드는 웅변적으로 보여 주었던 것이다.

연보

F. 스콧 피츠제럴드 연보

문학과 연극에 열중했던 젊은 시절

1890년	2월 13일, 아버지 에드워드 피츠제럴드와 어머니 몰리 맥퀼런이 워싱턴 D.C.에서 결혼한다.
1896년	9월 24일, F. 스콧 피츠제럴드가 미네소타주 세인트폴의 로럴 애비뉴에서 태어난다.
1898년	4월, 에드워드 피츠제럴드가 경영하던 '세인트폴 가구 회사'가 실패하자 뉴욕주 버펄로에 있는 '프록터 및 갬블' 회사의 세일즈맨으로 취직한다.
1901년	1월, 피츠제럴드 가족이 뉴욕주 시러큐스로 이사한다. 7월, F. 스콧 피츠제럴드의 여동생 애너벨 피츠제럴드가 태어난다.
1903년	9월, 피츠제럴드 가족이 다시 버펄로로 이주한다.
1908년	3월, 에드워드 피츠제럴드가 직장을 잃는다. 7월, 피츠제럴드 가족이 세인트폴로 돌아간다. 9월, F. 스콧 피츠제럴드가 '세인트폴 아카데미'에 입학한다.

1909년	10월, F. 스콧 피츠제럴드가 첫 작품 「레이먼드 모기지의 미스터리(The Mystery of the Raymond Mortgage)」를 교내 잡지 《세인트폴 아카데미 현재와 과거》에 발표한다.
1911년	8월, 피츠제럴드의 첫 희곡 작품인 「레이지 J에서 온 아가씨(The Girl from Lazy J.)」가 세인트폴에서 공연되었다. 9월, 피츠제럴드가 뉴저지주 해큰색에 위치한 사립학교 뉴먼 스쿨에 입학한다.
1912년	8월, 피츠제럴드의 두 번째 희곡 작품 「붙잡힌 그림자(The Captured Shadow)」가 세인트폴에서 공연되었다. 11월, 피츠제럴드가 시거니 페이 신부(神父)와 아일랜드 출신의 작가 섀인 레슬리를 처음 만난다.
1913년	8월, 피츠제럴드의 세 번째 희곡 작품 「겁쟁이(Coward)」가 세인트폴에서 공연되었다. 9월, 피츠제럴드가 미국 사학 명문 프린스턴 대학교에 입학한다. 이곳에서 뒷날 미국 문단에서 크게 활약할 평론가 에드먼드 윌슨과 시인이 될 존 필 비숍을 만난다. 학업보다는 문학과 연극 활동에 적극 참여한다.

1차 세계 대전이 발발하고 가난을 이유로 사랑의 실패를 경험하다

1914년	7월, 1차 세계 대전이 일어난다. 9월, 피츠제럴드의 네 번째 희곡 작품 「다양한 영혼(Assorted Spirits)」이 세인트폴에서 공연되었다. 가을, 피츠제럴드가 대학 잡지 《프린스턴 타이거》에 글을

기고하기 시작한다. 12월, 피츠제럴드가 집필한 희곡 「파이! 파이! 파이!(Fie! Fie! Fi-Fi!)」가 처음으로 프린스턴 클럽에서 공연되었다. 피츠제럴드가 미네소타주 세인트폴에서 일리노이주 레이크포리스트 출신 지니브러 킹을 만나 사귀게 된다. 그러나 그녀로부터 가난하다는 이유로 거절당하는데, 이 경험은 뒷날 피츠제럴드의 작품에서 중요한 모티프로 사용된다.

1915년   4월, 피츠제럴드가 희곡 「그림자 월계수(Shadow Laurels)」를 교내 잡지 《내소 리터러리 매거진》에 처음 발표한다. 6월, 피츠제럴드가 첫 단편 소설 「시련(The Ordeal)」을 《내소 리터러리 매거진》에 발표한다. 이 작품은 뒷날 「축도(Benediction)」라는 제목으로 개작된다. 11월 28일, 피츠제럴드가 프린스턴 대학교 3학년 재학 중 질병의 이유로 중퇴한다. 질병보다는 학업 부진이 주된 이유였다. 12월, 피츠제럴드가 집필한 희곡 「사악한 눈(The Evil Eye)」이 트라이앵글 클럽에서 공연되었다.

1916년   9월, 피츠제럴드가 다시 프린스턴 대학교에 복학한다. 12월, 피츠제럴드의 희곡 「안전제일(Safety First)」이 '트라이앵글 클럽'에서 공연된다.

1917년   1월, 지니브러 킹이 다른 남자와 약혼하면서 두 사람의 관계가 완전히 끝난다. 4월, 미국이 1차 세계 대전에 참여하기로 결정한다. 독일에 선전 포고를 한 데 이어 12월에는 오스트리아에 선전 포고를 한다. 10월 26일, 피츠제럴드가 미육군 보병에 입대하여 보병 소위로 임관한다.
11월 20일, 캔자스주의 포트 레븐워스 장교
훈련소에 입소한다. 이때부터 장편 소설 『낭만적
에고이스트(The Romantic Egotist)』를 집필하기
시작한다.

인생을 뒤바꾼 연인 젤더를 만나다

1918년　　2월 말, 휴가 중 프린스턴 대학교에 돌아와
　　　　　『낭만적 에고이스트』의 초고를 완성하여 뉴욕에
　　　　　있는 출판사 찰스 스크리브너스에 보낸다. 7월,
　　　　　먼트가머리의 컨트리클럽 댄스파티에서 젤더를
　　　　　처음 만난다. 8월, 찰스 스크리브너스 출판사가
　　　　　『낭만적 에고이스트』의 출간을 거절한다. 10월,
　　　　　반송된 원고를 수정하고 개작한다. 10월 26일,
　　　　　뉴욕주 롱아일랜드의 캠프 밀스에서 전속되어 해외
　　　　　파병을 기다린다. 11월, 1차 세계 대전이 휴전한다.
　　　　　11월 말, 앨라배마주 캠프 셰리던에 배속되어
　　　　　라이언 장군의 부관이 되었다.

1919년　　1월, 미국 헌법 수정 제18조에 의해 알코올의
　　　　　제조, 판매, 수입 및 수출을 금지하는 금주법이
　　　　　통과되었다. 2월, 육군에서 제대한다. 젤더와
　　　　　약혼한 뒤 뉴욕의 '배런 콜리어' 광고 회사에서
　　　　　근무한다. 이때 맨해튼의 클레어먼트 애비뉴에
　　　　　살면서 잡지 시장에 진출하려고 노력하지만
　　　　　실패로 돌아간다. 봄 무렵 먼트가머리로 젤더를
　　　　　방문하지만 그녀는 결혼에 소극적인 태도를 보인다.

6월, 젤더가 경제적으로 불안하다는 이유로 피츠제럴드와의 약혼을 파기한다. 7~8월, 광고회사를 그만두고 세인트폴로 돌아가 부모와 함께 살면서 『낭만적 에고이스트』를 개작한다. 9월, 잡지 《스마트 셋》에 첫 상업적인 단편 소설이라고 할 「숲속의 갓난아이들(Babes in the Woods)」을 발표한다. 9월 16일, 스크리브너스 출판사의 편집자 맥스웰 퍼킨스가 『낭만적 에고이스트』를 『낙원의 이쪽(This Side of Paradise)』이라는 제목으로 출간하기로 결정한다. 11월, 해럴드 오버가 경영하는 레널즈 에이전시 소속 작가가 된다. 11월~1920년 2월, 잡지 《스마트 셋》에 단편 소설 「사교계에 처음 데뷔하는 사람(The Debutante)」, 「도자기와 핀(Porcelain and Pin)」, 「축도(Benediction)」, 「데일리림플이 잘못되다(Dalyrimple Goes Wrong)」를 발표한다.

첫 장편 소설과 첫 단편집을 출간하다

1920년　1월 중순, 한 달 정도 루이지애나주 뉴올리언스에 머물다. 먼트가머리로 젤더를 방문하는 동안 두 사람의 약혼 상태는 계속 유지된다. 2월, 그의 단편 소설 「머리와 어깨(Heads and Shoulders)」가 처음으로 미국의 유수 주간지 《새터데이 이브닝 포스트》에 실린다. 3월~5월, 《새터데이 이브닝 포스트》에 단편 소설 「마이러가 그의 가족을 만나다(Myra Meets His Family)」, 「낙타의 등(The

Camel's Back)」, 「버니스가 단발머리를 한다(Bernice Bobs Her Hair)」, 「얼음 궁전(The Ice Palace)」, 「해변의 해적(The Offshore Pirate)」 등을 발표한다. 3월 26일, 첫 장편 소설 『낙원의 이쪽』이 출간되었다. 4월 3일, 뉴욕의 세인트 패트릭 성당에서 젤더와 결혼식을 올린 뒤 빌트모어 호텔에서 신혼여행을 보낸다. 5월~9월, 코네티컷주 웨스트포트에서 신혼 생활을 하는 동안 두 번째 장편 소설 『저주받은 아름다운 사람들(The Beautiful and Damned)』을 집필하기 시작한다. 7월, 《스마트 셋》에 단편 소설 「오월제(May Day)」를 발표한다. 9월 10일, 첫 번째 단편집 『말괄량이 아가씨들과 철학자들(Flappers and Philosophers)』이 출간된다.

1921년　5월~7월, 첫 번째 유럽 여행을 떠난다. 영국을 거쳐 프랑스와 이탈리아를 방문한다. 귀국하여 먼트가머리를 방문한다. 9월~1922년 3월, 두 번째 장편 소설 『저주받은 아름다운 사람들』을 잡지 《메트로폴리탄》에 연재한다. 10월 26일, 딸 프랜시스 스코티가 태어난다.

1922년　3월 4일, 『저주받은 아름다운 사람들』이 출간되었다. 4월 2일, 『저주받은 아름다운 사람들』에 관한 젤더의 서평이 《뉴욕 트리뷴》에 실린다. 여름, 피츠제럴드 부부가 화이트베어 요트 클럽에 머무른다. 6월, 《스마트 셋》에 단편 소설 「리츠 호텔만 한 다이아몬드(The Diamond as Big as the Ritz)」를 발표한다. 9월 22일, 두 번째 단편집 『재즈 시대의 이야기들(Tales of the

	Jazz Age)』이 출간된다. 10월 중순~1924년 4월, 피츠제럴드 부부가 롱아일랜드의 그레이트넥에 거주한다. 이때 소설가 링 라드너와 친분을 맺는다. 《메트로폴리탄》에 단편 소설 「겨울 꿈(Winter Dreams)」을 발표한다.
1923년	4월 27일, 희곡 「채소(The Vegetable)」을 출간한다. 11월 19일, 「채소」를 뉴저지주 애틀랜틱 시티에서 시연(試演)하지만 실패한다.
1924년	4월 5일, 《새터데이 이브닝 포스트》에 단편 소설 「연수입 3만 6000달러로 어떻게 살아가는가(How to Live on $36,000 a Year)」를 발표한다. 4월 중순, 프랑스를 여행한 뒤 이곳에 거주한다. 5월, 피츠제럴드 부부가 파리를 방문한 뒤 해안 휴양지 리비에라를 여행한다. 6월, 단편 소설 「사면(Absolution)」을 발표한다. 7월, 젤더가 프랑스 비행사 에드아르 조장과 애정 행각을 벌인다. 잡지 《리버티》에 단편 소설 「분별 있는 일("The Sensible Thing")」을 발표한다. 여름, 피츠제럴드 부부가 프랑스 카프 당티브에서 제럴드 머피와 새러 머피를 만난다. 여름부터 가을까지 『위대한 개츠비(The Great Gatsby)』를 집필한다. 10월~1925년 2월, 이탈리아 로마에 머무는 동안 『위대한 개츠비』의 교정쇄를 수정한다.

『위대한 개츠비』가 세상에 나오다

1925년	2월, 피츠제럴드 부부가 이탈리아 카프리를

	여행한다. 4월 10일, 『위대한 개츠비』가 출간된다. 4월 말, 피츠제럴드 부부가 프랑스 파리로 이주한다. 5월, 파리의 몽파르나스 '딩코' 바에서 헤밍웨이와 이디스 워튼을 만난다. 여름, 세 번째 장편 소설 『밤은 부드러워(Tender Is the Night)』를 구상한다. 8월, 피츠제럴드 부부가 파리를 떠나 앙티브에 머무른다.
1926년	1월, 젤더가 살리드베아른에서 치료를 받는다. 1~2월, 잡지 《레드북》에 단편 소설 「부잣집 아이(The Rich Boy)」를 발표한다. 2월, 『위대한 개츠비』가 브로드웨이에서 연극으로 상연되었다. 극본은 오웬 데이비스가 맡았다. 2월 26일, 세 번째 단편집 『모든 슬픈 젊은이들(All the Sad Young Men)』이 출간되었다. 3월 초, 피츠제럴드 부부가 리비에라에 돌아온다. 5월, 헤밍웨이 부부가 리비에라에 머물고 있는 머피 부부와 피츠제럴드 부부에 합세한다. 피츠제럴드가 잡지 《북먼》에 「어떻게 물질을 낭비하는가: 우리 세대에 관한 단상」을 발표한다. 12월, 피츠제럴드 부부가 미국에 돌아온다.
1927년	1월, 피츠제럴드가 캘리포니아주 할리우드로 주한다. 이때 피츠제럴드는 유나이티드 아티스트(UA) 영화사에서 「립스틱(Lipstick)」을 각색한다. 이곳에서 젊은 여배우 로이스 모런(Lois Moran)을 처음 만나 교제한다.
1928년	4월, 피츠제럴드 부부가 유럽을 여행한다. 4월~8월, 피츠제럴드 부부가 파리 뤼 드

보지라르에 거주한다. 4월 28일, 《새터데이 이브닝 포스트》에 「추문 탐정들(The Scandal Detectives)」을 발표한다. 이 작품은 베이질 듀크 리를 주인공으로 삼는 여덟 편의 연작 단편 소설 중 맨 첫 번째 작품이다.

미국에 경제 대공황이 닥치고 젤더의 건강에도 적신호가 켜지다

1929년　3월 2일, 《새터데이 이브닝 포스트》에 「마지막 미인(The Last of the Belles)」을 발표한다. 3월, 피츠제럴드 부부가 유럽에 돌아간다. 리비에라를 따라 제노바에서 파리로 여행한다. 6월, 피츠제럴드 부부가 리비에라와 칸에 머무른다. 7월, 젤더가 잡지 《칼리지 유머》에 단편 소설 「오리지널 폴리스 걸(The Original Follies Girl)」을 발표한다. 10월 24일, 뉴욕 월스트리트의 주식 시장이 나흘 동안 대폭락을 거듭하며 붕괴하기 시작한다. 이후 미국은 십여 년 동안 경제 대공황을 겪는다.

1930년　2월, 피츠제럴드 부부가 북아프리카를 여행한다. 4월 5일, 《새터데이 이브닝 포스트》에 단편 소설 「첫 번째 피(First Blood)」를 발표한다. 조세핀 페리를 주인공으로 삼는 다섯 편의 연작 단편 중 맨 첫 번째 작품이다. 4월~5월, 젤더가 처음으로 정신적 질환을 앓기 시작하여 파리 교외 말메종 의료원에 입원한다. 10월 11일, 《새터데이 이브닝 포스트》에 단편 소설 「한 차례의 해외 여행(One

	Trip Abroad)」을 발표한다. 미국 부부가 유럽에서 육체적 또는 정신적으로 타락하는 과정을 다룬 첫 번째 작품이다.
1931년	1월 26일, 부친 에드워드 피츠제럴드가 사망하여 장례식을 치르기 위하여 피츠제럴드 혼자서 미국에 돌아온다. 젤더의 친척에게 그녀의 질병 소식을 알린다. 2월 21일, 《새터데이 이브닝 포스트》에 단편 소설 「다시 찾아온 바빌론(Babylon Revisited)」을 발표한다. 7월, 피츠제럴드 부부가 프랑스의 안시 호수에서 두 주일을 보낸다. 8월 15일, 《새터데이 이브닝 포스트》에 단편 소설 「감정의 파산(Emotional Bankruptcy)」을 발표한다. 9월 15일, 피츠제럴드가 젤더와 함께 미국에 돌아온다. 9월~1932년 봄, 피츠제럴드 부부가 앨라배마주 먼트가머리에 체류한다. 젤더를 이곳에 남겨 둔 채 피츠제럴드는 MGM 영화사가 기획하고 있는 「붉은 머리칼의 여인(Red-Headed Woman)」의 각본을 쓰기 위해 할리우드에 간다. 11월 17일, 젤더의 아버지 세이어 판사가 사망한다.
1932년	2월 12일, 젤더가 두 번째로 신경질환을 겪는다. 메릴랜드주 볼티모어의 존스홉킨스 대학교 부설 '핍스 정신 의료원'에 입원한다. 3월, 젤더가 핍스 의료원에서 장편 소설 『나를 위해 왈츠를 남겨 주오(Save Me the Waltz)』의 초고를 완성한다. 10월, 《아메리칸 머큐리》에 「광란의 일요일」을 발표한다. 10월 7일, 젤더의 장편 소설 『나를 위해 왈츠를 남겨 주오』가 출간되었다.

1933년	2월, 헌법 수정 제21조에서 제18조를 철회하면서 금주법이 끝난다. 6월 26일~7월 1일, 젤더의 희곡 작품 『스캔델러브라』가 볼티모어의 '배거본드 주니어 플레이어'에 의해 공연되었다. 10월 11일, 피츠제럴드가 《뉴리퍼블릭》에 링 라드너를 추모하는 글인 「링」을 발표한다. 12월, 피츠제럴드가 볼티모어의 파크 애비뉴에 주택을 임대한다.
1934년	1월~4월, 잡지 《스크리브너스 매거진》에 세 번째 장편 소설 『밤은 부드러워』가 연재되었다. 2월 12일, 젤더가 세 번째로 신경질환을 앓는다. 다시 핍스 의료원에 입원한다. 3월, 젤더가 뉴욕주 비컨에 위치한 크레이그 하우스로 옮겨 치료를 받는다. 3월 말~1934년 4월, 젤더가 뉴욕에서 미술 작품을 전시한다. 4월 12일, 『밤은 부드러워』가 출간되었다. 5월 19일, 젤더가 볼티모어의 셰퍼드프랫 병원으로 옮겨 치료를 받는다.
1935년	2월, 피츠제럴드가 노스캐롤라이나주 타이런에 위치한 오우크홀 병원에서 치료를 받는다. 3월 20일, 네 번째 단편집 『기상나팔 소리(Taps at Reveille)』가 출간되었다. 11월, 노스캐롤라이나주 헨더슨빌에 위치한 스카이 호텔에 머물며 『붕괴(The Crack-Up)』에 실릴 에세이를 집필하기 시작한다.

헤밍웨이가 피츠제럴드를 풍자한 작품을 발표하다

1936년   2~4월, 잡지 《에스콰이어》에 『붕괴』에 실릴
           일련의 에세이를 발표한다. 4월 8일, 젤더가
           노스캐롤라이나주 애시빌에 위치한 하일랜드
           병원에 입원한다. 7~12월, 피츠제럴드가
           그로우브팍 인으로 돌아온다. 8월, 《에스콰이어》에
           산문 「작가의 오후(Afternoon of an Author)」를
           발표한다. 이 잡지의 같은 호에 헤밍웨이는
           피츠제럴드를 풍자한 단편 소설 「킬리만자로의
           눈」을 발표한다. 9월, 피츠제럴드의 어머니 몰리
           맥퀼런이 사망한다. 딸 스코티가 코네티컷주
           에설 워커 학교에 입학한다.
1937년   1~6월, 피츠제럴드가 노스캐롤라이나주 트라언의
           오우크힐 호텔에 머문다. 3월 6일, 《새터데이
           이브닝 포스트》에 마지막으로 단편 소설 「성가신
           일(Trouble)」을 발표한다. 7월, 피츠제럴드가 빚을
           많이 진 채 세 번째로 할리우드에 간다. 이때 육 주
           동안 주급 1000달러를 받기로 하고 MGM사와
           계약을 체결한다. 선셋 대로에 사는 동안 영화
           칼럼니스트인 셰일러 그레이엄을 만나 교제한다.
           7월~1938년 2월, 「세 동료(Three Comrades)」의
           각본을 쓴다. 이것이 그의 각본으로 인정받은
           유일할 작품이다. 9월 초, 애시빌로 젤더를
           방문하여 함께 사우스캐롤라이나주 찰스턴과 머틀
           비치에서 함께 시간을 보낸다. 12월, 피츠제럴드가
           주급 1250달러를 받기로 하고 MGM사와 일 년

	동안 계약을 연장한다.
1938년	2월~1939년 1월, 피츠제럴드가 「배신(Infidelity)」, 「마리 앙투와네트(Marie Antoinette)」, 「여인(The Women)」, 「마담 큐리(Madame Curie)」 등의 작품을 각색한다. 3월 말, 피츠제럴드 부부가 버지니아주 버지니아 비치에서 부활절 휴가를 보낸다. 4월, 캘리포니아주 말리부 비치에 방갈로를 임대하여 머무른다. 9월, 스코티가 사립 명문인 바사 대학교에 입학한다. 11월, 피츠제럴드가 캘리포니아주 에니노에 위치한 벨에이커에 머무른다 12월, MGM사와의 계약이 만료되고 더 이상 재계약을 맺지 않는다.

2차 세계 대전 속 심장마비로 생을 마감하다

1939년	1월, 잠시 마거릿 미첼의 장편 소설 『바람과 함께 사라지다』의 각색에 참여한다. 2월, 다트머스 대학교를 방문하여 윈터 카니발 작업을 하지만 음주 문제로 해고당한다. 뉴욕의 한 병원에 입원한다. 3월~1940년 10월, 할리우드의 파라마운트, 유니버설, 20세기 폭스, 컬럼비아 영화사 등에서 프리랜서로 일한다. 4월, 쿠바 여행을 한다. 술을 지나치게 많이 마신 탓에 뉴욕에 돌아와 입원한다. 7월, 오랫동안 에이전트 역할을 해 온 해럴드 오버와의 관계를 끊는다. 여름, 『마지막 거물(The Last Tycoon)』을 집필한다. 9월, 독일의 폴란드 침공으로 2차 세계 대전이 일어난다.

	미국은 중립을 취하지만 1941년 일본이 펄하버를 습격하자 참전한다.
1940년	1월, 《에스콰이어》에 단편 「팻 호비의 크리스마스 소원(Pat Hobby's Christmas Wish)」을 발표한다. 3월~8월, 「다시 찾아온 바빌론」을 「코스모폴리탄(Cosmopolitan)」이라는 제목으로 각색하지만 영화화되지는 못한다. 4월 중순, 젤더가 하일랜드 병원에서 퇴원하여 먼트가머리에서 친정어머니와 함께 살게 된다. 12월 21일, 피츠제럴드가 할리우드에 있는 셰일러 그레이엄의 아파트에서 심장마비로 사망한다. 12월 27일, 피츠제럴드가 메릴랜드주 록빌에 있는 록빌 유니온 공동묘지에 묻힌다.
1941년	10월 27일, 유작 『마지막 거물』이 윌슨의 가필과 수정을 거쳐 출간되었다.
1945년	8월 12일, 산문집 『붕괴』가 출간되었다. 9월, 도로시 파커가 편집한 피츠제럴드의 문학 선집 『포터블 피츠제럴드』가 출간되었다.
1947년	11월, 젤더가 먼트가머리에서 하일랜드 병원으로 옮겨진다.
1948년	3월 10일, 젤더가 하일랜드 병원 화재로 사망한다. 3월 17일, 젤더가 피츠제럴드와 함께 묻힌다.
1950년	11월 18일, 피츠제럴드의 딸 스코티 피츠제럴드 래너핸(Scottie Fitzgerald Lanahan)이 피츠제럴드 문서를 프린스턴 대학교에 기증한다.
1975년	11월 7일, 피츠제럴드 부부가 메릴랜드주 록빌 세인트 메리 교회 묘지에 다시 묻힌다.

디 에센셜
F. 스콧 피츠제럴드

1판 1쇄 펴냄   2023년 9월 8일
1판 2쇄 펴냄   2023년 9월 20일

지은이   F. 스콧 피츠제럴드
옮긴이   김욱동, 한은경
발행인   박근섭, 박상준
펴낸곳   (주)민음사

출판등록   1966. 5. 19.(제16-490호)
주소   (우편번호 06027) 서울특별시 강남구 도산대로1길 62(신사동)
         강남출판문화센터 5층
         대표전화 02-515-2000 | 팩시밀리 02-515-2007

홈페이지   www.minumsa.com
ⓒ 김욱동, 한은경, 2023. Printed in Seoul, Korea

ISBN 978-89-374-4569-9 03840

＊잘못 만들어진 책은 구입처에서 교환해 드립니다.

소설x에세이로 만나는 '디 에센셜' 시리즈

#1 조지 오웰
식민지 경찰에서 거리의 부랑자가 되었다가
베스트셀러 작가로 명성을 얻기까지
'가장 정치적인' 작가 오웰은 어떤 미래를 예언했나
#1984 #나는_왜_쓰는가 #코끼리를_쏘다

#2 버지니아 울프
당대 최고 수준의 지적 문화를 향유하는 환경에서
성장했지만 그 역시 남자 형제에게 이브닝드레스를 검사받는
'여성'이었다
울프가 말하는 여성, 자유, 그리고 쓰기
#자기만의_방 #큐_식물원 #유산

#3 다자이 오사무
'어떻게 살 것인가?'만큼 '어떻게 죽을 것인가?'에
천착했던 자기 파멸의 상징 다자이 오사무
그가 구했던 희망, 구애했던 인간에 대하여
#인간_실격 #비용의_아내 #여치

#4 어니스트 헤밍웨이
작가는 혼자서 쓸 수밖에 없으며, 날마다 영원성의 부재와
마주할 수밖에 없다고 말한 어니스트 헤밍웨이
그가 바라본 바다, 그리고 인간의 고독
#노인과_바다 #깨끗하고_밝은_곳 #빗속의_고양이

#5 헤르만 헤세
내면에서 솟아 나오는 참된 지성, 진정한 '나'를 찾아 나선
구도의 여행자 헤르만 헤세가 들려주는 동화 같은 이야기
#데미안 #룰루 #밤의_유희들 #까마귀

#6 김수영
시를 향한 가차 없는 열정, 생활을 향한 진심 어린 애정
오늘 또다시 새로운 시인 김수영의 모든 것
#달나라의_장난 #애정지둔 #시인의_정신은_미지

#7 알베르 카뮈
반항하는 개인, 깨어 있는 연대, 진정한 대안인 사랑을 외친
실존하는 우리 시대 '청년' 알베르 카뮈를 만나다
#이방인 #안과_겉 #결혼 #여름

#8 F. 스콧 피츠제럴드
'재즈 시대'의 아이콘 피츠제럴드
찬란한 젊음과 덧없는 사랑을 노래하다
#위대한_개츠비 #리츠_호텔만_한_다이아몬드